MW01707191

Cyclone

Du même auteur

ROMANS

Le livre de la morte, Aubier-Montaigne, 1980
Les enfants s'ennuient le dimanche, Hachette, 1985; Babel/Actes Sud, 1999
Giuliana, Belfond, 1986; Le livre de poche, 1987; Babel/Actes Sud, 1998
Elle demande si c'est encore la nuit, Belfond, 1988
L'Amour dans la ville, Albin Michel, 1993; Le livre de poche, 1996
L'Ange de mer, Flammarion, 1995
Les Vices-Rois, Actes Sud, 1998; Prix de la ville de Blois, 1999; Prix Baie des Anges, 1999; Babel/Actes Sud, 2000; J'ai lu, 2002
Cyclone, Actes Sud, 2000; Babel/Actes Sud, 2002
Assam, Albin Michel, 2002; Prix Renaudot, 2002

ESSAIS

Le Surréalisme, MA éditions, 1985; réédition augmentée: *Le Monde du Surréalisme*, Veyrier, 1991
La Mémoire de Borges, Dominique Bedou, 1987
Le Baroque, MA éditions, 1987; réédition augmentée: *Promenades baroques*, éditions de l'Arsenal, 1995
Antonio Saura, l'exil biographique, La Différence, 1990
Tobiasse ou le patient labyrinthe des formes, La Différence, 1992
Españas y Americas, La Différence, 1994
Antonio Saura, La Différence, 1994
Ateliers d'artistes, Le Chêne, 1994
Dossier Paul Auster, Anagrama, 1996
Le New York de Paul Auster, Le Chêne, 1996
La Solitude du labyrinthe, Entretiens avec Paul Auster, Actes Sud, 1997
Le Madrid de Jorge Semprun, Le Chêne, 1997
Hemingway à Cuba, Le Chêne, 1997; Folio/Gallimard, 2002
Zao Wou-Ki, La Différence, 1998
Jean-Marie Gustave Le Clézio: le nomade immobile, Le Chêne, 1999; Folio/Gallimard, 2002
L'Acier sauvage (avec des photos de Hélène Moulonguet), Actes Sud, 2000
Philippe Sollers ou la Volonté de Bonheur, roman, Le Chêne, 2001
Une chambre à Turin, éditions du Rocher, 2001; Prix Cazes-Lipp, 2002; Folio/Gallimard, 2002

POÉSIE

Au Seuil: la fêlure, PJO, 1974
Atérations, éditions d'Atelier, 1973
U. Cenote, Alain Anseuw éditeur, 1980
Los Angelitos, Richard Sébastian Imprimeur, 1980
La Muerte solar, Pre-textos, 1985
Jours dans l'échancrure de la nuque, La Différence, 1988
La Porte de Cordoue, La Différence, 1989
Le Mouvement des choses, La Différence, 1999; Prix SGDL-Charles Vildrac, 1999

ANTHOLOGIES

Huibodro/Altazor/Manifestes, Champ Libre, 1976
America libre, Seghers, 1976
Une anthologie de la poésie latino-américaine, Publisud, 1983
Littératures espagnoles contemporaines, éditions de l'Université Libre de Bruxelles, 1985
Cent Ans de littérature espagnole, La Différence, 1990

THÉATRE

Le temps revient, L'Avant-Scène, 2002

Gérard de Cortanze

Cyclone

J'AI LU

La vie de la plupart des hommes est
un chemin mort et ne mène à rien.
Mais d'autres savent, dès l'enfance,
qu'ils vont vers une mer inconnue.
Déjà l'amertume du vent les étonne,
déjà le goût du sel est sur leurs lèvres –
jusqu'à ce que, la dernière dune franchie,
cette passion infinie les soufflette
de sable et d'écume. Il leur reste
de s'y abîmer ou de revenir sur leurs pas.

François MAURIAC, *Chemins de la mer*

Que ca jè ! – jeu ciamajë na vsin –
chi c'a speti con tanta alegria ?
I Marchess – côn gran vöss chial am cria
I Marchess ch'a ritôrnô ar paiss.

Rera n'sogn… suina fassô n'augu
che, cambiand ant'i gir ra fortuna
peussô ancôra tôrnè a ra cuna
d'Cörtansse i so fieri Marchess.

Onorio CORIO, *Sôr Marchess a tôrna*

Liberté et Libération sont un devoir
qui ne finit jamais. Telle doit être notre
devise : n'oubliez pas.

Umberto ECO, *Cinque scritti morali*

À Patricia,
la prigione della memoria,
le pareti dell'anima,
nel sonno, il castello :
segno appena visibile.

PREMIÈRE PARTIE

1

« Tends la ligne, mon vieux. Enroule-la. Travaille-la », pensait Roberto, tandis qu'il sentait, au bout de sa canne, courbée comme un arc, l'énorme poids du marlin.

— Il doit faire au moins cinq cents livres, dit Eliades Bembé, vieux Cubain coriace, au visage en lame de couteau, installé depuis deux générations à Key West, et qui exploitait une fabrique de boîtes de cigares dans Green Street.

— Boucle-la, tu vas me porter la poisse, ajouta Roberto, excédé.

— Plains-toi, maugréa Eliades. J'ai soixante-dix ans, et je n'ai jamais pu me battre avec un pareil poisson ! Tu n'as que quarante-quatre ans, tu n'es même pas cubain, et tu arrives à ferrer le diable ! Merde, qu'est-ce que tu veux de plus…

— Tu vas la boucler, nom de Dieu !

Roberto et Eliades, muets, regardaient la ligne qui continuait de monter et de descendre, au rythme des vagues qui suivaient le *Black Fountain*, fringant onze mètres récemment sorti des chantiers Wheeler de Brooklyn, et dont le nom était une référence ironique à la loi sur la prohibition, en vigueur depuis juillet 1919, c'est-à-dire depuis quatorze ans. Son propriétaire, Piero Pozzi, chauve athlétique et patron du *Tripoli Bar*, pouvait être fier de son nouveau bateau. Muni de deux hélices et d'un gouvernail double, équipé de deux moteurs Diesel – un Chrysler de soixante-quinze chevaux et un Lycoming de quarante chevaux –, d'un réservoir de carburant pouvant contenir cent cinquante litres, de deux cabines de trois couchettes chacune, d'une cuisine et d'un vaste cockpit, il atteignait, par mer calme, une vitesse de vingt nœuds.

Autour de la masse vernissée verte et rouge – les couleurs du drapeau italien ! – de la coque du *Black Fountain*, des paquets d'algues jaunes, sur le fond violet de l'eau, venaient s'amalgamer. Piero, son vieux bout de cigare mâchouillé entre les dents, penché sur le bastingage, essayait tant bien que mal d'enlever celles qui s'accrochaient à la ligne blanche, tendue, qui se perdait dans la profondeur des eaux du Gulf Stream. Une bande d'hirondelles de mer, attirée par des bancs de bonites et d'albicores, qui tournoyaient autour du bateau, vint troubler le silence, fouettant l'écume de leurs ailes blanches et poussant des cris aigus.

Roberto tentait de doser ses efforts et de ménager son souffle. Il tirait la canne, l'abaissait, la relevait méthodiquement.

— Rembobine, Roberto, rembobine, lui glissa Piero à mi-voix.

Roberto fit oui de la tête, et après un sourire lui dit :

— Ce doit être une femelle. Un mâle aurait laissé tomber depuis longtemps, comme tous ceux de son sexe : par lâcheté ! La femelle se battra jusqu'au bout, quitte à déchirer ses entrailles contre la coque et à laisser filer sa laitance…

Piero regarda sa montre :

— Presque deux heures que tu luttes avec ce connard de poisson, et on a toujours pas vu sa tronche !

Roberto ferma les yeux, essayant de se détendre en raidissant ses jambes contre le bastingage, tout en restant fermement attaché à son fauteuil pivotant :

— Ces foutues courroies m'arrachent les épaules !

— T'en fais pas, Roberto. On l'aura. On a tout notre temps dit Piero. On est à moins de vingt milles de la côte. Avec cette mer plate, en une heure et demie on peut être de retour et siroter une bière bien fraîche ou un Tom Collins au *Tripoli*.

Alors que le bateau poursuivait lentement son chemin vers la haute mer et qu'aucun vent ne venait troubler la surface de l'eau, Eliades, le tricot de peau maculé de fuel enfoncé dans la ceinture du pantalon, coinça la barre et vint rejoindre les deux hommes :

— Il est très gros, Roberto. C'est lui qui dirige. À moins de le crever pendant des heures, il ne remontera jamais à la surface...

Roberto ne répondit pas. Après avoir replacé autour de ses reins la large ceinture matelassée, et réajusté les anneaux de toile et le filin qui fixaient le moulinet à la canne, il dit à Eliades, comme s'il venait de trouver une solution définitive au problème du moment :

— Coupe les moteurs.

Le bateau dériva doucement. On pouvait presque entendre le clapotement des vagues contre la coque. Progressivement, Roberto récupérait de la ligne, centimètre par centimètre. Moulinant doucement, abaissant sa canne, la remontant. Lentement. Régulièrement. Utilisant parfois la force de ses jambes, la puissance de ses bras, faisant levier avec son corps. Puis, soudain, il sentit la ligne se détendre et devenir molle. Rembobinant aussi vite qu'il put de la main droite, tandis que la gauche redressait la canne, il pensa en lui-même « c'est maintenant que la vraie lutte commence », puis, à haute voix, en hurlant :

— Le fils de pute, il remonte !

Brusquement, à l'arrière du *Black Fountain* et à tribord, le calme de l'océan fut brisé par une fantastique déflagration. L'immense poisson jaillit, brisant la torpeur en mille éclats métalliques. Un énorme éperon bleu argenté se dessina sur fond de ciel puis retomba lourdement, fendant l'eau en soulevant une haute gerbe blanche dont les embruns vinrent éclabousser les trois hommes.

— Remets les gaz, Eliades, vite, cria Roberto, arcbouté sur la canne, alors que la ligne filait à grande vitesse.

— Il va passer sous le bateau, dit Piero, balançant son bout de cigare mâchouillé par-dessus bord. Il est dessous, nom de Dieu !

— Débraye, Roberto. On va tout casser, *hijo de puta* ! hurla Eliades.

— Tu as raison. Coupe le Chrysler et fais tourner le Lycoming au ralenti.

Eliades redescendit une nouvelle fois rejoindre les deux autres. Il n'y avait plus qu'à attendre la suite. Il fallait rester calme, et rembobiner sans à-coups. Tous trois pensaient la même chose : « C'est trop tard maintenant, poisson, laisse-toi faire. Tu es vaincu. Laisse-toi te remonter gentiment avant que les requins ne viennent te bouffer. »

Le soleil du milieu du jour, celui qui tombe à l'aplomb et vous brûle la peau aussi sûrement qu'un fer à repasser, avait cédé la place à une merveilleuse fin d'après-midi. Plus de trois heures maintenant que Roberto luttait avec le marlin. « Sacré poisson, contrairement à ce que suppose Eliades, il pèse au moins six cents à six cent cinquante livres, pensait Roberto. Un vrai monstre. » En cette après-midi qui s'achevait, il n'y avait plus de bateaux sur l'océan. Tous étaient déjà rentrés au port. C'était sûr, maintenant le poisson, usé par sa lutte interminable, se laissait remonter, et acceptait sa défaite. S'efforçant à une régularité mécanique, Roberto se convainquit qu'il fallait l'amener à bâbord :

— Ce serait plus simple, non ? dit-il à Piero, en cherchant son approbation.

— *D'accordo*. Pendant qu'Eliades le gaffera, je m'occuperai de l'avançon et on lui passera le nœud coulant.

À genoux sur la lisse arrière, Eliades scrutait la surface de la mer. Après plusieurs mètres, la transparence de l'océan se changeait en une inquiétante masse sombre d'où pouvait surgir on ne sait quelle mystérieuse créature marine.

— Je le vois, Roberto. Ça y est… Récupère du fil, vas-y, rembobine.

L'énorme poisson apparaissait, très loin, là-bas, sous l'eau. D'abord minuscule, fragile, comme cassé par la réfraction de l'eau, puis tout entier, grossissant progressivement.

Eliades remonta à la barre pour maintenir le bateau dans sa trajectoire. Il ne fallait pas dévier d'un pouce ; de plus, la moindre vibration du moteur pouvait être fatale.

— *Sabroso*, *sabroso*, chuchotait Eliades, tout en essuyant ses mains pleines de sueur sur son vieux tricot de peau.

— Doucement… Doucement… murmurait Roberto. Il ne quittait pas des yeux le grand corps violet qui remontait à la surface, éperon à l'avant, nageoire plantée au cœur du dos, queue immense remuant à peine. Dans quelques secondes, les trois hommes pourraient toucher le monstre…

Alors que Roberto, posant la canne, empoignait le gros câble afin d'amener le marlin à portée de la gaffe d'Eliades, Piero poussa un cri :

— Nom de Dieu, l'hameçon ne tient qu'à un fil ! La ligne est tout effilochée !

— La gaffe, Ernesto, la gaffe, merde ! hurla Roberto.

Tentant alors de se dégager des harnais et des courroies qui l'assujettissaient au fauteuil pivotant, afin de s'emparer du manche d'une autre gaffe pour aider Eliades, Roberto se prit les pieds dans les cordages amarrés à l'épontille et glissa sur le parquet vernis du bateau. Quelques secondes plus tard, il barbotait dans l'eau calme, en jurant au milieu des paquets d'algues brûlées par le soleil. Tout à la vision du lourd oiseau violet qui s'enfonçait lentement dans l'eau transparente, rapetissant de plus en plus, jusqu'à ne plus être qu'une ombre bleu sombre qui finit par disparaître définitivement, les trois hommes ne se rendirent pas immédiatement compte du drame qui était en train de se jouer. Bien que tournant au ralenti, le moteur du bateau avait permis à ce dernier de mettre entre l'homme tombé à l'eau et lui une bonne trentaine de mètres, que Roberto, en temps normal, aurait parcourus sans trop de crainte. Mais après une pêche perdue, l'odeur du sang, ajoutée aux mouvements désordonnés du poisson à l'agonie libérant des ondes de pression caractéristiques, pouvait toujours attirer les requins qui pullulaient en cette saison, dans cette partie du golfe du Mexique. Il fallait faire vite.

C'est Eliades qui, le premier, sonna l'alarme. Tandis que Piero redonnait de la puissance au moteur, il vit se découper sur l'eau rendue plus sombre encore, parce que la nuit commençait à tomber, les hautes nageoires triangulaires caractéristiques de trois requins *galanos* :

— *¡Tiburones ! ¡Tiburones !*

Roberto, malgré toutes ces années passées à Key West, restait un nageur médiocre. Il le savait. Et lorsqu'il vit ses amis, là-bas, sur le bateau, s'époumoner et faire de grands gestes désespérés, il comprit quel danger le menaçait. Lui qui tant de fois avait mis Diodata en garde, alors que, bien meilleure nageuse que lui, elle plongeait et replongeait dans l'eau verte et profonde du bassin intérieur des vieux chantiers navals désaffectés de Key West, sautant du haut des marches de pierre gluantes d'algues en feignant d'ignorer la présence des barracudas, il n'allait tout de même pas périr ici, en pleine mer, déchiqueté par ces sales bestioles ! Pour ne rien arranger, un grain menaçait au sud-est. De profondes lames huileuses se formaient à l'horizon, et, dans le ciel qui commençait de s'assombrir, de lourds nuages d'orage dévoraient progressivement les premières étoiles.

Pour l'instant, les requins ne semblaient s'intéresser qu'au marlin agonisant. À l'endroit où celui-ci s'était lourdement enfoncé dans la mer, l'eau se teintait de rouge. À la lueur de puissantes torches électriques, Piero et Ernesto apercevaient leurs ailerons striant l'eau sombre. Parfois, quelques-uns remontaient à la surface et tournoyaient. Pendant qu'Eliades faisait faire au *Black Foun-*

tain un demi-cercle qui devait lui permettre de mettre le cap sur Roberto, Piero avait jeté le canot de sauvetage à la mer et se rapprochait de Roberto, pétrifié par le spectacle qui se déroulait à quelques dizaines de mètres sous lui.

Les trois requins, bientôt rejoints par d'autres, s'étaient précipités sur le marlin. Rien ne semblait pouvoir résister à ces démons déchaînés. Ils mordaient, arrachant d'énormes bouchées de chair de plusieurs kilos, puis se retournaient sur place pour mordre encore, dans une horrible trémulation de tout le corps. Autour d'eux, des poissons-pilotes filaient en tous sens. Alors que le corps du grand poisson n'était qu'à moitié dévoré, et que certains requins s'étaient déjà écartés, quittant leur festin sans bruit, d'autres, plus acharnés, continuaient leur sanglante orgie. Certains, ivres de sang, manquaient leur proie et blessaient leurs congénères qui, commençant à saigner, étaient immédiatement attaqués et réduits en pièces par ceux qui quelques minutes auparavant avaient été leurs compagnons de rapine. Par on ne sait quel affreux miracle, le marlin dépecé, poussé par ceux qui le dévoraient, remonta lentement à la surface. L'eau était rouge de sang, et l'écume des vagues en était comme teintée.

Roberto fut tiré d'affaire de justesse par Piero qui le saisit par un bras et le hissa tant bien que mal sur le canot. L'eau bouillonnait, noire, comme le ciel devenu noir de cette nuit traversée d'éclairs. Hébété, fou de rage, Roberto s'empara de la mitraillette Thompson, au chargeur bourré de balles de 11,45, qui ne quittait jamais le trio lorsqu'il partait en haute mer, et tira plusieurs rafales sur les requins. La mitraillette aboya comme une machine à écrire. Les gouttes de sang qui vinrent alors éclabousser le visage des deux hommes marquèrent la fin du massacre. Le bateau était maintenant tout contre le canot. Lorsque Piero et Roberto grimpèrent à l'échelle de coupée, une pluie violente commença de balayer la mer en nappes horizontales.

Les trois hommes, serrés les uns contre les autres, frissonnant dans leurs vêtements mouillés, prirent aussitôt le chemin du retour, silencieux.

Une forte houle de travers contraignait le barreur à user de toute sa force physique pour maintenir le cap. Malgré la puissance des moteurs, le *Black Fountain* avançait péniblement tel un cheval, grimpant et dévalant une suite interminable de dunes. Piero, qui avait, en 1911, participé, comme simple soldat, à la pitoyable aventure italienne en Libye, et se souvenait de ses marches dans les sables, aimait comparer la mer au désert :

— On dirait des collines qui montent vers le ciel, dit-il, les yeux fixés sur les masses d'eau qui ne faisaient plus avec la nuit qu'une seule et même contrée vallonnée, bruissante.

— Hé, le poète, va nous faire un thé brûlant, lui dit Roberto. Je vais tenir la barre.

— Je préférerais une Dog's Head, lança Eliades en riant.

— Plus une goutte à bord, dit Piero. Il faudra attendre d'être à terre, *borracho* !

Après que Piero fut revenu dans le cockpit, un nouveau cigare à la bouche, et que chacun eut avalé son quart de thé brûlant, le silence retomba à l'intérieur du bateau. Chacun se relayait à la barre au moindre signe de fatigue du barreur. Bientôt, la petite brise caractéristique qui soufflait de la terre, entraînant avec elle des paquets d'odeurs connues, s'insinua par les hublots ouverts de la cabine de pilotage. Roberto but une dernière rasade de thé presque froid. À bâbord, le phare de Key West balayait la nuit et les premières lumières scintillantes de la ville apparurent. Dans quelques minutes, le *Black Fountain* accosterait au quai de la C & O.

Toutes les fois que Roberto rentrait, après une de ses parties de pêche en haute mer, au petit port de Key West, il se rappelait sa première vision, lorsque, accoudé au bastingage du ferry de la Línea de vapores à Miami, en provenance de La Havane, il avait découvert, en compagnie de Diodata qui partageait sa vie depuis plus de dix ans, l'île de Cayo Hueso, Key West, l'« île aux ossements », dernier carré de terre du chapelet d'îlots subtropicaux qui s'étirent au sud-ouest de l'extrémité de la péninsule de Floride.

Comme aujourd'hui, il avait d'abord aperçu la masse sombre des casuarinas, au-dessus de la ligne d'horizon de la mer, puis, à mesure qu'il se rapprochait, la rangée ondulante de cocotiers, la ligne blanche de la grève, la masse verte feuillue qui s'étalait derrière elle, faite de tamariniers et de goyaviers en fleurs. Alors, des éléments qui avaient toujours été là, apparaissaient, comme autant de repères, indéfectibles : un grand immeuble tout blanc, l'hôtel *La Concha*, les hauts pylônes métalliques de TSF, le fouillis de petites maisons en bois peintes de couleurs vives et revêtues de bardeaux. Puis le quai Trumbo, avec ses pyramides de stocks de charbon, et les wagons alignés dans les ferry-boats, les hangars des canots, la petite cale sèche le long du phare et, derrière, la fumée de l'incinérateur où l'on brûlait les ordures. En orientant l'avant du bateau à tribord, il n'en aurait plus que pour quelques minutes, une vingtaine, tout au plus – le trafic, à cette heure, étant pour ainsi dire nul. Il faisait nuit, mais il savait qu'autour des pilotis, là où le courant venant de la mer s'affaiblissait, l'eau perdrait sa teinte bleue pour devenir plus claire, presque verdâtre. C'est là que le *Black Fountain* viendrait s'amarrer contre l'appontement n° 5, dans l'eau noire du bassin des yachts venus de Floride, entre les cargos de la Merchants and Miners et les grosses vedettes grises des garde-côtes.

Depuis combien de temps vivait-il ici, après avoir fui la France et l'Italie fasciste ? Il ne le savait pas, ou plutôt ne voulait plus le savoir. Tout ici semblait fait pour l'oubli. À Key West, on pouvait disparaître, s'effacer, se fondre, oublier qui on avait été et d'où l'on venait. Parmi toutes ces odeurs de fond de cale et d'huile, de graisse et de désinfectant, de bois mouillé, de mégots froids, de vesou, d'alcool, de fuel, de friture, de sueur, de café, de mélasse, et, recouvrant tout, les puissants effluves du Gulf Stream, le petit port de Key West était l'endroit idéal pour se perdre. Qui viendrait vous retrouver ici au milieu de ces Anglais chics qui fumaient des Woodbines ou des Players; de ces Chinois en complet blanc, cravate noire et panama à cent dollars; de ces Américains richissimes convaincus que leur adresse à gagner de l'argent les autorisait à pontifier sur tout et n'importe quoi; de ces cigariers cubains capables de citer Dostoïevski et Tolstoï; de ces agents secrets du FBI dont tout le monde connaissait le visage; de ces mafieux de Chicago et de Brooklyn, couverts de cicatrices et de balafres et dont certains se vantaient d'être l'ami de Chaplin, de Mae West ou de Sinclair Lewis; de ces vieux colons venus de Floride à l'époque où le viaduc Old Flager existait encore; de ces anciens cheminots parlant un anglais incompréhensible; de ces pauvres pêcheurs blancs dont les grands-parents étaient nés à Spanish Wells; de ces fiers descendants des baleiniers de la Nouvelle-Angleterre; de ces Italo-Américains silencieux passant l'été à bord de leur *house-boat*, et qui avaient quitté l'Italie depuis trop longtemps pour savoir ce qui s'y passait à présent?

Le *Black Fountain* venait d'accoster. Les trois amis se séparèrent, évacuant la peur qui leur avait broyé le ventre durant le retour.

Eliades, de sa voix rauque et aiguë rappelant celles des *taitas*, les vieux esclaves de l'île de Cuba, chanta un bolero à la manière de Bola de Nieve, en chaloupant de joie:

La mort ne m'a pas seulement frôlé,
la salope, elle m'a épargné.
Moi et mes deux amis,
épargnés, épargnés.
Mais pour combien de temps encore?
Ponte duro Cubano,
que tu estas en Cayo Hueso.

— Ce n'était pas pour aujourd'hui, dit Piero, philosophe, rallumant, une nouvelle fois, le cigare qu'il tenait entre ses lèvres. Il tremblait légèrement.

— Allez, ne vous en faites pas, ce n'est pas demain que les requins nous mangeront, conclut Roberto, d'un ton faussement léger et qui ne faisait nullement illusion. *Hasta mañana*, et dormez bien.

Roberto laissa contre le ponton le vélo avec lequel il était arrivé le matin. Il préférait rentrer à pied. Il lui fallait remonter Simonton Street jusqu'au bout, tourner ensuite sur la gauche à United Street, et s'engager dans Fleming Street qui se terminait en un petit sentier sablonneux qui conduisait à sa maison. Il s'enfonça dans le réseau de ruelles ombragées, non pavées, bordées de cabanes en bois, dont il connaissait le moindre recoin, et qui rappelaient parfois, disait-on, la Nouvelle-Angleterre, en moins cossue. Petit à petit, les habitations amidonnées, bien encloses derrière leurs volets bleus, cédèrent la place aux baraques cubaines en *bolito*, aux portes perpétuellement ouvertes, d'où émanaient des odeurs d'essence et d'huile. Il aurait pu, les yeux fermés, énumérer le bric-à-brac de maisons, de hangars, de magasins, de drugstores qui le séparaient de son adresse – le 14 West Martello Tower Street: un entrepôt d'éponges, l'église méthodiste derrière laquelle on organisait les combats de coqs, le poste à essence, le comptoir à sandwiches, le coiffeur, la salle de billard, l'hôtel entouré de sa vaste pelouse, où descendaient parfois des voyageurs en partance pour les Caraïbes, le cabinet du dentiste, la boutique de produits casher, la quincaillerie, le magasin de fournitures pour bateaux, et enfin la manufacture de tabac désaffectée dont on projetait depuis cinq ans de faire un restaurant de luxe.

Au croisement avec United Street, il aperçut les lumières du bordel de Katy Gordon qui éclairaient vaguement un groupe de marins affalés sous l'enseigne lumineuse représentant une Aphrodite nue née des flots avec cette légende : *Compromising Positions*. À l'angle de Fleming Street et de ses deux courts de tennis, alors que s'amenuisaient les accords dissonants du vieux piano mécanique de Katy Gordon, il s'arrêta quelques secondes devant le mur peint à la chaux de la vieille prison qui, faute de prisonniers – les derniers dataient de la guerre civile, époque à laquelle Key West, demeuré territoire de l'Union, avait accueilli une centaine de soldats rebelles –, avait été transformée en usine à glace : la lourde pendule murale marquait vingt heures trente. Le clair de lune brillait d'une blancheur lumineuse. « Diodata doit terriblement s'inquiéter », pensa Roberto.

Il parvint au sommet de la dune. Les petits bungalows, bardés de moustiquaires qui les protégeaient des maringouins, étaient fermés. Tout était silencieux. À droite de sa maison, il vit la mer. Calme, vert foncé, imperceptiblement ridée par une brise légère qui soufflait du nord. S'y reflétaient, tels de gros lampions d'arbre de Noël, les étoiles agglomérées dans le ciel. La marée descendait. Des mouettes blanches volaient. Assis sur les pilotis au bord du chenal, deux pélicans pressaient leur bec contre leur poitrine comme s'ils donnaient à manger à leur petit. Roberto poussa le portail, traversa la cour, passa sous les palmiers, les poivriers et les cocotiers du jardin dont les feuilles sèches bruissaient sous l'alizé. Venant de la plage, il sentait le parfum doucereux des limettiers en fleur autour desquels devaient flotter des nuées de moustiques. L'hiver était décidément la plus belle de toutes les saisons sur l'île ! La plus tendre, la plus chaleureuse, sans ouragan ni cyclone, celle où les couchers de soleil laissent éclater une débauche d'ocres criards et de roses.

Construite sur la partie la plus haute de l'étroite langue de terre de Key West, tournant le dos au golfe du Mexique et faisant face à l'océan Atlantique, cette maison, achetée dès leur arrivée, sur les conseils de leur ami le poète américain Langston Spotswood, un peu moins de six mille dollars au propriétaire de l'aquarium tropical en plein air, *Blue Lagoon* – un certain Ralf Horne, une ancienne figure de l'« aristocratie locale » –, était une vieille demeure de style colonial espagnol, avec des balcons de fer forgé autour de la véranda supérieure, des portes-fenêtres en arcades, des volets bleu turquoise et d'épais murs de pierres qui gardaient la fraîcheur. Laissée à l'abandon depuis une quinzaine d'années, il avait fallu y effectuer de nombreuses réparations avant qu'elle ne devienne habitable. Roberto avait été immédiatement séduit par le lieu, cette profonde crique de sable blanc farineux entourée de sagoutiers, de palmiers dattiers, de palmiers nains et de banians. De la fenêtre de la chambre, on pouvait voir le phare dioptrique, à éclipses et à éclat blanc, de Little White House. Diodata, pour sa part, avait été plus sensible aux grandes pièces claires, baignées, de l'aube jusqu'à la nuit, par une profonde lumière, noble, généreuse, jamais grise, jamais basse, qui était comme un espace, qui s'installait dans le temps et semblait donner à ce bout de terre toute sa qualité. Elle aimait dire de cette lumière qu'elle était « musicale » et qu'il fallait l'« entendre ». Mais un autre fait l'avait bouleversée, provoquant même chez elle une singulière excitation, presque physique : la présence de requins. Ceux-ci, gênés, par le sable trop clair et trop blanc de la pleine journée, par la clarté de l'eau trop verte, la nuit venue ne craignaient plus rien ; on pouvait alors les voir s'approcher lentement du rivage, suivre leurs ombres de plus en plus distinctement, et observer, tout à loisir, leurs sillages phosphorescents, à quelques mètres à peine de la grève.

Avec le temps, cette demeure était devenue comme un morceau d'eux-mêmes. Sans parler vraiment d'un style bien défini qui en eût uni toutes les pièces, relié entre eux les objets, modernes ou anciens, on pouvait affirmer que ces livres, ces pochettes de disques empilées les unes sur les autres, ces dossiers en carton jonchant le sol, le petit piano quart de queue du salon, les nattes recouvrant le sol carrelé, les meubles en bois blanc, les lampes allumées sur les rebords intérieurs des fenêtres, les hauts plafonds, et jusqu'au tableau de George Catlin, *White Cloud, Head Chief of the Iowas*, sauvé des huissiers par la mère de Roberto, quand ils avaient dû quitter le château familial, et qui trônait à présent dans l'entrée, témoignaient que ce lieu du bout du monde constituait, pour Roberto et Diodata, une sorte de prolongement d'un univers intérieur « transplanté » dans lequel ils aimaient se perdre. Opération qu'ils répétaient à loisir en observant le reflet des grands arbres dans la lagune, en écoutant le vent s'engouffrer par l'interstice sous le cadre de la porte d'entrée, en suivant le vol des étourneaux au-dessus des toits de la ville toute proche, ou celui, nocturne, des petits hiboux dès que le soleil s'était enfoncé dans la mer.

Mais, ce soir, alors que Roberto rentrait chez lui, toutes les lumières du 14 West Martello Tower Street étaient éteintes. Que se passait-il ?

2

Roberto s'était attendu à trouver Diodata, nerveuse, sur le pas de la porte, peut-être même sur le quai, déjà anxieuse, venue à sa rencontre, comme elle le faisait souvent lorsque le bateau tardait à rentrer. Mais, cette fois-ci, personne. Un profond silence. La nuit. Tout à coup, alors qu'il s'avançait pour appuyer sur l'interrupteur placé à gauche de l'entrée juste sous le tableau de George Catlin, il vit une ombre se déplacer dans le salon, celle d'un enfant, qui se dirigeait vers lui. Une lueur de malice dans l'œil, le fils de Maddalena et Renzo Sorani, leurs amis italiens, petit être frêle, au regard aussi noir que les boucles de ses cheveux, vint se planter, raide comme un soldat de plomb, au beau milieu de la pièce :

— Qu'est-ce que tu fais là, Sandrino ?

L'enfant, fièrement, sérieusement, tendit un papier à Roberto, en disant :

— Pour toi.

Reconnaissant l'écriture de Diodata, Roberto fut pris d'une étrange panique, et, dans le même temps, éclata de rire. La peur et la joie se mêlant. « Joyeux anniversaire », était-il écrit, « Joyeux anniversaire ». À cet instant, toutes les lumières de la maison jaillirent en même temps. À la tête d'un joyeux cortège qui chantait « *Happy birthday to you* » en plusieurs langues, anglais, italien et espagnol, Diodata apparut, rayonnante, dans une magnifique robe noire plissée, profondément décolletée en pointe devant et dans le dos, si belle et si heureusement éloignée des beautés de l'époque, créatures irréelles, hybrides, à la poitrine plate, aux hanches étroites, aux épaules larges et coiffées à la garçonne. Ô, comme il l'aimait cette femme à la longue chevelure rousse, d'un roux feuilles mortes brûlées par l'automne, et sur laquelle le temps semblait ne pas avoir de prise. Diodata ne portait qu'un bijou : un collier de perles roses.

Alessandro riait aux éclats. Ils étaient tous là : Langston Spotswood, Maddalena et Renzo Sorani, Bugs Drucci, William Howard, Dylan Brooke, Victoria Maura. Le groupe des amis fidèles, les indestructibles, la petite famille, la *famigliola*.

— Quel anniversaire ? demanda Roberto, en s'adressant à Diodata. Pas le tien, tu as déjà eu trente-cinq ans le 10 juin dernier !

— 22 juillet 1923, ça ne te rappelle rien, Roberto ? dit Diodata, songeuse.

— Dix ans ! Ça fait dix ans que nous sommes ici ! Mon Dieu !

— Oui, *amore* !

Roberto allait prendre Diodata dans ses bras, et se souvint qu'il était trempé et couvert d'une belle couche de crasse :

— Je vais me doucher et je redescends immédiatement.

Sous le jet cinglant de l'eau froide, Roberto, qui sentait la nostalgie l'envahir lentement, décida de la refuser. Il devait faire face. Il se savonna des pieds à la tête et se rinça vigoureusement. Puis il se rasa, se coiffa, se parfuma, enfila un pantalon de toile bleue, une ample chemise blanche, comme celles que portent les paysans cubains, passa ses vieux mocassins, et descendit l'escalier qui conduisait à la salle à manger.

Tous ses amis étaient assis autour de la table, recouverte de victuailles, et sur laquelle scintillaient plusieurs rangées de bougies dans des chandeliers. Diodata sortait de la cuisine. Il la souleva de terre, la tint serrée contre lui, et l'embrassa plusieurs fois, sous les applaudissements. Puis il la remit sur ses pieds, lui prit la main et se dirigea vers la table.

— J'avais complètement oublié... Dix ans...

— Tu l'as fait exprès, dit Alessandro. Tu l'as fait exprès.

— Allons, tais-toi, Sandrino, lui dit sa mère, en lui faisant une caresse sur la joue.

— Laisse, Maddalena. Il n'a peut-être pas tort, ton Sandrino... Buvons plutôt à la santé de notre amitié indéfectible, dit Roberto, en faisant couler, dans les verres rassemblés devant lui, un filet brun ambré de rhum *añejo* que tout le monde prenait avec de la glace et de l'eau gazeuse, excepté Bugs Drucci qui le préférait accompagné de glace pilée.

Tandis qu'il se levait pour faire le tour de la table et apporter les cocktails à ses convives, Roberto laissa sa mémoire accomplir son étrange travail et l'entraîner sur les sables mouvants, dangereux, du souvenir. Chaque hôte avait une histoire, liée à jamais à celle de Diodata et de Roberto. Renzo Sorani, l'archéologue italien, juif et communiste; qui avait vécu au Mexique, fréquenté une école du Parti à Moscou, entrepris plusieurs missions en Espagne et en Allemagne, et avait fini par émigrer aux États-Unis où il ne cessait de rêver à des empreintes, celles des pieds d'un enfant, vieilles de vingt-cinq mille ans, qu'il avait découvertes dans la grotte ligure de Toirano. Sa femme, Maddalena, brune et ronde, avait été mêlée à la mystérieuse affaire de l'assassinat du communiste cubain Julio Antonio Mella, en 1929. Leur fils unique, le petit Sandrino, qui venait d'avoir huit ans et n'avait pas son pareil pour pêcher à la traîne dans le chenal de Woman Key. Bugs Drucci, de parents siciliens mais né à Chicago, svelte, basané, fumant cigarette sur cigarette, et qui était désormais propriétaire de plusieurs bars essaimés le long des Keys de la baie de Floride. Dylan Brooke, géant de deux mètres affublé d'une barbe fournie digne de Neptune, arrivé de Boca Chica par le ferry-boat, qui avait participé, avec les troupes alliées, à la seconde bataille de la Marne, et accessoirement, en tant que vétéran, à la construction du chemin de fer reliant Miami à toutes les Florida Keys. Victoria Maura, jeune et belle Barcelonaise, membre de la Confédération nationale du travail, anarchiste convaincue, qui avait fui son pays afin d'échapper à la police de Primo de Rivera, et n'avait pas eu la force de retourner en Espagne après la mort du dictateur, à Paris durant l'hiver 1930. William Howard, Américain de Brooklyn, dont la détresse chronique témoignait de la faillite irrémédiable d'une vie commencée sur les docks de Manhattan, et qui se poursuivait ici, pour le pire, à Key West. Langston Spotswood enfin, l'ami de toujours, rencontré à Paris au lendemain de la guerre de quatorze, talentueux poète maudit, noir et homosexuel, qui avait une vision si particulière du monde. Membre du conseil d'administration de la revue *The New Masses*, ayant adhéré, dès sa création, à la League for Mutual Aid, fondée pour apporter une aide financière « aux prisonniers politiques, agitateurs extrémistes et travailleurs temporairement démunis », il se disait le défenseur ardent du « pessimisme culturel », et était le seul de la bande à connaître nombre de secrets du couple.

Comme toutes les fois où la *famigliola* était réunie, la conversation s'animait très vite et finissait toujours par s'envenimer dès lors qu'on abordait le terrain de la politique...

— À quoi penses-tu, Roberto ? demanda Diodata, à l'autre bout de la table, en lui faisant passer le plat de *chowder*.

— Il pense que ton riz au curry est une merveille, *muy sabroso*, lança Victoria à Diodata.

— Que ton pluvier rôti est divin, ajouta Maddalena...

— Que si nous n'étions pas là, il jetterait ta robe aux wahoos du lagon et te ferait l'amour sauvagement sous les cocotiers ! lança Bugs.

Diodata rougit légèrement et, regardant Roberto, leva son verre à sa santé.

Tout en décortiquant une grosse crevette fraîchement

cuite, sur la chair de laquelle il versa un jus de limon et quelques grains de poivre noir, Roberto, esquissant un léger sourire, dit :

— Je pense que si le FBI pénétrait tout à coup dans cette pièce, il ferait de belles prises !

— Cet homme ne pense qu'à la pêche, dit Victoria à Diodata, à ta place je m'inquiéterais !

— Quel paranoïaque ! jeta Bugs, tout en mastiquant bruyamment.

— Non, je ne suis pas paranoïaque, Bugs. Tu connais les méthodes de ce salaud de Hoover et de ses *G-men*, aussi bien que moi. Il ne cesse de le répéter à la radio : « Tirer d'abord et discuter après. »

— Qu'est-ce qu'on pourrait nous reprocher ? demanda William.

— Rien, seulement cette tête de macaque déteste tous ceux qui, de près ou de loin, font de la politique, ce qu'il appelle les « libéraux », les ouvriers, les marginaux, ceux qui s'intéressent un tant soit peu à la marche du monde, sans parler des communistes et des immigrés, italiens notamment !

— Et alors ? Où est le problème ? Tu as des choses à cacher ? Remarque, c'est vrai, dit Bugs, prenant un air de conspirateur, on ne sait même pas d'où tu viens. Qui es-tu Roberto ?

Roberto haussa les épaules.

— On s'en fout, Bugs, lança Victoria. On vient d'où on peut. Et toi, on te demande où tu vas chercher les caisses de whisky et de rhum que tu revends sous le nez des flics à Miami ?

Le bon mot de Victoria déclencha un éclat de rire général.

— Les États-Unis sont un pays prospère, rétorqua Bugs en rigolant, accueillant, ouvert, libéral, on peut s'y fabriquer tout seul, y faire fortune, et...

— Tu ne vas pas recommencer, Bugs, dit Langston, en l'interrompant. L'hypocrisie puritaine et le racisme d'un côté – je suis bien placé pour le savoir –, et de l'autre les bandes de tueurs qui sillonnent les États à bord de Ford et de Duesenberg bourrées d'alcool de contrebande ; sans parler du Ku Klux Klan, de l'antisémitisme, du matérialisme sordide. L'Amérique de Wall Street me dégoûte ! Voilà ce que pense un Américain pur jus, membre éminent de la génération perdue !

— Il n'y a pas d'immigrés à cette table, Roberto, dit Bugs, il n'y a que des expatriés, *espatriati*. Il ne tient qu'à toi de retourner au pays, tu seras un *rimpatriato* ! C'est bien le nouveau vocabulaire utilisé par le gouvernement de Rome…

— Tais-toi, le Sicilien, arrête de dire des stupidités ! lança Roberto.

Bugs plongea son nez dans son assiette en bougonnant, et en faisant tourner, autour du pouce de sa main gauche, le gros diamant qui y scintillait :

— Si on ne peut même plus rigoler ! Tu es bien un Piémontais, tiens !

— Il ne s'agit pas de cela, dit Victoria, faisant rivaliser le geste et la parole. Il n'y a pas que les États-Unis qui vont mal, mon vieux. Les mouvements fascistes poussent comme des champignons ! Les Francistes de Bucard, en France ; les Croix-Fléchées en Hongrie ; la Garde de Fer en Roumanie ; le Parti national-social en Grèce ; la Phalange en Espagne ; les Chemises bleues en Irlande ; le Zwart Front en Hollande ; l'Union nationale en Norvège ; la British Union of Fascists en Angleterre ; sans parler du Parti nazi d'Adolf Hitler en Allemagne !

— Tu es sûre de ne pas en oublier un, madame le professeur en sciences politiques ? demanda Bugs, en prenant la voix de Victoria et en imitant ses gestes incohérents qui trahissaient sa fébrilité.

— Je n'ai vraiment pas envie de rire ! Quand tu penses que les Français qui, il y a quelque temps encore, traitaient Mussolini de « César de Carnaval » sont en train de lui faire des courbettes. Herriot, Paul-Boncour, Daladier, ils sont tous allés à la soupe !

— Il n'y a pas qu'eux, malheureusement, renchérit

Renzo. Chamberlain, au Foreign Office, vient de rendre un vibrant hommage à l'énergie mussolinienne, il s'est même fait photographier en compagnie du Duce sur son yacht. Gandhi et toute sa famille ont été reçus à la villa Torlonia. Quant à Churchill, il a déclaré que s'il avait été italien il aurait été fasciste, dès le début !

— On pourrait passer le dîner à égrener les témoignages admiratifs, renchérit Langston : Lloyd George, Shaw, Stravinski, Kérilis, etc. On pourra toujours invoquer le désarroi de l'Europe bourgeoise, ou je ne sais quelle maladie contagieuse...

— Comme dit le slogan : *Mussolini ha sempre ragione !* conclut Bugs.

— Tu nous emmerdes avec ton cynisme à la con ! dit Maddalena. Non, justement : *Mussolini a toujours tort*, ajouta-t-elle, en faisant tomber d'un revers de la main le panama que Bugs ne quittait jamais, même lorsqu'il était à table.

— Dix ans que nous sommes ici, et dix ans que Mussolini est au pouvoir en Italie, chez nous ! cria tout à coup Roberto en tapant sur la table. Oui, dix ans !

À mesure que l'heure avançait, que la moiteur de l'air et les verres d'alcool absorbés commençaient d'échauffer les esprits, le ton monta. La passion aidant, tapie au fond de tous ces caractères bien trempés, les blagues furent bientôt remplacées par des invectives. Le petit Sandrino, réveillé par le bruit, pleurnichait, blotti sur les genoux de sa mère. On choisit ce prétexte pour se séparer :

— Maman, on va se coucher bientôt ?

— Maintenant, Sandrino ! reprirent-ils tous en chœur. Maintenant, après un dernier verre, et avant qu'il n'y ait des morts !

Après un moment de silence, tout le monde sortit de table dans une atmosphère de gêne. En réalité, personne n'avait plus grand-chose à se dire.

Alors que Roberto refermait la porte de la maison, il entendit un bruit infernal venant de la cuisine, suivi d'un hurlement. Diodata sortit, effrayée, de la pièce.

— Une chauve-souris, je t'en prie, chasse-la.

— Tuer une chauve-souris ! Le symbole du bonheur en Extrême-Orient ! L'annonciatrice de la pluie chez les Indiens runi ! L'image de la perspicacité en Afrique ! La déesse aux grosses mamelles qui siège auprès d'Artémis ! hulula Roberto.

— Et la divinité de la mort chez les Mexicains ! Alors, arrête de faire de l'humour, je t'en prie, tu sais que je déteste ces bestioles !

— Certaines sont comestibles, mon amour...

— Cesse immédiatement ces horreurs ou je te quitte, dit Diodata, en allant s'enfermer dans le salon.

Avec les moustiques, les chauves-souris étaient l'autre fléau de cette île qu'elles infestaient par centaines. Roberto avait une technique qui répugnait fortement à Diodata et lui venait de son père, Ercole Tommaso : il tuait la chauve-souris, « fort proprement », en lui donnant un coup de fouet sur l'aile ! Après un beau vacarme, mélange de petits cris aigus, de claquements de fouet et de poursuite sur le carrelage de la cuisine, le silence s'installa. Roberto jeta le petit animal à la poubelle, ouvrit la porte et rejoignit Diodata. Elle était affalée sur le canapé, épuisée :

— C'est le moment de la soirée que je préfère.

— Enfin seuls, dit Roberto. Je les adore mais ils sont tuants. Ces discussions politiques me fatiguent... Il s'allongea aux côtés de Diodata : La politique... J'aime encore mieux en être victime que complice ; me mettre au service de ceux qui la subissent plutôt que de ceux qui la font...

Diodata lui mit la main sur la bouche :

— Tais-toi, je ne suis pas d'accord avec toi, tu le sais.

— Le manque de courage peut toujours trouver sa philosophie...

— Allez, plus de discussion pour ce soir ; viens, dit Diodata, en se serrant contre lui...

— Quel magnifique, quel bizarre anniversaire, mon amour. Dix ans, je n'arrive pas à y croire !

C'était une nuit claire, et la moiteur du début de soirée était tombée. Une brise légère soufflait de telle sorte qu'il n'y avait plus ni moustiques ni maringouins.

— Si nous allions sur la plage, proposa Diodata.

— Tu n'es plus fatiguée ?

— Non. J'ai envie de toi.

La mer était lisse et s'en dégageait une odeur enivrante. Au loin, brillaient les lumières de quelques cargos qui croisaient dans le golfe du Mexique. Les pieds au bord de l'eau, balayés par de minces vaguelettes, Diodata et Roberto dessinaient des cercles dans le sable. Dans le petit trou d'eau qui rejoignait sur la gauche le promontoire rocheux, des aiguilles de mer, attirées par les lumières de la maison, se maintenaient à contre-courant, semblant luire du même vert que celui de l'eau. Diodata, qui s'était laissé dévêtir par Roberto, le déshabillait à son tour, rapidement, avidement. « Viens sur moi », murmura-t-elle, tout de suite. Se retenant au-dessus d'elle, sur ses coudes, pour ne pas trop peser sur son corps, il s'appuya doucement et, tout aussi doucement et irrésistiblement, lui écarta les genoux. Diodata se sentait douce, déjà humide, et lorsqu'elle prit son sexe pour l'introduire en elle, elle imaginait qu'il était comme l'étrave d'un beau navire. Elle sentait, le long de son corps nu, la caresse des grains de sable et l'eau, sous elle, qui venait la lécher. Elle avait les yeux ouverts. Elle voulait voir le ciel, regarder ce visage tant de fois aimé, se perdre dans son odeur. Roberto, en mouvement, roulait sa tête sur l'épaule de Diodata, tantôt l'embrassant longuement jusqu'à la suffocation, tantôt passant sa langue à la commissure de ses lèvres. Elle le sentait gonflé et tendu en elle. Elle s'accrochait à lui, serrait ses doigts sur le creux de ses reins et à l'intérieur de ses cuisses pour le retenir, pour consolider son étreinte, qu'il ne s'en aille jamais. Soudain, elle se vit se défaire au-dessous de lui, se laissant aller brisée, nerfs coupés, merveilleusement naufragée. Elle s'endormit, en songeant qu'à une vingtaine de mètres de là, dans l'eau profonde, tournoyaient des requins. Quand elle se réveilla, après quelques secondes à peine, elle fut prise de tremblements, elle avait froid. Roberto la caressait tendrement, ému. Doucement, il s'arc-bouta sur ses genoux et sur ses coudes et se retira d'elle. Les veines bleues de son sexe toujours saillantes. Il n'avait pas joui, mais il était heureux.

Roberto devança la question de Diodata :

— Ne t'inquiète pas, tout va bien.

— Mais toi ?

— Une autre fois. Viens.

Ramassant des serviettes qui étaient restées sur la plage, il en couvrit les épaules de Diodata et la prit dans ses bras. Dans un faux mouvement, il arracha le collier qu'elle portait autour du cou. Les perles glissèrent une à une, lentement sur le sable.

— Quel maladroit je fais ! dit Roberto. Quel idiot ! Ça va nous porter malheur !

— Mais non, quelle importance !

— Je te l'avais acheté à Turin…

— C'est loin.

— Trop loin… Cet anniversaire m'a rendu triste ! Bugs a raison. Personne ne sait d'où nous venons. Le château à Cortanze, les courses automobiles, tes poésies futuristes. Tout notre monde est parti en fumée. Mais existe bel et bien toujours quelque part.

— Mais bien sûr, monsieur le vice-roi, et rien n'est perdu.

— « Vice-roi », « vice-roi », ça ne veut plus rien dire. Nous ne sommes rien ici. L'Italie me manque. Mon passé me manque. D'où je viens me manque.

— Tu crois être le seul, Roberto ? Derrière nos sens, nos cœurs, notre vie, se cache une terre promise, qui résiste au temps, aux révolutions, aux exils, aux langues abandonnées puis reconstruites, aux biographies fabriquées après coup. Cette terre promise, c'est la langue maternelle qu'on n'abandonne jamais définitivement, qui nous manque douloureusement. C'est la vraie patrie.

— Même si l'on déclare péremptoirement, à la face du monde : « C'est curieux, plus j'y pense, plus je suis convaincu qu'il arrive un moment dans la vie où l'homme cesse d'avoir besoin de sa patrie ? »

— Évidemment ! Nous ne sommes pas comme ces bestioles nées de l'eau et qui ont fini par sortir fouler le plancher des vaches.

Roberto, depuis longtemps, ne savourait plus la solitude de ce lieu du bout du monde. Plongé dans une émotion amère, il savait que derrière lui, de l'autre côté de l'océan et des montagnes, un vaste monde continuait à vivre, un monde de souvenirs et de convulsions, le sien, et qu'un jour il le traverserait de nouveau. Et, au centre de ce monde, émergeant de la brume, tout à la fois plus et moins qu'un souvenir, indépendante de sa volonté, et revenant avec sa netteté première dans les circonstances les plus différentes et les moments les plus inattendus du jour et de la nuit, une image : celle du château de Cortanze, avec sa grille, sa galerie de portraits, la bibliothèque paternelle, ses couloirs, ses pièces voûtées, son assemblage brique sur brique si typiquement piémontais... Cet ensemble composé, fabriqué de multiples bâtisses hétéroclites et adossées à la diable, lui apparaissait soudain avec tant de force renouvelée, à chaque résurrection, qu'on pouvait dire qu'elle entraînait avec elle un univers entier de nostalgie blessante, le faisant s'agiter, gémir, frémir, geindre, pour toute la durée du jour, sur le théâtre de la veille.

— Diodata, plus jamais je ne retrouverai le château de ma famille ; plus jamais je ne conduirai une voiture de course. Tout ce qui m'appartenait est perdu.

— Écoute, Roberto, qu'on le veuille ou non, nous sommes des émigrés, et nous ne pouvons pas nous permettre d'être déprimés. Celui qui est déprimé ne s'exile pas, il reste chez lui ! Quand on décide de larguer les amarres, comme on l'a fait il y a dix ans, c'est parce qu'une force a mis en nous une révolte, si petite soit-elle, et qu'elle nous a dit que, même seuls, exilés, orphelins, nous avions la capacité de réussir.

— Et l'enfance, Diodata, tu en fais quoi ?

— L'enfance est un rêve perdu.

— Mais c'est ce rêve qui est le moteur de notre identité !

— N'avais-tu pas déjà perdu une partie de ton enfance en émigrant à Marseille, quand ton père a dû quitter Cortanze ?

— Nous n'allons tout de même pas passer notre vie à errer à travers le monde ?

— Écoute, Roberto, je me dis parfois qu'il faut être son propre historien pour pouvoir inventer son identité perdue. La personnalité n'est rien d'autre que le mythe que nous forgeons à mesure que nous avançons. Sans ce mythe, il est impossible de continuer à vivre.

— Mais je ne veux pas vivre sans mémoire, moi !

— Qui te le demande ? On comprend souvent mieux la réalité à partir des mensonges de la mémoire.

— Pas de la mémoire… De la réalité, ce n'est pas la même chose.

— Alors, utilise ta vie chaotique pour trouver une identité stable, une cohérence, pour trouver qui tu es.

— Rentrons, mon amour. Il faut aller dormir. Je me sens si las…

Allongé sur le lit, alors que Diodata était plongée dans un profond sommeil, Roberto songea que ses soucis ne faisaient sans doute que commencer. L'argent qu'il avait apporté de France avait depuis longtemps disparu, si l'on exceptait les valeurs qu'il avait placées à la Banca romana de Marseille, et qu'il faudrait bien un jour – mais comment ? – récupérer. La petite entreprise de réparation de machines et de transports, montée avec William Howard, et censée remplacer la ligne de chemin de fer réunissant entre eux les îlots, et détruite par l'ouragan de 1926, déclinait lentement. L'île, qui, quelques années durant, avait été le grand port de commerce des Antilles, était retombée dans son isolement. La construction de l'Overseas Highway, destinée à prolonger l'US 1, était reportée d'année en année. La grande station de villégiature nationale et internationale, promise par les élus, n'était plus guère qu'un mirage auquel plus personne ne croyait. Aussi, les camions, camionnettes et autres taxis de la Roero & Howard Corporation n'intéressaient plus personnc. L'écart qui séparait aujourd'hui le pays rêvé de Roberto et de son pays réel était trop grand ; et trop âpre la vérité qu'il avait fini par mettre au jour : on ne passe jamais du possible au réel, mais tout juste de l'impossible au vrai.

La brise était tombée. Dans l'aube approchante de Key West, alors que montait déjà une chaleur étouffante, faite d'un air humide et chargé de sel, ruminant ses pensées, Roberto s'appliquait à tourner autour de son petit doigt la chevalière qu'il avait héritée de son père, sur le large chaton plat de laquelle étaient gravées les armes de sa famille : un écu timbré d'un casque de marquis, soutenu, à dextre et à sénestre, par deux hommes sauvages appuyés sur une massue, laissant apparaître en son sommet un hallebardier tenant dans sa main libre un phylactère portant la chère devise : *À bon rendre*.

3

Situé dans Caroline Street, tout près de la chambre de commerce, le *Tripoli Bar* était la propriété conjointe de Piero Pozzi et de Bugs Drucci, le premier s'occupant de l'intendance et le second de l'approvisionnement. La nuit, des étages qui faisaient accessoirement maison de passe, s'échappaient une assourdissante musique de rumba, l'écho de rixes entre matelots et de profonds soupirs. Le jour, il y régnait un calme policé, une lenteur doucereuse. Rares étaient ceux qui s'y enivraient. Fréquenté par des politiciens cubains qui venaient y jouer au billard, des agents des douanes et de l'immigration, des sénateurs en vacances, des membres de l'American Legion et des agents du FBI, des rouleurs de gros cigares, des canonniers de la marine nationale et des terrassiers arrivés par le car du chantier d'Islamorada, il était un havre de paix bien réel et une source inépuisable de ragots et de nouvelles en tout genre. Si ce n'est le monde entier, du moins tout ce qui constituait l'univers subtropical de Key West semblait s'y agglutiner pour y faire de bonnes et de moins bonnes affaires sous les hauts plafonds et le ventilateur dont les pales tournaient au-dessus du comptoir qui s'étendait d'un bout à l'autre de la salle. On y servait chaque jour un nombre impressionnant de plats chauds et froids, pour l'essentiel à base de riz, de porc frit, de poisson, de jambon et de fromage. On y préparait évidemment aussi de solides daïquiris dans de grands shakers, des *mojitos* bien pourvus en *hierbabuena*, de la bière, du rhum Bacardí et du whisky sous l'œil bienveillant et complice de la police fédérale... Roberto y venait parfois, pour discuter entre amis, y jouer aux dominos ou parler affaires.

— Une soupe aux haricots rouges et une fricassée de bœuf pommes nature, dit-il à l'adresse du garçon.

— La même chose et une Hatuey bien fraîche, ajouta Bugs Drucci qui, ouvrant la porte du bar, laissa entrer avec lui la lumière vive venant de l'extérieur. Tu permets que je m'assoie, ajouta-t-il, en jetant son panama sur la chaise voisine de celle de Roberto.

— Évidemment.

— Tu ne m'en veux pas pour hier, j'espère. L'alcool fait dire beaucoup de conneries.

— On avait tous un peu raison, non ?

— La « raison » nous trompe si souvent... dit Bugs, rêveur. Puis, prenant le bras de son ami affectueusement : Roberto, ça ne va pas très fort, hein ?

— Je m'ennuie, Bugs, et nous n'avons plus un sou. Je ne sais pas si tu as lu le journal ce matin mais un navire chargé d'immigrants siciliens a été attaqué, dans le port de New York, par plusieurs centaines d'ouvriers. Six morts en quelques minutes, dont un *dago*, comme ils disent là-bas, pendu à une lanterne et fusillé à bout portant à coups de carabine ! Si la police n'était pas intervenue, on assistait à un lynchage en règle. Un jour ou l'autre, nous partirons d'ici Bugs.

— Prends la nationalité américaine...

— Jamais.

— Depuis l'histoire Sacco et Vanzetti, les tensions xénophobes n'ont jamais été aussi fortes. Et je ne te parle pas de l'immigration des populations méditerranéennes : bientôt elle sera réduite à sa plus simple expression. Hier soir, on parlait de Hoover, tu sais quelle est son image de l'Italien ? « Duplicité, mauvaise foi, malhonnêteté, absence de scrupules... » Finalement, je remercie mon père de m'avoir donné la nationalité américaine ! Comme ça, on me fout la paix ! Enfin, presque...

— Je croyais que tu étais plus américain que le plus indécrottable des descendants du général Sherman !

— Quand ça m'arrange...

— J'ai refusé la nationalité française, ce n'est pas pour...

— Je ne savais pas...

— Je te raconterai un jour, peut-être...

— J'ai bien une solution, mais tu n'accepteras pas...

— Dis toujours.

— Un bateau venant de Cuba doit me livrer deux cents caisses de Bacardí aujourd'hui...

Derrière son comptoir, l'air soupçonneux, Piero fit un signe à Bugs, se pinçant le nez comme si une mauvaise odeur venait soudain d'empuantir le bar, montrant deux hommes en panama qui sirotaient un gin tonic avec un zeste de limon et quelques gouttes d'angustura.

— Viens, montons à l'étage, dit Bugs, en enfonçant son panama sur la tête de Roberto qui accepta la coiffe de paille sans broncher.

La salle de billard était vide et silencieuse, sans son chahut habituel et son caractéristique cliquetis de boules frappées les unes contre les autres. Il faisait sombre et frais.

— Le *Black Fountain* n'est pas assez grand, il me faut un deuxième bateau... Je ne peux pas les faire partir du même endroit. Trop risqué. J'ai besoin de deux barreurs par bateau... On ne sait jamais...

Roberto se tapa sur la tête avec les deux mains comme pour signifier à Bugs qu'il était devenu fou :

— Tu rigoles ou quoi ? Que tu sois un *rum runner*, c'est ton affaire, mais le jour où la police va te tomber dessus, tu y iras droit en prison ! Et moi...

— Quoi, toi ? Tu as des ennuis financiers, oui ou non ?

— J'ai un trou de deux mille dollars dans la caisse de l'entreprise. Si je ne trouve pas l'argent, on ferme.

— Va me chercher ces foutues caisses, et tu auras le double...

— Tu n'as rien d'autre à me proposer ? Liquider un rival, tabasser un flic, assassiner le président des États-Unis ?

— Idiot ! Si j'avais l'argent, je te le passerais tout de suite. Je te paie pour une transaction, un boulot, c'est tout.

— Au fond, je te rends service !

— Tu m'emmerdes, Roberto. Je n'ai rien d'autre à te proposer...

— Et Diodata, qu'est-ce que je vais lui dire ?

— Tu dis tout à ta femme ?

— Ce n'est pas ma femme, et je lui dis tout.

— Tant pis, je m'arrangerai autrement... dit Bugs en faisant mine de se lever.

— Attends... Ça consiste en quoi exactement, ton boulot ?

— Départ immédiat à bord du *Flamingo*, pour attraper la marée. Eliades sera avec toi. Vous faites semblant de partir à la pêche. À vingt mille milles à l'est, un yacht battant pavillon mexicain vous accoste. Le chargement est effectué en moins d'une heure. Il est une heure de l'après-midi. Vous êtes revenus avant six heures.

— En cas d'interception par la « marine des voyous » ?

— Des garde-côtes ? Vous balancez tout aux requins, à moins qu'ils ne vous coulent avant !

La météo du port avait annoncé une forte brise et une mer assez calme. Tandis que Roberto alignait sur le pont les quarts de fer-blanc contenant les appâts que Sandrino était allé chercher pour lui, Eliades, arborant un tricot de peau d'un blanc immaculé, vérifiait les lignes, écartant celles qui étaient endommagées. Les avançons, les gros hameçons, les moulinets bien remplis, tout était maintenant en ordre. Le plein était fait. Roberto était monté à bord du *Flamingo* pour évaluer l'état des moteurs et en profiter pour lancer quelques lignes, non pour la pêche au gros mais dans l'éventualité de prises plus petites :

bonites, sérioles, petits thons, perches jaunes, bars, rougets, ou tout autre spécimen marin qui se presserait sur leur passage, comme autant de joyaux sous les avancées de corail. Telle était du moins la version qu'il avait donnée à William Howard, son associé.

Eliades mit le premier moteur en marche puis le second, monta sur la passerelle aux commandes extérieures, et enclencha la manette bâbord. Le bateau vira avec la marée, quitta lentement le port, s'écartant de la zone de palétuviers, et s'engagea dans la passe, au milieu des bouquets de coraux brunâtres et de gorgones éventails violettes se balançant mollement au rythme des vagues. Les moteurs tournaient sans heurt, silencieusement. Lorsqu'ils eurent dépassé les bancs gris qui bordaient le chenal de chaque côté, le soleil apparut derrière la ligne de cocotiers. Un soleil d'après-midi, tapant fort. Bientôt, ils rencontrèrent une longue houle de hauts-fonds, puis mirent le cap au sud pour atteindre la profonde eau bleue et s'éloigner ainsi des écueils du récif extérieur.

Les deux hommes étaient muets. Ce fut Eliades qui rompit le silence :

— Tu n'es pas porté sur le rôle d'équipage, Roberto, ils sont capables de nous coller une amende au débarquement et de monter à bord…

— On verra bien… se contenta de répondre Roberto, qui sentait la peur monter lentement en lui. Une peur différente de celle qu'il avait connue, il y avait bien longtemps, lorsqu'il triomphait sur les routes d'Europe au volant de ses Mors, de ses Auto-Union, Panhard et Levassor, Darracq, Gillet-Forest, Peugeot et autres Fiat. Une peur imbécile, sans objet. Une peur de lâche, de menteur, de petit malfrat qui fait un mauvais coup pour se renflouer. Roberto se méprisait. Comment avait-il pu tomber si bas, ici, à Key West. Cette île que d'aucuns voyaient comme un paradis de deux kilomètres et demi de large sur sept de long était un enfer : son tombeau.

Le bateau était maintenant arrivé à la lisière du courant du Gulf Stream, on voyait par endroits, dans ses eaux presque violettes, d'impressionnants tourbillons. Un vent d'est commençait de se lever, et l'étrave du *Flamingo*, fendant l'eau, faisait jaillir de gros poissons volants aux ailes noires. Cuba était à quelques milles, là-bas, à bâbord, derrière le léger rideau de brume qui descendait sur la mer. Le *Flamingo* parvint à l'endroit indiqué du rendez-vous. Roberto n'avait pas vu le temps passer. Eliades mit les moteurs au ralenti et rejoignit Roberto.

— Il n'y a plus qu'à attendre, dit-il tout en soulevant un des panneaux qui couvraient les réservoirs de fuel.

Il en sortit un étui plat, en grosse toile de jute, alourdi par une couche impressionnante de graisse, et en tira avec d'infinies précautions un fusil automatique dont le canon avait été scié et une mitraillette à laquelle il adapta un chargeur.

— On ne sait jamais…

Eliades ne tenait pas en place. Au bout de quelques minutes, il confia à Roberto que, le deuxième cylindre du premier moteur ne donnant pas assez, il fallait remplacer les bougies. Ce qu'il fit immédiatement, jetant les bougies usées à la mer.

— Le voilà, lui dit Roberto, en voyant s'avancer vers eux un haut yacht blanc battant pavillon mexicain.

Les hommes d'équipage étaient visiblement rodés à ce genre d'exercice. Ils portaient des cagoules et des gants. Chacun, à son poste, faisait glisser les caisses le long de l'échelle de coupée du yacht, en silence et dans le calme. Bugs Drucci n'avait pas menti. En moins de quarante minutes l'opération était terminée. Le *Black Fountain* arriverait, lui, trois heures plus tard en provenance de Bimini, barré par Piero Pozzi. Eliades remit les moteurs en marche, rangea sa mitraillette et le fusil, et, par mesure de précaution, vira cap pour cap, avant de reprendre la direction de Key West. Les deux hommes burent une bière en regardant la mer dont la surface n'était plus qu'une vaste plaine ondulante parsemée d'algues vertes, de physalies roses et d'étonnantes plaques membraneuses de méduses qui, à cette époque de l'année, ne manquaient jamais d'infester la surface de l'eau. Le phare de Key West fut bientôt en vue, coupé de biais par la fumée noire d'un pétrolier se dirigeant vraisemblablement vers Tampico, et venant sans doute du sud. Il avait été convenu que le *Flamingo* ne suivrait pas, pour son retour à Key West, sa route habituelle mais contournerait l'île par le Cow Key Channel, afin d'éviter le garde-côte qui croisait au large de Fort Zachary Taylor.

Après avoir caboté le long du chenal tortueux, parmi les brisants et les remous clapotants que la brise du nord soulevait contre la marée, le bateau reprit de la vitesse en s'engageant dans les eaux du golfe du Mexique puis retrouva enfin le petit port de Key West. Si ce n'est la longue houle qui avait accompagné, en fin de parcours, le bateau jusqu'aux premières rangées de palétuviers protégeant les abords de Key West côté nord, et qui avait donné aux deux hommes un pénible mal de mer, tout s'était miraculeusement bien passé. « Comme dans un rêve », « un mauvais rêve », pensa Roberto. Sur le quai, Bugs Drucci, panama vissé sur la tête, et cigarette enfoncée dans la bouche, attendait le retour du bateau.

— Alors, ces moteurs ? demanda-t-il à Roberto, en lui remettant discrètement l'enveloppe contenant les quatre mille dollars promis.

— Ils peuvent encore servir plusieurs années, mais je ne remonterai plus jamais sur ton rafiot, dit Roberto, il sent trop le poisson pourri… J'ai envie de vomir, Bugs. Une sacrée envie de vomir.

4

— Enfant, j'avais l'habitude de couper le jour par des persiennes closes, c'était comme un semblant de nuit…

— Et aujourd'hui ?

— Aujourd'hui, je ne sais plus, Diodata. C'était un luxe, sans doute. Maintenant, c'est le jour ou la nuit. Ce n'est plus moi qui décide. Tout me paraît dangereux. Le silence, la lumière. Les rêves qui reviennent sans cesse me tourmentent.

— Tu mets trop de mots partout. Cesse de les voir comme des blessures qui te séparent du monde.

— Comment veux-tu ? La catastrophe est partout. Elle est écrite. Comme si la réalité et les mots ne faisaient plus qu'un. Je n'ai plus de prise sur rien. Je suis inutile.

— Regarde autour de toi, dit Diodata. Ouvre les yeux. Que vois-tu ?

Roberto se mit sur le ventre, enfonça ses coudes dans le sable, et posa son menton sur ses mains. Il sentit les poils de sa barbe. Ce matin, il ne s'était pas rasé.

— Je vois une longue plage blanche, sur un îlot à plusieurs milles de Key West, avec des cocotiers derrière. Des récifs avec la mer qui déferle dessus. Le sable de la plage est blanc, si blanc qu'on a mal aux yeux en le regardant. Et il n'y a personne. À une trentaine de mètres, parmi les palétuviers, je vois un bateau, mouillé dans une eau verte, et j'imagine sur le fond l'étendue de l'ombre du bateau.

— Pour aujourd'hui, Roberto, dit Diodata, agenouillée à côté de lui, et faisant aller régulièrement la paume de ses mains de ses reins à sa nuque, ne demande rien d'autre.

Lorsque Diodata s'allongea sur lui, Roberto sentit sur son dos ses seins et son ventre, chauffés par le soleil. Dans cette après-midi qui s'avançait, saturée d'air surchauffé qui devenait de plus en plus brûlant, on eût dit que cette femme, entièrement nue sur l'homme qu'elle aimait, avait tiré sans effort sa chaleur de quelque immense brasier.

— Nous sommes en vie. Et notre vie n'est pas terminée. Elle ne fait même que commencer.

— J'en ai assez de vivre dans le mensonge, la médiocrité.

— Quel mensonge ? Quelle médiocrité ?

— Cacher mon nom véritable, mon histoire : voilà le mensonge !

— Nous en sommes tous là, chacun à sa manière... Quant à ta soi-disant « médiocrité », je ne la vois pas.

Roberto se dégagea de l'étreinte de Diodata. Assis à côté d'elle, il lui montra le *Flamingo*. L'eau de la baie, immobile et unie, ressemblait à une immense coulée de basalte. Clair comme le gin le plus pur. On n'aurait pu rêver calme plus absolu. Pas un souffle ne venait de la mer. Aucun oiseau, à cet instant précis, dans l'air inerte. Pourquoi fallait-il que tant de beauté, tant de bonheur ne suffisent pas ?

— Tu vois le *Flamingo* ? Tu sais à quoi il sert ?

— Non, répondit Diodata, soudain sombre.

— Je crois que je viens de faire une des plus grosses âneries de ma vie...

— Je ne comprends pas...

— Je suis allé chercher des caisses d'alcool de contrebande pour Bugs. J'avais besoin de deux mille dollars pour l'entreprise.

— C'était la première fois ?

— Oui.

— Bugs voulait t'aider, à sa façon. Il sait bien que tu ne feras jamais partie de sa bande...

— Lui non, mais les autres ? Quand tu mets le doigt dans cet engrenage, tu es foutu... Et puis tout ça est illégal, dangereux. C'est tout de même la Mafia qui est derrière tout ce trafic !

Maintenant à plat ventre sur le bord de l'eau, Diodata regardait le fond, les éventails marins et les plumes marines, les bernacles, les coraux, les panaches éclatants des poissons arc-en-ciel.

— Écoute, tu as fait ça une fois, et tu oublies, c'est tout. Tu n'as tué personne ! On traverse un moment un peu difficile, mais on va s'en sortir. Mes collaborations à *Il Baretti* et *La Cultura* commencent à me rapporter de l'argent. Mes reportages plaisent. Langston cherche un reporter pour son nouveau magazine, *Essential*, une sorte d'équivalent féminin d'*Esquire*. Il me propose une avance de trois mille dollars sur mes futurs articles.

Roberto sourit :

— Tu as sans doute raison, dit-il, en venant s'allonger sur Diodata.

Il sentait contre lui ses fesses rondes et fermes qui commençaient de bouger doucement.

— Prends-moi comme ça, lui dit-elle.

L'air avait un goût très fort de poisson et d'iode. Des vagues vert et blanc déferlaient sur la plage car le vent s'était levé. Ils jouirent ensemble, les yeux tournés vers la mer, regardant la ligne des brisants.

Alors qu'ils se rhabillaient, Roberto montra à l'extrémité droite de la caye plusieurs spatules roses à large bec qui couraient, rapides et légères, dans la marne au bord de la lagune. Elles avaient l'air indifférentes, presque tristes. Elles étaient certainement affamées. Diodata voulut leur lancer quelque chose à manger, des miettes de leur pique-nique. Les oiseaux s'envolèrent, effrayés. Un vol de flamants roses s'approchait, fondant sur ses proies, pattes tendues immobiles, cous inclinés vers le bas, ailes rose et noir battant en cadence. Diodata et Roberto observèrent la scène, émerveillés. Les spatules échappèrent à leurs prédateurs. Ces derniers, comme absents, virèrent à angle aigu, retraversèrent la caye et disparurent en une étrange formation colorée dans la lumière de la fin de journée parcourue de longs filaments rouges.

— Il ne faut rien dédaigner, mon amour, dit Diodata. Le bonheur est une recherche permanente. Il faut y employer toute sa vie, son expérience, son imagination…

— Allez, rentrons, dit Roberto, il faut redescendre sur terre.

Le *Flamingo*, filant vingt nœuds, se dirigea d'abord vers le nord pour éviter les courants toujours forts, dans cet endroit et à cette heure de la journée, puis changea brusquement de cap pour reprendre la route de Key West. La mer était agitée par une forte houle de sud-ouest. La proue plongeant en avant, le bateau s'enfonçait de quelques mètres et se redressait au-dessus des vagues avant de frapper de nouveau bruyamment l'eau, tantôt d'un vert sombre, tantôt brune. Diodata tenait la barre avec cette belle assurance qui avait tout de suite plu à Roberto, lors de leurs premières sorties en mer, à l'extrémité ouest des Keys, autour des îles coralliennes des Dry Tortugas. Bien que le rideau de la nuit ait fini par se refermer brusquement sur cette belle journée, il faisait encore très chaud. Le rayonnement glauque des étoiles éclairait très distinctement ce qui était proche, comme l'arrière du bateau où l'on pouvait encore apercevoir des nuées de petits poissons s'agiter autour de la coque, mais ne laissait plus rien voir de ce qui était au loin. Les côtes de Key West étaient invisibles et, sur le bateau même, l'armature métallique du pont volant, qui oscillait lentement, de côté et d'autre, lançait des ombres diffuses tantôt courbes tantôt plates. Du cockpit Diodata et Roberto pouvaient voir la mer qui s'ouvrait avec un bruissement léger et se brisait en gerbes d'étincelles. Il leur semblait que l'eau, caressant le flanc du *Flamingo*, ouvrait un réseau sensible de scintillements, un sillage fantôme, accompagné d'une bande de poissons phosphorescents, plus ou moins nette en fonction des profondeurs changeantes sur lesquelles glissait le bateau. C'était étrange, mêlés au parfum de la marée, on avait l'impression que le bateau charriait des relents de goudron, de poissons et de sang. Sous la lune d'ébène, la mer devenait insensiblement une chose noire, solide, qui paraissait immobile. Le *Flamingo* glissait sur de la réglisse.

L'épais feuillage des casuarinas de Key West jaillit soudain de l'ombre, presque aussitôt dominée par la lumière blanche de la lune qui se réveilla, comme par enchantement.

— Prends la barre, j'ai peur, dit Diodata.

— Pourquoi ? répondit Roberto. Nous sommes presque arrivés.

— Je ne sais pas. Que tout ce bonheur s'arrête…

Arbre après arbre, telle une double rangée de piliers célestes, les palmiers du chenal qui menaient à l'emplacement où viendrait s'amarrer le bateau apparaissaient dans le lointain, comme une souricière. Diodata qui n'avait jamais vraiment aimé les brefs couchers de soleil tropicaux de Key West, leur pourpre splendide et sanglante, trouvait cette fois que ce retour nocturne, dans sa sombre couleur, dans son silence inhabituel, sans bourdonnement de moustiques, sans trilles de cigales, sans coassement de grenouilles, sans tapage, sans musique, sans ivrognes, sans ânes hennissant, sans ombre surgie en pleine lumière, sans vent soudain tombé comme par enchantement, semblait contenir quelque menace singulière.

Aussi, quand rentrée dans leur maison de West Martello Tower Street, elle put enfin regarder, par la fenêtre, sa mer familière, dure, toujours neuve, toujours verte et bleue dans la nuit, avec, se détachant nettement, à plusieurs milles au large, la silhouette d'un cargo qui serrait les brisants afin de ne pas gaspiller de combustible à contre-courant, l'angoisse du retour se dissipa immédiatement. Diodata venait de passer une adorable journée d'été subtropicale, chargée de sel et de soleil, et maintenant elle pouvait jouir tout à loisir de la légère brise du nord que brassaient les branches nonchalantes des palmiers.

Soudain, on frappa à la porte. Diodata et Roberto se regardèrent.

— J'y vais, dit Roberto. Sers-nous un bon thé glacé, pendant ce temps.

L'homme qui se présenta à Roberto était vêtu d'un costume défraîchi de toile bleu clair, portait des chaussures vernies, tenait dans une main un canotier et dans l'autre une serviette en cuir fauve avec un fermoir nickelé. De petite taille, corpulent, le cheveu gras, le singulier visiteur suait à grosses gouttes. Tout, dans ses manières, dans sa façon de se tenir, de bouger, dans son air, dans sa bouche surtout, respirait la veulerie. Il semblait aussi lâche et mou que ses vêtements étaient élimés, sans tenue. Il aurait eu besoin, dans son intérêt, qu'on le surveille et qu'on le pousse, mais sans doute faisait-il partie de ces gens qui trop préoccupés de trouver une excuse à leur lâcheté oublient de commencer par en éliminer les signes extérieurs.

— Je vous prie d'excuser l'heure tardive, dit-il en pénétrant dans le salon sans y avoir été invité. Je suis envoyé par l'*ingegnere* Pietro Gasparri, journaliste à *Il Bargello*, que vous connaissez sans doute…

— Non !

— La revue romaine, porte-parole de l'Italie nouvelle…

— Et alors ? demanda Roberto.

— Je vous prie, une nouvelle fois, de bien vouloir excuser cette visite tardive… Je dois vous expliquer… Francisco da Pinedo, ami personnel du Duce, a traversé l'Atlantique, à bord d'un extraordinaire petit avion blanc, le *Santa Maria II*. Quelle merveille, quand il s'est posé, en une gerbe d'écume, sur les eaux bleues du lac Michigan ! On l'attendait depuis une semaine. Quelle merveille, vraiment ! L'*ingegnere* Pietro Gasparri a dû accueillir ce compatriote glorieux à Chicago... Nous avons pris le train aussi vite que nous avons pu et...

— Mais enfin, qu'est-ce que vous voulez ? demanda Roberto, agacé par ce flot ininterrompu de paroles.

— Notre journal a lancé une sorte d'enquête auprès des Italiens qui ne vivent pas en Italie. Nous sollicitons leur avis sur...

— Nous avons quitté l'Italie il y a très longtemps, dit Roberto.

— Peu importe. C'est presque mieux. Du moins, est-ce, je crois, l'avis de l'*ingegnere* Pietro Gasparri.

— Personne ne nous connaît. Nous ne sommes rien. Notre avis importe peu...

— Détrompez-vous, cher monsieur. Chacun a un passé, une histoire... Et dans l'Italie nouvelle, chaque voix est importante. Si l'*ingegnere* Pietro Gasparri a pensé à vous, c'est qu'il avait d'excellentes raisons...

— Vous perdez votre temps, monsieur.

L'homme triturait son canotier entre ses doigts courts et gonflés. Il faisait peine à voir. Il était répugnant. Pas un seul instant, il ne s'était adressé à Roberto en le regardant dans les yeux. Il poursuivit son boniment d'une voix monocorde, égrenant une série de mesures, de faits, de gestes censés convaincre Roberto :

— L'Italie est un pays qui change. La signature de l'accord avec le Saint-Siège a apporté une solution définitive au conflit entre l'Église et l'État. Ce n'est pas rien, là où Cavour et Giolitti avaient échoué, Mussolini a réussi de manière éclatante. D'ailleurs, Pie XI considère avec une très vive sympathie le régime fasciste. C'est une immense victoire. Sans parler du reste : la « bataille du blé », le vaste programme de travaux publics, financés par l'État, l'électrification ferroviaire, la construction de tunnels, le développement du réseau d'autostrades, les travaux d'urbanisme de Rome. L'Italie sort du marasme, de l'isolement…

— Vous oubliez les lois dirigées contre la presse et les associations, l'annulation de tous les passeports pour l'étranger, l'usage immédiat des armes contre les émigrés clandestins qui tentent de franchir la frontière… laissa échapper Diodata, qui venait d'entrer dans le salon, une carafe de thé glacé à la main ; regrettant immédiatement de n'avoir su se contrôler.

L'homme fit un geste de la main qui voulait dire qu'il n'y avait là rien que de très normal :

— Quelques petites mesures hélas nécessaires…

— Tout ça ne nous concerne en rien, rétorqua Roberto, espérant détourner l'intérêt du fouineur.

— Je comprends bien, cher monsieur, je comprends bien, dit l'homme, en remettant son canotier sur sa tête, tout en se dirigeant vers la sortie.

Puis il s'arrêta, se retourna lentement et, sans se presser, presque trop calmement, ouvrit sa serviette et en tira une grande enveloppe blanche qu'il tendit à Roberto et à Diodata :

— Lisez attentivement ces documents. Ils contiennent des renseignements qui devraient vous intéresser. L'*ingegnere* Pietro Gasparri tient beaucoup à ce que vous en preniez connaissance. Il sera pendant deux jours encore au *Marquesa Hotel*, dans Focarty Avenue, au numéro 23. Il vous y attend.

Roberto prit l'enveloppe, se disant qu'ainsi il se débarrasserait enfin de l'importun…

— Adieu, madame, monsieur… veuillez encore m'excuser… je ne suis qu'un simple messager…

Roberto et Diodata regardèrent l'homme sortir de leur maison, s'éloigner, en boitant légèrement, et emprunter le sentier qui menait à la pointe sud de l'île, là où makos, wahoos, lamproies tachetées et requins viennent guetter leurs proies, quand la nuit est bien noire et que l'ombre de leurs nageoires fend l'eau en silence.

Lorsqu'il eut totalement disparu de leur vue, Roberto ouvrit l'enveloppe.

Elle contenait, en effet, plusieurs documents. Le premier était un article, découpé dans le numéro de juin 1923 de la revue *Tifosi*, qui relatait la disparition inexpliquée d'un pilote surnommé « le Vice-Roi » pendant les premières Vingt-Quatre Heures du Mans, alors qu'il était en passe de gagner la course au volant d'une Fiat. Le second était un rapport de police concernant une certaine Diodata Saluzzo, emprisonnée à Turin en janvier 1922, qui aurait dû sa libération de prison à l'intervention d'un dignitaire fasciste, Fabrizio Leonetti, par ailleurs remarquable coureur automobile mort aux Mille Miglia, et grand ami de ce même Vicere... Une lettre était jointe, tapée à la machine, sur papier à en-tête du journal *Il Bargello*, et signée de la main de ce Pietro Gasparri, leur demandant, « en toute simplicité », des renseignements sur leur nouvelle vie à Key West, « sur la pêche au gros, les cocotiers, les choix politiques de Diodata Saluzzo, ses collaborations à des publications antimussoliniennes, ses amitiés avec des communistes italiens, le nouveau métier du "Vice-Roi", la course lui manquait-elle, etc. ». « Rien de grave, en somme, précisait Gasparri. Un témoignage sur la vie d'Italiens en exil. Nos lecteurs adorent savoir ce que sont devenues d'anciennes gloires... Le mieux serait que nous nous rencontrions, suggérait Pietro Gasparri, qui ajoutait au passage: Je serais terriblement déçu, si le fils du dernier vice-roi de Sardaigne déclinait mon offre. » La suite n'était qu'une série de menaces plus ou moins claires, de ragots, de sous-entendus...

Roberto lisait certains passages à haute voix :

— « On dit qu'aujourd'hui des fanatiques profanent les tombes. Rassurez-vous, nous gardons celle de votre père, Ercole Tommaso enterré dans le cimetière de Cortanze, avec autant de soin que nous mettons à veiller sur « votre » château, mais cela ne durera peut-être pas éternellement. »

Diodata et Roberto, défaits, se regardèrent, sans pouvoir se parler.

— « Réfléchissez, songez à toutes ces mesures prises contre les émigrés italiens qui commettent à l'étranger des actes destinés à troubler l'ordre public en Italie ou pouvant porter atteinte au bon renom de la patrie – comme la déchéance de la nationalité italienne, la mise sous séquestre, voire la confiscation des biens –, certes tout cela ne vous concerne pas, mais il serait fâcheux que par un malheureux concours de circonstances... »

Roberto dut s'arrêter de lire à haute voix. Diodata lui prit la lettre des mains et lut la dernière menace. La plus trouble, la plus diffuse, si d'aventure, il s'avérait que, dans cette affaire, on avait pris un couple pour un autre, on se soit trompé de personnes, en somme :

— « Je vais communiquer ces dossiers aux agents du FBI. On ne sait jamais. Peut-être pourront-ils m'aider à retrouver la trace de ces deux immigrés italiens qui ne doivent pas vraiment être en règle avec l'administration américaine... »

La lettre se terminait par la confirmation écrite de ce que leur avait fait savoir oralement l'homme au canotier : Pietro Gasparri était pour deux jours encore au *Marquesa Hotel* dans Focarty Avenue, au numéro 23, et les y attendait... Oubli volontaire ou non, la lettre n'était pas signée, comme si son auteur avait eu peur que cette marque écrite ne dévoile trop d'éléments de sa personnalité intime, de sa nervosité, de sa mollesse, de son intolérance, de son inélégance – sismographe dont les courbes auraient trahi trop de secrets.

Roberto remit les documents dans l'enveloppe et but une gorgée de thé presque froid. Il se sentait vidé. Il reposa, sur la table du salon, la lettre dont il ne savait s'il devait la considérer comme une très mauvaise plaisanterie ou une menace réelle. Diodata prit la parole :

— Ce n'est pas possible ! Dans quelle pièce sommes-nous en train de jouer ? Ce n'est pas possible...

Roberto, qui d'ordinaire trouvait toujours les mots justes, était paralysé, incapable d'articuler le moindre son, d'esquisser le moindre geste. C'était comme si tout s'écroulait. Comme si chacun devait soudain trouver une solution qui n'était bonne que pour lui, sans penser à l'autre, comme si l'un et l'autre devaient, chacun de son côté, tenter de sauver sa peau. Ils restèrent ainsi de longues minutes. Sans bouger. Chacun dans sa détresse, dans sa souffrance. Puis, chacun courut à la rencontre de l'autre, l'embrassant, lui murmurant des mots tendres, comme si dans ces paroles et dans ces baisers ils venaient provisoirement de vaincre une sorte de guerre intérieure, parce que enfin revenus de la nuit, ils avaient trouvé quelqu'un avec qui en parler. Ils se regardèrent. Et ce regard voulait dire souviens-toi, nous avons lu les mêmes livres, vu les mêmes films, les mêmes spectacles au théâtre, souviens-toi, quand l'un a des lacunes l'autre peut les combler. Souviens-toi, il y a en somme, entre nous, cette attitude étrange qui caractérise les amours de jeunesse, quand on a l'impression que l'autre est une sorte de double, de complice contre l'hostilité du monde. Souviens-toi, nous sommes capables de comprendre parfaitement ce que l'autre veut dire, de saisir ses sous-entendus, de prévoir ses réactions, de répondre à ses questions les plus secrètes, et de le guider lorsqu'il se sent perdu.

— Cette enveloppe a annulé en moi toute possibilité d'être heureuse, Roberto.

— Non, c'est tout le contraire. Je viens de comprendre. Tous ces souvenirs tout à coup ravivés, ce passé, ce socle qui nous fabrique, c'est nous, Diodata. Il nous appartient.

— Les souvenirs nous étouffent. Les souvenirs sont des peaux mortes.

— Non. Il faut retourner en Europe, en Italie. Attendre, certainement, mais ne jamais perdre de vue ce retour. La seule beauté ici, c'est la mer. Mais cette beauté ourlée, ondoyante, efface notre passé, l'abolit. C'est une beauté sans racine. Nous ne dirons jamais que Key West, malgré les plages de sable, la mer violette, la douceur de la voûte céleste qui peut sembler éternelle, restera l'époque la plus heureuse de notre vie.

— Où veux-tu en venir ?

Roberto ne répondit pas immédiatement, quelque chose venait de le frapper dans l'expression du visage de Diodata. Quelque chose de familier, mais qu'il ne pouvait pas immédiatement identifier. Soudain, le souvenir revint, comme un oiseau ramené par un vent léger : il reconnut sur le visage de Diodata l'expression qu'elle avait eue le jour où il l'avait rencontrée pour la première fois, dans la grande salle blanche et or du *Caffè Molinari*, juste avant que n'éclate la guerre, en 1914.

Alors, il déchira l'enveloppe et son contenu en une multitude de petits carrés de papier qu'il lança en l'air et qui se répandirent sur le sol. Durant quelques secondes, Roberto eut une vision étrange, comme si cette nuée de confettis, se multipliant à l'infini, avait entièrement recouvert la pièce dans laquelle il se trouvait au côté de Diodata, la transformant en une énorme « boule de neige », de celles qui avaient fait la joie de son enfance, et qui, aujourd'hui, tout à la fois l'emprisonnait, le protégeait et lui offrait les clefs d'une liberté nouvelle.

— Je sais maintenant que le bonheur est simplement l'éblouissement qui nous donne soudain l'impression que tout est parfait et juste.

— Les saisons que nous avons vécues ensemble furent remplies de tout le nécessaire et même du superflu, mais nous ne devons pas pour autant abandonner aux chiens le restant de notre vie.

— Il nous reste tellement à vivre, mon amour...

— Peut-être, mais il faudra que tu m'aides. Je ne sais plus où j'en suis Roberto. Tu te souviens du poème de Langston : « *And must we overcome the fog, or must rend our dream ?* » « Nous faut-il vaincre le brouillard ou déchirer notre rêve ? »

5

Plusieurs semaines avaient passé depuis la visite nocturne de l'homme au complet bleu, et Diodata semblait avoir oublié le goût d'amertume que cet épisode lui avait laissé au fond de la bouche. La vie à Key West avait repris au rythme lent des bicyclettes qui sillonnaient les ruelles de la ville. Le mois de juin installait progressivement son explosion florale et ses parfums. Ce matin-là, tandis que Roberto travaillait dans son entreprise de réparation de machines avec William Howard, Diodata attendait Langston Spotswood à la terrasse du *Scarpato*, le restaurant italien du quartier de High Beach, pompeusement appelé, la « Little Italy » de Key West. Le *Scarpato* était célèbre, jusqu'à Miami, soutenait le patron, pour ses palourdes à l'ail, ses olives importées de Sicile, son homard, son chianti au bouquet généreux et ses *canzonette* de Sorrente ! Une légère brise d'est soufflait, et dans le ciel bleu de hauts petits nuages blancs poussés par le vent dessinaient sur l'eau verte, en contrebas de la terrasse du *Scarpato*, de sombres taches mouvantes. Diodata buvait un grand verre de jus de pamplemousse. C'était une belle matinée fraîche. La roue de l'éolienne, rouge et verte, tournait en grinçant dans la brise. Sur la mer plate, un homme, torse nu, godillait à bord d'un petit canot.

Diodata avait emporté avec elle le journal du continent arrivé la veille – le *Miami Star Weekly* –, la gazette locale, le *Key West Standard*, ainsi que la presse acheminée d'Italie par paquets aussi déchirés que froissés. Ces instants de lecture, bien qu'émanant de journaux pour certains vieux d'une semaine, constituaient pour elle de profonds moments de détente et de calme, même si les nouvelles venant du monde finissaient toujours par lui inspirer un tenace sentiment de tristesse.

Ce qui se passait en Italie n'était guère engageant. Le fascisme connaissait un succès indéniable, et son emprise sur l'opinion italienne contrastait affreusement avec la situation d'une opposition incertaine, molle, dilacérée par ses divisions internes et sans écho réel sur la grande masse de la population qui acceptait le régime. Certains faits prêtaient à sourire. On disait de Mussolini qu'il était « l'homme qui fait arriver les trains à l'heure », « l'homme qui ne dort jamais » et qui consacre toutes ses heures à l'Italie. L'article de *La Stampa* proclamait avec le plus grand sérieux : « Notre pensée va vers celui qui sait tout et qui voit tout, vers celui qui lit les yeux fermés dans les cœurs humains. » On rapportait que lors d'un congrès du PNF ses dirigeants, pour donner l'exemple du « style fasciste », avaient dû se soumettre à trois épreuves sportives : saut en longueur avec tremplin, natation et équitation ; que les hiérarques, quel que soit leur âge, devaient passer la milice en revue au « pas de gymnastique » ; que le « pas de l'oie » introduit dans l'armée italienne avait pris le nom de « pas romain » ; que le ministre de la Culture populaire en personne, Alfieri, avait dû courir les fameux trente mètres qui séparaient la porte d'entrée du cabinet de travail de Mussolini de son bureau, au pas de course, les poings fermés et collés à la poitrine, « comme le soldat qui sort des rangs pour se présenter à son commandant de peloton » ; qu'on avait contraint des académiciens, des sénateurs, des personnalités du monde des lettres et des sciences, bref, tout ce que le fascisme compte de « notabilités ralliées », à venir monter la garde, comme de simples factionnaires, à la porte du palais des expositions, via Nazionale – parmi ces étranges soldats en faction : Marconi, prix Nobel de physique, sénateur anobli et président de l'Académie royale d'Italie ; enfin, que le Duce était même allé jusqu'à se féliciter de voir la neige tomber sur Rome : « La rigueur du climat ne peut que durcir la race », avait-il prétendu. On ne disait plus *lei*, formule de politesse à la troisième personne, « digne d'un peuple de laquais », mais *tu* ou *voi*, fraternel, viril et respectueux de la hiérarchie ! Pauvre Italie, noyée sous les portraits du Duce. Sculptures, gravures, médailles, effigies réalisées avec des moyens mécaniques, photographies, pellicules cinématographiques « transportent le Duce au-delà des océans et offrent son image aux Italiens dispersés de par le monde et aux races de toutes couleurs qui sans cesse réclament de ses nouvelles », disait l'article signé Margherita Sarfatti. Diodata ne put s'empêcher d'éclater de rire... Langston Spotswood, qui s'approchait, en compagnie d'un homme d'une maigreur étonnante, jeta un coup d'œil par-dessus l'épaule de Diodata et dit :

— Tu as l'air bien gai...

— La vie est parfois comique, répondit-elle en montrant à Langston Spotswood les journaux italiens.

— Je n'ai pas eu le temps de lire la presse, ces derniers jours...

— Ah, cela ne concerne que moi. Mais enfin... Des articles d'une certaine Margherita Sarfatti, à la gloire du Duce...

— Ce nom ne me dit rien du tout.

— À moi, si. Il se trouve que nous avons fait, comme on dit, « un bout de chemin ensemble ». Avant 1914. Avant Mussolini. Au temps du futurisme. Nous avons aimé les mêmes hommes, les mêmes femmes. Elle prêchait un renouvellement total de la société, de la politique, et écrivait des poèmes magnifiques... *Ventre di donna*, *Lussuria della notte*... « *Annego sospeso / nel vuoto sanguigno / del mondo*. » « Je me noie suspendu / dans le vide sanglant / du monde. » Prémonitoire, non ? Et maintenant ? Quelle stupidité ! Comme tout cela est décevant ! Ce qui se passe en Italie est grotesque, terrible...

— Luigi Croce arrive de Trieste, *via* Paris, ce n'est pas lui qui te contredira...

— Enchantée de vous connaître, dit Diodata en lui serrant la main.

À cet instant, Diodata vit le visage de Langston. Il était tout tuméfié.

— Mon Dieu, que s'est-il passé ?

— Rien. Une chute à bicyclette. Un peu idiot, non... Puis, comme pour montrer que ces égratignures n'avaient vraiment aucune importance, il poursuivit : Luigi est des nôtres. Tu vas comprendre pourquoi.

Luigi Croce lui sourit. L'homme avait les yeux tristes, vides, le regard délavé. Langston reprit la parole :

— Avant que je n'oublie, Diodata. Nos amis viennent de mettre sur pied un comité chargé d'enquêter sur les abus commis aux dépens des mineurs dans le comté de Harlan, dans l'Est du Kentucky, là où on extrait ce foutu charbon bitumineux... En tant que correspondante des *New Masses*, j'avais pensé que tu pourrais en faire partie. Je t'ai inscrite sans te consulter. J'ai eu tort ?

— Non, bien sûr, répondit Diodata, sans hésiter.

— Un écrivain peut se tailler une belle carrière en épousant une cause politique... fit remarquer l'Italien aux yeux tristes.

— Je ne sais pas si je suis écrivain, dit Diodata. Journaliste sûrement. J'essaie de découvrir certaines choses et de les rapporter, de témoigner, de faire savoir.

— Quoi, par exemple ?

— La terreur, l'injustice.

— Ici, à Key West ?

— Je ne suis pas un littérateur de la révolution. Je n'ai pas d'ambition de ce type. Je voudrais écrire une prose sincère, lisible, qui prenne pour thème les êtres humains. Je ne veux pas tricher.

— Tous ceux qui écrivent et ont recours à la politique pour s'en sortir sont des tricheurs.

— Langston est un tricheur, alors ? demanda Diodata.

— Langston est hors catégorie, répondit l'homme. Il est noir, homosexuel et poète ; je n'aime pas les révolutionnaires qui fourbissent leurs armes dans les salons de thé… Après avoir fait un petit tour par le communisme de bureau, ils finissent toujours un jour ou l'autre par se transformer en entrepreneurs de la littérature.

— Écoutez, cher monsieur, dit Diodata, vous ne connaissez rien de ma vie, rien de moi…

Diodata en voulait à Langston de lui imposer un individu qu'elle n'avait jamais vu, et qui pérorait sur les rapports entre la révolution, l'écriture et l'engagement. L'homme était fin et redressa très vite la barre d'une conversation qui allait dériver :

— Ne m'en veuillez pas. Je suis parfois un peu direct. Je reviens d'assez loin.

— Parlez-moi de vous, de l'Italie, de Paris.

— Je fais partie des treize universitaires sur les mille deux cents qui ont refusé de prêter serment de fidélité au fascisme, afin de conformer mon enseignement à ses objectifs. J'ai été déporté avec plusieurs de mes compagnons sur les îles Lipari et j'ai réussi à m'enfuir…

— Luigi est ici pour tenter de rassembler une résistance extérieure à Mussolini, dit Langston.

— Les réseaux mis en place en Italie ont presque tous été décimés par la police. Le mouvement Giustizia e Libertà, proche des socialistes, préconise l'union de tous les antifascistes sur un programme républicain. Quant aux communistes, ils assurent que le fascisme représente la dernière phase de la crise du capitalisme, et refusent toute alliance avec les autres forces antifascistes… Nous proposons une troisième voie, une sorte de « concentration » qui regrouperait toutes les forces démocratiques d'où qu'elles viennent… républicains, catholiques, y compris les monarchistes même si le roi refuse de prendre position contre le fascisme et se contente de récriminer en privé contre l'omnipotence du Duce… Bref, il faut tenter de mettre fin aux querelles internes.

Diodata écoutait, attentive. Bien que Luigi Croce fût surpris de sa réaction, il n'en répondit pas moins à sa question :

— Et Paris, parlez-moi de Paris…

— J'ai quitté l'Italie par bateau. J'ai passé presque un an à Paris… Au début, j'étais rempli d'un immense sentiment de joie. Paris, la capitale de la Révolution, la ville de la liberté ! C'était un printemps magnifique, frais, ensoleillé, avec de petites pluies quotidiennes. J'ai vite déchanté. Certes, il y avait bien la *Casa Nitti*, où se retrouvaient les antifascistes de toutes tendances, le petit hôtel de la rue de la Glacière, dans le 13e arrondissement, les rendez-vous au *Dôme*, à *La Coupole*, à *La Rotonde*, mais en face, sur l'autre rive de la Seine, il y avait le quartier de l'Opéra, chez *Poccardi* ou *La Maison du café*, fréquentés par les fascistes. Les règlements de comptes entre « rouges » et « noirs » avaient lieu la nuit ou dans des quartiers déserts. Mais surtout la France m'a paru un pays peu accueillant, parfois même hostile. Piero Gobetti est mort à Paris des suites d'une bastonnade, Carlo Ragione et son frère Nello ont été assassinés par un commando de la Cagoule. Des dizaines de syndicalistes et de militants ont été retrouvés morts chez eux ou ont mystérieusement disparu. Je me sentais mal à l'aise, indésirable, en danger, en somme. J'ai décidé de partir pour l'Amérique…

— Mais la lutte continue, dit Diodata.

— Oui, la lutte continue, dérisoire, inutile. Et pourtant, elle doit continuer, elle doit continuer, répéta Luigi Croce.

Diodata regarda sa montre.

— Je dois rentrer chez moi, dit-elle. Mais nous nous reverrons, Luigi. Je vous le promets. Je serai des vôtres. À bientôt. À bientôt, Langston.

Encore toute à l'enthousiasme de sa discussion, Diodata prit le chemin de sa maison. La tâche serait lourde, dure, pénible, mais elle savait désormais de quoi serait faite sa vie, dans quelle direction irait son engagement. Luigi Croce avait raison. Certes, elle devait continuer d'écrire des articles éclairants, dérangeants, qui dénoncent, mais aussi agir dans le concret, dans les faits, peut-être même, comme l'avait suggéré, pour d'autres raisons que les siennes, Roberto, finir par retourner en Italie. Chacun à sa façon voulait retrouver l'Italie qu'il avait perdue.

Un peu abrutie par la chaleur, Diodata traversa les rues moites, silencieuses et vides, comme si elle arpentait une ville inconnue. C'était l'heure de la sieste. De certaines fenêtres, restées ouvertes pour créer d'illusoires courants d'air, montaient des ronflements et des gémissements. Le temps semblait comme aboli. Au bout d'Atlantic Boulevard, elle vit un homme, sur le pas de sa porte, qui venait sans doute de se doucher, se sécher avec précaution, appliquant la serviette sur sa peau et la pressant méthodiquement. Un peu plus loin, près du petit square, elle observa longuement un vieux Cubain qui allumait une cigarette et buvait à même le goulot ce qui semblait être une bouteille de vin blanc. Elle regarda une nouvelle fois sa montre. Il était deux heures et demie. Elle arriva devant la maison. Roberto était là, assis sur la pelouse qui prolongeait le jardin jusqu'à la plage. C'était inhabituel, et presque inquiétant.

— Roberto, que fais-tu ici ?

— Je t'attendais, Diodata...

Roberto apparut à Diodata sombre, tassé, presque âgé, dans une attitude qui lui était tellement étrangère.

— Des agents du FBI sont venus à l'atelier. C'est effrayant, Diodata. Ils connaissent tout de nous, de notre passé, de notre présent, de nos amis. Ils écoutent nos conversations téléphoniques. Ils ouvrent notre courrier...

— Bugs a raison, Roberto, tu deviens paranoïaque. On ne fait rien de répréhensible. On vivote dans notre coin. Je gagne ma vie en publiant des articles de société qui n'intéressent personne et tu répares des moteurs de bateaux ou de voitures !

— Tu connais la loi de 1920 sur l'immigration ?

— Vaguement...

— Trop vaguement, justement. Nos visiteurs, eux, la connaissent : elle interdit aux étrangers d'adhérer à des mouvements extrémistes, de leur apporter une quelconque contribution financière ou d'être en possession de documents de propagande…

— Et alors ?

— Mais enfin, Diodata, on a fait partie du Citizens National Committee for Sacco and Vanzetti, on a donné de l'argent à je ne sais plus quels syndicats et ligues de travailleurs italiens, et tu collabores régulièrement à des revues qui ne sont guère en odeur de sainteté auprès des services de M. Hoover. À leurs yeux, nous sommes des émigrés extrémistes ! Quant à nos amis… Langston est membre du parti communiste, Bugs appartient à on ne sait quel gang mafieux, Dylan a suivi des cours à la Rand School of Social Sciences, Victoria est une anarchiste, les Sorani reviennent d'Union soviétique, William a été trouvé en possession du *Daily Worker*…

— Quels délits monstrueux !

— Mais tu ne comprends pas, Diodata ? Il règne aujourd'hui en Amérique un climat de suspicion abominable, de haine généralisée, et particulièrement dirigée contre les étrangers. Je ne t'en ai pas parlé pour ne pas t'effrayer mais, il y a environ un mois, Renzo m'a confié un secret terrible. Un de ses amis a réussi à lui faire passer le dossier que le FBI a constitué sur lui et sur Maddalena.

— Ils sont mariés, ils ont un enfant. Il n'y a pas plus pro-américains qu'eux. Renzo enseigne à Princeton. Que peut-on leur reprocher ?

— D'être juifs !

— C'est absurde, Roberto !

— Tu sais quels sont les premiers mots du rapport ? « Porte des lunettes, a toutes les apparences d'un Juif » ! Le FBI reproche à Renzo d'envoyer des fonds au Syndicat juif des auteurs et au Théâtre révolutionnaire des travailleurs juifs, trop sensibles, d'après la vénérable institution, à la propagande de « Moscou ». Et ce n'est pas tout, le dossier contient un mémorandum selon lequel le Bureau tiendrait de « source sûre » que le « vrai nom » de Renzo serait « Levi-Sorani », et qu'on devrait le faire circuler à Princeton afin de lui faire du tort !

Diodata était abasourdie.

— Dans quel monde vivons-nous ! Je ne comprends plus rien…

— Nous ne vivons pas dans « le monde », mais en Amérique. Et l'Amérique de 1933, c'est ça !

Roberto se leva, s'avança vers Diodata et, lui prenant la tête entre les mains, ajouta :

— Ce n'est pas tout, mon amour. Langston, que tu as vu ce midi…

— Le pauvre, il est tombé de bicyclette, il a une tête grosse comme un *panetone*…

— Diodata, Langston revient de Harlan où il a participé à une réunion du Comité national pour la défense des prisonniers politiques. Il a été passé à tabac par les adjoints du shérif. On lui reproche d'être un « Noir rouge ». Ça faisait, paraît-il, beaucoup rire ces messieurs du FBI…

Diodata soudain se mit à rire :

— C'est tout pour aujourd'hui, ou est-ce que tu as encore d'autres nouvelles comme celles-là ?

— Encore deux ! Et après on avale un double whisky de contrebande. Il y a un moment où c'est trop, non ?

— Alors j'écoute.

— La première, c'est qu'ils ont aussi des dossiers sur nous. Ton poste aux *New Masses*, la pétition que nous venons de signer contre l'interdiction de la Hunger March, la lettre que tu as écrite à Theodore Dreiser, un bon mot que j'aurais fait un jour, par téléphone à Langston en lui disant que si j'étais communiste je préférerais que les écrivains soient de bons piquets de grève et de piètres écrivains plutôt que le contraire… Enfin tout… Ils savent tout… Ils ont des informateurs partout, coursier d'entreprise de nettoyage, femme de ménage, plombier, vendeur d'hameçons. Tu te souviens, il y a un an, les coups de téléphone la nuit, c'était eux. Méthode d'intimidation… La capacité qu'ils ont de terrifier les gens est immense…

— Mais pourquoi, Roberto, pourquoi ?

— Ou on collabore avec eux en surveillant notre bande d'amis, ou ils entrent en contact avec le président du Fascio de Miami, le Dr Ugo Galli, ami personnel du consul d'Italie, Leopoldo Zunini, auquel ils révèlent toutes les pièces du dossier Gasparri et nous expulsent. « À choisir entre la peste noire et le choléra rouge, notre choix est immédiat », m'ont-ils dit en partant. Accessoirement, ils contribuent efficacement à la fermeture de notre entreprise.

— Mais…

— Oui, mon amour. Les agents du FBI menacent de donner notre dossier aux fascistes et les fascistes de le communiquer aux agents du FBI ! Tant qu'ils continueront de s'ignorer, tout ira bien !

— Gasparri… Au moins, il a disparu de la circulation, celui-là…

— Justement, non… enfin, oui, peut-être… C'est la dernière mauvaise nouvelle… Tu as le *Key West Standard* sous le bras… Tu ne l'as pas lu ?

— Si, enfin, non, pourquoi ?

— Regarde en dernière page…

Diodata déplia le journal. Imprimé sur quatre colonnes en lettres larges, au-dessus d'une photo représentant un homme allongé sur une plage, enfoncé dans l'eau jusqu'à la taille, ce titre en forme de question : L'INCONNU AU COMPLET BLEU.

— Le messager ? dit Diodata.

— À moins que le messager et Pietro Gasparri, « *l'ingegnere* », ne soient qu'une seule et même personne, laissa entendre Roberto.

L'article précisait que le cadavre, à moitié dévoré par les requins, était celui d'un homme d'une quarantaine d'années, mort mystérieusement, il y a moins d'une semaine. Aucune trace de balle, de coup, d'arme quelconque, de lutte, n'était visible, ce qui rendait les enquêteurs très perplexes. L'homme avait pu tout aussi bien avoir été poussé dans le dos puis précipité du haut de la falaise qui surplombe North Beach, qu'avoir simplement glissé le long du sentier escarpé qui suit les méandres de la plage à cet endroit. Impossible de savoir, pour l'heure, ce qui s'était réellement passé. Le mystère était entier.

6

La vie à Key West, à l'image des cyclones qui balaient périodiquement la région, était un singulier mélange de moiteur perpétuelle et de rageuses sautes de temps. Après la tristesse et la dureté des semaines qui venaient de s'écouler, pleines d'imprévus douloureux, de questions sans réponses, Diodata et Roberto vivaient de nouveau en un temps suspendu. Une attente. Un sursis. Il y avait eu, tout au long de cette journée, un silence plus grand que d'habitude, et qui avait grandi quand la nuit, chaude et molle, était arrivée, après le jour qui n'en finissait pas. Roberto et Diodata avaient souhaité oublier momentanément toutes leurs questions, oublier le passé et l'avenir, pour essayer au moins de vivre le présent, sachant qu'un jour ou l'autre il faudrait bien prendre des décisions. Les lumières de la maison éteintes, lui en short et torse nu, elle en peignoir japonais transparent, étaient accoudés à la fenêtre qui donnait sur la plage, vide et pleine de silence. C'était comme s'ils avaient ausculté ensemble plus que les détails extérieurs de la nuit, les sensations que ces détails éveillaient en eux et qui les ramenaient une nouvelle fois, non pas au passé proche, celui des courses automobiles, de la guerre de quatorze, de leur fuite d'Italie par les routes de Suisse, mais à leur enfance. Par moments, de façon si intense, si indubitablement claire, si nette, que le temps semblait aboli et qu'ils n'étaient pas loin de penser que nombre de sensations qu'ils avaient toujours crues être le propre des lieux étaient, en réalité, le propre des saisons.

— À quoi tu penses ?

— Au château, à Cortanze, dit Roberto. À des soirées de printemps, comme celle d'aujourd'hui. À mes explorations sans fin le long des immenses couloirs et des vastes pièces, toutes fenêtres ouvertes, la nuit. À toute cette accumulation de meubles disparates, de consoles de différentes époques, de tables, de divans capitonnés, de tabourets, de bergères, de guéridons, de fauteuils épouvantables, de sièges incommodes. J'avançais comme un chat au milieu de tous ces objets hétéroclites. Où sont-ils aujourd'hui, mes chers vieux meubles… Et toi, à quoi penses-tu ?

— À Turin. Quand j'étais petite, j'aimais me perdre dans ces rues, surtout au printemps, la nuit. Ces rues qui se coupent presque toutes à angle droit… Tu te souviens du pavage, ce mélange de dalles et de cailloux ? Je pouvais tous les appeler par leur nom : la serpentine, le *giallognolo*, le *rosso*, la variolite…

— La smaragdite…

— Et le monument piazza Carlina, juste en face de l'église de la Santa Croce ? D'un côté, une femme qui a l'air de se gratter ou de souffler un secret.

— L'*Audace prudente !*

— Exact ! Et de l'autre ?

— Je ne sais plus.

— La même femme qui lève le poing…

— Oui, oui : *Italia, Italia…*

— *Italie libérée !*

— Et au bout de chaque rue, une vue sur la montagne. Ça avait beaucoup frappé ma mère, Luisa, elle disait : « À New York, toutes les rues mènent à l'eau et ici à la montagne ! »

— Comment peut-on trouver Turin austère ? Le Turin d'avant 1914 était une ville tellement chaleureuse, qui respirait, si ouverte, si vivante !

— À cette époque on n'avait pas besoin d'évidence. Tout semblait si simple. Parfois, j'ai l'impression que Key West est un peu comme une punition. Ce genre de punition qui attend chacun de nous, au moins une fois dans sa vie.

— Au fond, si je pense à l'intensité avec laquelle je regrette le Piémont, je veux dire ses ciels, ses routes, le château, le dallage de Turin, j'en conclus que nous sommes faits de telle façon, nous les êtres humains, que seul ce qui est passé…

— Ou changé, ou disparu…

— Oui… nous révèle notre visage réel, chante à notre cœur.

— Là-bas, il n'y a pas de mer, pas de plage, pas de vagues, pas de gros nuages accumulés à l'horizon qui avancent, comme ceux de cette nuit, mais c'est là-bas qu'est ancrée toute ma mélancolie.

Posant son verre de whisky sur le rebord de la fenêtre, après un long silence durant lequel ils avaient tous deux observé la mer venir mourir en vaguelettes successives sur les récifs qui enserraient la plage dans une barrière rose, Diodata fit glisser sa main sur la peau de Roberto. Elle sentit son sexe qui durcit immédiatement :

— Tu n'as plus le droit d'être mélancolique, Roberto.

— Et pourquoi ? Tu ne l'es pas, toi ?

— Pas vraiment… Je dois t'annoncer une nouvelle très importante…

— Alors, retire ta main, je ne peux pas penser, même écouter une « grande » nouvelle, si… dit-il en serrant Diodata contre lui.

Celle-ci lui mit un doigt sur la bouche :

— Tais-toi et donne-moi tes mains.

Roberto se laissa faire tandis que Diodata guidait ses mains sur son ventre :

— Voilà, elle est là, ma nouvelle.

Roberto sentit le sol disparaître sous ses pieds, ne sachant s'il devait rire, hurler de joie, pleurer d'angoisse, crier. C'était un monde qui s'ouvrait et se fermait à lui :

— Tu es enceinte ?

— Un mois de retard…

Roberto serra Diodata dans ses bras, si fort qu'il lui fit presque mal. C'était donc ça, pensa-t-il, cette sensation étrange, mélange de bonheur et d'inquiétude dont lui avait parlé son père, le vieil Ercole Tommaso. L'origine, la lignée, la généalogie, la descendance : c'était donc ça ! Ce sentiment si fort, si vertigineux. Ce « passé, cet opium » pour reprendre les propres mots de son père. « Tu verras, Roberto, c'est comme un minuscule et tenace enfer portatif, plus le mal progresse, plus tu ne cesses d'en augmenter les doses. » Roberto eut une pensée soudaine, qui lui appartenait en propre mais dont il ne savait que faire, pas même la partager avec Diodata : « Cet enfant serait le premier de la lignée des Roero Di Cortanze à ne pas naître dans la chambre tapissée de bleu, au château... »

Roberto et Diodata n'eurent guère le temps de se perdre dans les questions qui se posaient à eux au seuil de cette émotion toute neuve. Un petit canot à moteur s'avançait en direction de leur plage. À quelques mètres du bord, alors qu'ils entendaient la coque racler le fond, un homme sauta dans l'eau et poussa l'embarcation, recouverte d'une bâche, sur la grève, enfonçant dans le sable une ancre destinée à empêcher sa cargaison de repartir avec le courant.

Roberto desserra son étreinte et essaya de regarder la scène sans trop y accorder d'importance. Mais il était intrigué. L'homme qui marchait sur la grève semblait connaître les lieux et s'avançait droit sur la véranda, pourtant dans le noir, en faisant de grands gestes.

— C'est Bugs ! dit Diodata, alors que celui-ci venait de s'asseoir sur le bois d'épave blanc qui lui servait à faire sécher ses serviettes lorsqu'elle avait fini de nager.

— Salut, les amoureux ! dit Bugs.

— Je te croyais mort, lança Roberto. Un mois sans nouvelles, où étais-tu passé ?

— Miami, Princeton, Homestead, Florida City, Flamingo, Ochopee, Everglades City, un vrai marathon… De la marchandise à livrer…

— Des maracas et des *güiros* ? dit Roberto, ironique.

Bugs, qui d'ordinaire affichait un esprit plutôt enjoué et moqueur, fit une étrange figure, grave, sérieuse, presque triste :

— Je n'ai pas l'intention de monter un orchestre de musique afro-cubaine, Roberto !… De la « marchandise », je te dis… Sans doute la dernière. Il paraît que la loi sur la prohibition va être abolie ! La tuile… Je peux laisser mon youyou sur la plage ? Je viendrai le rechercher demain matin.

— Écoute, Bugs, on t'aime beaucoup, tu sais. Mais un jour tout ça va nous retomber dessus. Le FBI est venu fouiller à l'atelier. Nous sommes tous surveillés. Tu ne peux pas changer de métier, Bugs ? dit Roberto en riant.

— J'y pense sérieusement. J'ai de grands projets. Ça concerne l'Italie, les Italiens. Ce qui se passe là-bas ne me plaît pas. Vous avez lu le journal ? Toscanini, qui avait refusé de diriger l'hymne fasciste, a été battu jusqu'au sang, il a dû quitter Bologne et se cacher à Milan ! Certains disent qu'il est impossible de combattre ouvertement contre le fascisme à moins d'accepter de quitter l'Italie. Je me demande s'il ne faudrait pas, au contraire, y revenir…

Roberto et Diodata se regardèrent, intéressés, surpris. Il était tard…

— Je n'étais pas au courant de l'affaire Toscanini, dit Roberto, en revanche…

Bugs ne le laissa pas terminer sa phrase.

— « En revanche », je vous ennuie avec mes histoires, et vous avez envie d'aller vous coucher.

Diodata s'avança vers Bugs et, l'enlaçant tendrement :

— Tu ne nous ennuies pas, espèce d'idiot, mais je suis épuisée… Reste avec Roberto, entre hommes, vous pourrez vous raconter vos secrets. Moi, je vais me coucher.

Bugs regarda ses deux amis. Un instant, Diodata et Roberto eurent l'impression qu'il avait quelque chose à leur dire, comme un aveu à leur faire. Bugs, toujours si bavard, si libre dans ses manières, paraissait engoncé, retenu, bridé.

— Tu veux un *añejo* sec, pour une fois ? demanda Roberto.

— Non, merci, mon vieux. Je préfère rentrer. Je dois me reposer, moi aussi. Je repasserai demain prendre le bateau, dit Bugs, repartant en direction de la plage.

Après avoir fait un petit geste de la main, comme pour dire « ne vous inquiétez pas, tout ira bien », il disparut derrière la masse sombre de la barque, coupée en deux par un rayon de lune venu se fourvoyer sur cette plage du bout du monde, et s'évanouit dans la nuit moite de Key West.

Le lendemain matin, alors que Diodata continuait de dormir, Roberto, réveillé plus tôt que de coutume par les oiseaux piaillant dans les palétuviers, attendant tranquillement que le lait bouillant, le café noir, les galettes et les fruits fassent leur office de panacée, paressait sur la terrasse. Le jour venait à peine de se lever, et l'aube indécise conférait à la lumière une tonalité métallique caractéristique. Dans le ciel, de longs fragments de nuages bas et noirâtres, déchiquetés comme de légères gazes, se succédaient en interminables chapelets au-dessus de l'horizon. Il faisait frais, l'eau paraissait si claire qu'il était possible d'en voir nettement le fond, du côté de la faille, à plus de trente brasses, et les maillots de bain, suspendus sur un fil, claquaient doucement au vent, comme des drapeaux. Le canot, dont il ne restait plus que la trace de la dérive dans le sable, avait disparu. Roberto regarda longuement dans sa direction, ne parvenant pas à se détendre complètement.

— Il est reparti de là où il est venu, dit une voix dans le dos de Roberto qui, surpris, se retourna.

C'était Bugs Drucci. Le menton bleu de barbe, le visage empâté par une nuit sans sommeil, la mine défaite contrastant avec le costume bien coupé, bleu indigo à rayures blanches, la chemise en soie et le feutre gris perle qu'il arborait avec une élégance tapageuse. Il était monté par le côté de la terrasse.

— Tu m'as fait peur, imbécile, je te sers un café ?

— Oui, se contenta de répondre Bugs, en caressant de sa main droite le revers de son veston.

— Tu es plutôt matinal, pour une fois…

— Pas assez.

— Pas assez ?

— Le canot a disparu. Ils sont passés avant moi.

— Qui ça « ils » ? demanda Roberto en versant le café dans les deux bols de faïence blanche.

— Ce serait trop long à expliquer…

— C'est grave ?

— Oui.

— Je peux faire quelque chose ? dit Roberto, en ouvrant une mangue à l'aide d'un petit couteau effilé.

Devant son bol de café, dans lequel il n'avait pas encore trempé ses lèvres, Bugs hésitait à répondre :

— Sans doute…, enfin… non… oui… C'est pour ça que je suis passé, hier. Je ne voulais pas en parler devant Diodata. Puis, relevant la tête, regardant Roberto droit dans les yeux : Je suis dans le pétrin, le vrai. La fin de la prohibition approche…

Roberto, qui éprouvait pour Bugs une amitié véritable, n'était jamais parvenu à adhérer à son mode de vie, à admettre ses relations plus que louches, à le plaindre lorsqu'il semblait en conflit avec tel ou tel membre de l'« organisation » à laquelle il se défendait d'appartenir, avec laquelle il travaillait pourtant quotidiennement :

— Tu vas perdre un boulot, mais il te restera toujours, à toi et tes copains, les distilleries, les entrepôts, les bars, les restaurants, les hôtels, les dancings, les maisons closes, les maisons de jeux, la prostitution, le racket, les trafics de toutes sortes et dans tous les domaines.

Bugs ne répondit pas. Roberto poursuivit :

— La politique aussi, peut-être ? Mussolini recrute même hors d'Italie…

— Je suis peut-être un trafiquant d'alcool, Roberto, mais je ne serai jamais membre du Parti national fasciste. L'Église, la monarchie, la bureaucratie étatique ou non, la *confindustria*, tous ces alliés du fascisme, très peu pour moi. Je ne veux pas de cette Italie-là. Tu le sais bien. Elle ne m'intéresse pas. Alors ne dis pas des choses comme ça ! répliqua Bugs, en buvant son bol de café, comme l'eût fait un enfant. Sa voix était hachée par l'émotion. Il était visiblement blessé par ce que venait de laisser entendre son ami.

— Excuse-moi, je ne voulais pas dire ça. Tu oublies. C'est une mauvaise blague. De l'humour noir.

— Tu sais, ce qui se passe en Sicile est terrible… Une partie de ma famille est toujours là-bas. Des troupeaux entiers sont mis à mort, des biens familiaux ancestraux sont vendus, des familles déportées, des femmes battues et violées. Je ne crois pas à des règlements de comptes entre bandes rivales de la Main noire. Je peux même te dire, de source sûre, que ce sont les carabiniers, les groupes de miliciens et les agents de la Sûreté publique fasciste qui sont en train de nettoyer le pays.

Alors, Bugs se mit à entonner une étrange mélopée :

A lu milli novicentu lu ventottu
a li setti di innaru fu lu fattu.
Dirmivenu tutti gigli all'ortu
'ntri 'na nuttata l'arrestu fu fattu.
L'arrestu principià di Mussumuli
fu tirminatu 'ntra du uri.
Cu dici figghiu, cu dici mugghieri,
cu dici sà fu 'stu traduturi…

Roberto regardait Bugs. Ce n'était pas qu'il le trouvât changé « en profondeur », mais c'était comme si ces mots siciliens, dans sa bouche, lui redonnaient de la dignité, celle qu'il avait cru deviner sur son visage lors de leur première rencontre, un soir en sortant du *Tripoli Bar*. Cette grâce qu'il lui avait trouvée, au premier abord, était donc bien réelle. Il ne s'était pas trompé. Mais la grâce, la dignité, comme quelques autres vertus sont fragiles. Il suffit parfois d'une mauvaise utilisation de la lumière, d'un geste anecdotique, d'un frisson pour que telle ou telle qualité ne soit plus étonnante, soit renversée, inexistante ou qu'au contraire elle rejaillisse et tombe comme la foudre. C'était le cas ce matin.

— Ce qui veut dire ? demanda Roberto.

— Un drôle d'air qu'on fredonne dans la province de Catane :

En 1928, le 7 janvier advint ce fait.
Ils dormaient tous, comme lys au jardin,
en une nuit l'arrestation fut menée.
L'arrestation commença par Mussumuli
en deux heures, elle fut terminée.
L'un crie « mon fils », l'autre « ma femme ».
Un autre dit « Mais qui donc est le traître » ?

La tête dans les mains, Bugs avait soudain vieilli de plusieurs années. Lui dont la sveltesse en faisait une sorte d'athlète de la nonchalance, toujours souple et alerte, semblait avoir le corps prématurément alourdi, et comme ayant perdu toute vigueur.

— Je suis foutu, Roberto.

— Que puis-je faire ?

— Dans deux jours, une importante cargaison de marchandises doit arriver de Cuba. Une des dernières. Il faut absolument que je récupère le canot volé. Ça risque de prendre beaucoup de temps… Je ne pourrai pas aller réceptionner les colis en haute mer. Je n'ai confiance en personne…

— Mais que veux-tu que je fasse ?

— En principe, c'est de la pure routine... En plus, je ne pourrai même pas te payer.

— Mais que dois-je faire, *signore* !

Bugs se resservit un nouveau bol de café. Il était maintenant plus calme, comme soulagé, mais aussi sombre et sérieux :

— Premièrement, recruter quatre hommes d'équipage... Le village des anciens combattants est plein de bras qui ne demandent qu'à travailler et qui, si je puis dire, sauront tenir leur langue... Deuxièmement, piloter une fois encore le *Flamingo*... Et récupérer la marchandise dans les eaux territoriales cubaines. Mais, je te le répète, il n'y a aucun risque.

— C'est tout, *signore* ?

— Sois dans quarante-huit heures, avec tes « recrues », à Big Pine Key, sur le quai du bassin des yachts, à cinq heures du matin. Tu pourras toujours y admirer les hérons blancs, les daims, ou les crocodiles, en nous attendant. Je ferai tout mon possible pour être là, au moins quand tu partiras...

7

Bien que Key West ait pu paraître aux yeux de certains un lieu idyllique pour vivre et travailler, et à ceux de Roberto et de Diodata une terre où renaître, il fallait bien admettre que depuis leur arrivée le petit paradis était devenu un purgatoire où la peine la plus lourde était l'incertitude. La grande entreprise Monroe County, qui donnait du travail à nombre d'habitants des cayes, avait fait faillite, le chantier naval était désormais fermé, la Mallory Steamship ne desservait plus l'île, les armateurs de cargos avaient préféré s'installer à La Nouvelle-Orléans, les rouleurs de cigares étaient presque tous partis pour Tampa, les pêcheurs d'éponges étaient remontés plus haut sur la côte, et l'industrie locale de la pêche stagnait. Key West était la caye où le chômage était le plus élevé. Depuis le formidable cataclysme de la grande Dépression, quatre-vingts pour cent de la population, qui s'élevait à un peu plus de dix mille personnes, vivaient d'une allocation, et les anciens combattants, qui avaient construit à travers les cayes le fameux chemin de fer de la côte est de la Floride, traînaient à présent dans les rues, sans travail. Roberto savait qu'en se rendant à l'extrémité nord-ouest de l'île, là où le gouvernement avait cédé aux anciens combattants du Civilian Conservation Corps quelques hectares de terres constructibles, face à Cow Key, il trouverait sans peine les bras réclamés par Bugs Drucci.

Au volant du vieux camion Ford de la Roero & Howard Corporation, Roberto remonta Focarty Avenue en direction de l'ancienne base navale. Les raisons pour lesquelles il avait accepté d'aider Bugs lui étaient finalement assez obscures, et ne relevaient pas que de la simple amitié. Sa vie à Key West lui semblait inutile et pleine de torpeur. Comme ses affaires avec Howard : insipides et de médiocre profit. Depuis son départ d'Europe, malgré le désarroi et la tristesse de l'exil, malgré les ombres croisées et recroisées des agents du FBI, il n'avait plus jamais connu la force inquiète des flots, le courroux impondérable, l'emportement passionné de la mer. Il se disait parfois qu'il était un peu comme un citoyen paisible, qui, assis dans un profond fauteuil, fumant sa pipe devant un bon feu, aurait entendu parler de crime, d'abominations, de batailles sanglantes, de famine, de rixes cruelles, sans jamais ne serait-ce qu'en sentir de près ou de loin les odeurs pestilentielles. Il était comme le capitaine Howard Spleen du roman de Mac Keenan, qui avait parcouru la surface des océans comme certains glissent toute leur vie à la surface de l'existence. Ce qui, évidemment, était faux. Mais aujourd'hui, alors que Roberto se dirigeait vers le pont qui menait à Cow Key, il croyait qu'il n'avait rien connu de la vie, de ses perfidies, de ses violences, de ses terreurs. Il pensait qu'il finirait par se coucher tranquillement et par descendre ainsi dans la tombe, sans heurt, sans glissade ; comme ces pauvres diables non point regardés par le destin mais dédaignés par lui. Voilà pourquoi il empruntait à présent la petite route sablonneuse qui traversait la pointe de l'île, couverte de broussailles, et garait son vieux camion Ford à l'entrée du camp des vétérans de la Grande Guerre. Un observateur étranger eût pu croire qu'il s'agissait presque d'une étape effectuée lors d'une délicieuse excursion. Des pélicans, battant lourdement la surface de l'eau, prenaient leur envol ; des oiseaux-galères passaient dans le ciel ; des fous se nichaient sur les bouées multicolores et, dans l'eau laiteuse des hauts-fonds qui baignait la falaise, sautaient des muges, à la recherche de cadavres de poissons ou d'oiseaux.

Roberto, qui avait souvent entendu parler de ces bâtiments construits pour répondre aux besoins les plus immédiats, et qui depuis presque vingt ans étaient devenus le point de chute de tous les inadaptés, des plus pauvres, des plus démunis des cayes, déversoir crasseux et refuge de tous les exclus de l'Extrême-Sud de la Floride, n'y était en réalité jamais venu. Les maisons, qui n'avaient ni eau ni W-C, possédaient chacune une porte qui donnait directement sur la rue. Les constructions, fabriquées en toute hâte, et dans l'économie, avaient été si détériorées par l'usage et par le temps, qu'on se demandait comment elles tenaient encore debout. Les toits n'arrivaient plus à empêcher l'eau de filtrer dans les pièces, ce qui entraînait une humidité funeste qui, étant donné l'absence de fondations et de plancher, affleurait et remontait du sol, transperçant les murs et faisant tout moisir dans les taudis : objets domestiques, draps des lits, vêtements, valises en carton entassées à même le sol. Sur cette île qui était un paradis pour la végétation, le campement constituait une étrange exception : pas un arbre, pas la moindre touffe de verdure ne venait égayer le sombre tableau. De la route principale, la seule à être goudronnée, partaient des rues latérales, où se dressaient des cahutes en ciment, à base carrée, de quelques mètres de côté. Les plus pauvres y vivaient. À l'intérieur de ces cubes, pourvus d'ouvertures sans portes ou fermées par des volets à lattes de bois, régnait une saleté répugnante. Adossés aux rares latrines, signalées par de petites girouettes rouges grinçant dans le vent, se trouvaient les robinets qui fournissaient l'eau à toute la population. Des canalisations éclatées coulait une eau sale qui finissait par stagner devant les portes des maisons. Les lavoirs ne fonctionnaient plus. Les rues, trouées de fondrières et qu'on imaginait transformées en torrents de boue à la première pluie, n'étaient plus, en ce plein cœur de l'été, que d'insalubres boyaux poussiéreux. C'est le long de l'un d'entre eux que Roberto aperçut, devant la seule construction à un étage de l'endroit, munie de vraies portes et de fenêtres aux carreaux non brisés, un groupe de quatre hommes en salopettes, deux nu-tête, les deux autres en casquette et vieux képi de l'armée américaine. Ils buvaient dans des boîtes de conserve faisant office de verres on ne sait quel alcool, et écoutaient en beuglant une musique tonitruante jaillissant d'un énorme phonographe installé sur le rebord d'une des fenêtres de ce qui était sans doute le seul débit de boissons de l'endroit, et qui portait le nom pompeux de *Beer Garden*. Le bruit était infernal.

Un des hommes, la joue gauche traversée d'une profonde cicatrice et engoncé dans une vareuse kaki trop petite pour lui, s'adressa à Roberto :

— Qu'est-ce qu'on peut faire pour toi, mon pote ?

Décontenancé, Roberto ne répondit pas immédiatement. Il était fasciné par le bandeau que son interlocuteur portait sur l'œil gauche :

— Bois-Belleau. Un éclat de grenade. J'ai sauvé la vie du général Pershing, mon pote ! Willie Porter, à vos ordres, mon capitaine.

— Montfaucon ! dit le second, en montrant sa jambe de bois. C'est pour me remercier de la lui avoir offerte que cet enculé de Roosevelt m'a expédié ici ! Je m'appelle Thomas Hueso.

— Piave ! dit le troisième, le visage atrocement défiguré. Putain d'Italie ! Putain de Hoover qui m'a viré de l'île de l'Assomption !

— J'y étais, lança Roberto.

— Sur l'île de l'Assomption ? Mon œil !

— Non, en Italie. Udine, Tricesimo, Monfalcone, Gorizia…

— Putain, Gorizia ! Les obus autrichiens ! La pluie ! ajouta l'homme en se jetant presque dans les bras de Roberto. Et les bouteilles de *grappa*, putain, les bouteilles de *grappa* ! Vous ne vous souvenez pas de moi, mon commandant, on s'est peut-être rencontrés, chez les macaronis, on m'avait surnommé Pompelmo parce que avant j'avais une belle gueule qui plaisait aux femmes…

— C'est pas ici qu'on en boirait, de ta saloperie de *grappa* ! dit l'homme à la vareuse kaki.

— Ici, reprit le précédent, on boit de la « Fleur d'Écosse », du « Ruisseau d'Irlande », du « Jus d'écureuil »...

— N'empêche que si je n'étais pas là pour vous fabriquer mes tord-boyaux, vous n'auriez rien à boire, dit celui qui semblait être le fournisseur de la bande, un grand rouquin qui se prénommait Joey. Puis, se tournant vers Roberto : Allez, je vous invite. Vous êtes un ancien de la boucherie de 14-18, comme nous !

On tendit à Roberto un gobelet rempli d'une mixture à l'odeur douteuse...

— Mon nectar, précisa Joey, avec une pointe d'orgueil dans la voix. Comme vous avez pu le constater, on est au *Beer Garden*, mais je n'ai aucune boîte de bière à sortir de ma glacière.

— « Mon nectar » ? Mon jus de cul, oui ! dit le balafré. Du vernis de cercueil !

— Pas du tout ! Une bonne base d'alcool de bois, un peu d'huile minérale, de l'eau distillée en quantité raisonnable, du caramel pour la couleur et de l'huile de seigle pour le goût !

— Tu oublies l'acide sulfurique pour les couilles molles de ton espèce, dit Joey en se précipitant sur l'unijambiste, lui empoignant la tête comme pour la lui cogner contre le ciment de l'édifice.

Roberto, après avoir bu une gorgée du breuvage qu'il recracha immédiatement sur le sol poussiéreux, sépara les deux hommes :

— Attendez, j'ai une proposition à vous faire.

— Honnête ? demanda Joey.

— Qu'est-ce qui est honnête, aujourd'hui ? dit Roberto.

Le balafré arrêta le phonographe et posa son gobelet :

— On t'écoute.

— Vous saurez rester discrets ?

— Depuis que ma femme est morte de la grippe espagnole, en dix-huit, je suis une tombe, dit le balafré.

— Depuis que j'suis poivrot, je ne suis plus communiste, dit Joey, mais l'abnégation, la discipline, c'est un truc qui reste.

— Depuis mon accident, dit la gueule cassée, je suis incapable de me souvenir, j'oublie tout, même qui je suis.

— Je n'ai rien à perdre, du con. Tous ceux qui sont ici ont été broyés, brutalisés à mort. Désespéré, du con, désespéré, alors l'honnêteté, Joey, tu peux t'l'enfoncer où je pense, et bien profond... dit l'unijambiste.

— Une croisière en bateau. Au large de La Havane. Je cherche quatre hommes qui n'aient pas froid aux yeux et qui n'ont pas le mal de mer... On part à la pêche au marlin...

— Et on ramasse des bouteilles au bout de l'hameçon, dit le balafré, en crachant par terre.

Roberto sourit :

— Départ demain matin, retour le lendemain à la nuit tombée. Vingt dollars pour chacun et une bouteille de Bacardí...

— Et combien de pruneaux dans la panse ? demanda Joey.

Roberto hésita une seconde, puis après avoir, cette fois, bu une grande rasade d'alcool de bois, dit :

— Je serai là, moi aussi, et je n'ai pas envie de crever. On sera sur la même galère !

Le dîner avec Diodata fut difficile. Jamais, dans toute sa vie d'homme, Roberto n'avait éprouvé une telle sensation, un tel malaise. La femme qui était en face de lui, plus lumineuse que jamais, évoquait leur futur, le bébé qu'elle portait en elle et qui l'occupait tout entière, ses espoirs, ses projets, ses articles enfin qui commençaient à se vendre et se présentaient de plus en plus – son nom apparaissait maintenant dans les grands titres de la presse quotidienne américaine dont le *New Yorker* – comme une alternative possible à leurs problèmes financiers. Face à elle, Roberto se sentait paralysé, muet. Comment lui dire, sans la blesser, sans l'effrayer, que par crainte de l'étouffement, par bravade, plus que par désir réel d'aider Bugs Drucci, il venait d'accepter une nouvelle fois de convoyer des caisses d'alcool en provenance de Cuba... Il devait être dans quelques heures à Big Pine Key et ne lui en avait même pas encore parlé.

— Tu as l'air bien sombre, lui dit Diodata. C'est la perspective d'être père ?

— Non. Je n'ai pas encore très bien compris ce qui était en train de m'arriver, mais c'est bon, c'est réjouissant. C'est tellement fort, ajouta-t-il après un court silence et en prenant la main de Diodata.

— Alors, quoi ?

— Un chargement d'alcool doit arriver demain en provenance de Cuba. Bugs a de gros ennuis... Il ne peut pas y aller... Il m'a demandé de le remplacer...

— J'espère que tu as refusé ?

— Non, j'ai accepté.

— Mais enfin, tu es fou ! Qu'est-ce qui te prend, tu veux faire partie de sa bande de gangsters, maintenant ?

— Il s'agit juste d'un petit voyage à Cuba.

— Le deuxième, Roberto !

— Diodata, le piège s'est refermé, je n'ai pas le choix...

— C'est absurde. Quel piège ? On a toujours le choix !

— Ce n'est pas vrai, on ne fait que céder à la tentation la plus forte...

— Ce sont des mots, Roberto ! Si tu crois que je vais continuer d'aimer un petit gangster qui fait du trafic d'alcool entre Cuba et Miami, tu te trompes !

— Ça n'a rien à voir. C'est comme une sorte de défi.

— Ton choix, c'est celui de la cime qui choisit la foudre pour se prouver qu'elle a un libre arbitre !

— J'en ai besoin. Je te le répète, c'est un défi...

— Un défi absurde. Si tu veux des défis, il existe des engagements plus intelligents, Roberto, plus nécessaires. L'Europe est sous la menace du fascisme et toi tu joues au contrebandier dans les Caraïbes !

— Je ferais mieux de m'inscrire au parti communiste, c'est ça ?

— Et pourquoi pas ! Au moins, ils luttent pour quelque chose !

— J'ai l'impression d'avoir été écrasé, Diodata. Ma seule fierté, c'est de sentir que je suis encore capable de tenir le coup… de tenter des choses fortes…

— Tu n'as pas trouvé un autre moyen ! Tu vas être père, Roberto ! Et cet enfant, je n'ai pas envie de l'élever seule. Tu veux que je lui dise un jour que son père était un gangster, mort entre La Havane et Key West, sur un rafiot de merde, avec plusieurs balles dans le ventre ?

— Diodata, je dois être ce matin très tôt à Big Pine Key… Je rentrerai demain, demain soir… Et alors, on parlera. Du bébé, de l'avenir… Il faut qu'on parte d'ici…

Diodata était folle de déception et de rage :

— Pars où tu veux et quand tu veux, et ne reviens plus jamais ! Je ne veux plus te parler ! Jamais ! dit-elle en s'enfermant à clef dans la chambre.

8

Un violent vent de sud-ouest s'était levé durant la nuit, mais au matin il semblait avoir perdu de sa force. Les palmiers bordant le quai des yachts à Big Pine Key se courbaient doucement, les papiers gras volaient ici et là, et le ressac venait battre la grève. Les trois bateaux n'attendaient plus que la marée, et ses courants de lourdes eaux bleues, pour partir. Le *Black Fountain* s'engagea le premier dans le chenal, avec à son bord Willie Porter et Thomas Hueso. « Quel couple ! pensa Roberto, en regardant le sillage laissé par le bateau, là où traînaient les appâts accrochés aux espars. Un borgne et un unijambiste ! » Puis ce fut au tour du *Dry Tortugas*, un magnifique vingt mètres à la coque noire, au rouf vert et au cockpit en acajou verni. Il démarra une vingtaine de minutes après le *Black Fountain* ; barré par Piero Pozzi, le cigare entre les dents, tandis qu'Eliades, aussi cafardeux qu'à l'habitude, coiffé d'un vieux chapeau de paille, mais vêtu d'un extraordinaire costume blanc, parce qu'il n'avait pas eu le temps de se changer, enfilait un hameçon dans la bouche d'un maquereau et, le faisant ressortir par les ouïes, commençait une amorce. Le *Flamingo* devait fermer la marche. Dans la cabine avant, Joey le rouquin et Pompelmo, le nez dans la glacière, étaient déjà en train d'écluser la bouteille de Bacardí que leur avait jetée, avec mépris, comme à des chiens, un certain Luis Tejedor, homme à tout faire de Bugs qui n'avait finalement pas pu venir assister à l'embarquement. Roberto, la main gauche sur la manette des gaz, tenait dans la droite l'étrange cadeau que venait de lui faire Eliades : un collier de perles vaudou bleues. « Tu le donneras à Diodata, mais en attendant tu n'as qu'à l'enfiler, ça peut toujours servir », lui avait-il dit en le glissant dans sa poche. Roberto, lâchant la manette des gaz, se passa le collier autour du cou et le cacha sous sa chemise.

La première partie de la traversée se déroula comme prévu. Les trois bateaux qui naviguaient à quelques centaines de mètres les uns des autres avaient parcouru une trentaine de milles en direction de Bimini, afin de tromper la vigilance des garde-côtes, puis avaient entamé un grand arc de cercle, pour finir par rejoindre la faille du Gulf Stream, là où il fait une ligne droite. Ils n'auraient plus alors qu'à en suivre la couleur sombre pour se rapprocher des côtes cubaines. Tant pour tromper la vigilance des douaniers que pour rapporter à terre du poisson fraîchement pêché, ce qui constituait pour les anciens combattants, qui mouraient littéralement de faim, une véritable aubaine, les bateaux laissaient traîner derrière eux de lourds appâts qui glissaient sans vriller et en ondulant légèrement. Roberto avait pour sa part préféré sortir deux gros *teasers*, ces magnifiques poissons en bois utilisés pour la pêche au marlin, même s'il voyait mal comment en rapporter un aujourd'hui. Au moins en apercevrait-il ainsi quelques-uns venir frôler le bateau...

— Des petits ou des gros ? demanda le rouquin, un sourire narquois aux lèvres, montrant par là qu'il s'en foutait complètement...

— Des gros ! Nous sommes en été. On rencontre plutôt les petits au printemps, dit Roberto en regardant les *teasers* qui plongeaient et bondissaient dans la crête des vagues que soulevait sur l'eau calme le sillage du *Black Fountain*.

— Vous ne voulez pas une bière, capitaine ? dit Pompelmo. La glacière en est pleine. Un vrai restaurant ambulant, ce rafiot, poursuivit-il. Ananas, avocats, mangues, sandwiches, on ne va pas crever de faim !

— Si vous me la montez, d'accord, répondit Roberto,

— À vos ordres, mon lieutenant.

— J'peux vous poser une question ? demanda Pompelmo, sa bouteille de bière à la main.

— Allez-y, répondit Roberto.

— Qu'est-ce que vous foutiez sur la Piave ?

— La Croix-Rouge. J'étais brancardier.

— Pourquoi pas soldat ?

— Ça serait trop compliqué à expliquer...

— On a tout le temps, non ? J'ai l'impression que ça va être long, cette affaire de cargaison...

— On doit être rentrés demain.

— C'est ce que vous dites. Mais on ne sait jamais. La mer plus la Mafia, ça fait beaucoup. Pourquoi vous travaillez avec des types comme ça ?

— Ça ne vous regarde pas.

— Vous n'êtes pas de ce monde-là, ça se voit tout de suite.

— Pourquoi dites-vous ça ? demanda Roberto qui commençait à se sentir mal à l'aise.

— Vous voulez pas parler de la guerre ? Faut bien parler de quelque chose, non ? Sinon, c'est le silence, et le silence, c'est la mort... J'vous aurais bien vu en coureur automobile, moi.

Roberto se précipita sur l'homme qui perdit l'équilibre et s'étala de tout son long sur le pont :

— Hé, c'est pas la peine de me tabasser, j'suis assez amoché comme ça. Si on peut même plus rigoler !

— Pourquoi avez-vous dit ça ? cria presque Roberto, en serrant les dents.

Joey, le rouquin, qui était monté sur le pont, sortit de sa poche une matraque qu'il mit sous le nez de Roberto :

— Pour rien qu'il t'a dit ! On peut même plus déconner ? Tu aurais préféré qu'il te voie en évangéliste, en extrémiste, en homme d'affaires ruiné ! On a tous une vie, un passé, mon vieux. Avant d'être envoyé à Neuville-Saint-Vaast pour y bouffer des gaz asphyxiants, je faisais partie d'une chorale. Va chanter avec des poumons qui ressemblent à une passoire ! Et Pompelmo, avant de s'appeler Pompelmo, il avait un bon poste dans une jolie boutique de parfumerie pour dames au Texas. Tu l'imagines maintenant, en train de présenter des fioles à des pimbêches effrayées par sa gueule de mérou ? Et tout ça pour rien ! On est allés se faire charcuter en Europe pour rien. Et dire que tout ça, ça finira par recommencer un jour ! On est tout juste bon à poser des rails pour un train qui a fini englouti dans un ouragan. On n'est plus rien, on nous a oubliés. Alors, la ramène pas, monsieur d'on ne sait où. Si on voulait, on te ferait passer par-dessus bord et on se tirerait avec ton rafiot !

— Allez, c'est pour rire, dit Pompelmo. On était dans les tranchées puantes ensemble. On a au moins ça en commun.

— Et ça aussi, on l'a en commun ! dit Roberto en montrant de gros nuages noirs qui s'amoncelaient au nord-est.

— C'est sérieux, capitaine ? demanda le rouquin.

— C'est bizarre… dit Roberto, d'abord des cirrus, tout légers, minces, puis ce voile blanchâtre qui a couvert le ciel, les gros cumulus, et maintenant ces nimbus un peu trop noirs à mon goût… Je vais vérifier le baromètre…

Quand Roberto revint, les deux hommes affalés sur le pont buvaient chacun une bière :

— C'est grave, docteur ?

— Il a baissé de quatre dixièmes… Vous feriez mieux de passer vos cirés, dans moins de trente minutes on va recevoir des trombes d'eau salée sur la tête.

Roberto se pencha et regarda longuement la mer que le bateau ouvrait avec fougue : sa couleur, du jaune-ocre au gris-vert, lui donnait des reflets inquiétants.

À l'intérieur de la cabine, une affreuse houle traversière, aux ondes interminables, commençait de se faire sentir, remplaçant la série de vagues légères qui les secouait depuis le matin. Il fallait immédiatement prendre les précautions d'usage. Roberto et ses deux matelots de fortune amarrèrent tout ce qui pouvait l'être ou l'exigeait, attachant soigneusement les bidons d'essence supplémentaires, fermant caisses et boîtes, vissant les bouchons qui ne l'étaient pas, sanglant, enfermant, ficelant tout ce qui traînait. Joey fit une découverte qui le mit en joie : sous les sièges de la cabine avant, il mit la main sur deux mitraillettes Thompson, enveloppées dans des étuis qui dégageaient une forte odeur d'acide phénique :

— Putain, les engins ! Si on a des emmerdes, on pourra se défendre, au moins !

Peu à peu, les nuages qui s'amoncelaient au-dessus de la mer formèrent comme une énorme masse de terre suspendue en l'air. « Quand le ciel et l'eau seront réunis, pensa Roberto, il sera temps de commencer à prier. »

Dès les premières bourrasques, les deux autres bateaux disparurent derrière des barrières de brume et de pluie. Roberto mit le canot à la mer et l'accrocha solidement.

La flottille avait parcouru à présent une cinquantaine de milles et se trouvait encore assez loin des côtes cubaines, autant dire qu'aucun havre n'était en vue. Une pluie violente se jetait par bourrasques sur la mer qui paraissait maintenant jaillir en jets blancs et cinglants. Puis elle devint très grosse, « plus grosse que tout ce que j'ai jamais vu », dit Roberto aux deux anciens combattants enfermés dans leurs cirés… Le baromètre du *Black Fountain* était tombé à 27 et l'anémomètre était bloqué à cent quatre-vingt-dix kilomètres à l'heure.

Joey ne comprenait pas :

— La matinée était pourtant belle, une mer d'huile, un ciel si bleu…

— On aurait dû s'en douter, dit Roberto. Pas de vent, une chaleur étouffante, l'eau à 27 °C depuis des jours et ce matin le brouillard blanc qui cachait le ciel…

— Bordel, dit Pompelmo, je crois que je préférerais encore la merde des tranchées !

Le soleil très pâle, presque invisible, sans rayons, répandait, malgré la pluie et le vent, une chaleur de plomb dans une lumière diffuse qui faisait mal aux yeux. Petit à petit, la houle s'accentua et le bateau piqua lourdement dans les creux profonds et mous de la mer, comme une bête épuisée qu'on pousse à la mort.

— Je me demande bien d'où cette foutue houle peut venir, dit Roberto à haute voix, tandis qu'il se cramponnait aux rambardes de la passerelle.

Plus tard, les lueurs cuivrées du crépuscule s'éteignirent. Ici et là apparurent quelques étoiles, vacillantes, tremblotantes, qui, à peine nées, disparaissaient immédiatement, comme soufflées par quelqu'un. Roberto éprouva une sensation étrange, imaginant une seconde que des fragments du large essaim scintillant allaient tomber en pluie sur le bateau. Malgré les deux anciens combattants devenus muets dans leur ciré jaunâtre, il était seul. Seul face à une mer qu'il n'avait jamais connue ainsi, face à l'image de Diodata qui se dressait soudain devant lui. Il pensa alors à elle si fort que des larmes lui vinrent aux yeux, mêlées à la pluie : elle ne savait rien, ni où il était, ni quand il rentrerait ! Et cette dispute imbécile, juste avant de partir ! Il ne l'avait même pas embrassée, comme il le faisait toujours, sans interrompre son sommeil, reniflant une dernière fois ses effluves familiers, mélange de draps, d'odeurs intimes et de parfum. La noirceur lointaine du ciel était comme une seconde nuit qui s'abattait sur la première. À l'avant du navire, englués dans les ténèbres épaisses, on pouvait voir palpiter d'étranges fumées ternes et vacillantes. Le *Black Fountain* naviguait-il encore sur la mer ? D'effroyables éclairs, suivis de coups de tonnerre prodigieux, donnaient l'impression que le ciel s'abattait par morceaux entiers sur l'océan, et que le monde voulait prendre fin.

Soudain, devant lui, Roberto vit une mer debout, dressée, qui allait le recouvrir et l'engloutir. En quelques instants, ce furent des vagues d'une dizaine de mètres qui se jetèrent à l'assaut du bateau. Il piqua du nez dans une eau épaisse, et dériva sous le coup d'un choc terrible comme s'il eût rencontré un corps solide. Roberto ne parvenait plus à garder ses yeux ouverts. De hautes volées d'embruns jetées par le vent vinrent cingler son visage. Le *Black Fountain*, affolé, se redressait, piquait sans cesse pour de nouveaux, soudains et interminables plongeons. Roberto était devenu le navire, lancé dans les ténèbres qui l'enfermaient comme dans une gangue palpable qu'il aurait pu presque toucher des doigts, gratter, et faire saigner. Dans cette nuit déchiquetée, naturelle, puissante, c'étaient toutes les lumières du monde qui avaient décidé de s'éteindre. Accroché à la barre intérieure du bateau, Roberto ne cessait de penser à Diodata et à l'enfant qu'il imaginait déjà en train de marcher sur la terrasse en bois peint de leur maison du 14 West Martello Tower Street. Mais ce n'était qu'un rêve, un rêve noir, pétrifié. Le grand vent du nord qui soufflait depuis six heures s'arrêta, l'espace d'un quart d'heure, et se tourna brusquement, avec une violence accrue à l'est-sud-est. C'est alors, enfin, qu'une chose réelle arriva.

Joey et Pompelmo vomissants, ivres d'alcool et de peur, se dressèrent comme ils purent devant Roberto. La peur plus que la haine les faisait agir. Ils lui reprochèrent de les avoir emmenés dans cette souricière. C'était lui le responsable ! Et maintenant, ils allaient mourir, ici, en pleine mer, en plein cyclone, parce que c'en était bien un, nom de Dieu de merde, un putain de cyclone, qui allait tous les engloutir, alors qu'ils avaient échappé à la mort, dans les tranchées, en Europe ! Roberto s'était foutu d'eux et il allait payer. À peine eut-il le temps de leur crier : « Allez au diable, ce n'est pas le moment de s'étriper, on ne sera pas assez de trois si ça devient encore plus sérieux que ce n'est déjà ! » que, tandis que Joey l'attrapait par le bras, le tirant vers lui, Pompelmo lui assena un coup terrible derrière l'oreille. À ce moment une explosion énorme enveloppa tout le navire en un jaillissement tel qu'il semblait qu'une immense digue vînt de se rompre à l'avant et de faire voler en éclats les vitres du cockpit, projetant les trois hommes au fond de la cabine. Abasourdi par le choc, Roberto ne vit pas venir l'énorme coup de poing que Joey lui donna en plein visage. Alors quelque chose explosa de nouveau, mais dans son crâne, cette fois. Tout se mêla, la cabine se mit à tournoyer, les lumières intérieures vacillèrent, tout à coup s'enflammèrent et aussi soudainement s'éteignirent. Il eut un haut-le-cœur, puis plus rien.

Quand il ouvrit les yeux, une pluie diluvienne tombait par nappes sur ses épaules. Le bateau craquait effroyablement. Tout autour de lui les crêtes des vagues continuaient de s'écrouler sur le pont du bateau et commençaient d'envahir l'intérieur de la cabine. Il se sentait flotter, ballotter, rouler. Le *Black Fountain* piquait du nez dans le vide, venait se cogner contre un mur imaginaire. La gigantesque tempête ne semblait pas vouloir faiblir, projetant le bateau dans un égout noir sans fin. Roberto ne voyait presque rien de son bateau. Ici et là, quelques éléments de bois et de cuivre apparaissaient et disparaissaient au gré des vagues d'écume neigeuse qui recouvraient tout. Un instant, il eut la vision du canot de sauvetage passant par-dessus la cabine et disparaissant dans la nuit. Roberto recouvrait peu à peu ses esprits. Il comprit que le bateau, pillé par la violence du cyclone, allait finir par sombrer. À travers l'obscurité, les lames se ruaient de toutes parts pour contraindre l'homme et le bateau à l'engloutissement. Face à cette colonne d'eau dressée, qui allait bientôt tout rompre et tout briser net, Roberto sentit son cœur se fendre à l'idée qu'il mourrait sans avoir revu Diodata, sans avoir renoué avec elle après leur dispute. Comment peut-on mourir de cette façon ? Comment peut-on partir ainsi sans avoir rien réglé des problèmes, immenses et anodins, qui sont ceux de tout un chacun ?

Soudain le vent cessa et les vagues semblèrent perdre de leur violence. Allongé au fond de la cabine, le nez contre les lattes du parquet, Roberto n'osait plus bouger. Sa tête allait éclater, ses membres lui semblaient comme arrachés ; ses vêtements remplis d'eau pesaient comme une armure. Il grelottait de froid. Il demeura longtemps ainsi, immobile, évanoui peut-être, effondré au plus intime de lui-même, muet, les mains encore crispées sur un grand anneau de cuivre auquel il s'était longtemps agrippé. Lorsque, enfin, il revint totalement à lui, il ne put croire à tout ce silence, à cette houle plus longue. Le plus terrible, le plus inquiétant dans un cyclone, c'est cette plage d'accalmie durant laquelle la bête reprend haleine. Cette fin soudaine, cette férocité défaite, ce vent qui ne pesait plus de tout son poids sur le *Black Fountain* comme s'il eût voulu l'immobiliser dans la glaise de la vague... Quel calme...

Roberto rampa jusqu'à la porte de la cabine. Il ne restait plus qu'un trou béant, tout avait été emporté. Il réussit à se hisser sur le pont. L'air était épais et rougeâtre. C'était le matin. Bien que sa montre fût brisée, il pensa qu'un jour entier, peut-être deux, avaient dû s'écouler depuis son départ de Big Pine Key. Soudain tout lui revint : la flottille, les caisses d'alcool, les anciens combattants. Il fit le tour du bateau : personne ! Le *Black Fountain* dérivait, silencieusement, comme s'il allait basculer par-dessus le rebord du monde. Roberto redescendit au fond de la cabine, inspectant le moindre recoin, en pataugeant jusqu'aux genoux dans une eau bruyante. Rien. Plus rien. Il remonta. Il n'y avait plus de vent. Plus un souffle. Le vent était tombé d'un coup.

Petit à petit, le ciel s'ouvrit et se dégagea. Derrière des troupeaux de nuages lacérés qui fuyaient vers le nord-est, des rouleaux de ciel bleu s'installaient. Le mercure du baromètre restait cependant incroyablement bas, et la quiétude de l'air était plus que déconcertante. Tout ce calme suspendu paraissait si dangereux, si fragile... Les instruments de navigation, en partie détériorés, lui permirent cependant de retrouver sa position. Le bateau avait rebroussé chemin ! Les deux moteurs noyés par la tempête s'étant arrêtés, le *Black Fountain* avait dérivé en repartant dans la direction de Bimini. Roberto devait se trouver juste en face d'Islamorada à une quarantaine de milles des côtes. À moins d'un miracle, ses deux passagers avaient disparu en mer ainsi que les deux autres bateaux qui constituaient la petite flottille chargée d'aller récupérer les caisses de rhum dans les eaux territoriales cubaines. Ayant pu enfin remettre la main sur la pharmacie de secours du bateau, Roberto en profita pour verser de longues giclées de teinture d'iode sur ses blessures. En tamponnant doucement avec un coton son cuir chevelu, descendant jusque sur sa nuque, ses doigts butèrent contre un objet dont il avait oublié jusqu'à l'existence : le collier de perles vaudou bleues que lui avait offert Eliades.

9

À mesure qu'il s'approchait de la terre, à bord d'un bateau qui, pensait-il, avait l'air las et dévasté de ces navires mythologiques qui reviennent d'on ne sait quel voyage au bout du monde, de la mort, des enfers, Roberto eut comme un étrange pressentiment. Se précipitant au fond du bateau, il s'empara des deux mitraillettes et les jeta par-dessus bord. Ce court voyage l'avait déjà changé, sans doute était-ce le fameux défi qu'il cherchait. Mais, soudain, il se sentit défaillir : et si ce qui l'attendait maintenant était un voyage encore plus sombre, plus lointain que le plus absolu des au-delà, plus mystérieux que la plus singulière des *terra incognita* dont on ne revient jamais ?

À petite vitesse, propulsé par le seul Lycoming qui avait bien du mal à faire entendre ses quarante chevaux, le *Black Fountain* se rapprochait lentement de la côte de Key West. Le spectacle qui s'étalait sous les yeux de Roberto était effroyable, et laissait présager le pire. Le cyclone dont il venait d'essuyer en mer les prémices n'avait vraisemblablement pas épargné l'île de Key West… Derrière la ligne de récifs coralliens qui faisait autour d'elle comme une ceinture tantôt rouge tantôt blanche, des pélicans effrayés tournoyaient, et une multitude d'oiseaux, comme si tous ceux de la création s'étaient donné ici rendez-vous, pour mourir ensemble à l'heure de la fin du monde, tourbillonnaient autour de lui, en criant comme des fous. La mer – aussi blanche qu'une eau de lessive – était recouverte d'un étrange magma, de plus en plus dense à mesure qu'on s'approchait de la côte et des plages, jonchées sur des kilomètres de débris effroyables : meubles en miettes, poteaux télégraphiques brisés, poutres métalliques tordues, voitures défoncées. À la surface flottaient toutes sortes d'épaves, des oiseaux crevés et des milliers de jeunes arbres arrachés et écorcés par la violence et la trituration des eaux. Le lagon ressemblait à un énorme bouillon blanchâtre plein d'algues, de coquillages et de débris.

South Beach avait été submergée par les flots, et la rare végétation qui y était encore semblait avoir été brûlée par la forte concentration de sel dans le vent et la pluie qui accompagne toujours ce type de catastrophe. Roberto ne cessait de penser à Diodata, enceinte, et à leur maison de West Martello Tower Street. Où était Diodata ? Que restait-il de leur maison ? Roberto savait que si en mer les cyclones provoquent toujours une houle terrible, ils font déferler sur les côtes des vagues monstrueuses qui ravinent et dévorent terrains et constructions côtières. Aucun marin ne l'ignore : quand la pression atmosphérique baisse d'un hectopascal, le niveau de la mer s'élève d'un demi-centimètre. Roberto avait encore devant les yeux le souvenir du baromètre du *Black Fountain* qui ne cessait de descendre. Il fit un rapide calcul : la mer en cet endroit précis de Key West avait pu s'élever d'un à deux mètres et envahir la petite île.

À proximité du chenal, il dut se frayer un chemin à travers une cohue d'embarcations, barques, yachts, voiliers, vedettes qui avaient rompu leurs amarres et qui avaient été emportés. Lui revint en mémoire la phrase que Diodata lui avait glissée à l'oreille, sur le pont du ferry de la Línea de vapores à Miami, alors qu'ils découvraient Key West : « J'ai l'impression qu'ici c'est un endroit où l'on contracte le bonheur comme dans d'autres on attrape la peste... »

Il ne restait rien du quai, des bâtisses l'entourant, des arbres, des bancs gris. Le bateau accosta comme il put. Roberto mit pied à terre. Avec précaution, comme si celle-ci allait se dérober sous ses pas. Comme si elle n'était plus stable, moins stable encore que le pont du bateau. Face à lui Simonton Street n'était plus qu'un trou béant, une immense tranchée. La boue avait tout envahi. Les rues, les maisons, jusqu'aux feuilles des quelques arbres encore debout en étaient recouvertes, masse visqueuse, pestilentielle, survolée d'une nuée tenace de moustiques. Roberto avançait, muet, ne sentant plus ni ses bras ni ses jambes. Il n'était plus lui. Il n'était plus rien. Dans les maisons détruites, la boue avait atteint un mètre de haut. Dans les rues, elle formait par endroits de véritables barricades, jonchées de troncs, de pierres et de végétation entraînés par l'eau et le vent. Sur ce qui avait été des trottoirs, des lits, des chaises, un tourne-disque, une machine à coudre, et cent autres objets hétéroclites, surréalistes, arbitrairement choisis par un dément ou placés selon un ordre dont le sens échappait à l'entendement, dessinaient une singulière géographie.

Un vieux cigarier, enfoncé dans la boue jusqu'aux genoux, nettoyait ce qui restait de sa maison, un seau à la main. Roberto s'avança vers lui :

— Je n'avais jamais vu ça. La mer nous a trahis. Le vent nous a trahis. Ça a soufflé pendant deux jours, l'eau est montée de deux mètres en quelques heures et a tout recouvert. Je n'ai jamais vu ça.

— Je suis parti en mer vendredi... dit Roberto.

— On est dimanche ! C'est hier que ça a été le pire, ajouta l'homme. Le cyclone a tourné lentement, lentement dans le golfe. On croyait qu'il allait partir, mais il est revenu frapper, le salaud ! La mer est montée des deux côtés à la fois. C'était l'enfer !

Roberto, qui ne savait que faire, que dire, quelle question poser, laissa l'homme qui ne cessait de répéter qu'il n'avait « jamais vu ça, jamais ».

Il faisait maintenant très sombre, comme si le jour avait décidé de ne plus se lever. La rue était jonchée de carreaux cassés, d'arbres déracinés, d'enseignes arrachées, de poutrelles tordues, de débris de toutes espèces. Une barque était venue s'échouer à l'angle de ce qui avait été Fleming Street. Une fumée épaisse et puante mettait les larmes aux yeux de Roberto. Il s'arrêta, reprit son souffle, comme s'il venait de remonter d'on ne sait quelle eau trouble, puis, après avoir pris deux profondes inspirations, replongea de nouveau, avançant comme il pouvait, se cramponnant, s'élançant comme s'il lui fallait briser une vitre invisible. Des cadavres d'hommes et d'animaux gisaient en travers de ses pas. À mesure qu'il progressait, Roberto rencontrait de plus en plus de survivants qui s'activaient courageusement dans les ruines. Une multitude d'hommes, de femmes, d'enfants, de vieillards s'agitait dans la boue et les détritus. Des bambins erraient, qui ne pleuraient même plus, au bord de la mort, déshydratés, des femmes transformées en infirmières de fortune déchiraient leurs blouses pour en faire des pansements, des paysans brûlaient le bétail mort, tout comme les pêcheurs juchés au sommet de pyramides de poissons crevés, de mollusques, de murènes, de langoustes transportés là par les vagues du raz-de-marée, et qu'ils arrosaient copieusement d'essence. Les brasiers dégageaient une fumée âcre qui stagnait sur la ville comme un voile de ténèbres.

Le vieux mur d'enceinte de la prison, miraculeusement oublié par le cyclone, était noir de fumée. Au milieu des ruines de l'usine qui en jouxtait l'entrée, de hautes flammes s'élevaient vers le ciel : des tonnes de magnésium, entreposées là depuis des années, avaient pris feu, au contact de l'eau de la crue qui avait déclenché une violente réaction chimique. Les pompiers, occupés ailleurs, n'auraient de toute façon rien pu faire. Le magasin d'articles de pêche d'Anglea Street avait totalement disparu, enterré sous quatre mètres de caillasse et de terre. Le bout de la rue, quant à lui, était carrément ouvert en deux, comme si un tremblement de terre l'eût éventré. Sous la pression des eaux de ravinement, le bitume avait été totalement arraché.

À United Street, Roberto fut assailli par une terrible odeur de mort. Il la connaissait cette odeur, depuis la guerre, lui le brancardier, une odeur d'êtres humains, qui n'a rien à voir avec celle des animaux. Des cadavres flottaient dans les mares laissées par l'eau, d'autres étaient restés accrochés à des clôtures de barbelés, gonflés, dégageant déjà cette odeur si particulière. La mer n'était plus loin maintenant, derrière un petit immeuble effondré qui était tout ce qu'il restait du bordel de Katy Gordon. À cet instant, la pluie recommença à tomber. Roberto, trempé, monta lentement vers la petite dune derrière laquelle devait se cacher sa maison. Dans l'arbre qu'il caressait toujours de sa main lorsqu'il descendait en ville chercher le journal, et qui était comme un signe de reconnaissance entre lui et l'île, un homme et une femme étaient là, boursouflés, pourrissants. Roberto pensa qu'on ne pourrait même pas les déplacer, qu'ils partiraient en morceaux décomposés, dès qu'on essaierait de les décrocher de leur singulier gibet. Deux jours avaient donc suffi à transformer en choses immondes deux êtres humains, qui avaient ri, chanté, souffert, fait l'amour…

En parcourant les quelques mètres, noyés et recouverts de corail arraché, qui le séparaient de sa maison, Roberto comprit tout. Il ne restait de sa maison du 14 West Martello Tower Street que quelques pièces sur lesquelles tenaient encore, on ne sait trop comment, des éléments de la toiture. Ici et là, au milieu de cette étrange décharge, il reconnut une des portes-fenêtres en demi-lune qui ouvrait sur la terrasse ombragée, un lustre vénitien, une balustrade en fer forgé, un morceau de la cheminée, le piano recouvert de gravats, son cher tableau représentant le chef indien White Cloud, encore miraculeusement accroché à un des pans de mur de ce qui avait été l'entrée, quelques livres, et, empilés un peu partout, cocotiers, palmiers, banians, figuiers, citronniers. Au-delà de cet épouvantable amalgame, les alentours étaient absolument méconnaissables.

Le vent, qui ne soufflait plus en rafales, lançait de faibles hululements qui semblaient presque humains, sur ce spectacle de désolation dont Roberto ne pouvait détourner les yeux, cherchant une trace de Diodata, et en même temps terrifié à l'idée de la retrouver là. Diodata et l'enfant… Tenant dans sa main la clef de la porte d'entrée qu'il venait de retrouver au fond de sa poche, Roberto tomba à genoux dans la boue.

Accompagné de Langston, Bugs le découvrit, dans cette position, deux heures plus tard. Il faisait froid et il pleuvait. Les trois amis se jetèrent dans les bras les uns des autres. Émus, férocement émus, non pas revenus de l'enfer mais en plein centre, englués en lui, vivants cependant.

— Et Diodata ? murmura immédiatement Roberto.

— On ne sait pas. On ne sait rien, mon vieux. Ce qui est sûr, c'est qu'elle n'était pas ici quand ça a commencé. Elle te cherchait dans tout Key West, dit Langston. On l'a vue du côté des baraquements des anciens combattants.

— Elle n'a pas dû pouvoir revenir, ajouta Bugs. Ce bordel a commencé vendredi en fin de journée. La pluie s'était mise à tomber le matin. L'après-midi, on a vu un banc de nuages noir et rouge se déplacer très lentement d'ouest en est, et au-dessous d'autres nuages filaient très vite mais en sens inverse ! Une pluie torrentielle s'est alors abattue sur tout le coin, puis les vents s'en sont mêlés. Tu connais la suite…

— Tu étais en mer ? demanda Langston.

Roberto, gêné, regarda Bugs avant de répondre. D'un geste de la main Bugs lui fit comprendre que Langston savait et que de toute façon cela n'avait désormais plus aucune importance.

— Tu as raison, Bugs. Au point où on en est. Et

s'adressant à Langston: Oui, avec Eliades, Piero, et quatre anciens combattants. Sans doute tous morts à cette heure.

— On ne sait jamais avec la mer, dit Langston. On ne sait jamais...

— Je veux retrouver Diodata, dit Roberto en quittant ses deux amis et en se précipitant dans un boyau rempli de boue. Maintenant, tout de suite!

Bugs se précipita pour le rattraper:

— Attends. Tu tiens à peine debout! On va tous au *Wahoo Bar*, je ne sais pas par quel miracle il n'a pas été emporté par le cyclone! On te trouve d'autres vêtements, tu te décrasses, tu manges, et après on reprend les recherches...

Le *Wahoo Bar*, l'un des quatre bistrots appartenant à Bugs, avait en effet à peine été touché par la tempête, si ce n'est la toiture qui avait légèrement souffert et quelques vitres que le souffle du vent avait brisées. On l'avait transformé en un véritable hôpital de campagne. Tout ce que la ville comptait de gens valides tentait tant bien que mal de sauver et de soigner ce qui pouvait encore l'être. Tandis que Roberto se préparait aussi vite qu'il le pouvait afin de repartir immédiatement à la recherche de Diodata, il écoutait les récits hallucinés des survivants de la catastrophe, à peine ému, comme si seule comptait l'hypothétique survie de Diodata.

Dans un coin du bistrot, un homme évoquait ses soixante-dix chevaux abandonnés devant la montée des eaux, et dont les carcasses venaient d'être brûlées au lance-flammes. Cet autre racontait comment il avait vu une famille entière mourir sous ses yeux mais ayant eu le temps de déposer sur le point le plus élevé de la maison un berceau avec un nouveau-né soigneusement emmitouflé dedans. Une vieille femme expliquait comment, à deux pas, elle avait vu le sol s'effondrer et engloutir « ce jeune couple, si jeunes tous les deux » qui effectuait son voyage de noces; et quelques minutes après, cet homme « qui tire un chariot plein à craquer avec sa femme dedans, le chariot perd soudain une roue, et tout le monde est précipité dans une eau répugnante »...

— Il n'y avait que le haut de son corps qui sortait de l'eau. Elle était coincée au milieu des décombres. Elle n'arrivait pas à dégager sa jambe gauche. Alors j'ai plongé. Vous ne devinerez jamais... Sa cheville était prise dans la poigne de fer d'un cadavre. Je lui ai coupé la main avec mon couteau. Et la fille s'en est tirée ! dit un homme, en ajoutant à la cantonade : Faut bien qu'on sauve la mise, non ?

Roberto fit oui de la tête, mais comme absent, ailleurs, car il savait, lui, que la partie ne l'intéressait plus beaucoup, et que les chances de retrouver Diodata et le bébé vivants étaient minces.

En avançant difficilement en direction du camp des anciens combattants, Roberto se remémorait tous les événements macabres de ces derniers jours. Tous ces morts, ces cadavres, cette puanteur. Tous ces débris charriés par l'eau, ces enchevêtrements de maisons, ces drames qu'il avait vus autour de lui et qu'il voyait maintenant : le pétrole des lampes et la braise des fourneaux domestiques qui se répandaient et allumaient des foyers à tous les coins de rues ; ces wagons renversés, remplis de produits chimiques, libérant leur liquide de mort ; les murs effondrés, les clôtures réduites en bouillie ; la voix lugubre de l'eau qui coulait en ruisseaux, qui regagnait ses grottes, ses fosses marines, dans l'attente d'un prochain raz-de-marée.

Bientôt, le camp fut en vue. Roberto se souvint de l'endroit où il avait garé le vieux camion Ford. Il ne restait plus rien. Les quelques voitures avaient cédé la place à des bateaux que les vagues avaient drossés jusque-là. Quant aux baraquements eux-mêmes, il n'en subsistait que les emplacements, parfois marqués par un carré de terre plus claire ou un tas de poutres, de planches de bois, de tôles. Téléphone, câble et télégraphe, tout était par terre. Aucun bâtiment n'était resté debout. Les survivants erraient comme des fantômes, fous de rage:

— On nous a assassinés!

— On ne peut même pas enterrer nos morts! Regardez-moi ça: ils sont tout ballonnés, pleins de sel et d'eau. Ils sont prêts à éclater!

— C'est de la faute à Roosevelt. On nous a expédiés ici au lieu de nous donner notre prime de démobilisation!

— Hopkins est une ordure, il nous a parqués dans ce trou à merde parce qu'on gênait le New Deal de cet enfoiré de Roosevelt!

— Tout le fond de la mer nous est passé dessus!

— Ce n'est pas possible que la station météorologique de Miami n'ait pas été au courant!

— On nous a laissés crever parce que ça devait en arranger certains!

— Évidemment, les chômeurs, on s'en fout! Autant qu'ils crèvent!

Le terrain en pente qui menait jusqu'à l'eau était totalement raviné. Les vieilles baraques avaient glissé d'un côté vers la falaise où, entassées les unes sur les autres, elles formaient comme un énorme amoncellement qui se dressait une dizaine de mètres au-dessus du flot, prolongeant presque le promontoire rocheux, et créant ainsi une sorte de faille dans laquelle la mer s'engouffrait. De l'autre côté, ayant au contraire été happées par les eaux, elles formaient sur la plage un embrouillamini de petits bois déchiquetés. Menacé sur deux côtés, le camp était à la limite de l'écroulement et risquait d'être totalement englouti d'une minute à l'autre.

— Allez, les gars, leur cria un immense gaillard, au boulot! Il faut combler la brèche avant ce soir!

Roberto fut le premier à répondre à l'appel du géant. En aidant ces hommes, il rendait en quelque sorte hommage à la mémoire de ceux qui avaient brièvement partagé sa vie sur le *Black Fountain*. Les aider, c'était se rapprocher un peu de Diodata. Dans le grand enfer de Key West dévasté, à un autre endroit de l'île, quelqu'un faisait peut-être la même chose pour elle. Était-ce cela la fraternité ?

Pour faire face aux tonnes de terre qui s'éboulaient constamment, si détrempée que les hommes glissaient sans arrêt au risque de disparaître dans le courant bouillonnant, on avait décidé de construire une digue. Plusieurs commerçants de Key West – descendants comme cent cinquante mille autres Asiatiques de ceux qui, vers le milieu du XIXe siècle, étaient venus travailler à Cuba dans des conditions à peu près similaires à celles des esclaves – avaient proposé judicieusement de colmater la brèche selon une technique que la fréquentation des crues répétées du fleuve Jaune avait enseignée à leurs ancêtres. Si bien que tout le monde était à la recherche des cinq matériaux de base que sont les pieux, les pierres, les tiges de plantes, le sable et les briques, auxquels venaient s'ajouter deux matériaux introuvables qu'on remplacerait par ceux disponibles sur place : du limon et du kaoliang ! Avec des branches, on fit des gabions que l'on remplit de cailloux avant de les rouler dans la brèche. Ce travail terminé, on choisit pour obstruer les derniers mètres d'abaisser un énorme tampon de glaise grasse consolidé par des paniers de terre et de pierres que les hommes jetaient du haut du camp. Il fallut moins d'une demi-journée pour accomplir une tâche qu'on eût crue impossible. Tout le monde avait effectué sa part du travail, y compris, ce qui ne manqua pas d'étonner Langston, certains amis peu recommandables de Bugs Drucci. Les regards entendus que Langston jeta à Roberto n'échappèrent pas à Bugs qui réagit immédiatement :

— Pendant la grande crue du Mississippi, en vingt-sept, c'est les distillateurs clandestins venus des bayous de l'Arkansas qui ont sauvé la vie des gens ! Personne n'est allé les chercher, personne ne les a payés, et personne n'a eu le moindre mot de remerciement pour eux ! Mais ils sont venus ! Comme aujourd'hui, les gars de la bande à Bugs Drucci. Eux aussi, ils ont sillonné les endroits à l'écart et les coins perdus, à travers les clôtures, par-dessus les talus de l'ancien chemin de fer, dans les bois et les broussailles, sans jamais se reposer ! Alors bouclez-la ! Il n'y a personne de la Croix-Rouge, personne du gouvernement, les autorités fédérales sont absentes, pas un seul soldat de la grande armée des États-Unis ne s'est bougé le cul ! On doit se démerder tout seuls. Et chaque homme est le bienvenu !

Durant les deux jours qui suivirent, alors que Roberto continuait d'aider sans ménager sa peine, on resta sans nouvelles des autres parties de l'île de Key West ni des autres cayes. Aucune communication n'était possible : routes coupées, câbles du téléphone arrachés, mer impraticable. Commençaient de se déclarer ici et là plusieurs cas isolés de choléra. À croire que le monde avait oublié l'existence de ce chapelet d'îlots. Et Bugs répétait :

— On peut crever comme des rats, tout le monde s'en fout.

Dans la chambre qu'il partageait avec Langston, au *Wahoo Bar*, Roberto était désespéré. De la fenêtre de sa chambre, il apercevait, dans les rares arbres encore debout, des cadavres de chèvres accrochés aux branches et que personne ne descendrait jamais. On disait que le petit zoo, ouvert depuis une dizaine d'années près de l'aéroport, avait été entièrement dévasté, et que seuls les singes, qui avaient échappé à la mort, après s'être tassés les uns contre les autres en pleurnichant, erraient maintenant dans la ville, où ils étaient parfois pris de crises de fureur violente. Bugs avait raison, à Key West ils pouvaient tous crever comme des rats ! L'État américain, qui n'avait rien fait pour alléger les souffrances des gens de l'île, avait en revanche envoyé cinq cents gardes nationaux qui patrouillaient jour et nuit pour empêcher la population de se livrer au pillage des maisons et des commerces abandonnés par des propriétaires qu'on ne retrouverait pour la plupart jamais. On finit par imposer un couvre-feu. D'après la rumeur, des blindés se posteraient bientôt dans la ville. Ainsi, à la détresse viendrait s'ajouter un véritable état de guerre. La seule consolation, c'était qu'il n'y avait plus de vautours pour s'attaquer aux cadavres. On avait craint qu'ils ne viennent par milliers fouiller dans les fourrés de palétuviers, sur les branches des arbres, dans la boue, derrière les wagons-citernes, sous le château d'eau, dans les ruines, à la recherche de tous ces cadavres boursouflés, sur le dos et sur le ventre, épaves flottantes, déjà à moitié dévorés par les crabes de terre, mais non, les vents déchaînés, avec leur fracas de locomotive, leur hurlement déchirant, déplaçant de hautes montagnes liquides, les avaient eux aussi tués.

10

Allongée sur une table roulante, dans une pièce blanche, un drap jeté sur son corps nu et couvert d'ecchymoses, Diodata était là, immobile. Roberto se tenait sur le seuil de la pièce, terrifié par l'éclairage qui tombait du plafond comme une lame. « Elle n'a pas souffert », dit le médecin, un petit homme gras et jaune, pris dans une blouse blanche, à ceinture et à plis fixés sur la taille, qui lui donnait l'aspect d'un baril de rhum. « *Ils* n'ont pas souffert », rectifia Roberto. « Oui, oui, *ils* n'ont pas souffert », reprit le médecin. Tout se bousculait dans la tête de Roberto. Il se disait que désormais il lui faudrait être capable de tenir le coup un jour à la fois. Par exemple maintenant, ne pas penser à demain, à ce soir, à dans deux heures, dans dix minutes. Tenir, ne serait-ce que pour essayer d'effacer de soi cette impression d'être mort en dedans.

Quelles sont les choses définitives dans une vie ? Langston Spotswood avait une théorie : « La malhonnêteté, passer la porte, partir de chez soi, liquider une affaire, financière ou sentimentale, chier un bon coup après une forte constipation, refuser une pipe même si un beau matelot vous la propose, brûler sur la plage dix ans de poésie parce qu'on estime que ce travail ne vaut rien, voilà des choses définitives. » Roberto avait toujours pensé qu'il ne s'agissait là que de belles paroles. C'est fou ce que les gens peuvent parler pour ne rien dire ! Même Langston ! Des heures de paroles sur tout et sur rien, à s'en faire péter la glotte ! Qu'est-ce qui dans une vie est susceptible d'en changer radicalement le cours ? Des phrases ? De simples phrases comme « vous êtes en état d'arrestation », ou « je te quitte », ou « vous êtes atteint d'une maladie incurable », ou encore « je n'ai pas confiance en toi » ? Non. Une phrase ne peut pas, à elle seule, changer le cours d'une vie. Change la vie ce qui est définitif : comme cette femme, là, sur la table blanche, avec sa mort. Seule la mort peut se vanter d'être vraiment définitive.

Rien désormais ne pourrait distraire Roberto de cette image. Ni la boisson, ni le travail, ni l'inconfort. Aucun accommodement avec la douleur n'était possible. Eliades, le Cubain, avec ses colliers de perles bleues, ses tricots de peau crados, ses sacrifices de poules et de canards, savait qu'il était possible d'imaginer des passages secrets entre la nature et les humains et entre les esprits et les mots. Mais Eliades Bembé était mort lui aussi, vêtu de son costume blanc de fête, et Roberto ne voyait pas comment entrer en communication avec la femme allongée devant lui sous son drap blanc. Certes, la mémoire était un lieu, un lieu réel que l'on peut visiter, avec ses rues, ses places, ses maisons, ses jardins, ses chemins de traverse, mais il n'était pas encore prêt à le visiter, ce lieu, à passer un moment avec la morte, à comprendre que ce séjour pouvait être une source de consolation et de bonheur. Roberto était dans la douleur. Et il allait sans doute mourir de cette morte.

S'avançant vers la table, il voulut prendre la main de Diodata et le décor se mit à changer. Un groupe d'hommes et de femmes, accompagnés d'animaux domestiques, assis sur une levée d'une dizaine de mètres de large, trop effrayés pour dormir, trop misérables pour crier, attendaient sans vraiment y croire d'hypothétiques secours. Au milieu d'eux : à nouveau Diodata. Ils n'avaient, pour se désaltérer, que le brouet infect qui les entourait. Ils buvaient très peu, et faisaient d'effrayantes grimaces en s'essuyant les lèvres.

Ils n'avaient rien à manger. Ils n'avaient ni bois, ni feu. Ils étaient là depuis plusieurs jours. Soudain, l'un d'entre eux poussa un cri épouvantable : une immense muraille brunâtre s'avançait vers eux en grondant comme un vent impétueux. Le bétail meuglait, les chiens aboyaient, les coqs chantaient, les bébés pleuraient, les femmes hurlaient, beaucoup sentaient couler entre leurs jambes la bouillie puante de la peur. Alors, Diodata, comme pour protéger le groupe de l'immense raz-de-marée, récita à haute voix les paroles de la Bible : « Le déluge était depuis quarante jours sur la terre, les eaux s'accrurent et soulevèrent l'arche de sorte qu'elle fut élevée à une grande hauteur... l'arche se mouvait sur les eaux ; les eaux grossirent prodigieusement sur la Terre ; et toutes les hautes montagnes sous les cieux furent couvertes. » À cet instant, Roberto se retrouva dans la pièce éclairée tenant la main de la morte. Il entendit, chuchoté : « Nous ne tiendrons pas beaucoup plus longtemps. » Puis, après un long silence, trois mots qu'il n'oublierait jamais, repris en chœur par tout le groupe, assis sur la levée de terre : « La voilà partie. » Et avec eux, il suivit le corps de Diodata emporté par les eaux. Enfin, une explosion formidable retentit. Bugs Drucci était là, son panama à la main, sur le pas de la porte, et avec lui pénétra la réalité :

— Roberto, dépêche-toi, ça fait dix minutes que je tambourine à ta porte, on a retrouvé des gens dans une cave près du bassin des yachts. Une vingtaine, sains et saufs, mais qui ne peuvent pas sortir ! On a besoin de toi.

Tel un automate, Roberto se leva, encore plein de son rêve, et suivit Bugs, qui avait remis son panama sur sa tête.

Dehors, un formidable coucher de soleil descendait sur l'île. À mesure qu'il perdait de la hauteur, le soleil devenait de plus en plus grand et s'enfonçait doucement derrière la pointe occidentale de la baie. Plus un souffle d'air ne ridait la surface de l'eau, plus un frémissement.

Le ciel, l'eau et la côte ne formaient plus qu'un seul miroir pourpre.

La cave se trouvait sous un des grands hangars à bateaux dont les murs, pour la plupart affaissés, étaient adossés à l'ancienne enceinte fortifiée. L'ensemble, écroulé sur lui-même, formait comme une sorte d'entonnoir, qu'il fallait dégager avant d'atteindre la cave. La pluie des derniers jours avait cédé la place à un soleil brûlant et à un temps très sec. Un gros nuage de poussière, venant des hangars effondrés, planait sur tout. Il était très difficile de voir au travers. Les sauveteurs craignaient que le vent violent qui soufflait vers le large, et qui s'était à présent apaisé, ne reprenne et ne propage le feu, qui avait pris dans une des citernes de mazout sous-marines, aux autres, répandant ainsi le mazout enflammé dans le port, l'embarcadère, et par là à toute cette partie de la ville. Il fallait hâter le mouvement ! À la nuit tombée, tout fut fini. Ce fut Roberto, descendu avec les autres, dans la cave à moitié inondée, qui découvrit Diodata, hagarde, pataugeant dans l'eau. Ni l'un ni l'autre n'eurent la force de pleurer ou de s'étreindre. Ils se regardaient interminablement, cherchant dans les yeux de l'autre la fin de l'épouvante, la fin de leur mort. Mis en pièces par des démons, ils savaient qu'il leur faudrait beaucoup de temps pour redevenir vivants.

Les jours qui suivirent, Roberto et Diodata tentèrent d'exorciser les obsessions qui les habitaient. Roberto revoyait indéfiniment le *Black Fountain* dériver sur une mer encombrée de cadavres flottant ici et là, parmi lesquels ceux de Joey le rouquin et de Pompelmo, entourés d'une bande de poissons, la tête hors de l'eau, la bouche ouverte, tournant sur eux-mêmes, agités, comme terrifiés. De son côté, Diodata ne cessait de penser à cette odeur de bois vert qui l'avait accompagnée durant toutes ces journées. Déracinés, écorcés par le frottement de l'eau et des rochers, branches arrachées et troncs éclatés, des milliers d'arbres avaient été emportés et soulevés par les rafales de vent et par les avalanches de boue et d'eau : « L'air en était plein, et j'en prenais à chaque respiration. C'était comme si on m'avait mis la tête dans un sac plein d'écorces. »

Devant la maison éventrée, Diodata avait beaucoup pleuré, puis, constatant qu'un certain nombre de pièces étaient finalement encore habitables, elle avait éclaté d'un rire étrange, sonore. Qui n'était ni de joie ni de tristesse, mais peut-être de défi. Le médecin qui l'avait examinée, après sa sortie de la cave, avait été formel : le fœtus vivait. N'était-ce pas l'essentiel ? La main sur son ventre, blottie contre Roberto, Diodata lui raconta qu'elle faisait, dans sa cave, toujours le même rêve qui l'avait sauvée du désespoir :

— J'étais couchée sur toi, comme j'aime le faire. Je sentais tes jambes, ta poitrine caressant mes seins, ton sexe dans mon ventre, ta bouche contre la mienne. Mes cheveux qui pendaient et reposaient sur tes joues. Et je remuais lentement et en cadence... Ce rêve, Roberto, je m'en nourrissais chaque nuit. Il m'a gardée en vie.

Les quatre mois qui suivirent la catastrophe furent consacrés à la reconstruction de Key West. On vit certains commerçants de l'île arborer fièrement, à la devanture de leur magasin rouvert, un petit panneau sur lequel était écrit : *Hurricane Survivor*. Personne ne se posa la question de savoir s'il s'agissait là d'une marque de bon ou de mauvais goût. Comme si tous ceux qui avaient survécu à ce drame mesuraient désormais la vie à l'aune d'autres valeurs. Le petit groupe s'était reformé mais sans Dylan Brooke ni le petit Sandrino qui avaient péri dans la catastrophe. William Howard faisait partie des disparus, de ceux dont on n'avait même pas retrouvé le corps, qui n'avait été ni aspergé de chaux vive, ni enfermé dans une de ces caisses en vulgaire sapin, à quarante dollars pièce, et pompeusement baptisées cercueils ! Roberto n'avait plus d'associé et faisait marcher ce qu'il restait de son entreprise comme il pouvait. Diodata, elle, croulait sous les commandes. Le malheur, raconté par des témoins de première main, plaît toujours. On appréciait ses articles et ses témoignages sur le vif concernant une catastrophe qui avait frappé tout le Sud des États-Unis. La viande sanguinolente et les ventres gonflés d'eau de pluie, décrits par une plume habile, dédouanaient les bienheureux de ne pas connaître dans leur chair une telle catastrophe. On lui offrit, dans le *New Yorker*, une rubrique qui lui rapportait mille dollars par semaine.

L'île retrouva peu à peu un semblant de vie. Des sauveteurs et des secouristes, venus du continent et placés sous l'autorité du ministre du Commerce et du président de la Croix-Rouge, avaient fini par investir les rues de Key West, et par remplacer les gardes nationaux. Mais cette aide n'était que ponctuelle et destinée à faire taire l'opinion internationale qui trouvait que rien n'était fait pour venir en aide aux sinistrés. Le FBI refit son apparition dans des lieux aussi louches que stratégiques de l'île, et qui avaient été les premiers à renaître de leurs cendres : bistrots, bars, bordels, boîtes de nuit. La Mafia, plus lente à réagir, n'était pas encore de retour. Tous, Roberto, Diodata et les autres, savaient que le cyclone avait tourné une page terrible dans leur vie. Plus rien ne serait comme avant, et il était bien difficile de faire des projets. Les premiers à parler de ce malaise furent Maddalena et Renzo Sorani. La mort de leur enfant les avait endurcis à jamais. L'un comme l'autre avaient décidé de s'engager dans la lutte contre le fascisme italien. Le fascisme au gouvernement, surtout dans son premier stade, n'avait été ni une idéologie, ni un véritable programme politique, tout au plus une intuition, il est vrai, fortement aidée, dans son accession au pouvoir, par les agriculteurs de la vallée du Pô et un grand nombre de représentants de la bourgeoisie industrielle. Mais les temps avaient changé. L'époque où les fascistes avaient enlevé Matteotti et l'avaient assassiné en toute impunité dans des bois des environs de Rome était révolue :

— La classe ouvrière italienne en a assez de se faire enculer, dit Renzo.

— Les gens ne veulent plus de cette politique grotesque et meurtrière, ajouta Maddalena.

— Mussolini a peut-être gagné sur un point… objecta Diodata.

— Lequel, je voudrais bien savoir ! dit Renzo.

— La protection des Italiens à l'étranger, l'« Italie hors d'Italie », comme ils disent.

— Foutaise ! Démagogie ! dit Maddalena avec colère.

— Je n'en suis pas si sûre. Quand Mussolini dit aux sportifs italiens que lorsqu'ils se mesurent en terre étrangère, « c'est à leurs muscles et surtout à leurs vertus morales que sont confiés l'honneur et le prestige sportifs de la nation », c'est peut-être grotesque, mais il trouve un écho dans la colonie italienne de l'étranger, tous les observateurs le confirment ! Regarde le menuisier Primo Carnera, depuis qu'il est champion du monde de boxe, il est devenu l'idole de toute l'Italie !

— Écoute. Nous avons perdu Alessandro, dit Maddalena, ça veut dire qu'on n'a plus rien à perdre. Notre vie ne compte plus. Nous allons la mettre au service de l'antifascisme, c'est tout. Je ne sais pas si « en Italie il n'y a plus rien à faire », comme a dit Turati, mais à l'étranger certainement. Il faut organiser la lutte de l'extérieur. Maintenant.

— Depuis Key West ?

— Non, Key West est devenu un désert, un cimetière. D'abord de Cuba, puis de France.

— Vous allez faire comme Bassanesi, lancer des tracts sur Milan en pleine nuit ? Les actes isolés ne servent à rien… dit Diodata.

— Qui te parle d'actes isolés. Des mouvements existent, des groupes de résistance, des revues… Luigi Croce qui était là…

Tandis que ses amis entamaient de nouveau une longue et complexe discussion politique, Roberto pensait à l'Italie d'avant, d'avant Mussolini, d'avant Key West, d'avant Marseille, l'Italie de son enfance. Quand la reverrait-il ? Il éprouvait beaucoup de mal à suivre l'évolution des réalités d'aujourd'hui, dans un pays qui avait si profondément changé en si peu de temps. La société italienne avait évolué peut-être davantage en dix ans que dans les deux générations unitaires qui avaient précédé le fascisme : celles de son père et de son grand-père. Elle avait changé à cause du régime, bien entendu, mais aussi en dépit de lui, car celui-ci avait dû plus d'une fois se borner à enregistrer des évolutions qui avaient échappé à son contrôle, et qu'il n'avait fait que légitimer *a posteriori*. Qu'aurait pensé de tout cela son père, le vieil Ercole Tommaso ? Certes, il n'y avait visiblement entre le roi et le chef du gouvernement fasciste ni sympathie ni confiance, mais tout de même, Victor-Emmanuel, de caractère si indécis, formaliste, timoré, ne donnait-il pas le spectacle navrant d'un accord tacite avec le fascisme ? Clef de voûte de l'édifice constitutionnel, il n'avait même pas réagi après l'assassinat de Matteotti. La prérogative royale, les organes de contrôle, le Sénat, le soutien de l'armée rendaient possible une réaction monarchique contre la fascisation de l'État et son glissement vers le totalitarisme. Mais jusqu'à maintenant le roi était resté muet. Ce silence aurait tellement blessé Ercole Tommaso, tout comme aujourd'hui il chagrinait, curieusement, Roberto. Cette monarchie italienne était si loin de lui, de sa vie. Et comme était étrange cette traversée de la mémoire que venait presque de lui imposer cette discussion politique autour de l'Italie d'aujourd'hui…

— Roberto, tu rêves, mon amour, lui dit Diodata.

Elle l'observait en souriant, avec, autour du cou, le collier de perles bleues.

— Non, non ! Je pensais à l'Italie, à mon passé.

Renzo et Maddalena, surpris, le regardèrent :

— Tu as un passé en Italie, Roberto ? Je croyais que tu étais né en France ?

— Oui, oui, dit-il. C'est une façon de parler. Je suis né en France, à Marseille…

Un curieux malaise s'installa. Comme si Roberto avait dit un mot de trop. Comme si quelque chose venait de briser l'harmonie de la réunion :

— Tu nous caches quelque chose, Roberto ? insinua Maddalena.

— Mais non. C'est vieux tout ça. Alors, quand lance-t-on une opération de grande envergure sur l'Italie ?

— Bientôt, dit Bugs qui venait de pénétrer dans la pièce, tirant *in extremis* Roberto d'une situation difficile. J'ai une grande nouvelle, mes amis !

— Tu vas ouvrir un débit d'eau minérale ? dit Roberto.

— Presque ça ! Quel jour sommes-nous ?

— Le 5 décembre… dit Diodata.

— Retenez bien cette date, mémorable entre toutes. Ce 5 décembre 1933, a été voté le 21ᵉ amendement à la Constitution des États-Unis… qui abolit la prohibition…

— La poule aux œufs d'or est crevée, alors ? ironisa Maddalena. Vends ton diamant, ajouta-t-elle, en montrant à la cantonade la grosse bague, que tous lui connaissaient, et qui scintillait à la main gauche de Bugs.

— Tu vas devoir rentrer dans le rang, devenir honnête, Bugs ? dit Renzo.

— C'est peut-être un signe du destin, dit Bugs, laissant quelques secondes planer un doute quant à sa conversion prochaine à un monde dans lequel il ne vendrait plus que des denrées légales, pain, lait ou savon… J'ai une autre grande nouvelle… Je m'installe dans moins d'un mois à Cuba.

— Décidément, c'est une véritable épidémie ! dit Diodata.

— Maddalena et moi y partons aussi, précisa Renzo à l'adresse de Bugs.

— Tu es en train de nous expliquer que tu vas ouvrir une boutique d'ustensiles de pêche à Cuba ? dit Roberto en s'adressant à Bugs.

— Non monsieur, un centre sportif, un fronton de *jai-alai*. Calle Concordia n° 82, entre González et Lucena, comme on dit à Cuba. Ouvert tous les jours sauf le mardi et le vendredi, téléphone : A 9478...

— *Jaiala* quoi ? demandèrent-ils tous ensemble en éclatant de rire, excepté Langston qui haussait les épaules.

— Bande d'ignares : *jai-alai*. Les guides à l'usage des Américains précisent qu'il faut prononcer *high-ally*. Une sorte de fronton où l'on joue à la pelote basque. On peut y acheter une place pour deux dollars ou louer une loge pour six personnes.

— Et c'est tout ? demanda Langston qui n'avait jusqu'à présent rien dit. Tu nous prends pour des oies blanches, Bugs...

Bugs esquissa un léger sourire et ne répondit pas.

Langston, sur le ton de la plaisanterie, ajouta :

— Tu oublies que les matches donnent lieu à des paris...

— Autorisés !

— Certes, mais, en général, une autre entrée dans une autre rue conduit à un casino, et là, comme par hasard, tu trouves bingo, roulette, baccarat, et *muchos entretenimientos más*, « comme on dit à Cuba », ajouta Langston en imitant Bugs.

— Et si on partait tous à Cuba ? Il faut fuir ce pays de merde, dit Maddalena, des larmes dans les yeux.

Décembre est dans les Caraïbes un mois d'hiver d'ordinaire très agréable. Mais, cette année, la douceur de l'air ne semblait retenir l'attention de personne. Key West ne se remettait pas du drame qu'elle avait vécu. Elle ressemblait à un énorme morceau de continent dérivant au hasard des côtes, sans repère, au gré des tempêtes et du soleil brûlant. Lentement, l'idée de partir avait fait son chemin et s'était même emparée de Diodata et de Roberto. Ils n'étaient pas les seuls. Bugs et son affaire de fronton basque, Maddalena et Renzo, dans le sillage de Luigi Croce qui avait réussi à fuir la résidence surveillée du *confino*, Victoria Maura, l'anarchiste barcelonaise, à laquelle le FBI avait plusieurs fois rendu visite, Langston Spotswood enfin qui pensait qu'à Cuba un Noir homosexuel pourrait vivre plus librement, étaient prêts à traverser le Gulf Stream pour rejoindre la grande île en forme de crocodile. Et cela d'autant plus que depuis août le dictateur Gerardo Machado, qu'on avait vu tant de fois poser à côté du maire de New York, son cher *mayor* Walker, avait dû quitter Cuba, poussé hors de son fief par un extraordinaire mouvement populaire. Ramón Grau San Martín, nouvel homme fort de Cuba, avait fait prendre en quelques mois, par son gouvernement, une série de décisions importantes qui avait tout bonnement changé la vie des gens. Ainsi avait-il créé un ministère du Travail, accordé la journée de travail de huit heures, le droit de grève et l'autonomie universitaire. Il avait également nationalisé les compagnies d'électricité, octroyé le droit de vote aux femmes, et surtout fait abroger l'amendement Platt qui, depuis le 12 juin 1901, autorisait les États-Unis à intervenir militairement si la paix et la sécurité à Cuba leur semblaient menacées. Le peuple cubain était en liesse. L'avenir de leur île ne serait plus décidé par les financiers et les industriels de Boston, de Chicago ou de New York ! Les meilleures terres, les plus grandes sucreries, les mines, les chemins de fer, les banques et nombre d'industries de base, depuis plus de cent ans sous contrôle du capital étranger, reviendraient bientôt à la nation cubaine. Enfin, les Américains n'interviendraient plus dans les affaires intérieures de l'île et quitteraient bientôt les bases militaires américaines implantées sur son territoire. En prime, l'île des Pins ferait de nouveau partie du territoire national…

L'idée de parcourir cent soixante kilomètres pour commencer une nouvelle vie les séduisait tous. Ce serait un peu comme une porte ouverte vers la vérité, pensa Roberto, sans vanité ni humilité. En sauvant ce qui avait pu l'être, il pourrait aisément relancer là-bas une petite entreprise de réparations de moteurs et de transports. Le travail ne manquait pas. Quant à Diodata, elle pourrait continuer d'y exercer son métier de journaliste pendant que son ventre s'arrondirait. Tous quittèrent Key West par bateau, exceptés Diodata et Roberto qui devaient encore régler quelques petits problèmes d'intendance, mais aussi parce que le médecin, homme d'expérience et de bon sens, avait conseillé à la future maman de prendre l'avion pour éviter le mal de mer et les possibles tempêtes.

Après avoir envoyé à La Havane, par voie maritime, ce que le cyclone n'avait pas englouti, Roberto et Diodata revinrent une dernière fois devant les ruines de cette maison où ils avaient vécu dix ans. Il n'y avait pas un nuage dans le ciel. Des oiseaux bruyants menaient une sarabande effrénée au sommet des bouquets d'arbres rescapés de la tourmente. Un vent léger agitait les herbes, les racines de salicornes et de bardanes, et dispersait le sable. Telle fut la dernière image qu'ils gardèrent du 14 West Martello Tower Street, celle de ce vent qui fouettait les racines et le sable. Un vent loquace, chasseur de souvenirs. Un vent fait pour la solitude.

L'aéroport de Key West étant toujours impraticable, la Pan American Airways avait mis à la disposition de ses passagers un vol quotidien d'hydravion Sikorsky qui partait d'un des étangs intérieurs de Key West à huit heures du matin et arrivait à La Havane à neuf heures quinze. Diodata et Roberto montèrent à bord de l'hydravion avec une légère appréhension. Après avoir gravi quelques marches, ils pénétrèrent dans une minuscule carlingue mal ventilée, et reçurent du pilote un étrange présent : du coton pour se boucher les oreilles. Ils étaient les seuls passagers du vol... Tandis que le pilote, un petit homme trapu, la casquette en arrière du crâne, portant une veste en peau de mouton tachée d'huile et de gros gants, grimpait sur son siège, un mécano, monté sur l'un des flotteurs de l'appareil, lança l'hélice. Le moteur se mit à vrombir et secoua l'hydravion. Diodata et Roberto ne s'entendaient plus. L'appareil glissait sur l'eau comme un grand poisson, puis, lourdement, arrachant sa masse énorme, après avoir cogné ses flotteurs contre les petites vagues courtes du lac, il s'éleva lentement dans les airs. Key West, vu d'en haut, ressemblait à une terre dévastée par une bombe d'une puissance diabolique. L'avion passa au-dessus de la barre de récifs et mit le cap droit sur le sud. La mer et le ciel formaient une interminable bande bleue, à perte de vue. Si ce n'est la forte odeur d'huile de ricin provenant du moteur pour ramener les passagers à la réalité, ce survol de l'océan Atlantique avait quelque chose d'irréel. Parfois l'avion montait, parfois il descendait légèrement ; environné par une multitude de flocons brumeux d'autant plus denses qu'il entamait son ascension, il suivait son cap, sûr de lui et vrombissant. En bas la surface de la mer était plate et morne. Roberto voulut montrer à Diodata un banc de marlins qui sautait dans l'eau à trois ou quatre cents mètres sous la carlingue mais il s'aperçut qu'elle s'était endormie.

À mesure que le Sikorsky reprenait de la hauteur, Roberto, qui avait pris les mains de Diodata dans les siennes, eut soudain une conviction, profonde, de celles qui scellent une vie : le monde temporel repose sur quelques idées simples auxquelles il ne faut jamais déroger. La fidélité en est une. Ercole Tommaso, son père, avait raison. Presque seul, dans la cabine du petit avion, aux côtés de la femme qu'il aimait, et tandis qu'il contemplait tantôt la vaste étendue maritime derrière le hublot, tantôt le gant sale du pilote actionnant le manche d'un côté à l'autre ou de haut en bas, il pensa que le véritable aristocrate est celui qui a l'instinct et le culte de l'intégrité humaine, le goût de la simplicité, le respect de l'homme, de l'honneur, et qui sait se mettre au service d'une idée. Désormais, il serait cet aristocrate. Roberto était sorti vainqueur de l'affrontement avec les éléments, et cette épreuve avait décidé, irrémédiablement, de quoi lui, le Piémontais en exil, était fait. Maintenant, il en était sûr : l'homme doit vivre comme il rêve, toujours seul, évitant comme il peut le mal et ses masques.

DEUXIÈME PARTIE

11

Ce vieil asthmatique d'Eliades, derrière son nuage de fumée de papier d'Arabie, leur avait souvent répété : « La Havane est la ville du monde la plus inoubliable ! » Et il ajoutait, bien que n'ayant jamais mis les pieds ni dans l'une ni dans l'autre : « À côté, New York et Paris ne valent rien. » À vrai dire, La Havane, dans un premier temps du moins, les avait éblouis plus qu'ils ne l'avaient apprivoisée. Certes, des trois grands quartiers la composant, la Zona Central avec ses hôtels de luxe, ses parcs et ses théâtres, la Zona Exterior avec ses clubs élégants, ses somptueuses villas, ses larges avenues à l'américaine, La Habana Vieja, enfin, cœur historique de la capitale cubaine, ils ne connaissaient que ce dernier, qui était à lui seul déjà tout un monde.

Logés, les premiers jours de leur arrivée, au *Manhattan House*, petit hôtel à cinq dollars la chambre, bénéficiant de toutes les commodités modernes mais surtout d'une vue imprenable sur la sobre façade « toscane » de la cathédrale, ils avaient fini par trouver une maison à deux étages, à quelques mètres de l'ambassade des États-Unis et de la plaza de Armas. Agrémentée de vitraux éclatants placés au-dessus des portes et des fenêtres, de plafonds mansardés à poutres apparentes, et de façades à décor de fer forgé, elle donnait sur un joli patio envahi d'arbres tropicaux et de fleurs. La nuit, la brise soufflant de la mer déposait, comme un présent, sur la table de leur salon en bois-de-fer, les effluves de la baie de La Havane, épais et tenaces. La

Habana Vieja n'avait rien à voir avec l'univers subtropical perpétuellement ouvert de Key West. Les rues formaient un dédale étouffant, un canevas aux broderies serrées au bout duquel apparaissait, soudain, un morceau de mer brune, pénétrant profondément du fond de la baie, et dont la présence ne rassurait jamais.

Plus qu'à une ville, Diodata et Roberto étaient confrontés à ses facettes, à une série d'images et d'impressions tantôt fugaces, tantôt durables. Lampadaires aux lumières jaunes vacillantes, terrasses recouvertes de mousse, patios débordants d'arecs, arcades peintes, impasses poussiéreuses, lanternes à bougies tremblant dans le vent, abattoirs où s'amassaient des dépouilles sanguinolentes, tanneries aux fortes odeurs de peaux, imprimeries exhalant l'âcre parfum de l'encre noire, et toute la puanteur des pauvres cuisines de la ville basse, dont les eaux grasses ruisselaient vers les môles après la pluie. Diodata et Roberto contemplaient un monde qui leur semblait impénétrable, à commencer par ces maisons qui n'étaient pour eux que des façades aux styles mélangés, derrière lesquelles il leur était bien difficile d'imaginer que la vie existât. La Havane, gothique et mauresque, californienne, empilement de parthénons, de temples grecs, de villas Renaissance, d'entablements, de colonnes malades, de façades lépreuses, de chapiteaux doriques ou corinthiens, dégoulinant de bougainvillées et de malangas ; La Havane pleine de vases romains et d'urnes cinéraires, de cannelures, d'architraves, ville au ciment fendu, aux serrures rouillées, ville confuse où la plus grande pauvreté côtoyait la plus tapageuse des richesses, n'était rien d'autre qu'un immense jeu de construction aux combinaisons infinies qui, faute de règlement, leur échappait totalement.

Diodata et Roberto ne parvenaient pas à oublier leur première impression de la ville vue du ciel, quand le Sikorsky, avant de venir se poser sur les eaux huileuses de l'ensenada de Atarés, avait décrit un long demi-cercle au-dessus des toits rouges et gris de la cité qui abritait, encore peu de temps auparavant, le tombeau de Christophe Colomb. Ils se souvenaient d'abord de cette clarté diffuse, identique à celle qui précède le lever de la lune, qui semblait tout recouvrir tandis que le ciel se réverbérait sur l'eau comme du plomb fondu. À côté du Malecón, longue avenue déserte où le vent chargé de salpêtre vient battre les arcades de pierres, à côté du marbre blanc de la fontaine de l'Indienne en plein parc Central, du Prado où dansent des petites filles les jours de fête, des sols de granit et de mosaïque, les lumières de la ville étaient là, mobiles, changeantes, presque inhumaines. La Havane était aussi une ville riche. Dans les rues, des publicités vantaient des épiceries fines, des manteaux de fourrure, des boutiques de sous-vêtements, des produits de luxe, de décoration, d'ameublement, de soins pour le corps, des parfumeries, des joailleries. Sur la quarantaine de banques, disséminées de La Habana Vieja au Vedado en passant par le Prado et Belascoaín, plus d'une vingtaine étaient américaines. Bugs Drucci, dont les conseils en la matière étaient de première main, avait orienté Roberto vers la Da Ching Bank, située avenida de Bélgica, et dont le très compétent administrateur, M. Yu, était installé à Cuba depuis 1928. Bugs avait convaincu Roberto de la nécessité de se rendre sans lui au rendez-vous fixé par M. Yu, par correction et discrétion. Tout le monde savait que M. Yu traitait avec Bugs Drucci, mais chacun affectait de l'ignorer.

Ce jour-là des colombes s'envolaient des toits environnant l'église du Santo Cristo dont les cloches sonnaient. Une lumière dorée nimbait les marchands de billets de loterie, adossés, calle O'Reilly, à la boutique *Lubics*, vendant des crèmes de beauté importées directement de Paris. Des petites filles et des petits garçons, en uniforme noir et rouge du colegio La Salle, sortaient de la grande porte du Kindergarten en hurlant. Roberto poursuivit sa marche, croisa la calle Villegas, tourna sur la droite, et pénétra dans le hall de la Da Ching Bank, située à gauche d'un nouvel immeuble art déco tropical, orné en son sommet d'une chauve-souris noire. Surmontant la porte d'entrée, une enseigne majestueuse – *Société des Rhums Bacardí* – lui rappela certains mauvais souvenirs. Roberto était attendu.

— Entrez et asseyez-vous, cher monsieur, dit un petit homme rondouillard et prévenant, habillé d'un costume sobre de bonne coupe.

Un étrange silence s'installa, durant lequel Roberto eut presque envie de partir. L'idée de demander un emprunt à cette banque venait de Bugs, et ce Chinois muet, derrière ses lourdes lunettes d'écaille jaspée de jaune, ne lui inspirait pas confiance.

— La Havane est plus fraîche en ce moment… les alizés.

— Oui, sans doute, répondit Roberto.

— Ils se lèvent vers dix heures, le matin, et soufflent jusqu'au lendemain matin…

— Oui…

— L'alizé est un vent frais, mais agréable. Et très dangereux sur l'eau… Vous aimez la mer, cher ami ? Vous pêchez, je crois…

— Oui, ça m'arrive, répondit Roberto, surpris.

— Si vous pêchez et qu'il y a de l'alizé, il faut porter des lunettes Crookes. Sinon le soleil vous cuit. Très dangereux… Mais l'alizé rafraîchit La Havane, maintenant. Enfin, quand on réchappe d'un cyclone, on ne craint pas le faible alizé, n'est-ce pas ? ajouta le banquier, en rajustant son épingle de cravate.

Roberto ne savait que dire. Il se sentait très mal à l'aise.

— Vous regardez mon épingle de cravate, mon cher ami ?

— Curieuse, dit Roberto, pris au dépourvu.

— C'est un renard chinois… Une sorte de miroir aux pensées des hommes ; il dévoile leurs plus secrets désirs, et peut nous faire prendre conscience de la responsabilité de nos actes, cher ami… On peut tuer des hommes sans le vouloir, perdre des marchandises coûteuses… Responsabilité, c'est le grand mot… Responsabilité.

Roberto, qui avait beaucoup de mal à se contenir, dit :

— Que me voulez-vous, monsieur, si je puis me permettre cette question ?

Le Chinois partit d'un immense éclat de rire, puis, replaçant ses lunettes sur les ailes de son nez, regarda Roberto droit dans les yeux :

— Quelle étrange question, mon ami… C'est vous qui me voulez quelque chose, je crois…

— Oui, pardonnez-moi, en effet…

— Allez, je vous trouble avec mes histoires d'alizé et de renard… Nous les Chinois nous prenons parfois des voies compliquées. Nous n'aimons pas la ligne droite. Comprenez-moi, je prête de l'argent à la colonie chinoise, aux Cubains, aux Américains, mais peu aux Italiens. Il n'y en a pas beaucoup à Cuba… Enfin, votre ami m'a tout expliqué. Je n'ai pas d'argent…

— Un banquier qui n'a pas d'argent ?

— Attendez… Vous souhaitez ouvrir un garage avec ce que vous avez pu sauver de Key West ?

— Exactement.

— Les voitures vous passionnent, je crois…

— La mécanique, les moteurs…

— J'ai racheté récemment le garage Andrés García y Población, ex-antenne havanaise de la Goodrich Cubana SA, qui a longtemps représenté sur l'île les intérêts de la Good Year. L'expérience du gouvernement du Dr Grau ne durera pas longtemps, croyez-moi. Il faut penser à l'avenir. Mon renard, qui peut aussi le prédire, le voit très radieux. Dans cinq ans…

— Où serons-nous dans cinq ans ?

— Dans cinq ans, dit mon renard, nous aurons absorbé et le Gran Garage Vives SA, et la firme El Águila pourtant affiliée à la First National Bank of Boston…

Roberto sourit. Que pouvait-il faire d'autre ? Quelle perspective d'avenir avait-il ? Il pensa soudain au bébé et à Diodata. Oui, que faire sinon essayer d'assurer une vie décente à cet enfant qui allait naître ? Le temps des courses folles sur les circuits d'Europe était terminé. Il fallait ralentir le pas, ralentir provisoirement, peut-être, pour mieux repartir après… N'était-ce pas cela au fond, la vie : marcher inlassablement dans le labyrinthe et attendre le moment propice pour tuer le monstre ? Être roseau plus que chêne ? N'avait-il pas fait de même pendant le cyclone, trempé jusqu'aux os sur le pont glissant du *Flamingo* ?

— Je peux vous faire une confidence, mon ami ? demanda M. Yu.

— D'un associé à un autre, je vous en prie, allez-y.

— Je hais les Américains, ce qu'ils ont fait de cette île, ce qu'ils y préparent. Mais la seule façon pour moi de rester dans l'arbre, c'est d'être le ver dans la pomme.

M. Yu raccompagna Roberto jusqu'à la rue. « L'alizé va souffler toute la nuit », dit-il à Roberto, en lui serrant chaleureusement la main, à l'occidentale.

La calle Obispo déversait un flot de piétons et de voitures en direction du port. Frigorifié, Roberto retrouvait des odeurs qui faisaient maintenant partie de sa vie : poussière de farine émanant des sacs entreposés sur le trottoir de la calle Villegas, parfum des caisses de café récemment ouvertes du magasin de torréfaction Ricardo Vidal & Hermanos, effluves de tabac venant de derrière le rideau de fer pourtant baissé de la boutique de Hortensia García. Il hâta son pas car la circulation devenait impossible. Cela faisait déjà une demi-heure qu'il piétinait dans ce boyau. Remonter par Obrapía ou O'Reilly ne servirait à rien, c'était toute cette partie de La Habana Vieja qui était engorgée. À Aguacate, il tourna sur la droite puis descendit la rue Amargura et se retrouva sur l'avenida del Puerto, face aux entrepôts de l'entreprise Esso. Sur le quai, vers l'est, derrière les hauts mâts des bateaux à voiles et les cheminées des vapeurs, il pouvait apercevoir les petites maisons de pêcheurs, devant lesquelles se balançait le sommet des palmiers de la péninsule de Casablanca. L'avenida del Puerto était souillée de trognons de choux tombés sur la chaussée, de monceaux de citrouilles pourries, de régimes de bananes vertes, d'épis jaunes écrasés et de fruits piétinés sur les grilles des égouts. Dans des cages brisées, abandonnées par leurs vendeurs, des dindes mortes passaient à travers les grillages leurs têtes auréolées de caroncules violacées. Un groupe de débardeurs poussait de lourdes charrettes qui remontaient vers le centre, tandis que des enfants agaçaient les chevaux et les mules qui se désaltéraient dans les flaques d'eau, au rythme dodelinant de leurs grelots, avant de reprendre leur labeur. Aux fenêtres des petits hôtels de passe du port, des draps encore chauds prenaient un peu de la fraîcheur de la baie. Un vieil homme, assis sur le bord du trottoir du môle réservé aux yachts, à l'abri d'un ficus touffu qui parsemait de graines noires le ciment soulevé par ses racines, demandait l'aumône. Enveloppé dans de vieux papiers, au milieu de boîtes de conserve et d'objets brisés, il semblait venir de se réveiller d'un mauvais somme et sentait l'urine. Roberto s'arrêta. Le vieil homme le regardait. Il avait un sourire implacable :

— *Centavos... Dollares...*

Au moment où Roberto se baissait pour déposer dans la soucoupe une pièce d'un dollar, l'homme lui prit le poignet. Il venait d'apercevoir le collier de perles bleues qui pendait à son cou.

— *Santería*... Oui... Tu viens de conclure un accord ? Alors va prier à Regla, va prier.

Roberto allait demander à l'homme comment il savait qu'il venait très précisément de sortir d'une banque et de s'engager dans une étrange association avec un Chinois amateur de renards, mais préféra se taire. À quoi bon ? L'homme savait, et le lien qui unissait Roberto à ce collier était si singulier qu'il devait bien provoquer des rencontres, occasionner des événements, infléchir le destin – ce mot qui n'a aucun sens.

Une fois franchi le hall de sa maison, aux murs décorés de restes de charmantes fresques italianisantes, l'idée d'une promenade à l'église de Regla s'imposa à Roberto comme une nécessité. Sans chercher à comprendre pourquoi le vieux mendiant l'avait à ce point bouleversé, Roberto décida de se rendre sur-le-champ à Regla. Et puis quoi, sa vie depuis le départ du château de Cortanze dans la calèche familiale, le matin du 25 décembre 1899, était si éloignée de celle qu'il avait envisagée lors des longues conversations avec son père dans la bibliothèque familiale : plus rien ne l'étonnait, ou plutôt, il était prêt à tous les étonnements. Les explications qu'il donna à Diodata étaient confuses mais exprimées avec une telle passion qu'elle abandonna immédiatement l'article qu'elle était en train d'écrire pour le *New Yorker* au sujet de la vie à Cuba depuis l'accession à la présidence du Dr Grau et l'abolition de l'amendement Platt, « dernier maillon politique qui jette une ombre de dépendance sur la République cubaine », et le suivit à Regla.

Toutes les demi-heures, une *lancha*, petit bateau à moteur de l'United Railways, partait du *Luz Ferries* en direction du quartier de Regla, situé de l'autre côté de la baie. C'est là que se trouvait l'église jaune et ocre de la Santísima Virgen de Regla, patronne des marins et de La Havane, mais surtout haut lieu de la *santería*. Y trônait une Vierge noire tenant un enfant Jésus blanc, et assimilée à Yemaya, déesse noire de la mer et symbole de la vie. L'eau du port était brune et légèrement agitée. Tout au bout de la baie, la mer apparut ; sans être grosse, elle était parcourue d'une couche plus claire d'écume et de moutons blancs. La *lancha* traversa à son rythme la baie abritée par les collines au-dessus de Casablanca. Bientôt apparurent la vieille église et les petites maisons vertes et roses des pêcheurs ; derrière, les entrepôts aux murs grisâtres, puis les cheminées rousses des raffineries de Belot, et, perdues dans le lointain, les collines grises qui descendent vers Cojímar et la boca de Jaruco. Quand le bac accosta, entre la flottille des barques de pêche ancrées dans la baie et les canonnières grises de la marine nationale amarrées au quai, le crépuscule s'annonçait, colorant de pourpre le mur d'enceinte de l'église qui jetait des reflets rougeâtres comme s'il venait de prendre feu. Au-dessus des lumières des réflecteurs surgis des pelouses, entouré de figuiers sauvages et de palmiers, s'illumina dans la nuit le clocheton jaune de la Santísima Virgen de Regla.

Roberto et Diodata, qui avaient souvent entendu parler de ce lieu saint entouré de nombreux mystères, furent immédiatement surpris par de telles illuminations, par toutes ces fleurs, et ces couleurs vibrantes, par tous ces fidèles parlant haut et fort, dans un remous de dentelles et un chatoiement de rubans. « Vous êtes invités ? » demanda une vieille femme, à voix basse, derrière eux. « Invités ? » dit Roberto, tout en regardant ces hommes et ces femmes en habits de cérémonie, les premiers en costumes, coupés à la dernière mode, avec cravate et pochette assorties, les secondes en robes claires ou foncées, souples et vaporeuses. « Omara Torres et Barbarito Licea ont enfin fini par se marier… confia la vieille femme en ricanant. Il était temps ! »

Cachés derrière un pilier d'où suintait une odeur d'encens, Roberto et Diodata comprirent pourquoi l'autel resplendissait de cierges, pourquoi l'allée centrale était recouverte d'un interminable tapis rouge, pourquoi l'orgue jouait une tonitruante marche nuptiale. À La Havane, les grands mariages se célèbrent la nuit, généralement entre dix-huit et vingt-deux heures. Roberto et Diodata assistèrent à la cérémonie, comme dans un rêve, ne perdant rien des gestes de l'officiant, des rites et des lectures, des coutumes, comme celle de ces treize pièces de monnaie offertes par le mari à sa femme et qui tombaient une à une sur le carrelage de la nef centrale. À la vue de son ventre rond, une femme laissa sa chaise à Diodata. C'était étrange, cette église pleine des rumeurs des invités et des accords vibrants de l'orgue, remplie de fleurs et de cris. Enveloppés par la pénombre d'une petite chapelle latérale où ils avaient trouvé refuge, émus, Diodata et Roberto avaient l'impression, sous le plafond à caissons or, blanc et bleu, d'assister à leur propre union.

La cérémonie terminée, les lumières peu à peu s'éteignirent, l'ombre envahit la nef et l'on ferma les deux lourds battants de l'entrée principale pour ne plus laisser ouverte qu'une petite porte peinte en bleue. Au-dessus des bancs, posées à plusieurs mètres du sol, apparut une armée de sculptures polychromes, que ni Diodata ni Roberto n'avaient jusqu'alors remarquées. À côté d'un san Francisco de Asis offrant une petite église coloniale et multicolore, une santa Teresa écrivait à la plume dans un grand livre d'Heures ; plus loin une santa Barbara présentait un château, une épée et une coupe. Quant à san Antonio Abad, il tenait en laisse un porc noir. Mais ce qui intrigua le plus Roberto et Diodata, c'était une sainte, sans nom, au visage peint en bleu, au corps entièrement nu, tenant dans une main un heaume à sept grilles et dans l'autre un phylactère dont l'inscription était illisible. Au milieu des veilleuses qui éclairaient faiblement les images pieuses du chemin de Croix, la longue silhouette maigre du curé apparut, vêtu d'une soutane claire.

— Que faites-vous ici ? dit-il avec énergie et méfiance.

Accablé par l'idée imprévue qu'il pouvait être pris pour un voleur ou un importun peu respectueux du culte, Roberto, dans un geste d'explication, et pour montrer qu'il admirait le lieu, embrassa la nef d'un large geste de la main :

— C'est très impressionnant, dit-il.

— Vous souhaitez vous confesser ? demanda le curé.

— Non, répondit Diodata. Nous vivons à La Habana Vieja depuis peu et…

— Vous êtes américains ?

— Non, non. Italiens… On nous a beaucoup parlé de la *santería*…

À ces mots, le prêtre, qui déplaçait un bougeoir pesant, s'arrêta, presque furieux. Une colère sourde lui fit monter le sang au visage :

— Les prières sont authentiques, mais quand ils les récitent ils pensent aux envoûtements, aux sorciers, et demandent des choses qu'on ne devrait jamais demander dans une église ! C'est de la magie noire ! Bonne pour les nègres...

— Je pensais que... commença Roberto.

— Ne pensez pas, cher monsieur ! Pas à Cuba ! Je ne suis pas un *babalao* mais un prêtre catholique. Ici, il n'y a ni danses, ni cris, ni offrandes de fleurs, ni poulets sacrifiés ! Il n'y a plus d'esclaves à Cuba ! Il est devenu inutile de dissimuler des divinités africaines derrière les saints de la mythologie chrétienne. Il n'y a plus qu'une religion, la religion catholique...

— Nous souhaitions seulement... dit Diodata.

— Écoutez, chère madame, je vois que vous êtes enceinte, alors occupez-vous du bébé qui va naître, remerciez et priez le Seigneur et reprenez la *lancha* pour La Havane, dit le prêtre en poussant le couple hors de l'église.

Sur le trottoir, Roberto et Diodata entendirent le bruit d'une serrure qu'on fermait à plusieurs tours, et le son mat d'une lourde barre de fer barricadant la porte.

La vieille femme qui leur avait parlé lors de leur arrivée dans l'église était là, dans la rue, semblant les attendre :

— Ce vieux crocodile sait tout et ne veut pas voir. Je vais te dire, maugréa la vieille en s'adressant à Diodata, et en adoucissant sa voix : la *santería* est pour tout et partout. Elle est pour le jour et la nuit. Pour le bon et pour le mauvais. C'est une lumière qui n'a pas besoin de la lumière...

Hasard ou signe magique, soudain, toutes les lumières de la façade s'éteignirent, le clocher s'estompa dans la nuit et la masse trapue de l'église se confondit avec l'ombre des palmiers et des figuiers sauvages. Un vent chargé d'odeur de pluie commença d'en agiter les feuilles.

De l'autre côté de la baie de La Havane, avec en bruit de fond les cornes de brume des bateaux, on distinguait les coupoles du palais présidentiel et du Capitole national.

— C'est le mendiant au ficus qui vous envoie ?

— Comment savez-vous ? demanda Roberto.

— Dans la *santería*, tout communique, tout parle, dit la vieille. Pour la femme, ajouta-t-elle, voici un chant à réciter avant minuit : *Adivinanza/de la esperanza :/lo mío es tuyo,/lo tuyo es mío ;/toda la sangre/formando un río...* « Présage/de l'espérance :/Ce qui est à moi est à toi,/ce qui est à toi est à moi ;/tous les sangs/se rejoignent en un seul fleuve. » Pour l'homme, je ne dis ni Chine ni Amérique mais Italie... plus tard. Aujourd'hui, ton *camino*, ton « chemin », c'est la musique du moteur. Attention de ne jamais rencontrer Olokún, maître des profondeurs, que tu ne peux apercevoir sans mourir... Pour l'enfant...

— Pour l'enfant ? dit Diodata.

— Rassure-toi. Tu as vu la Virgen de Regla, lui aussi, dit-elle en posant sa main sur le ventre de Diodata, il l'a vue. Il a vu Yemayá, la Noire, la reine de l'eau salée, celle qui donne origine à la vie humaine. L'enfant est un garçon. Pour sa force, allez toucher le bois blanc du kapokier, sur la plaza de Armas, en face du Templete. Pour votre courage à tous trois, votre défense, posez où vous êtes une racine de *ceiba*, pas de *mangle rojo*, mais de *ceiba* qui n'a été ni mutilé ni abattu, suspendez-la au-dessus de la porte de votre maison.

Dans les semaines qui suivirent, Roberto fit, à plusieurs reprises, le même rêve, qu'il n'osa raconter à Diodata pour ne pas l'effrayer. Puis le rêve s'effaça jusqu'au jour où Diodata, assise dans le lit, trempée de sueur, jeta en pâture à Roberto l'affreux cauchemar dont elle n'avait pu s'extirper qu'en se réveillant volontairement. Elle marche dans une rue de La Havane, au milieu de poubelles pleines de fiel, de tripes et de carapaces nauséabondes, à la lueur bleue plombée d'un réverbère balancé par la brise, en direction d'une avenue bordée de maisons toutes ornées de colonnes aux fûts ventrus, rayés et suintants. Par les fenêtres ouvertes lui parvient le rythme soutenu de plusieurs tambours. Elle s'engage dans une entrée, monte deux étages et, au bout d'un couloir obscur, frappe à une porte. Celle-ci s'ouvre sur un groupe de cinq percussionnistes autour duquel une vingtaine de personnes habillées de blanc chantent et dansent. Diodata est alors invitée à déposer dans une autre pièce, entièrement décorée de petites statues de bois et de miroirs, une bouteille de rhum, un collier de perles bleues et quelques dollars froissés. Tout à coup une femme toute de blanc vêtue vient l'embrasser, lui explique qu'on fête aujourd'hui son anniversaire de « sainte », et la guide dans les autres pièces de l'appartement. À mesure que le temps passe, les chants et les percussions deviennent assourdissants, Diodata commence à se tortiller, à tourner sur elle-même, prise d'une sorte de transe qui la fait se dévêtir. Durant une seconde de lucidité, elle essaie de s'échapper mais des hommes l'en empêchent, la repoussent vers le centre, vers les musiciens. Elle émet des sons gutturaux, crie et danse comme un coq, tournant de plus en plus vite sur elle-même. Alors apparaît une sorte de colosse, qui semble diriger la cérémonie. Posant les mains sur ses seins, son sexe, sa bouche, ses fesses, ses pieds, son front, il lui passe une longue toge bleue puis, après avoir déposé autour d'elle des coquilles de noix de coco et longuement observé les contours de la fumée du cigare qu'il fume lentement, la fixe dans les yeux avec un regard d'outre-tombe: « Je suis Olokún, maître des tempêtes et des cyclones, viens. »

— C'est à ce moment que je me suis réveillée, Roberto. C'était comme si je remontais des enfers. Je devais me sauver, m'extirper d'un pays horrible. Olokún tirait d'un côté et moi de l'autre.

Roberto prit Diodata dans ses bras. L'enfant allait naître bientôt; elle devait se reposer, se calmer. La racine de *ceiba* trônait au-dessus de la porte de leur chambre, et les protégeait. Leur vie à Cuba était en train de devenir plus facile, plus simple. Ils avaient retrouvé leurs amis qui, eux aussi, s'installaient dans la pénombre embaumée de la vie havanaise. Langston Spotswood donnait des cours de rhétorique chez les jésuites du Colegio Teresiano, Victoria Maura avait trouvé une place dans le grand magasin de meubles chics de la calle San Rafael *La Parisienne*, Renzo Sorani enseignait au collège hébraïque autonome du Centre israélite de Cuba et avait même commencé l'exploration des grottes du Curé tout près de Jaruco, quant à Bugs, il assurait que sa salle de *jai-alai* était une vraie mine d'or. Même Maddalena, qui commençait doucement de sortir du profond désespoir dans lequel l'avait plongée la disparition de Sandrino, s'impliquait chaque jour davantage, aux côtés de Luigi Croce, dans la lutte contre l'Italie mussolinienne.

Rassurée, Diodata se rendormit dans les bras de Roberto. L'aube se levait sur la baie de La Havane, tandis que montaient du port les premières odeurs de polentas et de cécines, d'âpres saumures et de queues de morues frites, le sifflement des percolateurs fumants et les appels encore ensommeillés des dockers. Roberto, les yeux ouverts, regardait le plafond et la nuée d'insectes éblouis par les lumières du jour naissant. Il s'était bien gardé de dire à Diodata que le même cauchemar troublait ses nuits. Qu'il y jouait le rôle tenu par elle, qu'il était, lui aussi, menacé par l'horrible visage d'Olokún, et qu'il ne cessait de penser à leur vie future. Trop désabusé, sans doute, incapable de réinventer son passé, il ne savait comment voir la beauté de leur avenir. Un jour en Italie, il y a très longtemps, Diodata lui avait posé une belle question, de celles que seules peuvent poser les jeunes femmes sincères, intelligentes, certaines de leur aura et de leur force : « Ne sommes-nous pas l'avenir de tous les souvenirs qui sont en nous ? » Aujourd'hui, dans la multiple et changeante Havane, Roberto ne pouvait répondre à cette question que par une autre question : « L'avenir ? L'avenir d'un long passé mort ? »

12

— La sueur des pays chauds n'est pas dégoûtante comme celle des pays froids. C'est une fonction naturelle, une respiration liquide de la peau, disait l'homme avec assurance, engoncé dans son costume deux pièces de toile écrue, le large panama sur la tête et le lorgnon dans l'œil. Mais, tout de même, La Havane vaut tous les saunas de Finlande !

Appliqué à essayer d'enlever les taches de cambouis qui lui noircissaient les mains avec un chiffon imbibé d'essence, le mécanicien en chef du garage Andrés García y Población ne répondait pas. Il en avait tellement vu, de ces mondains émargeant à l'American Club, au Polo Club, au Yacht Club, au Country Club ou autre Middy Club qui pullulaient à La Havane, qu'il préférait se taire. Attitude qui d'ailleurs ne freina en rien la logorrhée du beau parleur.

— Je suis frappé de voir combien les nègres sont indifférents aux femmes blanches ! Enfin, je ne suis pas ici pour vous parler de ma transpiration ni des nègres mais de ma voiture...

— Justement, dit le mécanicien, une jambe sur l'aile marchepied d'une Ford, et occupé à dévisser le pare-brise amovible, j'ai eu le temps de la regarder depuis ce matin...

— Avant de parler de ma voiture, j'ai besoin de votre avis de Cubain. Mon chauffeur, homme superstitieux s'il en est, dont les parents viennent plutôt du Congo que d'Espagne, et qui a écrasé un poulet alors que nous empruntions la calzada del Monte, me soutient qu'à cause de cette obscure histoire de volaille je dois acheter un billet de loterie portant le numéro 12, qu'en pensez-vous ?

— Je pense qu'il a raison, répondit le mécanicien.

— Tiens, tiens... Alors, vous aussi, vous pensez que je dois jouer le 12 ?

— Le 12, oui. Voilà un homme de bon sens... Mais pour revenir à votre voiture...

— Alors ? C'est extravagant, non ? Une telle consommation d'huile, je n'ai jamais vu ça. Le moteur crache des torrents de fumée...

— Rien d'étonnant ! On vous a foutu un con de vierge dans un sexe de putain...

— J'avoue que je ne comprends pas, dit l'homme en prenant un air pincé. Le garage El Águila a monté des soupapes neuves. Le moteur manquait de compression, ne donnait plus sa puissance. Il fallait ou rectifier les soupapes ou les changer, ils ont opté pour la seconde solution.

— Et le résultat ? Vous venez ici parce que la consommation d'huile est exagérée, parce que les bougies s'encrassent encore plus et que vous crachez toute votre encre comme une seiche !

— Je ne comprends pas.

— C'est pourtant simple, dit Roberto qui venait de refermer le capot d'une énorme Buick Roadmaster phaéton – simple et explicable. La consommation d'huile, déjà forte avec une compression déficiente du fait des soupapes endommagées, s'accroît considérablement quand la compression normale est rétablie. C'est ce que Barbarito vient de vous expliquer avec ses images habituelles !

— Alors, je me suis fait voler !

— Non, c'est un accident classique : rodage de soupapes sur un moteur usagé. Il fallait une révision complète du moteur.

— Donc des frais plus élevés ?

— Je ne vous le fais pas dire. Je m'occuperai personnellement de votre voiture, ne vous inquiétez pas.

— Elle est rentrée ce matin, patron, j'attendais votre retour pour avoir votre avis, dit le mécanicien.

— Repassez demain soir, dit Roberto à l'homme qui le remerciait en soulevant légèrement son panama.

— Tant qu'il s'agit de faire laver, de graisser, de vidanger, de gonfler, rien de plus simple, mais quand il faut une vraie réparation, on ne trouve plus personne ! J'avais besoin de quelqu'un de confiancc, comme vous, dit l'homme, visiblement satisfait. Vous comprendrez ce que je veux dire en voyant ma voiture, ce n'est pas n'importe quelle limousine à la portée du premier planteur de canne à sucre enrichi !

Au fond du garage, coincée entre une haute Ford B verte, tout juste sortie de l'usine, et une vieille Pontiac six cylindres, dont le moteur monté sur caoutchouc commençait de donner des signes de fatigue, Roberto vit la voiture de l'homme au panama. Le choc fut immédiat. Roberto eut beaucoup de mal à masquer son trouble. Ce bleu, alors totalement inconnu, quand il l'avait aperçu pour la première fois au Grand Prix de Lyon 1922, sur le châssis de la voiture, lui rappelait tant de souvenirs : le bleu de la Bugatti 35…

Plongé dans la contemplation de la voiture, il ne savait trop quoi faire du flot de sensations qui l'envahissait. « Une Bugatti 35… » Cette voiture, il l'aimait parce qu'elle était à l'échelle de l'homme, petite, basse, une ligne pure, un fuseau presque parfait. Il se pencha sur le radiateur qui amorçait le fuseau avec ses côtés divergents, posa sa main sur le châssis qui en prolongeait la courbe, et à l'arrière, oui, les ressorts étaient là, rentrés en biais avec le châssis pour ne pas saillir dans la pointe. Chaque détail le replongeait dans son passé : la croix immobile du volant, la lueur mate des roues aluminium, les phares en obus, les courroies de cuir maintenant le capot, la roue de secours fixée à gauche de la place du conducteur, le radiateur... Seule manquait encore la musique du moteur : au ralenti, galop du cheval qui résonne dans la poitrine ; et dès la moindre accélération un bondissement soudain, le rugissement du lion.

Certes, la peinture d'origine avait quelque peu foncé avec le temps, mais cette Bugatti 35 était bien la même que celle avec laquelle il n'avait fini « que » septième du Grand Prix de Tours, en 1923, « à cause – et il lui sembla entendre la voix d'Ettore, l'artisan de génie –, à cause des pneus mal vulcanisés » ! La Bugatti 35... Roberto ressentait une émotion bien mystérieuse, mélange de joie et de tristesse profonde.

— Il fallait bien que ça arrive un jour ou l'autre, non ?

Perdu dans sa contemplation et dans ses rêves nostalgiques, Roberto ne répondit pas immédiatement. L'homme reposa la question :

— Il fallait bien que ça arrive un jour ou l'autre, non ?

Roberto se retourna. Le garage était vide. C'était l'heure de la pause. Les mécaniciens étaient sans doute allés manger leur part de porc au riz, enveloppée dans un papier kraft, sur les bancs de la plaza del Cristo, toute proche. L'homme qui lui faisait face le regardait droit dans les yeux ; ongles soigneusement faits, costume bien coupé, manières raffinées.

— Qu'est-ce qui devait arriver un jour ou l'autre ?

— Que vous ayez à réparer une voiture qui vous rappellerait des souvenirs... Les voitures, c'est comme les femmes...

— Je n'ai pas de souvenirs ! répondit sèchement Roberto.

— Et pas de femme ?

Roberto ne répondit pas.

— À qui ai-je l'honneur ?

— Je ne me suis pas présenté, en effet : José Lugeges. Je possède quelques intérêts dans la Nueva Fábrica de

Hielo, qui, comme vous savez, commercialise les bières La Tropical et Tívoli.

— Vous voulez me vendre des canettes de bière ?

L'homme, les paupières mi-closes, lui adressa un sourire :

— Non, rassurez-vous. Chacun son métier. Je voulais vous offrir une protection, une sorte d'assurance...

— Contre quoi ? demanda Roberto, surpris.

— Contre la grève.

— Mes ouvriers ne sont pas syndiqués.

— Alors contre l'intrusion d'un syndicat...

— Quoi d'autre ? ajouta Roberto, incrédule.

— On peut « protéger » vos machines et vos installations contre toute personne « qui pourrait leur vouloir du mal ». On vous donne l'assurance de pouvoir toujours trouver des camions et des camionneurs pour livrer les pièces et les marchandises que vous attendez...

— Et si j'estime que je peux me « protéger » seul ? M. Yu, mon...

— M. Yu est un ami qui vous convaincra, j'en suis sûr, d'accepter notre offre.

— Sinon ?

— Sinon ? Vos machines peuvent mystérieusement se détraquer, des grèves éclater, on ne sait trop pourquoi, des pièces de rechange disparaître inexplicablement de vos réserves, les abords de votre établissement devenir inaccessibles aux voitures et aux camions. Le Syndicat des transporteurs, qui assure plus de quatre-vingts pour cent des transports à Cuba, paie régulièrement sa petite cotisation, ainsi nous pouvons exercer une comptabilité rigoureuse de tout ce qui entre et sort de chaque établissement, et le cas échéant interdire la circulation des camions. Le Dr Grau, c'est vrai, ne collabore guère avec nous, mais l'amitié américano-cubaine sera la plus forte. Les choses vont bientôt changer.

— Que dois-je faire, si je me décide à accepter votre offre ?

L'homme, la bouche entrouverte, prit une expression ironique :

— Chaque mois, nos amis viendront ramasser en des lieux déterminés les enveloppes contenant cinq pour cent de vos recettes.

— C'est le prix à payer pour avoir droit à la paix ? C'est un racket !

— Le mot est inexact. C'est une entente, entre gens de bonne compagnie. D'ailleurs, il n'y a jamais de plainte, jamais de protestations. Le système fonctionne – comment dire : comme une montre suisse, et Cuba n'a jamais été aussi prospère. À l'image de votre garage, cher ami. Il paraît que c'est un des meilleurs de La Havane. Et encore, personne ne sait qu'il est dirigé par un ancien champion automobile. Voilà encore une forme de « protection » que nous pouvons vous accorder… Imaginez une seconde que paraisse dans *El Nuevo Mundo*, dans *Sensación* ou dans *Vanidades* un article sur votre passé, votre famille ! Tous les espions fascistes ne peuvent pas comme Pietro Gasparri glisser, au moment opportun, du haut d'une falaise et se faire dévorer par les requins ! Un homme tel que vous se doit d'avoir un avenir, pensez-y… Allez, je suis sûr que nous allons nous entendre. À bientôt, mon cher monsieur…

Après avoir fait prévenir Diodata qu'il ne rentrerait pas de la nuit parce qu'un travail urgent exigeait sa présence au garage, Roberto se jeta dans la révision complète du moteur de la Bugatti. Comme dans une sorte de lutte féroce avec tout ce passé qui le constituait et qui remontait par vagues successives, puissantes, à mesure qu'il se brûlait les mains sur les tuyaux d'échappement, qu'il se pinçait les doigts lors de démontages acrobatiques, qu'il s'aspergeait de jets imprévus d'huile noire, il combattait tête baissée dans le ventre de la bête. Lui qui pouvait pester parce que sur certains modèles de voiture très récents, il fallait encore démonter toute la tôlerie et le radiateur pour changer le moindre ressort transversal avant de suspension, il acceptait tout de la Bugatti 35.

Dans sa fameuse caisse en bois où, comme tous ses confrères, il entassait pêle-mêle tôles, contreplaques, boulons et autres pièces des organes à réparer, c'était tout son monde de pilote mécanicien intelligent, habile qui remontait à la surface de sa vie. Le vieux moteur exigeait qu'on lui applique une médecine ancienne, lente et patiente, que Roberto ressorte des vieilles recettes qui l'avaient tant de fois sauvé de la catastrophe et lui avaient parfois permis de gagner certaines courses. Il coula le régule dans la tête de bielle, puis l'alésa, de façon rapprochée, au tour. Puis ajusta l'alésage au grattoir, méthode qui eût fait frémir ses mécaniciens les plus jeunes, mais avec laquelle il arriverait à obtenir une portée telle qu'après quelques heures de fonctionnement, il le savait, la bielle, trop serrée au départ, se trouverait suffisamment « alibrée », selon un néologisme de son cher Fabrizio, l'ami si cher, aujourd'hui mort, et qu'il avait vu un jour finir au grattoir une ligne de sept coussinets !

Aux premières heures de l'aube, alors que La Havane, encore ankylosée par une nuit épaisse, sortait de sa torpeur, Roberto regardait le capot fermé de la Bugatti dont il venait de réviser entièrement le moteur. Il ne parvenait pas à détacher son regard de la petite voiture bleue qu'il devrait bientôt rendre à son propriétaire. Le garage possédait une douche. Il s'y engouffra, laissa longtemps l'eau froide couler sur son corps, se savonna, se rinça, s'épongea, enfila des habits propres et revint au pied de la Bugatti. À l'extérieur du garage, il entendait les employés de la Bock & Co Ltd qui finissaient de nettoyer les abords du Capitole et d'en arroser les pelouses. Les rues de La Havane étaient presque vides. Une brise légère apportait des odeurs de mer, de l'humidité, un dépôt évanescent de sel. Roberto, soudain, poussé par une nécessité puissante, irrésistible, s'installa au volant de la Bugatti.

L'émotion qu'il ressentit en descendant le Prado en direction du castillo de la Punta était réellement mystérieuse. D'où venait que ce rythme de moteur le touchait à ce point ? Quelle fibre cachée faisait-il vibrer, quel était ce chant oublié, créé par l'homme, qui semblait surgir du plus profond de lui-même ? De quel monde, de quelle civilisation ? Roberto avait honte de son lyrisme imbécile, presque indécent. Mais il ne pouvait rien contre l'envoûtement fabriqué par ce rythme d'un autre âge. Les rues, les avenues défilaient les unes après les autres, ne laissant de la ville que quelques impressions de couleur sombre et pourpre, ambre et crème. Il longea le Malecón jusqu'à la boca de la Chorrera, descendit puis remonta plusieurs fois les cinq kilomètres de la Quinta Avenida, faisant gémir ses pneus à chaque passage au pied de la Clock Tower, recevant l'air du petit matin sur le visage, et la vitesse en pleine figure. La Havane était à lui.

Tous ces journalistes sportifs, qu'il avait toujours méprisés, parce qu'il trouvait qu'ils n'écrivaient sur le sport automobile que des banalités, avaient peut-être finalement raison : la Bugatti est bien un pur-sang qui ne se conduit qu'au galop, et ne connaît pas la marche molle et lente des autres automobiles. Calle Zapata, avenida Carlos-III, calle Belascoaín, parque Maceo, Malecón de nouveau… Avec la Bugatti, pensait Roberto, tout doit être vif, presque brutal dans la façon de la mener ! Le levier de vitesse bien en mains, la direction sèche et précise, le moteur qui miaule dès lors qu'on dépasse les trois mille cinq cents tours, la boîte de vitesses qui hurle et brûle contre la jambe gauche, l'odeur du ricin mélangée aux bouffées de chaleur du moteur, les mots manquaient à Roberto pour exprimer toutes ses sensations au volant du bolide bleu filant dans le petit matin de La Havane. Son bonheur était tel que les larmes lui montaient aux yeux. C'était donc tout ça qu'il avait perdu ! C'était donc tout ça qu'il ne retrouverait jamais !

En passant devant la façade du théâtre Martí qui s'ornait d'une grande banderole indiquant qu'on y donnerait prochainement un spectacle de *chorus girls*, Roberto ralentit, tourna à gauche sur Águila et se retrouva face à l'entrée du garage, calle Barcelona. Après avoir garé la Bugatti près d'un des tout récents ponts de graissage, Roberto expliqua au mécanicien-chef la nature des réparations qu'il venait d'effectuer et lui confia qu'il ne repasserait pas au garage avant demain. La nuit avait été longue. Ses mains étaient en charpie. L'émotion, plus que le travail, l'avait à ce point épuisé qu'il préféra rentrer chez lui.

Sur le chemin du retour, Roberto fut témoin d'une scène qu'il attribua, dans un premier temps, à la fatigue accumulée de la nuit, et qu'il faillit prendre pour une hallucination. À l'angle des calles Lamparilla et Mercaderes, il semblait que tous les consommateurs du bar *Two Brothers* eussent décidé de délaisser les liqueurs et les cigares vendus par la belle Josefita pour se rassembler en plein milieu de la chaussée et en boucher l'accès. Chacun parlait, donnait son avis à haute voix. Dans la poussière ocre de la rue gisait le corps d'un homme. Personne n'avait osé le toucher. Face contre terre, à côté d'une grille d'égout, il attendait qu'on le déplace, ou qu'on vienne le chercher. Il avait, disait-on, le visage affreusement mutilé. Les langues se déliaient peu à peu. On le connaissait. Il résidait à La Havane depuis plusieurs mois : un journaliste américain qui travaillait au *Daily Mirror*...

— Ça lui pendait au nez !

— On n'écrit pas des articles pareils sur Cuba, les États-Unis, la Mafia...

— La *policía secreta*...

— Sans le payer un jour !

— Moi, je vous dis, ça va recommencer les arrestations arbitraires, le couvre-feu. On va revoir des cadavres se balancer aux réverbères !

— Dans son dernier article, il parlait d'une cachette à la sortie est de La Havane où on aurait retrouvé des corps mutilés, enfouis là peu de temps avant la fuite de Machado…

Roberto ne pouvait détacher ses yeux du corps du jeune homme blond, « Sander qu'il s'appelait… », sans doute assassiné dans l'exercice de sa fonction. Roberto pensa à Diodata : « En quoi ça consiste, mon métier, Roberto ? C'est simple : regarder, observer, décrire, raconter, dans la fureur comme dans le silence, au nom du droit des peuples et des individus à une information véridique. » Le jeune homme blond était mort le bloc-notes à la main, qui était là, à présent, à côté de lui, à portée de main. Un bloc ordinaire, bleu. Que personne n'osait toucher, si ce n'est la patronne du café, en pleurs, qui s'agenouilla près de lui, dans la poussière ocre… Elle tenait à la main une sorte de baguette dont elle se servit pour tourner les pages. Une par une, avec délicatesse, sans déplacer le carnet bleu, presque religieusement. Savait-elle, Josefita, qu'elle était sans doute en présence, comme tous les spectateurs de la calle Lamparilla, d'un objet devenu sacré ? Les pages étaient maculées de sang. Comme la tête, le cou et les épaules du jeune homme blond. Roberto pensa à ce sang et à ce que Diodata aurait dit, si elle avait été là : « On peut assassiner les journalistes, leurs blocs-notes ont toujours le dernier mot. » Mais aurait-elle eu raison de dire cela, Diodata ? Griffonnées, gribouillées, jetées sur le papier, les notes du jeune journaliste blond seraient-elles vraiment plus fortes que tout ce sang ?

Il régnait dans la maison de la calle Oficios une atmosphère étrange. Renzo, Maddalena, Langston et son ami, le jeune Cubain José Pérez, et Diodata parlaient à voix basse, la mine triste et pour certains le visage marqué par la peur. Roberto crut qu'il était arrivé un accident à Diodata, mais non, tous étaient déjà au courant de la mort du jeune journaliste. C'était, à n'en pas douter, un assassinat politique. Pendant que

Roberto ouvrait le ventre de la Bugatti, fouillant d'une certaine façon dans ses propres entrailles, le destin de Cuba venait de basculer une nouvelle fois.

— Tu n'es pas au courant ? lui demanda Diodata, presque furieuse.

— Non, je ne suis pas au courant ! Je travaillais, moi !

— Tu es le seul sans doute ! Langston, Maddalena, Renzo, José, moi-même, nous sommes tous en vacances !

— Excuse-moi, je n'ai pas voulu dire ça...

— Il y a eu un coup d'État, Roberto...

— Grau San Martín, qui n'a jamais été reconnu par Washington, vient d'être déposé. Le colonel Carlos Mendieta le remplace, dit Diodata.

— Il a immédiatement promulgué un décret-loi qui établit une nouvelle Constitution provisoire, ajouta Renzo.

— Fulgencio Batista y Zaldivar vient d'être nommé commandant en chef de l'armée et ministre de la Défense, c'est ça le plus grave, dit Maddalena. C'est lui qui a tiré les ficelles, et avec l'appui de Roosevelt !

— C'était à prévoir, non ? dit Roberto. Avec le climat quasi insurrectionnel qui s'est installé depuis quelques mois dans le pays... Les syndicats proches du parti communiste ne sont d'ailleurs pas sans responsabilité dans cette affaire...

— Tu as sans doute raison, dit Langston. Et c'est un communiste, américain certes, mais convaincu, qui te le dit. Mais ça ne change rien au fond du problème.

— Les dernières années de la dictature Machado jusqu'à sa fuite en trente-trois ont été terribles, dit José. Chaque matin, on trouvait des morts dans les rues de La Havane. Comme ce type que tu as vu et que personne n'osait toucher.

— Il sera encore à la même place demain matin... dit Langston.

— La violence répondait à la violence, poursuivit José. Machado tuait des étudiants, et les étudiants, exaspérés, ont fondé des cellules terroristes qui répondaient par l'exécution d'un même nombre de ses partisans. Un cercle infernal !

— On s'achemine vers le même chaos, dit Maddalena. Vous verrez, les héros d'hier vont se transformer en gangsters politiques, vénaux et ambitieux, au service de tel ou tel leader qui se servira d'eux, à son tour, au nom de l'idéal révolutionnaire.

— Vous allez voir, dit José, ce sera à nouveau l'époque des délations, des vendettas entre bandes ennemies. Les délateurs seront exécutés par leurs propres compagnons, et certains opposants honnêtes et généreux seront abandonnés par les leurs parce que leur mort sera utile à la cause !

Roberto repensa à sa course folle ce matin dans les rues faussement endormies de La Havane, à la bombe bleue qui vibrait sous lui. Et si cette « fugue » avait marqué sa dernière joie réelle, au bord du précipice, au bord de la peur ? Dans quel monde l'enfant que portait Diodata allait-il naître ? Roberto dit à haute voix, comme pour lui-même : « Avec le soir, sortent de partout dans La Havane les rats et les souris, les lézards et les chauves-souris, les musaraignes, les perruches au rire hystérique. À présent, il faudra ajouter : les tueurs de Fulgencio Batista. »

13

Cet après-midi-là, Roberto avait décidé de rentrer chez lui à pied, en flânant le long de l'avenida de Maceo, contre laquelle les vagues de l'Atlantique venaient se briser, couvrant d'embruns le pare-brise des voitures. Les colonnes roses, grises et jaunes de l'ancien quartier aristocratique étaient érodées comme des éponges usées, rongées par le salpêtre; les vieilles armoiries des frontons disparaissaient sous des couches de suie et de moisissure. Pour un mois d'avril, il faisait une chaleur étouffante qui rappelait à Roberto celle de la basse Piave de l'été 1918. Depuis sa nuit passée à réparer la Bugatti, Roberto n'était plus le même: il errait dans sa propre vie, comme il errait aujourd'hui dans les rues de La Havane, qu'il trouvait soudain sordides et tristes. Depuis l'arrivée au pouvoir de Fulgencio Batista, on évoquait la possibilité d'établir un couvre-feu afin que le calme revînt dans La Havane. Une série d'événements horribles avaient en effet commencé d'échauffer une population qui sentait confusément que sa liberté serait bientôt entravée. On parlait d'un jeune militant communiste qui avait été arrêté, emmené dans une prison et retrouvé quelques jours plus tard châtré et les yeux crevés. Les plus pessimistes n'hésitaient pas à évoquer l'installation progressive d'un véritable climat de guerre civile.

Alors qu'il remontait la calle Zulueta en direction du palais présidentiel, Roberto croisa des femmes dont le front était couvert de poudre grise. Il se rappela que c'était le mercredi des Cendres, fête de la douleur et de la pénitence, et que dans le village de Cortanze, il y avait si longtemps, à l'ombre de l'église de la Santissima Annunziata, les moines du monastère attenant au château, rassemblés autour de la piazza S. Veneto, s'étendaient sur le sol recouvert d'une couche de cendre disposée en forme de croix, avant de prélever quelques grammes de la précieuse poudre qu'ils mêlaient ensuite à leur repas du soir. Les mots qu'ils prononçaient alors étaient les mêmes que ceux que Roberto croyait deviner dans la bouche de ces femmes : « Mon oreille avait entendu parler de toi, mais maintenant mon œil t'a vu. C'est pourquoi je me condamne et je me repens, sur la poussière et sur la cendre. » Et lui, se demanda-t-il, sur quelle cendre et sur quelle poussière devrait-il un jour se repentir et porter le deuil ?

Devant la Manzana de Gómez, il tomba nez à nez avec une foule d'enfants en uniforme étrangement silencieuse, grave, recueillie même, qui n'était pas la horde hurlante qui jaillissait habituellement des collèges à cette heure de la journée. Les plus âgés tenaient la main des plus petits, des parents s'étaient mêlés au long serpent sautillant qui bloquait toute la circulation, alors que certains commerçants commençaient à dresser les volets pour fermer leurs boutiques. Roberto voulut se renseigner :

— On ne peut pas les disperser à coups de lance d'incendie, tout de même !

— Si c'étaient leurs pères ou leurs mères, on les aurait depuis longtemps pendus aux becs de gaz !

Un des parents qui accompagnait une petite fille d'une dizaine d'années donna à Roberto la réponse qu'il attendait :

— Des militaires sont venus chercher des fillettes chez elles et les ont emmenées en chemise de nuit à la caserne, comme otages, pour que leur père, un socialiste, se constitue prisonnier. Leurs camarades de classe sont descendus dans la rue pour obtenir leur libération. Tous les autres collèges de La Havane s'y sont mis. Les enfants espèrent faire pression sur la police...

— C'est la révolte des enfants ! dit un petit garçon, le visage éclairé par un magnifique sourire.

Lorsque Roberto arriva calle Oficios, il ne comprit pas immédiatement que Diodata était allongée dans leur chambre. Elle était entrée dans les douleurs depuis plusieurs heures et transpirait abondamment. Maddalena, qu'elle avait envoyée au garage pour le prévenir, était revenue bredouille et le cherchait à présent dans les rues de La Havane. Il laissa un mot sur la porte afin de rassurer Maddalena : « Quatre heures. Partons à Maternidad e Infancia. Tél. : F 2003. » La clinique du célèbre Dr Leocadio Cabrera Suarez, originaire des Canaries et professeur à l'école d'obstétrique de l'université de La Havane, se trouvait à l'extrémité est de la ville, à l'angle de l'avenida Wilson et de la calle G. Roberto et Diodata prirent un des taxis Ford alignés le long du Parque Central et se retrouvèrent trente minutes plus tard dans l'exubérant hall de la clinique : dominé par un étonnant mur de vitraux figurant un jardin d'Éden inondé de soleil, envahi par la glycine et les roses trémières, au fond duquel un tunnel-véranda art nouveau conduisait aux salles de travail.

Admise immédiatement dans le service du Dr Leocadio Cabrera Suarez, Diodata, qui avait jusqu'alors vécu une grossesse sans problème, fut soudain prise de panique. On avait demandé à Roberto d'attendre dans une salle du rez-de-chaussée, afin de ne pas troubler l'accouchement de sa femme, et maintenant Diodata se retrouvait seule, face à la douleur et la naissance prochaine de l'enfant. Dans moins d'un jour elle serait mère. Des fenêtres de la pièce où elle se trouvait, au-delà de la Calzada, elle pouvait apercevoir la ligne bleue du golfe du Mexique.

Le travail fut long, et les choses ne se passèrent pas aussi bien que prévu. Leocadio Cabrera Suarez annonça que l'enfant se présentait par le sommet et le visage de front, raison pour laquelle le travail ne progressait pas. Diodata avait beau pousser, et Leocadio Cabrera Suarez s'efforcer de corriger la position du bébé, la tête était bloquée dans le bassin :

— Chaque contraction fait reculer la tête, constatait le docteur.

— Ce qui l'empêche de franchir le col, expliqua une sage-femme, pour tenter de rassurer Diodata.

À mesure que les heures passaient, il apparaissait comme une évidence que l'enfant était en train de s'épuiser, qu'il courait un danger véritable, et que chaque contraction l'affaiblissait un peu plus. Lorsque Leocadio Cabrera Suarez annonça que si aucune amélioration ne se faisait rapidement sentir, en clair que s'il ne parvenait pas lors d'une ultime tentative à corriger la position du bébé, il allait devoir pratiquer une césarienne, Diodata fut à la fois déçue et soulagée : au moins, sous l'effet de l'anesthésie générale, les douleurs qui accompagnaient depuis presque vingt heures ses contractions inefficaces cesseraient.

Soudain, en quelques minutes, la situation changea du tout au tout. Après d'ultimes manipulations et l'introduction efficace de forceps, le bébé jaillit du ventre de sa mère. On tendit à Diodata une masse chaude et gluante qu'elle posa sur sa poitrine, tandis qu'on allumait un petit appareil de chauffage placé au-dessus de sa tête, de sorte qu'elle put garder l'enfant contre elle, quelques secondes, avant qu'on l'emmaillote, pendant qu'on sectionnait et qu'on ligaturait le cordon ombilical. Diodata avait la gorge nouée, incapable de comprendre ce qui était en train de lui arriver. L'enfant était un petit garçon alerte et actif qui poussait des couinements de chaton. « *Renato, bambino, bambino, Renato* », ne faisait que répéter Diodata.

Mais bientôt une tristesse insidieuse s'empara d'elle. Les infirmières parlaient à voix basse, comme si elles complotaient, et surtout Roberto n'était pas avec elle pour partager ce moment. Une aide-soignante enleva le petit Renato des mains de Diodata, qui le vit partir. À peine était-il né qu'on le lui enlevait déjà ! On lui expliqua, doucement, qu'il fallait lui faire sa toilette, l'habiller, effectuer les contrôles obligatoires. De plus, elle avait perdu beaucoup de sang lors de l'expulsion du placenta, et devait absolument se reposer. Mais Diodata ne voulait rien savoir. Dans la pièce attenante à la salle d'accouchement, elle entendait Renato, son petit chat fripé et violet, pleurer : « *I bimbi quando nascono piangono... Forse non sono contenti di essere in vita ?* » pensa-t-elle. Puis, immédiatement : « *Ma per tutti la vita volge alla fine...* » Diodata se sentait vide et blessée. Elle aurait tellement voulu qu'on lui laisse Renato un peu plus longtemps. Soudain, sans qu'elle sût exactement pourquoi, elle se mit à pleurer, presque gênée de le faire, dans son coin, ce qui eut pour effet de ramener au niveau normal son pouls et sa tension artérielle, et sembla rassurer l'équipe médicale.

L'arrivée de Roberto, qu'on était enfin allé chercher, maintenant que le calme était revenu dans la salle d'accouchement, et que l'hémorragie était stoppée, ne suffit pas à rassurer Diodata. « Les femmes accouchent toujours seules, pensa-t-il, l'homme n'est jamais d'aucun secours. » Ni l'un ni l'autre ne pouvait encore prendre le bébé dans leurs bras. Il devait rester pour l'instant en observation. Mais tout allait bien : Renato pesait 3 680 grammes, mesurait 52 centimètres et son périmètre crânien était de 35 centimètres !

— Ce n'est tout de même pas un rôti ! dit Diodata à l'infirmière qui lui donnait fièrement les mensurations du bébé.

Assis sur une chaise métallique à la droite du lit, Roberto tenait les deux mains de Diodata. Elle pleurait doucement, répétant entre chaque sanglot qu'elle avait abandonné son enfant à d'autres, qu'elle avait été incapable de le mettre au monde normalement, qu'elle lui avait fait du mal. Roberto se taisait. La sage-femme qui avait assisté le docteur donna une petite tape amicale sur la joue de Diodata, en lui disant qu'elle avait été une « grande fille », ce qui ne l'humilia que davantage, et elle enfouit sa tête dans les mains de Roberto. Puis ce fut au tour du Dr Leocadio Cabrera Suarez lui-même de venir au chevet de l'accouchée. Il lui parla sur le ton enjoué du plombier qui, malgré des conditions difficiles, a pu effectuer une soudure parfaite :

— Encore une victoire de la méthode Lamize-Thompson…

Diodata et Roberto se regardèrent en silence, sans comprendre. Leocadio Cabrera Suarez précisa sa pensée :

— C'est-à-dire : naturel et sans médicaments. On a évité l'opération. Tout s'est finalement bien passé. Vous savez, ce n'était pas dit, parti comme il était, qu'il s'engage sans dommage dans la filière pelvi-génitale puis franchisse le détroit inférieur…

— C'est-à-dire ? demanda Diodata, anxieuse.

— La tête doit se modeler pour passer… Tout a son importance : le rythme cardiaque, l'activité électrique du cerveau… Mais je ne suis pas là pour vous faire un cours. Une seule chose compte : le bébé est en parfaite santé.

— Je ne l'ai pas beaucoup vu… murmura Diodata.

— Vous aurez toute la vie pour le voir chère madame.

— Et l'hémorragie ?

— Rien de grave, dit Leocadio Cabrera Suarez, qui avait déjà une main sur la poignée de la porte. Vous avez perdu beaucoup de sang. On va vous garder une à deux semaines ici. Il vous faut du repos, rien que du repos. Allez, bonsoir.

Le médecin parti, Diodata et Roberto se retrouvèrent seuls. Diodata avait beaucoup de mal à surmonter son désarroi. C'était comme si on lui avait enlevé son bébé et qu'on lui avait volé ses premiers instants avec lui. D'ailleurs, elle eut beaucoup de mal à le décrire à Roberto. Il avait les yeux clos, le crâne recouvert d'une pâte sanguinolente, il gigotait beaucoup mais il était entier, ça elle s'en souvenait très bien. Il ne manquait rien à Renato, leur fils. Elle le décrivit plutôt par des sensations, des odeurs, des images de l'avenir avec lui, de sa présence désormais quotidienne : « Il sera là, tous les jours avec nous, Roberto ! Tu te rends compte ? » Non, Roberto ne se rendait sans doute pas compte... Très faible, assommée par les antalgiques qu'on lui avait administrés, Diodata s'assoupit. Une infirmière se glissa dans la chambre sur la pointe des pieds pour conseiller à Roberto de rentrer chez lui. Diodata allait dormir profondément et il ferait mieux de prendre des forces pour les jours à venir. Il embrassa Diodata sur le front. Elle émit un son étouffé qui ressemblait à un gémissement. En la regardant une dernière fois, Roberto eut l'impression d'être de trop et s'empressa de sortir.

— Ne vous inquiétez pas, lui dit l'infirmière une fois dans le couloir, tout ira bien. On va prendre soin d'elle. Comme du bébé, d'ailleurs, ajouta-t-elle, en faisant signe à Roberto de la suivre.

Au fond du couloir, à droite, dans une grande pièce vitrée, Roberto vit une quinzaine de petits berceaux en fer, peints en blanc, alignés les uns à côté des autres. L'infirmière lui en désigna un. Roberto manifesta de l'inquiétude :

— J'ai entendu parler d'un cas de confusion de nouveau-nés dans une maternité de Matanzas...

L'infirmière sourit :

— Nous ne sommes pas à Matanzas ! C'est bien votre petit Renato. Un beau garçon. Elle ouvrit la porte et souleva la moustiquaire : Écoutez-le...

À la vue de tous ces nouveau-nés alignés les uns à côté des autres, Roberto songea à un bien curieux élevage d'on ne sait quels petits animaux tous emmitouflés dans des linges blancs, portant sur le ventre un numéro à l'encre rouge. Renato avait le numéro 23434, parce qu'il était né le 23 avril 1934. Roberto se sentit soudain mal à l'aise et heureux : mal à l'aise parce que ce numéro 23 lui rappelait quelque chose, mais il ne parvenait pas à définir quoi ;

heureux, parce qu'il savait que les cris de cet enfant, qu'il entendait pour la première fois, resteraient imprimés pour toujours dans son cœur. Il aurait tant voulu que ses parents, Luisa et Ercole Tommaso, soient en vie pour pouvoir leur annoncer le grand événement !

Comme Leocadio Cabrera Suarez l'avait laissé entendre, Diodata dut rester quinze jours à l'hôpital afin d'éviter tout accident dû à son état de grande faiblesse. Durant ce temps, et tout en regardant par la fenêtre les moutons blancs qui couraient sur la mer en contrebas du Malecón, Diodata fit connaissance avec son bébé, le touchant, le palpant, l'embrassant partout, le gardant souvent plus longtemps que la discipline de l'hôpital ne l'autorisait, se sentant alors vaguement coupable, et fière d'elle, comme si la mère et le fils venaient ensemble de braver un interdit. Elle aurait tellement souhaité partager cette sensation de plénitude, cet apaisement, sa sérénité avec Roberto, comme ce jour où elle avait vu les yeux de Renato, gonflés par le collyre de nitrate d'argent, s'entrouvrir doucement sur un regard endormi, ou comme cet autre où, fascinée par la vue du petit ventre qui battait au rythme de la respiration, elle avait dû, pour la première fois, nettoyer le nœud en partie séché du cordon ombilical. Mais Roberto était rarement là, et, lorsqu'il venait, il semblait plein d'excitation, lumineux, exprimant d'un regard une idée simple et forte – « Renato est bel et bien notre enfant » –, et rempli d'une étrange tristesse qui ne lui venait pas de la naissance de ce fils, mais de plus loin, de là-bas et d'ici, d'Italie et de La Havane.

La veille de son départ de l'hôpital, le Dr Leocadio Cabrera Suarez vint signer le bulletin de sortie de Diodata et, s'adressant à elle, la mit en garde : « Il vaudrait mieux éviter d'être à nouveau enceinte trop rapidement… » Roberto ne fit aucune remarque. Mais une fois le médecin hors de la chambre, les bras croisés derrière la nuque, et tandis que montaient de l'extérieur les bruits habituels de la rue et du bord de mer, il regarda Diodata et dit :

— À présent, nous voilà éveillés pour longtemps, non ?

14

De retour à la maison, et toute à l'apprentissage de la vie avec son bébé, Diodata mit un certain temps à comprendre que depuis plusieurs semaines déjà, peut-être du jour même de la naissance de Renato, Roberto menait une autre vie, entretenant avec La Havane un autre rapport, plus intime, plus conflictuel. La naissance de Renato n'avait fait qu'accélérer le processus de nostalgie déclenché lors de la nuit bleue de la Bugatti. Ni Renato ni Diodata n'étaient responsables. C'était autre chose, qui remontait du passé. Et Bugs Drucci était le tentateur parfait pour plonger dans les entrailles de cette autre Havane, trouble, sombre, dangereuse, où il avait fait ses classes dès les premiers temps de la prohibition.

Certes, celle-ci avait aujourd'hui disparu, mais les circuits parallèles, les réflexes, les structures crapuleuses mis en place depuis 1919 s'étaient développés comme un chancre prêt à tout dévorer. La Havane était plus que jamais le paradis d'un certain type de touristes américains. Les bars, les cabarets, les maisons de tolérance, les casinos, les plages, les hippodromes, les salles de *jai-alai*, les terrains de base-ball continuaient d'attirer des milliers d'industriels, de trafiquants, d'hommes politiques, de gangsters en rupture de tempérance. La ville était devenue en quelques années la capitale de la prostitution du monde occidental, et tous les hommes d'affaires savaient qu'en visite à La Havane ils pouvaient, dès l'aéroport, choisir sur photo une petite mulâtresse pour agrémenter leur séjour. La marijuana, la cocaïne circulaient librement. Quant aux nuits blanches de la capitale cubaine, elles couvraient, sous les rythmes de la rumba et du mambo, les agissements multiples de la Mafia. Le nouveau commandant en chef de l'armée et ministre de la Défense, Fulgencio Batista, avait très vite demandé à son ami Meyer Lansky de réformer les jeux et de nettoyer la ville des tricheurs, c'est-à-dire de détourner à son profit l'argent que son armée de tueurs allait gagner à la *cubola*, au *razzle-dazzle*, à la *bolita*, ou tout simplement dans les salles de jeux des casinos. C'est dans cette ville de tous les vices et de tous les trafics, de toutes les tolérances et de tous les possibles, où l'on trouvait des machines à sous jusque dans les pharmacies, que Roberto s'enfonça.

Cela avait commencé comme un jeu. Le lendemain de la naissance de Renato, Bugs Drucci, voyant Roberto seul et déprimé, l'avait emmené au théâtre *Shanghai*. Non pour fêter la naissance de son fils mais pour enterrer sa vie d'homme sans enfant ! Pour la somme modique d'un dollar vingt-cinq, il y avait vu un spectacle de nus d'une extrême licence, avait eu accès à une librairie d'ouvrages pornographiques, et avait assisté pendant l'entracte à un des films les plus obscènes qui soient. Bugs s'était moqué de lui. Roberto n'avait jamais ouvert une revue pornographique, n'avait jamais assisté à un striptease, et ne connaissait même pas l'existence des films érotiques. « C'est ton baptême du sexe ! » avait lancé Bugs en le reconduisant dans son énorme Buick Victoria Coupe munie du tout récent *wizard control*.

Allongé sur son lit, plongé dans la contemplation des *alfarjes* mauresques du plafond, si semblables à des coques de bateau retournées, Roberto avait pensé à Diodata et au petit Renato. Cette après-midi, quand Diodata avait pris Renato dans ses bras et l'avait posé sur son épaule, Roberto avait pour la première fois croisé le regard de son fils. Pour la première fois, il lui avait semblé que l'enfant le regardait, et il en avait éprouvé une profonde sensation de vertige. Aussi cette soirée au *Shanghai* lui avait-elle paru absurde, comique, désespérante. Dans le même temps, il lui avait semblé, comme leur avait fait remarquer Graham, ami de Bugs et patron du *Mamba-Club*, qu'en effet les rapports sexuels ne sont pas seulement à La Havane « le commerce principal », mais incontestablement la véritable raison d'être des hommes et des femmes qui y vivent : « Tout se vend ou s'achète. Rien ne se donne gratuitement, surtout pas l'amour. » Cette idée l'avait troublé, comme l'avait perturbé le contact éphémère avec la Bugatti. Lentement, sans prendre véritablcment de plaisir à ces sorties nocturnes, mais en s'imaginant qu'il tentait là une expérience nouvelle qui le nourrirait, qui lui permettrait peut-être d'y voir plus clair dans sa vie inutile, il commença de s'enfoncer dans la moiteur des nuits cubaines, dans leur odeur de serre chaude et de fleurs pâmées, dans leurs rues encombrées et sous leurs arcades où se combinaient l'austérité de la pierre grise, la douceur du plâtre blanc et le jaune poussiéreux des vieilles façades. Il fréquenta les bars surchauffés ou au contraire transformés en chambres froides par la présence d'une climatisation défectueuse. Au *Ciro's*, il assista à une exhibition allégorique de lesbiennes subversives qui se sodomisaient avec des sexes en caoutchouc, peints aux couleurs du drapeau américain. Au *Rancho's*, il délaissa le bordel mais succomba aux charmes de la fumerie d'opium. À la *Casa Recalt*, il s'enivra de grands verres de Hatuey glacée. Au *Blue Moon*, il acheta un numéro du quotidien *¡Alerta!* dans lequel était glissé un petit cornet de papier contenant une poudre blanche qui le conduisit à une extase passagère. Il lui fallut peu de temps pour les connaître tous, ces lieux aux rideaux dorés et à la chaleur pimentée, le *Chori*, le *Carmen-Bar*, le *Kimbo*, le *Nocturno*, le *Céleste*, le *Pigal*, le *Sky Club*, le *Maraka*, le *Montmartre* évidemment, devant lesquels stationnaient en permanence des automobiles d'aluminium trop grandes pour les anciennes ruelles coloniales.

Plus Diodata, malgré les nuits blanches, semblait s'épanouir au contact de Renato, plus Roberto se perdait dans l'alcool et le désespoir. Un soir il revint en affirmant à Diodata qu'elle regardait trop Renato, qu'elle allait attirer sur lui le mauvais œil. Le portier du *Las Vegas*, émigré du Kenya, lui avait raconté que dans son pays les parents courent le risque que les dieux leur enlèvent leur petit pour les punir de leur orgueil. « Ne montre jamais que tu es attaché à ton bébé ni que tu es fier de lui », avait affirmé Omarito Guagua. Diodata avait répliqué que Renato n'était pas né au Kenya, même si Roberto avait mollement tenté de le lui prouver avant de sombrer dans un profond sommeil. Dans ses moments de lucidité, Roberto essayait de comprendre ce qui se passait. Mais aucune réponse ne semblait vouloir venir, aucune lumière éclairer le tunnel dans lequel il se débattait vainement. Diodata ne voulait plus qu'il touche le bébé pour l'emmailloter ou le remettre dans son berceau. La chaleur du printemps était de plus en plus accablante et Renato pleurait souvent. Roberto disait de son fils qu'il beuglait comme un taureau, qu'il en avait d'ailleurs la charpente et qu'on en ferait un combattant, mais qu'il allait le rendre fou à hurler du matin au soir comme ça. « Je ne comprends pas pourquoi Maddalena et Renzo veulent faire un autre enfant ! » conclut-il un soir méchamment avant de partir pour une de ses virées dans La Habana Viega. Diodata, qui avait éprouvé dans les semaines suivant l'accouchement de réels moments d'allégresse, commençait à douter de son couple, de sa famille, à craindre pour la vie future de son petit Renato : quelle enfance allait-il avoir ? Mais elle tenait bon, comme elle avait tenu bon lorsque les fascistes l'avaient emprisonnée à Turin autrefois, juste après l'arrivée de Mussolini au pouvoir. Elle ne céderait pas. Elle n'abdiquerait pas. N'était-ce pas la meilleure façon de se sauver, de sauver son fils, et peut-être de sauver Roberto ?

Ce jour-là, Roberto, qui sortait du garage, vit son image se refléter dans une glace sur laquelle était peinte une réclame pour la *cerveza* Tropical. Il pensa à José Lugeges et à la Mafia qui le rançonnait depuis son installation à La Havane. Comment lui, Roberto, avait-il pu s'abîmer à ce point ! On aurait dit un vieillard blanchi par la poussière, bourré de tranquillisants, anxieux, labouré de rides. Il eut envie de pleurer. « Je ne sais rien faire d'autre que piloter ! Je suis père et ne sais que faire de cet enfant... Cuba sera mon tombeau. Je ne suis plus rien... » À vrai dire, son image lui fit peur, et ce fut sans doute ce qui l'amena à sortir de son état aussi inexplicablement qu'il y était entré. Une forte odeur de poisson montait du marché. À cette heure, les pêcheurs commençaient d'ouvrir les marlins, mâles rayés, femelles noires, pour la laitance qu'ils vendaient un dollar la livre. Roberto éprouva un haut-le-cœur et détourna la tête. Il dépassa presque en courant une nuée de cireurs de chaussures alors que le soleil commençait d'envahir le parque Pres Zayas, là où la calle Monserrate rejoint l'avenida de Bélgica et, au lieu de prendre sur la gauche, s'engagea dans la calle Trocadero. Il jeta un regard rapide par-dessus son épaule, en se retournant, comme quelqu'un qui se sent poursuivi, puis consulta sa montre : il était tout juste onze heures. De chaque côté de la rue, les volets ouverts battaient régulièrement sous les coups d'une légère brise de mer. On eût dit de vieilles horloges égrenant le temps chacune à sa manière, à son rythme. Après avoir dépassé la foule des proxénètes et des marchands de billets de loterie qui sortait de dessous les arcades de l'hôtel *Sevilla Biltmore*, il se retrouva au 252 de la calle Zulueta devant la façade du *Sloppy Joe's*, bar de Rios y Hermanos. Il y entra.

D'ordinaire, il était rempli de touristes, de prostituées, de secrétaires gominés travaillant au palais présidentiel tout proche, de chauffeurs de taxis, de vedettes de music-hall, de membres bruyants de l'American Club, de dactylos trop blondes, aux bas roulés, d'anciens boucaniers à la retraite, de charmantes ouvreuses et de musiciens du théâtre *Fausto* qui donnait, sous-titrés en anglais, des films de la Caribbean Film Co, d'employés du consulat de Tchécoslovaquie situé à quelques rues de là, tous familiers de l'établissement. Mais, aujourd'hui, il était désert, sans éclats de rires, sans billets pliés circulant de main en main, sans traînée audacieuse de parfum s'échappant des bras nus d'une jolie femme. Un silence épais régnait dans ce lieu réputé pour ses cafés noirs, ses *guarijos* et sa clientèle « *numerosa y selecta* ».

Derrière un policier à moitié endormi à sa table, son cigare soigneusement en équilibre sur le cendrier, Roberto aperçut une femme de dos, sur un haut tabouret. Accoudée au bar, elle dégustait une glace. Il la reconnut immédiatement : Victoria Maura.

— C'est sinistre, ce matin.

— La police a fait une descente, il y a une heure.

— Pourquoi ?

— Mystère.

— Victoria, on ne s'est pas vus depuis si longtemps… lui dit Roberto en l'embrassant tendrement sur les joues.

— Qu'est-ce que tu veux, chacun sa vie, non ? Je vends des meubles à des bourgeoises cubaines et toi tu t'occupes de ton bébé… Enfin tu devrais…

Roberto ne répondit pas immédiatement puis, perdu dans la contemplation des multiples bouteilles enfermées dans les hautes armoires vitrées disposées tout le long du bar, il compta jusqu'à vingt-deux marques différentes de scotch :

— Diodata t'a parlé ?

— Diodata ne parle jamais, Roberto. Diodata ne se plaint jamais. Il suffit de regarder, de te regarder, de la regarder. Je ne comprends pas qu'après tout ce que vous avez vécu ensemble tu agisses de cette façon. L'exil, la peur, le cyclone, la Mafia, le FBI, enfin tout. Tu penses que je devrais me taire, c'est ça ?

Roberto lui passa tendrement la main dans les cheveux :

— Non, Victoria. Je pense que tu as raison. Je pense que je dois me sortir coûte que coûte de cette situation. Je dois agir, Victoria. Ici, et dans le monde. Quelque chose me manque.

— Qui n'a rien à voir ni avec Diodata, ni avec Renato ?

— Oui. C'est exactement ça, dit Roberto en regardant, par les portes entrouvertes du *Sloppy Joe's*, un touriste qui photographiait un vendeur de billets de loterie assis sur le bord du trottoir. Si tu savais, quelle petite merveille ce…

Mais Roberto ne put terminer sa phrase. En même temps qu'une forte détonation, il vit le touriste s'écrouler sur le sol tandis qu'il lui semblait que l'appareil photo, sans doute pulvérisé par la même balle que celle qui avait tué son propriétaire, volait en éclats sur la chaussée. Un minuscule fragment de bakélite noire vint même se poser sur sa chaussure.

— Encore un extrémiste, hurla le policier réveillé en sursaut, et se précipitant dans la rue.

— C'est quand même idiot de mourir tué par une balle perdue, renchérit le barman.

Victoria parla à Roberto à voix basse :

— Aujourd'hui à La Havane, l'assassinat est devenu légal. On avance vers la tyrannie à grands pas. Tu te rends compte ? L'État entretient une armée de trente mille hommes ! Pour la plupart des brutes, des bandits, d'anciens marchands véreux du régime Machado. Cuba n'est pas en guerre, que je sache ! Trente mille hommes ! Hier, les Cubains étaient gouvernés par des matraques, demain, ce sera par des fusils ! Si tu veux t'engager quelque part, tu n'as que l'embarras du choix… Maintenant, il vaudrait mieux filer avant que l'armée bloque le quartier et qu'on reste là des heures à attendre qu'on ait vérifié nos papiers.

Roberto regarda sa montre :

— Il faut qu'on se revoie, n'est-ce pas ? Viens à la maison un soir, qu'on parle de tout cela avec Diodata, dit Roberto en étreignant Victoria. Prends soin de toi.

— Toi aussi Roberto ! Et de Renato, hein, n'oublie pas Renato...

Roberto fit un détour par le Parque Central et la plaza Vieja. Cette partie de La Havane semblait ne pas vouloir tenir compte du présent. Aucun militaire, aucun policier dans les rues. Aucune agitation particulière. Cette Havane-là était telle qu'elle était autrefois : laide et sublime ; celle de la société cubaine d'il y a cent ans, hantée par les fantômes des planteurs créoles, des fonctionnaires vénaux, des petits artisans de couleur, et des Espagnols enrichis par la traite négrière. Les rues descendant vers les docks de la C. & O., là où l'hydravion de la Pan American en provenance de Key West avait amerri, étaient bordées de chaque côté de bars sombres et de bouges crasseux que hantaient de vieilles prostituées enlaidies par des années de mauvais traitements et de désespoir. En dehors des chauffeurs de camions et des livreurs, on n'y voyait pas de Blancs. Ces rues avaient quelque chose d'émouvant, tantôt morne, tantôt comique ; comme si le temps leur avait manqué plus qu'elles n'avaient manqué au temps. Au terme de ce quartier mal famé, Roberto retomba inévitablement sur la baie de La Havane et le port. Il aperçut l'eau agitée par les vagues et les bouées qui faisaient un chenal vers la mer. Il se dit qu'à l'entrée du port, il le sentait à l'air et au vent qui soufflait, la mer devait être grosse et tourmentée, et que l'eau verte devait déferler sur le rocher du Morro, de lourds paquets bruyants dont les crêtes blanches s'envolaient dans le soleil, comme des mouettes. Avant de rentrer chez lui, il s'arrêta au kiosque à journaux de la calle Baratillo et acheta *Crisol* et *¡Alerta !* pour avoir des nouvelles du monde.

Diodata et Renato faisaient la sieste. Roberto fit le moins de bruit possible pour ne pas les réveiller. Dans les premiers jours qui avaient suivi son retour chez elle, Diodata avait été tiraillée entre son besoin de repos et le désir d'avoir son bébé en permanence auprès d'elle. Quand Roberto était là, sa présence la rassurait. Mais, lorsqu'il était absent, elle passait la majeure partie de son temps à se demander si elle serait capable de se déplacer assez vite en cas de nécessité. Elle écoutait la respiration de Renato comme si la sienne en dépendait. Chaque fois qu'il cherchait son souffle, s'étranglait ou tombait dans un rythme respiratoire irrégulier, elle tressaillait et se préparait au pire. Mais maintenant cela allait mieux, et Roberto pouvait observer, ému jusqu'aux larmes, la femme et l'enfant, comme deux belettes dans un même terrier, se réchauffer mutuellement, s'apaiser, se donner et se prendre de l'amour.

Il y avait un tel gouffre entre la vie hors de ces murs, dans une Havane violente qui courait à sa perte, et ce tendre tableau, presque trop apaisant, trop fragile, presque en danger, que Roberto sentit le sol se dérober sous ses pas. C'était bien cette impression, cette difficulté qu'il avait fuie tous ces derniers jours : il se sentait incapable de protéger sa femme et son enfant contre l'adversité. Il se sentait inutile, trop faible, désarmé. C'était cela qu'il devait changer, cet immobilisme. C'est de cela qu'il parlerait avec Diodata dès qu'elle se réveillerait.

Alors qu'il s'apprêtait à attendre ce doux instant, assis dans le fauteuil qui faisait face à Diodata et à Renato, on frappa à la porte. Il se précipita en évitant de faire du bruit. C'était Norberto, un des mécaniciens du garage : un accident mécanique était survenu dans la plantation de cannes à sucre Casa Rex-Tone, et il était sans doute le seul à pouvoir réparer les machines de la raffinerie en un temps record. Roberto regarda une ultime fois Diodata et Renato blottis l'un contre l'autre, et suivit Norberto qui s'engouffrait dans l'escalier. Un camion rouge et noir Andrés García y Población les attendait dans la rue.

Situées à une centaine de kilomètres à l'est de Varadero, les raffineries Casa Rex-Tone, propriété d'un riche Américain vivant dans le Vermont, étaient juste à l'entrée de l'immense plaine dont les vergers, les rizières et les champs de cannes à sucre, de Villa Clara à Holguín, nourrissent la majorité des Cubains. Roberto ne connaissait rien de cette région jalonnée de petits villages de pêcheurs en bord de mer, et faisant face aux *cayos* encore vierges et aux villes coloniales édifiées dans l'intérieur des terres. Ce court voyage lui fit certes découvrir une région mais plus encore les hommes qui y habitaient et les conditions de travail qui étaient les leurs. Ici, sur des kilomètres et des kilomètres, la canne pousse sans cesse, s'emmêle, résiste, s'étend verte et haute. Ici, où le bras est douloureux de tant couper, où la canne n'en finit jamais, les hommes n'ont pas le temps de penser. « L'une tombe, puis la suivante. Mais il y en a toujours une autre, debout, qui attend, et il faut s'incliner devant elle pour la tuer », disait Norberto. Parfois, la canne se cache sous d'autres cannes, ou elle se perd entre les feuilles, et il faut la sortir de là. Tout cela pendant que le soleil s'étend comme un manteau de chaleur que la terre réverbère, et que les rafales de vent se font attendre si longtemps qu'elles ne suffisent jamais à remplir les poumons.

Donc, Roberto examina attentivement les machines endommagées par l'explosion d'une bonbonne de propane, les bâtiments de broyage et de raffinage ruinés, le moulin bâti sur un terrain plus élevé et qui ne fonctionnait plus, et dont la vieille roue à eau n'activait plus ses immenses cylindres verticaux. Les grandes cuves de cuivre étaient sens dessus dessous, leurs mécanismes tordus gisant désassemblés. Cela, tout ce mal, il était là pour le combattre. Ce qu'il fit. Roberto donna des ordres, empoigna les burins, les clefs, les tournevis, les foreuses, nettoya, enduisit, lava, glissa sur l'écume collante qui s'écoulait sur le sol, pénétra dans les nuages de vapeur chaude, entra en rampant dans les fosses, commença de remettre en marche les machines, ressouda les cuillères de cuivre, relança les fours, les presses, allant même jusqu'à faire fuir les chats sauvages qui avaient fait leur nid dans les tapis de feuilles mortes bloquant les mécanismes, et rétablir le cours du ruisseau qui s'en était allé à ses affaires d'un autre côté... Cela dura plusieurs heures. Mais toute cette agitation ne le toucha guère. C'était de la routine, de la machinerie. Ce que Roberto découvrit parmi ces immenses étendues de canne à sucre, c'est l'homme. Chucho, le vieux, qui parle de la canne avec respect, et qui montre ses mains en disant : « La canne, c'est dur, mais elle apprend la vie. » Domingo, le plus jeune, qui la traite comme une prostituée : « Une fille de la mauvaise mère. » Et tous les autres : Babalú, qui aurait bien aimé faire de la politique mais que ses amis rejettent, parce qu'il voit des revenants et qu'il a des visions. Maceo, le *machetero*, qui attrape les cannes par le cou, qui les empoigne comme il peut, les serre, leur donne un grand coup de machette, et les abat net, mais qui préfère vider un verre de bière, « pour voir comment le jet jaune pénètre dans la mousse au beau milieu du verre ». Euspicio, qui s'est coupé deux doigts avec sa machette : « Il y a des cannes traîtresses, la canne verte se cache parmi la canne mûre, et quand on approche la machette, elle glisse et nous blesse. » Mengana, qui explique comment dans le champ de cannes les furets mangent les rats et sucent les cannes les plus mûres, et comment les hérons mangent les vers et les crapauds, et comment les hommes coupent, et que l'on sent alors cette odeur acide qui émane des corps : « Les autres puent, comme toi, mais tu sens cette puanteur sur les autres et pas sur toi. »

Avant de repartir vers La Havane, Roberto but de la bière avec ces hommes. Les verres étaient couverts de buée et débordaient de mousse. Dans un coin du champ, on commençait de brûler la canne et s'élevait une haute colonne de fumée grise. Sa base orangée se détachait sur la brume bleutée du ciel. Son panache blanc, épais, noueux, adoptait les formes les plus variées. Dans le champ, une véritable guerre éclata, on voyait s'enfuir les furets et les rats. Avant de partir, Babalú offrit à Roberto un petit sac d'*almacigos* car il avait vu à son cou le collier de perles bleues : « Elle pousse le long des champs de canne parmi les acacias, les broussailles, les palmes. Il faut mâcher la feuille pour avaler le jus. Ça calme les maux de ventre et le désespoir. » Une fois remonté dans le camion, Norberto, moins impressionné que Roberto, moins lyrique, plus habitué à ce qu'il venait de voir, eut un petit sourire. Aucun de ces ouvriers n'avait osé dire à Roberto ce que tous pensent de la canne lorsqu'ils s'avancent dans le champ la machette à la main :

« Quand elle est bonne à couper, elle ressemble à une femme : elle s'ouvre, se fend ; et, après un dernier petit coup, elle cède. »

Le retour se fit de nuit. Après avoir quitté la Carretera Central, l'axe principal de la région, le camion emprunta de vieilles routes pierreuses bordées d'immenses lauriers tulipiers, et de petites maisons coloniales délabrées. Il soufflait du nord un vent sec, cinglant et froid. La fatigue commençait de se faire sentir. Heureusement, il n'y avait ni pluie ni brume. Alors qu'il venait de franchir le pont de San José de las Lajas et entamait poussivement l'ascension des pentes de la petite colline qui dominait la ville, là où passe la ligne du chemin de fer central anglo-américain, le camion dut s'arrêter brusquement : un barrage fermait l'accès à la route qui plongeait vers La Havane et les contraignit de prendre par Güines, ce qui rallongeait leur trajet d'une bonne centaine de kilomètres. Avant de faire demi-tour, Roberto entraperçut quelque chose qui lui glaça les os. Dans le silence de la campagne, il vit des hommes debout dans un camion, tenus en joue par des militaires armés de mitraillettes qui brillaient dans le clair de lune. Non loin de là, éclairés par les phares d'une jeep, des soldats, juchés sur les toits des camions, attachaient aux arbres des cordes munies de nœuds coulants. Puis plus rien, le silence ou plutôt le ronronnement du moteur qui trouait la nuit.

*

Quand Roberto franchit la porte d'entrée de sa maison, il vit que la lumière du salon était allumée. Une lumière tamisée qui contrastait tellement avec ce qu'il venait d'apercevoir. Diodata nourrissait Renato qui tétait visiblement avec plaisir : les yeux clos, les bras ballants et les jambes écartées, dans l'abandon. Diodata avait les traits tirés, l'air fatigué, paraissait anxieuse. La tétée terminée, elle attendit que Renato eût fait son rot et fût recouché pour s'effondrer dans les bras de Roberto :

— José, l'ami de Langston, vient d'être assassiné.

— Le *conguero* ?

— Oui... À la sortie d'une des *fritas* de la plage de Marianao. Il venait de jouer avec des musiciens de Chicago. Il est sorti du *Today* par la porte réservée aux Blancs... C'est là que tout a commencé. Il a voulu aller se baigner. Il avait parié avec un des chanteurs du groupe, à qui on avait interdit l'accès de la plage à cause de la couleur de sa peau, qu'il arriverait, lui, à « piquer une tête sous le nez des Blancs ». Évidemment, on l'a refoulé en lui disant qu'il s'était trompé de porte, qu'il y avait assez de nègres et de métis comme ça à Cuba, et qu'il y a moins de cinquante ans ses ancêtres se baladaient encore avec des chaînes aux pieds.

— Langston était là ?

— Non. On a retrouvé José poignardé sur le sable, dans son costume élégant, avec son air d'élève du *liceo*, et son mégot collé à la lèvre inférieure comme il le faisait souvent, « pour imiter les Français ».

Roberto et Diodata eurent beaucoup de mal à trouver le sommeil, ne cessant de penser à José et à Langston. Et lorsqu'ils y parvinrent, leur trottait dans la tête le bolero d'Isolina Carillo, chanson triste et nostalgique que José fredonnait toujours avec délice :

Dos gardenias para tí
Con ellas quiero decir:
Te quiero, te adoro, mi vida
Ponle toda tu atención
Porque son tu corazón y el mío.

Renato se réveillerait dans moins de deux heures, affamé.

15

Ce 22 juillet 1935, à La Havane, était un jour de plein soleil. Mais les membres de la *famigliola* n'avaient pas le cœur à participer au carnaval national. Heureusement, la foule joyeuse qui avait envahi le Malecón ne risquait pas d'être entendue à l'autre extrémité de la ville, en plein Vedado, là où se trouvait le cimetière Christophe-Colomb. Au contraire, les gens à demi nus qui croisaient la sinistre procession cessaient de parler et de jouer de la musique. À l'entrée principale de la nécropole, calle San Antonio Chiquito, un groupe compact d'étudiants fêtant la fin de leur année scolaire se divisa en deux files pour laisser, au milieu de la chaussée, le passage libre au cortège funèbre annoncé par une sourde rumeur semblable à celle d'un essaim d'abeilles. Plusieurs amis du *conguero* étaient venus l'accompagner ici, Noirs et Blancs confondus.

En dépit de sa devise en latin, annonçant dès l'entrée que « la mort s'introduit aussi bien dans les plus humbles chaumières que dans les palais des rois », l'immense nécropole, traversée de larges avenues qui en faisaient une véritable ville dans la ville, avait été dessinée selon un plan dans lequel les morts étaient répartis en fonction de leur rang social, de leur confession et de la couleur de leur peau. Le cercueil de bois blanc, posé sur un fardier tiré par deux chevaux noirs, avança donc au milieu des temples grecs, des caveaux ornés d'urnes égyptiennes, des sarcophages agrémentés de colonnes, des cénotaphes surmontés de chérubins en larmes, des hypogées sur lesquels se recueillaient des anges aux ailes de marbre, des tombes ceintes de grilles ouvragées, historiées de blasons et brodées de sculptures, des tombelles sur lesquelles se dressaient des madones, des sépulcres d'où jaillissaient des Christ en croix, des mausolées gothiques portant sur leurs corniches des vases argentés, des stèles néoclassiques dont les bas-côtés imitaient la marqueterie hollandaise, sans oublier la profusion de cippes, de mastabas et de koubbas, avant de pouvoir rejoindre le lieu où les fossoyeurs le mettraient en terre.

Tant de constructions grandiloquentes, d'inscriptions prétentieuses ! Et tout ce froid, tous ces secrets ! pensait Diodata qui ne pouvait détacher ses yeux des gouttes d'eau qui avaient, durant toute la procession, coulé du fardier sur le sol. Afin de retarder la décomposition rapide, il est coutumier à Cuba d'étendre le cadavre, pour la veillée, et durant le trajet jusqu'au cimetière, sur des blocs de glace. Cette eau dégoulinante, qui en d'autres circonstances eût prêté à sourire, glaçait Diodata d'effroi. Elle songeait à l'enfant qu'avait été le petit José, à sa mère qui l'avait porté suspendu à son sein, qui lui avait donné des petits noms si tendres qu'elle en était émue rien que de les prononcer. La pauvre femme était là, à côté de Diodata, marmonnant des paroles incompréhensibles, se souvenant du jour où elle avait cru voir mourir son fils une première fois, entre ses bras, lors d'un accès de coqueluche. Elle se souvenait de ses gémissements sourds, de ses sanglots qu'elle reprenait aujourd'hui à son compte, et qui la traversaient. « Oh ! Vierge clémente, reine des martyrs, mère très chaste, étoile du matin, Ochún d'or et de soleil pourquoi as-tu laissé le malheur s'installer chez moi, pourquoi as-tu fait mourir de cette façon mon petit *maricón* ? »

José Pérez avait souhaité une simple dalle de pierre dure, à double pente. C'est du moins ce qu'il avait confié une nuit de grand désespoir à son compagnon : « Si je meurs, mon sucre, mon ciel, je veux une tombe simple à la necrópolis Cristóbal Colón. » On respecta son choix. Et tandis que les fossoyeurs s'empressaient de combler la fosse, après que chacun eut jeté quelques grains de terre sur le cercueil, Langston prit la parole. À la stupéfaction de tous, après quelques mots chargés de tendresse et d'émotion, Langston se lança dans une violente diatribe politique. La mort de José Pérez était le signe que le temps de la révolution était arrivé :

— Pourquoi Marianao, si cette plage est aux mains des milliardaires yankees, et qu'aucun pauvre ne peut s'y baigner, ni bien sûr aucun Noir ? Pourquoi les hôtels de luxe, si une nuit dans leurs draps coûte ce qu'un Cubain gagne en un an ? Pourquoi une terre si belle, si chaleureuse, si n'en jouissent que ceux qui la vendent à prix d'or aux Américains ?

Enfermé dans sa douleur et dans sa rage, Langston Spotswood ne s'aperçut même pas qu'un attroupement s'était formé autour de la tombe de José. De tous les coins du cimetière, des femmes et des hommes avaient convergé, curieux, séduits, certains inquiets, vers l'orateur.

— Il a raison ! dit l'un. Les Cubains vivent comme des étrangers sur leur propre terre natale !

— On n'a plus aucun droit ! On nous a volé notre dignité !

— On se croirait encore au temps des colonies ! hurla une femme.

— Le peuple vit dans le dénuement économique et la misère intellectuelle, poursuivit Langston. La vieille classe dominante s'est rendue sans résistance aux Américains. Il n'y a qu'une issue : affronter les États-Unis !

Roberto, qui jusqu'alors avait gardé son calme, faisait à Langston des gestes désespérés lui signifiant que tout cela allait mal finir, que le cimetière n'était pas le lieu idéal pour tenir un meeting politique, et cela d'autant moins qu'il devait grouiller de policiers en civil et d'espions. Langston, enivré de ses propres mots et fier de crier son refus de vivre dans une société qui avait assassiné son ami, ne prêtait aucune attention à Roberto. Bien au contraire, il entonna, avec une partie des personnes présentes, un *son* auquel il ne manquait plus qu'un accompagnement de *botijas*, de *marimbúlas*, de *bongos*, de maracas et de trompettes :

La Havane est une ville de merde
où vit monsieur le président
sous les plis du drapeau cubain
ou dans son auto de puissant !
Prends ta machette, et au combat ! (bis)

Langston eut à peine le temps d'entamer un deuxième couplet que plusieurs camions de l'armée cubaine, accompagnés de jeeps, encerclaient déjà le petit groupe, dans un nuage de poussière. Les soldats, baïonnettes au canon, empêchaient tous mouvements. Après vérification des papiers d'identité, celui qui semblait être le chef passa les menottes à Langston, et lui demanda de monter avec lui dans un des camions.

— Vous êtes en état d'arrestation, se contenta-t-il de dire simplement, manifestant ainsi une singulière sobriété comparée au déploiement de force qui avait accompagné son entrée dans le cimetière.

D'un regard, Bugs fit comprendre à Langston et à ses amis qu'il était inutile d'essayer de s'interposer.

— Je m'en occuperai plus tard. Laisse tomber, mon vieux, sinon on va tous se retrouver au trou, glissa-t-il à l'oreille de Roberto, voyant que celui-ci s'agitait dangereusement.

En quittant le cimetière, la « petite famille » eut l'impression déprimante d'avoir agi avec une grande lâcheté.

— Pauvre Langston, dit Victoria.

— Ne t'inquiète pas, rétorqua Bugs, ils n'oseront pas toucher à un citoyen américain.

— Un citoyen américain, certes, mais noir, homosexuel et communiste...

Un de ceux qui avaient chanté avec Langston s'avança vers eux et leur dit :

— Les morts, les martyrs vont nous aider à faire la révolution !

Roberto, le visage brillant de sueur, répondit à l'inconnu, avec une grimace amère :

— Les morts et les martyrs n'aident jamais personne.

Dans les semaines qui suivirent l'enterrement de José Pérez, la situation ne fit qu'empirer. Il se commettait chaque jour des meurtres politiques dont la presse ne se faisait jamais l'écho, attribuant toute cette agitation à des règlements de comptes entre bandes rivales. Le 15 août, par exemple, deux membres de l'église presbytérienne qui s'étaient élevés contre les violences policières furent abattus, devant le temple de la calle de la Salud. Un peu plus tard, dans la même journée, deux syndicalistes sortant du Stadium universitario où ils venaient d'assister à un match de base-ball, opposant dans le cadre de la Negro World Series l'équipe des Cuban Giants à celle des Philadelphia Athletics, furent tués par une bande armée de mitraillettes. Cette guerre larvée se poursuivait sans interruption depuis l'été, et les assassins, rarement appréhendés, étaient généralement relâchés, puis plus personne n'entendait parler d'eux.

Fin septembre, Langston n'était toujours pas sorti de prison, et il était impossible d'avoir de ses nouvelles. Les jours se succédaient, tranquilles et tristes. L'automne s'installait, et chaque soir une brise fraîche venant de la mer bourdonnait dans les feuilles des palmiers et allongeait l'ombre des lauriers sur l'asphalte. Tantôt, à la nuit tombée, des vapeurs humides montaient des ruelles de la vieille ville, mêlées à des odeurs de terre mouillée, et à celle des jasmins et des chèvrefeuilles en état de décomposition avancée. Tantôt, aux premières heures du jour, La Havane comptait ses clochards encore endormis le long des immeubles néoclassiques du Prado, et, avant même que les voitures de livraisons de glace pour les bars ne viennent les réveiller, on pouvait voir à leur visage durci que plus rien dans leur ville n'était comme avant :

— Merde, bientôt on ne pourra même plus dormir dans la rue sans recevoir une rafale de pruneaux dans le bide !

Renato grandissait à son rythme, doucement, tendrement, et Diodata, qui avait repris son travail, n'avait rien perdu de sa virulence. Sa première chronique, publiée dans le *New Yorker*, depuis la naissance de Renato, avait déclenché une belle polémique. Beaucoup d'intellectuels, laissaient entendre certaines analyses, n'auraient adhéré au fascisme italien que par opportunisme. Rocco, Federzoni, Liviume, Puggi étaient d'anciens nationalistes qui s'étaient avec enthousiasme et rapidité ralliés au fascisme. Mais que dire de Giovanni Papini, d'Alberto Savinio, de Gabriele D'Annunzio ? La question méritait d'être posée, et notamment en ce qui concernait Luigi Pirandello. Diodata n'était pas de cet avis. Le prix Nobel de littérature 1934 n'avait-il pas déclaré dans *L'Idea nazionale*, à l'occasion du premier anniversaire de la marche sur Rome : « J'ai toujours eu une grande admiration pour Mussolini, et je crois être une des rares personnes capables de comprendre la beauté de sa création continue de la réalité » ? Pour elle, et c'est ce qui avait valu au *New Yorker* de recevoir un abondant courrier d'Italiens mécontents, Pirandello n'avait nullement à se forcer pour justifier idéologiquement et esthétiquement son engagement. Les correspondances qu'il cherchait entre sa propre création et celle du Duce étaient aussi évidentes qu'elles faisaient la preuve de sa très grande servilité. Pirandello jouissait de la considération amicale du chef du fascisme, parce que son prix Nobel « faisait briller l'étoile de la littérature italienne dans le ciel international » mais aussi parce qu'il avait reconnu en lui un soutien dont il pourrait tirer parti.

Oui, la « vie » reprenait, ou plus exactement continuait.

Ce qui était étrange, c'était d'un côté la violence extrême de la rue et de l'autre une certaine nonchalance, presque un bien-être. Renzo et Maddalena ne pensaient plus autant, chaque jour, à la mort de Sandrino ; Victoria, de plus en plus politisée, n'en oubliait pas pour autant d'avoir des amants ; Bugs continuait à jouer les funambules entre ses amis mafieux et son antifascisme viscéral ; Roberto, tout au succès du garage Andrés García y Población, savait pourtant qu'il finirait par s'engager pour une cause mais attendait son heure ; Luigi Croce, l'évadé des îles Lipari, s'intégrait avec une aisance et un zèle presque suspects dans la vie quotidienne de La Havane. Un de leurs principaux soucis, à tous ces exilés, restait la trop longue absence de Langston que Bugs n'avait toujours pas réussi à faire sortir de prison mais qui, disait-on, était nourri convenablement et ne subissait pas de mauvais traitement...

Un souci peut être relatif, ou au contraire si vif qu'il faut pour en juguler l'existence choisir un antidote puissant, si possible opposé à toutes ses convictions. C'est cette seconde solution qu'adoptèrent Roberto et Diodata. Pour la première fois depuis la naissance de leur fils, ils décidèrent de sortir le soir en laissant Renato à Maddalena qui avait proposé de le garder. Bugs avait invité Roberto et Diodata au *Tropicana* pour fêter le succès de ses tournois de *jai-alai* et leur annoncer qu'il était en passe de se rendre propriétaire de l'autre fronton, celui de la calle Belascoaín : le *Habana-Madrid*.

— Ça te rappellera des souvenirs, ivrogne ! dit Diodata, en montant dans la voiture qui était passée les prendre.

— Je ne suis jamais allé dans celui-là, répondit Roberto, en souriant.

Situé dans le nouveau quartier de Marianao, en pleine forêt, à l'angle de la calle 72 et de l'avenida 43, le fameux *Tropicana*, ouvert depuis quatre ans, était un des hauts lieux de plaisir de la capitale cubaine. La nuit, de puissantes lumières bleues situées de chaque côté de l'entrée principale et visibles de très loin en annonçaient un peu théâtralement l'existence. Passé le portail gardé par une statue de danseuse, Roberto et Diodata découvrirent une grande fontaine entourée de douze autres statues de danseuses nues, baignées d'une suave lumière bleue et rouge, tandis qu'un petit orchestre enchaînait rumbas et mambos. Après avoir franchi plusieurs tables autour desquelles s'affairaient des joueurs de roulette, ils arrivèrent dans la grande salle du cabaret. La scène de théâtre et la piste de danse étaient à ciel ouvert. Des *girls* dévêtues et emplumées, seins à l'air, jambes serrées dans des bas résille déchirés, défilaient sur un podium à six ou sept mètres de hauteur au milieu des palmiers royaux, pendant que des projecteurs lavande et pistache balayaient la piste. Un bellâtre, engoncé dans un costume en lamé, demandait aux convives de lui donner leur prénom afin qu'on les ovationne, et leur déversait, en espagnol, un sirop digne des crooners américains les plus nonchalants. Bugs attendait Diodata et Roberto à une table, parmi des plantes grimpantes, des chutes d'eau phosphorescentes, et un jeu très sophistiqué de lumières multicolores. Il rayonnait.

— Vous vous êtes enfin décidés à sortir de votre tanière !

— Quand tu auras un bébé, tu comprendras... dit Diodata.

— On ne peut pas tout avoir... dit Bugs, rêveur.

Grâce à un ingénieux et invisible système, la scène s'était vidée, comme par enchantement, de son piano à paillettes, du crooner et de ses danseuses bien en chair.

— C'est magique, non ? dit Bugs. Allez, champagne pour tout le monde !

Sous les étoiles, dans la douceur automnale de la nuit tropicale, un orchestre d'une vingtaine d'instruments remplaça très vite le numéro précédent. Au son saccadé d'un fox-trot, des trapézistes à moitié nues, coiffées de hauts-de-forme argentés, voltigeaient au-dessus de la scène, virevoltant à quelques mètres au-dessus des spectateurs dans un scintillement de plumes, de fausse fourrure et de paillettes. Le *Tropicana* était bien « le cabaret le plus fabuleux du monde ». Mais Diodata et Roberto se sentaient mal à l'aise et regrettaient d'être venus. Bugs, sous ses airs de gangster, savait parfaitement analyser les situations les plus délicates :

— Tout ça vous choque, hein ? Toutes ces croupes, ces filles, cette beauté humaine fabriquée à la chaîne, le champagne qui coule à flots, ces enseignes trop voyantes...

— Cuba crève de misère, et ici... commença Roberto.

— Eh oui, Roberto... Mais, je vais te dire, quand j'entends le Duce déclarer, comme à Bari, en trente-quatre : « Trente siècles d'histoire nous permettent de regarder avec une pitié souveraine certaines doctrines d'au-delà des Alpes, soutenues par... par... attends, certaines doctrines... »

— On connaît la suite, dit Roberto : « ... soutenues par une engeance qui, par ignorance de l'écriture, était incapable de transmettre les documents de sa propre existence, à l'époque où Rome avait César, Virgile et Auguste... » Et alors ?

— Et alors ? poursuivit Bugs. Eh bien ça, ça me fait froid dans le dos, parce que aujourd'hui, un an plus tard, le Duce a déjà largement amorcé son rapprochement avec l'Allemagne. Mussolini va s'allier avec l'Allemagne, Roberto, et ça ce sera notre perte ! Mais moi, malgré tout ça, toute cette merde, je veux continuer de boire du champagne !

— Comment peux-tu ? C'est ça que je ne comprends pas ? C'est immoral.

— Immoral ? Mais ce qui est immoral, c'est de rester le cul sur sa chaise et de ne jamais s'engager, dans rien, de faire de l'objectivité une règle de vie. Très confortable, non ?

— Tu dis ça pour moi ?

— Non, pour le voisin ! C'est vrai que j'ai des amitiés douteuses, que je me balade avec un flingue dans ma poche. Mais j'agis, Roberto. Je ne peux pas tout dire, même à vous deux, mes plus chers amis, mais l'Italie est constamment présente dans mes actions.

À mesure que la soirée avançait vers sa fin, l'atmosphère se tendit encore quelque peu. Bugs avait un peu trop tendance à donner des leçons d'antifascisme qui cadraient mal avec ses opérations douteuses. Mais peut-être tout n'était-il pas aussi simple… À la fin du repas, et tandis qu'allait débuter un nouveau spectacle, beaucoup plus spécial que tous les précédents, où il était sous-entendu qu'un Noir très noir, pourvu d'un membre démesuré, ferait, sous les yeux du public et sans truquage, des choses acrobatiques et sensuelles avec deux femmes blanches aux formes généreuses, Bugs, qui n'avait cessé de regarder sa montre de toute la soirée, exigea de Diodata et de Roberto qu'ils sortent immédiatement du cabaret. Son chauffeur était revenu d'un voyage très particulier du côté des pentes escarpées de la forteresse de la Cabaña. Tout à coup, le tonnerre retentit longuement, et la pluie se mit à tomber. Une de ces pluies tièdes, compactes, qui balaient verticalement le sol, laissant, une fois le soleil revenu, la terre recouverte de caillots de poussière. Pris par l'averse, Bugs, Diodata et Roberto se mirent à courir vers la grosse Buick dont les ailes noires brillaient sous les éclairs. Un passager dormait sur la banquette arrière. Le fracas de l'eau qui tombait pourtant abondamment des avant-toits des maisons alentour, débordant des gouttières, ruisselant sur les trottoirs, martelant le toit de la voiture, n'avait pas réussi à le réveiller. Sur le siège avant, Bugs, après avoir vérifié, machinalement, par un curieux scrupule instinctif, si son complet sombre était encore décent, alluma le plafonnier :

— Il dort, dit-il en montrant l'homme, recroquevillé dans une couverture.

Encore dans l'existence à laquelle on venait de l'arracher, l'homme ouvrit lentement les yeux, se redressa péniblement, comprenant à mesure qu'il reprenait ses esprits qu'il n'était plus traqué, qu'aucune sirène ne viendrait plus lui éclater les tympans, qu'aucune matraque ne lui écraserait plus les côtes. La couverture qui cachait à moitié son visage glissa sur le tapis de sol de la voiture. Diodata et Roberto reconnurent Langston Spotswood et tombèrent dans ses bras. Ce 2 octobre 1935, grâce à une forte somme d'argent gagné dans les paris interdits du *jai-alai*, Bugs Drucci, l'insaisissable, avait pu sortir Langston Spotswood, le poète, de derrière les murs jaunes de la forteresse de la Cabaña où tant de prisonniers politiques croupissaient depuis dix ans.

— Vous voyez qu'on peut boire du champagne et être utile, dit Bugs, avec une pointe de satisfaction dans la voix.

16

— Roberto ! Roberto ! hurlait Diodata, en traversant leur chambre comme une furie et en lançant sur le lit la pile de journaux italiens que le courrier du matin avait jetés dans leur boîte aux lettres. Réveille-toi !

Roberto crut d'abord à un jeu. Diodata, plus matinale que lui, aimait le réveiller de la sorte, en ouvrant la fenêtre avec fracas ou en tirant les couvertures. Mais, cette fois, son visage exprimait une réelle gravité. Il pensa immédiatement à son fils :

— Il est arrivé quelque chose à Renato ?

— Non, Roberto, c'est Mussolini, il a déclaré la guerre à l'Éthiopie.

Roberto tournait fébrilement les pages des journaux, dont les titres et le contenu des articles variaient selon la tendance politique. AGRESSION CONTRE L'ÉTHIOPIE, disait l'un ; ÉTHIOPIE : LA PAROLE EST ENFIN AUX ARMES, avançait un autre. Pour faire face à une popularité perdue et aux graves difficultés économiques traversées par l'Italie, le Duce avait donc choisi la voie classique de la démonstration de prestige en politique extérieure. Dernier pays africain indépendant, dont l'admission au sein de la Société des nations avait justement été patronnée par l'Italie, l'Éthiopie constituait une proie tout indiquée. Prenant prétexte d'un incident de frontière, les troupes italiennes s'étaient engagées dans une nouvelle entreprise coloniale. On rapportait que, faisant fi de tout scrupule humanitaire, l'état-major italien n'avait pas hésité à recourir aux gaz asphyxiants.

Roberto et Diodata, comme beaucoup d'autres membres de la communauté italienne de La Havane, étaient atterrés. L'Italie mussolinienne, toujours présente dans leurs conversations, apparaissait sous un jour nouveau. Comme si la réalité de leur pays natal était soudain plus concrète, s'était rapprochée, et que le bruit de la guerre rendît leur exil plus cruel encore. Dans les semaines qui suivirent, l'Éthiopie fut le sujet principal de toutes les discussions entre Italiens. *Il Cavatappi* et *Il Fuoribordo*, lieux traditionnels de rendez-vous de la communauté italienne, situés à l'angle des calles San Pedro et Obrapía, ne désemplissaient pas. S'il n'était désormais un secret pour personne que des raisons de politique intérieure et de prestige avaient motivé la décision de Mussolini, la réception planétaire de l'événement restait pour les Italiens démocrates une énigme. Certes la SDN, dès les premières opérations militaires, avait fait voter des sanctions économiques contre l'Italie, notamment le retrait des capitaux étrangers des banques italiennes, et le refus de crédit de la part des banques étrangères à leurs clients italiens, mais ces mesures s'avérèrent très vite inefficaces parce que inappliquées. Les sanctions frappaient d'interdit l'exportation et le transit, à destination de l'Italie, des armes, du matériel de guerre, des matières premières nécessaires aux industries de guerre, et l'importation de marchandises italiennes. Mais, étrangement, le charbon, le pétrole, le coton, la pulpe de bois, la quinine, le caoutchouc, le pétrole continuaient d'affluer dans la péninsule. Le Japon, l'Allemagne, la Hongrie, l'Autriche, les États-Unis, ainsi qu'un certain nombre d'autres nations refusaient d'appliquer les sanctions ! Au lieu d'être mise au ban, l'Italie redressait la tête, et l'on trouvait même certains États « sanctionnistes » qui, pour ne pas gêner leur économie, vendaient à l'Italie des camions, des moteurs d'avion, du charbon et, grâce à certains circuits parallèles, comme celui qui s'était développé, autour de la Mafia italo-américaine entre La Havane, Palerme et Chicago, de l'armement lourd. De plus, les sanctions décidées par la Société des nations avaient soulevé l'indignation générale dans et hors de l'Italie. Le pays tout entier était derrière le Duce.

Le 18 décembre, parallèlement à la grande journée du « don des alliances nuptiales » organisée dans toute l'Italie pour faire face aux difficultés qui résultaient du refus des grandes banques européennes de consentir à l'État italien des crédits commerciaux, les Italiens de Cuba avaient lancé une vaste opération intitulée « la récolte de l'or ». Le président du comité était un authentique antifasciste, réfugié à Bruxelles, puis à Cuba : Arturo Labriola ! L'évêque de Bologne avait offert sa crosse épiscopale, le Duce, tout son or, son argent et ses bustes, les députés, les sénateurs, les veuves et les mères de soldats tués au combat, leurs médailles. Des membres de la famille royale, des intellectuels comme Pirandello, jusqu'à des antifascistes notoires tels Vigno et Albertini avaient eux aussi répondu à l'appel du sentiment national blessé, en portant aux fonderies de la patrie leurs anneaux, leurs croix et jusqu'à certaines pièces de leur dinanderie familiale. Arturo Labriola et ses acolytes, qui ne voulaient pas être en reste, avaient rassemblé mille cinq cents alliances et huit cents kilos de métal précieux, chaque heureux donateur ayant reçu en échange un anneau de fer...

Mais ce n'était pas tout. Le plus dur pour Roberto et Diodata restait à venir. Luigi Croce, que tous croyaient évadé du bagne des îles Lipari, était en fait un espion qui recevait ses ordres du président du Fascio de Miami, et dont le nouveau rôle, en relation étroite avec ce qui venait de se passer en Éthiopie, consistait à recruter des émigrants italiens susceptibles d'aller s'installer en Afrique. En moins d'un mois, il réussit à embrigader une centaine d'émigrants qui, comme leurs frères d'Italie, ouvriers du Mezzogiorno et paysans des îles, partiraient en Éthiopie mettre en place un réseau de voies de communication et d'urbanisme, accompliraient d'importants travaux d'adduction d'eau, défricheraient des terres, en un mot ne seraient plus des êtres indésirables et exploités meurtris par l'exil mais leur propre maître à qui toutes les richesses de la fertile terre africaine s'offriraient.

Lorsque le petit groupe de volontaires s'embarqua à bord du *Belgenland*, énorme paquebot de cinquante-cinq tonneaux de la Red Star Line, en partance pour Gênes, Arturo Labriola et Luigi Croce, qui faisaient partie du voyage, leur crièrent, en faisant le salut fasciste, que l'humiliation d'Adoua était enfin rachetée. Roberto et Diodata n'assistaient pas à la scène, mais la rumeur parvint jusqu'à eux. Le môle de la Red Star Line, invisible de leurs fenêtres, n'était distant que d'une centaine de mètres de leur maison. Ils entendirent plusieurs dizaines de gosiers italiens entonner une chanson qui faisait alors fureur : *Faccetta nera.* Elle célébrait les incomparables qualités du légionnaire italien, amoureux inégalable, grand civilisateur qui, après avoir délivré des mains des tyrans une belle esclave abyssinienne, lui fournit d'autres motifs, plus charnels ceux-là, d'immense satisfaction.

— Il serait temps que tu commences à t'intéresser à la politique, Roberto, disait Langston Spotswood, que son séjour en prison avait rendu plus virulent que jamais, si tu ne veux pas manquer le train.

— Quel train ? rétorqua Roberto. Le train du communisme ?

Langston avait beaucoup maigri et avait perdu de son agilité physique. Lui qui avait été si généreux donnait l'impression de quelqu'un qui s'économisait, non par mesquinerie mais pour ne pas se disperser, ne pas se dépenser inutilement. Il voulait garder toutes ses forces pour le grand soir :

— Oui, le communisme. Il apportera un avenir sans classes et sans exploitation, gouverné par la raison et par la science.

— Et l'Église, tu en fais quoi ?

— Elle est condamnée au déclin, parce qu'elle repose sur des bases émotives impossibles à vérifier.

Roberto, qui ne demandait qu'à être convaincu, ne l'était pas. Les arguments avancés par Langston ne le satisfaisaient pas. Il fit une moue dubitative.

— Il y aura plus d'instruction et les gens trouveront dans la connaissance objective les réponses qu'ils cherchaient jusqu'à présent dans les superstitions.

— Tu ne trouveras pas un Cubain pour marcher avec toi, la *santería*...

— La *santería* est une merveille d'obscurantisme et une arme, dit Victoria qui venait de rejoindre les membres du petit groupe. Ceux-ci, en la voyant arriver, s'étaient mis à siroter cérémonieusement, presque religieusement, leur tasse de café. Qu'est-ce qui vous prend ? ajouta-t-elle.

— Nous appliquons à la lettre la « lutte contre le gaspillage et pour la restriction volontaire de la consommation » lancée par Benito, dit Diodata, en souriant très largement. Viande un jour par semaine, pagination réduite des journaux, réduction de la consommation de carburant, et suppression du café ! Je t'en sers une dernière tasse ?

— Je suis espagnole, cela ne me concerne pas ! dit Victoria. De quoi parliez-vous ?

— De l'engagement politique de Roberto, dit Langston.

— Il veut que je devienne communiste, lança Roberto.

Victoria éclata de rire. Pour la première fois, peut-être, Roberto la regarda différemment. Il ne chercha pas à comprendre. Victoria le troublait :

— Non, Roberto, dit Victoria. Et prenant une voix de séductrice, elle laissa échapper de ses lèvres doucereuses : Viens, suis-moi, rejoins l'anarchisme.

— Que faire ? J'hésite. D'un côté l'anarchisme au féminin, de l'autre Langston qui jongle avec la terminologie, qui parle sur le ton assuré de quelqu'un qui est destiné au commandement...

— Arrête de te foutre de moi, tu veux, dit Langston. C'est sérieux.

— Évidemment que c'est sérieux !

— J'ai peut-être une solution, avança Victoria, et qui aurait l'avantage de te laisser du temps pour réfléchir…

Chacun, piqué au vif, écouta de plus en plus attentivement :

— Demain, nous devons aller réceptionner deux opposants à Bastita au large de Santa Cruz del Norte, entre Tirejas et Punta Escondido, un lieu paraît-il très fréquenté par les passeurs d'alcool à l'époque de la prohibition…

Roberto esquissa un sourire et regarda Diodata :

— Là où débouche le chenal qui passe devant les baraquements du rhum Yucayo…

— Tu connais ? demanda Victoria.

Roberto devint soudain sombre et sérieux :

— Oui, très bien.

— Langston et moi sommes associés pour organiser l'opération, dit Victoria. Une alliance historique entre le communisme et l'anarchisme.

— Une alliance « objective », dit Langston. Il nous faut un marin chevronné, qui connaisse bien les criques, les courants, les passes.

— La côte est truffée de sentinelles et l'eau infestée de vedettes de l'armée.

À ce moment, un petit cri se fit entendre dans la chambre de Renato.

— Il a huit mois aujourd'hui, dit fièrement Diodata en se levant. Il a conscience qu'il devient un grand garçon…

— J'accepte, dit simplement Roberto qui s'engageait ainsi, sans trop y réfléchir, dans sa première action politique.

Après avoir quitté le port, le petit bateau de pêcheur passa devant le Morro et mit le cap plein nord, comme s'il allait à Key West. C'était la première fois que Roberto reprenait la mer depuis le terrible cyclone de juillet 1933. Il lâcha le gouvernail pour aller à l'avant lover l'amarre de bout, puis revint afin de maintenir le cap. Au loin sur l'arrière, La Havane déploya, juste avant de disparaître derrière la ligne grandissante des montagnes, le jeu de construction de ses immeubles surmonté du dôme blanc du Capitole. Il n'y avait pas beaucoup de courant et une brise légère soufflait. En route pour l'entrée du chenal, un cargo battant pavillon américain amorçait, venant de l'ouest, sa lente manœuvre. Vu sa vitesse, il devait être vide. Ses vastes dais de tôles rouillées indiquaient qu'il venait sans doute chercher un chargement de sucre. C'était la fin de la journée et la nuit commençait de tomber. Il faisait froid. Langston et Victoria étaient emmitouflés dans de larges cirés cachant plusieurs épaisseurs de gilets, et étaient coiffés, comme Roberto, de lourds bonnets de marins.

À environ trois milles de la côte, le soleil avait cédé la place à une obscurité inquiétante, du moins aux yeux de Langston et de Victoria qui n'avaient jamais mis les pieds sur un bateau. Le phare du Morro qui lançait ses rayons sur les vagues était tout ce qu'il restait de La Havane. On ne voyait plus de la terre qu'un lointain halo de lumière et quelques points lumineux vacillants, ceux des projecteurs qui éclairaient les usines de Baracoa et de Rincón, et la vieille tour fortifiée de Cojímar. Bientôt il fit noir comme dans une cave.

— Tu sais où l'on est ? demanda Langston.

— Ne t'inquiète pas, on n'est plus très loin du but.

— Quelle heure est-il ? demanda Victoria, en se frottant vigoureusement les mains comme elle l'eût fait au-dessus des charbons ardents d'un brasero.

— Neuf heures et demie, dit Roberto.

— Ils ne devraient plus tarder, dit Langston, inquiet.

Roberto décida de couper le contact et d'arrêter le moteur.

— Inutile de brûler de l'essence. Le courant est faible, mais on peut laisser le bateau dériver et se laisser guider sur les lumières de la côte.

Le silence était presque total, brisé parfois par quelques oiseaux qui s'affairaient sur des algues passant près du bateau, entraînées par le serpent du Gulf Stream. Roberto s'assit un moment en haut du rouf pour les regarder. Il faillit se glisser dans l'écoutille avant pour être plus près encore de toute cette eau mais préféra rester avec ses amis. Sans moteur, le bateau commençait à rouler un peu avec la houle. C'est Victoria qui donna l'alerte, entendant à bâbord un bruit de moteurs.

— Vous croyez qu'ils nous ont vus ?

— Sans nos feux, et à cette distance, ça m'étonnerait, dit Roberto, qui, après avoir pointé l'avant vers le large, alluma ses feux, le vert et le rouge, juste une seconde. Retrouvant ses réflexes de contrebandier.

Le rouge et le vert, juste une seconde, répondit le bateau qui s'avançait vers eux, moteur au ralenti.

— Et si c'étaient des militaires, dit Langston ?

— Non, on les sent, répondit Roberto en riant. Et puis leurs vedettes sont plus discrètes...

Au bout d'une quinzaine de minutes, ils aperçurent une frégate qui avait stoppé à une bonne cinquantaine de mètres de leur bateau. Ils entendirent le bruit d'un canot jeté à la mer, puis plus rien. Enfin apparurent deux silhouettes assises dans une barque, et derrière une autre debout qui godillait. Quand elle accosta, Roberto dut la maintenir de toutes ses forces à cause de la houle, l'attraper à plusieurs reprises et finir par la tirer vers l'arrière. Les deux occupants de la barque montèrent à bord du bateau. Il s'agissait en fait d'un jeune mulâtre taciturne et d'une vieille femme au visage dur et carré. Tous deux avaient quitté Cuba lors de la vague de répression qui avait succédé à la réélection de Machado, en 1928. Il rentrait au pays pour lutter contre la poignée de sergents insurgés qui avaient pris le pouvoir ; elle voulait venger son fils, mort sous la torture –

« Il était beau, mon garçon. Bébé, il était si mignon. Et ils me l'ont tué. »

La barque repartit aussi silencieusement qu'elle était venue et disparut dans la nuit. Roberto, qui avait projeté d'appareiller dans un des petits ports de la côte, choisit finalement de rejoindre La Havane. Se montrer était sans doute le moyen le plus sûr de passer inaperçu. Le bateau longea tranquillement la côte, et le vin chaud à la cannelle qui coulait du thermos dans les gobelets de métal était un liquide brûlant qui unissait ces cinq êtres naviguant le long de la masse noire du Gulf Stream. Un peu avant minuit, les reflets de lumière des deux feux qui annoncent la pointe de Bacuranao indiquèrent que l'entrée de la baie de La Havane n'était plus très loin. Sur les murailles du Morro se détachaient dans la pénombre les silhouettes des sentinelles. Plutôt que d'amarrer à l'un des pontons qui précédaient, sur la gauche, le môle réservé aux yachts, Roberto préféra dépasser le débarcadère où s'alignaient les *lanchas* qui partaient vers Casablanca, et apponter tout près des bâtiments de l'état-major de la marine de guerre.

Il y avait une petite anse, déserte, où se trouvait autrefois un vaste appontement pour le chargement du sable. Dans le temps, les schooners venaient y décharger du *guavas* pris aux rivières. Ne restaient plus aujourd'hui que d'anciens tas de sable et de *guavas*, poussés par le vent du nord, et qui constituaient à présent des dunes idéales derrière lesquelles se cacher. En accostant, Roberto sentit l'odeur tenace de l'algue de mer mêlée au parfum douceâtre de la petite boutique du passage Velasco qui vendait aux marins, dans une jarre de verre, un mélange sirupeux et fortement alcoolisé de rhum, de sirop de sucre, d'ananas, de cannelle et de citron vert. Une fois sur le quai chacun accomplit la tâche qui lui avait été attribuée. Langston devait cacher la vieille femme chez lui durant quelques jours, Victoria conduire le jeune mulâtre dans un appartement situé derrière l'Estación terminal et Roberto amarrer le bateau au rivage afin qu'il ne dérive pas dans la baie. Chacun s'étreignit, sans effusion lyrique, mais avec la certitude que l'amitié née dans de tels moments ne pouvait être qu'indestructible. « Est-ce donc toujours si simple et si satisfaisant, l'action politique ? » se demanda Roberto en embrassant Victoria tandis qu'ils se séparaient. Victoria – sous le coup d'on ne sait quelle intuition ou par provocation pure – dit à Roberto :

— La lutte continue. Dans quelques jours il y a une grande grève générale. Si tu veux être des nôtres…

17

Partie de la plaza del Capitolio en direction du castillo de la Punta, les manifestants descendaient l'avenue en hurlant des slogans contre le gouvernement, la police, l'armée, les patrons, les riches, les Américains, et la trop faible proportion de Havana Club dans les *mojitos* du *Sloppy Joe's*. Beaucoup avaient en tête la grande manifestation de 1933 qui avait contraint Machado à quitter le pays et à se réfugier aux Bahamas. Certes, le dictateur avait pris la fuite, mais auparavant sa police avait tiré sur la foule et on avait relevé plus d'une centaine de morts et de blessés. La grève générale d'aujourd'hui, proposée à l'origine par le parti communiste, avait vu ses rangs grossir de gens qui n'avaient que peu à voir avec les réunions de cellules, les opuscules marxistes et l'éloge des lointaines fermes collectives. Plusieurs milliers de personnes défilaient joyeusement au son des maracas, des *bongos*, des congas, des trompettes, des guitares et des mandolines. Et il n'était pas rare d'entendre, à côté des revendications politiques, d'étranges slogans venus en droite ligne du mambo et du cha-cha-cha : « *Quiéreme, júrame, no me abandones* : aime-moi, jure-moi, ne me quitte pas. »

On aurait dit que toute la ville était là, vociférant contre José A. Barnet, secrétaire d'État, chargé, depuis le départ du colonel Mendieta, de préparer de nouvelles élections générales dont le résultat était déjà connu d'avance. Les marchands de feuilles de tabac en branche marchaient aux côtés des vendeurs de billets de loterie et des *boletos de beneficencia.* Les ouvriers des usines de papier d'emballage Pedro A. López étaient aussi présents, devançant une enthousiaste délégation du *Pneu cubain rechapé.* C'était un cortège ondulant et joyeux qui grossissait à mesure que le temps passait et que les rues, donnant sur l'avenue, dégorgeaient de nouveaux groupes : les représentants des ateliers de confection Mosés Schlesinger y Cía, les employés de *La Moderna Poesía*, qui comptait à elle seule quatre cents personnes. Les cheminots, les conducteurs d'autobus, les chauffeurs de taxis, les pêcheurs, les maraîchers. On eût dit que toute la ville laborieuse s'était donné le mot. Chacun derrière sa pancarte : usine de chaussures *Au bon pas* ; bijouterie *Les Joyeux Joyaux* ; *Barril Bar* « Jack and Johnny » ; *La Maison Fleur de Lit* : literie, pelochons, oreillers et alaises ; *Mister Drialys*, revendeur de jambon ; charcuterie *Danaropa* ; Uxmal, *establecimiento de ferretería, loceria y materiales de construcción* ; *artículos de fantasía para regalos apetecibles* ; *Magasin de Farces et Attrapes Ojete* ; etc. Venus des environs de La Havane, les ouvriers des Embutidos El Niño et des distilleries de la Nueva Cuba Fabril SA fermaient la marche, tandis que ceux de la Havana Electric Railway Company l'ouvraient en jetant aux policiers, massés tout le long du parcours, des regards provocants.

Roberto était présent, entouré des mécaniciens du garage Andrés García y Población. Avec, à quelques mètres devant lui, le jeune mulâtre et la vieille au visage dur qu'il était allé chercher en mer quelques jours auparavant. Le long défilé avait quelque chose à la fois d'émouvant et de léger. On riait beaucoup, on se lançait des blagues. Un observateur étranger qui n'aurait rien su de l'exaspération du moment et des motifs profonds du mécontentement qui avait poussé ces gens à braver la police et les militaires aurait pu prendre tout ce charivari pour les réjouissances du carnaval.

Soudain, l'atmosphère se tendit. On sentit dans les rangs de la manifestation comme une houle venant la bousculer, s'emparant d'elle, accompagnée de rumeurs alarmantes. Certains assuraient avoir vu des militaires, venant prêter main-forte aux policiers, prendre position tout au long des rues adjacentes au Prado. On parlait d'automitrailleuses fermant la sortie du castillo de la Punta, et de véhicules blindés massés derrière le Capitole. « On va être pris en tenailles », disaient certains. « Ça va mal finir, ils ont l'air sacrément excités ! » disaient d'autres. Roberto serra fort la main de Diodata, puis se rapprocha de Langston et de Victoria :

— Il faut qu'on reste ensemble.

— Où sont Renzo et Maddalena ? demanda Diodata.

— On les a perdus à la hauteur de l'American Club près de la calle Virtudes, cria Victoria.

Nul ne sut exactement quelle étincelle provoqua l'embrasement ni à quel moment la fête se transforma en drame. Alors que les jeunes ouvrières qui défilaient derrière la pancarte des usines Mosquera, spécialisées dans la fabrication de colorants pour les produits alimentaires et les cosmétiques, entonnaient *Lamento cubano*, en se déhanchant comme des diablesses, un groupe de soldats, jaillissant de la calle Trocadero, fit mine de charger la foule. Chaloupant, hanche contre hanche, les jeunes filles, d'une façon qu'elles voulaient orgueilleuse et rebelle, chantèrent de plus belle « *O patria mía, quién diría que tu cielo azul, nublara el llanto* » : « Oh, ma patrie, qui penserait que ton ciel bleu de larmes se voilerait. » Personne n'ignorait, à commencer par les militaires eux-mêmes, que cette *guarija de salón*, composée par Eliseo Grenet, sous le deuxième gouvernement de Gerardo Machado, une fois descendue, comme aujourd'hui dans la rue, constituait une véritable provocation jetée à la face du régime mis en place depuis 1933.

Quelques mètres plus loin, ce fut le choc tant redouté, une incroyable cohue, une panique que rien ne put arrêter. Des pierres et des tuiles volaient sur les visages, des barres de fer, des pavés. Les gens couraient dans tous les sens en hurlant. Les parents imprudents qui avaient emmené avec eux leurs enfants tentaient de les protéger.

Les jeunes chanteuses furent les premières à tomber sous les balles. Beaucoup furent piétinés par les soldats et par les manifestants qui fuyaient comme ils pouvaient. Aucun n'essayait de faire face, de lutter. C'était inutile. Ils étaient venus les mains nues, on leur opposait des policiers équipés et une armée entraînée. Diodata et Roberto, qui avaient trouvé refuge sous les arcades de l'hôtel *Sevilla-Biltmore*, furent bientôt rejoints par Langston et Victoria. En quelques minutes, le Prado s'était vidé de la masse colorée et ondulante qui, il y a peu de temps encore, chantait, riait, se bousculait, chahutait en descendant vers l'entrée du port. Il ne restait plus qu'une odeur de sang et de poudre. Ici et là, on entendait dans les rues avoisinantes des coups de fusil Springfield et des rafales de mitraillettes. On retira de la chaussée plus de trois cents blessés et une trentaine de morts, dont le jeune mulâtre taciturne et la vieille femme au visage dur, revenus mourir dans leur ville, des balles encastrées dans la chair et la tête écrasée.

Roberto ne pouvait détacher ses yeux de tous ces corps, parmi lesquels de nombreux enfants, venus là pour chanter et danser puisque leurs professeurs, qui faisaient grève, leur avaient accordé une journée de congé. Résonnaient dans sa tête les premiers mots du *Lamento cubano* : « *O Cuba hermosa, primorosa por qué sufres hoy tanto quebranto* » : « Oh, Cuba, mon beau pays séducteur, pourquoi aujourd'hui tant de malheurs. » En regardant, hébété, toutes ces victimes, Roberto pensa qu'il vivait en un temps qui requérait une action immédiate, et non les précautions et les atermoiements.

Dans cette « ville aux ordres », comme l'appelait Victoria, et qui dégénérait dans la moiteur âcre d'un printemps finissant et se couvrait de lèpre, Roberto ne trouvait la paix qu'auprès de Diodata et du petit Renato, bébé facile et gai, qui gazouillait déjà, souriait, et avait avec ses parents de véritables conversations. Mais ce cocon douillet donnait le vertige à Roberto. À l'extérieur du nid, la terre tremblait. Depuis mai 1936, les troupes italiennes étaient entrées à Addis-Abeba, Mussolini avait proclamé la constitution de l'Empire italien d'Éthiopie, et Victor-Emmanuel avait pris le titre d'empereur d'Éthiopie. Une nouvelle fois, le roi avait baissé les bras, comme lorsque l'Allemagne avait absorbé l'Autriche et qu'il n'avait rien trouvé de mieux que de se lancer, à la Chambre, dans une comparaison rhétorique entre l'intervention des troupes allemandes en Autriche et celle des Piémontais dans les autres États italiens au temps de l'Unité ! Et de conclure : « Quand un événement est fatal, mieux vaut qu'il se produise avec vous plutôt que malgré vous, ou, pis encore, contre vous. » Pauvre roi, et pauvre cher et vieux pays qui sombrait dans la folie ! Pour Roberto, cela ne faisait plus aucun doute, le Duce, désormais persuadé de son infaillibilité, croyant dans la nécessité d'engager une politique de force contre les démocraties hésitantes et divisées, allait resserrer ses liens avec l'Allemagne nazie et les autres régimes totalitaires européens. Donc, engager l'Italie sur un chemin de souffrance.

Quant à l'île de Cuba, elle était plus que jamais aux mains de la Mafia et des États-Unis. Les élections générales du 10 janvier avaient porté à la présidence un certain Miguel Mariano Gómez, homme de paille de Batista et qui était en train de laisser la corruption atteindre des sommets. Tout un réseau scandaleux de dépravation morale et politique s'étendait désormais le long des côtes cubaines en général et à La Havane en particulier. Transformant les centres résidentiels, les casinos, les clubs, les boîtes de nuit, les bars, les piscines, jusqu'aux combats de coqs qui faisaient des aubes cubaines une « véritable émeute musicale », en une jungle où les riches Américains côtoyaient les pires criminels du pays, avec la complicité d'une police grassement payée et profondément corrompue. Presque tous les établissements de jeu étaient entre les mains d'une pègre américano-cubaine qui gagnait de plus en plus de terrain et s'infiltrait dans d'autres entreprises légitimes telles que l'hôtellerie, les agences immobilières, la construction navale, les garages, jusqu'aux épiceries fines et aux salles de cinéma. Ainsi devait-on à Miguel Mariano Gómez la mise au point d'un système politico-mafieux des plus lucratifs. Une fois par semaine, les numéros de la *bolita* étaient distribués par un service gouvernemental qui donnait à chaque homme politique un nombre de billets correspondant à l'importance de son appui au régime. Celui-ci achetait un billet à l'État dix-huit dollars et le revendait pour vingt et un dollars à un gros trafiquant, lequel le recédait à un marchand qui en tirait, lui, une somme avoisinant les trente dollars. Naturellement, le petit camelot de la rue ne pouvait espérer de gros bénéfices. Pourvu exclusivement de mauvais numéros, il vivotait en vendant à ses clients des billets qui ne gagneraient jamais !

Au milieu de tout ce pourrissement, Roberto ne savait plus très bien dans quel sens poussait sa vie. Il n'y a pas si longtemps encore, il pouvait s'enorgueillir d'être resté si fidèle à sa jeunesse que c'en était éblouissant. Alors, ses qualités comme ses défauts le faisaient autre. Il se savait original dans le sens le plus pur du mot, et ne se donnait jamais l'impression d'avoir un effort à fournir pour se délivrer des idées basses et subalternes. Il vivait sa vie au-delà de toute vulgarité. Et lorsqu'il peinait pour atteindre le but qu'il s'était fixé, ses difficultés n'étaient jamais ni froides, ni abstraites, ni méprisables : elles ressemblaient à celles que rencontre l'eau courante pour contourner l'obstacle d'un rocher.

Les journées succédaient aux journées, semblables à toutes les autres. Et lui, Roberto, en attendait une, magnifique, qui eût contenu l'univers. Il sentait sa vie lui échapper et ne savait comment en retenir ce centre précieux : ce qu'il était vraiment. Lui qui avait si longtemps pensé qu'il fallait essayer de comprendre les autres à travers soi se dit qu'il fallait sans doute inverser la proposition. Tout partait des autres, de leur âme, de leurs sentiments, de leurs passions. Il lui fallait désormais construire un monde qui se meuve librement à l'intérieur d'autres âmes. Il lui fallait choisir, accepter ses limites et dans le même temps, paradoxe ultime, épuiser l'infini. Mais comment ? En agissant ! En agissant ! Comme l'avaient fait depuis des siècles ses ancêtres, gens de casques et d'armures, de bannières et de cimiers, sur les champs de bataille du Piémont, et toujours au service de la Maison de Savoie. Au lieu de cela, il s'étiolait parmi les yachts et les paquebots, sous la monotonie des cocotiers et des palmiers. Lui qui avait frôlé la mort jadis, lancé sur les circuits d'Europe, ne se baignait plus aujourd'hui que dans des enclos de barbelé protégeant les nageurs des requins.

Mais la vie devait continuer, n'est-ce pas, et elle continuait. Pour fêter le premier jour de l'été, la *famigliola* avait décidé de passer la soirée au *Shanghai*, le cabaret à la mode. Bugs conduisait son énorme Buick Victoria Coupe, et chacun s'était entassé comme il avait pu sur les sièges de la voiture. Les rues latérales donnant dans le Zanja étaient d'étroites venelles pleines d'enseignes de teinturiers, de coiffeurs, de marchands de rafraîchissements, de vendeurs de friture et de devantures de bars minuscules encastrés dans les maisons. On décida de se garer et de continuer à pied. Les rues grouillaient d'une population excentrique de proxénètes, de prostituées, de vendeurs de billets de loterie, d'hommes en sueur qui cherchaient désespérément des taxis, de marchands ambulants de sorbets et de jus de tamarin, mais surtout d'entremetteurs qui tentaient d'alpaguer les clients en leur assurant qu'ils pouvaient leur procurer les plus belles filles de La Havane et les plaisirs les plus osés.

S'adressant à Victoria et à Diodata, qui venaient d'assister aux conférences de Federico García Lorca et de Rafael Alberti, deux écrivains illustres, de passage à La Havane, Bugs leur dit :

— C'est autre chose que les belles paroles de ces messieurs !

— Imbécile, répondit affectueusement Diodata, qui se rappelait la dernière phrase de Lorca quittant la salle du Coliseo : « À La Havane, voilà qui s'appelle voir la vie couleur de rhum ! »

— La police qui a ordre d'empêcher toute manifestation « tumultueuse et massive contre le gouvernement » ne fout jamais les pieds ici, ma parole, fit remarquer Victoria.

— Tu n'étais pas obligée de venir, si tu n'en avais pas envie… dit Bugs.

Victoria sourit :

— Tu as peut-être raison, on ne peut pas passer sa vie dans les livres de Bakounine !

L'enseigne lumineuse du *Shanghai* annonçait en clignotant : *Posiciones variadas*. Bugs acheta sept billets à l'une des caissières qui, pour on ne sait quelle raison, se tenait à l'extérieur du hall d'entrée occupé par une petite boutique d'ouvrages pornographiques. Tandis qu'on les conduisait à leur place, on proposa aux hommes des cartes postales salaces :

— Un peso les vingt ! *Muy barato*, *nice*, pas cher, *wunderbar*…

Le petit groupe avança à tâtons dans la pénombre du bar. Tous avaient vaguement conscience de la présence d'autres buveurs, assis recroquevillés dans le silence et l'obscurité, dans l'attente du spectacle qui n'allait pas tarder à commencer. Les mains et les corps se frôlaient. Pour ne pas se perdre ou tomber sur les gens qui étaient assis, les uns et les autres se tenaient la main. Roberto sentit dans la sienne la main de Victoria, puis, au profit d'un arrêt brusque de la petite colonne, son dos et ses fesses contre lesquels il vint buter. Il dut la prendre par les épaules pour ne pas tomber. L'espace d'une seconde, Roberto se troubla. Le corps de Victoria était doux, tout en rondeurs voluptueuses, plus tendre que celui de Diodata, comme celui d'un petit animal palpitant. L'espace d'une seconde, il sentit son parfum, sa respiration.

— Excuse-moi, je ne t'ai pas fait mal ? lui chuchota-t-il à l'oreille.

— Non, c'était même plutôt agréable, lui répondit-elle en lui passant la main sur la joue.

Puis chacun s'assit autour des tables qui leur étaient réservées. De part et d'autre de la scène, des affiches donnaient l'adresse d'autres clubs situés dans les environs, avec, disaient-elles, en espagnol et en anglais, « les filles les plus langoureuses et sensuelles du golfe du Mexique ». Un avis placardé à environ deux mètres du sol et discrètement éclairé interdisait au public, « sous peine d'expulsion » – bel euphémisme... –, « d'ennuyer les danseuses ». Un homme qui passait entre les tables, proposant discrètement des cigarettes de marijuana, s'éclipsa : des lumières vertes et jaunes éclairaient maintenant un escalier recouvert de feuilles d'aluminium. Le spectacle allait commencer.

Des femmes habillées en hommes descendirent les marches lentement au son d'un tam-tam yoruba et vinrent se perdre dans la foule des consommateurs. Le jeu était simple : elles passaient de table en table en demandant aux spectateurs de leur ôter un vêtement. Cela commençait par le haut-de-forme et les gants et finissait par le soutien-gorge orné de plumes d'autruche et un string clouté. Quand l'une d'entre elles se dirigea vers la table de Bugs, chacun s'arrêta de boire son cognac avec de l'eau gazeuse. Comme s'ils n'avaient pas prévu qu'un tel événement survînt. Rosetta, la *Coquito en celo*, puisque tel était son surnom, se planta devant Langston qui n'avait qu'une connaissance très approximative du maniement des agrafes, des ganses, des crochets, des élastiques et de cette sorte de minutie sacrilège qu'exige le déshabillage. Il pestait en silence, en tripotant maladroitement le corset de dentelle rouge, tandis que la fille gloussait comme une dinde.

— Je suis désolé... Je...

Victoria vint à son secours. Debout, elle dégrafa en un tour de main le corset de Rosetta, sous les ovations du public et le regard interrogateur des videurs noirs qui n'étaient pas habitués à voir des femmes blanches fréquenter cet endroit et encore moins participer au rituel effeuillage des figurantes. De retour sur sa chaise, Victoria croisa le regard de Roberto. Elle rougit légèrement, non de ce qu'elle venait de faire mais parce qu'elle était en train de comprendre que ses mains sur les lacets et les crochets du corset de la strip-teaseuse avaient troublé Roberto. Celui-ci ne dit rien, regardant d'un air morose la *Coquito en celo* qui, dévêtue par d'autres mains à une autre table, maintenant entièrement nue, quittait la salle en balançant son imposant fessier et ses gros seins sous les applaudissements et les sifflets du public.

— C'est navrant, dit Maddalena, on ferait mieux de partir, non ?

Tandis que s'engageait une discussion sur l'opportunité de quitter les lieux alors qu'on venait à peine d'arriver, la salle retourna soudain à son obscurité initiale. L'escalier et la scène avaient disparu pour laisser la place à un écran sur lequel fut bientôt projeté un film muet au titre évocateur : *Que faire pendant une panne*. On y voyait deux riches commerçants, ennemis héréditaires, contraints de prendre chacun un ascenseur avec l'épouse de l'autre, quand survenait une coupure d'électricité. Les deux couples ainsi formés finissaient par lier connaissance, dans leur cage grillagée bloquée entre deux étages, et par faire l'amour dans des positions toutes plus acrobatiques les unes que les autres. L'image était tremblotante, brumeuse et rythmée par le bruit de l'appareil de projection.

Le silence dans la salle était total. Il régnait entre Victoria et Roberto une nouvelle et troublante intimité tandis qu'ils regardaient ensemble ce que Renzo appela un « squelette de l'amour en négatif ». Cet étrange état dura le temps de la projection, jusqu'à ce que la fin de la saynète déclenche un immense éclat de rire et un beau tapage : dans leur hâte et leur trouble, les nouveaux couples avaient interverti qui leurs chapeaux, qui leurs capes, et s'en apercevaient, alors qu'ils sortaient de leurs ascenseurs respectifs.

Une fois rentrés chez eux, et après s'être penchés sur le berceau de Renato qui dormait comme un petit crapaud, les fesses en l'air dans un coin du lit, Roberto et Diodata se couchèrent sans un mot. Cette soirée avait été morose et ridicule. Ces boîtes havanaises, où l'on assistait à des spectacles érotiques au rez-de-chaussée, où l'on fumait de l'opium au premier étage et qui faisaient maison close au deuxième, ne les amusaient pas. Toute cette débauche, cette perversité, cette fausse joie, alors que le monde allait si mal, leur donnaient envie de vomir. Mais ce qui troublait le plus Roberto, c'était sa brusque et violente attirance pour Victoria. Il n'avait pas vu venir cet événement soudain dans sa vie. Cette incongruité. Et la femme qui dormait à côté de lui ne semblait s'être aperçue de rien. Au fond, cela n'avait sans doute aucune importance. Demain, tout serait oublié. Pourtant, les semaines qui suivirent, il se sentit mal à l'aise, différent. Comme si, soudain, il découvrait qu'il y avait en lui deux personnes, qu'il ne l'avait jamais su, et qu'un jour il lui faudrait choisir.

— Roberto, quel jour sommes-nous ? demanda Diodata, en jouant avec Renato qui, à présent, marchait, possédait quelques mots de vocabulaire et mangeait presque tout seul en plongeant vigoureusement sa cuillère dans son assiette de bouillie.

— Le 17 ou le 18 juillet 1936, ajouta-t-il, en détachant chaque syllabe. Juil-let mille neuf cent trente-six…

— Le 18, dit-elle. Renato aura bientôt vingt-sept mois !

Assis sur le rebord de la fenêtre, Roberto regardait l'eau verte de la baie de La Havane. Tout près du môle de la Luz, deux enfants noirs, un petit garçon et une petite fille, rêvassaient. L'un était assis, les jambes dans l'eau sur le ciment ; la fillette, immergée, se maintenait hors de l'eau, lui entourant les cuisses de ses bras, la tête posée sur ses genoux. Dans le ciel, très haut, tournaient des mouettes.

Soudain, on frappa à la porte, avec violence. Diodata, spontanément, prit Renato dans ses bras tandis que Roberto allait ouvrir. C'était Victoria, en larmes, tremblant littéralement de tout son corps, et qui n'arrivait pas à articuler. Roberto la serra contre lui et vint l'installer dans un fauteuil.

— Un verre de rhum, dit-elle. Un verre...

Diodata, Renato dans les bras, lui apporta la bouteille et un verre. Victoria s'empara de la bouteille et but quelques gorgées à même le goulot, en pestant :

— Quelle saloperie !

Puis elle retrouva progressivement un semblant de calme et commença à parler :

— J'ai passé la nuit chez Guillermo dans son appartement de l'avenida del Puerto...

— Tu viens de là ? dit Diodata.

— Oui.

— Mon Dieu, mais tu as traversé toute La Havane !

— S'il n'y avait que ça ! ajouta Victoria, en sanglotant et en reprenant une autre rasade de rhum, serrant cette fois la bouteille dans ses mains. On était cinq. Ce matin tout le monde dormait, sauf moi, je m'étais levée faire pipi. Les W-C sont sur la terrasse. Tout le monde ronflait. Quand j'ai voulu rentrer dans l'appartement, j'ai entendu qu'on ouvrait la porte. Puis tout s'est passé très vite. Les militaires ont tiré tout le monde par les cheveux. Guillermo et ses copains se sont retrouvés plaqués contre le mur. J'ai entendu des détonations. J'étais paralysée, derrière la porte de la terrasse. Ils ont pris Guillermo par les pieds et l'ont tiré dans l'escalier. J'entendais sa tête qui heurtait chaque marche. Une fois dans la rue, ils l'ont jeté sur le trottoir, l'ont soulevé et l'ont balancé dans le camion...

Roberto, sentant l'explosion arriver, fit signe à Diodata d'emmener Renato dans le patio.

— Je sors avec Renato, dit Diodata à Victoria qui ne l'entendait plus.

La porte de l'appartement à peine refermée, Victoria but une nouvelle gorgée de rhum et hurla :

— La nuit, j'avais fait l'amour avec Guillermo, Roberto ! Tu sais quels ont été ses derniers mots avant de s'endormir ? « Ou bien nous serons libres ou bien nous crèverons sous les balles. » Je n'ai pas pu partir tout de suite. Mes jambes ne voulaient plus avancer. J'ai rampé jusqu'à la porte. L'appartement était plein de sang partout, mélangé aux motifs de fleurs et de rubans des guirlandes qui ornaient le sol et les murs. Les quatre camarades baignaient dans une mare rouge. Dans l'escalier il y avait des morceaux de peau, de la peau, tu te rends compte ?... des morceaux de peau couverts de cheveux noirs... ceux de Guillermo...

Roberto voulut prendre Victoria dans ses bras pour tenter d'adoucir un peu son cauchemar. Elle le repoussa. À ses pieds, elle aperçut un petit ours en peluche, au museau mâché et remâché. Elle le ramassa et le caressa machinalement en pleurant. Plusieurs heures passèrent ainsi, durant lesquelles elle resta dans cette position, à caresser le petit ours, tantôt pleurant, tantôt les yeux regardant dans le vide.

Quand Diodata revint dans la pièce, Renato dormait. Elle le coucha dans son berceau et retourna dans le salon, sur lequel était tombée la lente soirée d'été. Roberto et Diodata, agenouillés au pied du fauteuil sur lequel Victoria était recroquevillée, tinrent chacun une de ses mains.

— Qu'est-ce que tu faisais là-bas ? demanda Roberto, doucement. Guillermo avait toute la police de Batista à ses trousses. Tu savais bien pourtant que c'était dangereux...

— On s'était réunis pour écouter la radio.

— Écouter la radio ? demanda Diodata, surprise.

— Guillermo est un des rares à pouvoir capter Radio COBO Europa... On a passé la journée et une partie de la nuit à écouter l'Espagne.

Victoria se leva, fit quelques pas dans l'appartement, puis, se précipitant dans les bras de Diodata, ajouta entre deux sanglots :

— Il vient d'y avoir un coup d'État. L'armée du Maroc s'est soulevée. Le pronunciamiento est en train de se généraliser. C'est la guerre.

18

La guerre d'Espagne allait changer beaucoup de choses dans la vie de Diodata, de Roberto et de leurs amis tant cubains qu'américains. À l'image de Langston Spotswood, de nombreux écrivains et intellectuels américains, dégoûtés par la tournure des affaires économiques et sociales dans leur propre pays, avaient épousé avec enthousiasme la politique radicale défendue par le parti communiste et ses sympathisants. Enclins à considérer la lutte des classes comme un combat décisif entre le Mal et le Bien, ils avaient fini par s'identifier au « peuple », au sens le plus lyrique, le plus flou et le plus généreux du terme. Leur soutien à la cause loyaliste en Espagne serait un prolongement logique de leur attitude envers une société, portant aux nues un *American way of life* dont ils haïssaient l'hypocrisie, la cruauté et l'injustice.

Depuis que les généraux rebelles s'étaient révoltés contre le gouvernement républicain, et que deux groupes puissants avaient apporté leur soutien aux insurgés – la hiérarchie catholique et les anticommunistes doctrinaires –, du temps avait passé. Désormais, Langston Spotswood et ses camarades se sentaient moins seuls. James T. Farrell, John Dos Passos, Richard Wright, Edward Dahlberg, John Steinbeck, Jack Conroy, Nelson Algren, Erskine Caldwell, James Agee, Malcolm Cowley, Theodore Dreiser, Martha Gellhorn, Langston Hughes, Ernest Hemingway lui-même, et beaucoup d'autres étaient en train de s'associer à la lutte contre Franco, de la même manière qu'ils contestaient le rôle des classes dirigeantes aux États-Unis. De son côté la communauté italienne en exil se ressouda autour du déplorable événement : lutter contre le fascisme en Espagne, c'était lutter contre tous les fascismes, et notamment contre celui qui sévissait en Italie. Renzo avait raison : « *Oggi in Spagna, domani in Italia* », « Aujourd'hui en Espagne, demain en Italie ».

Si les premiers jours de l'insurrection, notamment grâce à la résistance inattendue des deux grands centres urbains qu'étaient Madrid et Barcelone, on avait pu croire à un échec relatif du soulèvement, les mois qui avaient suivi laissaient craindre le pire : il ne faisait plus aucun doute pour personne que le conflit allait se prolonger et se transformer peut-être en une véritable guerre civile. Au début de septembre 1936, Franco avait atteint Talavera et Mola était à Irún. Saragosse, Huesca, Oviedo et l'Alcázar de Tolède étaient toujours aux mains des rebelles. Dans le Sud, une grande partie de l'Andalousie et presque toute l'Estrémadure semblaient perdues pour la République. Le général Mola se permettait même de faire de l'humour, annonçant qu'il prendrait une tasse de thé sur la Gran Vía, à Madrid, le 12 octobre. Face à la bravoure et à l'enthousiasme des républicains, les franquistes opposaient une armée d'Afrique et une Légion étrangère équipées, expérimentées et brutales.

Mais l'un des aspects les plus écœurants du conflit était le soutien international dont bénéficiaient les armées rebelles. Très vite, l'affrontement fratricide n'eut plus rien d'une guerre carliste isolée, comme l'avaient été celles du XIXe siècle. Une politique de non-intervention et d'apaisement fut immédiatement prônée par un Comité extraordinaire composé de la Belgique, de la Grande-Bretagne, de la Tchécoslovaquie, de la France, de l'Allemagne, de l'Italie, de l'Union soviétique, de la Suède, et de nombre de petits États qui s'alignèrent sur les grandes puissances. Victoria était hors d'elle : « On nous laisse crever comme des chiens. Personne ne lève le petit doigt. Personne ne réagit. »

Pauvre Victoria, il y eut pourtant des réactions et des engagements mais pour un camp qui n'était pas le sien. Le pape Pie XI, s'adressant, de sa résidence de Castel Gandolfo, à un groupe de six cents réfugiés espagnols, évoqua la « haine véritablement satanique de Dieu » professée par les républicains, se situant résolument du côté des troupes franquistes : la guerre, dans sa bouche, devenait une croisade. Nourrissant de sérieux doutes quant à l'opportunité d'aider la République, Staline, dans un premier temps, envoya des experts et des techniciens en Espagne, en leur demandant de se tenir hors de portée des tirs d'artillerie. Puis ce fut au tour de l'Allemagne et de l'Italie de rompre le pacte de non-agression, sans hésitation aucune, cette fois.

Mussolini jouant à fond la carte de Franco mit très vite sur pied une division de Chemises noires, envoya en Espagne des chars légers Ansaldo-Fiat, des pièces d'artillerie, des chasseurs Fiat, des bombardiers légers Romeo et de lourds Savoia 81, allant même jusqu'à créer un *corpo di truppe volontarie*, qui ne rassemblait en fait que des soldats désignés d'office parmi les troupes déjà entraînées en Éthiopie. Leur première victoire fut l'invasion de l'île de Majorque qui dès août devint un bastion italien. L'artère principale de Palma, la Rambla, fut immédiatement rebaptisée via Roma. À son entrée furent dressées deux statues de jeunes Romains en toges, portant chacun un aigle dressé sur son épaule. Quant à la baie de Pollensa, elle devint très rapidement une base navale où affluaient massivement des cargaisons de matériel militaire en provenance de la péninsule. Les massacres perpétrés par Arconovaldo Bonaccorsi, le « comte Rossi » qui, revêtu de son uniforme noir relevé d'une croix blanche pendue à son cou, sillonnait l'île dans une voiture de course rouge, accompagné d'un aumônier phalangiste armé, furent innombrables. Cinquante blessés cachés dans un couvent furent ainsi achevés sous les yeux de la mère supérieure, une soixantaine de « civils républicains » trouvèrent la mort lors d'un raid aérien minutieusement préparé, sept cents autres furent exécutés durant l'occupation italienne de l'île, et, des mois durant, les plages restèrent jonchées de cadavres.

Chacun, dans la « petite famille », réagit comme il le sentait, avec ce qu'il était profondément. Cette fois, l'ennemi était tout autant extérieur qu'intérieur. Les décisions se devaient d'être prises face à son petit miroir personnel, en son âme et conscience. Un soir, Renzo et Maddalena, qui avaient retrouvé leurs amis au *Sloppy Joe's*, seul endroit où l'on pouvait encore manger de la langouste, tranchée vive, comme le veut la règle, avant d'être grillée, leur annoncèrent la grande nouvelle. Renzo, malgré toute l'amitié qu'il portait à Elías Eliovich, le proviseur du collège hébraïque autonome du Centre israélite de Cuba, et l'importance qu'il accordait à son engagement auprès de la communauté juive de La Havane, avait démissionné.

— Mais pourquoi ? demandèrent-ils tous d'une seule voix.

Maddalena et Renzo se regardèrent, visiblement émus. Renzo prit la parole :

— Vous savez comme nous que les combats autour de Madrid sont particulièrement meurtriers. Madrid est encerclé. Les cargaisons de nourriture pourrissent sous la pluie et dans la boue. Les gens meurent de faim. Nous avons lutté toute notre vie pour des conditions d'existence meilleures, pour la dignité de l'homme…

— Enfin, voilà… nous partons demain pour l'Espagne… nous serons à Madrid fin octobre…

Un grand silence accueillit la nouvelle, et personne ne fit attention au garçon qui apportait une immense salade d'avocats, de laitue, de tomates et de *pepinos*, laquelle en d'autres temps eût soulevé l'enthousiasme.

— Des volontaires accourent du monde entier pour soutenir la cause des républicains. Tout le monde peut le faire. Il suffit d'intégrer une des Brigades internationales... dit Renzo.

— Sous contrôle communiste, dit Victoria, avec une légère agressivité. Tu aurais pu t'engager dans la légion de volontaires Giustizia e Libertà levée par Carlo Rosselli. Il n'y a que des socialistes et des anarchistes ! Ou dans le bataillon Gastone Sozzi...

— Nous sommes des volontaires, Victoria, dit Maddalena. Ni des soldats, ni des mercenaires : des volontaires, à qui l'on doit des explications. Anarchistes, communistes, socialistes, on est tous dans la même merde. C'est là-bas, à Madrid, que se trouve la frontière qui sépare la liberté de l'esclavage.

— Il n'y a plus de temps à perdre ! Et maintenant, il faut choisir : l'amour ou la haine, la paix ou la guerre, la fraternité du Christ ou la tyrannie de l'Église !

— C'est toi qui me parles du Christ, Renzo ? dit Victoria.

— Et pourquoi pas ? À Madrid, juifs, musulmans, chrétiens, ils se battent tous pour l'Espagne, pour l'Humanité, pour la Justice !

Le lyrisme de Renzo, qui en d'autres circonstances l'eût exposé aux affectueuses railleries de ses amis, fut, ce soir, communicatif. Surtout lorsqu'il fit de la 12e brigade internationale, qu'il allait bientôt intégrer avec Maddalena, un portrait des plus flatteurs. Au moins dix-sept nationalités y étaient représentées, réparties dans trois bataillons. Le bataillon André Marty ; le bataillon Thaelmann, commandé par le romancier Ludwig Renn ; et le bataillon Garibaldi, à majorité italienne, avec à sa tête Randolfo Pacciardi.

— Il a participé à de nombreuses batailles contre les fascistes, dans les années vingt... ajouta Diodata, qui tout à coup fut replongée dans un passé qu'elle pensait avoir oublié : celui des violences turinoises qui avaient précédé la marche sur Rome.

— C'est le vétéran de la Première Guerre ? demanda Roberto.

— Oui, répondit Renzo. Il rempile.

— Et si vous changez d'avis une fois sur place ? demanda Langston.

— Les volontaires enrôlés dans les Brigades le sont pour la durée de la guerre, ils ne peuvent pas « démissionner ».

Dans les jours qui suivirent le départ de Renzo et de Maddalena, les nouvelles venant d'Espagne s'avérèrent alarmantes. Devant la progression des troupes rebelles, prétextant qu'il était impossible d'administrer le pays à partir d'une région en guerre, les ministres, les fonctionnaires, les hommes politiques de tous les partis étaient en train de quitter Madrid, emportant avec eux la totalité des archives gouvernementales, y compris celles du ministère de la Guerre. Un matin, le facteur apporta une lettre d'Espagne. Renzo et Maddalena y racontaient comment ils avaient croisé, alors qu'ils se dirigeaient vers la capitale espagnole, d'interminables convois de véhicules, chargés de dossiers, de documents entassés, de tout le matériel nécessaire au gouvernement de Largo Caballero, qui avait décidé de rejoindre Valence. Tout le monde a fichu le camp, écrivaient-ils, même le personnel de l'ambassade soviétique. « C'est simple, avait noté Maddalena dans la marge : il n'y a pas de front. Le front, c'est Madrid. » Mais le ton de la lettre était enthousiaste. Ils vaincraient. Ils le savaient. Ils décrivaient avec une certaine joie le meurtre des prisonniers politiques franquistes par leurs gardiens lors de leurs faux transferts vers une nouvelle prison située à la sortie du village de Paracuellos de Jarama. « Ces chiens l'avaient bien cherché, et puis les jeunes de la *junta* de défense ont raison, si Franco entrait dans Madrid – ce qui ne saurait arriver – nous mourrions tous, alors... » Après avoir embrassé tout le monde affectueusement, Renzo et Maddalena terminaient sur une note humoristique à l'adresse de Victoria, que celle-ci ne put lire sans avoir les larmes aux yeux :

« Victoria sera contente. Ses amis anarchistes sont de vaillants guerriers. Ils empêchent quiconque de fuir la capitale, en lançant à ceux qui y parviennent, même munis de leur sauf-conduit de la direction madrilène de la CNT : "Vous êtes des lâches. Retournez à Madrid. Laissez au moins vos armes ici." » Puis, comme un remords de ne pas avoir assez raconté, Renzo, de sa large écriture déliée, avait écrit : « Allez, rejoignez-nous, camarades. *Bataillon Thaelmann, fertig machen !* Bataillon André Marty, descendez vite ! *Garibaldi avanti !* On part demain défendre la Cité universitaire. »

Huit jours plus tard, alors que les trois quarts du secteur de la Cité universitaire étaient entre les mains des troupes marocaines du général Mola, couverte pour la première fois par les Allemands de la légion Condor, le commandement nationaliste convint que l'assaut frontal sur Madrid devait être annulé. Les journaux espagnols annoncèrent que, par dérision, une table serait désormais réservée au nom du général Mola, au *Café Molinero*, puisqu'il n'était pas venu à son rendez-vous sur la Gran Vía.

La vie, parfois, demande à être déchiffrée comme un cryptogramme, comme si la continuité d'événements qui la forme exigeait de singulières et subtiles analyses. Victoria, l'Espagnole anarchiste, qui suivait depuis le 18 juillet, presque minute après minute, ce qui se passait en Espagne, ne réagit vraiment qu'à la lecture de cette note, parmi d'autres, dans le journal. Plus que des restaurants badigeonnés à la chaux en bordure de la plage, où elle aimait dévorer d'énormes paellas aux fruits de mer dans de grandes poêles noires, elle se souvint soudain de ces cafés madrilènes, toujours ouverts et toujours gais. Où tout le monde peut s'asseoir, rêvasser au-dessus d'une seule tasse de café une journée entière, où on peut aussi causer, de tout et de rien, avec un groupe d'amis ou avec un étranger de passage. Le café *Colón*, le *Pombo*, le *Lavapiés*, le *Gijón*, le *Fontana de Oro*, l'*Esperpento*, l'*Iris*, le *Lemaire*, et tant d'autres où parler est de l'art pur, où les seules limites sont la patience et l'impatience des auditeurs, où il n'est pas besoin d'être riche pour se sentir un prince. Elle comprit qu'il lui fallait retourner en Espagne, et cela bien que les Brigades internationales fussent nées d'une initiative du communiste français Maurice Thorez et du chef de la propagande du Komintern en Europe occidentale, Willy Muenzenberg. Mais, parallèlement à son impérieux désir de se promener de nouveau dans les rues de Madrid, ce fut Langston Spotswood qui, de façon tout à fait inattendue, décida de son engagement.

Toujours à la recherche d'une ardeur et d'une vitalité qui contrasteraient avec la stérilité bourgeoise de son pays, dégoûté et déçu par le président des États-Unis qui, en accord avec la majorité de ses concitoyens, avait maintenu l'« embargo moral » sur la vente du matériel de guerre à l'Espagne – « Demandons à Jefferson sa position sur cette question ! » ironisait l'opinion publique libérale... – et obtenu que tous les passeports américains portent désormais la mention « Non valable pour l'Espagne », Langston Spotswood s'engagea dans le premier groupe organisé de quatre-vingt-seize volontaires américains – The Lincoln Battalion – qui devait quitter New York pour l'Espagne républicaine le 26 décembre, ce qui, aux termes de la loi américaine, constituait un délit. Il ne possédait, quant à sa véritable destination, que peu de renseignements. Sa base de formation se trouvait à Villanueva de la Jara, près d'Albacete, dans la plaine de la Manche, ce qui devrait lui rappeler, lui avait-on affirmé, les plaines du Wisconsin dont il était natif. Quelques éléments cubains, proches du parti communiste et de l'organisation paramilitaire Joven Cuba du leader ouvrier Antonio Guitera, feraient partie du voyage et faciliteraient ainsi les relations du groupe avec les villageois espagnols. Une dizaine d'années auparavant, alors qu'il était à environ trois cents milles des côtes de La Havane, sur cette mer qui lui avait donné sa première grande émotion poétique, Langston Spotswood avait eu envie de se jeter à l'eau, non pour se suicider mais pour la connaître, pour savoir de quoi elle était faite. Son départ pour l'Espagne relevait certainement de cette même logique de la connaissance et de la provocation. Ce que lui seul savait et qui, au fond, importait peu.

Ce fut donc lui qui proposa à Victoria une solution pour concrétiser son adhésion personnelle, sans pour autant qu'elle s'engage dans les Brigades internationales. La League of American Writers avait récolté suffisamment de fonds pour envoyer, à titre strictement privé, en Espagne, des ambulances et du matériel médical de première urgence. Le précieux convoi ne pouvait pas se perdre en chemin ou se retrouver dans le camp adverse. Il fallait qu'une personne accréditée par la League veille à la bonne marche de l'opération. De plus, un contact sur place permettrait aux adhérents de la League de travailler plus efficacement, dans un avenir très proche, avec les représentants espagnols. La réception du chargement devait s'effectuer à Barcelone. Victoria accepta immédiatement la proposition, entraînant avec elle l'adhésion de Roberto, qui, poussé aussi par Diodata, pourrait enfin s'engager comme il le désirait tant. Ils seraient tous deux de retour dans trois semaines au plus tard, et pourraient, si l'opération s'était avérée positive et efficace, la renouveler tout le temps que durerait le conflit.

— Et toi, Diodata ? demanda Roberto. N'est-ce pas toi qui devrais y aller, au fond ?... Je ne suis pas en train de te voler ce...

Diodata ne laissa pas à Roberto le temps de terminer sa phrase. Elle jouait avec Renato, sous les vieux lustres de cristal qui tombaient du portique néobaroque donnant sur la cour intérieure de la maison.

— Et lui, mon amour ? demanda-t-elle en montrant Renato occupé à donner le plus sérieusement du monde des bananes à manger à son cheval de bois.

— Je m'occuperais de lui...

— Dorothy Parker envoie régulièrement des articles aux *New Masses*, depuis Madrid, Lillian Hellman le fait pour *New Republic*. Je pourrais, moi aussi, raconter comment un pauvre aveugle qui mangeait un bol de riz derrière un hôtel madrilène s'est fait tuer par des artilleurs allemands, mais toutes ces femmes le font très bien. Je sais bien que c'est un « âge d'or » pour les correspondants de guerre... Ils y sont tous, de l'autre côté des Pyrénées, tous les plus grands noms du journalisme. Les agences engagent les écrivains les plus cotés pour les représenter en Espagne... Mais on ne peut pas être partout, Roberto. Ou alors il ne fallait pas avoir d'enfant... Je parlerai de Cuba au monde et toi tu iras en Espagne. Ce voyage, Roberto, cette épreuve sont plus importants pour toi qu'ils ne pourraient l'être pour moi.

— Nous avons plus besoin d'aller en Espagne que la République espagnole n'a besoin de nous ?

— C'est un peu ça, non ?

— De toute évidence : oui... Mais après ?

— Après ? Tu reviendras, et nous verrons. Vas-y, Roberto, va en Espagne, après nous verrons bien, ajouta Diodata, en proie à une certaine lassitude.

19

Peu avant son départ, Langston Spotswood avait réglé tous les problèmes d'intendance liés à l'acheminement du matériel destiné à l'Espagne et au voyage de Victoria et de Roberto. Ambulances et médicaments les attendraient dans le port de Barcelone, fin janvier, date à laquelle ils arriveraient en provenance du Havre. En effet, après d'intenses recherches et de multiples démarches, il avait déniché un navire de la Panama Pacific Line qui allait jusqu'à New York, de là *Le Roussillon*, paquebot français de treize mille tonnes, les conduisait au Havre. Ils prenaient ensuite un avion qui les menait directement à Barcelone. Passer la frontière espagnole en train ne semblait pas une bonne solution. Les anarchistes, qui se méfiaient des Brigades internationales, avaient donné consigne à leurs militants qui contrôlaient les points de passage de la frontière française de leur en interdire l'accès. « Nous avons besoin d'armes et non d'hommes ! », tel était leur mot d'ordre. Quant à franchir les Pyrénées par les sentiers secrets que la police du gouvernement français, théoriquement hostile à l'intervention, ignorait ou négligeait de surveiller, c'était courir le risque d'arriver trop tard au rendez-vous de Barcelone.

La veille du départ, ni Diodata ni Roberto ne purent dormir. Faisant longuement l'amour comme s'il s'agissait de la dernière fois, pris soudain d'une malheureuse angoisse :

— Et si c'était la fin, Roberto, la fin de nous ? demanda Diodata.

Roberto, sans le vouloir, malgré lui, était déjà ailleurs. Réfléchissant aux raisons de son engagement, il ne répondait pas à la question de Diodata. Pourquoi soutenait-il les républicains ? Pas parce qu'il adhérait à une interprétation idéologique de la guerre, mais parce qu'il avait compris qu'on ne peut se connaître soi-même qu'en s'engageant avec ardeur et en acceptant la vérité telle qu'elle est. « J'ai besoin de croire que tout dans le monde n'est pas mauvais, qu'il se trouve au moins une raison de préférer la mort à l'injustice, une raison vraie à jamais, et qui ne peut disparaître. Ou bien je mourrai au-dedans de moi-même... » se dit-il.

— Roberto, tu ne m'as pas répondu...

— Ne dis pas de bêtise, mon amour. Dans trois semaines je serai de retour. Allons plutôt voir Renato dormir, dit-il, plein d'affection pour Diodata, en pensant : « Je pourrais rester ici éternellement, mais c'est une vie immobile. Rien ne m'arrive vraiment ici, il faut que je parte. »

La chambre du bébé sentait le talc parfumé et le pain d'épice. Diodata et Roberto, à moitié nus, se tenant par la taille, se rapprochèrent à pas feutrés du petit lit à barreaux, en essayant d'éviter les jouets qui jonchaient le sol. Renato changea de position soupirant depuis son rêve. Il se retrouva à genoux, les fesses en l'air, et se remit à sucer son pouce. Roberto se sentit défaillir. Il resta longtemps ainsi, à regarder l'enfant, à s'imprégner de son odeur, de ses petits gestes lents, du calme, de l'immense tranquillité qui baignait la pièce. Simplement heureux de le savoir en sécurité, ici, loin de l'adversité du monde.

— Tu te souviens, chuchota Diodata, vers la fin de ma grossesse, chaque fois que je me sentais contrariée ou que je me faisais du mauvais sang, j'avais l'impression qu'il était plus remuant. J'avais l'impression de lui faire déjà du mal et je me sentais coupable... Roberto, reviens vite, ajouta-t-elle, la gorge nouée, en se serrant contre lui. Reviens vite, pour nous trois.

Il soufflait un vent violent venant du nord. « Le golfe est trop agité pour pêcher », pensa Roberto. En montant sur la passerelle qui conduisait à l'entrepont du *Majestic*, il fut happé par le flot des voyageurs. C'était un mélange étrange de gens âgés engagés dans une croisière hivernale, d'hommes d'affaires fatigués accompagnés de leur maîtresse, de veuves bien dotées, de célibataires vieillissants, tâchant d'échapper au froid et à la solitude en venant se réfugier dans une hypothétique convivialité, sans compter le petit contingent d'adolescents de quarante-cinq ans attirés par les vantardises des dépliants publicitaires, tous, comme la majorité des cinq cents occupants du navire, y compris les officiers de santé, les officiers politiques, les officiers des douanes, et autres matelots, peu concernés par les guerres en cours, sans doute surpris d'apercevoir, à l'avant du bateau, un groupe de jeunes Cubains qui enchaînaient bruyamment *L'Internationale*, *La Jeune Garde*, *Le Drapeau rouge* et l'*Hymne de Riego*.

Ce brouhaha mit Roberto mal à l'aise. Il aurait tellement voulu être indifférent à l'excitation absurde de ses compagnons d'entrepont et de désastre qui, grisés par leur jeunesse et la lecture des journaux de Madrid, ignoraient visiblement la véritable et terrible nature de leur voyage – pour beaucoup sans retour. Se battre contre les mitrailleuses d'une armée entraînée et vorace n'avait rien à voir avec les combats de rue de La Havane et les soirées à faire le coup de poing contre les gros bras de la police de Batista.

Groupés au flanc du paquebot, des chalands, chargés de régimes de bananes d'un vert éclatant, apportaient une étonnante couleur à la mer sombre qui clapotait contre leur coque argentée, comme pour le protéger de l'armée de remorqueurs, de petits voiliers, de quatre-mâts face au large, de bateaux de tourisme laqués de rouge, qui encombraient la baie de La Havane. Roberto, regardant alors l'avenida del Puerto, les môles d'où partaient les *lanchas*, le dôme du Capitole et, derrière lui, les collines de Casablanca et l'église de Regla, voulut emmagasiner le maximum de sensations, pour ne rien oublier, et ainsi emporter avec lui un petit morceau de La Havane, ne fût-ce que cette odeur ammoniacale de feuilles de tabac fermentées émanant des entrepôts de la Hartford Tobacco Company. Ses bagages ayant déjà été descendus dans la cabine carrée, il resta sur le pont, vivant comme il le pouvait cette singulière et attendrissante rencontre du passager avec son navire. Puis il entendit le bruit de la passerelle qu'on redescendait sur le quai. Bientôt on relâcha les amarres, la chaîne s'enroula autour du cabestan. Maintenant, Roberto « flottait » pour de bon, et cela n'avait rien à voir ni avec le roulis sympathique des embarcations de Key West, ni avec le souvenir du départ de La Rochelle, bien des années auparavant. Le *Majestic* n'était pas l'*Orita*, et Diodata n'était pas là à l'attendre dans la cabine, amoureuse, impatiente, dans le plus merveilleux des tête-à-tête qui les avait conduits, quatorze ans auparavant, loin des circuits automobiles, du fascisme italien et de la France. Non, Diodata, à présent, se tenait sur le quai, portant Renato dans ses bras, agitant ses mains et celles de l'enfant en signe d'au revoir. Malgré le bruit des sirènes, des chaînes, des moteurs qui faisaient vibrer le paquebot comme un gros dragon réveillé en sursaut, malgré les hurlements des passagers qui jetaient des fleurs – ah ! cette jeune Américaine qui lançait, à pleine volée, avec un geste d'enfant, des gardénias gainés d'argent ! – et agitaient des mouchoirs, Roberto crut entendre son fils lui dire : « Voir, baba, voir… »

— Bugs n'est même pas venu, fit remarquer Roberto à Victoria qui, à ses côtés, envoyait, émue aux larmes, des baisers à Diodata et Renato.

— Depuis que le parti communiste a été déclaré illégal par Batista, il ne voit plus aucun de nous. Tu sais, hier, je l'ai croisé dans la rue. Quand il m'a reconnue, il est devenu très pâle et a presque perdu la parole. « Ne t'en fais pas, lui ai-je dit, je suis anarchiste, pas communiste. » Il était terrorisé. Mais sois tranquille, il ne laissera pas tomber Diodata.

Encore quelques minutes et le quai sur lequel se tenait Diodata et Renato disparaîtrait totalement de son champ de vision, caché par les bâtiments des douanes. Voilà, c'était fait… Le *Majestic* entamait maintenant profondément l'eau de la baie. Alors qu'il sortait, avec lenteur et puissance, du port, et que Victoria était descendue dans sa cabine, Roberto observa la courbe du soleil qui commençait de se lever dans l'horizon du golfe, aux eaux noires et fortement agitées. Tremblant presque, il alla s'adosser à un canot de sauvetage, et essaya de contenir le flot de tristesse qu'il sentait monter en lui. Le sang battait à ses tempes. Il pensa à un petit café de La Havane où, souvent, avant de se rendre au garage, il allait prendre une tasse de café au lait. Puis une autre image vint se superposer à celle-là : Diodata, à la terrasse du *Corrales*, donnant à Renato une rondelle de banane frite, qu'il avait avalée si goulûment qu'il avait failli s'étouffer. Roberto resta longtemps ainsi, accoudé au canot de sauvetage, se laissant submerger par des images dont la réalité lui échappait. Quand il sortit de son rêve éveillé, Victoria se tenait en face de lui, grillant une minuscule cigarette havanaise, tout en observant des hirondelles de mer qui tournoyaient derrière le bateau.

— Il me semble que si peu de temps s'est écoulé depuis que je suis arrivé dans ce trou du cul du monde ! dit-il. Si peu de temps…

— Je sais, Roberto, tout va trop vite, tout va toujours trop vite. Et si on se trompe, ne serait-ce qu'une seule fois : on est fichu !

Le voyage jusqu'à New York se passa sans encombre, au rythme des machines battant avec régularité. Comme une sorte de parenthèse, à l'intérieur de laquelle le passé n'était pas encore douloureux et le futur trop incertain. Il y eut des orages saturniens, une mer bouillante tantôt rhubarbe tantôt glaireuse, de grosses vagues s'avançant jusqu'au bastingage, se glissant sous le bateau puis le soulevant par l'arrière. Une nuit, installés sur le pont supérieur, dans le ciel immobile, tandis que mât et feux de position se balançaient lentement, vers trois heures, ils regardèrent longuement la Grande Ourse – il régnait sur l'eau comme une incroyable odeur de rose. Une fin d'après-midi, en se penchant par-dessus bord, Roberto put voir l'éclair argenté de tarpons qui suivaient le sillage du bateau et des marlins bleus, énormes, avec leur queue semblable à une faux. Sans cette queue incurvée qui pointait hors de l'eau, on les aurait pris pour des troncs d'arbres filant à toute allure.

Roberto était comme anesthésié, sous l'emprise d'on ne sait quel opium ou éther. Il n'eut aucun contact avec les autres passagers, snobs ou pas, engagés ou indifférents, riches ou pauvres. Il évita soigneusement les jeunes Cubains excités qui partaient en Espagne. Quant à Victoria, leur relation resta polie, presque distante, comme si chacun avait peur de trop se rapprocher de l'autre. Elle ne lui confia aucun secret, il ne lui avoua rien de très intime. Roberto cependant éprouva un regret, celui de ne pouvoir rester quelques jours à New York. Tout juste vit-il en arrivant et en repartant les fameuses doubles arches gothiques du pont de Brooklyn. Ce dernier, en effet, faisait presque partie de sa famille puisque Giovanni Delavoute, père de Luisa, sa mère, avait vendu sa compagnie de ferries reliant Manhattan à Brooklyn, juste avant que le projet du pont enjambant l'East River ne devînt réalité. La vente effectuée, l'Américain cultivé qui avait toujours rêvé de l'Italie était venu s'installer à Turin en 1870 pour y fonder une banque. Vingt ans plus tard, sa fille y épousait Ercole Tommaso Roero, marquis de Cortanze. Et aujourd'hui, leur fils chéri, revenu sur les lieux d'enfance de sa mère, se souvenait d'elle, émouvante Luisa qui, lors de la première séparation d'avec son fils, simple escapade de ce dernier avec son père à Milan, avait cousu, dans la doublure de sa veste, un de ces scapulaires qu'elle préparait contre le mauvais œil, comme si elle y avait cousu un morceau d'elle-même.

Le hasard voulut pourtant que l'escale à New York ne soit pas placée sous le seul signe de la frustration. Un officier des douanes, d'origine italienne, invita Roberto à découvrir la ville. Certes, Roberto n'avait pas le droit de fouler le sol américain, mais en pareille compagnie il ne risquait aucun ennui. « Connaissait-il Little Italy, le quartier italien de Manhattan ? » Bugs lui en avait souvent parlé, mais c'était tout. Le choc fut immense. À côté de la ville américaine, blanche, géométrique, trop abstraite, trop nette, Little Italy offrait une image réconfortante de couleur, de profusion et de désordre. Aux devantures des boutiques, des paniers d'osier mêlaient aux fruits éclatants quantité de produits qui, chacun à leur manière, étaient un morceau d'Italie : tomates séchées et bouteilles d'huile pimentée du Sud, bouquets de sauge du Latium, saucisses et salamis d'Ombrie, vinaigre balsamique de Modène et paquets de *cantrucci*, chicorée de Trévise et gressins piémontais saupoudrés de farine. De jeunes garçons, comme dans les rues de son enfance à Turin ou à Asti, se battaient à coups de navets, pendant que des petites filles se passaient autour du cou des colliers faits de pommes d'api. Roberto oscillait entre joie et tristesse. Quelle étrange Italie que celle-là.

Il voyait des femmes vêtues de velours noir, les poings sur les hanches caquetant hardiment sur le pas de leur porte, et ce caquetage était si chaud, si humble et joyeux, si extraordinaire, si italien ! Il entrapercevait des yeux de jais coupés en amande, des croupes larges, des gorges hautes, et toute cette nonchalance, cette désinvolture du maintien, hautaine, sensuelle comme sur les marchés du Piémont. Tout concourait à lui restituer un morceau de littoral italien, avec la chaude et voluptueuse promiscuité de ses rapports humains, qui lui manquaient tant. « Suis-je vraiment à New York ? » se demandait-il. Ces bruits, ces chants… Ici, le marchand de pâtes sur la chaussée, qui trouve le temps de flâner en regardant avec complaisance son étal décoré de constructions en spaghettis. Là ces odeurs de citronnelle, de thym, de muscade qui s'échappent des soupentes et des entresols. Au coin d'une rue, ce grand Sicilien maigre, aux yeux plombés par la fièvre, mais qui chante au son de l'harmonica, sur un ton sarcastique, une mélodie amoureuse. Et ces cris d'oiseaux, amicaux, qui l'invitent aux fenêtres. Le mirage de l'autre monde, île sur une autre île, dura quelques heures, étranger à Victoria qui ne pouvait le comprendre, puis disparut, aussi vite qu'il était venu. Le vacarme chatoyant des rues d'Italie s'estompa, cédant la place à l'Amérique triomphante de la rumeur abstraite, du flux et du reflux new-yorkais, des rues sans âme et sans passé, descendant, encombrées d'automobiles, de camions et de toute une rumeur laborieuse, au *waterfront*.

Quand *Le Roussillon* quitta le port de New York, celui-ci était enrobé d'une brume rose qui cachait les derniers étages des *skyscrapers*, ces cathédrales fabuleuses à la verticalité desquelles les yeux, habitués aux lignes horizontales, ont du mal à résister. Les pierres ravivées et comme dorées par la brume impalpable se reflétaient dans l'eau endormie. Roberto flottait dans une région sans nom, quelque part entre son enfance au château de Cortanze, les rues de La Havane, les odeurs de Little Italy, et la rumeur grandissante venant d'Espagne. Un ivrogne élégant, étrange avatar de ces vieux planteurs, en pantalon de nankin et obsédés par le cours du sucre, lui délivra, alors que *Le Roussillon* laissait sur sa droite la statue de la Liberté et les affreux entrepôts d'Ellis Island, un message sibyllin :

— Pour des types comme nous, le foyer n'est qu'un lieu que l'on quitte pour y revenir de temps en temps. La vieillesse arrive vite, cher ami. Et ce n'est jamais entre quatre murs, quels qu'ils soient, vous m'entendez, qu'on fait des expériences !

Deux semaines plus tard, on annonça aux passagers que Le Havre était en vue. Le bateau tanguait et cognait les lames qu'un lourd vent d'ouest faisait jaillir de la mer. Chaque fois que la proue s'enfonçait dans une vague couronnée d'écume, des colonnes d'embruns balayaient la passerelle et suintaient sur les superstructures. Le vent filait à une vitesse de cinquante-cinq nœuds. En bas, dans l'entrepont, à travers une porte vitrée, ouverte face au vent, Roberto et Victoria regardaient les vagues monter au-dessus de leurs têtes et le bateau s'enfoncer soudain. Parfois la lumière les traversait et leur donnait d'étranges couleurs d'écaille verte. Quelques-unes déferlaient et inondaient le pont. Les cloisons gémissaient comme si le bateau se tordait. C'était la nouvelle lune et les étoiles brillaient d'un éclat dur. Soudain, les côtes françaises apparurent, parsemées de longues guirlandes de lumières. Les phares, émergeant de l'eau noire avec leurs feux verts et rouges, semblaient attendre là depuis des années dans le but unique de mener *Le Roussillon* à bon port. Victoria, blottie dans un gros chandail de laine, appuyée à une paroi dans un coin pour éviter d'être renversée par le fort tangage, embrassa Roberto en lui disant :

— J'ai enfin trouvé, Roberto.

— Qui ? Quoi ?

— Il faut choisir Goethe contre Lénine.

Roberto, l'air perplexe, ne sut que répondre :

— Pourquoi ?

— Le premier a dit : « Il faut agir. »

— Et le second ?

— « Il faut rêver. »

TROISIÈME PARTIE

20

Les entrepôts cubiques peints en gris prenaient des allures fantomatiques dans la brume qui s'élevait au-dessus des quais. Protégé par sa muraille de darses et de digues resserrées comme des pinces, le port du Havre se dressait, mélancolique. La mer qui avait accompagné Victoria et Roberto ces derniers jours, avec ses présents d'algues, de méduses et d'étoiles gélatineuses, avait cédé la place à une ligne d'eau huileuse qui barrait l'horizon, fermant la vue, et à un étrange décor d'élévatrices, de grues géantes, de passerelles de fer, de barques goudronnées, de vieux steamers rouillés, de cargos rutilants et puissants aux lignes de flottaison rouge vif, qui n'apportaient que des images de désordre et de confusion. La guerre qui grondait en Espagne était ici étrangement présente, dans ces chalutiers, peut-être, accostés, trop silencieux à côté de l'énorme et insistante rumeur du port, faite de mille petits bruits que l'on finit par ne plus entendre mais qui rappellent le bruit des explosions et celui des galopades de soldats au milieu des rues d'une ville investie par la mort. Les cris des mouettes rasant l'eau sirupeuse des bassins étaient couverts par les sirènes des navires, les grincements des treuils, les braillements des matelots ivres, les disputes des dockers, les ordres des douaniers coiffés de leur casquette de marine bleu sombre, enfin de tout un peuple tourné vers la mer, comme envoûté par elle, endormi, sans pensée. Le débarquement du *Roussillon* fut long et laborieux. Il pleuvait à seaux. Le visage luisant, les vêtements trempés à l'extérieur et à l'intérieur, Roberto et Victoria allèrent se réfugier au *Corsaire*, accompagnés de Jorge Alfonso, leur contact au Havre.

Le Corsaire était un de ces petits estaminets charmants, dont la porte vitrée s'ouvrait sur une salle bourrée de curiosités marines, qui faisait dancing et où l'on pouvait boire, en fumant une pipe, un minuscule verre d'eau-de-vie, claire comme de l'eau de source de montagne. Autour d'une assiette de harengs marinés et d'épaisses tranches de pain noir servies par une barmaid, en faux col dur et en corsage noir à tablier blanc, Victoria et Roberto reprirent lentement pied après ce long voyage qui les avait fait passer en quelques jours des verts paysages de la campagne cubaine et du bleu infini de l'océan qui la borde aux murs blancs surmontés d'ocre des crayeuses falaises cauchoises.

Jorge était un Madrilène austère, tout en os, qui se sentait un peu perdu à Barcelone, mais qui avait rejoint la capitale catalane pour assurer la préparation militaire des étrangers engagés dans les Brigades internationales et centraliser les dons de toutes sortes, en armes, nourriture et médicaments, que les républicains commençaient de recevoir. Il se lança, sans préambule, dans le vif du sujet :

— Notre mission est secrète. L'heure de notre départ pour l'Espagne n'est pas encore fixée.

— Nous devrons attendre longtemps ? demanda Roberto.

— Non, rassurez-vous. Une voiture doit bientôt venir nous prendre, et nous conduira à l'aéroport. Nous n'avons pas que des amis ici, il faut être prudent. Tu es de quelle région d'Italie ? ajouta-t-il, en se tournant vers Roberto, adoptant spontanément le tutoiement.

— Piémont, dit Roberto tout en regardant la buée chaude qui recouvrait les vitres du bistrot.

— Et toi de Madrid, dit Jorge à l'adresse de Victoria.

— Ça se voit… Ça s'entend, répondit Victoria en souriant. C'était son premier sourire depuis son départ de La Havane. Je suis de Madrid et je vais à Barcelone, *que pena*.

— Madrid est assiégé par les fascistes. Les gens y crèvent de faim. Dès les premiers jours de la révolution les anarchistes ont fait abattre des troupeaux entiers. Nous n'avons plus aucune réserve, et les gens se nourrissent de galettes de riz.

— Tu es communiste, pour parler comme ça ? demanda Victoria.

— Évidemment. C'est la seule force capable de faire face à la désorganisation économique et à l'affluence des millions de réfugiés qui se replient en territoire républicain. De plus…

Jorge dut interrompre sa phrase. Un homme, emmitouflé dans un long manteau de cuir sombre, venait d'entrer dans le bistrot et se dirigeait d'un pas assuré vers leur table.

— La voiture est prête. Nous décollons dans deux heures.

— Emilio, dit Jorge, en le présentant à Roberto et Victoria. Il était à Tolède quand les franquistes y sont entrés en septembre…

Tous se serrèrent la main, puis quittèrent le bar.

La Celtaquatre Renault jaune et noire sortit rapidement de la zone portuaire et, après avoir traversé un paysage de marais puis une région de bocage, s'enfonça dans une hêtraie aux sous-bois clairs. Roberto et Victoria, regardant les bas-côtés de la route, serrés l'un contre l'autre sur la banquette arrière de la voiture, comprenaient, peut-être pour la première fois depuis leur départ, qu'ils étaient en train de s'engager dans un processus irréversible. Après avoir longé un terrain de football audessus duquel s'ébattaient des mouettes, puis un dépôt d'ordures, la voiture ralentit avant d'emprunter un chemin sillonné de profondes ornières. Soudain l'aéroport apparut. En bout de piste, les hélices de deux Douglas DC-2, prêts à prendre le vol, soulevaient et jetaient en tous sens des nuages de poussière grise. La Celtaquatre roulait, dans un bruit de ferraille, sur une large étendue verte entre des rangées d'avions alignés, attendant comme des requins ensommeillés sous les maigres rayons du petit soleil qui commençait de se lever. Quelques minutes plus tard, elle s'immobilisa au pied d'un bâtiment vétuste. Un lieutenant des services de transport maritime vint offrir poliment au petit groupe de le conduire à son avion. Mais, auparavant, Roberto et Victoria furent invités à patienter dans une salle d'attente du premier étage, afin d'y revêtir les indispensables vêtements de vol ouatés et gonflés :

— Les Américains appellent ça des Mae West, dit l'officier en rigolant.

Très vite, la température devint insupportable puis accablante. Roberto et Victoria, comme tous les autres, suaient abondamment dans leurs équipements aériens. Dans la salle d'attente improvisée régnait un silence pesant. Une dizaine de personnes attendaient le signal du départ, sans rien dire, chacun comme enfoncé en soi. Seuls Jorge et Emilio, assis dans des fauteuils près de l'escalier qui menait à la piste de décollage, bavardaient, la pipe au bec :

— Avec les tanks et les avions soviétiques, on va faire des merveilles, disait Jorge.

— Quel genre de merveille ? demandait Emilio.

— Regagner Madrid.

— Et après ?

— Régler leur compte à tous les fascistes.

— D'accord, mais... après ?

— Nous emparer petit à petit des régions qu'ils ont envahies.

— Et après ? dit Jorge, en un murmure que la passion amplifiait.

— On recommence tout, comme avant le 17 juillet. On trouve une jolie fille dans son village, on l'épouse et on lui fait des gosses.

— Bien. Et après ?

Emilio ne répondit pas. Regardant en direction de Roberto qui observait la scène, il ralluma sa pipe. Roberto entendit plusieurs fois le déclic du briquet, puis sombra dans la fatigue qui commençait de le gagner. Quelqu'un près de la fenêtre, derrière laquelle il entendait par moments des pilotes faisant chauffer leurs moteurs, ronflait en émettant des chuintements étranges. Roberto s'endormit, la tête de Victoria sur les genoux. Quand Jorge lui tapa doucement sur l'épaule, pour le réveiller, Roberto était debout à la proue d'un bateau et se désespérait de trouver une réponse à la question qui le minait : le départ est-il une maladie de l'imagination, de l'intelligence ou une fièvre maligne ?

— Roberto, l'avion nous attend.

— Quelle heure est-il ?

— Dix heures du matin, répondit Jorge, les yeux fatigués, le visage ridé.

Emilio, grand, mince, presque squelettique, jurait tout bas :

— L'avion a trois heures de retard !

Tandis que Roberto et Victoria grimpaient le long de la petite échelle qui conduisait à la porte de l'avion, suivis de Jorge et d'Emilio, le personnel au sol leur souhaita un bon voyage. Les quatre passagers se glissèrent derrière des sacs postaux et des caisses soigneusement arrimés, et atteignirent enfin leurs sièges rembourrés sur lesquels ils bouclèrent leur ceinture. Ils étaient les seuls voyageurs de ce vol particulier destiné aux républicains espagnols. Quelques minutes plus tard, un tracteur conduisit le trimoteur Dewoitine jusqu'à la piste d'envol. Les moteurs tonnèrent, l'avion s'arracha du sol et tous se penchèrent vers les hublots de plexiglas pour admirer un morceau de terre et de mer. L'avion prit très vite de la hauteur et s'éleva dans un ciel désert et glacial. Malgré les combinaisons de vol et les couvertures dans lesquelles les passagers s'étaient enroulés, l'air filtrait, froid et humide, à travers les tôles mal ajustées du trimoteur. Mais, après une heure de vol, la chaleur devint peu à peu accablante puis insupportable. Le copilote, qui avait rejoint les passagers pour bavarder un moment avec eux, s'accroupit entre leurs sièges et les prévint qu'on risquait de traverser une barre de mauvais temps :

— Les services de météo fonctionnent plus ou moins bien. On finit toujours par naviguer un peu à l'aveuglette.

Le copilote avait raison. Bientôt, l'avion rencontra une zone de cumulus au milieu desquels il ruait comme un cheval de rodéo, faisant des chutes impressionnantes dans les trous d'air. Parfois, la visibilité tombait à zéro et la pluie crépitait sur les ailes ; parfois l'avion émergeait dans des espaces ensoleillés entourés de nuages dorés, bleutés, puis légèrement tachés de vert. Après avoir caracolé plusieurs heures durant, l'avion atteignit brusquement une zone plus sereine. Ciel et terre offrirent alors un spectacle enchanteur, apaisé, tandis que des petits nuages diaphanes aux contours délicats de camée ou de vieille porcelaine semblaient cloués à l'horizon. Assez confortablement installés dans l'avion, endormis par le bruit régulier des moteurs, Roberto et Victoria se laissaient emporter, la tête reposant sur un coussin de plumes, comme si la réalité extérieure n'avait plus cours. Jorge les sortit de leur torpeur :

— Regardez en bas, à droite…

S'étirant, Roberto et Victoria se tournèrent vers les vitres embuées. L'avion volait bas sous les nuages, tandis que d'autres, lisses et plats comme une planche à pain, les séparaient de la terre. Bientôt, s'enfonçant dans ce plancher gazeux, et à travers des trouées de lumière, ils distinguèrent des taches blanches, noires et vertes. Des lambeaux de nuages argentés flottaient autour de l'avion. Jorge désigna du doigt les profondeurs :

— Les Pyrénées.

— À droite, l'Espagne nationaliste, hurla Emilio, alors que les lambeaux blancs se réunissant à nouveau formaient une surface laiteuse qui masquait la terre. Derrière la ligne Huesca, Saragosse, Teruel, Guadalajara...

— Huesca est encore à nous, dit Jorge. À gauche, donc, notre Espagne. Là, tous les hommes sont libres et heureux. Dans quinze minutes nous serons au-dessus de Barcelone.

Victoria regarda Roberto et, pointant plusieurs fois son pouce vers le sol, dit :

— Mon Espagne. Celle des pauvres. Des pauvres contre les riches !

À mesure que le Dewoitine perdait de l'altitude, l'air chaud que l'appareil d'aération envoyait dans la cabine commençait à sentir le bois pourri et la feuille humide. Les nuages que l'avion traversait n'avaient plus que la consistance d'une buée impalpable striée de gris. Au-dessous, les chaînes des Pyrénées catalanes et les collines aux pentes adoucies conduisant à la vallée de la Cerdagne défilaient rapidement. Les forêts qui les couvraient étaient d'une éclatante couleur bleue, et les plaines autour de Vic faisaient de larges bandes verdoyantes. Le soleil se reflétait par instants sur les ailes de l'avion qui décrivit un long demi-cercle au-dessus d'une zone d'arbustes et de petits villages clairsemés sur un sol couleur de mastic. Il régnait dans l'habitacle une odeur de latrines chaudes et de brûlé. À la fin de sa trajectoire, l'avion reçut en pleine face un coup de vent qui le fit frémir. Il dansa quelques secondes puis retrouva sa stabilité. Sous les hublots on ne voyait plus qu'une surface blanche de brumes à tel point qu'on pouvait croire que l'avion voguait sur place. Soudain, alors qu'une falaise de nuages semblait vouloir barrer la route au trimoteur, il s'enfonça dans un brouillard épais accompagné d'une pluie serrée qui vint frapper la carlingue. Mais le brouillard qui semblait se presser contre la vitre fut de courte durée. L'appareil bondit, s'ébroua dans les trous d'air et se hissa bientôt au-dessus d'une mer blanche aux vagues gelées avant de plonger dans une soudaine et immense tache bleue.

— La mer, la mer, dit Victoria, comme une petite fille qui, le nez collé à la fenêtre de l'autocar, la voit apparaître pour la première fois après une nuit de voyage.

À peine agitées, les eaux de la Costa Dorada, venant frapper contre de longues plages de sable, brillaient au-dessous de l'avion, comme une soucoupe de porcelaine. On pouvait très distinctement apercevoir des cargos, minuscules comme des jouets, des petits pétroliers et une file de torpilleurs se préparant à une illusoire bataille navale. L'avion décrivit des cercles dans le ciel, de nouveau, et, petit à petit, la terre s'éleva en tournoyant. Autour de l'aérodrome, des vallées disparaissaient sous la brume, des chaînes de montagnes en dents de scie se dressaient en amphithéâtre sur lequel s'étageaient des maisons, ocre et blanches. Plus loin, l'eau argentée du port scintillait entre les bateaux, sombres masses grises amarrées les unes aux autres le long des quais, dans un paysage de docks, d'entrepôts et de baraquements. Soudain, si basse qu'on en voyait le détail des rues, des carrefours, des gens, des avenues bordées d'arbres, des trains qui passaient, des usines, des fumées, comme stoppée dans sa marche vers le labeur quotidien, sans mouvement, comme figée, après une ultime zone de végétation clairsemée, de quasi-désert, d'herbes folles, de terrains vagues: la ville de Barcelone dont les quartiers semblaient bizarrement déserts.

L'appareil se posa le plus doucement qu'il put sur une piste en béton et alla stopper ses moteurs devant un bâtiment gardé par des hommes vêtus de vestes de cuir, pistolets à la ceinture. Tous descendirent de l'avion. Frigorifié, le petit groupe décida de se réchauffer dans le baraquement :

— De grands bols de café au lait pour tout le monde, dit Jorge, poussant la porte, on pèle de froid.

— Cinq minutes, répondit le barman derrière son zinc, il y a des choses plus urgentes.

— Quoi ? demanda Jorge en plaisantant.

— Ne rigole pas, camarade, un bombardier vient de balancer son chargement de pruneaux sur la ville : onze morts et cinquante blessés.

— Merde ! Excuse-moi, camarade…

— Vous n'avez rien vu ?

— Non, dirent en chœur Emilio et Jorge.

— Estimez-vous heureux, vous étiez à peine posés que les avions de chasse qui escortaient le bombardier fasciste ont été repoussés par les nôtres. Vous auriez pu tomber en plein dans la mêlée ! Le Junker 52 est un vieux poids lourd, mais qui sait encore frapper, le fumier !

Tenant entre ses mains le bol de café au lait brûlant, Roberto se souvint des images de paix qu'il avait vues des hublots de l'avion, sous les vagues successives de coton : les plages blanches, les villes avec leurs châteaux médiévaux, les criques boisées, les champs de vignes et d'oliviers, la mer venant fouetter les promontoires rocheux, les petits bateaux de pêche et, en se rapprochant de Barcelone : les trains qui circulaient, les bœufs labourant les champs, jusqu'aux cheminées d'usine crachant de la fumée. Non, il n'avait rien vu de cette guerre qui leur sautait en pleine gueule, à peine arrivés.

— Pas de temps à perdre, dit un homme, glissant la tête par l'entrebâillement de la porte. Il portait de grosses lunettes rondes, sur un visage brûlé par le soleil. Antonio Millan… Soyez les bienvenus ! Les ambulances et les médicaments attendent au hangar n° 4.

Tout le monde ressortit, en suivant l'homme aux lunettes qui marchait au pas de charge. Sur la piste, des avions en rang serré reposaient. Antonio les énuméra fièrement :

— Les fascistes ont des Fiat CR-32 italiens, des Heinkel 51 allemands, mais nous avons, nous aussi, de quoi nous défendre ! Ici un Dewoitine, derrière un Bloch ; on les appelle des « cercueils volants » mais ils savent se battre, nom de Dieu !

Jorge fit une remarque qui ne fut pas du goût d'Antonio :

— Il paraît que les Allemands sont en train de mettre au point un Messerschmitt, encore plus rapide...

— Pas de défaitisme, camarade, répondit-il sèchement. Voilà de quoi les faire taire, ajouta-t-il en montrant plusieurs chasseurs sur lesquels s'affairaient mécaniciens et pilotes.

— Des russes ? demanda Roberto.

— Exact. Juste devant nous, le I-15, ou Chato : vitesse de pointe quatre cents kilomètres à l'heure, quatre mitrailleuses sous les ailes et un caisson pour emporter des petites bombes d'une douzaine de kilos... À côté de lui le I-16, ou *Mosca*, la « Mouche », ces enculés de nationalistes l'appellent le « rat »... Attendez qu'il leur chie sur la tronche ! Vitesse maximale : cinq cents kilomètres à l'heure, en outre pourvu d'un train escamotable, d'un moteur extrêmement puissant, et d'un système qui lui permet d'accroître sa vitesse de montée.

— Et ce n'est pas tout, ajouta Emilio, on attend les bombardiers *Katiuska* et *Natacha*, et le *Rasante*, pour le mitraillage au sol...

Roberto et Victoria étaient quelque peu abasourdis. Que venaient faire ici leurs deux malheureuses ambulances et leurs caisses de médicaments ? Le premier pharmacien venu de Turin ou de Milan aurait pu en faire autant ! Les républicains n'avaient-ils pas davantage besoin d'armements puissants que d'ambulances importées de la lointaine Amérique ? Antonio, Emilio et Jorge les rassurèrent. Cette solidarité était essentielle : elle prouvait que des relais dans le monde, si ténus soient-ils, propageaient leur lutte. Leurs deux ambulances sauveraient bien des vies humaines. En les voyant garées sous le hangar à côté des caisses de médicaments, Victoria et Roberto sentirent leur cœur se serrer. Derrière ce geste fraternel, c'est aussi tout leur proche passé cubain qui ressurgissait tout à coup et que n'avaient pu effacer de leur esprit ni la traversée en bateau ni le voyage en avion.

Chacun signa le document attestant que les dons étaient arrivés à destination. Chacun retourna aussi à sa vie : à son poste de combat. Tous se retrouveraient ce soir à la *Casa Leopoldo*, restaurant du barri Xinès, situé de l'autre côté des Ramblas, dont le propriétaire, un Espagnol du Nord, descendu à Barcelone depuis la fin 1936 et surnommé « l'homme qui fait peur aux chats », était réputé pour ses plats à base de poisson, son *tortell* et son « lapin » grillé ou à la cocotte. Antonio avait été désigné pour conduire les deux « Américains », comme on les appelait, à leur hôtel, le *Sant Miquel*, situé en plein barri Gótic, la partie la plus ancienne de la ville, et donnant sur la plaça de l'Angel.

— J'ai pensé que ce serait mieux que le *Continental*. La majorité des étrangers y loge. Vous auriez été moins tranquilles.

Le hall du *Sant Miquel* était plein d'officiers, de journalistes, d'instructeurs, d'observateurs étrangers qui fumaient, parlaient fort, commentant les nouvelles du jour, jouant aux dés ou aux cartes. Il émanait de l'ensemble une étrange odeur de fumée, de savon, d'uniformes crasseux, d'alcool fort, de buée de salle de bains et d'eau de Cologne, une odeur chaude qui empestait l'air – celle qui accompagne partout les hommes lorsqu'ils sont rassemblés. Des Français à moitié ivres faisaient tourner un phonographe et chantaient *Ignace, Ignace, c'est un petit, petit nom charmant* de Fernandel, tandis qu'un groupe de pilotes soviétiques écoutaient religieusement, à l'autre bout de la pièce, penchés sur un autre gramophone, les solos de vibraphone du *Sextet* de Lionel Hampton. L'hôtel étant bondé, comme tous ceux de Barcelone, une seule chambre, mais à deux lits, avait été réservée pour les « amis américains ». Cela n'avait guère d'importance, dans deux jours ils embarqueraient à bord de l'*Alfonso XIII*, paquebot de la Compañía transatlántica española, et en moins de trois semaines seraient de retour à La Havane.

21

On aurait dit le printemps. Le temps gris et maussade de la fin de journée avait cédé la place à une nuit presque chaude. En fermant les yeux, on aurait pu se croire dans une guinguette, au beau milieu d'une colline couverte d'amandiers en fleur. Les fenêtres de la *Casa Leopoldo* étaient entrouvertes. Un petit vent léger rafraîchissait le fond de l'air. Il était tard. Emilio avait choisi aussi autoritairement qu'amicalement le menu du dîner : des épinards aux raisins et aux pignons, en entrée, et comme plat de résistance l'inévitable *conill* du patron, lapin ou chat grillé et servi avec de l'ailloli, le tout arrosé d'un bon clos-abadia, « merveille de la province de Lleida que peu de gens connaissent ». Alors que le patron en personne venait d'apporter les cafés et les parts de *tortells* feuilletés, afin de saluer Victoria et Roberto, et que les convives sentaient lentement la fatigue les gagner, la conversation prit un tour nouveau, peut-être moins amical, certainement plus âpre, et cela d'autant plus que le restaurant s'était, vu l'heure tardive, vidé de ses autres clients.

— Si les trotskistes, les socialistes de gauche et les anarchistes n'avaient pas décrété la collectivisation des terres et des usines et le communisme libertaire, on n'en serait pas là !

— Pourquoi tu dis ça, Antonio ? Il fallait bien en finir avec le capitalisme, non ? Tu voulais qu'on continue à ménager les scrupules et les réticences des partis « bourgeois » ?

— On a tout mélangé, Emilio. La guerre et la révolution n'étaient pas complémentaires. Maintenant, on ne peut plus revenir en arrière.

— Et alors ? Tu veux rejoindre le camp nationaliste !

— Je n'ai pas dit ça ! répondit Antonio, soudain très pâle. Mais de part et d'autre, on s'est acharné contre l'adversaire. Six mois que ça dure… Règlements de comptes, exécutions sommaires, représailles sauvages, massacres de prisonniers. On n'est plus en face de compatriotes mais d'ennemis. C'est une véritable lutte de classes !

— Évidemment ! Ce n'est rien d'autre !

— Ce n'est pas une raison pour massacrer des dizaines de détenus sans jugement, comme on l'a fait à Paracuellos, en août dernier à Madrid.

— Et la « cinquième colonne », Emilio, qu'est-ce que tu en fais ?

— Elle a bon dos la « cinquième colonne » ! Parmi les prisonniers de Madrid il y avait Melquiades Alvarez… Son petit parti avait milité pour la victoire de Manuel Azaña !

— On ne fait pas d'omelettes sans casser des œufs, dit le patron du restaurant qui lavait des verres derrière le comptoir.

— Et les curés qu'on assassine, c'est pour quel genre d'omelette ? L'évêque de Guadix qu'on a obligé à laver le pont d'un navire-prison avant de le fusiller ? Les religieuses violées avant d'être exécutées ? Et le curé d'Alcázar de San Juan à qui on a arraché les yeux ? Et la mère supérieure du couvent de Ciudad Real à qui on a enfoncé un crucifix dans la bouche ? On ne compte plus les moines enterrés vivants, les religieux brûlés vifs ! Et Antonio Diaz del Moral, tué dans une arène à coups de crosse ! Il fallait vraiment lui couper une oreille ? Quelle belle *faena*, en effet !

Il régnait dans le restaurant un silence pesant. Seule résonnait la voix d'Antonio, catholique fervent et militant socialiste de tout premier plan qui, depuis 1931, avait été de tous les combats pour la liberté.

— Pourquoi faut-il que l'interrogatoire des suspects s'accompagne d'insultes, de menaces, de coups ? poursuivit-il. Pourquoi faut-il que des bandes, mitraillettes au poing, obligent les villageois « à livrer leurs réactionnaires » ! Combien de crimes sont commis en obéissant aux ordres des supérieurs. Soldats, faites votre devoir, sans que demain il suscite des remords... Eh bien je ne marche pas !

— Si je comprends bien, dit Jorge, qui jusqu'alors avait gardé le silence, tu donnes raison à l'évêque de Salamanque ! D'un côté, la cité terrestre, c'est-à-dire la zone républicaine, dominée par la haine, l'anarchie et le communisme ; de l'autre, la cité de Dieu, celle de la partie nationale, où règnent l'amour de Dieu, l'héroïsme et le martyre ?

— Bientôt, tu vas nous parler de la croisade contre le bolchevisme et le complot judéo-maçonnique qui vise à détruire le catholicisme ! ajouta Emilio. Mais je vais te dire une chose, Antonio, cul-bénit à la con : Franco ne veut pas d'une réconciliation entre l'Église et la République. Le vicaire général de Barcelone a menacé de suspendre les prêtres qui oseraient célébrer des offices dans des églises ou des chapelles rendues au culte. Le pape en personne a écarté les démarches du gouvernement Negrín qui voulait rétablir le culte catholique au moins dans une partie de la zone républicaine !

Antonio réajusta les grosses lunettes rondes que la sueur faisait glisser sur les ailes de son nez :

— Les « rouges », comme ils disent, ont détruit les églises, mais sans doute est-ce nous, les catholiques, qui avons d'abord détruit l'Église...

— Enfin une parole sensée... dit Jorge, en prenant Antonio dans ses bras.

Celui-ci se dégagea violemment :

— Au moins, moi, je me pose des questions ! Et je ne trouve pas que brûler les dix mille volumes de la bibliothèque de la cathédrale de Cuenca soit un acte révolutionnaire... Pratiquement toutes les églises de Barcelone ont été incendiées ! On a même dépensé une quantité incroyable d'essence – alors qu'on en manque ! – pour essayer de brûler la Sagrada Familia qui est en ciment ! On a coupé le nez des statues avant de les jeter dans les flammes. Je me souviens, le feu s'élevait plus haut que le toit de l'église de...

Cette fois, Emilio explosa :

— Tu commences à nous emmerder, Antonio ! Si tu n'avais pas les états de service que tout le monde connaît, on t'aurait déjà passé par les armes depuis longtemps ! Va dire aux camarades qui crèvent à Madrid que les églises sont remplies d'œuvres d'art qu'il faut préserver ! L'Église a toujours été au service des riches contre les pauvres. Alors, laisse brûler les églises et boucle-la ! Tu veux que j'énumère les saloperies des fascistes depuis juillet ! Les crimes de sang-froid commis au nom du Christ ! Les innocents exécutés ! Les paysans fusillés par centaines à Mérida ! Le carnage auquel se sont livrés les légionnaires à Badajoz ! Les civils assassinés parce qu'ils portent sur l'épaule les marques laissées par le recul du fusil ! La « bonne société » de Valladolid qui assiste aux exécutions, comme on va au spectacle, en bouffant des *churros* ! Et Franco qui ose déclarer à un journaliste américain qu'il est prêt à tuer la moitié des Espagnols « si cela est le prix à payer » !

— Cette discussion est absurde, dit Antonio, la tête dans les mains.

— Je ne te le fais pas dire : il n'y a aucune mesure entre « notre » violence et celle des « nationaux » ! Je te le répète, Antonio, c'est la lutte de ceux qui n'ont rien contre ceux qui ne veulent renoncer à rien. On ne peut plus revenir en arrière.

— Justement, camarades... À partir de maintenant tout crime est assuré de l'impunité, qu'il soit inspiré par la passion politique ou par le ressentiment.

— Jamais les autorités républicaines n'ont avalisé les crimes qu'on commet dans leur camp. C'est toute la différence avec les fascistes. Tu parlais tout à l'heure des massacres de Paracuellos. Le lendemain, Azaña déclarait, très solennellement, qu'il ne voulait pas être le « président d'une République d'assassins ».

— Le sang entraîne le sang, mes amis. On a beau résister. C'est comme une digue qui se rompt. Elle emportera et ravagera tout sur son passage, conclut Antonio en avalant un nouveau verre de cognac, et en citant, le capitaine Gonzalez de Aguilera, chargé des relations publiques pour le compte de la junte de Burgos : « Les rouges, ce sont des animaux qu'il faut tuer, tucr et encore tuer ! »

Il y eut un long silence. Tandis que les trois hommes se regardaient, amers, comme après un combat interminable, avec au fond de soi ses rancœurs et ses haines, Roberto aida Victoria qui s'excusait et voulait sortir quelques minutes prendre l'air. Elle se sentait mal. La brise fraîche de la rue ne suffit pas à calmer son malaise. Alors qu'une petite pluie fine, désespérante, monotone, s'était soudain mise à battre les façades silencieuses des immeubles, et qu'elle apercevait, le long des rues sans lumière, comme poursuivies par ce rideau humide qui détrempait tout, des prostituées, qui couraient le long de la petite place entourant le monument dédié à Frederic Soler, fondateur du théâtre catalan moderne, Victoria eut un haut-le-cœur. Se courbant en deux, elle vomit tout son repas devant la boutique fermée d'un « Gitan fakir et chiromancien ». Un tramway bondé, peint en rouge et noir, traversa la rue dans un bruit d'enfer. Juchés sur les plates-formes en grappes gesticulantes, des soldats, enveloppés dans leurs capotes épaisses, riaient et chantaient.

— C'est le rire de Barcelone qui ne s'éteint pas, qui court sur la tragédie, face aux canons fascistes, dit Antonio qui avait rejoint Roberto et Victoria. Ça va ? ajouta-t-il, en s'adressant à Victoria.

— Oui, ne t'inquiète pas. Je vais rentrer dormir.

— On vous raccompagne, annoncèrent Emilio et Jorge, sur le seuil du restaurant. C'est facile, mais vous risqueriez de vous perdre. Il faut retrouver la carrer Marques de Barber, traverser la Rambla et remonter la carrer de Ferran jusqu'à la plaça de l'Angel. Il ne faudrait pas que vous tombiez sur des patrouilles, vous n'avez pas de laissez-passer.

Une petite pluie fine coulait comme de la mélasse sur la figure des cinq noctambules qui semblaient avoir, comme par enchantement, oublié la virulence de la discussion venant de les opposer. Le bruit des bars bondés, des cafés trépidants, des rues grouillantes de monde était loin. Une nuit froide recouvrait tout. Et les rues, par crainte des raids aériens, n'étaient que très faiblement éclairées.

— On dirait une ville morte, dit Victoria.

Jorge, qui précédait le groupe de quelques mètres, et avait entendu la remarque de Victoria, lui répondit :

— Non, Victoria. Barcelone n'est pas morte. Elle vit, elle se défend, elle lutte : elle triomphera. Comme Madrid qui cache sous un sourire la blessure rouge de sa poitrine, Barcelone attend le moment de la victoire.

— Barcelone n'a pas changé, continua Emilio. Il fait seulement un peu plus froid. Il faut faire attention aux bronchites, ne pas oublier son pardessus...

— Et les obus... dit Victoria.

— La nuit précédant votre venue, il en est tombé cinq... Le tout, c'est de ne pas être là quand ils tombent !

Et la conversation, étrange, amicale, se poursuivit ainsi jusqu'à la porte de l'hôtel. Avant de se séparer, tout le monde s'embrassa. On convint qu'Antonio viendrait chercher Roberto et Victoria dans la matinée et les accompagnerait jusqu'au quai où était amarré le paquebot *Alfonso XIII*.

Victoria et Roberto se jetèrent, épuisés, sur leurs lits, sans pour autant parvenir à dormir. Les ombres que les lumières de la rue projetaient dans la chambre prenaient des formes diaboliques, atroces : celles des massacres qui ensanglantaient l'Espagne. Les murs et le plafond étaient pleins de ces prisonniers torturés avant d'être exécutés, de ces condamnés emmenés en pleine nuit dans des camions et assassinés sur des routes désertes, de ces corps mutilés exposés en public, de ces hommes qu'on obligeait à mettre les bras en croix avant qu'on ne les leur tranche, de ces femmes folles achevées à la baïonnette, de ces directeurs d'école fusillés par un piquet formé de leurs élèves, de ces jeunes laboureurs, les bras pleins du labeur de la journée, le petit baluchon sur l'épaule, menés directement au cimetière où ils étaient tués à coups de hache, de ces miliciens achevés sur leur lit d'hôpital par des Marocains en furie, de ces anarchistes soûlés à l'anisette et brûlés vifs dans la grange où ils s'étaient réfugiés ; flots de sang et de morts coulant à flanc de colline jusqu'aux portes des villes, tandis que des voix répétaient en écho : « On ne doit faire aucun prisonnier… Tous doivent périr… Aucun prisonnier ne doit être échangé… Un gentilhomme espagnol contre un chien de rouge ? Quelle idée ! *¡Limpieza ! ¡Limpieza !* Débarrassons l'Espagne de la franc-maçonnerie, du marxisme et de la juiverie ! » Non, Roberto et Victoria ne pouvaient dormir. Plusieurs fois, ils se relevèrent, regardant par la fenêtre, fascinés, une affiche, faiblement éclairée par un mauvais réverbère : elle montrait deux miliciens, l'un de la CNT, l'autre de l'UGT, morts tous les deux, et dont le sang se mélangeait dans la même flaque rouge. Lorsque Roberto, à bout de force, finit par regagner son lit, et accueillit dans ses bras une Victoria grelottante de froid, c'est sa propre peur et son propre effroi qu'il tentait de réchauffer, en somnolant alors que se levaient les premières lueurs de l'aube.

Le lendemain matin, la ville réapparut à leurs yeux, sous une immense voûte azurée qui bouleversa totalement les impressions moroses de la veille. Autour de la plaça de l'Angel, des arbres dorés brillaient dans l'hiver agonisant. Quelques vieillards bavardaient sous leurs branches noires et nues, s'arrêtant parfois au soleil en levant leur canne vers le ciel. Partout une foule hétérogène de soldats, d'ouvriers, d'employés, de miliciens, de vendeurs de *pipas*, circulait imprégnant toutes choses d'une formidable émotion urbaine. Près de la chapelle de Santa Agata un jeune garçon leur proposa des cigarettes :

— Lavande, anis, pétales de rose...

Victoria choisit le paquet aux pétales de rose.

— C'est très désagréable, dit Antonio, mais on n'a plus que ça à fumer : des cigarettes aux plantes !

Sur les façades des immeubles de la vía Laietana, de grands drapeaux républicains ondulaient sous la caresse de la brise matinale. Partout, des affiches et des placards révolutionnaires, sur fond rouge et blanc, exaltaient la lutte du peuple, tandis que toutes traces d'images saintes avaient disparu des murs des églises encore debout. À l'angle avec la carrer Pare Gallifa, d'énormes portraits de Lénine, de Staline et de Vorochilov, peints sur des banderoles enroulées autour de longues perches, formaient comme un imposant front de bandière.

Roberto, tout en découvrant une autre ville, comprenait que la guerre d'Espagne était en train de peser fortement dans l'approfondissement de sa conscience politique. Victoria était comme transportée. Bien que Madrilène, elle sentait cependant qu'ici, en Catalogne, vibrait le même désir de combat et de victoire. Le vieil antagonisme entre les deux villes avait cessé. Il n'y avait plus qu'un seul peuple qui luttait contre les rebelles. À tous les coins de rue du barri Gotic, des haut-parleurs annonçaient en grésillant des victoires sur tous les fronts, donnaient la parole à des « colonels » héroïques et à des chefs « invaincus », d'autres diffusaient de tonitruants chants révolutionnaires. L'intensité sonore était énorme. Dans les cafés, les cinémas, les théâtres entraient et sortaient un flot incessant d'hommes et de femmes qui parlaient haut et fort, et se saluaient en tendant un poing fermé.

On ne savait plus très bien si Barcelone était une cité en guerre ou une ville révolutionnaire, ou les deux à la fois. Une euphorie communicative donnait à la foule un aspect des plus étranges. C'était comme si tous les « bourgeois », les gens « bien habillés », les riches, les snobs avaient disparu. Les rues étaient pleines de miliciens en *mono* bleu, un bleu de chauffe qui était devenu l'uniforme des armées républicaines. Plus personne ne portait le chapeau traditionnel, la cravate, le faux col, dans cette ville où quelques mois auparavant c'eût été une aberration que de sortir sans cravate ou tête nue. Ici, des jeunes filles du Secours rouge international, patronné par le Komintern, faisaient la quête ; là, les barbiers expliquaient dans des avis, bien en vue dans la vitrine de leur boutique, qu'ils refusaient désormais d'être traités comme des esclaves. Plus loin, des groupes de jeunes ouvrières, en uniforme de la milice, conjuraient les prostituées de ne plus s'adonner à leur activité ; ailleurs, des guerriers à la barbe noire vendaient des numéros de *Castilla libre*, de *Solidaridad obrera*, et de *Frente libertario*, ou collaient, sur les vitres des automobiles, des papillons appelant à la révolution prolétarienne.

Tout cela était étrange et émouvant. Roberto ne pouvait s'empêcher de trouver dans cette exhibition permanente de symboles révolutionnaires un mélange d'héroïsme et de naïveté, tout en reconnaissant que ces gens, pour la plupart crasseux et en haillons, traînaient avec eux un espoir énorme. Ils avaient tous foi dans la révolution, dans l'avenir ; et savaient qu'ils luttaient pour une ère nouvelle d'égalité et de liberté. Le chômage et les mendiants avaient disparu des rues de la ville. La guerre eût pu donner à Barcelone un aspect sinistre et lugubre, bien au contraire, la joie de vivre éclatait derrière la pauvreté apparente. Tous ces hommes et toutes ces femmes manquaient de viande, de pain, de lait, de charbon, d'essence, mais portaient à la boutonnière le grand message qui les maintenait en vie : « Nous sommes des êtres humains qui voulons nous comporter en êtres humains et être reconnus comme tels. »

— Tout est peint en rouge et noir, alors ? demanda Roberto en voyant les caisses des cireurs de bottes alignées sur la Rambla.

— Tout ! répondit Antonio. Tout a été collectivisé et peint en rouge et noir. Les taxis, les automobiles privées réquisitionnées ! Les drapeaux : rouge et noir ! Les murs : couverts de faucilles, de marteaux, de sigles de partis révolutionnaires – rouge et noir ! Bientôt, il va falloir se peindre la queue en rouge et noir !

— Tu n'aimes vraiment pas les anarchistes, Antonio… dit Victoria, en accompagnant sa remarque d'un geste et d'un sourire qui laissaient sous-entendre que la vision d'attributs masculins bicolores n'était pas pour lui déplaire…

Antonio n'avait guère envie de plaisanter :

— Il y en a trois cent cinquante mille, rien qu'à Barcelone ! Ils ont la mainmise sur tout dans cette ville ! Mais nous participons au même combat. Si on ne s'entend pas, les rebelles gagneront la guerre.

Le bateau appareillait dans trois heures. Antonio proposa à Victoria et à Roberto de manger une dernière fois ensemble. Non loin de l'hôtel avait été ouvert un de ces petits restaurants communautaires gérés par les syndicats. La nourriture y était simple, bon marché et servie rapidement. Ils auraient tout le temps, après, de repasser à l'hôtel prendre leurs valises et rejoindre le moll de les Drassanes en descendant par la Rambla. Situé sous l'immeuble des jeunesses socialo-communistes, le restaurant était un endroit sûr, bien qu'il fût bombardé presque tous les jours :

— Il n'est jamais touché ! Les nationalistes ne savent pas viser ! assura Antonio.

Des responsables à brassard rouge gardaient l'entrée du restaurant. Plusieurs hommes au calot noir et rouge se tenaient dans les rues adjacentes, le fusil à la main, et distribuaient des petits sacs verdâtres contenant des pansements d'urgence stérilisés :

— Des miliciens de la CNT. Vous voyez bien qu'on peut s'entendre avec les anarchistes ! dit Antonio, en montrant à ses amis trois places libres. Asseyez-vous, je vous apporte tout sur un plateau.

Autour de longues tables en bois, assis sur des bancs métalliques qui, lorsqu'on les déplaçait, faisaient un bruit infernal, des hommes et des femmes, serrés les uns contre les autres, fumant et parlant fort, dévoraient le plat unique du jour : une *botifarra amb mongetes*, de la saucisse aux haricots blancs. Comme dans toute la ville, on ne disait plus *señor* ou *don*, ni même *usted*. Tout le monde se tutoyait et s'appelait « camarade », et l'on disait *salud* au lieu de *buenos días*. La discussion, très animée, portait sur les mesures prises dans la zone franquiste :

— Tu ne peux même plus commander une « salade russe » ! dit une jeune femme, avec un fort accent andalou.

— Non ?

— Ils appellent ça la « salade nationale » ! Tu ne peux plus manger de *tortilla a la francesa*. Tu dois dire : *tortilla*, tout court.

Et toute la tablée éclata de rire.

— Quant aux comportements « libéraux » : terminés !

— Qu'est-ce qu'un comportement « libéral » ? demanda Victoria, s'immisçant dans la conversation.

— Par exemple, camarade, si tu as plus de deux ans, tu dois porter une tenue de bain intégrale, que tu sois un homme ou une femme ! Plus de décolleté, plus de robe courte, des manches jusqu'au poignet. Et si par malheur tu salues quelqu'un à la républicaine, en disant simplement *salud*, tu es bon pour la descente de police.

Antonio revint avec un plateau chargé de trois assiettes :

— Il n'y a plus de saucisse. Nous mangerons de la langue de cheval aux pommes de terre, mais avec un verre de vermouth !

À toutes les tables régnaient une vive animation, de la joie, de l'enthousiasme, et au milieu d'elles résonnait la voix chaleureuse d'Antonio qui faisait de la situation un tableau nécessairement manichéen mais que tous approuvaient. D'un côté les organisations ouvrières, les partis, les syndicats, la milice, dont le but unique était de se ruer sur l'ennemi. De l'autre, les riches en fuite ou réfugiés dans les ambassades, les rebelles, et d'une certaine façon le gouvernement, passé dans les coulisses :

— Impuissant à contrôler le drame qui se joue sur la scène !

— Ma parole, tu deviens anarchiste ! lança Victoria.

— Je suis dans le doute le plus absolu, Victoria, répondit doucement Antonio. Je n'ai qu'une certitude : nous vaincrons !

Roberto, de son côté, mêlé au cœur de la foule des convives, essayait de l'entendre de plus près, d'en deviner les pulsations intimes, d'en appréhender les acteurs. Il y avait là des officiers et des soldats qui venaient du front. D'autres qui allaient y partir. Il y avait des femmes dont les fils, les frères, les maris étaient au centre de la bataille. Et des groupes d'enfants en uniforme, qui se disaient « pionniers et fils d'ouvriers ». Mais tous, portant des brassards ou non, des insignes du Front populaire ou de la milice, ne parlaient finalement que d'un seul sujet : la guerre. Perdu dans ses pensées, imaginant cette foule marchant bras dessus bras dessous, fraternellement, exaltée vers son futur, Roberto releva soudain la tête. Son voisin venait de lui adresser la parole :

— *Inglés ?*

— *No. Italiano.*

Alors, l'homme lui serra la main, très fort. Roberto éprouva pour cet inconnu une affection immédiate. Il avait la gorge nouée. Quelque chose était en train d'arriver, que Roberto ne comprit pas tout de suite, ni lorsque, sorti du restaurant, il se dirigea vers son hôtel, ni même lorsqu'il tourna la clef dans la serrure de la porte de sa chambre ; mais seulement quelques minutes plus tard, tandis qu'il observait longuement Victoria, tout comme lui assise sur sa valise, attendant on ne sait quel événement majeur qui infléchirait à jamais le cours de leur vie.

— C'est étrange l'affection qu'on peut éprouver pour un inconnu, dit Roberto.

— L'homme du restaurant ? demanda Victoria.

— Oui.

— Mais il y a tous les autres aussi, n'est-ce pas ?

— Oui, il y a tous les autres.

— Tu crois qu'ils éprouvent pour nous une sympathie aussi vraie que celle qu'ils nous inspirent ?

— En tout cas, je veux le croire… Je n'ai jamais été militant, tu t'en doutes…

— Je ne connais pas grand-chose de toi, Roberto, dit Victoria…

— C'est vrai… Comme je te l'ai dit, je n'ai jamais été militant, mais toute cette ville, cette ferveur me bouleversent… J'ai toujours cru qu'il n'y avait pour moi que l'avenir qui comptait et…

Roberto ne put terminer sa phrase. Un sifflement, allant s'amplifiant comme une rame de métro, finit par s'écraser bruyamment : une énorme déflagration retentit. Victoria et Roberto se précipitèrent à la fenêtre qu'ils ouvrirent toute grande. Des gens couraient et allaient se regrouper sur la plaça de l'Angel. Un obus venait de tomber sur le mercat Santa Caterina, le marché tout proche. Mais l'habitude, déjà, était là. En quelques minutes, le calme revint et tout reprit comme avant. Ceux qui avaient couru retournaient à leur poste en plaisantant, et reprenaient leur marche dans les rues, et cela malgré de nouvelles explosions qu'on entendait dans le lointain. Un vendeur de marrons, poussant sa charrette ambulante, leva la tête en direction de la fenêtre ouverte, où se tenaient Victoria et Roberto, et leur lança en riant :

— Aujourd'hui, ils mettent le paquet, les porcs !

De la plaça de l'Angel montaient les premières notes d'un chant révolutionnaire : « Nous qui labourons notre terre/c'est sur elle que nous luttons ;/cette terre trempée du sang de l'Espagne/à l'Espagne restera. »

Victoria, adossée au rebord de la fenêtre, regardait Roberto.

— Tu étais en train de m'expliquer qu'à tes yeux seul comptait l'avenir…

— Oui, c'est vrai. Mais plus maintenant. Maintenant, ce qui compte, c'est ce que je fais en ce moment.

— C'est-à-dire ?

— Essayer de trouver une idée nouvelle… Ce qui est le plus difficile, je pense… Mais, aujourd'hui, ajouta-t-il, lentement, en prenant son temps, je crois en avoir trouvé une… Antonio m'y a aidé. Avec ses doutes. Ses doutes qui n'entravent pas l'action, qui n'empêchent pas les décisions. Le doute est le sel de l'espoir.

— Tu fais partie de ceux qui pensent que l'action ne commence qu'avec le doute ?

— Plus que jamais, Victoria.

— C'est quoi, ton idée nouvelle ?

— La même que la tienne… dit Roberto en souriant.

— Tu lis dans mes pensées, maintenant ?

— Nous devons rester en Espagne, n'est-ce pas ?

— Oui, murmura Victoria, des larmes dans les yeux, nous devons rester.

22

Les casernements de la Garde civile, mis dans un premier temps à la disposition des milices, servaient maintenant de centre de formation aux brigadistes qui, pour la plupart, n'avaient jamais tenu un fusil de leur vie. Certaines pièces du rez-de-chaussée, utilisées comme écurie avant que les chevaux ne soient envoyés au front, étaient encore imprégnées de l'odeur du pissat et de l'avoine pourrie. Il y avait là des Français, des Polonais, des Allemands, des Italiens, des Anglais, des Américains, des Espagnols revenus de leur exil à Paris ou à Amsterdam. Des Français du bataillon « Commune de Paris », des Allemands rescapés du bataillon Thaelmann, des Italiens du bataillon Gastone Sozzi, qui avaient, pour la plupart, déjà combattu en Aragon et dans la vallée du Tage, assuraient l'encadrement. Des uniformes, fournis par les soins du Parti communiste français, ne restait qu'un béret en coton gris. Pour le reste, l'habillement était laissé au hasard des arrivages et des dons. Ainsi pouvait-on se retrouver avec des bandes molletières ou des guêtres de velours côtelé, de grandes bottes ou des jambières de cuir. Le blouson faisait l'unanimité : à fermeture Éclair, en cuir ou en laine, boutonné, et dans un invraisemblable patchwork de couleurs. Bien que la caserne fût dans un état de saleté repoussant, qui bien souvent soulevait le cœur, il régnait une discipline de fer. Les journées étaient rythmées d'interminables sonneries de clairon, de longues revues, de marches effectuées au son de lourdes bottes aux semelles cloutées, de parties de football forcenées, de séances de gymnastique dans le froid sous un pâle soleil hivernal et de longs discours patriotiques.

— Comment vaincrons-nous le fascisme? demandait inlassablement le chef du casernement. Par l'unité politique, les chefs militaires et la discipline!

À la fin de chaque discours, chacun reprenait en chœur, et dans sa langue, le même slogan fédérateur:

« *Proletarier aller Länder! Vereignigt euch!* »

« *Workers of the world! Unite!* »

« *Proletarios de todos paises! Unidos!* »

« Prolétaires de tous les pays! Unissez-vous! »

En hurlant, comme malgré lui, *Proletari di tutti i paesi! Unitevi!*, Roberto repensait à la lettre de Renzo, arrivé quelques mois avant lui dans cette Espagne en feu, et de l'enthousiasme qu'il avait mis à la décrire. Malgré le froid glacial de l'hiver et les chambrées bondées et puantes, l'espoir, aussi lyrique qu'indestructible, semblait flotter au-dessus de sa tête à l'image des drapeaux rouges claquant dans les rues de Barcelone. Un espoir étrange, communicatif, comme si Roberto cessait de s'appartenir pour ne plus être, corps et âme, qu'à cette Espagne. Au centre de formation, il y avait vingt hommes pour une femme. Malgré cela, Roberto pouvait régulièrement voir Victoria, son seul lien avec son passé, et avec Diodata à laquelle il s'était enfin décidé à écrire, pour tout lui raconter, pour tout lui avouer de cette force qui l'avait poussé à rester en Espagne et à s'engager. Non, il ne l'oubliait pas, ni elle, ni le petit Renato, à tel point que rien que d'y penser il avait envie de tout laisser, et de courir vers eux, comme il avait parfois l'impression de le faire quand on venait en pleine nuit crier à la porte de la chambrée « Aux abris! Vite! Aux abris! », et qu'il dévalait les escaliers, et jaillissait dans la rue, tandis que hurlaient les sirènes, qu'explosaient les bombes fascistes, et qu'éclataient, à intervalles réguliers, les tirs de la défense aérienne.

Avec Victoria et les autres, les fous rires succédaient aux moments de découragement. On leur apprit comment faire partir les traces noires laissées par le recul des fusils, entre le pouce et l'index, en urinant sur leurs mains, au cas où ils seraient faits prisonniers. « Pour les hommes, c'est facile. Mais les femmes, comment font-elles ? Nous sommes très défavorisées... » avait dit Victoria, déclenchant un énorme fou rire. Et les maladies ? Et la douleur ? On tenta de les rassurer en leur expliquant que de nouvelles techniques de traitement des blessures et des fractures, mises au point dans le camp républicain, par Josep Trueta et Norman Bethune, sauvaient désormais de nombreuses vies humaines. Si le changement de nom, obligatoire, les avait amusés – Roberto s'appellerait désormais « Ercole » et Victoria, *La Pecosa*, parce qu'elle avait des taches de rousseur –, la distribution des armes individuelles n'avait guère apaisé leurs craintes. Des caisses de provenances diverses, on sortit des fusils automatiques de type Trapote, des mitrailleuses Hotchkiss, des lebels, des mortiers, des mousquetons de cavalerie et des winchesters. Roberto et Victoria héritèrent chacun d'un mauser.

— Tu as vu la date ? fit remarquer Roberto.

— Non, dit Victoria.

— 1896 ! Un mauser de 1896 ! Avec une culasse mobile foutue, une sous-garde en bois fendue et une âme rouillée !

— Il faudra que tu m'aides, Roberto, ajouta Victoria, soudain prise de fou rire, avec les cinq minutes d'« instruction » octroyées par le sergent, je n'ai rien compris...

Au bout d'une semaine, les premières unités partirent pour le front. Les hommes les composant n'avaient ni casques, ni baïonnettes, presque pas de pistolets ou de revolvers. Il y avait une bombe par groupe de dix hommes et une mitraillette pour cinquante ! Les unités ne possédaient ni cartes, ni plans, ni télémètres, ni longues-vues, ni périscopes de tranchée, ni jumelles, ni fusées ou étoiles éclairantes, ni cisailles, ni outils d'armurier, ni falots, ni lampes électriques de poche.

— Le courage, soldats, le courage ! Si la vieille mitrailleuse de la guerre de quatorze s'enraye, tu finis le travail à la baïonnette !

— On n'a même pas d'huile de graissage pour les fusils ! dit un homme.

— Camarade, j'étais à la Cité universitaire, à Madrid ! Mon fusil, je l'ai graissé avec de la vaseline, du cold-cream, de l'huile d'olive et même du gras de jambon ! lança l'officier, sous les applaudissements et les rires.

Personne n'entendit l'homme marmonner : « Le courage, ça ne suffit pas pour graisser les fusils ! »

Roberto comprenait au fil des jours que la République n'était unie que dans les pages de la presse étrangère et dans l'esprit des stratèges assis qui, de leur bureau bien chauffé, faisaient circuler des pétitions et lançaient des appels lyriques. Les institutions, les partis de l'alliance républicaine, les régions étaient divisés. « Nous ne faisons pas la guerre mais la révolution », proclamait l'éditorial d'*Acracia*, et pendant ce temps, le général Queipo de Llano annonçait en rigolant : « Ce soir, je vais prendre un xérès et, demain, je prendrai Málaga. » Mais, à mesure que le jour du véritable engagement approchait, Roberto sentait que ces dissensions s'atténuaient, étaient remplacées par la peur et le courage mêlés. La vie au camp était devenue plus morne que de raison, et parfois c'étaient de jeunes garçons de quatorze ans, de retour du front, qui donnaient à ces hommes en attente une leçon de courage et d'espoir : « Le plus dur, leur dit un jour l'un d'entre eux, c'est l'absence de sommeil. Chez moi, ma mère venait me secouer les puces à neuf heures du matin, et j'arrivais tout le temps en retard à l'école ! » Alors, ces hommes, qui pour beaucoup auraient pu être le père du gamin, retrouvaient, non pas leur courage qui ne leur avait jamais fait défaut, mais la force de l'exprimer :

— Quand partons-nous ! disaient-ils, le poing fermé, au milieu d'un tonnerre d'applaudissements.

Et le jeune garçon, ardent, la Thompson à l'épaule, le foulard rouge noué autour du cou et l'insigne du parti anarchiste sur le devant de sa casquette, avec des gestes d'enfant, à tel point qu'on se demandait comment il pouvait réussir à arracher la goupille de sûreté d'une grenade, répondait :

— Je vois ici des impatients qui voudraient se précipiter au front immédiatement. Quels fous ! Quand votre brigade entrera en action, elle devra le faire avec des hommes entraînés, et avec de bons fusils !

Et le grand jour arriva. Au printemps, alors que, affirmaient certains, l'odeur lourde et tenace des fleurs d'orangers imprégnait déjà jusqu'à la poussière des routes qui menaient à Valence. Faute d'avoir frappé un grand coup à Madrid, qui leur résistait, au cri de *¡No pasarán !*, les franquistes avaient décidé de consolider leur position en Andalousie et de s'emparer, en Méditerranée, zone stratégique, d'un port. Et comme la vie n'est jamais qu'une suite de lancers de monnaie tombant indifféremment sur pile ou sur face, Roberto et Victoria éprouvèrent le même jour deux sentiments contradictoires. Le premier les combla de bonheur : Renzo et Maddalena, après avoir combattu sur plusieurs fronts, au sein de diverses unités anti-franquistes transalpines, avaient rejoint la colonne de Randolfo Pacciardi avant que celle-ci ne soit dissoute et venaient d'intégrer le bataillon Garibaldi. Mais après de longues embrassades dans la cour de la caserne, les deux amis messagers donnèrent à tous des nouvelles désespérantes, qui leur firent presque oublier la joie des retrouvailles et les plongèrent dans une profonde tristesse. La chute de Málaga avait coïncidé, on le savait, avec une nouvelle offensive nationaliste au sud-est de Madrid, dans la vallée de la Jarama, très exactement…

— Mais, pire encore, ajouta Renzo. Avec l'aide des Italiens !

— Des Italiens ? demanda Roberto.

— Les colonnes motorisées du général Roatta. Neuf bataillons de Chemises noires, appuyés par une centaine de chasseurs Fiat.

— Un véritable massacre, ajouta Maddalena que Victoria serrait dans ses bras, en pleurant. Des centaines de gens ont été exécutés sur la plage, ceux qui ont réussi à s'enfuir par la longue route côtière d'Almería ont été mitraillés par les avions nationalistes et bombardés par les chars…

— Des Italiens ! Des Italiens ! ne faisaient que répéter ceux qui progressivement s'étaient agglutinés autour des deux brigadistes qui poursuivaient leur récit.

— Maintenant, ils veulent couper la route de Madrid.

— Toujours avec l'aide des Italiens ? demanda Victoria.

— Toujours ! Mussolini a obtenu ce qu'il voulait : que les volontaires italiens et les troupes régulières ne forment qu'une seule armée : le commando Truppe volontarie. Ils sont tous là, la division « Dio lo vuole », les Flammes noires, la division Littorio et les Flèches noires. Quatre-vingts chars d'assaut, deux cents pièces d'artillerie, des lance-flammes, des voitures blindées, des canons antiaériens, deux mille camions, cinquante avions de chasse, des appareils de reconnaissance, une unité pour la guerre chimique. On se croirait en Abyssinie !

— Et en face, dit un brigadiste italien, on a des avions qui volent sans radio, des mitrailleuses qu'on recharge à la main, des winchesters déréglées avec des cartouches espagnoles inadaptées, des grenades Mills dont le levier s'abaisse avec un bout de cordon…

— Tu oublies le gras de jambon pour le fusil… dit un Napolitain, en mâchouillant un vieux mégot.

Un commissaire politique, mêlé à la foule, prit la parole :

— Défaitiste. Tu te crois drôle ?

— Pragmatique, mon cher commissaire, pragmatique.

— Pense au moral du soldat, camarade ! Qu'est-ce qui vaut mieux : la promesse de la victoire ou la foi en la justesse de la cause ?

— Une armée est invincible quand elle a la certitude de la victoire. L'enthousiasme, l'idéalisme ne suffisent pas…

Parti à l'aube de Barcelone, le convoi atteignit en fin d'après-midi le village de Guadalajara, petit chef-lieu de province qui surplombe la gorge où la rivière Henares descend de la sierra Guadarrama. La pluie qui s'était mise soudain à tomber, bientôt suivie de neige fondue, avait rendu la route difficile. Les conducteurs des camions s'étaient égarés plusieurs fois, et, pendant des heures, les Italiens venant renforcer la 12e Brigade internationale de Lukacz emmenée par le bataillon Garibaldi avaient erré dans un brouillard à couper au couteau et qui montait on ne sait d'où en tourbillonnant. Tout au long de la route verglacée, Victoria et Roberto n'avaient cessé de parler de Renzo et de Maddalena – restés à Barcelone pour se reposer, ces derniers les rejoindraient plus tard –, donc de Cuba. Et cela d'autant plus que les combats qui faisaient rage dans cette zone nord-est de Madrid avaient vu, pour la première fois, la participation du bataillon Abraham Lincoln, commandé par le bûcheron Robert Merriman : Langston Spotswood, dont ils étaient sans nouvelles depuis son départ de La Havane, en faisait partie. Sans aucun soutien d'artillerie, le bataillon américain avait subi de lourdes pertes. Personne ne put leur dire si leur ami figurait parmi les trois cents morts et blessés ramassés entre Pingarón et San Martín. C'était étrange, cette vie où soudain se trouvaient réunis dans une même région d'Espagne, et si loin de chez eux, des amis qui avaient tant de souvenirs en commun. Alors que la guerre n'avait jamais été si proche, si physiquement proche, Cuba réapparaissait, et Roberto avait le cœur lourd en songeant à Diodata et à Renato. Pensant qu'il reviendrait vite, il n'avait pas emporté de photos.

— Tu regrettes ? demanda Victoria.

— D'être là ?

— Non. De ne pas avoir de photos de Diodata et de Renato ?

— Je ne sais pas. Je ne sais plus, Victoria. Depuis quelques jours, je suis dans l'obscurité. Dans l'obscurité de cette guerre d'Espagne, avec sa barbarie, sa cruauté, son culte de la mort, son mépris de la vie. Depuis ce matin, je me sens en mauvaise compagnie... La poisse, le mauvais œil... appelle ça comme tu voudras...

— Ne va pas dire ça au commissaire politique, il est capable de te foutre au trou !

Des soldats en haillons, dont beaucoup étaient des enfants de seize ans au plus, pilotèrent les nouveaux venus à travers les fondrières jusqu'à une grange, dont une partie était occupée par des mulets, et sur les murs de laquelle une affiche de l'année précédente annonçait la mise à mort « de si beaux et braves taureaux ». On leur distribua une boîte de singe par tête, du pain, du vin et deux bouteilles de gnôle « pour les combats ». Il fallait, autant que faire se pouvait, essayer de dormir car la journée de demain s'annonçait difficile. Il faudrait rejoindre la portion de route comprise entre Torija et Brihuega, à environ seize kilomètres de Guadalajara.

— Les Chemises noires sont à moins de vingt kilomètres sur une ligne qui va d'Almadrones à Cogalludo, en passant par Masegaso.

— Les *fascistas maricones* portaient la tenue coloniale faite pour combattre sous les tropiques, dit un militaire en blouson d'aviateur. Je peux vous dire qu'avec ce froid ils doivent avoir les couilles gelées ! *¡Bolas heladas !*

Alors qu'il essayait de s'endormir, Roberto s'aperçut que le sac de grosse toile sur lequel il reposait était rempli de croûtons de pain, de vieux journaux détrempés, d'os, de rats crevés et de boîtes de lait concentré aux bords déchiquetés et rouillés. Soudain, il pensa aux bombes, aux mitrailleuses, à la boue, si proches. À la différence de tous ceux qui ronflaient à ses côtés, il était assez âgé pour se souvenir de la Grande Guerre et de la plaine de la Piave; du rugissement des projectiles, des éclats d'obus qui sautent, de la boue, des poux, de la faim, du froid. Demain matin, il le savait, on leur distribuerait à tous des cartouches, pas plus de cinquante par homme, on les ferait mettre en rang, barda sur le dos, et ils monteraient dans des camions, pour le front, à quelques kilomètres de là. Déjà, il sentait l'odeur caractéristique de la guerre, une odeur d'excréments et de denrées avariées. Dans le secret de cette ville aux rues étroites transformées en bourbier, il avait peur.

En avant de la tranchée, les hommes du bataillon Garibaldi avaient disposé plusieurs réseaux de barbelés, tous penchés dans le même sens. La tranchée se trouvait à la fin d'une longue ruelle creusée profondément, ni meilleure ni pire qu'une autre, et tapissée, elle aussi, de boue fétide, insuffisamment en pente certes, mais bien pourvue d'abris pour le repos des hommes qui ne sont pas de garde, si jamais le combat s'éternise. Dans cette ville aux ruelles bordées de maisons blanches, les villas nobles du palais Ibarra constituaient d'excellentes cachettes que les Flammes noires avaient investies depuis le matin. Jusqu'à cet instant, le plan envisagé par la 12e brigade avait pourtant pleinement réussi. Certes, Brihuega était tombée aux mains des Flèches noires du colonel Enrico Francisci, mais le bataillon Garibaldi avait bien, comme convenu, avancé de plusieurs kilomètres en direction de Brihuega qu'il avait atteinte dans le milieu de l'après-midi.

Un événement étrange, cependant, s'était produit qui avait troublé Roberto et Victoria, comme tous les autres membres du bataillon. À cinq kilomètres de la ville, une section de motocyclistes du bataillon Garibaldi avait rencontré un motocycliste des Flammes noires, lequel, ayant entendu parler italien, avait demandé s'il se trouvait bien sur la route de Torija. « *È questa la strada per Torija ?* » avait demandé l'homme en habit de cuir noir. « *Si, si, è giusta la strada* », avaient répondu, médusés, les brigadistes. Puis le groupe et l'homme étaient repartis, chacun de son côté. Coppi avait supposé que ses motocyclistes avaient rencontré des éclaireurs appartenant à la division de Nuvolini ; quant à Ilio Barontini, communiste de Livourne, et commissaire du bataillon Garibaldi, il avait pensé la même chose. Mais à présent, à deux pas de la plaza Mayor de Brihuega, percée de nombreuses galeries édifiées plusieurs siècles plus tôt par les Arabes, les motocyclistes de la route de Torija devaient se rendre à l'évidence. Il y avait d'un côté des fantassins des Flammes noires, secondés par des chars, et de l'autre des membres du bataillon Garibaldi appuyés par des mitrailleuses : « *Non siamo italiani del Garibaldi* », avaient crié, derrière leur parapet de sacs de terre et de blocs de calcaire, les compagnons de Roberto à l'adresse du chef de la patrouille des Flammes noires qui errait dans la ville en demandant à ses compatriotes pourquoi ils lui tiraient dessus. Et, bizarrement, les tirs s'étaient arrêtés pour le laisser partir, lui et ses faux volontaires. Mais, maintenant, ils avaient repris de plus belle, et ce qui se jouait autour du palais Ibarra ressemblait fort à une guerre civile italienne !

De temps à autre, Roberto risquait un coup d'œil par une meurtrière, cherchant à découvrir l'endroit où les fascistes avaient dissimulé les deux chars qui leur tiraient dessus depuis plusieurs heures. Le visage envahi par la barbe, l'uniforme plaqué de boue, il scrutait le bout de la rue. « Rien. Je ne vois rien », disait-il alors qu'un étrange silence régnait sur toute la zone. Soudain, il dut baisser rapidement la tête.

— Là, devant nous, attention !

Le tir des mitrailleuses et des fusils s'était accentué, faisant un crépitement continu. Tout à coup, un troisième char s'avança vers la tranchée, avec une ombre mouvante derrière lui.

— Les jumelles, vite les jumelles ! hurla Roberto. Des hommes, là, derrière le char !

Après quinze minutes d'un tir intense durant lequel la rue disparut dans des tornades de poussière blanche et orange, le monstre fit une embardée et stoppa net avant de pivoter vers la droite et de s'éloigner, précédé par son ombre de fantassins pliés en deux, dont certains, tombés à terre, ne s'étaient pas relevés. Tandis que Roberto rampait au fond de l'abri pour regagner un autre poste d'observation, il aperçut Victoria qui tenait entre ses mains le visage ruisselant de sang d'un jeune garçon. « C'est la culasse ! Putain de culasse ! ne cessait-il de répéter. Elle a sauté la conne ! » Des éclats de douille lui avaient déchiqueté le cuir chevelu et une partie de la joue gauche. « Quelle guerre absurde, pensa Roberto. Le premier blessé du bataillon Garibaldi s'est blessé lui-même, et les ennemis d'en face sont des Italiens ! »

Les jours qui suivirent, Vidali, Longo et Nenni, les chefs brigadistes, montèrent une incroyable opération de propagande. Des haut-parleurs diffusaient des appels demandant aux « frères italiens » pourquoi ils étaient « venus en Espagne pour assassiner des travailleurs » ? Des tracts, lancés par avion sur les positions fascistes, incitaient les Italiens à déserter et à venir grossir les rangs républicains, moyennant quoi ils recevraient des sauf-conduits et une récompense de cent pesetas. « Venez ici, il y a de quoi manger, nous avons des saucisses, du pain et des boissons alcoolisées... » criaient les brigadistes aux Chemises noires.

Un soir, alors qu'une lune immense, qui semblait avoir grossi à l'insu des combattants, grimpait lentement dans le ciel, un événement inattendu bouleversa tous ces hommes, enveloppés dans les mêmes capotes militaires et les mêmes imperméables, frigorifiés sous les assauts d'une même pluie dense, et fit dire à Roberto :

— Toute la terre du monde a la même odeur, apportée par le même vent.

Les haut-parleurs avaient toute l'après-midi parlé de destin commun, de fraternité, des pères, des femmes et des enfants restés en Italie, sorte d'aspiration vague vers un espoir indistinct de justice, vers une Italie d'avant, d'avant les événements, d'avant la guerre et le fascisme. Ce n'était pas la première fois, dans l'histoire de l'Italie unitaire, que les Italiens se battaient les uns contre les autres, pensait Roberto. Combien d'Italiens, sujets de l'empereur, sur les champs de San Martino et de Solferino en 1859, là où Ercole Tommaso Roero de Cortanze, son père, s'était couvert de gloire ? Combien, sur les navires austro-hongrois à Lissa, en 1866, dans une flotte dont la langue officielle était encore l'italien ?

Cette nuit-là, les chansons remplacèrent les armes. Au début timides, isolés, puis peu à peu nourris, aussi sonores chez les fascistes que chez les brigadistes, parvenaient des deux côtés des tranchées, des deux côtés des parapets, des battements de paumes et des exclamations autour des mêmes chansons. Ni trêve, ni fraternisation, mais seulement peut-être une étrange communion inconsciente autour de mélodies et de rythmes venus de l'enfance, des jeux de l'enfance appris et partagés dans le même pays. Et soudain cette guerre dans la guerre qui s'arrête, qui s'interrompt dans une promiscuité que certains trouvent honteuse, qui va jusqu'à l'échange de cigarettes, de nouriture et de vin. Ont-ils raison ceux qui demandent que ce jeu cesse, ceux pour qui il vaut mieux chanter tout bas et éviter toute communication avec la canaille d'en face ? À trois heures du matin la guerre était comme suspendue, et n'eût été cette odeur écœurante de cendre froide qui emplissait les narines, on se serait cru dans une fête de village.

— La suite ! La suite ! disaient ceux de la tranchée d'en face...

— Une *ballata* piémontaise, dit l'un des brigadistes, entonnant *La Cecilia*, tout de suite reprise en chœur par les deux camps : « Il y a trois gentes dames/qui viennent de Lyon./La plus belle, c'est Cecilia, dont le mari est en prison. »

Quand le chant cessa, une voix isolée, venue d'on ne sait quel côté, demanda une autre chanson :

— Une sicilienne ! Une sicilienne !

Alors s'éleva dans la nuit un des *lamenti* les plus connus de l'île : celui de Marie qui passe dans la rue, voit la porte d'un forgeron ouverte et découvre un homme préparant les clous qui serviront à crucifier Jésus :

— « *Maria passa di la strata nova*... Ô cher maître, que faites-vous ?... Une lance et trois clous pointus... »

Personne ne voulait plus aller se coucher, personne ne voulait plus prendre la relève. Des chants anciens s'élevèrent, venus du fond de l'histoire de l'Italie. Comme si chaque camp cherchait à remonter au plus loin dans son histoire, dans ses racines. Le jeune paysan d'Arezzo entonna la *Buttati alla finestra se ci sei*, le poissonnier de Corigliano chanta *A giuvini bellu cu sta spata*, un maçon de Cagliari, de sa voix de ténor, se risqua au célèbre *Mi torret a sa mente su passadu*. C'était toute l'Italie qui semblait s'être donné rendez-vous à Brihuega...

Il y eut un court silence. Prise par l'euphorie du moment, Victoria, après avoir lancé quelques *bulerías* à l'adresse des hommes, proposa qu'on chante des chansons en espagnol :

— *¡Oye, que estamos en España!*

Sous un tonnerre d'applaudissements et de claquements de mains, et au son de guitares surgies miraculeusement, les chansonnettes espagnoles reprirent leur droit :

— *« ¡Ay Maricruz, Maricruz ! ¡Es Maricruz la mosita la más bonita del barrio de Santa Cruz ! »*

Victoria était comme déchaînée, retrouvant soudain, dans la boue et sous la pluie, l'Espagne qu'elle avait quittée dix ans auparavant. C'est elle qui choisissait les refrains et poussait les hommes à l'accompagner : *Trinia*, *Rosio*, *Falsa moneda*, *Ojos verdes*, et pour finir *Mi jaca*, repris en chœur par les Chemises noires et les brigadistes du bataillon Garibaldi :

— *« A la grupa de mi jaca jerezana/voy meciéndome altanera y orgullosa,/como mece el aire por mi ventana/los claveles, los geranios y las rosas... »*

Les dernières mesures terminées, et tandis que le silence était retombé sur les deux postes avancés, Victoria murmura à Roberto :

— Attends qu'ils reviennent à eux, et ils vont nous griller à coups de mortier !

La suite prouva que Victoria avait eu raison. Oui, ces hommes et ces femmes d'Italie étaient en Espagne, en mars 1937 ! Et un formidable fracas ramena tout le monde à la réalité de la guerre. Dans les rues adjacentes, des chars Pavlov venaient de rencontrer les chars italiens. À partir de ce moment, et alors que tout le monde avait en tête la dernière chanson entonnée lors de cette nuit étrange – *« A la grupa de mi jaca jerezana... »* –, la bataille de Brihuega, une semaine durant, fut la seule réalité de Roberto et de ses camarades. Tantôt emmurés dans le fossé suintant de la tranchée, véritable caveau collectif, où les odeurs de terre pourrissante se mêlaient aux émanations acides des combattants mal lavés, tantôt épuisés à marcher le long des routes et des sentiers détrempés, les brigadistes antifascistes italiens remportèrent leur première grande victoire sur les Italiens de Mussolini. Du moins est-ce ainsi que la presse internationale ne manquerait pas de rapporter ce haut fait de guerre.

Mais pour Victoria, Renzo, Maddalena et tous les autres, Brihuega resterait avant tout un endroit où ils avaient sauvé leur peau et où ils avaient vécu des histoires minuscules, des bonheurs éphémères, des douleurs, des malheurs quotidiens. Victoria avait, pour la première fois, appris à lancer des grenades Laffitte et des bâtons de dynamite, et résisté au froid qui laboure les chairs, colle les mains au canon du fusil et étire démesurément les heures d'encre. Bardée de son sautoir de cartouches, ceinturée de grenades et engoncée dans sa veste en peau de mouton, Maddalena se souviendrait surtout du petit matin où folle de rage, et dans un grand éclat de rire, elle avait refusé de faire la lessive et la vaisselle, sous prétexte qu'elle était une femme: « *Non sono venuta qui per crepare facendo la sguattera !* » avait-elle dit. Quant à Renzo, il parlerait longtemps de ces groupes de soldats au sommet de chaque éminence, tous sales, loqueteux, tous grelottant autour de leur drapeau : rouge, pour le POUM et le PSUC; rouge et noir, pour les anarchistes; rouge-jaune-rouge, pour les fascistes monarchistes; rouge-jaune-violet, pour tous ceux qui voulaient voir flotter le drapeau de la République. Mais tous, pensait Renzo, tous cherchaient comme lui le bois à brûler, les vivres, le tabac, les bougies; tous avaient un œil tourné vers l'ennemi... Dans la guerre chacun a droit à sa guerre, à son expérience. Pour l'un ce sera la vue de ce cadavre, tenant dans sa main une lettre de sa femme où elle prie Dieu « qu'il te soit un jour possible de servir ton pays en gagnant le pain de ta famille et non en allant te battre en Afrique puis maintenant en Espagne » ! Pour l'autre, ce sera le souvenir de ces bougies très minces, provenant du pillage des églises, et qui permettent aux hommes des tranchées de s'éclairer une vingtaine de minutes par jour...

Pour Roberto, Brihuega resterait à jamais liée au 18 mars 1937. Le lendemain du concert nocturne improvisé donné par les deux camps, le bataillon Garibaldi avait tenu toute la journée la route de Brihuega à Trijueque, puis après un assaut furieux s'était emparé du palais Ibarra, à la tombée de la nuit. La bataille, interrompue trois jours durant, reprit le 18. À une heure et demie, plus d'une centaine d'avions républicains bombardèrent la ville tandis que l'artillerie la pilonnait. À deux heures, les divisions de Lister et de Cipriano Mera, appuyées par soixante-dix chars Pavlov, commencèrent d'encercler la ville, par l'est et par l'ouest. Ils y étaient presque parvenus lorsque les fascistes se retirèrent tout à coup. Leur retraite prit l'allure d'une débâcle. Les républicains les pourchassèrent sur plusieurs kilomètres. Roberto, euphorique, comme tous les brigadistes de son groupe, partit à la poursuite des Flammes noires le long de la route menant à Algora. Lui qui avait tiré de nombreux coups de fusil, durant ces journées, sans trop savoir s'il atteignait sa cible, vit pour la première fois un homme tomber sous ses balles. Tapi dans un fossé, l'Italien avait relevé soudain la tête, à une trentaine de mètres sur la gauche, allongé derrière la crosse de sa mitrailleuse Vickers à trépied, en disant :

— On était mieux l'autre soir… « La plus belle, c'est Cecilia, dont le mari est en prison… Bonjour, mon capitaine… »

— Tire, « Ercole » ! Tire, nom de Dieu ! avait dit « Francesco Garosci », le menuisier d'Asti.

Et Roberto après avoir ajusté la hausse de son vieux mauser avait tiré, reprenant la chanson là où l'Italien l'avait laissée : « Je vous donne le bonjour/et vous demande une grâce :/faites-moi voir mon mari… » Puis il avait senti, sur son épaule, la main de « Francesco Garosci » :

— C'est la première fois ?

— C'est la première fois de ma vie que je tire un coup de feu sur un être humain !

— Tu n'es pas là pour ça ?

— Peut-être que je ne l'avais pas complètement compris…

— Écoute, « Ercole », un jour une balle est passée si près de mon oreille que j'ai entendu sa petite chanson de mort. Je me suis retourné, elle était allée s'enfoncer dans le mur, juste derrière moi. Tu sais ce que j'ai fait ?

— Tu as touché l'impact ?

— Non. J'ai fait ce que je m'étais juré de ne jamais faire. Mais il paraît que c'est instinctif, que dans ces cas-là presque tout le monde le fait : j'ai salué ! Il te manque cette expérience, « Ercole ». Après, crois-moi, quand tu te retrouveras en face d'un fasciste planqué derrière sa Vickers tu ne te poseras plus de question !

23

La bataille de Guadalajara, avec ses milliers de morts et de blessés, avait mis fin à la série des opérations militaires autour de Madrid. En dehors de probables bombardements intermittents, on prévoyait que le front resterait calme pendant des mois. Pour la première fois, les Brigades internationales étaient au repos. Les membres du bataillon Garibaldi retournèrent donc à Barcelone à l'exception de Victoria qui obtint de pouvoir passer plusieurs jours à Madrid. Partis en camions, les brigadistes revinrent à Barcelone en train.

Il régnait dans la petite gare de Guadalajara un tumulte et une animation extraordinaires. À la lueur des torches flottaient d'immenses drapeaux rouges. En rangs serrés, les miliciens et les brigadistes, sac au dos et couverture roulée en bandoulière, s'agglutinaient aux portes des wagons. Ce n'étaient que bruits de bottes et de gamelles, exclamations, jurons, rires sonores, furieux coups de sifflet. Devant les plis ondulants de cette infernale marée humaine, les commissaires politiques avaient baissé les bras :

— Qu'ils se débrouillent, disaient-ils en catalan, de toute façon ce sont des Italiens !

— Ils sont aussi indisciplinés que des Andalous !

— La première défaite militaire du fascisme, c'est tout de même leur œuvre, non ?

On avait bien prévu quelques chants révolutionnaires jaillissant de méchants haut-parleurs ballottés par des rafales de vent, mais c'était peine perdue.

Parmi les acclamations, les marques d'enthousiasme et d'affection d'une foule bienveillante se pressant autour des voies pour venir voir les héros, *extranjeros*, les étrangers, les Italiens chantaient à tue-tête la *Bandiera rossa*. Attendant de pouvoir monter dans un des trains, Roberto regardait à chaque portière ces visages hâlés et souriants, ces foulards écarlates flottant au vent. Certains agitaient des béquilles, d'autres, le bras en écharpe, faisaient le salut rouge ; derrière, des convois d'armement, principalement de longs canons aux fusils inclinés, attendaient que les voies se libèrent pour rejoindre leur destination. Quand Roberto put enfin franchir le premier obstacle de la montée dans le wagon, c'est-à-dire se retrouver dans le couloir, ce fut pour constater qu'il ne restait plus guère d'espace inoccupé sur le sol, et qu'il était inutile de compter espérer s'asseoir sur une des banquettes de bois. Hommes et bagages bloquaient les couloirs et s'entassaient dans les compartiments. Ceux qui étaient installés étaient déjà en train de se passer des bouteilles de vin rouge qu'ils éclusaient à même le goulot en dévorant de cet étrange saucisson pimenté qui, estimait Roberto, avait un goût de lessive et vous collait la chiasse. Par miracle, Roberto entendit qu'on l'appelait de l'intérieur d'un compartiment devant lequel il passait sans même penser y jeter un coup d'œil. Renzo et Maddalena lui montraient une place juste en face d'eux !

— « Ercole », viens ! Viens ! dirent ensemble Renzo et Maddalena, l'appelant volontairement par son nom de guerre.

Le train était constitué de wagons français d'une vétusté invraisemblable. Les coussins manquaient aux banquettes. Les vitres, pour la plupart brisées, étaient remplacées par des planches, et les portes des compartiments étaient évidemment coincées. À peine installé, les genoux de son voisin d'en face cognant les siens, tandis que celui de droite lui enfonçait sans ménagement son coude dans les côtes et que la tête de celui de gauche, ivre mort, tombait lourdement sur son épaule, Roberto faillit glisser dans l'espace qui séparait les deux banquettes. Le train, après un étrange sursaut, se mit en devoir de sortir de la gare et de gagner le plateau d'Aragon. Le voyage serait long. Il était prévu que le convoi s'arrête pratiquement à toutes les gares, et cela en roulant à une vitesse des plus normales en temps de guerre : un peu moins de vingt kilomètres à l'heure…

Après avoir pénétré lentement dans la campagne brumeuse, la vieille locomotive fatiguée, jetant de temps à autre une bouffée cotonneuse vers le ciel gris, s'enfonça dans la nuit. Le train faisait un bruit infernal, et le froid gagnait petit à petit les wagons. Rares étaient les voyageurs qui possédaient des vêtements chauds, et les quelques possesseurs de capotes militaires les partageaient avec leurs voisins en les étalant comme des couvertures. De temps à autre un voyageur allumait une cigarette. On apercevait alors sa figure. Des visages roses, jeunes, hâlés, vieux, barbus. Les voix étaient rauques, fatiguées par trop de boisson, trop de cris, trop de tabac, par ce voyage déjà trop long, par la guerre que ces hommes ne quittaient que provisoirement. On évoquait les femmes évidemment, le plaisir absent, la douceur de vivre enfuie :

— Je vais me rattraper à Barcelone, nom de Dieu ! Direction le barri Xinès, tout de suite !

— C'est vrai qu'en Italie il suffit de lever le petit doigt pour qu'elles écartent les cuisses ?

— Dans le Sud de la France, ce n'est pas mal non plus…

— *Delle calze*, disait un autre, commençant dans la nuit du train une étrange énumération. *Una sottoveste… La trina… Una guaina… Una sottana…*

— *Quando ? Dove ? Come ? Quanto ? Ho fame ! Ho sete !*

Et l'autre poursuivait :

— *Un reggipetto… Le gale… Delle giarrettiere…*

Mais surtout s'élevaient, de ces ombres singulières et du fracas du wagon, des phrases terribles, définitives, désespérées, lourdes d'expérience de ces heures passées dans les combats. Roberto, attentif, écoutait. Il aurait pu les reprendre toutes à son compte :

— Dans cette foutue guerre, il n'y a pas de décorations, mon vieux. Tes seules décorations ce sont tes blessures.

— Je n'oublierai jamais la petite vieille du marché, la bombe l'a fait tournoyer en l'air et retomber comme un tas de vêtements noirs sur les pavés !

— Et le cadavre de Gustavo, emboîté dans un nid de mitrailleuses, recouvert de boue et de pluie !

— Et les bouteilles thermos pleines de café bouillant du caporal Rodríguez... Quand le canon a tiré, il a tout pris dans la gueule. Mourir ébouillanté par son café, c'est tout de même con.

— Je vais te dire, l'homme est en train de mourir, dans cette guerre ; mais pire encore : *l'idée*, tu m'entends, *l'idée* de l'homme...

— Que les Espagnols crèvent dans cette guerre, je trouve ça normal. C'est la nôtre. Mais que des mecs de Paris, de Turin, de Bruxelles viennent mourir pour notre cause, c'est une grande chose, une très grande chose...

Tassés les uns contre les autres dans l'obscurité, ils continuèrent de parler ainsi jusqu'à ce que les voix deviennent plus basses, plus lentes et se taisent, laissant la place au ferraillement du convoi. À chaque arrêt, des combattants descendaient, d'autres montaient, parfois accompagnés de paysans, encombrés de bottes de légumes, de volailles gloussant la tête en bas, de lapins vivants enfermés dans des sacs, et distribuant à tous des bouteilles d'anis et de liqueurs aragonaises. Au passage de l'Èbre, on vit même quelques moutons enfournés on se demande comment dans les compartiments et les couloirs. Il régnait dans le train une impression étrange de bonheur, et cela malgré la guerre, la saleté, la promiscuité. Mais à mesure que le convoi se rapprochait de Barcelone, l'atmosphère se tendit. Tous sentaient comme de l'hostilité à venir et de la tristesse à l'idée de devoir se séparer.

— Quand on a vécu ensemble ce que nous venons de vivre, il ne faudrait pas se quitter avant que tout soit fini, fit remarquer Maddalena.

— Oui, c'est exactement ça, dit un Andalou de Grenade, au visage brun et souriant, qui rêvait d'un bol de chocolat épais et d'une montagne de *picatostes*. Maintenant, nous sommes plus que des frères et sœurs. Quand nous reverrons-nous ?

— Peut-être jamais, dit Maddalena en le serrant dans ses bras.

C'est vrai, au fond des tranchées, sur les routes, tout le monde s'était habitué à se passer de main en main les rares mouchoirs qu'on avait pu trouver et à manger dans des gamelles qui servaient aussi à se laver. Les mauvaises haines entre membres de partis politiques différents avaient disparu comme par enchantement. Aucun membre du PSUC ne reprochait à tel autre d'appartenir au POUM. Socialistes, communistes, radicaux, athées, croyants, tous pataugeaient dans une même saleté, et nourrissaient le même espoir. Mais à l'approche de Barcelone, c'était comme si le train de la guerre revenait dans une capitale, Paris ou Londres, ou toute autre ville éloignée du théâtre des combats, pleine de ces gens assis, empêtrés dans leurs querelles de village, jaloux, mesquins, sans humanité, et tellement cyniques.

Le train ralentit. Roberto s'éveilla. Des stries rouges passaient devant ses yeux endormis. Dehors, les premières lueurs du jour éclairaient des murs vides sillonnés de failles, de lézardes, de brèches, de maçonneries en brique, un amas de ferrailles dénudées, des blocs éclatés de béton armé, des toits crevés, des poutres, tout un amoncellement de constructions anéanties et entremêlées : la proche banlieue de Barcelone venait d'essuyer un violent bombardement. Un homme monté on ne sait où se trouvait face à Roberto. Demandant le silence, il fit part aux passagers de son écœurement. Il avait refusé d'éliminer un groupe de militants libertaires et était en conflit ouvert avec les communistes :

— Je retourne à Paris. Les salauds du Komintern sont en train de plonger Barcelone dans un bain de sang. Les hommes de la police secrète stalinienne liquident tous ceux qui leur tombent sous la main : les anarchistes, les trotskistes, les poumistes ! Je ne suis pas venu en Espagne pour me faire tirer dans le dos par ceux que je prenais pour mes frères !

Quelle drôle d'impression cela faisait de revoir la vie, dans cette ville, se poursuivre, presque comme en temps normal. Comment avait-elle pu changer en si peu de temps, ou était-ce le regard de Roberto qui n'était plus le même ? Le long des rues, les cafés élégants avaient rouvert avec leur kyrielle de jeunes snobs en terrasse, buvant des « Milords Écosse Whisky » faute de bière et de whisky quasi introuvables, et sous le soleil printanier des bourgeois bien en chair s'attablaient, satisfaits et rieurs. Les boutiques étaient pleines de vêtements ; les bijouteries étaient ouvertes ; les magasins d'appareils photo exposaient les dernières nouveautés ; les marchands de tableaux et les antiquaires ne désemplissaient pas, ni les bars bourrés jusqu'à une heure avancée de la nuit. En contrepartie, les mendiants et les bandes d'enfants pieds nus, à la recherche de nourriture demandant l'aumône près des charcuteries et des boulangeries, avaient refait surface. Les vendeurs avaient retrouvé leur façon si compassée de s'incliner devant le client, et les garçons de restaurants portaient à nouveau des chemises blanches au col empesé. On eût dit que la guerre était à des milliers de kilomètres de là. Ici, un orchestre attaquait les premières mesures de la sardane de Morera, mais si l'assistance éclatait en applaudissements et que certains yeux étaient humides d'émotion, tout cela semblait tellement factice. Plus loin, des chansons espagnoles, dont celle des pêcheurs de Galice que la guerre a transformée en *saeta* politique, ne soulevaient plus l'enthousiasme des premiers temps.

Très vite, la routine de la vie à la caserne reprit le dessus, avec ses petites haines, sa discipline stupide. Roberto avait l'impression de perdre lentement sa personnalité. Aux côtés des anciens officiers de l'armée régulière, l'encadrement communiste jouait un rôle chaque jour plus prépondérant et, malgré la victoire de Guadalajara, les brigadistes n'étaient pas toujours les bienvenus. Les communistes profitaient de l'échec relatif des anarchistes sur le front, les plaçant ainsi dans une position de faiblesse. Les anarchistes quant à eux se méfiaient, à un point extrême, des communistes et des officiers de carrière dont ils contestaient constamment les ordres. On perdait beaucoup de temps, d'énergie en discussions stériles, et Roberto, qui se sentait étranger à toutes ces querelles dont il entrevoyait trop qu'elles profitaient au camp d'en face, se sentait très seul. La désorganisation du courrier le privait de toutes nouvelles de Diodata et de Renato. Ses lettres étaient restées sans réponse et il n'était même pas sûr qu'elles soient arrivées à destination.

Barcelone, qui l'avait tant séduit, était en train de le rebuter profondément, et il lui semblait parfois qu'elle jouait à la ville insouciante qui voulait à tout prix ignorer le combat, même si cela relevait au fond d'un moyen de défense : une des façons de survivre à cet enfer n'était-il pas de le nier ? Les rues lui paraissaient pleines de ces combattants de l'arrière, jouant aux importants, et dont les seules missions consistaient à errer dans les bars et d'y raconter, le lourd pistolet accroché à leur ceinturon, d'irréels engagements. « On manque d'armes sur le front et ces pédés se pavanent sur les Ramblas, parfumés comme des cocottes et trimbalant des flingues plus gros qu'eux », disaient avec amertume les vrais combattants revenant du front déguenillés, fatigués, portant dans leur voix, leurs gestes, sur leur peau les marques de tous les combats endurés.

Roberto n'était pas le seul à éprouver du malaise à l'encontre de cette ville. Comme en témoignait la discussion à laquelle il assista, dans le funiculaire qui le conduisait jusqu'à l'avinguda Paral.lel, où Victoria lui avait donné rendez-vous, devant le cinéma Arnau, « juste à côté d'une confiserie dont la vitrine est pleine de pâtisseries et de bonbons à des prix exorbitants, tu ne peux pas te tromper. En pleine guerre ! Qui peut acheter ça ? »

— On a l'impression que la population civile ne s'intéresse plus beaucoup à cette guerre, disait un officier vêtu d'un uniforme très cintré et couleur kaki, un pistolet automatique attaché par une courroie au ceinturon.

— La société de classes est de retour, disait l'autre, serré dans une sorte de grossière salopette brune, le crâne chauve protégé d'une casquette de laine. Les riches d'un côté, les pauvres de l'autre. Comme avant !

— C'est encore pire à Tarragone, on se croirait sur une plage à la mode !

— Tu sais, ce qui intéresse les gens, plus que la guerre contre Franco, c'est la lutte d'extermination entre anarchistes et communistes. Ça les touche de près, ça au moins ! Franco fait raser Guernica par la légion Condor en racontant que ce sont les Basques qui ont mis le feu à leur ville, et tout le monde le croit !

— Fini le temps des grands défilés, tambour battant et drapeaux déployés... Les troupes partent à cinq heures du matin en catimini, quand tout le monde dort. Le cœur n'y est plus, c'est tout...

— Au moins, la disparition des patrouilles d'ouvriers a permis la réouverture des music-halls et des bordels de première classe, dit l'homme à la casquette, en donnant un grand coup de coude dans le ventre de son acolyte, sur un ton plus désabusé qu'ironique.

Les deux hommes se séparèrent en se disant *buenos días*, ce qui était une preuve supplémentaire de la disparition de certaines « valeurs ». Le fameux et révolutionnaire *salud* qui avait été, tout comme le tutoiement et le mot « camarade », agrémenté à toutes les sauces, était à présent remplacé par les habituels *señor* et *usted*.

Bien que l'avinguda Paral.lel, au cœur de ce qu'on avait surnommé en début de siècle le « Montmartre de Barcelone », n'était plus ce qu'elle était, on y trouvait encore nombre de théâtres, de cafés chantants, de music-halls et de salles de cinéma, aux devantures protégées par des sacs de sable. C'est devant l'une d'elles que Victoria attendait Roberto. Dans la foule des gens qui faisaient la queue, parmi des officiers de l'armée populaire en uniforme coupé à l'anglaise, d'hommes plutôt gras à l'air florissant, de femmes habillées avec recherche, de jeunes gommeux portant d'élégants complets sur mesure, Roberto aperçut Victoria debout sous l'affiche du film d'Harry d'Abbadie d'Arrast, prétendument plein de « *picardía y sensualidad* » : *La Traviesa Molinera*. C'était la première fois qu'ils se revoyaient depuis les tranchées de Guadalajara et son départ pour Madrid. Ils s'embrassèrent longuement et fraternellement :

— On ne t'a jamais dit que tu ressemblais à Hilda Moreno ?

— Non, jamais, répondit Victoria en souriant, bien que son visage exprimât autre chose que de la gaieté.

— Si, si, répondit un jeune homme, vous avez raison, regardez, dit-il en montrant l'affiche sur laquelle Hilda Moreno, habillée en meunière, transportait des sacs de farine, en déployant un sourire qui était comme un baiser.

Victoria, elle, ne souriait plus du tout. Sortant de la file d'attente, elle s'adressa à Roberto :

— Viens, on s'en va. Je n'ai plus envie d'aller au cinéma. Je préfère marcher.

C'était une belle soirée de printemps, et les rues du « Montmartre barcelonais » regorgeaient de monde.

— J'ai dit quelque chose qu'il ne fallait pas ?

— Non, excuse-moi. J'ai trop mal. Partout... ajouta Victoria en se serrant contre Roberto qui passa son bras autour de son épaule tandis qu'elle glissait le sien autour de sa taille.

— Comment était Madrid ?

— Une horreur. Les gens meurent de faim, de peur, la guerre est présente à chaque minute de la vie.

— C'est vrai qu'ici, à part un raid aérien de temps à autre, on a l'impression que la guerre n'existe plus. Avec de l'argent, on trouve de tout, comme avant. Il suffit de se présenter dans le hall d'un hôtel chic pour avoir des Lucky Strike. J'ai même vu un type manger des cailles à la terrasse d'un restaurant sous le nez de quatre ou cinq enfants qui crevaient de faim !

— À Madrid, le danger oblige les gens à se serrer les coudes, quelle que soit leur classe ; et le canon tonne tous les jours. Ici, c'est tout le contraire. Les ouvriers de la CNT et de l'UGT s'entre-tuent, les forces de police d'avant-guerre ont repris du service, et on demande aux particuliers de livrer leurs armes à la Garde civile.

Alors qu'ils empruntaient la carrer de Vilá i Vilá, ils passèrent devant la célèbre salle de spectacle construite en 1913 sur les anciens baraquements du fameux café-concert.

— Si on allait prendre un verre au *Petit Moulin-Rouge*, avant que les fascistes n'envahissent Barcelone et ne le débaptisent ? dit Victoria.

La salle était bruyante, pleine de monde, de fumée, de vapeurs d'alcool et de musique. Victoria et Roberto s'assirent à une petite table dans un coin, près d'une fenêtre protégée par des sacs de sable. L'atmosphère était électrique car, disait-on, des vaches d'on ne sait quelle ambassade avaient été abattues la veille au soir, et c'étaient des morceaux de ces dernières qu'on servait à présent dans les assiettes qui circulaient de main en main ! Chaque morceau coûtait une centaine de pesetas, soit l'équivalent de plus d'une semaine de solde. Roberto commanda deux assiettes et deux gin tonics. Alors qu'ils savouraient leur tranche de viande rouge, un groupe de Polonais de la 13e brigade et de Yougoslaves de la 15e vint s'installer près d'eux ; ils étaient accompagnés de journalistes du *Frente rojo* de Valence, et d'un homme très maigre, qui avait tout de l'inquisiteur, et qui semblait le chef, ou le meneur du groupe.

— Je suis sûr que ces salauds du POUM ne sont qu'un groupe de fascistes organisé dans notre dos... Une arrière-garde de bandits infiltrés...

— Nous ne sommes pas les seuls à le penser, ajouta l'homme très maigre, en sortant de sa poche un exemplaire tout froissé du *Daily Worker* : « Le POUM est une secte qui réalise la quintessence de l'immonde. Je tremble en pensant à ce que serait la victoire des trotskistes et des anarchistes, ce qui n'est pas impossible. »

— Qui a dit ça ?

— Winston Churchill !

— Aragon a raison de parler des crimes du POUM et de dire que Nin est planqué en Allemagne !

— Si vous voulez mon avis, les anarchistes préparent et dirigent l'attaque à l'arrière, pendant que Franco s'apprête à attaquer le front de Bilbao. Vous verrez.

— C'est clair que les Basques combattent pour l'indépendance et pas pour la révolution ou la démocratie en Espagne. Ils en ont rien à foutre, de la République !

— Il faudrait liquider tous les contre-révolutionnaires !

Victoria et Roberto, qui en étaient au café, restaient pétrifiés. Ces brigadistes, frères de combat, frères de larmes et de sang, étaient prêts à creuser de larges brèches « dans le mur de l'unité antifasciste », murmura Victoria à l'oreille de Roberto.

— Ne te fais pas trop d'illusions, Victoria, le « mur de l'unité antifasciste », comme tu l'appelles, est en train de se craqueler tout seul, de l'intérieur.

— Alors, les brigadistes amoureux, dit un de leurs voisins, on se chuchote des cochonneries à l'oreille ? Je suis sûr que vous serez d'accord avec nous...

— Au sujet de quoi ? demanda Roberto.

Le chef le regarda dans les yeux :

— Avec ce que Malraux, vous savez le Français aviateur, a dit à Victor Serge...

— Je ne sais pas ce que Malraux a dit à l'homme dont vous parlez, répondit Roberto.

— « J'accepte les crimes de Staline où qu'ils soient commis. »

— Qui vous prouve que Victor Serge ne ment pas, dit Roberto. C'est une des nombreuses voluptés de la vie, ça, mentir...

— Victor Serge ne peut pas mentir !

Le chef avait à peine fini sa phrase que Victoria, incapable de se contenir, se leva et lui lança à la tête le contenu de sa tasse de café :

— Ça fait une heure que je vous entends raconter vos horreurs ! Et la police qui assassine l'anarchiste Camilo Bernieri dans le palais de la Generalitat, et Barbieri, dont le corps vient d'être découvert sur les Ramblas ? Et Giuliano Pajetta, le plus jeune commissaire des Brigades internationales qui a fini, dégoûté, par quitter l'Espagne ? Et les purges à Moscou ?

— C'est une invention de la propagande fasciste !

À présent, tout le monde était debout, prêt à en venir aux mains. Roberto prit Victoria par le bras.

— Partons, dit-il, partons. Ça vaut mieux pour tout le monde.

— C'est ça, tirez-vous, dit le brigadiste yougoslave, allez rejoindre vos petits copains de la bande à Durruti.

Avant que Roberto et Victoria ne referment la porte du *Petit Moulin-Rouge*, le chef qui les avait rejoints, s'adressant plus particulièrement à Victoria, lui dit, s'approchant si près de son visage qu'elle pouvait sentir un relent nauséabond, mélange de vin et de sueur :

— Toi, ma salope, quand tu auras la matraque de la police politique qui viendra se frotter contre ton beau petit cul, tu seras moins fière !

24

Dans les jours qui suivirent, et alors qu'il était maintenant avéré que les civils massacrés à Guernica l'avaient été par les bombes explosives, incendiaires, brisantes et autres shrapnels largués par les Heinkel, Junkers, Messerschmitt de von Richthofen, et non par les torches incendiaires et les barils de pétrole des « vandales rouges », comme le soutenaient l'archevêque de Tolède et le primat d'Espagne, Barcelone sombra dans le chaos. Les hommes envoyés au combat ne savaient rien de ce qui était en train de se passer : « C'est terrible, Diodata – écrivait Roberto, dans une nouvelle lettre qu'il jetait, comme une bouteille à la mer –, pendant que tous ces combattants sont mobilisés sur les champs de bataille, ils leur tirent dans le dos, suppriment leur parti, accusent leurs chefs de trahison, jettent en prison leurs parents et leurs amis. Parfois, mon amour, je ne sais plus ce que je fais ici ni quelle est la nature profonde de mon engagement. Je ne vois plus rien et tu n'es plus là pour me donner un peu de ta lumière. »

L'étau, progressivement, se resserrait. Les ordres venant de Moscou étaient on ne peut plus clairs : les agents de Franco sont embusqués dans l'organisation anarchiste, les agents de la police secrète allemande et italienne se sont emparés de l'organe central des trotskistes, il faut donc supprimer cette racaille. Le 3 mai, vers midi, Victoria arriva en courant à la caserne où Roberto attendait une affectation pour le front : une émeute venait d'éclater au bureau central des téléphones, et le président

Companys avait demandé l'aide du gouvernement afin qu'il achemine des troupes vers Barcelone. Les troubles durèrent une semaine. Les batailles de rue firent plus de cinq cents tués et mille blessés. La CNT dut alors renoncer à sa position dominante, le POUM fut mis hors la loi et ses dirigeants menacés d'un procès sur le modèle de ceux qu'on instruisait à la même époque à Moscou. Les membres du parti communiste affirmaient qu'ils avaient voulu réaliser l'union de toutes les forces démocratiques du pays pour venir à bout des rebelles, car tel était leur principal objectif. Pour cela, il avait fallu ajourner provisoirement les transformations révolutionnaires auxquelles les anarchistes et le POUM étaient si attachés. Roberto admettait que nombre de communistes étaient morts dans cette guerre, et qu'au-delà des querelles internes beaucoup d'entre eux avaient déjà payé de leur vie en luttant contre les rebelles. Victoria avait plus de mal à prendre du recul, à essayer d'analyser une situation de jour en jour plus incertaine et plus complexe :

— Tu es italien, Roberto. Tu ne peux pas comprendre. Pourquoi ont-ils incendié des kiosques du Secours rouge, brûlé des journaux et des livres édités par le POUM, jeté en prison tant de militants sincères ? Tu sais comme moi que des policiers de la « secrète » sont arrivés de Madrid, qu'ils sont en train de paralyser toutes les enquêtes menées pour découvrir les assassins de Bernieri, Barbieri, Martínez. Un matin, une nuit, ils viendront nous chercher, Roberto, et on nous retrouvera assassinés dans un terrain vague…

— Tu as peur ?

— Oui… Je ne veux plus dormir à la caserne avec les autres filles. On n'est plus en sécurité, là-bas. Allons à l'hôtel. Au moins pour cette nuit. J'ai comme un pressentiment.

— Et après ? Les jours suivants ?

— On verra, Roberto. L'avenir, je n'ai plus l'impression de le faire mais de le subir. Pire, je ne sais même plus ce que c'est.

L'hôtel *Falcón* était un petit hôtel totalement investi par des sympathisants trotskistes, anarchistes, mais surtout anti-staliniens, et nombre de miliciens en permission. Il y régnait une curieuse atmosphère de kermesse sympathique, de camaraderie, d'amitié, un optimisme féroce qui n'avait rien à voir avec cette fausse espérance béate à l'usage des lâches et des imbéciles. Il restait une chambre au dernier étage, sous les combles, minuscule, dans laquelle la brise printanière pénétrant par la lucarne mal jointe soulevait les tuiles dont le doux cliquetis se propageait tout le long des greniers. Il y avait une ampoule nue au plafond, un lit à deux places, une chaise, et dans un coin, sur une table recouverte d'une toile cirée, une cuvette en faïence et un broc de toilette en émail. Le lit grinçait horriblement.

— *¡Un matrimonio !* fit remarquer Victoria, en riant.

— Si on nous avait dit à Cuba qu'on se retrouverait dans le même lit, à Barcelone, en mai trente-sept, dit Roberto, les mains derrière la tête, allongé sur le dos…

— Tu penses souvent à Cuba ? demanda Victoria, qui avait gardé ses chaussettes mais était entièrement nue – « par principe, avait-elle dit, je ne dors jamais habillée ».

— Oui et non. C'est curieux. C'est comme si c'était une autre vie. J'en ai affreusement besoin mais je me dis que je ne la retrouverai jamais, cette vie.

— Diodata et Renato te manquent ?

— Oui. Je me sens incomplet. Il n'y a pas que cela. Il y a mon passé aussi…

— Tu n'en as jamais beaucoup parlé.

— Non. Par pudeur. Par crainte. C'était inutile. Puisqu'il y avait encore un avenir, je devais le préserver, ce passé.

— Tu n'as plus d'avenir ?

— Je ne vois plus où il est. En tout cas, pas ici, ajouta-t-il en prenant Victoria dans ses bras. Plus qu'un poids sur les épaules, mon passé italien est comme un trou dans le ventre. Que peuvent la mémoire, l'entendement, la volonté face à lui ? Ils ne me sont pas d'un très grand secours. Ils éclairent par instants fugaces une piste qui finit par se perdre. Ce passé, Victoria, parfois je le touche presque, avec peur. Parfois, ce grand fleuve me menace et me submerge : j'y oppose le faible débit de ma vie. Parfois, les choses quotidiennes me sont devenues difficiles à appréhender. Je suis écrasé par mes deux mémoires, la mienne et celle de ma famille…

Alors, blottie contre lui, elle écouta le récit du passé de Roberto Roero, dernier marquis de Cortanze, ex-grand coureur automobile et fils du dernier vice-roi de Sardaigne. Des heures durant, sous la mauvaise couverture, il raconta le château familial, l'origine, la généalogie.

— Au fond, ici, si loin de l'Italie et de la langue italienne, j'essaie de renouer avec mes ancêtres. Ils ont toujours joué un rôle dans leur temps, façonné l'histoire. Je serai le premier à ne jouer aucun rôle dans mon temps.

— Et c'est possible de renouer avec ses ancêtres, tu crois ?

— Sans doute… Je ne sais pas…

Puis un grand moment de silence s'installa. Un rayon de lune passait par la lucarne qui jetait la chambre dans une lumière singulière.

— À quoi tu penses ? demanda Roberto. Tu as sommeil ?

— Non. À des propos que j'ai entendus ce matin, en faisant la queue pour acheter du pain…

— Laquelle ?

— Non, c'est idiot…

— Allez, dit Roberto, sur le ton de la plaisanterie, nous sommes des camarades de combat, tu peux tout me dire !

— Une femme tenait une grosse poule attachée par les pattes, la tête en bas. « Je la sors dès que les obus arrêtent de tomber, disait-elle. Elle me pond un œuf par jour. On n'a jamais fait autant l'amour ici. Tous les soirs, je les entends. Et allons-y, allons-y ! Que je te lime, que je te glousse ! Les filles de Barcelone sont comme ma poule, elles vont pondre des tas de mouflets. Vous allez voir, à cette vitesse, les pertes de la guerre seront vite comblées. »

— Il paraît que c'est toujours comme ça en temps de guerre…

— Les gens veulent vivre vite de peur de mourir…

— Tu as froid ? demanda Roberto, en sentant que Victoria tremblait.

— Fais-moi l'amour, Roberto, lâcha Victoria, comme on se jette à l'eau sans savoir ce qu'il adviendra parce qu'on ne sait pas nager.

Roberto la serra brusquement contre lui et l'embrassa en respirant fort. Il lui touchait les cheveux, les seins, les jambes, tout en la poussant sur le bord le plus froid du matelas. Victoria l'étreignait si fort qu'elle le griffait, l'embrassait avec fougue, avec colère, comme si elle voulait lui arracher ce dont elle avait besoin pour survivre, pour continuer à exister dans cette guerre qui lui semblait sans fin, sans espoir, absurde. Roberto entra en elle en même temps qu'elle répétait son nom d'une voix qu'il ne lui connaissait pas, éraillée, profonde, venant de son ventre qui palpitait sous lui, en soupirant, en gémissant. Puis il pesa sur elle, presque avec violence, s'écorchant les jointures des doigts à la tête de lit en fer rouillé. Lorsqu'il la fit passer sur lui, son sexe glissa hors de sa fente. Alors, il l'empala sur lui, lui maintenant fermement les fesses dans ses mains, lui imprimant un mouvement lent et cadencé tandis que sa langue léchait alternativement les pointes de ses seins. Puis, tremblant de fatigue, ils parvinrent sans trop savoir comment à jouir ensemble et se laissèrent glisser sur le côté du lit, pelotonnés dans un coin plus sombre où le rayon de lune ne les atteignait plus, continuant de se caresser en silence, attentifs aux bruits, sans chercher à comprendre ce qui venait de se passer. Soudain un coup de canon perça un trou dans la tranquillité de la nuit. Un seul. Puis tout retomba dans le silence, leurs deux corps moites, leurs bonnes odeurs d'amour comblé, leur fatigue. Avant de sombrer dans le sommeil, Victoria glissa à l'oreille de Roberto :

— Ça fait des mois qu'ils tuent les nôtres. Maintenant, c'est à notre tour de tuer.

Au petit jour, Roberto et Victoria furent réveillés par de grands coups donnés dans la porte. Quatre hommes, le pistolet à la ceinture, entrèrent et se postèrent immédiatement en différents points de la chambre, selon des instructions préalablement données par un cinquième resté sur le palier, armé d'une mitraillette, mais dont le visage était dans la pénombre. Après avoir fouillé la pièce de fond en comble avec une méticulosité inimaginable, sondé les murs, soulevé le mauvais tapis, examiné le plancher, palpé les rideaux, vidé les deux sacs, visité toutes les poches des vêtements posés sur la chaise, ils confisquèrent les papiers et demandèrent à Victoria et Roberto de s'habiller. C'est à ce moment que celui qui était resté à l'extérieur de la pièce y pénétra :

— Les cigarettes, dit-il, examinez-les, feuille après feuille, il y a peut-être des messages.

Victoria et Roberto se regardèrent, inquiets.

— Je vous avais bien dit qu'on se retrouverait, fit remarquer, très calmement, l'homme à la mitraillette, qui n'était autre que le virulent communiste qu'ils avaient croisé au *Petit Moulin-Rouge*. Considérez-vous en état d'arrestation, comme tous ceux qui logent dans cet hôtel… Un beau coup de filet. Plus de deux cents personnes ! Gorkin, Arquer, Andrade, Bonet, Escudé, David Rey, Josep Coll, Sixto Rabinad, Luis Portela… Vous êtes en bonne compagnie…

À cet instant, un des quatre premiers hommes qui avaient investi la chambre se pencha à la lucarne :

— La voiture est là.

— Bien, dit le commissaire politique, on va pouvoir y aller.

Roberto tenait Victoria dans ses bras, se souvenant tout à coup, sans savoir pourquoi, du jour où au *Tropicana*, à La Havane, il l'avait soudain désirée.

— Non, pas ensemble, dit l'homme à la mitraillette. Toi, poursuivit-il, en s'adressant à Roberto, on t'attend au commissariat de l'ordre public, tu y feras connaissance avec la *Tcheka*. Quant à toi, continua-t-il, en s'adressant à Victoria, tu vas tout droit à la prison de Horta, notre cher ami le Croate Copic a quelques questions à te poser…

Victoria embrassa Roberto sur la joue, lui dit « c'était bien, cette nuit », puis comme par bravade à l'adresse des hommes qui l'arrêtaient « *a domani, Roberto, mi aspetti* ». Victoria disparut dans la cage d'escalier, le bruit de ses pas noyé par ceux des autres. Elle pleurait mais Roberto ne pouvait la voir, ni l'entendre.

L'agent de la « secrète » avait un fort accent russe et crut bon de s'adresser, tout le temps de l'interrogatoire, à Roberto en italien, égrenant, tout le long de ses questions des « *Vuol'essere tanto gentile da… ?* », « *Prego* », « *Troppo gentile* », et autres « *Ai suoi ordini* »…

— Des espions ont été arrêtés en possession d'émetteurs avec lesquels ils transmettent à Franco des renseignements sur les positions et le regroupement des troupes républicaines : faites-vous partie de ce réseau ?

— Non.

— Pourquoi vous faites-vous appeler « Ercole » ?

— C'était le prénom de mon père.

— Qu'êtes-vous venu faire en Espagne, monsieur Roero Di Cortanze, dit « Ercole » ?

— Combattre.

— Contre qui ?

— Les fascistes.

— Pourquoi n'êtes-vous pas communiste ?

— Je suis antifasciste, anti-stalinien…

— Et monarchiste ?

— Je ne sais pas.

— Comment, vous ne savez pas ?

— La position de Victor-Emmanuel est ambiguë. Je ne sais pas si j'ai envie de défendre une monarchie qui ne fait rien contre Mussolini. Et puis tout cela me semble appartenir à une autre époque…

— À celle de votre père ?

— Oui. Et, de ce point de vue, ce serait un peu long à vous expliquer, à me l'expliquer à moi-même aussi, d'ailleurs…

— Que pensez-vous de la formule : « Résister c'est vaincre ; ils ne passeront pas » ?

— Je dirais plutôt : « Nous résisterons et nous passerons. »

— Vous voulez jouer au plus fin ?

— Non, c'est ma conviction profonde.

— Vous êtes italien, vous venez dans « notre » guerre, pourquoi choisir les anarchistes, les trotskistes, les libertaires ?

— Je ne choisis ni les uns ni les autres. Mais ce que vous êtes en train de faire est indigne. Vous tuez des révolutionnaires véritables. Du moins je le crois. Laissez-leur au moins la chance d'être tués au front par une balle fasciste ! Vous ne vous contentez pas de leur ôter la vie, vous leur ôtez aussi l'honneur !

— Nous n'avons que faire de vos leçons, monsieur l'Italien. Vous pensez qu'il est normal que le maire de Puigcerdá, Antonín Martín, anarchiste notoire, gère la zone frontière comme si elle lui appartenait en propre ?

— Je ne suis pas qualifié pour le savoir. Mais vos affiches représentant un visage à l'expression féroce, avec la croix gammée, se dissimulant derrière un masque à faucille et marteau, et censé représenter le POUM, est une infamie.

— Vous savez sans doute qu'il n'existe pas, en Espagne, du moins dans la pratique, d'*habeas corpus*. C'est-à-dire que nous pouvons vous garder en prison des mois durant, sans même vous inculper, et sans même vous faire passer en jugement…

— *A fortiori !*

— Vous étiez à Guadalajara, n'est-ce pas ?

— Oui.

— Quelle image garderez-vous de cette bataille ?

Roberto aurait volontiers évoqué l'image de l'homme à la Vickers avant qu'il ne le mette en joue et ne tire. Mais c'était trop difficile à expliquer, trop douloureux. Il choisit un autre moment :

— Alors que nous avancions vers le palais Ibarra, le premier véhicule de notre colonne a été touché. Trois soldats sont morts. Tout le monde se précipitait au secours des blessés. Je me suis approché très lentement et soudain j'ai vu un homme sans jambes, le corps brûlé et le visage méconnaissable. C'est donc ainsi que sont les morts, me suis-je dit.

— Vous avez pourtant participé à la guerre de quatorze dans la Croix-Rouge comme brancardier en Italie...

— Vous êtes bien renseigné !

— C'est notre métier, *caro amico*.

—... Et pendant quelques secondes je suis resté sans bouger, paralysé par une peur inconnue...

— Et maintenant, qu'allez-vous faire ?

— Cela dépend de vous, non ?

— Non, de vous, de ce que vous allez nous dire.

— Voir des innocents sacrifiés à une cause abstraite par vos troupes procure une désillusion assez forte, je dois dire.

— Assez forte pour rejoindre le camp adverse ?

— Je ne suis membre d'aucun parti, que je sache !

— Ce qui n'est pas le cas de votre chère Victoria Maura... Vous ignorez sans doute qu'elle était avec ces jeunes libertaires qui ont tiré au canon de 75 sur un cinéma où s'étaient réfugiés des gardes civils !

— Qu'allez-vous lui faire ?

— Le directeur de la prison de Horta décidera. Finies les barricades, « Ercole » ! retour à la normale... Je vais vous dire, vous ne nous intéressez pas beaucoup, *caro amico*. Victoria : oui. Alors nous allons vous libérer. On pourrait vous expulser, comme beaucoup d'étrangers dont la plupart sont des espions, mais le bataillon Garibaldi a besoin de vous. Nos hommes l'ont repris en main. Vous y retrouverez Renzo et Maddalena Sorani.

Puis l'homme sortit son pistolet de son étui et, le pointant en direction de Roberto, lui fit comprendre qu'il ferait mieux de partir sur-le-champ rejoindre son bataillon sans se retourner et sans poser de nouvelles questions.

Quelques jours plus tard, alors que les troupes franquistes avaient lancé leur assaut contre Bilbao, les membres de la 12e brigade Garibaldi furent mis en état d'alerte. Il s'agissait de se préparer à partir pour une destination inconnue mais qui d'après certaines indiscrétions pouvait se trouver dans les environs de Madrid. Cela ne faisait-il pas des mois que le bruit courait, dans tous les cafés de la République, qu'une offensive allait avoir lieu dans la région de Brunete ? Les agents de la NKVD étaient partout. L'un d'eux annonça un matin, avec des *lagrimas de cocodrilo* dans la voix, que Victoria Maura était morte « en homme, en héros », lors d'une mission particulièrement délicate et secrète effectuée en territoire nationaliste. Roberto, les poings serrés dans les poches, revit Victoria, l'espace d'une seconde, tremblante contre lui, nue avec ses grosses chaussettes de laine, qui lui disait : « Les gens veulent vivre vite de peur de mourir… »

25

Installés dans une maison à moitié démolie par les bombardements nocturnes des Heinkel 111, d'où ils dominaient ce qu'il restait du paisible village de Brunete, les hommes de la 12e brigade Garibaldi observaient à la jumelle la bataille qui se déployait en contrebas et sur les collines situées entre Madrid et l'Escorial. Il n'était pas prévu qu'ils interviennent immédiatement, et devaient attendre le signal. Aussi profitaient-ils de ce temps suspendu pour trier les munitions, ranger les boîtes de conserve bourrées d'explosifs qui leur servaient provisoirement de grenades, et consolider à coups de pelle et de pioche les abris plates-formes construits à une dizaine de mètres en avant de leur position. Dans les premiers temps du conflit *L'Internationale* eût sans doute jailli de ces catacombes creusées dans les parois friables, mais cette époque était bel et bien terminée. La guerre était devant, à portée de fusil. On pouvait en percevoir l'odeur. On en avait le goût dans la bouche. Le feu roulant des armes automatiques et des mitrailleuses formait un fond sonore épouvantable de détonations et d'impacts. Les canons des nationalistes aboyaient comme des chiens enragés, et on avait l'impression d'être pris sous le plancher d'un affreux jeu de quilles. Derrière les Italiens de la 12e brigade, les batteries de soutien des hommes du colonel Staimer dégageaient, après chacun de leurs tirs, un large nuage de poussière jaune.

Tandis qu'en spectateurs provisoires ils assistaient à l'encerclement de Brunete, les brigadistes, qui avaient sans doute encore un pied dans les événements de Barcelone, ne pouvaient s'empêcher, malgré la présence pesante de l'encadrement communiste, de les évoquer, le cœur plein de tristesse :

— Déclarer le POUM illégal, dissoudre tous ses bataillons sur le front, c'est un peu fort, tout de même.

— Sans parler des militants assassinés dans leur prison, des sympathisants disparus dans des circonstances mystérieuses, et de tous ceux qui vont passer, sans motif, le restant de la guerre aux arrêts.

— On est pieds et poings liés face à Moscou. Si seulement ces connards de Français, d'Anglais et d'Américains n'avaient pas choisi la non-intervention, on aurait pu tenter de nous libérer des mains de Staline.

— Où serions-nous, fit cependant remarquer l'un d'entre eux, sans les tanks, les canons, les mitrailleuses, les avions de la Russie ?

— Certes, mais à quel prix ! On ne peut plus faire un pas sans avoir un « tchékiste » sur le dos !

— Et l'or, tu oublies l'or...

— L'or, dit Roberto ?

— Le gouvernement a envoyé tout l'or de la République à Moscou. Pour le protéger ! Comment veux-tu acheter des armes ailleurs, maintenant ?

Dans les brèches étroites ménagées par les véhicules blindés et les chars, les brigades, les unes après les autres, perçaient les lignes nationalistes. Sur le sol calciné de la plaine castillane, les combattants devaient faire face à un problème que personne n'avait prévu : l'approvisionnement en eau. Et l'idée de devoir s'élancer sur les *pueblos*, la soif au ventre, horrifiait les soldats. C'est pourtant sans réserve d'eau que Roberto et ses camarades partirent à la conquête d'une des positions adverses plus tôt que prévu. Trois cents hommes de la colonne d'El Campesino, qui avaient été encerclés et capturés, venaient d'être retrouvés morts, les jambes arrachées. Il fallait venger les camarades mutilés. Les directives ne laissaient d'ailleurs guère le choix : il ne fallait avoir aucune pitié pour les nationalistes. La Pasionaria en personne avait exhorté les troupes à se battre vaillamment et à « ne pas faire de quartier ». Ce mot d'ordre suffit pour réveiller toute la violence qui sommeillait en chacun de ces hommes meurtris. Il fallait contourner une petite colline coupée de ravins, s'engager dans un petit bois et, là, cueillir les quatre cents hommes d'un *tabor* de Marocains restés terrés dans des abris profonds qui seraient leur tombeau. Après que trois avions russes les eurent repérés puis bombardés, en soulevant des geysers de boue séchée, la brigade put enfin s'élancer.

De l'immense fracas des fusils automatiques, des mitrailleuses et des tirs rapides, jaillirent des hurlements poussés par plus de mille gorges. Beaucoup étaient des injures lancées à l'encontre des Maures : « *sin cojones* », « *jodidos por el culo* », « *maricas* ». Roberto, comme les autres, parmi le bruit déchirant des obus et le bruissement froufroutant des tirs de batterie, pour la première fois de sa vie, hurlait à la mort. Il avait devant les yeux l'image de Victoria, non point nue, comme il l'avait vue dans la chambre de l'hôtel, mais habillée, en armes, criant, elle aussi, à ses côtés : « Ça fait des mois qu'ils tuent les nôtres. Maintenant, c'est à notre tour de tuer ! » Alors, Roberto, comme les autres, tua. Les petites rues du village, pleines de fumée et de nuages de poussière, étaient devenues le théâtre d'un sinistre carnage. Les brigadistes, déchaînés, progressaient sur un sol jonché de verre brisé, de débris de ciment et couvert de briques cassées en mille morceaux. Il y avait de grands trous dans les trottoirs. Nombre de maisons étaient éventrées, et ils durent contourner un amas de gravats et une corniche de pierre effondrée, avant d'investir la place du village sur laquelle était édifiée une église toute blanche qui ressemblait davantage à une immense grange qu'à un monument d'architecture romane. Plusieurs centaines de Marocains l'avaient transformée en bastion. C'était étrange, le feu et les bombes qui avaient détruit pratiquement toutes les maisons avoisinantes ne paraissaient pas l'avoir atteinte. Quand ils y pénétrèrent, ils constatèrent que la forteresse était en réalité un hôpital. Des centaines de soldats étaient éparpillés sur les bancs et allongés par terre, comme si, à peine entrés, ils s'étaient affalés sur place et n'en avaient plus bougé. Le sol était jonché d'ordures, d'objets informes, de chiffons sanguinolents, de ballots enveloppés dans des serviettes et des nappes. Au pied de l'autel, des paniers remplis de poules mortes, les pattes liées, s'entassaient. Près du bénitier, une chèvre noire tirait sur sa longe en hochant la tête. Un petit chien noir à trois pattes, le ventre ouvert, gémissait. Il régnait là une puanteur épouvantable. À quelques mètres du sol, un Christ au visage cireux, dans sa châsse de verre brisée, semblait observer en silence, impuissant, cette humanité mourante, assoiffée, couverte de poussière. Ici, le bruit du combat n'arrivait plus que très amorti, régnant comme un demi-silence apathique. Personne ne parlait. Personne ne se regardait. Ces hommes étaient abandonnés de tous. Certains avaient sans doute participé à l'extermination méthodique des brigadistes de la colonne d'El Campesino.

Soudain, trouant le silence, une volée d'obus de mortier tomba sur la place, et tandis qu'une seconde bordée fit exploser un des murs de l'église, un début de panique s'empara des nationalistes. Plusieurs coups partirent et qui furent comme le point de départ de la tuerie. Bien que leurs instructeurs leur aient cent fois répété « ne tirez jamais de façon dispersée, attendez le signal, même si pour cela vous devez pisser dans votre culotte ou chier dans votre froc », couchés ou collés aux parois, les brigadistes déclenchèrent sur les nationalistes un feu terrible. Certains *dinamiteros*, ivres de cigares, de fumée et de vengeance, allant même jusqu'à jeter leurs bombes sur la masse informe qui vagissait sous leurs yeux, derrière un épais voile de fumée d'une couleur d'un autre monde. Dans l'odeur de la poudre, raide d'épouvante, c'est comme si Roberto mourait plusieurs fois, pour céder la place non pas à un homme nouveau mais à un homme ancien, meurtri. « Existe-t-il quelque part sur terre un endroit où on avait fait le bien dans les mêmes proportions que le mal ici ? se demandait-il. Si l'enfer a ce comptoir sur terre, où est donc celui du ciel ? »

Des quatre cents hommes du *tabor* de Marocains, rassemblés dans la petite église blanche, il ne resta aucun survivant. La bataille de Brunete avait permis aux républicains de gagner quelques kilomètres sur un front d'une quinzaine, mais leur objectif véritable n'avait pas été atteint. Ils avaient perdu beaucoup de bon matériel et quantité de soldats aguerris. Les morts, dans chaque camp, se comptaient par dizaines de milliers, à l'image des bataillons Lincoln et Washington qui avaient eu tellement de blessés qu'il avait fallu fusionner les deux unités. Cette concentration permit à Roberto, de façon totalement inattendue, de retrouver son ami Langston Spotswood, alors que celui-ci montait les marches d'un escalier calciné qui conduisait à la terrasse d'un des hôtels investis par les brigadistes. Un poste d'observation, avec télescope et téléphone, y était installé.

C'était une fin d'après-midi brutale. La terre castillane étirait ses ocres et ses gris sous un ciel de cendre. Roberto était en train d'observer, contre un pan de mur, une statue noircie par le feu qui continuait cependant à se tenir sur un seul doigt de pied au milieu d'une fontaine. Cette statue représentait une grande fille aux grosses fesses rondes.

— La Danse, vieux cochon, dit une voix dans le dos de Roberto.

— Langston !

— Roberto !

Les deux hommes s'étreignirent de longues minutes, comme pour s'assurer qu'ils ne rêvaient pas. Langston, très intégré dans le dispositif communiste des Brigades internationales, savait depuis le début que Roberto n'avait pas repris le bateau pour Cuba et avait choisi de rester en Espagne. Et il attendait ce moment depuis longtemps :

— Le moment de nos retrouvailles, dit-il en prenant Roberto par les deux épaules. Pour te revoir, mais aussi parce que j'ai du courrier pour toi !

— Du courrier ?

— Diodata a longtemps été sans nouvelles de toi, et a fini par m'écrire pour me demander de faire une enquête. « Peut-être sais-tu où il est ? Je ne sais rien, j'ai tellement peur, Langston... »

— Je lui ai envoyé plus de dix lettres restées sans réponse.

— Je m'en doute ! Ça n'a rien d'étonnant. Avec la guerre, tout se perd. Et n'oublie pas qu'ici, pour tout le monde, tu t'appelles « Ercole » ! Tu n'avais pas pensé à ce détail ?

— J'ai surtout l'impression que le courrier fonctionne mieux pour les membres du parti communiste ! dit Roberto, mortifié.

— On ne va pas se chamailler maintenant, tout de même !

— Non, évidemment... dit Roberto, ajoutant, plein de joie et de tristesse, le cœur battant à se rompre : Alors, comment va-t-elle, dis, comment va-t-elle ? Elle va bien ?

— Apparemment, aussi bien qu'on peut quand on...

— Quoi ? exigea Roberto, inquiet. « Quand on quoi... » ?

— J'ai le paquet de lettres dans ma caisse en fer. Attends-moi ici, je redescends les chercher. J'en ai pour cinq minutes...

Langston disparut en zigzaguant au milieu des gravats, des pans de murs écroulés et des arbres décapités. Qu'arriverait-il s'il s'envolait soudain avec son paquet de lettres ? Perdu dans ses pensées, Roberto observait son ami qui venait de disparaître après s'être engouffré sous le porche d'une haute maison bourgeoise épargnée par les bombardements et les combats de rues. À ce moment une série d'obus éclata dans une gerbe de feu, parmi des bâtiments visibles à deux ou trois kilomètres en contrebas. Une colonne de fumée s'éleva aussitôt. Un peu sur la gauche, Roberto vit dans le télescope l'artillerie républicaine jeter des obus fumigènes pour marquer une cible que devaient attaquer des bombardiers en piqué. Un Chato russe descendit du ciel à une vitesse invraisemblable. Presque au ras de la plaine, il se redressa soudain et remonta avec une lenteur désespérante. Ses bombes ébranlèrent le sol à une grande distance. Des grenades éclatèrent alors au loin et le bruit des explosions arriva jusqu'à Roberto, multiplié par l'écho. Quand Langston refit son apparition sur la terrasse, des bruits de mitrailleuses se détachaient nettement.

— Demain, tout cela sera fini. Tiens, dit-il à Roberto en lui tendant un paquet d'enveloppes.

Roberto était bouleversé. Il essaya de retarder le moment de les ouvrir, en demandant à Langston s'il savait pour Victoria.

— Oui, répondit-il sobrement, presque gêné. Ça ne pouvait pas finir autrement. On ne pouvait pas laisser les anarchistes continuer à faire de la philosophie pendant que les fascistes nous prenaient chaque jour un bout du territoire.

— Mais elle est morte, Langston ! Victoria est morte ! Te rends-tu compte : on l'a assassinée ! Tes amis l'ont assassinée !

— Écoute Roberto, lis tes lettres. On reparlera de tout ça plus tard, à tête reposée...

Sur la terrasse, seul sous la chaleur du soleil, dans l'odeur des incendies à peine éteints et le bruit déclinant des batailles, Roberto éprouvait un profond sentiment d'angoisse. Il replaça les lettres dans l'ordre chronologique. Il les porta à ses lèvres. Elles sentaient la sueur d'homme, la boue et un soupçon de parfum de femme.

Sans réfléchir, Roberto choisit de lire la première lettre en dernier, et finalement de commencer par la fin. La plus récente datait de trois semaines. Une certaine résignation semblait s'être emparée de Diodata. Elle ne croyait plus en grand-chose. La situation à Cuba allait de mal en pis. Au cœur de la France profonde, en pleine débandade du Front populaire, des membres de la Cagoule avaient criblé de balles puis achevé au couteau les deux frères Rosselli. En Italie, Gramsci était mort seul dans une clinique de Rome où il venait d'être transféré de sa prison. On disait dans la presse internationale que la guerre d'Espagne s'éterniserait et qu'elle ferait beaucoup de morts... « Non, rien, vraiment rien, mon amour, ne me laisse des raisons d'espérer. Où, dans ces conditions, et sans savoir si tu es vivant ou mort, trouverai-je la force d'élever deux enfants ? » concluait-elle.

Roberto, tout en haut de sa terrasse castillane, ne comprenait rien à ce qu'il était en train de lire, et pourquoi, tout soudain, Diodata, évoquant le petit Renato, qui avait fêté ses trois ans, parlait de la difficulté d'élever deux enfants ! Il ne resta pas longtemps sans comprendre : la réponse se trouvait dans la première lettre, envoyée de La Havane, en mars 1937. « Mon tendre amour, j'ai une merveilleuse nouvelle à t'annoncer. Mes mains tremblent en te l'écrivant, de bonheur et d'effroi, car je ne sais où tu es. Perdu sur la terre d'Espagne, oublié dans les nuages entre Le Havre et Barcelone, sous des tonnes d'eau au fond de l'océan... Imagine mon angoisse : je n'ai aucune nouvelle de toi. Comment as-tu pu prendre une telle décision, m'oublier à ce point ? Je ne t'en veux pas. Tu es libre, comme je le suis. Mais comme tout cela me semble dur à vivre... Enfin, te souviens-tu, la veille de ton départ... Nous avons fait l'amour tandis que montaient du port les sirènes des bateaux, et que les premiers dockers commençaient à animer les quais longeant la baie : je suis enceinte ! Oui, Roberto, tu as bien lu. Je suis enceinte. Quelle joie cela aurait été de t'annoncer cette nouvelle dans le patio bleu et blanc de notre maison de la calle Oficios ! Où es-tu, Roberto ? Langston m'a écrit que tu avais intégré le bataillon Garibaldi. Explique-moi, mon amour. Je me sens tellement seule. »

Roberto passa une partie de la nuit à lire et à relire les lettres froissées et maculées de graisse, mais si précieuses, qui avaient dû suivre Langston tout au long de ses combats, dans l'espoir qu'elles finiraient bien par retrouver un jour celui à qui elles étaient destinées... Au petit matin, il profita d'un besoin urgent de chauffeurs pour proposer ses services, lui qui n'avait pas conduit depuis la fameuse nuit durant laquelle il avait traversé La Havane au volant de la Bugatti 35, et s'élança à tombeau ouvert sur les routes de Castille. La vitesse lui permettait de se retrouver face à lui-même, car il n'était jamais aussi sûr de son existence qu'au volant d'une automobile. C'est là qu'il était entier, vivant des pieds à la tête. Ce qu'il voulait, avec ce camion, ce n'était pas fuir le présent, ni même l'oublier, et encore moins effacer la guerre, mais au contraire – parce que de nouveau lui-même, reconstitué, fort de sa force, redevenu un – pouvoir se mesurer sans la subir à la puissante et dangereuse réalité qui l'entourait. Se cramponnant au volant, avec un fatalisme qui n'était en rien du désespoir, il finit par pénétrer dans un petit *pueblo* que les fascistes avaient entièrement rasé. Des cadavres en décomposition, de femmes entièrement nues et d'enfants décapités, jetés pêle-mêle dans un fossé, formaient un énorme tas au sommet duquel était fichée une pancarte : « Pour chaque rouge que tu tueras, tu passeras un an de moins au purgatoire. » Il eut envie de vomir, de hurler. Il pensa au ventre de Diodata, au bébé qu'elle portait, à Renato, son petit homme si doux : ils auraient pu, eux aussi, faire partie de cette pyramide horrible, recouverte d'un nuage de poussière de pierre et de plâtre. Il pensa aux Marocains de l'église achevés à coups d'artillerie lourde. Remontant en courant dans la cabine du camion, il se sentit envahi de haine et de fureur. Il était devenu un tueur comme les autres, dans une guerre qui n'était pas la sienne, et était père une seconde fois : tueur et donneur de vie.

26

La guerre, soutenaient certains, avançait vers sa fin. Dans le Nord, les républicains avaient perdu la partie. Les fascistes italiens avaient fini par occuper Santander et les Maures par s'emparer de Gijón et d'Avilés. Les deux tiers du territoire espagnol étaient désormais sous contrôle nationaliste. Quant aux Brigades internationales, on avait décidé de les incorporer à l'armée républicaine et de leur faire occuper officiellement la place de la Légion étrangère au sein de l'ancienne armée espagnole. Une décision très controversée qui n'était rien d'autre qu'une façon déguisée de reprendre en main les éléments les plus incontrôlables après les émeutes de Barcelone. Resserrer la discipline, veiller à une tenue plus stricte des troupes, rappeler les vertus du salut militaire, faire comprendre aux brigadistes étrangers que l'apprentissage de l'espagnol constituait un « devoir antifasciste » ne changeraient guère les forces en présence. En fait, il devenait de plus en plus difficile d'assurer le recrutement de nouveaux *volunteers of liberty*, dont beaucoup étaient rentrés chez eux désenchantés voire pleins de haine. Mais la République, toujours debout, ne cédait pas. Et l'offensive qu'elle venait de lancer en Aragon avait surpris tout le monde, à commencer par l'aviation ennemie qui n'avait pu décoller. La province de Teruel, lieu mythique des amours malheureuses de Diego de Marcilla et de la belle Isabel de Segura, mais aussi lieu où l'on enregistrait, chaque hiver, la température la plus basse d'Espagne, avait tenu ses promesses : sous une couche épaisse de glace et de neige, le thermomètre était descendu à vingt degrés au-dessous de zéro.

Cela faisait déjà deux bonnes semaines que Renzo, Maddalena, Roberto et dix autres brigadistes avaient investi la grande villa mudéjare de la calle Comadre, non loin du château d'Ámbeles, avec mission de tenir coûte que coûte la position. Lorsqu'ils avaient pénétré dans le grand hall recouvert de motifs géométriques vernissés où dominaient le blanc et le vert, une violente odeur de formol, mêlée à des relents de café, de renfermé et de linge sale, leur avait sauté au visage. Un désordre horrible régnait à l'intérieur de la maison. Des flacons brisés par terre, des aquariums éventrés au pied desquels gisaient des plantes et des animaux aquatiques crevés, des livres déchirés, des classeurs aux feuilles éparses, d'autres poissons morts dans les coins. On aurait dit l'antre saccagé d'un savant fou. Des livres reliés, dont certains semblaient très anciens, gisaient sur le sol ou tenaient miraculeusement en équilibre sur les rayons encore intacts des bibliothèques murales. Après plusieurs jours passés à l'intérieur du bâtiment, chacun s'était aménagé un espace intime et avait fini par se constituer une sorte de petite bibliothèque privée au sujet unique : les poissons.

Tous riaient de bon cœur en se jetant à la figure de nouvelles insultes : « Cyclostome ! », « Macropode ! », « Chasse-marée ! », « Ichtyocolle ! », « Plectognathe ! »... Seuls Renzo, Maddalena et Roberto ne parvenaient pas à entrer dans ce jeu de plaisanteries récurrentes. Roberto était tombé sur un livre de Carlos de la Torre y Huerta, *Fishes of Cuba and the Atlantic Coasts of Tropical America*, qui faisait autorité, et dont les planches en couleurs leur rappelaient leurs interminables parties de pêche au marlin parfois interrompues par l'arrivée menaçante d'un *Hypoprion brevirostris*, autrement dit : un requin *galanos*. À la lueur des lampes à huile d'olive fabriquées avec une boîte de lait concentré vide, un chargeur et un morceau de chiffon, ils reparcouraient, transis de froid et de nostalgie, les grands moments de leur passé cubain, tout en mangeant les conserves de poisson à la tomate sucrée et les petits pains fourrés à la saucisse que leur envoyaient par camions entiers les camarades russes. Dehors, tenace sur la terre gelée en profondeur, cachée derrière des sacs de sable et de lourds cubes de paille, l'attente se prolongeait. Avec toujours la même alternance de fureur et de silence. Tantôt c'était le vacarme d'un obus, suivi de plusieurs salves, qui réduisait en miettes la nuit de Teruel. Tantôt s'ajoutait au fracas de la mitraillette le bruit effrayant des vitres arrachées, ou les sirènes des ambulances ou des voitures de pompiers. Régulièrement, un guetteur jaillissait de son poste d'observation et arrivait en beuglant : « Les voilà ! Ces enfants de putain sortent de leurs trous ! » Et tout aussi régulièrement, on lui répondait par la même blague – car les fausses alertes, dues à la peur qui vagissait en chacun de ces hommes, étaient fréquentes : « Retourne dormir. On fera le nécessaire quand ils seront à portée de fusils et de bombes. »

Dans la villa de la calle Comadre, la vie de chaque jour s'organisait. Les tours de garde où, le doigt sur la détente, les yeux collés aux meurtrières, le guetteur, debout contre le talus, était prêt à tirer au moindre mouvement suspect, alternaient avec les moments de détente relatifs où chacun soignait ses blessures physiques et affectives. Beaucoup d'armes enrayées, surchauffant au point de brûler gravement les mains, devaient être réparées tant bien que mal, et les *dinamiteros*, noirs de poussière et de fumée, et souvent ivres, fabriquaient inlassablement des stocks de bombes. Beaucoup enviaient Renzo et Maddalena. Ils étaient le seul couple véritable de la brigade. Ce qui les unissait rendait joyeux et jaloux, et l'on se disait qu'ils pouvaient, eux, continuer de faire l'amour, comme le font le mari et la femme dans un couple.

Un soir, après que des bombardiers légers Heinkel, protégés par des chasseurs Messerschmitt, eurent tournoyé en un cercle lent au-dessus de la ville, et fini par disparaître en vrombissant dans la direction du Guadalaviar, Renzo vint s'asseoir à côté de Roberto. Maddalena était de garde, surveillant la rue par la meurtrière aménagée dans la barricade de sacs. Renzo l'Italien avait l'air sombre et préoccupé.

— Tu as peur pour Maddalena ? lui dit Roberto.

— Non. Nous en avons souvent parlé. Nous pensons que nous ne mourrons pas en Espagne, mais ailleurs. C'est idiot, non ?

— Pour le moment présent, c'est plutôt réconfortant…

— Non, il s'agit d'autre chose, Roberto. À mon sens, plus grave. Il s'agit de l'Italie…

Roberto acquiesça en hochant la tête :

— Je me demande si nous y retournerons un jour, Renzo…

— Tu as entendu parler du *Manifeste de défense de la race* ?

— Non.

— Tu sais que Mussolini a depuis longtemps mis en œuvre une politique d'oppression des minorités francophones, slaves…

— Et germaniques…

— Justement… Mussolini qui s'était toujours désolidarisé de la politique raciale du Reich, et qui ironisait volontiers sur le concept de « race nordique », depuis le rapprochement avec l'Allemagne nazie, est en train de faire sienne la doctrine pseudo-scientifique de la race ! Le *Manifeste* affirme le principe de l'inégalité des races mais surtout que les Italiens appartiennent à la race aryenne.

— Nous sommes tous des grands blonds aux yeux bleus, c'est bien connu…

— Ça pourrait prêter à sourire… Mais les premiers visés, évidemment, ce sont les Juifs. Les écoles italiennes sont interdites aux Juifs étrangers, les naturalisations sont révoquées. Les Juifs italiens sont exclus de l'enseignement, des académies, des instituts, des associations scientifiques, artistiques et littéraires. Ils ne peuvent plus faire partie de l'armée, appartenir aux administrations centrales, locales ou para-publiques, aux associations syndicales, aux banques, aux assurances. Les mariages entre Italiens et « non-aryens » sont interdits, et les élèves juifs sont exclus des écoles élémentaires... et ce n'est qu'un début.

— Que dit Pie XI ?

— Le pape proteste, comme il l'avait déjà fait dans l'encyclique *Mit brennender Sorge*.

— Le peuple ?

— Le « peuple », comme tu dis, du moins, une partie, désapprouve en silence !

— Le roi ?

— « Ton » roi, Roberto, est soi-disant atterré, mais ne fait rien. Il ne voulait pas non plus que l'Italie apporte son aide à Franco. Tu as vu la suite.

— Victor-Emmanuel est sans pouvoirs.

— Et sans volonté, Roberto... En fait, ce qui m'inquiète le plus dans toutes ces pratiques discriminatoires, dont certaines à mon avis ne seront pas applicables, pour plein de raisons...

— Les agents de l'État trouveront dans la délivrance d'attestations de complaisance une source fructueuse de revenus, dit Roberto sans cynisme ni ironie.

— Ce qui m'inquiète le plus, c'est le recensement des Juifs. Quelle arme terrible contre la communauté ! Quelle menace !

— Nous vivons tous d'une façon ou d'une autre sous la menace depuis des années...

— Oui, sans doute Roberto. Mais, nous, ça fait des siècles...

Roberto regarda Renzo et se tut, par respect, et parce qu'il ne pouvait évoquer cette « menace » avec Renzo sans paraître ridicule. Sa menace à lui ne le poursuivait pas depuis des millénaires, des générations, mais simplement depuis ce matin neigeux où, enfant, il avait dû quitter le château familial et prendre la route de l'exil.

Sans doute était-ce la neige qui recouvrait la plaine et les sierras du bas Aragon qui lui rappelait ce souvenir douloureux, cette blessure. Il avait honte de le formuler ainsi, d'opposer à la destinée de tout un peuple sa minuscule biographie personnelle, sa petite histoire, et même celle de sa famille : la menace – sa déchirure – remontait, à ses yeux, à ce matin de Noël 1899.

Soudain les deux amis sursautèrent et s'emparèrent de leurs armes : dans la direction d'Alcañiz, un fracas infernal venait de déchirer l'air. Des bombes explosèrent, simultanément, suivies d'un grondement continu : celui d'un tir massif de fusils et de mitrailleuses qui était en train de gagner de proche en proche toutes les lignes de retranchement encerclant Teruel. Dans le soleil d'hiver, de gros bombardiers Savoia-Marchetti brillaient, blanc et argent, volant très bas, dessinant sur le brouillard jaune de la vallée leur ombre funeste :

— *Non ci si abitua mai !* répéta Renzo, en regardant les avions italiens.

— Nous non plus, dit le commandant du bataillon qui venait d'entrer dans la pièce, on n'arrive pas à s'y habituer.

C'était un homme au visage un peu jaune, qui portait un calot et non une casquette, une vareuse, des guêtres, et qui claudiquait de la jambe droite. Il tendit la main d'un geste cordial à Renzo et à Roberto, puis à tous ceux qui s'installaient pour l'écouter. Il alla droit au fait, très simplement. Le jeune Garbanzo, un joyeux bonimenteur de quatorze ans assez rondouillard, qui avait préféré s'enrôler dans l'armée plutôt que de devenir prostitué dans le barri Xinès de Barcelone, et qui racontait à tout le monde qu'il avait eu une gouvernante anglaise, s'en étonna avec effronterie :

— On ne salue plus, mon commandant ? Je croyais que le salut était la preuve que notre brigade « était en train de devenir le fer de lance de la lutte contre les fascistes » et n'était plus un « groupe d'amateurs remplis de bonne volonté » ?

Le commandant rit de bon cœur, comme tout le monde. Garbanzo était devenu la mascotte de la brigade, et son courage était au moins aussi reconnu que son impertinence...

— Justement, « Pois chiche », je venais vous dire à tous que vous allez devoir en éliminer encore plus que d'habitude, des fascistes ! L'offensive est pour demain !

Plusieurs soldats, entrés dans la pièce après le commandant, posèrent au sol de lourdes boîtes qu'ils se mirent à éventrer frénétiquement.

— La distribution peut commencer, dit le commandant.

On remit à chacun une veste fourrée, un caleçon long en flanelle, un passe-montagne, de grosses chaussettes en laine, une paire de bottes courtes et une gourde remplie de cognac.

— Voilà pour la soirée mondaine, ajouta le commandant.

— Et pour le feu d'artifice ? demanda Garbanzo.

— Dans ces trois caisses-là, dit le commandant. Deux cent cinquante cartouches par homme, une baïonnette, un casque d'acier, à moins que vous n'en ayez déjà un, et six bombes.

Maddalena, qui avait été relevée de sa garde, vint se joindre au groupe. Elle semblait tout juste émerger de la réalité qui, toutes ces heures durant, avait été la sienne, les yeux encore anxieux de ne pas avoir découvert de quelle mort elle aurait pu mourir aujourd'hui. Renzo embrassa son visage imprégné de poussière jaune, et le commandant lui donna une vigoureuse poignée de main avant de reprendre la parole :

— Votre bataillon partira à l'avant-garde, honneur qui lui revient parce qu'il est le plus aguerri.

— C'est-à-dire qu'on va devoir avancer à découvert ? demanda Renzo.

— Exact...

— Ça ne va pas être une partie de plaisir, fit remarquer Garbanzo. Et si ceux qui doivent nous ouvrir la route dorment ? ajouta-t-il.

— Et pourquoi feraient-ils marche arrière ou dormiraient-ils ? demanda le commandant.

— Il y a beaucoup d'Italiens, remarqua Garbanzo, tous des trouillards...

— *Canaglia !*

— *Lucifero !*

— *Va via da qui !*

Et tout le monde éclata de rire, en faisant mine de rouer de coups le jeune Garbanzo.

Maddalena, chargée dans la villa des questions d'intendance, souleva le problème de l'approvisionnement :

— Qu'est-ce qui sera le plus pratique, que chacun emporte sa ration dans son sac ou qu'on l'apporte à la position ?

— Ce ne sera pas une promenade champêtre mais une véritable course ; peut-être vaut-il mieux ne pas se charger, dit le commandant.

— Il a raison ! Il a raison ! crièrent plusieurs voix.

— Plus légers nous serons, plus vite nous courrons !

— Eh bien moi, je préfère emporter de la bouffe que des bombes, dit Garbanzo. Si je ne mange pas, je ne peux pas balancer mes grenades ! Autant crever le ventre plein !

À huit heures trente-quatre du matin, au milieu des fusillades et des explosions, et tandis qu'une étrange onde de choc secouait les brigadistes de la villa de la calle Comadre, ceux-ci franchirent les parapets qui protégeaient leurs positions. Les dynamiteurs, à la pointe de l'offensive, sans autre charge que leur musette pleine de cartouches et leurs grenades à la ceinture, trouèrent, de leurs silhouettes zigzagantes, l'aurore teinte de rose et d'or. Il faisait si clair qu'on distinguait nettement les formations triangulaires des soldats qui couraient, déployés en tirailleurs sur toute la plaine. Aucun relief ne pouvait leur servir d'abri, aucun trou, aucun arbre, une plaine plate comme une table, un immense cercueil à ciel ouvert sur lequel les hommes, courbés, baïonnette au canon, se jetaient dans leur maladroite et mortelle galopade. Roberto traversa cette journée, et les suivantes, tel un fantôme qui ne pensait plus ni à la vie ni à la mort. Il fallait toujours sortir à nouveau, recommencer l'attaque, se remettre en marche. Ouvrir la culasse du fusil à coups de caillou car celui-ci se bloquait après chaque coup de feu, s'encourager à grandes rasades de gnôle. Il fallait oublier que le tac-tac-tac des mitrailleuses pouvait à tout instant vous emporter le crâne; oublier l'aveuglante clarté rouge des bombes qui la nuit éclatent si près que vous sentez la chaleur de l'explosion; oublier les relents d'urine et le pain moisi, le goût d'étain des ragoûts de fèves versés dans des gamelles non lavées, et le soir, sous les couvertures parcourues par les campagnols, les soldats qui se sodomisaient en râlant pour jeter à la face de la mort qu'ils étaient encore capables de jouir.

À la mi-février, le front se déplaça, et avec lui les brigadistes chargés dans des camions qui traversaient bruyamment la plaine hivernale. Les vignes taillées n'avaient pas encore laissé éclater leurs bourgeons, et les pousses de l'orge commençaient tout juste à surgir entre les mottes de terre et les ossements des malheureuses populations civiles mitraillées sur des centaines de kilomètres par les Chemises noires. C'est là, quelque part entre Concud et Peralejos, sous un ciel bas et des vents pleins de hargne, que Roberto, qui venait de se jeter à terre pour éviter un tir croisé de mitrailleuses, attendait que le fracas se calme. Couché sur le flanc, dans la boue gluante, à quelques mètres d'un fossé d'irrigation, il tentait vainement de dégoupiller une grenade. Garbanzo était à quelques mètres de lui. « Tu la tords dans le mauvais sens », lui dit-il. « Pois chiche » avait raison. Ils décidèrent de dégoupiller ensemble, de se redresser sur les genoux, de lancer leurs grenades avec force du même côté, là où devaient se tenir les mitrailleurs fascistes, puis de se rejeter à terre.

Elles éclatèrent sur la droite, dans le parapet, réduisant en lambeaux les nationalistes qui gisaient maintenant dans leur sang, le nez dans la terre. À ce moment, une grenade éclata qui contraignit Roberto à s'aplatir de nouveau, enfouissant si violemment son visage dans la boue qu'il se fit mal au cou et crut un instant être blessé. Mais non, rien. Il avait les jambes et les bras en coton, comme après une forte fièvre. Mais il n'était pas touché. Il allait se retourner lentement pour rejoindre sa tranchée lorsqu'il entendit la voix de Garbanzo dire calmement : « Je suis touché, putain. » Le souffle de la bombe l'avait projeté un peu plus loin.

— Garbanzo, je viens, ne bouge pas. J'arrive.

Il se mit à pleuvoir, et la nuit commençait de tomber. Roberto rampa à travers une flaque d'eau et atteignit Garbanzo après avoir dépassé un sillon de terre sombre qui coupait le champ en deux. Une boue grasse et nauséabonde s'infiltrait dans ses vêtements.

— Garbanzo. Garbanzo…

— C'est la merde, l'Italien. J'ai la jambe coupée et le ventre ouvert !

— Je vais te ramener, Garbanzo. Ne bouge pas. Ne bouge pas, dit Roberto. Je retourne à la tranchée chercher des couvertures, un brancard, et je reviens…

— Non, Ercole, non, dit Garbanzo. Il avait le visage balafré de boue et noirci de fumée jusqu'aux yeux. Tu n'as pas un cigare ? Tu n'en as pas gardé un en réserve ?

— Non, Garbanzo.

— Je peux te demander une faveur ?

— Laquelle ? dit Roberto qui avait réussi à protéger le visage de Garbanzo derrière un petit monticule de terre.

— Tu parles anglais ?

— Mal.

— Dommage… Ma gouvernante anglaise…

— Tu avais vraiment une gouvernante anglaise ?

— Évidemment. Personne ne le croit. Quand j'étais petit, elle me chantait une chanson… Une histoire de faux diamants et de grand miroir acheté par un papa…

Soudain, Roberto oublia tout ce qui l'entourait. Cette immense désolation, le sol fangeux, les peupliers remués par le vent, l'eau jaune des flaques d'eau. Le visage collé contre l'oreille du petit soldat de quatorze ans, il se souvint de Luisa, sa mère, qui lui chantait une comptine, la seule sans doute qu'il pouvait aujourd'hui encore chanter en anglais. C'était celle que lui demandait Garbanzo. Et tous deux, l'homme et l'enfant, dans la boue, l'homme, les mâchoires crispées par les sanglots, l'enfant, se blottissant soudain contre lui, oubliant qu'il avait un regard d'homme, celui qu'il était devenu en une après-midi, entonnèrent une berceuse en anglais :

— *Hush, little baby, don't say a word, Papa is going to buy you a mockingbird, and if that mockingbird won't sing, Papa is going to buy you a diamond ring…*

Instinctivement, alors qu'ils chantaient à voix basse, Roberto tendit ses bras, en enveloppant le corps de l'enfant, pour le protéger, pour le délivrer de la mort, comme il l'eût fait avec son propre fils. Et l'image de Renato se superposa à celle de Garbanzo. Que faisait-il ici, Roberto, dans cette boue et dans ce sang ? Il tenait dans ses bras un enfant agonisant, et le silence sur le champ de bataille était total. S'il avait eu sous la main ce que tous appelaient de la mort-aux-rats, ce mauvais alcool qui brûle fort et soûle vite, il en aurait vidé une bouteille entière. Les Anglais avaient raison, cette guerre n'était pas une guerre mais une « pantomime avec effusion de sang ». Que pouvait-il faire, lui Roberto, de tous ces morts, de tous ces blessés, de tous ces remords ? Il avait cru faire partie d'une sorte de grande famille où l'espoir avait remplacé le cynisme et l'indifférence. Mais non, il devait maintenant éviter ce qu'il considérait comme son risque suprême : une mort sinistre et dénuée de sens. Il regarda longtemps le visage apaisé du jeune garçon, puis lui ferma doucement les yeux.

Après plusieurs semaines de combats et de batailles de rues, les franquistes avaient repris Teruel. L'offensive républicaine avait échoué. Des dizaines de milliers de morts, des dizaines de milliers de blessés et de prisonniers, pour rien. Roberto pensa longtemps à Garbanzo qui lui avait dit fièrement, lui qui avait si peur qu'un rat lui trotte dessus dans l'obscurité : « Il n'est jamais trop tard pour apprendre à vivre. »

27

Roberto dansait de joie. Diodata avait reçu sa dernière lettre et elle lui avait répondu. Cela faisait la dixième fois qu'il relisait les petites feuilles de papier jaune lui parlant de Cuba, de Renato qui allait bientôt avoir quatre ans et de la petite Chiara, sa fille née en octobre, et qu'il tentait d'imaginer en caressant les feuilles défroissées, l'enveloppe munie de tous ses tampons, et du timbre bleu et rouge à l'effigie de José Martí. Quel bonheur que cette lettre, qui avait mis si longtemps à arriver! Quelle douleur aussi: celle de l'absence et de la séparation. Celle de l'accouchement de Diodata, à La Havane, dans la solitude de la femme qui enfante. Quand reverrait-il toute cette vie qui lui semblait aujourd'hui si lointaine? Répondre à Diodata, c'était malgré la distance se rapprocher d'elle; tenter vainement de le faire. Presque deux ans s'étaient écoulés depuis son départ. Diodata lui avait-elle pardonné? Le pourrait-elle un jour, elle qui était restée seule avec l'enfant, sans nouvelles? Elle qui avait dû affronter la vie à Cuba, la nouvelle grossesse, sans le soutien de Roberto? Roberto était révolté par le temps qui passait. Alors, il tentait de combler le vide en écrivant à Diodata, et sa réponse était tout autant une manière de lui donner de ses nouvelles qu'une façon de nager contre le temps. Roberto écrivait contre la durée. Ce qu'il cherchait, c'était à nier le temps en s'en servant. Non pas l'oublier, ni l'inventer, mais le travailler, le penser, et ainsi en étendre les limites. Écrivant à Diodata, il se parlait aussi à lui-même.

Ainsi lui racontait-il l'effondrement du front d'Aragon, et la République maintenant coupée en deux, et l'étrange vision du général fasciste Alonso Vega faisant le signe de la croix sur la plage de Viñaroz, tandis que ses troupes pataugeaient dans l'eau de la Méditerranée. Puis, le voyage de Negrín à Paris pour demander au gouvernement de M. Chautemps de rouvrir une frontière fermée depuis janvier. « Diodata, écrivait-il, je ne sais plus quoi penser ? Certains dans le camp des républicains affirment que les communistes ont lâché Teruel. Mais c'est faux, j'y étais. Tant de communistes, bons et loyaux combattants, y sont morts sous mes yeux. Le plus jeune avait quatorze ans. Il est mort dans mes bras. Je ne sais que faire ? À Barcelone, les profiteurs monopolisent les produits alimentaires et organisent des vols à grande échelle. Les tribunaux sommaires condamnent indistinctement les nationalistes, les républicains, les anarchistes, les poumistes. On parle de prison, de cellules en forme de sphères et peintes en noir, pourvues d'une simple lumière au sommet, qui provoquent une sensation atroce de vertige. D'autres si exiguës qu'on ne peut s'y asseoir. D'un côté les tortures fascistes, de l'autre, les règlements de comptes qui décapitent le camp républicain. L'homme est un animal qui sécrète de la souffrance, qui n'arrivera donc jamais jusqu'à lui-même, qui n'arrivera donc jamais à se construire ? Tu m'écris que le *New Yorker* et *Star-and-Lines* te proposent de t'envoyer en France, que tu hésites, et ne sais avec lequel signer... Qu'importe l'un ou l'autre, nous pourrions ainsi être plus facilement réunis. Peut-être pourrions-nous envisager de quitter Cuba pour revenir vivre en Europe. Mais l'Europe n'est-elle pas en train de prendre feu ? Aujourd'hui, 16 mars 1938, je regarde la nuit noire qui est tombée sur Barcelone, j'imagine que nous nous retrouvons, que nous revenons à Paris. Te souviens-tu de notre appartement près du parc Montsouris. Puis soudain je... »

Roberto s'arrêta d'écrire, posa son stylo, et releva la tête. Un ronronnement d'abord lointain, puis de plus en plus rapproché, avait fini par couvrir le crissement de sa plume sur la feuille de papier. Il but une nouvelle gorgée de gin angustura, et tandis qu'il se dirigeait vers la fenêtre pour la fermer, il comprit ce qui était en train de se passer. Maintenant, c'était un bruit épouvantable qui recouvrait Barcelone. Tandis que les sirènes commençaient de mugir, il aperçut une première vague de six Hydro-Heinkel qui passaient au-dessus de la ville. Il estima qu'ils étaient à quatre ou cinq cents mètres d'altitude et qu'ils volaient à cent kilomètres à l'heure. Après avoir soigneusement replié les pages de sa lettre dans l'enveloppe, il prit plusieurs pulls, son pistolet, le morceau de pain blanc qu'il avait à peine entamé et descendit dans la cour en direction de l'abri, tandis que tombait dans la rue une pluie de verre brisé et de plâtre. Une nouvelle vague de lourds bombardiers Savoia, cette fois, troua le ciel de Barcelone. Puis une autre. Puis encore une autre. L'enfer semblait ne pas devoir s'arrêter. Il ne ressortit de la cave que deux jours plus tard, en fin d'après-midi, puant la merde et frigorifié, sa veste de cuir mouillée lui collant à la peau. Toutes les trois heures, des vagues ininterrompues de bombardiers avaient déversé des tonnes de bombes sur la ville. Dix-sept raids au total. Lui comme tous les autres prisonniers de la cave, et de cette ville assiégée où tout le monde était à bout de nerfs, les avaient comptés. On parlait de deux mille blessés, mille trois cents morts, et parmi ces derniers : Antonio, Jorge et Emilio, frères le temps d'une guerre. L'aviation italienne affirmait haut et fort qu'une guerre pouvait se gagner par la terreur, et Mussolini, se tapant sur les cuisses, déclara qu'il préférait voir les Italiens épouvanter le monde par leur agressivité plutôt que de les entendre le charmer avec leurs mandolines !

Le quartier n'était plus qu'un amas chaotique de gravats, de pierres, d'ossatures de fer mises à nu, décharnées, désarticulées, brisées. Quelle désolation et quelle horreur ! Un paysage fantastique, un sabbat, les portes de l'Enfer ! Les arbres, d'un trottoir à l'autre, avaient été fauchés, les ruelles n'étaient plus que des précipices remplis d'eau, de boue, de tuyaux éventrés qui sifflaient. On eût dit qu'un passage avait été ménagé en taillant à vif dans la masse de la cité, à grands renforts de mines. Parfois, la marche était arrêtée par des barricades de meubles brisés, projetés hors des appartements, mêlés à la pierraille; parfois, des pyramides de pierre noire obstruaient des portes cochères et des fenêtres. Déjà, sur les bas-côtés et les talus, les lits de paille avaient été rapidement jetés pour les blessés intransportables. Roberto qui connaissait pourtant tant de choses de la guerre n'avait jamais été pris d'un tel dégoût. Dans cette cité, devenue une tanière obscure et fétide, il ne s'était jamais senti aussi mal à l'aise, ni si fatigué, ni si usé. Quel étrange cauchemar! Le danger véritable s'était éloigné, le bombardement était fini, mais c'était comme si le danger réel aurait été mille fois préférable. Tout, tout plutôt que ces ruines! Les percées sous le feu ennemi, les chocs, les barbelés, les blessures, le champ de bataille, tout plutôt que cette inertie accablante, cet ennui mortifère, ce vide puant, cet inconfort des jours et des heures! Devant lui, un homme, fusil à l'épaule droite, canon vers le bas, se secouait vigoureusement, pour faire tomber la couche de poussière épaisse qui le recouvrait. Comme pour bien rajuster le tout, de lui et son apparence, il sortit la jugulaire qui était tassée au fond de son casque, la passa sous son menton et se mit en route en direction du parc zoologique qui apparaissait au bout de la carrer de Villena. La voix de Roberto le fit se retourner:

— Renzo? Tu es Renzo?

Après une hésitation, il s'avança vers Roberto:

— Je ne t'avais pas reconnu! Roberto! Vivant! Tu es vivant...

— Je te croyais à Albacete, avec la brigade...

— On est rentrés il y a quatre jours. On voulait essayer de te retrouver. On n'a pas eu le temps.

— Où est Maddalena? demanda Roberto.

— À l'hôpital, plaça Comercial. Pour y soigner un

début de pneumonie; sans gravité paraît-il. J'espère que l'hôpital n'est pas touché. Je n'en sais rien. Personne ne peut me renseigner!

— Je vais avec toi, dit Roberto.

Et les deux hommes se mirent en route, rythmant leur pas en chantant en italien, pour se donner du courage:

— « Et j'demande que soit taillé
mon corps en six morceaux:
au roi d'Italie, l'premier,
l'deuxième au bataillon », commença Renzo.

— « L'troisième pour ma maman,
qu'elle s'rappelle de son enfant,
et l'quatrième pour ma belle,
que d'l'amour elle s'rappelle », poursuivit Roberto.

— À propos du roi d'Italie, j'ai entendu dire que les propos et les déclarations de plus en plus ouvertement antimonarchiques du Duce ont conduit les fidèles de la dynastie…

— « Les fidèles de la dynastie », demanda Roberto, ça existe encore?

— Oui, les militaires, les hauts fonctionnaires, les magistrats, une bonne partie de la classe dirigeante, les aristocrates comme toi…

Roberto s'arrêta net au milieu de la chaussée:

— Pourquoi tu dis ça?

— Écoute, Roberto, on est à Barcelone, dans la merde jusqu'au cou, je ne sais même pas si je vais retrouver Maddalena… On ne va pas jouer au plus fin. On sait depuis le début qui tu es, d'où tu viens. Ton père, les courses automobiles, etc. Mais on n'a rien dit, ni à Key West, ni à Cuba. Diodata et toi aviez l'air d'avoir tellement besoin de garder le secret…

— Tu me trouves ridicule, c'est ça?

— Non Roberto. Je comprends que tu aies besoin d'exister dans la géographie, un lieu, une histoire. Tu sors de ça… Mais moi, Roberto, je suis juif, j'ai une identité de quatre mille ans. Je ne viens même pas d'Italie… Donc, pour revenir à ce que je te disais, beaucoup de notables commencent à adopter vis-à-vis du régime une attitude circonspecte et méfiante. Ils sont en train de remettre complètement en cause leur adhésion de 1922.

— Les jours de Mussolini sont comptés.

— J'en ai l'impression.

— Et les nôtres ? demanda Roberto en regardant droit devant lui.

— Les nôtres, peut-être pas, mais ceux de Maddalena peut-être…

Roberto et Renzo ne chantèrent pas les autres couplets du *Testamento del capitano*. En arrivant près d'un carrefour où des soldats en guenilles tendaient leur gamelle, dans laquelle un fourrier versait une boisson fumante puisée avec une tasse dans un baquet métallique, ils éprouvèrent tous deux un sentiment commun de peur, de fragilité, d'impuissance. Et si une bombe avait soufflé l'hôpital dans lequel Maddalena était allée subir quelques examens somme toute anodins ?

La peur de Renzo, accumulée toute cette guerre durant, se voyait au frémissement de son regard, à ses lèvres livides, à ses genoux qui ployaient, à sa main incertaine qui semblait à tout moment sur le point de lâcher son fusil. Roberto le reconnaissait sur lui aussi, ce frisson terrible de la peur. Il l'avait tellement éprouvé dans les tranchées quand éclate un obus qu'on n'a pas entendu arriver, ou une rafale soudaine de mitrailleuse qui ne surgit pas de l'endroit où on pensait qu'elle viendrait. Les deux amis parlèrent :

— Le courage, c'est facile quand la peur est en face de toi, tu peux lui faire face.

— Mais quand elle est tapie, dit Roberto, vigilante, prête à te fondre dessus, à t'empoigner, c'est terrible.

— La vie entière s'enfuit, tout tremble. Comme moi maintenant !

— Il faut faire un effort surhumain, dit Roberto. Il faut que ta volonté se tende comme une corde.

— Celle du boucher qui traîne sa victime à l'abattoir, dit Renzo.

Les deux hommes étaient d'accord. Eux qui étaient venus d'horizons si différents, qui avaient une expérience de la vie si opposée, n'avaient jamais, durant cette année de guerre, dans ses mêlées terribles, sous la grêle de la mitraille, pendant les moissons sanglantes des hommes fauchés par gerbes entières, par rangées pleines, par classes, éprouvé, avec autant de force, le dégoût qui les envahissait maintenant devant cette lente, méthodique et vaine boucherie. Mais la peur qui les étreignait avait aussi d'autres sources, d'autres ramifications. Roberto, les yeux égarés, entourés de cernes violets, le dit à son ami :

— Une peur folle, n'est-ce pas ? Maintenant qu'il ne s'agit plus seulement de la nôtre contre laquelle nous combattions en terrain découvert. Non, la peur de l'autre. Celle de Maddalena. Celle de Diodata. La peur de nous perdre. Notre peur de ne plus les revoir, jamais.

— J'ai soif ! dit Renzo. Le dernier verre d'eau que j'ai bu avait un goût d'asphalte.

— C'est la peur, Renzo. La peur donne toujours soif ! dit Roberto.

Tout en disant cela, Roberto dut faire un détour pour éviter plusieurs chevaux éventrés dont le sang coulait en épaisses rigoles, parmi un rassemblement hétéroclite de meubles calcinés, d'ambulances renversées, de piles de bois entassées au pied d'immeubles ouverts qui brûlaient. De chaque côté de la rue émergeaient des brancardiers et des hommes qui portaient sur leurs épaules des femmes et des enfants blessés ou morts. Qu'est-ce qui pouvait bien jaillir de ce décor d'épouvante, si ce n'est la certitude d'une défaite que personne ne pouvait envisager, pas même les colonnes de civils désespérés qui fuyaient la barbarie fasciste et venaient s'entasser dans les vieux quartiers de Barcelone.

Une moto abandonnée gisait sur le sol. Sans se concerter, les deux hommes se dirigèrent vers elle et tentèrent de la redresser.

— Tu conduis ? demanda Roberto.

— Non, toi. Il faut que nous arrivions le plus vite possible à l'hôpital !

Après avoir relevé et poussé l'engin sur quelques mètres à travers une foule de mulets et de brancardiers, Roberto lança la jambe par-dessus la selle tandis que Renzo montait derrière. La moto démarra et se rua à travers la boue et les gravats des rues éventrées en soulevant un tourbillon de poussière. Roberto éprouvait le grand vide que laisse la fin du danger après la bataille ; et cette pensée soudaine, cette certitude. « Maintenant j'en suis sûr, je ne serai pas tué aujourd'hui ! » hurla-t-il.

À l'entrée du parc zoologique, un tank brûlait, dégageant une épaisse fumée noire. Dans cette ville calcinée par les bombes, déchirée par les obus, des enfants, malgré tout, semblaient encore jouer et rire. Roberto ne comprit pas immédiatement ce qui se passait. Le dos appuyé contre le mur de l'enceinte extérieure du zoo, une bande de ouistitis échappés de leurs cages, étonnés de leur liberté nouvelle, observaient la ville dévastée, la flairaient, le museau en avant, tandis qu'à leurs pieds gisait le cadavre d'un grand pélican. Un homme en colère dispersa le petit groupe d'enfants. Il fallait faire très attention, les animaux du zoo n'étaient pas nourris depuis quatre jours et l'on pouvait craindre le pire :

— Imaginez que l'hippopotame se soit enfui, ou les lionnes, ou le couple d'éléphants, ou les panthères ? disait l'homme qui assurait être le gardien du zoo. Vaut mieux pas croiser un animal sauvage qui n'a pas mangé ! menaçait-il.

Devant le silence amusé des enfants, l'homme perdit patience et partit, en colère. Après tout, avec toutes ces bombes et cette folie qui s'étaient abattues sur sa ville, comme s'il n'y avait plus de gouvernement ni en haut ni en bas, tout le monde pouvait bien crever, il s'en foutait. Pour éviter les embouteillages qui ralentissaient considérablement la circulation, Roberto décida de couper à travers le zoo. Il se retrouverait ainsi directement devant l'hôpital. Le spectacle était effrayant. Nombre d'arbres avaient été fauchés par les bombes, et les baraques où vivaient les animaux étaient toutes à terre. Le gardien du zoo n'avait aucune crainte à avoir, la moto traversa une terre dévastée sur laquelle gisaient d'étranges cadavres : celui d'un hippopotame et ceux de deux chimpanzés ; ceux de plusieurs lionceaux et celui d'un vieux bison pelé. Tout le peuple des animaux était mort, y compris les grenouilles et les tortues de l'île flottante, et les habitants de la petite ferme reconstituée qu'aimaient tant les enfants de la cité. Seule une louve, au pelage gris, presque blanc, hurlait derrière les barreaux de sa cage. À ses pieds, une meute éventrée, couverte de sang, dévorée par la nuit et la fureur des hommes. La bête sauvage pleurait à la manière humaine, indifférente aux hommes qui passaient et qui avaient tué ses louveteaux.

Retrouvant leur souffle après de longues minutes, Roberto et Renzo traversèrent la cour de l'hôpital, encombrée de camions, de chars de pompiers, d'ambulances et de voitures particulières. Une aile entière du grand édifice avait été détruite par les bombes italiennes. Une foule grise formait des paquets opaques sur les dalles. Il n'y avait pas moins de cinq à six cents personnes attendant là d'hypothétiques soins. Beaucoup de civils blessés ; beaucoup de vieillards ; beaucoup d'enfants très jeunes, somnambules de sommeil et d'épuisement ; beaucoup de pauvres diables, la culotte noire de sang, renversés à bas de leur civière ; beaucoup d'agonisants, blessures à découvert, sans pansement, tout juste protégées des mouches par une mousseline à envelopper le beurre et tendue sur des fils de fer… Renzo, qui avait accompagné Maddalena, lors de son admission à l'hôpital, reconnaissait à peine les lieux, et personne évidemment ne pouvait le renseigner. Les hommes et les femmes qui étaient là n'y étaient pas pour « renseigner » mais pour tenter de sauver leur peau, de ne pas crever, sans soin, sans médicaments, sans analgésiques. Après de longues minutes de recherches éprouvantes, Renzo reconnut l'escalier, l'immense galerie du deuxième étage, le dédale de salles, la porte vitrée et l'espace commun où étaient rassemblés ceux dont les jours n'étaient pas en danger. C'est Roberto qui le premier aperçut Maddalena. Elle était debout et aidait d'autres malades. Les trois amis étaient vivants, n'était-ce pas la seule chose qui comptait à présent ?

— Dès que l'hôpital a été attaqué par les bombes incendiaires, le sol et les lits ont été recouverts par les restes des malades qui n'ont pas eu le temps de s'enfuir, ou qui n'ont pas pu. Certains dormaient. C'était horrible tous ces corps brûlés, collés aux draps et aux couvertures… J'ai eu beaucoup de chance, Renzo. Une nonne est entrée en hurlant et en battant des mains. Ses cris m'ont sauvée. J'étais à demi inconsciente… Je n'ai eu que le temps de me cacher sous mon lit et de ramper jusqu'au couloir.

À peine eut-elle fini de parler que Maddalena s'excusa, en montrant du doigt un matelas de fortune sur lequel une jeune fille dont on devinait le corps svelte et gracile sous le drap, et dont le visage endormi révélait la grande beauté, commençait de bouger en râlant doucement.

— Sa jambe est perdue, dit Maddalena. Si on pouvait l'amputer, elle vivrait. Dès qu'elle se réveille, elle demande qu'on l'achève.

— Il n'y a rien à faire ? demanda Roberto chez qui tous les souvenirs de la Piave remontaient par vagues, lui l'ancien brancardier. Au fond, vingt ans après, la médecine n'a pas évolué d'un pouce, dit-il à haute voix, plein de rage.

Un médecin, le tablier couvert de sang, lui répondit.

— On ne peut rien. Je ne peux rien, tu entends, rien pour personne. Je n'ai ni alcool, ni pansements, pas même un cachet d'aspirine… Tout le monde nous laisse tomber. Les Russes, les Français, les Américains, les Esquimaux ! On n'intéresse personne !

— C'est la chose qui me rend le plus folle, ces plaintes, ces sanglots à longueur de journée, dit Maddalena.

— Et moi, ce qui me rend fou, dit le médecin, c'est qu'avec les moyens dont on dispose aujourd'hui, cette beauté pourrait être sauvée. On a même maintenant une méthode d'injection du plasma sanguin.

Quand la jeune fille se réveilla et regarda presque paisiblement tous ces visages au-dessus d'elle, Roberto sentit son courage s'effriter et sa bouche se remplir de salive amère. Il pensa à Victoria qui aurait pu mourir comme ça, elle aussi, mais qui était morte autrement. Il aurait voulu trouver des mots de consolation, lui mentir, inventer une histoire qui lui permette d'oublier et de rire. Il se pencha vers elle, lentement, rempli de compassion. Son visage était blanc.

— Parfois, c'est très difficile de faire bouger ses jambes... dit-elle.

— C'est comme si vous marchiez sur du sable qui glisse... dit Roberto.

— Ou dans un rêve, dit la belle fille en souriant.

« Mon Dieu, c'est donc aussi ça la guerre », pensa Roberto en silence.

Rabattant une mèche de ses cheveux d'une teinte jaune poussiéreuse, la jeune femme se souleva légèrement, tourna la tête vers Roberto et, le regardant droit dans les yeux, lui murmura tandis qu'il se penchait sur elle :

— Mon Dieu, faites qu'il fasse nuit, vite.

À mesure que le temps passait et que l'effondrement de la République devenait chaque jour plus évident, le vœu émis par la jeune blessée de l'hôpital de Barcelone devint réalité. Mais la nuit qui tombait était lente, accompagnée de souffrances et d'épreuves. La bataille de l'Èbre, imposée par les conseillers russes, au dire de certains, afin de mettre rapidement fin à la guerre et laisser ainsi les mains libres à Moscou pour les négociations avec Hitler, avait fini par isoler totalement la Catalogne du reste de la zone républicaine, et surtout par priver de souffle tout esprit révolutionnaire. Beaucoup entrevoyaient déjà la défaite. Langston Spotswood, dont la brigade avait subi de lourdes pertes, avait rejoint le bataillon britannique de la 15e brigade, celui-là même qui mena un dernier engagement, le long de la gorge fortement à pic de Mora. Quelques mois plus tard, le 15 novembre, eut lieu à Barcelone une revue d'adieu : les Brigades internationales étaient définitivement retirées du combat. Roberto, Renzo, Maddalena, Langston étaient présents, comme plusieurs milliers d'autres brigadistes remerciés.

— C'est elle ? demanda Maddalena, en tentant de se dresser sur la pointe des pieds.

— Oui, répondit Renzo, alors qu'une petite femme noueuse, aux yeux noirs comme sa chevelure relevée en chignon, s'avançait sur la scène.

La foule immense, rassemblée sur la place, l'acclamait en lui lançant des fleurs. Une émotion intense et recueillie gagna petit à petit les rangs des brigadistes. Sous d'immenses portraits de Negrín, d'Azaña et de Staline, Dolorès Ibárruri commença son discours, s'adressant tout d'abord aux femmes, avant de parler aux hommes :

— Mères ! Femmes ! Lorsque les années auront passé et que les blessures de la guerre seront cicatrisées ; lorsque le souvenir des jours de détresse et de sang se sera estompé dans un présent de liberté, d'amour et de bien-être...

À mesure que les mots de la femme légendaire emplissaient tout l'espace, le silence gagna progressivement une foule émue aux larmes. Roberto ne put, lui non plus, échapper à l'émotion. Mais, comme souvent en de telles circonstances, ce n'étaient ni le contenu du discours, ni la voix, à ce moment précis, sincère, le proférant qui bouleversaient Roberto. Cet événement le renvoyait à lui-même, à ses propres interrogations, aux raisons qui l'avaient fait rester, à tous les amis morts, « gardant comme linceul la terre espagnole ». Et lorsque les derniers mots du discours furent prononcés, il se passa une chose que Roberto n'oublierait jamais et qu'il était peut-être le seul à avoir perçue. Le silence était tel qu'il entendit très nettement le bruit d'une fontaine dont les gouttes, jaillissant de la gueule de plusieurs tritons de bronze, retombaient en pluie sur la surface du bassin. « Vous pouvez partir la tête haute. Vous êtes l'Histoire. Vous êtes la légende. Vous êtes l'exemple héroïque de la démocratie solidaire et universelle… Nous ne vous oublierons jamais », conclut la même femme qui, quelques mois auparavant, alors que toute la presse communiste était envahie de notes sur le procès des membres du POUM, avait hurlé, dans un meeting, à Valence : « Il vaut mieux condamner cent innocents que d'absoudre un seul coupable. »

Roberto se taisait. Dans sa tristesse. Le clapotement de la fontaine était recouvert par les bravos et les hourras poussés par des milliers de gorges ; celles de ces Français, de ces Anglais, de ces Belges, de ces Polonais, de ces Suédois, de ces Suisses, de ces Américains, de ces Italiens – en tout, vingt-neuf nationalités différentes –, qui, pour certains, le lendemain même, commenceraient à partir, par bateau et par chemin de fer pour regagner leur pays. Roberto pleurait en pensant à Victoria et à l'échec de cet engagement, à toutes ces batailles, cruelles et inutiles. Les quatre amis sortirent de la place, côte à côte, et, sans se concerter, se dirigèrent vers le port. Au pied de la Rambla, sur les escaliers de la plaça del Portal de la Pau, ils restèrent là un long moment, à regarder la mer, tout en se passant et en se repassant une bouteille de mauvaise eau-de-vie. Aucun d'eux n'avait assez de force pour quitter immédiatement l'Espagne, ni ne sentait viscéralement le besoin, comme certains l'avaient fait, d'adopter la nationalité espagnole. Ils choisirent une solution médiane qui allait leur faire endurer des épreuves et des souffrances plus pénibles encore que celles qu'ils avaient connues pendant toute la guerre civile, car celles-ci ne seraient jugulées par aucun espoir.

— Tout ça pour rien, pour rien ! sanglota Roberto, alors qu'une neige légère tombait en tourbillonnant sur l'eau grise du port.

28

« *¡Estamos copados ! ¡Estamos copados !* »

Certains l'avaient déjà entendu à Madrid, ce cri lugubre qui glace le sang.

« Nous sommes cernés ! Nous sommes cernés ! »

Alors que le nonce avait demandé, au nom du Saint-Père, une trêve pour Noël, les troupes franquistes avaient lancé leur ultime offensive contre la Catalogne et sa capitale. Roberto et ses amis, qui avaient tardé à partir, étaient maintenant pris au piège. Ils n'étaient pas les seuls ! Les Navarrais avaient livré un premier assaut sur le Sègre. Une seconde brèche fut percée dans les premiers contreforts des Pyrénées. Puis ce fut au tour des blindés nationalistes d'entrer en jeu, et aux divisions mécanisées italiennes. La déroute était totale. Les hommes de quarante-cinq ans rappelés sous les drapeaux mouraient aux côtés des plus jeunes. « *¡Estamos copados ! ¡Estamos copados !* »

— Il faut rester ensemble ! dit Roberto à Renzo et à Maddalena, qui savaient, eux, où aller chercher Langston, très déprimé par toutes les luttes internes ayant fini par tuer à petit feu sa rage de vaincre.

Les rues et les places de Barcelone regorgeaient de réfugiés qui avaient fui les zones franquistes. La défaite, le désespoir, la mort flottaient partout et sur tout. Après une demi-heure de marche, on trouva l'immeuble où Langston avait passé la nuit.

— Je vais le chercher, dit Maddalena, en montant les marches d'un escalier de marbre décoré de lambris en bois peint.

— Tout le monde ne pense qu'à fuir, dit Renzo.

— Que faire d'autre ? demanda Roberto. Les soldats, les bourgeois, les anarchistes, les communistes. On est tous dans la même merde ! Il n'y a même plus de combat. Il paraît que les troupes franquistes progressent aussi vite que si elles n'avaient rencontré aucune opposition. Elles sont à moins de dix kilomètres de Barcelone !

— Je sais… Il ne reste rien de l'armée. Les hommes de l'Èbre ont dû s'éclipser pratiquement sans livrer de combat ! Les pauvres… De quel côté fuir ? Les avions bombardent le port pour empêcher les navires d'appareiller.

— Les bateaux sont réservés aux enfants.

— Oui, et fuir en France par la montagne serait une folie, conclut Roberto.

Langston, qui descendait avec Maddalena, était accompagné d'un jeune homme avec lequel il avait vraisemblablement passé la nuit, et qui le soutenait. Langston avait bu :

— Enculés de communistes ! Ils m'ont bien eu ! Ras le bol des procès ! Tous unis contre le fascisme ! Tous unis !

Le jeune garçon tenta de calmer Langston :

— Langston, ce n'est pas le moment ! Arrête !

— Et l'autre Blanche-Neige avec tous ses mouflets ! L'autre sainte de mes deux ! « Vaut mieux condamner cent innocents que d'absoudre un seul coupable ! »

L'accompagnateur de Langston n'hésita plus. Il lui assena un violent coup de poing dans la mâchoire et réussit à le coincer sur le siège arrière d'une vieille Rosengart.

— J'ai oublié de me présenter, dit-il : Josep Mariá, je peux vous aider. Je vais essayer de vous emmener jusqu'à la frontière française. Si ma guimbarde résiste au voyage, et si je ne tombe pas en panne d'essence.

— Ça fait beaucoup de « si » dans une époque qui fricote un peu trop avec le conditionnel, rétorqua Roberto.

— De toute façon, nous n'avons pas le choix. Ni vous : il y a de nombreux exilés italiens qui ont été faits prisonniers vers Manresa. Vous savez ce qu'a dit le général Gamabara ?... «Qu'on les tue tous. Les morts ne racontent pas d'histoires ! » Ni moi : homosexuel poumiste, je suis bon pour le peloton d'exécution. Quant à Langston : tous les communistes purs et durs doivent être à ses trousses pour lui faire la peau.

— Il s'est toujours battu pour le Parti, objecta Maddalena.

— On oublie vite les services rendus ! Et puis il y a moi...

— Il y a vous ? dit Maddalena.

— Je suis l'ami de Langston depuis le retour des brigades d'Albacete, et l'on m'a vu à plusieurs reprises en compagnie de la chanteuse Emerita Esparza.

— Et alors ?

— Alors, on accuse cette dernière de maintenir un contact entre Negrín et Berlin. C'est la vieille diatribe communiste : le POUM est l'agent du fascisme à l'intérieur de la zone républicaine ! Les agents du Parti recherchent Langston.

— Vous n'allez pas me dire qu'on le soupçonne d'avoir trahi la République ? dit Roberto. Pas lui ! Un Américain qui vient se battre en Espagne !

— Si, justement.

— Il est en danger de mort, comme nous tous, donc, dit Renzo.

— Exactement, reconnut Josep Mariá. C'est pour ça qu'on n'a pas une seconde à perdre...

Tout le monde s'engouffra dans la vieille Rosengart verte et noire, excepté Josep Mariá qui finit par essayer de s'asseoir à droite de Roberto, à l'avant de la voiture. Langston dormait toujours.

— Je ne sais pas conduire... C'est la voiture de mon père. Il est mort lors du dernier raid aérien... Il y a encore de l'essence. Peut-être assez pour aller jusqu'à la frontière.

Roberto se laissa glisser vers la gauche et s'empara du volant.

— Allez, on est entre de bonnes mains, dit Renzo en tapotant l'épaule droite de son ami.

La voiture démarra après quelques soubresauts.

— Port-Bou est à moins de cent cinquante kilomètres...

En traversant Barcelone, en direction de Badalona, chacun avait la sensation de perdre un morceau de lui-même qu'il ne retrouverait jamais. Un flot ininterrompu de réfugiés, de Barcelonais et de militaires traversait les rues en tous sens. Les éboueurs municipaux étant partis, les rues étaient obstruées par d'immenses tas de détritus qui empuantissaient l'air. Quant aux rares magasins d'alimentation encore debout ils avaient visiblement tous été pillés les uns après les autres. La purification de ce que les phalangistes avaient longtemps appelé la « Sodome et Gomorrhe de l'anarchisme et du séparatisme » allait bientôt commencer. La vieille « cité rouge » allait connaître un terrible bain de sang.

La voiture roula sans encombre majeur jusqu'à Palamós. L'étrange succession de rivages escarpés et rocheux entrecoupés de petites baies sablonneuses aux eaux transparentes, même à cette saison de l'année, faisait presque oublier qu'à moins de cent kilomètres une ville assiégée était maintenant tombée aux mains des fascistes.

— Ce n'est ni la souffrance, ni la faim qui nous a vaincus, dit Roberto en contournant les vieux quartiers de la ville, c'est la fatigue. Nous étions tous fatigués de la guerre.

Personne ne lui répondit. Alors qu'il s'engageait le long du promontoire qui conduit à Palafrugell, la Rosengart toussota, cracha, fit encore quelques mètres puis s'arrêta juste devant une épicerie.

— Bonne initiative ! cria Maddalena. J'ai faim !

— Le réservoir est à sec ! lança, effrayé, Josep Mariá.

Tout le monde se regarda. Il restait un peu plus d'une centaine de kilomètres à parcourir.

— Bien. Quel jour sommes-nous ? demanda Maddalena.

— Le 25 janvier 1939… répondit Josep Mariá. Si on ne trouve pas d'essence, on peut être en trois jours à Port-Bou…

Roberto, qui ne croyait pas à une panne d'essence, ouvrit le capot de la voiture et commença d'examiner le moteur.

— Je vais voir pendant ce temps si je trouve quelque chose à manger, dit Maddalena.

Au bout de quelques minutes, Roberto ressortit de dessous l'accordéon métallique du capot en souriant.

— J'en étais sûr. Panne d'allumage. Le fil était débranché. Allez, on repart, dit-il en reprenant sa place.

— En avant, dit Maddalena, tenant dans ses bras deux gros pains de campagne, plusieurs saucisses sèches et quelques litres de vin.

— Un double miracle, murmura Josep Mariá. De la *llangonisseta* et du *torres*.

— En avant ! entendit-on une seconde fois, au fond du véhicule. Langston venait de se réveiller.

La voiture poursuivit sa route sans que personne ne dise mot. Chacun pensait aux menaces qui pesaient sur le fragile équipage, ce qui, d'une certaine façon, ne les soudait tous que davantage. Personne ne lâcherait Langston. Son combat était le leur, et la frontière ne devait plus être très loin. Josep Mariá proposa qu'on s'éloigne de la mer et qu'on remonte vers Figueras avant de redescendre sur Port-Bou. La route serpentait au pied d'un amphithéâtre de montagnes. Après plusieurs kilomètres à travers une forêt de chênes verts dont les clairières étaient occupées par des savonneries et des fabriques de talc, on décida d'une halte pour se dégourdir les jambes, satisfaire ses besoins naturels et manger les quelques victuailles achetées à Palamós.

— Regardez, dit Josep Mariá, avec un geste large de la main, quelle vue magnifique sur la plaine d'Empordá !

— Et, de l'autre côté, la plaine du Roussillon, dit Roberto.

— La France, lança Langston, et tout sera fini. Trois ans de guerre pour rien ! Trois ans de désillusion !

— Ne parle pas comme ça, dit Maddalena, en distribuant à chacun des tranches de pain et de saucisson.

— Toi, la cantinière, tais-toi ! Et vous tous aussi ! Écoutez-moi ! Quelle est la grande leçon de cette putain de guerre ? Qu'une cause équitable, indiscutable, peut être corrompue et compromise de l'intérieur !

— Langston, dit Roberto, nous sommes tous déçus, fatigués, crevés. Je n'ai pas vu Diodata, Renato depuis...

— Tais-toi !

— La petite Chiara...

— Quoi, « la petite Chiara » ? Ça ne t'a pas empêché de baiser Victoria !

Tous se regardèrent, interloqués. Langston était-il devenu fou ?

— Pourquoi tu dis ça ? demanda Roberto.

— Vous étiez bien ensemble à l'hôtel *Falcón* lorsqu'on est venu l'arrêter...

Roberto se leva brusquement, hors de lui, prêt à se jeter sur Langston, quand celui-ci, soudain, sortit son pistolet d'ordonnance qui ne le quittait jamais. Roberto s'arrêta net. Langston le tenait en joue, lui et les autres :

— J'ai toujours accepté la discipline du Parti, sans broncher. J'ai même pris part à des exécutions politiques ! Pas celle de Victoria, je tiens à le préciser ! Mais je me suis fait avoir, comme nous tous, par les Russes ! Les méthodes pour lesquelles j'ai lutté sont la négation des droits de l'individu ! Tous ces hommes honnêtes et de bonne volonté, jetés dans des luttes suicidaires, absurdes, par des généraux incompétents ! Que savez-vous, vous autres, du déchirement qui existe entre l'attachement au Parti et la loyauté envers soi-même, envers ses compagnons ou envers la vérité telle que je peux la ressentir ?

— Nous serons en France ce soir ou demain, dit Maddalena.

— Ça ne changera rien ! Je ne sais même pas si j'y arriverai. J'ai désobéi au Parti pour sauver des amis, et, ça, ils me le feront payer un jour ou l'autre !

— Langston, tu as eu en Espagne une expérience cruciale, elle a fait de toi un autre homme, un autre être humain, et c'est ça qui compte ! dit Roberto. On peut dire la même chose pour nous tous, non ? C'est ça qui compte !

— Non ! hurla Langston. Vous n'avez rien compris !

Reprenant fermement son arme dans ses mains, il la pointa sur Josep Mariá et l'invita à le suivre dans les bois qui dominaient la petite route au bord de laquelle la voiture était arrêtée :

— Allez, le poumiste, on va se balader sous les frondaisons, comme deux révolutionnaires déçus ! Allez.

Josep Mariá le suivit, pensant que cela l'apaiserait, lui ferait reprendre ses esprits.

— C'est ça, dit-il, plein d'ironie et de cynisme, je vais t'aider à « ramasser du bois ».

Langston semblait en proie à une colère étrange, le rendant comme absent du monde. Personne ne se souvenait de l'avoir vu ainsi, ni durant toute cette guerre, ni à Key West, ni à Cuba. Tandis que les deux hommes s'éloignaient dans le sous-bois, on entendait Langston réciter en anglais :

— *I want to live long enough to see, in my native land, such a relationship between human beings on the almost universal scale I saw it exists in Spain. But it's impossible, impossible, hermanos, disenchanted hermanos.*

Puis un profond silence recouvrit toutes choses. Le soir commençait de tomber, accompagné d'une petite pluie glacée qui se transforma peu à peu en une neige fondue qui glaçait les os et prenait la tête dans un étau horrible. Maddalena, Renzo et Roberto attendaient dans la voiture.

— Je ne vois pas comment on pourrait passer la frontière ce soir… dit Maddalena.

— J'ai mal pour Langston, dit Roberto. Pourquoi n'a-t-il pas vu tout de suite que les communistes voulaient imposer à des jeunes gens pleins d'idéalisme comme lui une discipline qu'ils ne pourraient plus tolérer…

— C'est plutôt l'absence de discipline qui nous a fait perdre la guerre, non ? fit remarquer Renzo.

— Parfois, je me le demande… Je me le demanderai toute ma vie…

— Qu'est-ce qu'ils font ? demanda Maddalena. On aurait peut-être dû l'empêcher de partir avec son pistolet…

— Il ne va pas tuer Josep Mariá, c'est son amant, dit Renzo.

— Il vaut mieux qu'il soit armé, non ? On ne sait jamais… ajouta Roberto.

Soudain, plusieurs détonations résonnèrent dans la montagne, répercutées par un écho qui en amplifiait l'intensité.

— Nom de Dieu, cria Renzo, ce n'est pas le pistolet de Langston ! C'est un Trapote automatique !

Tous trois sortirent de la voiture, courant dans la direction des coups de feu. La pénombre rendait leur marche pénible et dangereuse. Ce fut Maddalena qui découvrit Langston et Josep Mariá. Attachés à un arbre, le dos transpercé de balles.

— Mon Dieu… ce n'est pas possible…

— Filons ! dit Roberto.

— Et les corps ? demanda Maddalena.

— Qu'est-ce qu'on peut faire ? Les communistes d'un côté, les fascistes de l'autre. C'est l'heure des règlements de comptes. On va tous y passer.

En proie à une déception atroce, pleins de rage et de hargne, les trois amis regardèrent une dernière fois les corps affaissés et criblés de balles de Josep Mariá et de Langston, avant de reprendre le sentier qui menait à la voiture. Maddalena pleurait. Quand ils arrivèrent au bord de la route, la Rosengart avait disparu. Il n'y avait plus d'autre solution que de continuer à pied.

À mesure qu'ils se rapprochaient du village de Llansá situé à une quinzaine de kilomètres de la frontière française, ils constatèrent que les sentiers de montagne, les chemins, les routes étaient encombrés d'un flot toujours grossissant d'automobiles, de camions, de carrioles traînées par des mules, de charrettes tirées par des bœufs ou poussées par des paysans vêtus de guenilles trempées par la pluie. Beaucoup de réfugiés, fuyant l'armée franquiste, allaient comme eux, à pied, chargés des quelques biens qu'ils avaient pu emporter. Les bruits les plus divers, les plus alarmistes couraient parmi cette foule de femmes, d'enfants, de vieillards, d'invalides, de soldats sans armes, de miliciens sans chef:

— Les Italiens et les Maures tuent tout le monde! Un vrai massacre!

— La frontière est fermée, sauf pour les personnes munies d'autorisations délivrées par les agents consulaires français.

— On nous a dit que les civils et les blessés pourraient passer...

— C'est faux, criait un homme en brandissant un journal, regardez, c'est écrit: « Si nous le voulons, cette masse affamée et misérable ne passera pas! Elle ne franchira pas la barrière de fer et de feu que nous pouvons lui opposer! » Voilà ce qu'on dit à la Chambre des députés à Paris! Les Français vont nous laisser crever!

— Les raisons sont autant politiques que financières!

— Tu verras, dans moins d'un mois, les Français et les Anglais seront les premiers à reconnaître officiellement le gouvernement nationaliste!

De temps à autre, des voitures particulières ou officielles et des camions chargés de soldats tentaient de forcer la marée humaine qui encombrait le passage, en montant les pentes dans un grincement mécanique. C'était toute la Catalogne qui semblait venir buter contre la frontière fermée:

— Vous allez voir, c'est des herses, des fusils et des mitrailleuses qui vont nous accueillir!

Vers Colera, la longue colonne de réfugiés était pratiquement arrêtée. Bientôt, plus personne ne pourrait avancer. Des familles entières étaient là, effondrées sur le bord de la route, à côté de leur voiture, là où la dernière goutte d'essence les avait amenées. Plus loin, des cars de tourisme, des camionnettes de livraison, des roadsters, des limousines, l'auto d'un marchand de glace, celle d'un laitier, la voiture de nettoyage de la municipalité de Rosas, toutes brosses dehors, formaient un étrange cimetière. À la queue leu leu, comme ils le pouvaient, Roberto, Renzo et Maddalena avançaient à travers une cacophonie de trompes d'auto, de fracas de lourds camions, de hennissements de chevaux, de sanglots d'enfants épuisés.

— Ça fait deux jours que ça dure, disait une vieille femme en hochant la tête, assise sur une chaise. Je suis trop vieille, je n'avance plus. Et elle regardait passer tous ces gens avec un mélange de pitié, de mépris hostile, d'angoisse.

Quelle grande migration absurde, désespérante. Le mince ruisseau des jours derniers était devenu un fleuve de boue qui cassait tout sur son passage ! On aurait dit une multitude d'oiseaux chassés par un ouragan ou un incendie. Roberto était incapable de penser, d'agir, d'envisager quoi que ce soit. Certains puisaient dans la chaleur de leurs semblables, dans la misère et l'épouvante communes, ce qui n'était plus que leur seul espoir : échapper à une mort solitaire. Roberto, Renzo et Maddalena n'éprouvaient plus rien. Ils marchaient dans la crasse, la misère, sans comprendre ce qu'ils étaient venus faire ici, au milieu de tous ces gens harassés, avec leur bétail, leurs affaires personnelles, pour quelques-uns leurs images saintes, pour beaucoup leurs rêves révolutionnaires.

Soudain, les femmes, les enfants, les vieillards qui les précédaient, qui tirant des voitures à bras, chargées de vieilles marmites et de vaisselle, qui portant tant bien que mal un matelas sur la tête, et des baluchons attachés dans le dos, poussèrent des cris de détresse. Un mouvement de panique s'empara de toute la colonne. Les uns lâchèrent les brancards des voitures ou se couvrirent avec les matelas, les autres s'allongèrent par terre ou se blottirent derrière le muret qui courait le long de la route. Pour une fois que les gens n'avaient pas regardé le ciel, une escadre d'avions italiens apparut, venant de la mer.

— Ils vont nous mitrailler, putain ! Les avions, les avions ! hurla Renzo, plaquant Maddalena au sol.

À plat ventre, chacun attendait, se disant que la terre boueuse et froide qui lui collait au visage était peut-être la dernière sensation qu'il éprouverait, et qu'il allait mourir dans ce froid, dans cette saleté, dans toute cette peur. À côté de Roberto, une jeune femme avait enveloppé son nouveau-né dans un châle et le serrait contre elle en priant. Un peu plus loin, du moins était-ce ce qu'il voyait en relevant légèrement les yeux, il aperçut un petit garçon qui sanglotait en serrant dans ses bras la tête d'un âne aux grandes oreilles velues, et qui était mort d'épuisement. Cette fois, les avions restèrent à distance, se contentant de décrire plusieurs cercles audessus de la colonne puis de s'éloigner en direction de la frontière française.

Un homme plutôt jeune, assis sur un rocher, son fusil entre les genoux et sa pèlerine remontée autour du cou pour empêcher la pluie d'y pénétrer, dit, en regardant le ciel :

— Va pour cette fois, mais ils reviendront.

— Allez, debout, mauvaise troupe, dit une femme tout en noir, conduisant à coups de fouet, une charrette dans laquelle elle avait entassé une dizaine d'enfants cachés sous des couvertures, tandis qu'une autre tentait de s'emparer d'une bicyclette attachée sur le marchepied d'une voiture abandonnée.

Et tout le monde se releva et repartit. Certains, même, comme ces soldats qui marchaient en désordre, tenant leur fusil par le canon, se remirent à siffler à tue-tête *Trinidad, mi Trinidad*, cette rengaine qui avait collé, comme une ventouse, à la peau de leur guerre perdue.

Peu avant Port-Bou, une petite côte raide ralentit la marche. Roberto buta contre une charrette poussée par une fillette qui avait bien du mal à maintenir en équilibre l'édifice de literie, de machine à coudre, d'ustensiles de cuisine, de tapis assujettis par des cordes qui menaçaient de se rompre, et au sommet duquel grelottait un chat en laisse et apeuré. En compagnie de Renzo et de Maddalena, il l'aida à franchir ce mauvais pas. Une fois l'obstacle vaincu, les trois adultes et l'enfant s'arrêtèrent pour souffler un peu.

— Tu es seule ? demanda Roberto. C'est lourd, tout ça.

— Mes parents sont plus loin, devant, avec le mulet et mon petit frère.

— Tu as un petit frère ? demanda Maddalena.

— Oui, dit la fillette, fièrement : il est né hier...

Le tunnel de la gare de Port-Bou était enfin en vue. Il passait sous la montagne et menait à Cerbère, en territoire français. Roberto regarda l'enfant en souriant. En contrebas, une jolie crique enserrait une plage de sable fin. Il imagina des enfants jouant sur le sable, riant, les pieds dans l'eau. L'espace d'une seconde, Roberto se sentit presque joyeux. Il avait oublié la guerre, la boue et le froid. Cette crique et cette plage étaient si belles qu'il lui paraissait impensable que quiconque pût mourir aujourd'hui.

Lorsque Roberto sortit de son rêve, il s'aperçut que les réfugiés étaient de nouveau arrêtés, et que certains même semblaient rebrousser chemin. Ce qui n'était au début qu'une rumeur devint vite une réalité. Sous prétexte que l'armée républicaine continuait à se battre, les gendarmes français avaient reçu l'ordre de refouler tous ceux qui tenteraient de franchir la frontière, « en usant de la force si cela était nécessaire ».

Quatre jours durant, les vêtements trempés de neige et de pluie, les républicains, vaincus mais la tête haute, attendirent, sans se plaindre, qu'on daigne leur ouvrir la frontière, comptant les heures qui les séparaient de ce qu'ils ne pouvaient croire : l'arrivée dans leur dos de l'armée nationaliste. Ce qui frappait le plus Roberto et ses deux amis, dans le tunnel, c'était la foule des enfants au visage barbouillé, qui se faufilaient entre les tas de bagages, comme des mouches fatiguées, serrant contre eux des petits jouets, une tête de poupée, un ballon crevé, un cheval sans pattes, vestiges d'une vie insouciante qu'ils avaient définitivement perdue. À mesure que le temps passait, le tunnel devenait un trou boueux et nauséabond, refroidi par les vagues de brouillard qui pénétraient par les deux entrées. Il n'y avait que deux médecins et trois infirmiers, sans aucun médicament pour plusieurs milliers de personnes, et désespérés de leur impuissance. Après avoir passé plusieurs jours et plusieurs nuits sous la pluie et la glace, et depuis leur arrivée sous le tunnel, nombre de nourrissons étaient morts de froid ou de pneumonie, tandis que d'autres naissaient au rythme de trois par jour. Médecins et infirmiers ne savaient plus que faire :

— Il y a au moins cinq à six cents malades et blessés à soigner ! Sous-alimentation, blessures, pneumonies, séquelles de tortures, gens que les nationalistes ont à moitié hachés, on ne sait plus où donner de la tête !

À la lumière de rares lampes à pétrole, les trois survivants de la *famigliola* découvraient des scènes qui n'appartenaient plus ni au passé ni au futur : porcs ligotés dépassant de charrettes branlantes, mères recroquevillées sous des couvertures avec leurs bébés, vieillards allongés par terre, dont on ne savait s'ils étaient vivants ou morts. Aucune communication avec l'extérieur n'était possible. La nourriture commençait à manquer, et celle qui circulait provenait de paysans français qui, ayant passé la frontière avec l'accord des gendarmes, n'hésitaient pas à la vendre, à des prix prohibitifs, aux habitants provisoires du tunnel.

Un matin, Roberto, les yeux rouges et irrités par le manque de sommeil, trempé jusqu'aux os, décida de sortir seul du tunnel, côté espagnol, et faussa compagnie à ses amis. D'aigres coups de vent lui arrachèrent la mauvaise casquette qu'il avait ramassée en chemin et qui le protégeait un peu du froid. La mince couche de terre qui recouvrait le ballast s'était transformée en une mélasse glissante qui, étant donné la pente de la voie ferrée, lui interdit de garder l'équilibre, donc de continuer plus avant. Il se sentit comme prisonnier de ce tunnel à l'intérieur duquel un début de solidarité s'était mis en place : les possesseurs de capotes et de couvertures les offrant systématiquement aux enfants qui n'en possédaient pas. Après plusieurs heures passées dans le froid, il décida de rentrer. Marchant droit devant lui sur le bord de la voie, longeant le rail, il regardait par terre comme s'il avait peur de buter sur quelque chose. Devant ces hommes et ces femmes à la tête bandée, ces enfants au bras en écharpe qui se ressemblaient tous, avec leurs yeux caves et leur mâchoire pendante, certains endormis sur des petits chariots, d'autres assis sur des valises contenant quelques objets familiers ; devant cet amoncellement de voitures d'enfants, de casseroles, de berceaux sur roulettes, d'objets tous plus hétéroclites les uns que les autres témoins de vies passées, Roberto prit peur, et, se dégageant de la pesanteur qui l'écrasait au sol, se dirigea comme il put vers la frontière française, celle qui se trouve au bout du tunnel, à Cerbère.

— Je n'en peux plus, je vais forcer la frontière ! assura-t-il.

Renzo et Maddalena, effrayés, lui emboîtèrent le pas, essayant de le suivre tant bien que mal. Se frayant un chemin à travers ce tapis d'êtres humains exténués, de figures, de bras, de poitrines couverts de cendres et de poussière, de pieds ensanglantés par la marche, tel un monstre gluant pourvu d'appendices tentaculaires. Avec ces mêmes paupières qui tombent sur les yeux, ces lèvres serrées par la fatigue. Avec ces regards empreints d'une même amertume et d'une identique tension : celle du combat perdu. Il devait quitter cet enfer, laisser derrière lui ces êtres humains déchus, ces combattants vaincus, ces soldats désarmés pour lesquels il éprouvait presque une sorte de vague ressentiment. Alors qu'il commençait d'apercevoir un bout du ciel français, dessiné par l'arc de brique du tunnel, une femme lui barra le passage. Elle tenait dans ses bras une petite fille brune au visage très pâle, immobile, les yeux fermés :

— Elle travaillait tellement bien à l'école, vous savez. Elle voulait être institutrice. Sa sœur est morte, déchiquetée par les bombes des Italiens, et, elle, elle est morte de froid. Si tu gagnes la guerre, tu tueras tous les aviateurs fascistes n'est-ce pas ?

— Oui, répondit Roberto.

— Ce sont des assassins d'enfants, tu sais !

— Oui, je te le promets, ajouta Roberto avec un fort accent italien.

Alors, soudain changeant d'expression, les yeux écarquillés, la femme explosa, traitant Roberto de « salopard de macaroni », de « fils puant de Mussolini », criant qu'il fallait le tuer, lui, l'ordure, l'assassin. On tenta de la ceinturer. On la maîtrisa. Et tandis que Roberto se tournait de nouveau vers la frontière française, il entendit, dans son dos, un murmure grossissant :

— Tous les Italiens se valent !

— La cinquième colonne est parmi nous !

— À mort, le spaghetti !

Roberto s'immobilisa, ne sachant que répondre. Cela lui rappelait de si mauvais souvenirs : ceux de son adolescence à Marseille où il avait tellement souffert du racisme anti-italien. Partagé entre regarder sans la quitter des yeux la ligne de ciel bleu de la gare de Cerbère ou se protéger de la meute qu'il sentait respirer derrière lui, il lança :

— Brigadiste ! J'étais brigadiste, camarades !

— Va au diable ! Vous êtes venus foutre la merde !

Voyant que Renzo et Maddalena se serraient contre Roberto, que les trois amis faisaient bloc, une femme demanda :

— Eh, les deux là, vous êtes aussi des Italiens ?

— Brigadistes ! Brigadistes !

À l'instant où Roberto pensait, comme ses amis, qu'il n'avait plus que quelques secondes à vivre, il constata que la foule était devenue petit à petit silencieuse. Ces gens hurlant, ces gens blessés semblaient comme tétanisés. Roberto se retourna. Derrière lui, derrière la herse de la frontière française, une phalange de gardes mobiles armés de mitrailleuses et de Sénégalais munis de fusils et de machettes s'avançaient en rangs serrés à l'intérieur du tunnel.

Un officier prit la parole en français, expliquant avec l'aide d'un interprète, hurlant dans un haut-parleur, qu'à partir de minuit les femmes, les enfants, les vieillards, les blessés pourraient passer la frontière, et qu'ils seraient suivis plus tard par les soldats de l'armée républicaine et les brigadistes, sous réserve que ces derniers remettent leurs armes, dès que l'autorisation leur en serait donnée. Il recommandait aussi de la discipline afin que toute panique soit évitée. L'officier termina sa harangue par ces mots :

— La France qui vous accueille est celle de saint Vincent-de-Paul et des Droits de l'homme, toujours la même, à travers les âges comme à travers le monde ; la France, terre d'asile qui dit aux fusils : « Écartez-vous. Je prends charge de la misère. »

Une salive amère emplit la bouche de Roberto. Lui qui s'était engagé dans les Brigades internationales avait-il réellement combattu le fascisme ? Ne s'était-il pas borné à exister comme une sorte d'objet passif ? Certes, il avait souffert du froid, du manque de sommeil, de l'absence de nourriture ; il avait tué. Certes, il avait appris ici, en Espagne, des choses qu'il n'aurait pu apprendre d'aucune autre manière. Mais à quoi bon ? Victoria et Langston, eux, étaient morts, tout comme Antonio, Emilio et Jorge, disparus à jamais, oubliés, effacés... Quand son regard croisa celui de Renzo et de Maddalena, il sut qu'ils pensaient la même chose que lui : « Au fond, nous sommes comme les autres, lâches, las, vidés, broyés par toute cette foule de vivants et de morts, plus grise et plus funèbre que les murs de ce tunnel d'enfer. La vie est devenue une bruine si menue mais si dense qu'elle avale l'air et l'espace, inonde les yeux et glace les mains. »

— Allez ! Allez ! Avancez ! scandaient les membres de l'impressionnant service d'ordre, placé tout le long de la cohorte de réfugiés qui entrait en France.

Gendarmes, gardes mobiles, tirailleurs sénégalais se dressaient telle une escorte menaçante, armée jusqu'aux dents.

— Allez ! Les hommes par ici, les femmes avec les enfants par là ! Et on la boucle !

QUATRIÈME PARTIE

29

— C'est un péril sans précédent depuis les grandes invasions !

— C'est une armée du crime international, monsieur !

— Des pillards, des incendiaires, des dynamiteurs !

— Des assassins, des tortionnaires !

— Des « rouges », parfaitement des « rouges » !

— *¡Bandoleros ! ¡Bandoleros !*, une bande d'arrogants, oui !

Que n'avaient-ils pas entendu, ces hommes et ces femmes, que beaucoup eussent préféré laisser sous la mitraille franquiste... Allongé dans la baraque 4 de la zone C, couvert de sa veste, de sa capote et de son pantalon, avec en dessous une bâche et, pour le protéger du froid, une couverture tachée de goudron, Roberto se repassait pour la dixième, la vingtième, la centième fois, le film de son arrivée en France, après sa marche harassante vers la frontière, le harcèlement exercé par l'aviation franquiste, puis sa sortie du tunnel de Cerbère et sa longue marche vers un autre tunnel : celui du camp de concentration. Il avait encore en tête les insultes lancées par les gardes mobiles français, les gendarmes départementaux, les soldats de troupe, les spahis, les tirailleurs sénégalais : « Restes pourris de l'Armée rouge », « épaves humaines », « débris du Front populaire », « bêtes carnassières de l'Internationale », « tourbe étrangère », « lie des bas-fonds et des bagnes ».

— L'armée du crime est en France. Qu'allons-nous en faire ?

Les bagages et les vêtements avaient été fouillés, même ceux des femmes et des enfants. Des « dispositions » avaient été prises, pour éviter tout trafic, tout troc, tout négoce illicite, alors que le seul trafic, le seul troc, le seul négoce illicite étaient celui du combat pour la survie. Il avait fallu avant tout assurer la « sécurité nationale », toute autre considération, même humanitaire, était passée au second plan. Rares étaient ceux qui avaient essayé de les soulager, ces hommes et ces femmes meurtris. Rares avaient été les poignées de main, les petits saluts, les mots amicaux. Rares étaient ceux qui leur avaient tendu de simples bouteilles d'eau, distribué de vieux vêtements, ou qui avaient donné du pain aux enfants.

Bien au contraire. « Ici, vous êtes en France. Vous ne pourrez ni voler ni tuer, ni arborer des décorations acquises en faisant la révolution », avait déclaré un garde mobile, en se jetant sur Renzo pour lui arracher ses galons de commandant. Et lorsque Roberto, irrité par les injonctions brutales d'un gendarme qui était en train de séparer un homme du restant de sa famille, avait tenté de s'interposer, il avait reçu une gifle et un coup de crosse : « Tu vas la fermer, grande gueule anarcho-marxiste ! » Il faut dire qu'en ces temps de xénophobie acharnée il n'était pas bon de revendiquer quoi que ce soit, à moins d'être français depuis des générations. Dès avril 1938, les portes de la « terre d'asile » s'étaient progressivement refermées. Dans ce Front populaire qui se mourait, les mesures relatives aux étrangers s'étaient faites de plus en plus restrictives. Toutes tendances politiques confondues, à droite comme à gauche, on souhaitait une réaction énergique contre les étrangers, agitateurs ou non, mais tous qualifiés d'« indésirables ».

Roberto se souvenait. Bien avant son transfert au camp de Vernet, il avait songé à s'évader. En fait, dès son arrivée au camp de triage, fin janvier ou début février 1939, dans cette sorte de désert de sable délimité par des barbelés. À peine rétabli de sa marche épuisante, on l'avait fait mettre en rangs, nu, et on lui avait passé, sous les aisselles et sur le pubis, une peinture blanche gluante destinée à tuer les poux. Roberto, comme tous les autres, était si fatigué. Depuis des jours et des jours, si fatigué. Les premiers événements, il avait cru les encaisser avec une sorte d'indifférence illusoire. Contrôle d'identité, fouille, confiscation des objets qualifiés de « dangereux » : couteaux, limes, glaces, armes évidemment. Certains avaient perdu la tête et s'étaient mis à pleurer et à crier comme des enfants, ainsi cet homme déjà âgé qu'un soldat avait fait taire en lui enfonçant le canon de son fusil dans les côtes. L'homme n'avait pas compris, n'avait pas protesté, s'était tu. Peut-être était-il mort ? Roberto ne se souvenait plus. Sans doute est-ce en refusant de se souvenir qu'il s'était petit à petit affranchi de l'angoisse accumulée durant ces journées, ces semaines, ces mois…

Chaque matin, un soldat l'avait réveillé à l'aube en hurlant. Chaque matin, il avait lutté contre le vertige de la faim en avalant une écuelle d'eau chaude où nageaient quelques feuilles de chou pleines de sable qui crissait sous les dents. Personne ne se révoltait. Les soldats en uniformes avaient prévenu. Armés de leur piquet de fer qui avait vite fait de s'abattre sur les têtes récalcitrantes, ils avaient dit : « Quiconque tentera de s'approprier ce qui ne lui revient pas sera immédiatement passé par les armes ! » Quant aux tirailleurs sénégalais, leurs machettes étaient promptes à entamer le cuir chevelu ou les joues de ceux qui osaient élever la voix.

Allongé dans la baraque 4 de la zone C, Roberto se souvenait du pré qui avait succédé au camp de triage. Ces nuits d'horreur, passées entre des cordons de soldats sénégalais, au milieu des blessés graves et des mutilés laissés sans secours. Ces nuits glaciales, où les prés n'étaient pas verts mais blancs. Blancs d'une neige de dix centimètres d'épaisseur, qui recouvrait tout. Et pas le moindre abri. Rien à boire. Rien à manger. « Du bétail, avait pensé Roberto. Nous sommes comme du bétail. » Quelle désillusion : la France des Droits de l'homme, censée, dans les textes, « héberger » des réfugiés dans de conviviaux « centres d'accueil », se couvrait en réalité de véritables camps d'internement. Saint-Cyprien, Le Barcarès, Arles-sur-Tech, Prats-de-Mollo, tels étaient les noms de ces camps hâtivement aménagés dans lesquels la Troisième République entassait à contrecœur, dans l'ambiguïté et la confusion, des blessés sans béquilles, sans prothèses, sans bandages herniaires et qui n'avaient même pas le statut de réfugiés politiques. « Enfin quoi, avait soutenu le ministre de l'Intérieur, Albert Sarraut, aménager plusieurs semaines à l'avance des lieux d'accueil convenables pour les républicains espagnols, c'eût été faire insulte à leur courage ! »

Nombre de membres des Brigades internationales, et parmi eux des antifascistes italiens engagés dans ce qu'il restait de la brigade Garibaldi, avaient été, comme Roberto, internés dans le camp d'Argelès-sur-Mer. C'est l'image de ce dernier qui venait maintenant se superposer dans sa mémoire à d'autres images. À Argelès, Roberto était devenu un suspect, un malfaiteur, puis plus rien, un homme transparent, sans ombre, sans nom, sans patrie. Tout juste parvenait-il à ne pas mourir de faim, car le fait de pouvoir parler trois langues, l'espagnol, le français, l'italien, et de ne pas avoir totalement oublié les leçons d'anglais de sa mère Luisa Delavoute, lui assurait parfois un semblant d'existence. Lors de certaines situations délicates ou inextricables, on venait le chercher, puis, le problème résolu, on le renvoyait dans sa baraque avec ses poux. Mais que d'humiliations dans ce « centre spécial », et cette surveillance militaire quasi constante comme s'il s'était agi de mater une bande de criminels.

Argelès, c'était des baraquements délabrés, obscurs, une odeur épouvantable. Certains n'avaient plus ni chemises ni chaussettes de rechange. Argelès, c'était le froid, les baraques infestées de vermine, de poux, de rats, de souris, les longues heures d'ennui, les mégots qu'on cherchait dans la boue, le sol cimenté des latrines où l'on pataugeait dans la merde et la pisse, et cette étrange impression du temps devenu friable comme du plâtre : Roberto ne pouvait écrire à personne et ne recevait aucune lettre. Argelès, c'était une eau infâme à peine plus transparente que du lait, et ces mauvaises rations avalées sans couteau ni fourchette mais avec une cuillère en laiton qu'il fallait restituer à la fin de chaque repas. Au milieu de ces émotions qui ne trouvaient plus de lieu où se manifester, les souvenirs d'Espagne s'étaient progressivement estompés. Au début, Roberto ne parvenait pas à trouver le sommeil. Et ce n'était ni à cause du froid, de la saleté, de la puanteur, des râles des mourants mais à cause de ces derniers jours d'exode général et de peur durant lesquels il avait croisé d'interminables colonnes de réfugiés. Il revoyait cette femme folle qui s'était jetée dans la mer du haut de la falaise, portant ses deux enfants dans ses bras. Il revoyait l'hiver glacé de Guadalajara, les Maures crachant leur sang, les tranchées ; les doigts gelés amputés sans être endormi, faute de chloroforme ; et d'autres souvenirs, pourquoi ceux-là plutôt que d'autres ? Comme ces hommes de la colonne Durruti qui refusaient de creuser des tranchées avec leurs bêches : « Nous sommes là pour nous battre, pas pour travailler ! » Il revoyait les avions amis ou ennemis dont les écailles luisaient au soleil, dans le bleu du ciel, tandis que montaient dans le lointain les énormes fumées rousses des bombardements ; et les cadavres des brigadistes abandonnés sur les routes, et dont les yeux étaient mangés par des insectes.

Puis une forme d'oubli s'était installée dans ce que les documents administratifs appelaient le « camp de concentration » d'Argelès-sur-Mer. Depuis qu'il était là à y croupir, il avait eu le temps d'observer de plus près cette administration française, qu'il avait certes connue lors de son arrivée, enfant, à Marseille, puis lorsqu'il était parti pour Cuba, mais qui apparaissait ici pour ce qu'elle était vraiment : un détestable mélange d'ignominie, de laisser-faire, d'incurie et de corruption. La garde mobile qu'on disait réactionnaire et brutale avait été fidèle à sa réputation. Dès les premiers jours on avait tenu aux « asilés » un étrange discours :

— Vous ne resterez pas longtemps ici. Ou vous serez refoulés vers l'Espagne, ou vous y retournerez librement.

— Et pour les autres, ceux qui ne sont pas espagnols ? avait fait remarquer un Hongrois.

— Et pour les Italiens ? avait demandé un brigadiste de la Garibaldi.

— Et pour ceux de la Masaryk ? avait ajouté un Tchécoslovaque.

— Et pour les Canadiens, les Albanais ?

— Et pour les trois Yougoslaves de la Dimitrov ? avait demandé un certain Dajacovic.

— Fermez vos gueules ! Tous ! avait répondu un officier en envoyant plusieurs Sénégalais, machette à la main, faire taire les contestataires.

Argelès-sur-Mer : des terres marécageuses bordées par la mer et infestées de moustiques, une plage déserte divisée en rectangles d'un hectare chacun et entourés de barbelés ! Certes, une centaine d'ouvriers espagnols s'étaient improvisés charpentiers et avaient construit des baraquements ; mais sans ordres précis, sans plans, sans directives. Au bout de plusieurs jours, il y avait eu un premier camp entouré de quatre rangées de barbelés, avec en son centre quelques baraques faisant office d'infirmerie. Puis un autre avait été édifié, jouxtant le premier, avec de nouveaux poteaux, de nouvelles rangées de barbelés, de nouvelles baraques ; et ainsi de suite, sur toute la plage dénudée, battue par la tramontane. Roberto avait fini par creuser des trous dans le sable pour se protéger, comme il pouvait, des intempéries. Il n'y avait ni eau, ni moyens d'hygiène élémentaire, ni distributions de vivres. Comme les autres, Roberto s'était battu pour ramasser des boules de pain aux trois quarts moisi, humides et sablonneuses, jetées des camions par les soldats.

Comment avait-il pu tenir ? Résister à la gale, aux poux qui pullulaient ? Comment avait-il pu éviter l'épidémie de dysenterie que le recours à de l'eau de mer pompée à quelques mètres seulement en dessous d'un sable pollué n'avait pas manqué de provoquer? À la fin de son séjour à Argelès, les conditions s'étaient lentement améliorées. Certes, les baraquements, estimés à huit pas de large sur une trentaine de long, abritaient soixante-dix hommes, ce qui faisait un espace de moins de cinquante centimètres par personne. Mais, au moins, on y était à l'abri. Les louches de liquide dans lequel nageaient quelques pois chiches avaient été remplacées par des plats de lentilles et de rutabagas. Il y avait une couverture pour cinq. Des latrines en bois avaient fini par être construites au bord de la mer, et de l'eau potable était apportée dans des bidons ou des cuves. On avait enfin autorisé les médecins du camp à utiliser certains médicaments: aspirine, belladone et huile de ricin. C'est ce confort relatif, cette nourriture, un peu de repos, qui lui avaient donné la force de penser à l'évasion donc à une vie qui continuait: une autre vie de l'autre côté des barbelés. Roberto voulait repartir à Cuba et rejoindre Diodata et ses deux enfants. Après tout, il avait laissé, il y a bien longtemps, de l'argent dans la Banca romana à Marseille; il y était sans doute encore; il pourrait le récupérer et recommencer une vie nouvelle. Un jour, des Espagnols qui n'étaient plus disposés à se laisser mourir le nez dans le sable d'Argelès étaient parvenus à déjouer la surveillance des Sénégalais, des Maures et des gendarmes, avaient sauté par-dessus les barbelés et presque réussi à faire démarrer de vieux camions de l'armée républicaine stationnés dans une sorte de cimetière de voitures voisin. Ils avaient échoué, avaient été repris et durement châtiés, mais, ce jour-là, Roberto avait juré qu'il réussirait lui, au bon moment, son départ. Il attendrait la fin de l'hiver, la fin du vent glacé qui soufflait des Pyrénées, la fin des nuits sans sommeil, de trop entendre les dents qui claquent de ceux qui grelottent sur leur couche de paille humide, la fin des épidémies de diarrhée qui voient les prisonniers sortir cinq ou six fois dans la nuit quand les plus vieux, impotents, ne pouvant se rendre dans les latrines en plein air, font sous eux. Certains soirs, même, il arrivait à rire avec les Espagnols en jouant avec eux au « jeu de la cahute », qui consistait à donner un nom farfelu aux baraquements du camp :

— *Hotel des Mil Una Noches.*

— *Gran Hotel de Catalunya.*

— *Casa de huéspedes, garrapatas y piojos.*

— *Villa Magna y Diarrea.*

— *Hôtel Beau Rivage*, dit Roberto, mélancolique. Se souvenant du petit hôtel sur les bords du lac de Genève où Diodata et lui avaient passé leur première nuit loin du fascisme naissant en Italie ; en 1922…

Mais à présent, Roberto comptait les jours. Il était question d'un transfert dans un camp situé dans le Conflent, une profonde vallée des Pyrénées-Orientales, en amont du col de Ternère, à Vernet-les-Bains, dont on disait que les eaux traitaient les rhumatismes, les affections des voies respiratoires et les séquelles traumatiques. Qu'avait-il appris ? Non pas depuis sa naissance, à Cortanze, dans le château familial, mais ici, à Argelès ? Il avait appris à connaître la faim, non pas celle des crampes d'estomac mondaines, du « petit creux », mais la vraie faim, celle qui ronge l'estomac, la faim qui se repaît de soi comme une mort vorace, et qui tue à petit feu. Voilà ce qu'il avait appris : la mort de l'homme à petit feu. Et aussi tout sur la vie du pou, surnommé : « Le compagnon idéal du soldat immobile. » Les lits de camp en étaient couverts, de ces œufs brillants comme des grains de riz, de ces minuscules homards, les meubles, les murs, jusqu'aux testicules ; « comme à Waterloo ou aux Thermopyles », rappela un professeur d'histoire qui avait longtemps enseigné à Salamanque. Roberto les voyait grouiller, ou plutôt bouger en minuscules petits points graisseux, qu'il chassait, la nuit, en passant l'ongle, bien à plat sur son front, afin d'en ramasser des tas.

Par chance, Renzo avait pu rester avec lui. Depuis que Maddalena avait été dirigée vers le camp pour femmes de Gurs, il était le seul lien qui lui restait avec sa vie d'avant : Key West, Cuba, la guerre d'Espagne. Ils avaient des discussions interminables autour des rêves, des projets, de l'imagination, de tout ce qui constitue la vie profonde, celle qui permet d'espérer vivre au-dessus de soi, mais aussi autour du quotidien du camp, du sentiment d'abandon absolu, du désespoir, de la misère physique, de la mort :

— Chaque matin, on choisit des prisonniers pour sortir du camp les morts de la nuit. Tu les as comptés ? demanda Renzo.

— Non, dit Roberto. À quoi bon ?

— Je refuse, nom de Dieu ! Je refuse le désespoir, la maladie, la mort, Roberto !

— Mais moi aussi. On devrait profiter de ces « sorties » pour filer.

— Non, Roberto. Il faut attendre...

— Attendre quoi ? J'en ai assez des espoirs évanouis, des illusions mortes ! Ce camp est une fosse commune !

— Tu veux retrouver ton cimetière de famille à Cortanze ? C'est ça ? Ce serait épatant, non ?

— Et pourquoi pas ! Regarde ces hommes, regarde-les ! Habités par des idéaux de liberté, ils ont tous lutté pour une société incorruptible ! Ils ont tous choisi l'exil contre la tyrannie. Et maintenant, que font-ils ? Du marché noir ! Ils se battent pour des boîtes de singe, du papier hygiénique, un jeu de cartes, un crayon à mine !

— Tout plutôt que l'ennui, Roberto ! L'ennemi véritable, c'est l'ennui. Et l'ennui, c'est l'angoisse, la colère, les mauvaises pensées ! La chute au fond du trou, la mort finalement !

— Et tu veux combattre l'ennui en jouant aux cartes ou aux dominos, en sculptant du bois ou en répandant un de tes bobards, comme celui de notre départ d'Argelès ?

— Ce n'est pas un de mes « bobards », Roberto. J'ai entendu le capitaine des gardes mobiles en parler...

Et cela, donc, n'avait pas été un « bobard », se souvient maintenant Roberto, toujours allongé dans la baraque 4 de la zone C, couvert de sa veste, de sa capote et de son pantalon, avec en dessous une bâche et, pour le protéger du froid, une couverture tachée de goudron. En avril 1939, Roberto et plus de deux cents internés du camp d'Argelès avaient rejoint les anarchistes de la 26e division, dans ce camp désaffecté datant de la Première Guerre mondiale. Jusqu'en mai, ils n'eurent pour tout abri contre la neige et la pluie que des tentes marabouts de l'armée. Puis, avec les beaux jours, une répression accrue vint prendre le relais des mauvaises conditions climatiques. Le camp de Vernet fut particulièrement surveillé et strictement coupé de l'extérieur. Très vite, il fut doté d'enclos réservés aux châtiments – le *cuadrilátero* et le *picadero* –, puis de cellules disciplinaires.

Roberto ne comprenait pas la passivité avec laquelle certains semblaient accepter leur sort.

— Tu trouves normal, disait-il à Renzo, que la Royal Society for the Prevention of Cruelty to Animals demande que la « grande souffrance » des animaux employés dans les camps ou passés d'Espagne en France soit soulagée, et qu'on ne s'inquiète même pas de la condition des hommes qui vivent dans ces mêmes camps et ont passé les mêmes chaînes de montagnes ? Tu trouves normal que le ministre français de l'Intérieur donne déjà des instructions aux préfets pour tirer parti des réfugiés espagnols et étrangers comme main-d'œuvre alors que la guerre d'Espagne n'est même pas encore terminée ?

— N'oublie pas que Bernardo Attolico, l'ambassadeur italien, a été le premier à suggérer la possibilité d'envoyer en Allemagne des travailleurs italiens déjà émigrés à l'étranger et de les affecter aux mines pour suppléer au manque de main-d'œuvre...

— Parce que ce problème mettait en péril l'approvisionnement en charbon de l'Italie. Nous sommes devenus des bêtes de somme, une monnaie d'échange, Renzo !

Depuis la déclaration de guerre de l'Angleterre et de la

France à l'Allemagne, le camp de Vernet n'avait cessé d'accueillir une foule compacte de prisonniers. La division initiale en trois groupes A, B et C – droits communs, politiques et suspects – était très vite devenue obsolète. À Vernet, les communistes étrangers côtoyaient les militants espagnols, les anciens brigadistes, les ressortissants allemands et autrichiens arrêtés à la déclaration de guerre conformément à une circulaire relative aux « interdictions de rapport avec l'ennemi ».

De la fenêtre de son baraquement, allongé, emmitouflé dans sa capote, Roberto regardait les toits des baraques en planches, recouverts d'une sorte de papier goudronné qui ne les protégeait guère de la grêle ou de la neige. Il pensait à ces mois écoulés depuis le tunnel de Cerbère et conclut que cette sorte d'expérience brise entièrement un homme ou produit quelque chose de très rare, non pas de parfait, mais autre chose, une race à part pour qui chaque année qui le rapproche de sa mort est une année gagnée sur la mort évitée dans le camp.

Il était presque minuit. Il y avait dans le baraquement une odeur de paille et de pisse. Les deux cents hommes étroitement entassés dans la longue grange obscure comme un tunnel dormaient en râlant, en pétant et en rotant. Roberto hésitait. Était-ce le bon moment ? Le bon moment pour partir ? Il sortit sur les marches respirer un peu d'air pur, quoiqu'on ait averti les prisonniers qu'après neuf heures du soir personne ne devait quitter son baraquement, et observa le ciel. C'était une nuit sans lune, pleine d'étoiles. Il vit les quatre marches au-dessous de lui, la terre sale et, devant, les arbres de l'allée et la longue bande de terrain sans végétation qui séparait les baraquements entre eux et ceux-ci des différentes rangées de barbelés. Il allait rentrer dans le dortoir lorsqu'une sentinelle l'appela :

— Qu'est-ce que tu fous là ? demanda le soldat, sans vraie animosité. C'était un jeune militaire d'une vingtaine d'années qui fumait une cigarette.

— Je prends l'air.

— Ça doit être joliment étouffant, là-dedans ? dit-il, en tendant son paquet de Gauloises à Roberto.

Roberto en prit une et acquiesça.

— Merci. Vous ne devez pas vous amuser non plus à rester là, debout, toute la nuit ? ajouta-t-il.

Le soldat acquiesça à son tour.

Puis une conversation s'engagea entre les deux hommes. Roberto parla de l'Espagne, de Barcelone, de l'exode. Le jeune soldat exprima sa joie d'être ici plutôt que face aux armées allemandes qui étaient en train d'envahir l'Europe et qui continuaient d'avancer en territoire français.

— La Tchécoslovaquie, la Pologne, le Danemark, la Norvège, la Hollande, la Belgique, maintenant la France avec Paris. Ça m'étonnerait qu'ils en restent là...

— Vous croyez ?

— Oui. Pourquoi ne vous êtes-vous pas engagé dans la Légion étrangère au moment de la déclaration de guerre, vous auriez échappé au camp ? Beaucoup d'Espagnols ont accepté.

— Ils n'avaient pas d'autre alternative. C'était ça ou repartir en Espagne. Et je suis italien.

— Vous parlez français presque sans accent...

— Ça serait très long à expliquer... Disons que je me sens français en Italie et italien en France. Je ne suis chez moi nulle part...

— Vous auriez pu retourner en Italie. Dans le département, le comité Ciano et la Casa d'Italia sont très actifs. « Retour des Italiens dans la mère patrie », « retour des frères et des sœurs », on n'entend que ça... Vous n'étiez pas là quand le consul d'Italie à Marseille est passé à Vernet ?

— Non. Et je ne suis pas fasciste.

— Sur les trois cents Italiens du camp, il n'y en a que quinze à avoir accepté la protection de leur gouvernement...

— « Protection » ? dit Roberto, en tirant sur sa cigarette. Une drôle de protection...

De temps en temps, Roberto et la sentinelle, qui laissait faire, voyaient des hommes sortir des cabanes et faire leurs besoins à quelques mètres de ces dernières. La journée, ils pouvaient aller dans les champs alentour, mais, la nuit, c'était trop risqué depuis que l'un d'entre eux, un grand gaillard aux yeux bleus qui était allé cracher ses poumons dans l'herbe du pré voisin, pour ne pas réveiller la chambrée, s'était fait abattre par un gardien zélé. Ce matin, Roberto avait décidé, contrairement aux autres jours, où il ne faisait que s'humecter les mains et le visage à l'eau du puits, de se laver comme il avait pu jusqu'à la ceinture. Comme si sa fuite avait été soudain imminente et que pour fuir il avait dû être propre... Il n'avait rien changé à ses habitudes : corvée de bois, corvée d'eau, épluchage des pommes de terre, un peu de marche. Il n'avait rien dit lorsqu'à la fin de l'appel, qui avait été exceptionnellement long, il avait légèrement vacillé au moment du garde-à-vous et avait reçu en échange un coup de nerf de bœuf dans la poitrine puis dans le dos à l'instant où il se baissait.

Il regarda la cour jusqu'aux barbelés. C'était une chance, il ne pleuvait pas. À certains endroits du camp, la boue était telle qu'on s'enfonçait jusqu'aux chevilles et la plupart des hommes rentraient des travaux forcés trempés jusqu'aux os. L'enceinte du camp était toute proche de la baraque 4 de la zone C, la dernière de sa rangée, inexplicablement à l'écart, inexplicablement proche des trois barrières de barbelés et de la petite porte d'entrée appelée la « bascule », là où les camions étaient pesés avant d'entrer et de sortir du camp. Il aurait suffi que les sentinelles armées de mitrailleuses quittent leur poste pour qu'un détenu décidé s'échappe. Il avait cent mètres à faire pour se retrouver en pleine forêt profonde. Roberto, depuis plusieurs semaines, avait préparé son évasion : il avait une petite valise cachée sous son lit, avec des effets « civils », un peu d'argent, un couteau, des gâteaux secs et une carte de la région. Il suffisait de prendre un petit tortillard jusqu'à Perpignan, d'y attraper l'express pour Marseille et de rejoindre le restaurant le *Mauritania*, au 12, rue du Musée. Roberto s'imagina le jour de son départ, debout sur la route qui passait devant le camp, seul, sa petite valise dans une main. Il ferait sombre, comme aujourd'hui, et, de temps en temps, une automobile passerait à toute vitesse, avec ses phares bleus, tranchant la nuit, puis tout retomberait dans l'obscurité bienveillante qui cacherait l'homme et sa petite valise.

Une lampe électrique soudain braquée sur Roberto le sortit de sa méditation. Le jeune soldat avec lequel, il y a quelques minutes encore, il conversait amicalement, s'était levé d'un bond et avait épaulé son fusil dans sa direction en hurlant :

— Qui va là ?

C'était l'officier commandant la patrouille qui tenait la lampe électrique. Il s'adressa d'abord au jeune militaire :

— Ça ne vous a pas suffi de tirer au flanc pendant que nos soldats se battaient sur la ligne Maginot, vous laissez sortir les prisonniers sans utiliser votre arme ?

— Mon lieutenant, je vous assure que...

— « Je vous assure que » rien du tout. C'est à cause d'hommes comme vous que nous avons perdu la guerre. Des hommes qui ont refusé de se battre et qui ne sont que l'instrument inconscient des impérialistes anglais, des réfugiés, des francs-maçons et des Juifs ! On réglera ça plus tard...

Puis il se tourna vers Roberto :

— Toi, debout ! Alors, on se promène ? Et l'interdiction de sortir après neuf heures ? Tu ne peux pas chier dans ton baraquement, comme les autres ? La merde, c'est votre élément non, bandes de pouilleux ?

Roberto ne répondit rien.

— Tu ne parles pas ? Ton silence ne durera pas longtemps. Pétain a accepté le paragraphe du traité d'armistice qui demandait l'extradition des réfugiés politiques. Ça s'appelle une « paix dans l'honneur ». Oui, monsieur. À partir de maintenant, on ne relâche plus personne. La Gestapo va venir faire son marché. Tout est prêt. Les listes sont dressées, les fiches mises à jour, les registres confidentiels bien classés. Il n'y a qu'à choisir. Des femmes, des enfants, des hommes, bien étiquetés, vivants, à peine abîmés. Alors, en attendant, tu rentres dans ton baraquement et tu attends sagement la venue des Chemises brunes d'Himmler !

Allongé dans l'obscurité de la baraque, couvert de sa veste, de sa capote, de son pantalon, avec en dessous la bâche qui le protège du froid, et sa couverture tachée de goudron, Roberto tremble de froid et de peur, à l'idée que sa vie puisse s'arrêter entre les mains de la Gestapo. Dans la baraque, tout le monde dort. Soudain, une violente explosion, suivie aussitôt d'une autre, puis d'une autre. Roberto entend des éclats tomber sur un toit au-dessous des fenêtres du baraquement 4 de la zone C. Un incendie vient d'éclater, violent, attisé par le vent. Plusieurs bâtiments sont en feu. Des flammes hautes comme des immeubles de plusieurs étages. Les hommes se réveillent, crient, sortent des dortoirs, s'activent à éteindre le feu qui gagne, s'étale, prisonniers et sentinelles main dans la main, dans une étrange entraide. Sur le pas de la porte de la baraque, Roberto est là, la valise à la main. Devant lui, les barbelés du camp, et derrière une épaisse fumée noire, la « bascule » vide, désertée de ses sentinelles, désertée de ses mitrailleuses. Alors Roberto part en marchant, comme si de rien n'était, traverse la cour, arrive devant le grand portail ouvert. Il s'avance. Sa décision est prise. Il s'avance vers lui-même, vers sa vie nouvelle, sa chance de vie. Il se souvient. Il a encore dans les oreilles les paroles du chef de la patrouille : « La Gestapo va venir faire son marché. » Voilà, il a franchi la ligne, il est libre. Dans un jour, une semaine, un mois, il retrouvera Diodata et les enfants, c'est ça la liberté : Diodata et les enfants à Cuba. Soudain, à quelques mètres à peine, juste devant lui, le jeune soldat de la nuit dernière, qui le met en joue, sans parler, mais qui lui fait comprendre qu'au moindre pas de plus il sera obligé de tirer. Il doit obéir aux ordres. La nuit de la cigarette fumée en commun sur les marches du baraquement est oubliée, une parenthèse dans la guerre. Les yeux du jeune soldat, derrière ses petites lunettes à monture d'acier, instrument des prolétaires instruits, étrange signe de ralliement d'une classe déchirée par la guerre, disent sans hésiter : « Je suis l'ordre, vous êtes un indésirable, un rouge. Mon devoir est de tirer. »

30

— C'est arrivé brusquement, je ne sais pas comment, dit Roberto, attablé devant un immense plat de *trenette al pesto* qui sentait bon l'ail et le basilic. Brusquement, je n'ai plus senti la fatigue. Je n'étais plus malade, et peut-être ne l'avais-je d'ailleurs jamais été, si ce n'est de la peur de mourir. « Je n'ai plus peur, ai-je pensé avec stupeur. Maintenant, me suis-je dit, la mort, c'est moi. » J'ai foncé sur lui, on s'est battus, je lui ai arraché son arme, le coup est parti.

— C'était toi ou lui, murmura Vittorio Schiavetti, originaire de Camogli, près de Gênes, en versant à Roberto un nouveau verre de vin rouge. Du *barbera* d'Alba, tu m'en diras des nouvelles !

— L'important, c'est que tu sois ici, vivant, ajouta Primo Schiavetti, frère du précédent, et qui gérait, comme lui, le *Mauritania*, restaurant où se rassemblaient les opposants au fascisme italien, et aussi les républicains.

— Il avait vingt ans à peine. J'ai l'impression qu'il était le seul à avoir compris ce qui était en train d'arriver à tous ces gens entassés à Vernet...

— On ne peut plus faire du sentiment, Roberto. Nous sommes en guerre. Tu es d'un camp ou d'un autre. Les demi-mesures sont impossibles. Ce qui compte, c'est que tu es ici, vivant, que tu as traversé le Sud de la France, comme tu viens de nous le raconter, dans un wagon de troisième classe accroché à un tortillard, des Pyrénées à Marseille, sans être arrêté par la police. Un miracle ! C'est ça, le principal, ce miracle...

— Ta préoccupation première, pour l'instant, c'est de te faire oublier et de survivre, dit Vittorio.

— On va te donner l'adresse d'un hôtel où tu seras tranquille. Tu vas te reposer. On te trouvera des faux papiers…

— Et du travail, ajouta Primo.

— J'imagine l'effet produit sur un patron : « Quel a été votre dernier emploi, cher monsieur ? » « Brigadiste sur le front de Brunete… »

— Dis-toi surtout une chose, Roberto. Pour les autorités administratives françaises, tu n'es même plus un Italien, tu n'es plus de nulle part. Tu es un apatride. Et, tu sais, il ne fait pas bon être un étranger en France aujourd'hui. On est trois millions et demi d'étrangers. Presque dix pour cent de la population totale.

— Pour les Italiens, rien n'a changé depuis Aigues-Mortes. Nous sommes des boucs émissaires, Roberto, comme les cinq cent mille Juifs en Allemagne.

— Si tu veux mon avis, la xénophobie française n'est qu'une variante nationale de l'antisémitisme allemand.

— La France est couverte de camps, tu en sais quelque chose : Argelès, Saint-Cyprien, Le Barcarès, Vernet, Bram, Agde, Septfonds, Gurs, Rivesaltes, Villeneuve-de-Rivière, Collioure, Montolieu, Rieucros… Il n'y a que l'embarras du choix…

— Tu pourrais essayer de vivre en marge du recensement. Avec un peu de chance, tu ne serais même pas « tenu à l'œil » par la police. Mais sans papiers c'est trop risqué. Pour nous, et pour toi.

— Tu ne pourrais pas reprendre la lutte… or, Giustizia e Libertà a besoin de nouveaux membres.

— Oui, reprendre la lutte, s'entendit dire Roberto qui se demandait ce que ce mot pouvait bien représenter aujourd'hui pour lui, après ce long trajet en train, ces années de guerre et de massacre, les mois d'internement ; ce retour, enfin, dans une ville qui avait été la ville de son enfance et de son premier exil.

— Tu connais Marseille ? demanda Vittorio.

— Oui. Je l'ai connue, il y a longtemps...

— À l'époque de la popote du boulevard de la Corderie ?

— 1935, quelle époque ! dit Primo. Il y avait une cantine, une salle de lecture avec une bibliothèque et un foyer...

— Non, bien avant, répondit Roberto, se souvenant soudain des réticences formulées par son père à l'égard de toutes ces amicales et autres lieux de rencontre des Italiens en exil. N'était-il pas, quarante ans après, en train de revivre le même dilemme, les mêmes contradictions, alors que sans les frères Schiavetti il n'aurait trouvé personne pour l'accueillir, le soustraire aux yeux des autorités vichyssoises, en un mot l'aider à réussir son évasion ?

Sur le pas de la porte de leur restaurant, les frères Schiavetti donnèrent une dernière poignée de main à Roberto en lui indiquant comment rejoindre, sans se tromper, l'*Hôtel du Commerce*, où il pourrait séjourner en toute sécurité :

— Il faut redescendre la Canebière, prendre la rue de la République. À la place Carnot, tu tournes à gauche. L'*Hôtel du Commerce* est au 12 de la rue Saint-Antoine.

Après avoir longuement hésité, derrière les rideaux de sa chambre d'hôtel, tant lui semblait étrange d'être de nouveau libre, de pouvoir se déplacer, parler, manger à sa faim, dormir dans un lit, se laver, agir enfin concrètement pour retourner à Cuba, Roberto, dans les habits propres fournis par les frères Schiavetti, entreprit d'aller à la rencontre de la ville de son adolescence qu'il retrouvait après si longtemps. Il jeta un dernier coup d'œil à l'appartement situé dans l'immeuble qui faisait face au sien, et dans lequel il avait cru deviner la silhouette de deux enfants – un garçon et sa petite sœur ? –, qui pouvaient avoir l'âge de Renato et Chiara.

Il sortit dans la rue. Il faisait un beau soleil jaune, diffusant une agréable chaleur en ce début d'après-midi automnale. Roberto se sentait comme une sorte de convalescent qui réapprenait à marcher. Pourtant, comme il les avait arpentées, autrefois, les rues de cette colline des Accoules ! Entre le port, la Canebière, le Cours, la rue d'Aix et le boulevard des Dames, tant de souvenirs étaient emprisonnés dans les glaces du temps ! Lors de son arrivée à Marseille, à la fin du siècle précédent, la famille Roero Di Cortanze avait habité un appartement dans un des immeubles haussmanniens de la rue Colbert. Mais Roberto avait oublié ce quartier de Marseille, atypique, percé de grandes artères couvertes de monuments. Ses souvenirs avaient l'odeur des ruelles noires, anguleuses et malpropres, escarpées, pavées de cailloux pointus et parsemées de petites places étroites de cette « Petite Italie » qui s'était emparée d'une partie du Vieux-Port. À mesure qu'il s'enfonçait dans le labyrinthe de la vieille ville, tout revenait, par vagues puissantes, dangereuses : sa petite école de la place de Lenche accessible par la montée des Accoules, avec son écriteau rédigé par la maîtresse et placé au-dessus de la porte : « Vous êtes l'espoir de l'avenir » ; la rue de l'Amandier et la voix de l'employé chargé de nettoyer les classes, qui lui avait lancé un jour, derrière son uniforme d'une saleté repoussante : « Eh, sale macaroni, j'ai vu ta mère qui faisait la pute rue de l'Amandier ! »

Tout ressurgissait, hétéroclite, irrépressible : le *Café allemand*, sur la Canebière, avec son orchestre et sa piste de danse ; le café *Chez Albina*, tenu par une grosse femme poudrée qui selon la rumeur ne se lavait pas, mais qui jouait magnifiquement du « piano à bretelles » et aidait les hommes à refaire le monde autour de grands verres de pastis ; l'angle de la rue du Puits, non loin de la Vieille-Charité, où il avait fait l'amour avec Anacristina, la jeune prostituée qui lui rappelait tant Cécile, sa jeune gouvernante française. Roberto aurait tellement voulu que Diodata soit là, elle qui ne connaissait rien de Marseille. En sa compagnie, il aurait fait de ses souvenirs une fête. Il lui aurait fait découvrir la

Joliette et les bassins de radoub et de carénage, ou la colline de Notre-Dame-de-la-Garde d'où l'on pouvait jouir du magnifique panorama sur Marseille et ses environs. Ercole Tommaso, son père, n'avait jamais aimé Marseille, mais lui, Roberto, comprenait que malgré tout ce temps elle emplissait de nouveau sa tête, comme la mer un coquillage, de sa vaste rumeur. Le temps qu'il resterait ici, il le passerait de nouveau à occuper sa ville. Des allées de Mailhan à celles des Capucines, du Prado à la Corniche, de la pente orientale du plateau de Longchamp à la colline de Notre-Dame-de-la-Garde, il transformerait sa tristesse en gaieté. Enfin, il se souvenait de mieux en mieux. Marseille, pour qui savait la regarder, était capable d'offrir des trésors, d'aider à vivre, en somme. Il y avait le tableau de Zurbarán, caché dans l'église Saint-Théodore ; les navires à voiles et les paquebots en partance pour Constantinople ; le café-glacier du Jardin zoologique ; la bibliothèque et ses quatre-vingt mille volumes ; la galerie des Antiques et ses mystérieuses inscriptions phéniciennes. Et même si certaines de ces choses avaient aujourd'hui disparu, comme les omnibus qui pour quelques francs lui avaient tant de fois fait traverser la ville, il lui semblait que Marseille était insubmersible, surtout le vieux quartier de son adolescence sur la colline des Accoules, entre l'hôtel de ville et la Major.

— Ça a l'air de vous plaire, ce coin ? lui lança un petit homme affublé d'un béret et portant une moustache relevée en pointe.

— Oui, beaucoup, répondit Roberto sans hésiter. Je suis un puzzle, et ce quartier est une pièce du puzzle.

L'homme parut surpris. Puis, après avoir lissé sa moustache, et accentué du doigt la pointe de son béret, il dit à Roberto, droit dans les yeux :

— Un puzzle, dites-vous ?... Pourquoi pas... Chacun ses goûts. Marseille est pour moi un cloaque. Toute l'écume de la Méditerranée est amassée ici ! Une Suburre obscène ! Les races les plus dangereuses de la planète collaborent à la surpopulation de ce quartier… Vous savez ce qu'il faudrait ?

— Non, dit Roberto.

— Une nouvelle peste ! répondit l'homme au béret, satisfait, qui ajouta en s'éloignant : Serviteur, monsieur.

Roberto ne dit rien. Laissant l'homme disparaître dans le dédale des rues, il repensa à l'écriteau rédigé par la maîtresse d'école de la place de Lenche : « Vous êtes l'espoir de l'avenir. » À qui s'adressait cette maxime ? Aux fantômes ensanglantés des républicains espagnols qui le 19 mai dernier avaient vu cent cinquante mille soldats, parmi lesquels les Chemises noires italiennes et la légion Condor allemande, défiler tout le long de la Castellana, à Madrid, devant Francisco Franco Bahamonde, *caudillo por la gracia de Dios* ? Aux Italiens morts en Afrique et dans les rues de Rome ? Aux enfants de Madrid, tués parce qu'ils jouaient à la marelle dans l'« avenue des obus » ? Aux opposants politiques et aux malades mentaux qui, disait-on, emplissaient les camps en Allemagne ? Au petit Jorge Olindo, mort du typhus sur la plage d'Argelès, inquiet de ne pouvoir terminer sa première année d'école ? De retour dans sa chambre d'hôtel, Roberto prit une décision, à ses yeux, irrévocable : il irait demain, dès la première heure, à la Banca romana, afin de tenter de récupérer l'argent qu'il y avait déposé en mars 1922. Dans l'appartement d'en face, il lui semblait que les deux enfants jouaient à cache-cache, de pièce en pièce.

Située à l'angle de la rue Breteuil et du cours Puget, dans cette partie de Marseille qu'on avait surnommée, au XIXe siècle, la « Nouvelle Ville », parce que les rues y étaient droites et pourvues de larges trottoirs, la Banca romana, fondée par le père de Luisa, la mère de Roberto, avait été toute sa vie durant la banque d'Ercole Tommaso Roero Di Cortanze. Est-ce par fidélité, désintérêt pour les questions d'argent, paresse ? Roberto, surnommé le Vice-Roi, y avait toujours déposé les sommes d'argent que lui avaient rapportées ses participations aux courses automobiles jusqu'à son départ pour Cuba. Aussi n'est-ce pas sans une certaine appréhension qu'il poussa la lourde porte vitrée armée de fer forgé de la chère banque familiale. L'accueil fut policé et distant plus que respectueux. Personne ne connaissait Roberto Roero Di Cortanze, aussi lui proposa-t-on d'attendre dans le petit salon que « M. le directeur » veuille bien le recevoir après qu'on eut fait les recherches qui, « sans nul doute, permettraient de régler cette affaire dans les meilleurs termes ».

Après une heure d'attente, et alors qu'il était sur le point de s'en aller, Roberto vit arriver vers lui, dans un complet-veston à fins carreaux, un gros homme, affublé d'un petit toussotement qui, tel un tic involontaire, secouait son visage inexpressif.

— Cher monsieur Roero Di Cortanze, c'est un honneur pour moi que de vous rencontrer. Quel incroyable hasard ! Seule la vie est capable d'en fabriquer de semblables, ajouta-t-il tout en invitant Roberto à le suivre.

Le bureau du banquier était un étrange bureau de banquier : tout en bois massif, en tapis épais, en lourdes tentures et en boiseries surabondantes, avec un étonnant amoncellement d'objets de toutes sortes, un vrai magasin d'antiquités. Deux photos, cependant, attirèrent l'attention de Roberto. Placées à droite et à gauche d'un large bureau de bois noir encombré de cartons étiquetés : l'une représentait le maréchal Pétain, l'autre une belle villa entourée de palmiers, d'aloès, de cactus et d'agaves américains.

— Je ne me suis même pas présenté, dit le banquier, en posant ses mains sur une chemise rouge entourée d'un lacet jaune : Alberto Lambroni.

Roberto écoutait à peine, habitué qu'il était depuis son retour du camp de Vernet à se retrouver brusquement happé par son passé proche, sa douleur, son silence. Il n'était pas installé dans un confortable fauteuil à oreilles, dont la mollesse et la profondeur invitaient au repos, mais dans un compartiment de troisième classe du train Perpignan-Marseille, à siroter une bouteille de Courvoisier, à manger des morceaux de saucisse à l'ail et, de temps en temps, touchant la poignée de la porte et la vitre de la fenêtre pour se convaincre qu'il n'était pas en train de rêver. Il regarda discrètement sa montre. Quelques jours plus tôt, à la même heure, dans la zone C du camp de Vernet, il était en train de collecter les tinettes pleines de merde de la baraque 4.

Le banquier le rappela doucement à l'ordre :

— Monsieur Roero Di Cortanze, je me présente : Alberto Lambroni.

— Je vous prie de m'excuser, dit Roberto. La fatigue, le…

— La photo vous étonne, n'est-ce pas ? dit le banquier.

— Oui, en effet, répondit Roberto, comme pour se tirer d'un mauvais pas.

— Le Maréchal a fait don de sa personne à la France, il a signé un armistice « dans l'honneur », avança le banquier soudain moins jovial. Elle n'a pas l'air de vous plaire…

— Non, non, fit remarquer Roberto. Je ne parlais pas de la photo de droite, mais de celle de gauche… la villa…

— Vous me rassurez, dit le banquier. Je me disais aussi, un homme comme vous, descendant d'une si illustre famille… Le Duce et le Maréchal défendent les mêmes valeurs, n'est-ce pas ? Ah, si seulement les Allemands avaient pu descendre jusqu'à Marseille !

Roberto ne répondit pas.

— Nous avons des souvenirs en commun, si j'ose dire, mon cher marquis, ajouta le banquier.

Ce mot « marquis », soudain lâché dans la pièce, résonna d'une étrange façon. « D'où vient-il ? se demanda Roberto, sortant de sa torpeur. Que peut bien signifier ce retour soudain à ma généalogie familiale ? À ce temps révolu ? À ce temps du père et de l'Italie ? À cette guerre de la mémoire qui ne cesse de se perpétrer en moi ? »

— Je ne comprends pas.

— Vous savez pourquoi cette photo de la villa vous attire tant ? Parce que c'est mon père, Amedeo Lambroni, ancien fabricant de lacets de corsets à Clermont-Ferrand, devenu propriétaire d'une usine de pneus, qui l'a achetée à votre père Ercole Tommaso Roero Di Cortanze.

Roberto sentit une terrible bouffée de chaleur lui monter aux tempes. Pourquoi le passé ressurgissait-il maintenant ? Ce passé-là, sous cette forme-là, ici ?

— Étonnant, n'est-ce pas ? Après l'avoir transformée en bordel de luxe, mon père l'a laissée dépérir. Mais j'ai de grands projets pour elle, mon cher ami, je vais en faire un des sièges régionaux de la révolution nationale, de la France ancestrale, patriote. Peut-être même y créer un journal qui dirait la vérité. On raconte tellement de mensonges, de nos jours, ajouta-t-il. Vous lisez l'anglais ?

— Un peu, dit Roberto, surpris d'une telle question.

— Eh bien, je vais vous traduire ce que raconte une journaliste du *New Yorker* sur Marseille. De l'invention pure ! De la littérature !

Le banquier prit le journal, chercha la page et lut à haute voix, en faisant les cent pas dans son bureau : « Il fut un temps où à Marseille les campagnes électorales se faisaient les armes à la main, où les nervis de tous bords remplaçaient les militants sincères, où l'électoralisme tenait lieu d'engagement politique, où les fraudes, l'intimidation de l'adversaire, les prébendes pour services rendus faisaient office d'instruction civique, où les étrangers n'étaient tolérés que dans la mesure où ils constituaient une main-d'œuvre corvéable à merci. On faisait alors de Marseille une Chicago française où les gangsters mangeaient de la bouillabaisse. La guerre, avec son cortège de collaborateurs, de délateurs, de policiers véreux, de fonctionnaires pervertis, de politiciens vendus, n'a visiblement pas permis d'assainir la situation. »

Roberto écoutait à peine, perdu dans la contemplation de la villa.

— Vous voulez la photo de « votre » villa ? dit le banquier, permettez-moi de vous la…

Roberto déclina l'offre poliment.

— Quelle classe ! dit le banquier en tripotant les ficelles qui entouraient le dossier rouge. Quelle classe ! Alors, venons-en à nos moutons : votre argent… Ce n'est pas simple… Les nouvelles lois… sous l'impulsion de Vichy… on nous demande de « surveiller » plus activement les « étrangers »…

— Donc ? dit Roberto, qui sentait le piège se refermer, imaginant qu'à tout moment le banquier allait s'emparer de son téléphone pour appeler les gendarmes. Donc ?

— La France est le pays des lois, mais surtout des exceptions, non ?… Mon père a connu votre père, et ça c'est sacré. Vous avez donc ici, à votre nom, une somme de plusieurs centaines de milliers de francs… Vous pouvez en disposer quand vous voulez. Je ne peux pas vous dire mieux. Vous avez des projets ?

— Retourner à Cuba, dit Roberto sans hésiter, pensant que cela couperait court à toute discussion quant à son insertion dans la France vichyssoise.

— Pour affaires ?

— Oui, l'automobile.

— La course ? Vous étiez un sacré champion ! dit le banquier.

— Non, c'est terminé. Plutôt la réparation, les transports.

— Puis-je me permettre un conseil ?

— Allez-y, dit Roberto, soulagé.

— Je fais demander le prix d'un billet première classe pour La Havane. Vous gardez sur vous la somme exacte, plus disons trois, quatre mille francs à moins que vous n'ayez besoin de plus, et revenez quelques heures avant votre départ prendre le reste. Marseille est une ville peu sûre. À la Banca romana votre argent est en sûreté.

Roberto accepta le conseil d'Alberto Lambroni, retira

quinze mille francs à la caisse et, après avoir serré la main du banquier, se rendit au bureau des Cunard and Anchor Lines, dans le quartier des compagnies de navigation, où, au milieu des ballots d'écorce de chêne-liège, des fûts de vin d'Algérie, des filins enroulés et des emmêlements de passerelles, il acheta un billet de *tourist third* à bord de l'*Aquitania*, un paquebot de quarante-six tonnes qui partait dans moins d'une semaine pour La Havane.

Dans les jours qui suivirent, Roberto se rendit plusieurs fois aux bureaux télégraphiques de la rue Pavé-d'Amour afin d'annoncer à Diodata qu'il rentrait à Cuba. Ne recevant aucune réponse en retour, il eut l'idée de changer de bureau, se rendant à ceux de la place de la Joliette et à la préfecture, rue Sylvabelle. En vain. Lors de ses errances dans Marseille, il continuait de courir derrière son adolescence perdue, espérant à chaque coin de rue retrouver des souvenirs liés à son père ou à sa mère. Ces jours d'attente étaient traversés de sentiments contradictoires. S'il aimait se promener sur la Canebière, où il se souvenait avoir vu jadis corder le chanvre, les hauts mâts marconi des grands yachts et le gréement des vedettes de la Société nautique, ou avoir dégusté des loups grillés au feu de sarments et des rougets ventrus à yeux jaunes, dans les petits restaurants du port, il détestait tout autant la fausse élégance argentée des millionnaires qui descendaient au *Grand Hôtel de Noailles* que l'épouvantable misère des épaves gorgées d'alcool qui hantaient les cabarets louches de la place Victor-Gélu. À mesure que se rapprochait le moment de son départ, Roberto se rendait compte que son Marseille était une ville qui n'existait peut-être plus, ou pis encore: qui n'avait jamais existé. Son Marseille était une ville qui s'effaçait doucement, qui s'enfonçait dans les sables de ses souvenirs personnels: ménageries de la rue Jardin et de la rue Monte-Cristo, marchands de tabac d'Alexandrie du quai du Port, *Café bleu* où il avait vu tant de marins embauchés pour des destinations lointaines, arrière-boutique chinoise où, lui avait-on dit, on faisait du trafic d'opium. Marseille des vieilles rues Torte, Radeau, Caisserie, Gipserie, du Coq-d'Inde et de la Taulisse, où travaillaient patrons pêcheurs et marchands de coquillages, maîtres calfats, coiffeurs et boutiquiers. Marseille « défendue » des lupanars de *Chez Aline*, et de la Bouterie. Marseille des façades sombres et des façades claires, où sèche le linge blanc au-dessus des fenêtres. Marseille de son enfance, Marseille de son passé brisé et qui était en train de sombrer, de dériver dangereusement vers on ne sait quoi.

— Marseille devient insupportable, mon cher monsieur, lui dit l'hôtelier alors qu'il réglait sa note, avant le « grand départ » pour Cuba. Ça sent la merde partout. Regardez toutes ces femmes, coquettes, fardées, on dirait des princesses sur un tas de fumier.

— Tu oublies l'ail, ajouta l'hôtelière en s'adressant à son mari. Ce fada de Paul a raison, « Marseille, c'est une Chicago de la Méditerranée avec des gangsters à l'ail » !

Cette expression étrange accompagna Roberto jusqu'à la Banca romana. Sa tristesse à quitter Marseille, même si Marseille avait changé, lui fit remettre à plus tard cette ultime démarche. Il s'était levé très tôt, pour pouvoir arpenter jusqu'à la fin de la journée les rues de la ville, et passer une dernière fois chez Basso manger une bouillabaisse pleine de petits crabes bien roses, « comme des cuisses de pucelles », disait le patron, mais le restaurant était fermé. Il était seize heures : l'*Aquitania* partait dans moins de deux heures. La banque offrit à Roberto une serviette et un portefeuille en crocodile du Nil pour y glisser les précieux billets, et le directeur en personne tint à lui souhaiter une excellente croisière et à lui exprimer une nouvelle fois toute la joie sincère qu'il avait éprouvée à le connaître, lui, le descendant en ligne directe d'Ercole Tommaso Roero Di Cortanze, dernier vice-roi de Sardaigne et vendeur de « La Renardière »... Ah, mais il allait oublier, il avait une nouvelle bien singulière à lui communiquer. Cela paraissait un peu fou, mais au nom de leur amitié, enfin « presque » amitié, récente certes, mais au nom du rapport privilégié que le banquier entretenait avec son client, qui était bien plus qu'un client, naturellement, il se devait de lui communiquer cette singulière nouvelle. Le témoin de l'affaire était un certain Gustave Leclèze, ancien marchand d'oursins et de clovisses de la rue Fortia, désormais troisième caissier à la Banca romana. Alberto Lambroni le fit venir et le pressa de parler :

— Allez, Leclèze, dites à monsieur le marquis ce que vous m'avez raconté, et rapidement, monsieur est pressé.

— Eh bien voilà, monsieur le marquis, c'était il y a deux jours exactement. Une dame est venue à la banque, affirmant qu'elle vous connaissait. Elle voulait savoir si vous étiez passé récemment. Elle nous a assuré qu'elle préparait un travail sur l'aristocratie italienne en exil et souhaitait entrer en contact avec vous... Cela m'a paru évidemment très inopportun de lui répondre.

— C'est tout ? demanda Roberto, qui ne comprenait pas pourquoi on l'avait retenu pour lui livrer une information aussi mince alors qu'il devait embarquer dans les délais les plus brefs.

— Non, ce n'est pas tout, dit l'homme en sortant de sa poche un papier froissé sur lequel il avait noté l'adresse que la dame avait bien voulu lui laisser au cas où M. le marquis passerait. C'est fort singulier, n'est-ce pas ?

Roberto prit le petit morceau de papier et lut : 17, rue Saint-Antoine, 4e étage droite.

— Elle a refusé de me donner son nom ! ajouta le caissier.

— Un sale quartier, monsieur le marquis, dit le banquier, plein de Juifs, de vendeurs de cacahuètes, d'Arméniens, de nègres, de gosses à faciès de Kabyles, de cireurs de bottes algériens, de zouaves tunisiens, de goumiers, de Sihks et surtout d'Italiens antifascistes. Un repaire de brigands. Ça grouille de déserteurs, de terroristes, et je ne vous parle pas des dépôts d'armes et du marché noir !

Roberto ne jugea pas nécessaire d'ajouter quoi que ce soit.

— Enfin, tout ça ne vous concerne plus, vous partez à Cuba. Excellente traversée, cher marquis. Et gare aux sirènes ! dit Lambroni, sur un ton qui se voulait badin.

En arrivant face au Vieux-Port, Roberto songeait au petit morceau de papier froissé que sa main gauche serrait dans la poche de son pantalon et à tous ces quais qui invitaient au départ, au voyage, à l'immense rêve de la mer, en somme : quai des Belges, quai du Port, quai du Parti, quai de Rive-Neuve, quai de la Joliette. Les grandes décisions, celles qui avaient réellement dessiné les contours de sa vie, n'avaient jamais été prises après mûre réflexion mais toujours sur ce qu'on appelle un « coup de tête », coup de tristesse, d'exaltation, de cœur. Bizarrement, ce sont les fauteuils en velours turquoise du bar de l'*Hôtel du Commerce* qui le firent tout soudain tourner à droite à la hauteur de l'hôtel de Ville, passer devant la fontaine, puis devant l'Hôtel-Dieu et sa façade XVIIe, et rejoindre la rue Saint-Antoine par la rue des Belles-Écuelles. L'appartement de la femme qui était venue le chercher à la banque et son hôtel, dans le bar duquel se trouvaient les fauteuils en velours turquoise, étaient dans la même rue. Comment n'y avait-il pas pensé plus tôt ? C'était un signe, non ?

Le 17 de la rue Saint-Antoine était en effet juste devant la porte d'entrée de l'*Hôtel du Commerce*, situé au 12. Roberto leva la tête vers les fenêtres du quatrième étage droite, puis vers celles du quatrième étage de l'hôtel, où se trouvait la chambre 403, la sienne. Comment était-ce possible ? Les fenêtres qu'il avait si longuement observées étaient sans doute celles de l'appartement où vivait l'inconnue, mais aussi, s'il ne se trompait pas, les deux petits enfants qui parfois se glissaient entre les rideaux et les vitres pour regarder les oiseaux dans le ciel, les toits de la maison d'en face et l'homme qui les observait de sa chambre d'hôtel. Alors, comme aspiré par une curiosité violente, Roberto s'engouffra sous le porche de l'immeuble, monta les quatre étages et, avant de sonner, regarda sa montre. Il était dix-huit heures trente. Il faisait presque nuit. L'*Aquitania* avait quitté son quai d'embarquement depuis une demi-heure.

31

— Vous désirez ? demanda à Roberto une femme d'une quarantaine d'années, aux cheveux gris, montée sur des souliers à plate-forme, habillée de noir des pieds à la tête, d'une veste qui lui faisait une carrure d'athlète et d'une jupe très courte. Une Italienne.

Roberto, pris au dépourvu, répondit qu'une femme qui habitait ici cherchait à le rencontrer.

— Ce n'est pas moi. Je suis la concierge, et je garde les enfants de la personne qui habite ici. Mais qui demandez-vous ?

— Elle n'a pas laissé son nom...

La femme en noir prit un air soupçonneux.

— Vous cherchez quelqu'un dont vous ne connaissez pas le nom ?

— Cette personne fait un travail, une sorte d'enquête, je crois, sur l'aristocratie italienne en exil...

— Sur l'aristocratie italienne ? Écoutez, moi je m'appelle Aurelia Romeo, et toute votre histoire ne me dit rien qui vaille !

Que dire d'autre ? Roberto avait si peu d'éléments. La femme ne comprenait pas ce qu'il racontait. Roberto commençait à regretter ce rendez-vous manqué. Quel imbécile. Pourquoi avait-il joué à ce jeu idiot ? Pourquoi s'était-il rendu à cette adresse ? La guerre et tout le sang de la guerre ne lui avaient donc rien appris de la vie ? Et l'*Aquitania* ne repartirait pas de sitôt de Marseille !

La petite entrée comportait une bibliothèque, un guéridon, un sol en tomettes rouges et, au plafond, un lustre noir : celui qu'il voyait, maintenant il s'en souvenait, derrière les fenêtres de sa chambre d'hôtel, qui, effectivement, était au même étage que cet appartement.

Alors que la femme en noir commençait à le pousser poliment hors de l'appartement, en lui demandant de sortir, deux enfants apparurent dans l'encadrement de la porte d'entrée aux larges boiseries peintes. Ils étaient en pyjama. Ceux-là mêmes sans doute qu'il voyait de la fenêtre de son hôtel. Et qui lui parlèrent, comme le font toujours les enfants qui ne sont pas farouches :

— *Buongiorno*, dit le garçon.

— *Bonorno*, répéta la fillette, plus petite.

— *Buongiorno. Come stai ?* répondit Roberto.

Les deux enfants parurent surpris :

— *Tu parli italiano ?* demanda le garçon.

— *Laliano ?* ajouta la fillette en écho.

— *Sono italiano !* répondit Roberto.

— *Anche la mia mamma...* dit le petit garçon, en ajoutant : Je m'appelle Pinocchio.

— Pelle 'Fana, enchaîna la fillette.

— Elle veut dire « Befana », précisa le garçon.

— Toi ? demanda la fillette.

— Je m'appelle Roberto, dit Roberto.

À cet instant, la femme demanda aux enfants de laisser le monsieur tranquille et de retourner se coucher. Ce qu'ils firent en soupirant :

— *Nanotte*, dit la Befana.

— *Sarà per un'altra volta*, dit Pinocchio, avec beaucoup d'espièglerie dans la voix.

— Bon, eh bien bonsoir monsieur, dit la femme, en lui signifiant, cette fois avec une certaine autorité, qu'il n'avait plus rien à faire ici.

Roberto redescendit les marches, une par une. Le parquet grinçait. C'était un immeuble bourgeois qui n'était plus de la première fraîcheur mais qui, lors de sa construction, datant de la fin du siècle dernier, devait s'enorgueillir de toutes les commodités les plus modernes, et dont l'escalier conservait aujourd'hui encore un certain lustre. Roberto dut très vite rallumer la minuterie. Au premier palier, l'escalier fut de nouveau plongé dans l'obscurité. Quelqu'un était entré dans le hall. Sans doute un habitué qui n'avait pas pris la peine d'allumer la lumière et frôla Roberto en passant. C'était une femme.

— *Mi scusi*, dit-elle spontanément.

— *Scusi*, pardon, répondit Roberto.

La femme, arrivée au premier palier, appuya sur l'interrupteur qui déclencha la minuterie. Roberto se retourna sur la femme qui le regardait aussi – sac en bandoulière, sur une veste marquant bien la taille et une jupe-culotte, ton sur ton : l'élégance même. La lumière avait jailli, fulgurante. Roberto eut l'impression que sa tête allait exploser. Il restait là, pétrifié. L'ampoule électrique, pourtant minuscule au bout de son fil torsadé, dégageait une clarté aveuglante. Roberto sentit que le sol de la cage d'escalier allait s'ouvrir sous ses pas. Mais, après avoir posé sa valise sur la première marche, il trouva la force, en s'agrippant à la rampe en fer, de rejoindre le palier de repos. La femme avait laissé tomber son sac à terre et respirait bruyamment comme si elle venait d'accomplir un effort violent. Elle ne pouvait pas pleurer : la soudaineté du choc avait tout verrouillé en elle. Ils restèrent longtemps ainsi, dans la pénombre, jusqu'à ce qu'ils puissent enfin faire un pas l'un vers l'autre. C'est-à-dire se toucher.

— Roberto, cela fait mille vingt-trois jours que j'attends ce moment, murmura Diodata.

La nuit passa à se raconter, à se redécouvrir. Une nuit d'anthracite. Une nuit de corps mêlés, de sueur, de baisers, l'un et l'autre voulant littéralement se dévorer pour mieux se retrouver ; pour ne rien perdre de ces instants ; pour tout rattraper, tout recommencer, tout poursuivre. Une nuit de violence douce et d'interminable tendresse. Une nuit de paroles aussi, de beaucoup de paroles. Roberto parla de l'Espagne, du sang et des morts, des lettres écrites et perdues à jamais et de celles qu'il n'avait pas reçues, de ces mois d'attente sans jamais rien savoir et de toute cette angoisse de ne pas savoir, de la mort de Langston et de celle de Victoria, de Renzo interné, de Maddalena emprisonnée. Diodata parla de Cuba, de la dictature sanglante qui y régnait maintenant, des premiers mois où elle s'était sentie tellement seule, où elle en avait tant voulu à Roberto de l'avoir laissée ainsi, oui, tellement seule, de Bugs qui ne cessait de voyager entre Cuba, l'Italie et les États-Unis, des articles qu'elle donnait au *Star-and-Lines*, et de son tout nouveau statut de grand reporter pour le *New Yorker*, de sa décision, enfin, de quitter La Havane. Tant bien que mal, avec l'aide d'autres exilés italiens, elle s'était installée en France depuis le 30 septembre 1938. Comment ne pas s'en souvenir ? Son journal voulait des articles sur la société française en pleine mutation, sur l'Europe que les accords de Munich allaient sauver de la guerre !

— Ce que j'ai pu te chercher ! Chaque semaine, je passais des annonces dans les pages d'*Adelante*, le supplément que *Le Provençal* a mis à la disposition des exilés espagnols. Depuis l'exode, tant de familles ont pu se retrouver grâce au merveilleux travail de ce petit journal !

— À la banque, ils t'ont prise pour une folle.

— Je ne voulais pas laisser trop d'indices. Je travaille pour des journaux américains, et je suis en règle avec les autorités françaises…

— Ce qui n'est pas mon cas, mais les frères Schiavetti…

— Les propriétaires du *Mauritania* ?

— Tu les connais ?

— Ils fournissent des faux papiers à toute la colonie « transalpine » en exil, comme on dit ici. Tous les antifascistes italiens les connaissent, malheureusement les espions de Mussolini et la police française aussi… On n'aime toujours pas beaucoup les Italiens à Marseille.

— L'invasion allemande n'a pas dû arranger les choses...

— J'ai envoyé un long article au *New Yorker* sur le sujet. Ça les a plutôt compliquées, en effet. Dans certaines villes des Alpes-Maritimes, les Italiens rassemblent plus du tiers des actifs. Déjà, bien avant la guerre, on avait tendance à nous considérer comme des rivaux sur le marché de l'emploi. Ce sont toujours les mêmes accusations. Celles que ton père a entendues : les Transalpins acceptent des rémunérations insuffisantes, ils dépassent la durée légale du travail, ils brisent les grèves. La droite comme la gauche françaises ne voient dans la colonie italienne immigrée qu'un repaire d'agitateurs. Qu'on soit *fuorusciti* et qu'on milite pour la chute de Mussolini, ou qu'on soit membre d'une des Case d'Italia, qui espionnent et sabotent au profit du Duce, les Italiens restent des indésirables qui violent les règles de l'hospitalité. Il suffit de lire les journaux de Nice, d'Antibes, de Menton, de Marseille. Ils disent tous la même chose : « Notre pays est le dépotoir de l'Europe et notre Côte d'Azur est infestée d'antifascistes italiens ! » ou encore : « La France est un cloaque et cela ne peut durer. Le pourcentage des suspects italiens indésirables ne cesse de croître, il faut donc les expulser, les salauds ! » Tu sais quelle est l'insulte la plus grave qu'on puisse entendre dans les rues de Nice ?

— Aucune idée...

— « Piémontais ! » dit Diodata, en riant de bon cœur.

C'était son premier vrai rire depuis leur séparation, « il y a maintenant mille vingt-quatre jours », dit Diodata en constatant que le jour s'était levé sur Marseille.

— La proclamation de la non-belligérance transalpine a dû être saluée avec un certain soulagement, tout de même ?

— On a parlé de solidarité latine, de traditions humanistes, les notables surtout, c'est ce qui aurait, selon eux, empêché la « noble Rome » de marcher aux côtés des barbares de Berlin et de Moscou. C'est drôle, je n'arrive pas vraiment à y croire...

— C'est vrai, renchérit Roberto, en serrant une nouvelle fois Diodata dans ses bras, je n'arrive pas à y croire non plus.

— Tu veux dire nous deux ici, dans ce lit ?

— Oui. Et puis les enfants aussi. Comment aurais-je pu penser, hier, que c'étaient eux... Comment allons-nous faire, pour leur expliquer ?

— Que tu es leur père, que nous nous sommes retrouvés ? J'ai essayé depuis longtemps de les préparer à ces retrouvailles.

— C'est eux qui vont décider, n'est-ce pas ?

— D'une certaine façon, oui. Chut, je les entends bouger. Ils doivent être réveillés depuis longtemps. Renato veille, il dit toujours à sa sœur : « Ne fais pas de bruit, tu dois laisser maman dormir. » Mais au bout d'un moment ils arrivent et grattent à la porte.

— Tu sais, j'ai des remords affreux... Je n'arriverai jamais à combler le vide de ces années passées sans eux. Tout cet amour dilapidé. Et pour rien, pour rien...

— C'est vrai qu'il est trop tard pour certaines choses, mais tu as tout le restant de la vie à vivre avec eux, de longues années, tous les quatre...

Comme Diodata l'avait annoncé, on frappa timidement à la porte de la chambre. Roberto se sentait presque gêné. Il était dans le lit de la mère de ses enfants : comment allaient-ils prendre cette intrusion ? Diodata le rassura :

— Dis-leur d'entrer. Tu es leur père, après tout !

— Entrez. Entrez, mes chéris, entrez, les enfants, dit Roberto en serrant la main de Diodata comme pour y puiser du courage.

Quand la porte s'ouvrit, les deux enfants, en pyjama, restèrent sur le seuil. Le petit garçon tenait un ours en peluche à la main et la petite fille plusieurs tétines avec lesquelles elle jouait tour à tour.

— Venez, venez, les enfants, je vais vous raconter une histoire. On va à la fenêtre ? dit Diodata. J'ai quelque chose à vous montrer.

— Oui, répondirent-ils en chœur.

Chiara colla son nez contre la vitre et regarda les fenêtres de l'hôtel de l'autre côté de la rue :

— Monsieur non, pas fenêtre, dodo.

— Mais non. Il est parti travailler. On le verra ce soir, dit Renato.

— Pas ce soir, maintenant, dit Diodata. Le monsieur qui était derrière la fenêtre est ici, devant vous.

— Dans ton lit ! dit Renato qui tout à coup reconnut le visiteur de la veille. Je savais que tu reviendrais.

— Moi si, dit Chiara.

— Ce monsieur s'appelle Roberto, dit Diodata et c'est...

— Non, pas Berto, dit Chiara : Berto papa.

— Oui, exactement, c'est exactement ça, ma chérie, ce monsieur, c'est votre papa. C'est Roberto. Puis, en mimant la scène, comme au théâtre, Diodata dit : Chiara, Renato, voici votre papa. Roberto, voici Chiara et Renato, tes enfants.

Les deux enfants ne dirent rien et partirent en courant dans leur chambre. Roberto regarda Diodata, effondré. Se trouvant ridicule, nu dans ce lit à côté de cette femme qu'il n'avait pas vue depuis des années et de deux enfants qui ne le connaissaient pas, et s'enfuyaient lorsqu'on leur annonçait qu'il était leur père. Mais Renato et Chiara revinrent aussitôt dans la chambre, chacun avec un livre sous le bras, et se glissèrent sous les draps, tout contre Roberto, en se calant comme deux petits chiens à la recherche de la meilleure position possible. Une fois assis, chacun d'un côté de Roberto, ils lui tendirent leur livre :

— Si tu es papa tu dois savoir lire *Pinocchio*.

— Et *Fana*, chuchota Chiara, ajoutant : moi, moi.

— Elle veut que tu lui lises en premier, fit remarquer Diodata, des larmes plein les yeux.

— Non, c'est moi, cria Renato en donnant un coup de livre sur la tête de sa sœur.

— On commence par Chiara, dit Roberto. Ton livre est très long, c'est un livre de grand. On le garde pour la fin.

Renato acquiesça, trouvant l'argument à son goût.

— Et voilà, chuchota Diodata, tu es dans le vif du sujet. Déjà dans ton rôle de père.

Roberto commença la lecture :

— Il était une fois une vieille sorcière, très gentille, qui s'appelait la Befana, et qui marchait très péniblement dans la neige en pleine nuit. Un soir, elle se glissa doucement dans la maison…

— De Chiara, dit Chiara.

— Elle se glissa doucement dans la maison de Chiara, précisa Roberto, en descendant par la cheminée…

À ce moment, la petite fille prit le livre des mains de Roberto, sortit du lit et revint quelques secondes après avec un autre livre, en disant : « Meil, dodo, enfant, meil. »

Roberto ouvrit le nouveau livre que la petite fille écouta, cette fois jusqu'au bout, et qui racontait l'histoire du Bonhomme Sommeil qui verse de la poudre d'argent sur les paupières des enfants et les emmène au pays des Rêves.

— À moi, maintenant, dit Renato, le livre de Chiara à peine refermé, en répétant plusieurs fois : *Le Avventure di Pinocchio. Storia di un burattino*.

Tandis que Chiara avait pris sa mère par la main pour l'entraîner dans sa chambre, Roberto se plongea dans l'histoire de l'étrange marionnette qui, d'après ce qu'affirmait le menuisier Geppetto, saurait un jour danser, faire de l'escrime et exécuter des sauts périlleux.

— Je vous laisse entre hommes, dit Diodata, en s'éclipsant.

À mesure que le récit avançait vers sa fin, Renato se blottissait davantage encore contre son père. Le livre avait été lu et relu mille fois déjà. Les pages recollées cent fois. Roberto se souvenait… c'est Langston qui l'avait offert au petit Renato pour son premier anniversaire en disant : « Vous lui lirez quand il sera plus grand. » Langston avait beaucoup cherché pour en trouver, à La Havane, une version en italien... Et Renato, par la suite, l'avait tellement lu, ce livre, se disant sans doute qu'un jour, il en était sûr, son père, comme ce matin, cet homme qu'on appelait Roberto, viendrait lui lire l'histoire de ce petit garçon qui marche, marche longtemps jusqu'à la mer, à la recherche de son père. Puis qui nage, qui nage plus longtemps encore, pour trouver la baleine qui a englouti son père et qui finit par l'avaler, à son tour, d'un trait...

— « Dans l'estomac du monstre, Pinocchio retrouva Geppetto », lisait Roberto, la gorge nouée.

— « Oh ! Mon petit papa. Quelle joie de te retrouver, dit Pinocchio, les larmes aux yeux », poursuivit Renato en se serrant contre son père.

Alors, un événement étrange se passa. Le fils, prenant dans l'histoire, les répliques du père, Renato inversa les rôles :

— « Mon père chéri, je te croyais perdu. »

— « C'est moi, c'est bien moi, mon cher fils. Je ne te quitterai plus. Depuis combien de temps es-tu enfermé dans cette baleine ? » dit Roberto.

— « Depuis bientôt quatre ans qui m'ont paru quatre siècles », dit Renato.

— « Alors, mon fils, il n'y a pas de temps à perdre, il faut tout de suite penser à fuir ? »

— « Mais comment ? » demanda Renato en riant.

— « En faisant un feu. La baleine éternuera et nous recrachera. »

— Alors, dit Renato en montant sur le dos de son père, « Geppetto s'enfuit en portant Pinocchio sur son dos ; un thon obligeant les aidant à regagner la rive ».

Et c'est ainsi que Renato, juché sur son père, pénétra dans la chambre de Chiara, laquelle s'empressa de rejoindre son frère, sous les yeux rieurs de Diodata :

— Je crois que leur décision est prise, dit-elle en s'ajoutant à l'édifice branlant ce qui eut pour effet de le faire s'écrouler, sur le tapis, parmi les cris et les rires.

Les mois qui suivirent ces étonnantes retrouvailles virent Diodata et Roberto vivre en vase clos. Certes la guerre était là, mais la présence des enfants avait changé tellement de choses dans leur vie. Ils n'étaient plus ce jeune couple audacieux qui était parti, elle à la recherche des formes les plus novatrices de la poésie, lui à la conquête des circuits d'Europe. Leurs valeurs étaient les mêmes mais il y avait maintenant, ajoutée à leurs aspirations, la valeur suprême de la vie de leurs deux jeunes enfants – à préserver et à développer, précieuse et fragile comme une fleur rarissime. Diodata continuait d'envoyer des articles aux journaux américains auxquels elle collaborait et Roberto, grâce aux frères Schiavetti, avait obtenu de faux papiers, ce qui lui permettait de travailler comme chef d'atelier dans un garage de la rue de la République spécialisé dans les voitures puissantes et rapides exigeant une mise au point minutieuse: Cord 812, Maserati *sedici cilindri*, Alfa-Romeo 8C2900B, Aérosport, Bugatti type 57S, Le Mans Nine, etc. « C'est étrange pour un Italien, lui avait fait remarquer son patron en riant, d'habitude, vos compatriotes sont croque-morts, balayeurs ou boulangers. » Grâce à leurs deux métiers et à l'argent que Roberto avait estimé plus prudent de déposer dans une autre banque que celle de Lambroni – celui-ci, ayant fini par prendre la présidence de la Casa d'Italia de la rue Vacon, tout près de l'*Hôtel du Parc*, y organisait maintenant des réunions fréquentées par tous les dignitaires fascistes des Alpes-Maritimes –, ils vivaient dans une aisance relative. Quant à leurs deux amis, Renzo et Maddalena, ils avaient fini par être miraculeusement libérés des camps de Vernet et de Gurs, et avaient trouvé du travail à la coopérative des Croque-Fruits laquelle, sous couvert de fabriquer des friandises à base de dattes et de pâte d'amandes, était en réalité une sorte de société d'entraide aux militants politiques, communistes, gaullistes, à des résistants, des Juifs ou des apatrides et qui, pour quelques heures de travail dans le vieil immeuble proche de la porte d'Aix, leur allouait un salaire de quatre-vingts francs par jour. Ainsi, un morceau de la petite bande de Cuba, la *famigliola*, s'était-il reconstitué à Marseille.

Les affiches blanc et noir, aux deux drapeaux tricolores croisés, où se détachaient en caractères gras les mots : « Ordre de mobilisation générale », avaient progressivement été recouvertes par de la réclame. La défense passive avait cessé sa distribution de consignes et de modes d'emploi des masques à gaz ; quant aux hôpitaux, ils n'étaient occupés que par des « planqués » et des réservistes « en fausse permission ». L'inquiétude particulière des Marseillais de souche et des centaines de milliers de descendants des *immigranti*, face à l'attitude de l'Italie, s'était, semble-t-il, peu à peu estompée, tout comme on paraissait avoir oublié le raid nocturne de l'aviation mussolinienne, lâchant à l'aveuglette sur les quartiers italiens autour du port une cinquantaine de bombes, alors que le vieux maréchal, affirmant avoir « fait don de sa personne à la France », annonçait la défaite totale et la demande d'armistice...

Tout ceci n'était qu'un calme de façade, une paix fragile. Diodata et Roberto le savaient mieux que personne. Mais, pour que leurs enfants continuent de vivre dans une certaine insouciance, ils évitaient de laisser affleurer leur désarroi et finissaient même par croire à un semblant de bonheur. Et pourtant... Derrière les rires, les jeux, les petites blagues, les câlins mouillés et collants des deux enfants, une menace profonde, imperceptible, tenace était là. Certains faisaient remarquer, à juste titre d'ailleurs, que la ligne de démarcation, là où s'étaient arrêtés les panzers allemands, était loin des rives du Vieux-Port, et que Marseille pouvait largement profiter de son statut de capitale de la zone non occupée : la zone Nono. Mais, à y regarder de plus près, les rues de Marseille grouillaient d'uniformes *feldgrau*, ceux des officiers allemands, et des jaquettes vert clair des *bersaglieri* italiens nommés par la Commission d'armistice pour contrôler le respect de ses clauses, et dont bon nombre avaient des parents installés à Marseille, et dans la région, depuis longtemps. Que dire aussi des hommes en feutres sombres et en imperméables qui hantaient les cafés, les théâtres, les salles de cinéma ? Que penser des maîtres de la pègre et de la politique à Marseille, Carbone et Spirito, pataugeant à l'aise dans l'auge de la collaboration et du marché noir ? Tandis que *Le Petit Marseillais* chantait les louanges de la révolution nationale et préparait activement la visite du petit homme au képi à feuilles de chêne, une foule ininterrompue de réfugiés prenait d'assaut les consulats des États-Unis et du Mexique dans l'espoir d'obtenir, avant que les mâchoires ne se referment sur eux, un visa de sortie : Allemands antinazis, antifascistes italiens, Juifs pourchassés de tous les pays d'Europe, intellectuels désemparés, anglophiles, syndicalistes, ouvriers et artisans fichés, écrivains rebelles, prisonniers évadés sans carte d'identité. Un article féroce de Diodata, écrit sur ce thème, portait ce titre provocateur : « Breton rejoint l'Amérique et René Char le maquis... »

Lentement, Marseille, comme toute la France, devenait autre. Une ville où la mort prenait ses quartiers, s'installait. Le changement était visible et palpable, anodin ou grandiloquent : on débaptisait le lycée Périer et le quai des Belges pour leur donner le nom de Philippe-Pétain. On ouvrait, dans une ancienne tuilerie désaffectée des Milles, proche d'Aix-en-Provence, un camp de « contrôle » administratif des ressortissants des pays étrangers résidant dans les Bouches-du-Rhône. Bientôt le poisson se fit rare, le charbon n'arriva plus, le bois fut très recherché, les magasins se vidèrent, les queues s'allongèrent, les trafiquants organisèrent la pénurie, et le pain blanc d'autrefois fut remplacé par un « pain filant » à la mie grise et pâteuse que Renato et Chiara détestaient. Dans beaucoup d'immeubles, le chauffage central et l'ascenseur ne fonctionnaient plus. L'eau chaude vint à manquer. Le téléphone était coupé. Dans la rue, il était recommandé d'abolir les « expressions étrangères choquantes », comme *grill-room, lavatory, five o'clock tea*. Cela pouvait même parfois prêter à sourire. Ainsi, au nom de la « moralité française », un nouveau décret interdit les dancings, les bals privés et fixa la longueur des costumes de bains aux genoux pour les hommes et les femmes : « Plus de shorts, plus de Françaises déguisées en homme. La révolution nationale est en marche. » La mort aussi. La France devint un immense camp entouré de barbelés. À l'intérieur, le service d'ordre légionnaire se mettait en place : le PPF, dirigé vers les classes modestes ; la LVF, pour les classes aisées. Marseille glissait vers le gouffre, et avec elle les Italiens de Marseille. Mais les enfants ne le savent pas. Les enfants rient, s'amusent, chantent en italien des comptines ramenées de l'école :

La mia nonna antica,
antica, antica,
che puzzava di baccalà.

Ma vieille grand-mère,
vieille, vieille,
qui pue la morue...

Insensiblement, cependant, ce qu'ils appelaient, faute d'autre mot, leur « conscience politique » reprit le dessus. Comment ignorer l'histoire quand, comme Diodata dans sa prime jeunesse, on a cru un temps pouvoir changer la société ? Comment, lorsqu'on est le descendant d'une famille qui a plus de mille ans d'existence et qui a toujours pesé de tout son poids sur la destinée de sa région, de son royaume et de son pays, ne pas vouloir s'impliquer dans son siècle ? Régulièrement, Roberto et Diodata, souvent accompagnés de leurs enfants, comme aujourd'hui, aimaient passer quelques heures au *Gran Caffè d'Italia*, sur le cours Belsunce. Son patron, Massimo Bartoletti, membre actif de l'Union des garibaldiens de l'Argonne du fameux capitaine Marabini, s'était dès octobre 1939 engagé dans la Légion étrangère pour la durée de la guerre, mais, blessé dès les premiers combats, avait dû regagner très vite son comptoir de zinc. Il en gardait une profonde entaille à la jambe droite, une grande déception et un même discours qu'il ne pouvait s'empêcher de servir à ses clients :

— Comme en 1870, comme en 1914, chaque fois que des poitrines françaises se lèvent, barrière invincible, contre la force pour le droit, contre la tyrannie pour la liberté, les Chemises rouges italiennes réclament l'honneur d'être présentes.

Très vite, et au-delà de toute nostalgie, le *Gran Caffè d'Italia* était devenu le lieu de rassemblement des Italiens de Marseille. Mais depuis la déclaration de guerre, les relations entre fascistes et antifascistes étaient devenues invivables. Au début, les riverains se plaignaient du comportement animé des clients, ils les jugeaient « turbulents » voire « malpropres ». Bientôt, la cohabitation forcée céda la place à une franche hostilité qui se traduisit en paroles mais aussi parfois en actes criminels.

— Tu en as un beau livre, dit Massimo Bartoletti à Renato, qui l'ouvrait grand sur sa table.

— On l'a donné aux élèves italiens de la classe...

— C'est quoi, le titre ?

— *Euro, le jeune aviateur*.

— Et ça parle de quoi ?

— J'ai à peine commencé... C'est l'histoire d'un pilote qui conduit un hydravion, qui a mille « embûches » et qui finit par sortir vainqueur, parce qu'il a un « cœur solide, une main ferme, et qu'il poursuit imperturbable son vol plein d'em... »

— ... bûches, « d'embûches », dit Massimo.

— Oui, « d'embûches », répéta Renato, en se replongeant dans son livre.

Renzo et Maddalena, qui venaient d'entrer dans le café, étaient tout pâles.

— Que se passe-t-il ? demanda Diodata en embrassant Maddalena.

— C'est le magasin juste en bas de chez nous, il vient d'avoir ses vitres brisées, et son propriétaire, un Juif, a été battu… dit Renzo.

— Je croyais qu'on était en zone « libre », ajouta Maddalena. Déjà à Key West, avec le FBI, maintenant ici. Mussolini est en train de s'y mettre aussi. Ne parlons pas de l'Allemagne. Où allons-nous vivre enfin en paix ? Je n'ai plus de force, mes amis.

— Parfois, j'en viens à être content que notre fils soit mort, au moins il n'aura pas connu tout ça. C'est horrible d'en arriver à penser ça ! murmura Renzo. Nous sommes à bout, mes amis, à bout…

Voyant que Renato avait refermé son livre, et pour parler d'autre chose que de cette douleur si vive, Renzo lui posa une question qui le ramena sans le savoir au même sujet :

— Alors, il était intéressant, ton livre ?

— Non. Et puis l'« ennemi jaloux » est très laid, ça n'existe pas des gens comme ça ! Jacob Manussai, qu'il s'appelle, ajouta Renato, en tendant son album à Renzo. Regarde.

Alors, Renzo, d'une voix blanche et forte, lut la description du Juif Jacob Manussai, vaincu par Euro, fils pur de la grande Italie fasciste :

— Regardez cette « figure crasseuse de vieil homme avec une longue tignasse et une barbiche de bouc d'un blanc sale. Nez crochu, sourcils épais, regard acéré derrière une énorme paire de lunettes, lèvres molles, entre lesquelles apparaissent des canines jaunâtres ! »

Renato, qui n'avait pas compris le drame qui était en train de se jouer sous ses yeux, applaudit en riant. Renzo se tourna vers lui, se rassit et l'embrassa tendrement :

— Ça t'a plu ?

— Oh oui, dit-il.

Roberto intervint :

— On va t'expliquer Renato.

— Il n'y a rien à expliquer, dit Renzo. Il se souviendra du jour où, au *Gran Caffè d'Italia*, le mot « Juif » est entré dans sa vie. C'est tout.

— Renzo, Renato n'est qu'un enfant... dit Maddalena, gênée par l'attitude de son mari.

— Renato, il faut que tu saches...

Roberto s'arrêta, constatant soudain qu'il régnait dans le café un silence pesant. Personne n'avait encore repris les conversations, et cela d'autant moins que le calme soudain du café permettait aux clients d'entendre, venant d'un haut-parleur installé dans un magasin de radio installé juste en face du *Gran Caffè d'Italia*, un discours très solennel prononcé par Paul Reynaud, le président du Conseil. À mesure que les mots s'égrenaient, avec lenteur, une foule s'attroupait sous le haut-parleur, pétrifiée. Renato fit remarquer que la circulation même était en train de s'arrêter. La voix émanant de la rue, de l'autre côté de la terrasse du café, annonçait que l'Italie, au soir de ce 10 juin 1940, venait de déclarer la guerre à la France, ajoutant, tremblante : « Que les Français se resserrent fraternellement autour de leur patrie blessée. » Aux dernières mesures de *La Marseillaise*, des hommes et des femmes pleurèrent. Quelle impression étrange. Il n'y avait, semble-t-il, aucune marque d'hystérie, et cette foule qui éclatait spontanément en sanglots pour des raisons politiques, se comportait finalement avec une grande dignité. La France, nation vaincue, était sans doute en train d'épuiser ici ses dernières forces morales : la fraternité éclatant dans l'affliction extrême. Tous, Italiens et Français, étaient plongés dans la même peine et la même angoisse silencieuse. Mais cela ne dura guère. Très vite, la circulation reprit, tout comme l'animation de la rue et celle du café, et des voix s'élevèrent. Les deux communautés se retrouvaient face à face, ennemies.

— Mussolini nous avait prévenus : « Il suffira de quelques milliers de morts pour conquérir le droit de s'asseoir à la table de la paix en habit de belligérant », dit Roberto.

Une partie du café se mit à hurler, debout :

— Vive le Duce ! Tunisie ! Corse ! Djibouti ! criaient les Italiens fascistes.

— Et pourquoi pas « Nice ! Savoie ! », reprenaient les Français.

— Les Babis n'auront jamais l'île de Beauté ! hurlaient les Corses.

— C'est un véritable coup de poignard dans le dos !

— Déclarer la guerre à une nation à genoux !

— Souvenez-vous du crime de Caserio, à Lyon en 1894, dit un vieil homme... Les Italiens ont un coup préféré : quand ils ne frappent pas au cœur, ils visent le cou. Ils connaissent l'anatomie du corps humain, ils savent quelles sont les parties où l'on tue à coup sûr !

— Lâchement par-derrière, comme ils font d'ordinaire !

— Messieurs ! Mesdames ! dit Massimo Bartoletti, essayant de ramener le calme. Puis, voulant être drôle : Il y a Italiens et Italiens ! Il ne faut pas les mettre tous dans le même panier de spaghettis ! Ne vous laissez pas entraîner, c'est un jeu trop facile à déceler ! Ne vous faites pas manipuler !

— Ta gueule, le macaroni, hurla un homme, en jetant une bouteille dans la glace qui ornait l'arrière du comptoir et se brisa en faisant un bruit épouvantable.

— Et les bombardements italiens sur les ponts de la Loire ? Et les avions fascistes qui mitraillent des civils sur les routes de l'exode ?

— J'y étais. J'ai vu les cocardes vert-blanc-rouge sur le fuselage et sous les ailes, moi ! Ils remontaient la Loire, venant de Chailles !

— Ordures ! À mort les Italiens ! Vous aviez bien caché votre jeu !

Massimo voulait s'expliquer :

— Les avions italiens n'ont jamais porté de cocardes, mais un grand cercle blanc frappé de trois flèches noires sur les plans et un faisceau de licteur sur le fuselage ! Mes amis, mes frères, les aviateurs italiens n'ont jamais participé au massacre ! Il y a ici des frères de Naples, de Turin, de Rome qui, en quatorze...

— La ferme, le Cristo ! dit un homme particulièrement virulent qui décocha un violent coup de poing dans la mâchoire de Massimo.

Puis tout le monde parla et gesticula en même temps. Des gifles et des insultes fusèrent, des cris de frayeur jaillirent. Une formidable mêlée s'annonçait.

— Partons, vite ! dit Diodata, en faisant signe à Roberto de prendre Renato dans les bras pendant qu'elle se chargerait de Chiara qui poussait des hurlements.

Alors qu'ils sortaient du café, plusieurs Français, armés de gourdins et de nerfs de bœuf commençaient d'arriver par la rue des Convalescents, en chantant *La Marseillaise*, tandis que des gardes mobiles remontaient le cours Belsunce venant de la Canebière.

— Vite, vite ! dit Roberto, dans la rue Colbert.

— Papa, j'ai oublié *Euro, le jeune l'aviateur*, j'ai oublié *Euro, le jeune l'aviateur*.

— On s'en fout de ce con, on s'en fout ! cria Roberto. C'était la première fois qu'il parlait ainsi à son fils.

Les rues qu'ils empruntaient, pour rentrer chez eux, étaient pleines de monde. Les gens hurlaient, criaient. Certaines épiceries italiennes, celles qui n'avaient pas eu la prudence de fermer leurs volets de bois, étaient saccagées. Des pierres étaient jetées dans les cafés fréquentés par les Italiens, ceux de la place Carnot notamment. « Ça va recommencer, se dit Roberto. Comme à l'époque de mon père et des pogroms des Vêpres marseillaises de juin 1881. On va de nouveau parler de la « sauvagerie » des Italiens, de leur « esprit sanguinaire », de leur « traîtrise ». »

— On va encore faire de nous des primitifs et des barbares ! Nom de Dieu !

Une fois rentrés dans la maison, on dîna en silence et on coucha les enfants en essayant de minimiser les événements. Il fut décidé que Renzo et Maddalena resteraient dormir, pour plus de sûreté, dans l'appartement de la rue Saint-Antoine. Il y avait au salon un vieux canapé-lit qui ferait l'affaire.

— On est à deux rues de là, dit Renzo. Ça ne vaut vraiment pas la peine !

— Vous ne quitterez pas l'appartement. S'il le faut, je vous ligote, sales Ritals, dit Roberto. Vous n'êtes pas à l'abri d'un coup de pioche ou d'un pavé dans la tête ! Ce ne sont pas les excités qui manquent ! Souvenez-vous d'Aigues-Mortes.

La nuit, on entendit des cavalcades dans les rues. Certains recommençaient à faire la chasse aux migrants. La chambre de Roberto et de Diodata donnait sur la rue Saint-Antoine : ils entendaient distinctement des Français ivres qui parlaient de donner l'assaut à la boulangerie du coin de la rue : « La police n'interviendra pas, disait l'un d'entre eux, le boulanger est un rouge ! »

Cette déclaration de guerre, monstrueuse, absurde, tombait au plus mauvais moment. Depuis l'effroyable incendie des *Nouvelles Galeries*, la mairie de Marseille, mise sous tutelle, avait à sa tête un administrateur extraordinaire qui la dirigeait comme l'eût fait un gouverneur colonial. Marseille, pieds et poings liés face à Vichy, avait perdu toute indépendance. Et l'on était en droit de se demander qui, dans cette Marseille « libre », l'était réellement.

Dans un demi-sourire triste, détendant son visage, Diodata confia à Roberto qu'elle se sentait malade :

— J'ai mal, Roberto.

— Au ventre ? demanda Roberto, en lui posant doucement la main sur l'abdomen. Tu es angoissée ?

— Non.

— Qu'est-ce que tu as, alors ? Quelle maladie ?

— La stupeur.

[illegible]

32

La « guerre » avec la France ne dura au total que six jours, avant la signature de l'armistice. D'une certaine façon, l'armée italienne avait fourni la preuve de son impréparation, de son manque absolu de moyens offensifs, et heureusement de l'insuffisance complète de son commandement. Dans la villa Incisa, aux portes de Rome, les deux camps accouchèrent, le 23 juin, d'un armistice, aussi correct qu'absurde, mais qui aurait pu avoir, pour les ressortissants italiens vivant sur le territoire français des conséquences dramatiques, si Badoglio n'avait pris sur lui, et cela au grand déplaisir du Duce, de rayer des conditions de dépôt des armes l'obligation sordide faite à la France de « livrer les émigrés politiques italiens réfugiés sur son sol ».

Mais le nationalisme vichyssois n'avait pas attendu la guerre avec l'Italie pour se montrer, par principe, hostile à tout ce qui était étranger. Les lois antijuives, les mesures d'internement contre les émigrés suspects, la collaboration avec les polices italienne, allemande et espagnole n'étaient que quelques éléments parmi d'autres appartenant à la grande panoplie des mesures prises depuis plus de deux ans. L'armistice de la villa Incisa redonna de la vigueur à un vieux projet : le « retrait de nationalité » visant nombre de Français de « fraîche date », d'origine italienne en particulier. Et les frères Schiavetti avaient fourni à Renzo, Maddalena et Roberto de faux papiers les faisant malheureusement entrer dans cette catégorie. La campagne de rapatriement menée après l'armistice par les autorités italiennes commençait de porter ses fruits. À choisir entre le travail en Allemagne, un camp en France ou le retour en Italie, la troisième solution attirait nombre d'Italiens. On cacha provisoirement Renzo et Maddalena au couvent de Saint-Zacharie, à trente kilomètres au nord-est de Marseille. Fondé à l'origine par un dominicain pour les ex-prostituées et les femmes qui sortaient de prison, il servait à présent de refuge temporaire à toute une population recherchée par la police de Vichy.

Diodata était, semble-t-il, toujours protégée par son statut de journaliste internationale. Quant à Roberto, son travail au garage de la rue de la République était apprécié de tous et le mettait provisoirement à l'abri des soupçons ; lui qui réparait aussi bien la Chrysler huit cylindres Impérial du représentant de la légation américaine à Marseille, que la Horch verte d'un général allemand ayant entamé un tour de France. Cette « immunité » relative avait d'ailleurs été évoquée par les frères Schiavetti ayant signifié à Roberto qu'une aide de sa part dans les mouvements de résistance au fascisme qui commençaient d'agiter certains milieux serait la bienvenue, quand il se sentirait prêt. Ce qui n'était peut-être pas encore le cas…

Un soir, cependant, alors qu'il s'apprêtait à regagner son domicile, et tandis que ses enfants, qui l'avaient vu venir de loin, lui faisaient des signes de la fenêtre du salon, il fut arrêté, dans l'entrée de l'immeuble, par deux policiers en civil. Tandis qu'il passait devant la loge de la concierge, il vit son visage effrayé guettant à travers les rideaux, et il eut à peine le temps de se retourner et d'apercevoir les deux hommes embusqués qu'on lui passait déjà des menottes. Venant du quatrième étage, il entendait la voix de Chiara qui chantait une comptine en italien, tandis que Renato, sur le palier, était censé l'accompagner à la trompette.

Conduit au commissariat central, il attendit plusieurs heures assis sur un banc de bois près duquel des agents jouaient à la belote. Puis, on lui prit ses papiers et on le jeta dans une pièce sombre et sale, pleine d'insectes, dans un coin de laquelle un trou servait de latrines. Par une porte entrouverte, il pouvait voir une salle des gardes : des flics dormaient en ronflant, le fusil entre les genoux. Deux Italiens étaient assis à côté de lui. L'un avait été arrêté pour ivresse sur la voie publique et l'autre, un déserteur, avait été cueilli chez lui, comme Roberto.

— Il est interdit de vous adresser la parole entre vous, dit un agent de police, à la mine plus violette et bouffie que celle de l'Italien arrêté pour état d'ivresse.

« De toute façon, songea Roberto, le poids de l'angoisse et de l'ennui aurait étouffé toute conversation. » Il pensa aux enfants et à Diodata.

Vers minuit, alors que Roberto commençait de s'assoupir, l'inspecteur Coquelet le pria de le suivre dans son bureau. C'était un grand gaillard gominé qui ressemblait à un danseur de music-hall.

— Asseyez-vous. Vous vous demandez ce que vous faites ici ?

— Oui.

— Vous avez été dénoncé.

— Dénoncé ?

— Depuis la déclaration de guerre de l'Italie, les passions ont repris le dessus… La jalousie, l'envie, la haine de personnes qui veulent se venger… Les Français sont les rois de la délation, vous savez. Je suis bien placé pour le savoir, ajouta, satisfait, le dandy pommadé.

— De quoi m'accuse-t-on ?

— Vous seriez, dit la lettre anonyme, militant antifasciste. Je suppose que vous niez.

— Oui…

Par la fenêtre ouverte, Roberto entendait quelqu'un qui lisait une liste à haute voix. Chaque femme et chaque homme dont le nom était prononcé, tous des Italiens, devait s'aligner dans la cour.

— Venez, venez voir, dit le policier à Roberto.

Dans la cour obscure, Roberto distingua des formes qui se déplaçaient en portant qui des valises qui des couvertures. Ceux qui n'allaient pas assez vite recevaient des coups de crosse dans le dos. Beaucoup de femmes, sur des chaussures à talons, et des vieillards trébuchaient. Personne ne les aidait à se relever ni à monter dans les camions qui les attendaient au bout de la cour, gardés par une double escorte de gardes mobiles, baïonnettes au canon.

— Vous voulez m'expulser, moi aussi ?

— Monsieur Ercole Cortone, c'est bien vous, n'est-ce pas ?

— Oui… dit Roberto, après une seconde d'hésitation dans la voix qui échappa au policier, occupé à compulser les papiers qui s'entassaient sur son bureau.

— Vous êtes naturalisé français. On ne va pas vous expulser ! Je vous l'accorde, vous êtes un Français de fraîche date… La loi sur le « retrait de nationalité » existe… Vous avez une femme, qui n'est pas votre épouse, mais dont les papiers sont parfaitement en règle. Deux beaux enfants…

— Alors ?

— Alors, c'est un avertissement, monsieur Ercole Cortone. Maintenant vous êtes fiché, vous avez un dossier, que nos amis allemands pourront consulter quand ils le jugeront nécessaire et… vous viendrez chaque trimestre signer ce classeur, dit le policier en tendant à Roberto un grand livre recouvert de toile noire. Disons qu'à partir de maintenant on « vous a à l'œil », comme on dit chez nous. Il n'y a pas de fumée sans feu, non ? Peut-être même qu'un jour vous pourrez nous donner quelques petits renseignements, des petites choses, nous aider, qui sait ?… on verra ça. Vous savez, aujourd'hui, le sort des Italiens est tellement incertain. Beaucoup éprouvent de grandes difficultés à garder leur travail et à trouver des moyens honnêtes de subsistance… Les gens que vous avez vus, tout à l'heure…

— Vous les envoyez dans des camps ?

— Non, c'est terminé. Quarante jours après l'armistice, la plupart étaient fermés, aux Italiens j'entends. Mais beaucoup d'Italiens libérés, qui avaient réussi à rejoindre leurs familles, ont été contraints au rapatriement par manque de travail. Manque de travail égale rapatriement. Vous vous en souviendrez ? Vous ne voulez pas revoir l'Italie, monsieur Cortone ? Pas maintenant... Bonsoir, monsieur Cortone, dit le policier gominé, en lui restituant ses papiers.

Roberto ne sortit pas immédiatement. On ne le relâcha que dans le courant de l'après-midi, le lendemain. On ne lui avait donné pour seule nourriture qu'un morceau de fromage et quelques rondelles de saucisson, et pour toute boisson qu'un verre de mauvais vin blanc qui lui brûlait horriblement l'estomac. Évidemment, il n'avait pas pu se laver, ne serait-ce que les mains. Une fois dans la rue, il se regarda dans la vitrine d'un magasin. Vingt-quatre heures plus tôt, il était vêtu comme une personne normale, à présent, il ressemblait à un vagabond. Arrivé en sueur dans le vestibule de son immeuble, il n'avait qu'une crainte : que la concierge ne le guette. C'est évidemment ce qui arriva.

— Mon Dieu, dit-elle, monsieur Ercole, que s'est-il passé ? Mme Diodata est tellement inquiète !

— Rassurez-vous, je suis en vie. Je suis sale, je pue, mais je suis en vie !

— J'ai peur, monsieur Ercole. Depuis la déclaration de guerre, c'est une véritable haine qui anime les Français de cette région à l'égard des Italiens. La plupart des Italiens qui ont été internés après l'attaque du 10 juin ont été dénoncés par des Français.

Pour essayer de la rassurer, Roberto se fit l'avocat du diable :

— Il y a eu aussi ceux qui figuraient sur des listes de la police...

— Vous savez bien que ce n'est pas la majorité ! Je n'ose même plus faire mon marché. Je me fais insulter. Et les autorités ne valent pas mieux. Regardez ce qu'elles vous ont fait.

Roberto essaya de minimiser son arrestation :

— Calmez-vous, madame Romeo. On m'a relâché. Ils n'ont rien trouvé à me reprocher.

— Ce n'est pas ça, monsieur « Ercole ». Je suis allée au cinéma dimanche. Eh bien, vous ne me croirez pas. Aux actualités – la lumière était restée allumée –, l'armée allemande a été regardée dans un profond silence, les Britanniques ont été applaudis, et quand les troupes italiennes sont apparues sur l'écran, il y a eu des sifflets, et les gens ont tapé des pieds. On a même giflé des Italiens qui étaient là avec leur famille ! Les agents de police présents ont laissé faire ! Alors, c'est décidé, je pars.

— Vous partez ?

— De Menton, oui, sur une barque de pêche. On m'a dit que c'était possible...

— Mais pour où ?

— *Italia ! Alla dittatura francese preferisco il regime fascista !*

Bien que la quasi-totalité de la colonie italienne ait répondu à la main tendue du préfet régional Rivalland, qui lui demandait de signer une déclaration de loyalisme, son image restait à jamais ternie par le « coup de poignard du 10 juin ». Les Babis ne joueraient pas la cinquième colonne au profit de Mussolini ? Bien. Mais cela ne suffisait pas. Les Français, drapés dans leur honneur bafoué, et prompts à laisser éclater leur racisme, n'avaient plus confiance. Voilà de quoi parlaient Roberto et Renzo, alors que ce dernier venait juste de quitter sa cachette du couvent de Saint-Zacharie.

— L'étau se resserre, Roberto, dit Renzo. Il va falloir trouver une solution, et vite. Avant que les Allemands ne franchissent la ligne de démarcation. La collaboration entre le PPF de Doriot, le RNP de Déat, la LVF, le parti franciste, la Ligue de l'Action française et autres Amis du Maréchal, avec les fascistes italiens est de plus en plus étroite.

— On ne peut pas rester le cul sur notre chaise à ne rien faire, c'est ça que tu veux dire ? Tu ne crois pas qu'on en a déjà assez fait ?

— C'est une simple question de vie ou de mort, mon vieux ! Sinon, on viendra nous cueillir, comme ils l'ont fait avec toi. On est en sursis, Roberto, et moi encore plus que toi.

— Le problème c'est de savoir si on peut de nouveau tout abandonner, sa famille, son travail, ses traditions, ses attaches, tout ce qui fait sa vie pour entrer encore une fois dans la lutte politique ?

— On ne te demande pas ça, ni de croire – tu te souviens de ce que disait Bugs – que « aimer, c'est se tuer à moitié » ? Je te demande ni d'arrêter d'aimer ta famille, ni de l'abandonner. Vichy va appliquer sa loi de la relève aux travailleurs étrangers, et parmi eux les Italiens. On n'a plus le choix ! Tu as vu les affiches ? « Pour te défendre dans la vie, quelle arme choisis-tu, la mitraillette du bandit ou l'outil du travailleur ? » C'est clair, non ? Il faudra ou aller en Allemagne ou foncer dans la clandestinité.

— Quelle clandestinité, Renzo ?

— Pour l'instant, celle des représentants et des militants du PCI. À Lyon, à Toulouse, à Marseille, on essaie de mettre en place une structure de coordination entre les organisations résistantes italiennes et les françaises. Ici, l'action clandestine est menée par Giorgio Amendola. Autour de lui, un petit état-major, avec beaucoup de femmes d'ailleurs.

— Tu en fais partie ?

— Bientôt… Évidemment tu préférerais des représentants de l'antifascisme « démocratique »…

— Évidemment…

— Qu'à cela ne tienne, tu peux te mettre en relation avec les socialistes Nenni et Saragat, la LIDU, des giellistes…

— On verra, Renzo.

— Vois vite, Roberto, le temps presse. Est-ce que tu sais que depuis l'entrée en guerre de l'Italie les Juifs dits

« étrangers », y compris ceux qui ont obtenu la nationalité italienne après 1919, sont arrêtés et emmenés dans des camps d'internement ? Est-ce que tu sais que le préfet Dauliac a supprimé tous les permis de vacances des touristes juifs qui fréquentent la Haute-Savoie, et fait surveiller la frontière avec la Suisse – laquelle, d'ailleurs, refoule en masse les Juifs pourchassés ? Est-ce que tu sais que le ministère de l'Intérieur de Vichy est en train de favoriser l'acquisition des biens des Juifs italiens par des Italiens « aryanisés » ? Quand vas-tu comprendre que la tradition républicaine d'asile n'existe plus en France depuis août quarante ! Tu devrais parcourir les articles publiés dans *L'Ethnie française*, ceux de Mauco et de Montandon sont particulièrement édifiants...

— Tu veux retourner en Amérique ?

— Non merci ! De plus, nous n'avons ni visa, ni permis de sortie, ni argent. Partir est un luxe qui nous est interdit ! Et puis j'en ai assez de fuir. Parfois, j'aimerais être comme toi. Toi, tu as un nom, une histoire, un passé, c'est lourd mais tu existes.

— C'est parfois douloureux.

— Je ne dis pas le contraire. Mais moi je ne sais pas d'où je viens. L'histoire de mes grands-parents se perd dans la brume du temps. Quand j'y plonge je n'y trouve que pogroms, bannissements, massacres, expulsions, transportations...

Tout à coup, les sirènes se mirent à mugir. Ce n'était qu'un exercice pour empêcher les tuyaux de rouiller, mais qui procura aux deux amis une sensation désagréable. Ils savaient qu'une pluie de bombes ne suivrait pas, mais ils auraient presque préféré : tout, tout plutôt que cette *Pax svastikana* qui paralysait la France ! L'un et l'autre se regardaient, tandis que les hululements se poursuivaient. Leurs fronts s'étaient couverts de sueur, et dans leurs yeux brillait une étrange lumière sombre. Celle de la peur, là, entre le ventre et le cœur, qui s'épanouissait, gonflait, irradiait. Roberto se leva, laissa seul Renzo quelques instants, puis revint avec une bouteille de brandy :

— C'est le seul remède contre la peur, non ? dit-il. Souviens-toi des tranchées à Brunete.

C'est ainsi que Diodata, qui était allée chercher Renato à l'école maternelle avec Chiara, les trouva : éclusant leurs petits verres devant la fenêtre de la cuisine ouverte. Les bienfaits de l'alcool avaient dû commencer de faire leur effet, puisqu'ils chantaient à tue-tête :

Avanti popolo
alla riscossa, bandiera rossa, bandiera rossa,
avanti popolo, bandiera rossa trionferà...

Renato parut surpris mais ne rit pas comme il l'eût fait en temps ordinaire. Sa veste était déchirée sur tout un côté et il avait perdu sa casquette. Diodata était très pâle :

— Vous voulez nous faire arrêter ou quoi ! Vous feriez mieux de vous occuper de Renato, ça ne va pas fort.

Roberto le prit sur ses genoux et lui dit tendrement :

— Alors, c'est grave, mon petit homme ?

— On s'est moqué de moi à l'école. On m'a jeté des pierres. Et on m'a chanté une méchante chanson !

— Ne t'en fais pas, Renato, tout ça finira un jour. Peut-être même qu'on retournera en Italie.

Diodata et Renzo se regardèrent : Roberto n'avait jamais évoqué avec son fils un éventuel retour sur la terre de leurs ancêtres...

— *Alors, apparaît au Sabion*
un carrosse à quatre roues dorées ;
Hommes et femmes crient : « Ils sont là,
allons à leur rencontre, courons, ce sont eux. »

C'était un rêve... J'en fais le souhait
que les fiers marquis puissent,
comme par enchantement,
retourner enfin au berceau de Cortanze.

se mit à réciter Roberto, ajoutant, les yeux dans le vide, en dialecte piémontais, cette fois : *Peussô ancôra tôrnè a ra cuna d'Cörtansse i so fieri marchess.*

— Je ne veux pas ! Je ne veux pas ! Je ne comprends rien à ce que tu dis, répondit Renato. Je veux retourner à Cuba. Mon pays, c'est Cuba.

Les trois adultes échangèrent de nouveaux regards…

— C'est quoi, cette chanson, Renato ? Tu nous la chantes ?

— D'accord, dit-il, comme s'il n'avait attendu que ce moment pour se libérer du poids de la chanson. « Allez enfants de l'Italie, le jour de fuir est arrivé… »

— C'est *La Marseillaise* ? dit Renzo.

— Une « *Marseillaise* à la sauce tomate » qu'ils disaient en criant !

— Continue, mon chou, dit Diodata, on t'écoute.

Renato se mit à pleurer.

— Je ne connais pas la suite, j'ai oublié, répéta-t-il entre deux sanglots.

— Je vais t'aider, dit Renzo. Je la connais, moi, leur « *Marseillaise* à la sauce tomate » : « … Il nous faut quitter l'Albanie / Si nous ne voulons pas crever ! / Entendez-vous dans nos campagnes / Les Grecs, ces féroces soldats, / Qui viennent jusqu'à Tirana / Égorger nos fils et nos compagnes / Aux armes Italiens / Mettez vos pantalons ! / Fuyons, fuyons ! / Les spaghettis attendent à la maison… »

Tout le monde cria « bravo ! » et frappa dans ses mains. Renato était content et ne pleurait plus.

— Tu vois, dit Roberto. C'est fini, oublié. Tout ça n'a pas beaucoup d'importance.

— Mais c'est ton pays, papa, l'Italie.

— Une certaine Italie, mon bonhomme. Pas celle de la guerre et des soldats… Je t'expliquerai un jour…

Renato ne semblait pas convaincu :

— C'est celui de maman aussi…

— Et un peu le tien, sinon tu ne te serais pas battu

quand on s'est moqué de toi en chantant « *La Marseillaise* à la sauce tomate »...

Renato sourit et ajouta :

— « *La Marseillaise* à la sauce de pommes de terre pourries. »

— « *La Marseillaise* à la sauce de bérets et de baguettes français, monsieur », dit Renzo.

— « *La Marseillaise* à la sauce de moustaches de Paris », dit Roberto.

— « La Marseillaise à la sauce du *Maréchal nous voilà* », ajouta Diodata, en invitant Renato à aller prendre son bain.

De nouveau seuls, les deux hommes se versèrent d'autres verres de brandy. Renzo finit par être complètement soûl :

— Marseille est une ville juive, monsieur. Regardez cette populace bâtarde, cette vulgarité huileuse, olivâtre, fruit d'on ne sait quels impurs et bestiaux croisements...

— Vous oubliez la mixture de bicots, d'Arméniens, de Maltais, de Smyrniotes, de Piémontais maigres et longs, ajouta Roberto qui devait en être à son cinquième brandy.

— La décadence de la race par le métissage. Et ces nègres tout tristes, et ces rôdeurs pouilleux, et ces lascars aux cheveux bien vernis.

— Vive les salopettes bleues, les chemisettes mandarine !

— Avant septembre trente-neuf, Marseille comptait cinq mille Juifs. Et aujourd'hui plus de cinquante mille : vive la révolution nationale !

— Vive la révolution nationale ! reprit Roberto en hurlant.

Diodata venait d'entrer dans la pièce en criant :

— Vous êtes fous, vous voulez vraiment qu'on aille tous en prison !

Puis elle ferma la fenêtre.

À ce moment, on frappa à la porte. Ce qui eut pour effet de dessoûler immédiatement Roberto et Renzo. Diodata alla ouvrir. C'était la concierge :

— J'ai entendu du bruit. J'ai eu peur… Excusez-moi… Je suis rassurée, vous êtes tous là, dit-elle, prenant un air gêné, avant de redescendre dans la pénombre de l'escalier.

Diodata referma la porte. Renzo était très pâle, presque blanc :

— Qu'est-ce qu'elle faisait là ? Elle ne m'inspire guère confiance.

— Elle fait quelques heures de ménage. Elle garde parfois les enfants. Elle est plutôt discrète.

— Ça ne serait pas elle qui t'aurait dénoncé, par hasard ? dit Renzo à Roberto.

— Non, c'est absurde.

— Elle s'appelle comment ?

— Aurelia Romeo, dit Diodata.

— Ce n'est pas une « Italienne aryanisée », dit Renzo, elle doit faire partie de cette populace bâtarde sans scrupule qui suce le sang des enfants et vole les bons Français. On devrait peut-être appeler la police ?

— Ce n'est pas drôle, dit Diodata. Tu n'as pas le droit de…

— S'il y a une personne qui peut faire ce genre d'humour ici, c'est bien moi. En attendant, je vous le dis, elle collabore avec un ennemi qui se rapproche de plus en plus…

Dans un coin de la pièce, Renato et Chiara étaient blottis l'un contre l'autre. Les adultes éprouvaient une curieuse sensation, comme une brève montée à l'air avant le plongeon final. Dans l'obscurité, on entendit la petite voix de Chiara, qui prononça un mot qu'elle n'avait encore jamais prononcé :

— *Paura… paura…*

33

— Les Allemands ! Les Allemands !

Renato, son petit bonnet rouge à pompon jaune à la main, tantôt traînant sa sœur, tantôt la poussant, arrivait du bout de la rue en courant. Après s'être arrêtés quelques secondes, parce que Chiara devait se baisser pour ramasser par terre l'écharpe bleue qu'elle venait de perdre, ils reprirent leur course. Diodata et Roberto étaient au pied de leur immeuble et les attendaient.

— Les Allemands ! Les Allemands ! Ils sont sur la place Carnot !

Ce matin du 13 novembre 1942, le bel automne provençal venait soudain de finir. Certes, on savait bien qu'un jour ou l'autre les huit divisions de l'*Armegruppe* Feber, et la 4e *Armata reale italiana* finiraient par franchir la ligne de démarcation pour envahir la zone libre... Certes, tout le monde avait vu sur les murs de Marseille l'« Avis à la population » du préfet Rivalland, qui annonçait l'arrivée imminente des troupes d'occupation, soulignant « la nécessité pour tous et dans toutes les circonstances d'une absolue correction vis-à-vis de l'armée allemande »... Certes, depuis la veille la *Panzerdivision* s'était déployée et positionnée dans la périphérie marseillaise, entre les Chantiers de Provence de Port-de-Bouc et Aubagne, mais l'installation effective de l'armée allemande à Marseille constitua pour Diodata et Roberto, comme pour beaucoup d'autres, un profond traumatisme. Habitués à respirer tant bien que mal, d'une certaine façon, on exigeait soudain des gens qu'ils changent leurs habitudes, leur mode de survie, leur paix relative, leur niche.

— Qu'allons-nous faire ? demanda Diodata, qui pensait surtout aux deux enfants, dont les petits mollets nus s'agitaient frénétiquement, imitant on ne sait quelle danse de petits singes en folie.

— Dans un premier temps, continuer comme si de rien n'était, puis, très vite, s'organiser autrement. Résister.

— Oui, l'heure est venue de résister, acquiesça Diodata en regardant ses deux enfants qui s'étaient soudain accrochés à ses jupes et n'en sortaient plus, calmes et silencieux.

La 335e *Infanterie-Division* du *Generalmajor* Karl Kasper occupa, dans l'efficacité et la discipline, tout ce qui pouvait l'être : les écoles, les casernes, les forts, les défenses, les centraux téléphoniques, les installations portuaires et les stades où ses troupes bivouaquèrent. Les unités françaises présentes à Marseille furent désarmées et firent office de garde-côtes jusqu'à leur dissolution pure et simple. Tous les grands hôtels marseillais furent réquisitionnés et l'état-major installa son QG sur la Canebière, au *Grand Hôtel de Noailles*. La presse régionale évoqua en termes enthousiastes la réussite totale de l'opération *Anton*, s'appuyant sur les propos tenus par le *Feldmarschall* von Rundstedt lui-même. L'officier allemand soulignait la « loyauté » de l'armée française, le caractère « prévenant » de la police française et la « résignation » de la population. Il regrettait toutefois l'« antipathie exprimée » par les habitants de Roanne et de Marseille. Il ne pensait pas si bien dire. Le lendemain de son arrivée, alors que le couvre-feu venait d'être établi de vingt heures à cinq heures du matin, un attentat à l'explosif fut perpétré contre des soldats allemands, tout près du *Grand Hôtel de Noailles*, à l'angle du boulevard Garibaldi.

Très vite, la physionomie même de la ville changea. Des cafés, des restaurants, des hôtels, des cinémas furent réservés aux soldats allemands, ainsi que de nombreux lieux de plaisir. Des chevaux de frise et des barbelés délimitaient désormais des périmètres confisqués, que les Marseillais surnommèrent des « cages aux singes ». Aux points névralgiques de la cité, des chars de la 7e *Panzerdivision* prirent position. Des batteries d'artillerie furent disséminées dans la ville et bientôt, épaulant les bataillons du *Polizei Regiment*, des membres du *SS-Panzerkorps* s'installèrent au 425, rue Paradis.

— Marseille n'est plus Marseille, Roberto. C'est une ville morte. Où sont les dockers, les navigateurs, les marins qui réparaient leurs filets dans la rue ? Les pêcheurs ne peuvent même plus pêcher. On ne peut même plus prendre une barque et ramer sur le plan d'eau. Tout est en train de disparaître. Les matelassiers, les épiciers, les poissonnières, les raccommodeurs de porcelaine et de faïence, même les putes et leurs maquereaux ; les rues sont désertes. Avant, le vacarme de Marseille nous protégeait. Nous sommes aujourd'hui trop vulnérables.

— Ce qui m'inquiète, ce n'est pas la queue pour l'alimentation, les tickets de rationnement, le froid, le charbon qui manque, les cinémas vides, les cafés fermés, mais autre chose de plus secret, de plus profond…

— Quoi ?

— Il nous manque un endroit. Un endroit où nous pourrions aller et rester, et vivre avec les enfants. Aujourd'hui, nous ne pouvons plus aller nulle part, excepté en Italie mais pour y faire quoi ? Entrer dans la Résistance ?

— Et les enfants ?

— Oui, il y a les enfants… acquiesça Roberto, en serrant fort Diodata dans ses bras.

Devant essayer une seize cylindres Maserati dont il venait de refaire une partie du moteur, Roberto avait eu l'idée de passer prendre Diodata, rue Saint-Antoine, et avait poussé jusqu'aux calanques, à Sormiou. Ils avaient suivi un petit sentier pour aller jusqu'au Bec. Devant eux, entre les bras cuivrés des chênes-lièges, l'eau d'abord rouge, puis très pâle, avait fini par ne plus concéder au regard qu'une langue bleu sombre. Derrière eux des oliviers aux feuilles argentés, de ceux qu'on fouette pour en détacher à coups de baguette des fruits bleus, bruissaient dans le vent. Diodata embrassa Roberto, longuement, puis, après avoir soupiré, se leva d'un bond :

— Les enfants ! Roberto. Il est dix-neuf heures trente. Le couvre-feu !

Sans répondre, Roberto la prit par la main et courut en direction de la Maserati dont le rouge vif brillait dans la pénombre.

— *La Casa del tridente*, dit-il en caressant le capot et en vérifiant machinalement si les courroies de cuir étaient bien tendues. Placer les compresseurs côte à côte, c'est une bonne idée… Allez, on va la faire mugir, la Maserati du banquier…

— Elle appartient à un banquier ?

— Il paraît. Mais ça n'a pas beaucoup d'importance. Allez, ma belle futuriste, ça nous rappellera le Grand Prix de Turin.

Le petit sentier poussiéreux qui redescendait vers la Cayolle fut littéralement avalé en quelques minutes. Diodata et Roberto riaient de bon cœur. Ils retrouvaient ensemble des sensations qu'ils croyaient à jamais disparues : la vitesse dans une automobile, le danger, la poussière qui irrite les yeux, les vibrations qui partent du volant et diffusent dans tout le reste du corps… À la limite entre Montredon et Mazargues, ils furent surpris par une incroyable pétarade de moteurs, les ronflements continus de machines pesantes. Tout à coup, comme surgi du sol, jailli des routes, ils aperçurent un convoi infernal de camions hérissés de fusils, de casques sombres, de torses verdâtres bardés de grenades, de mains rivées sur les mitraillettes. Avalant les tournants, fauchant les haies, bondissant dans les champs, les camions étaient suivis d'une armada de chars qui écrasait les buissons, renversait les barrières, déracinait des ceps encore vêtus de leurs pampres pourpres. Le convoi, qui se dirigeait à toute allure vers Le Redon, passait et repassait devant un échafaudage de pancartes rédigées en allemand, accrochées aux barrières, clouées aux troncs d'arbres qui disaient où se trouvaient la kommandantur, le *Feldlazaret*, la gendarmerie, les cuisines, les dépôts d'essence, les ateliers de réparation. Roberto pensa à toute cette vie qui disparaissait ainsi derrière la poussière, les cris, les vapeurs d'essence, la saleté : les montagnards qui gaulaient les noix, les paysans qui cueillaient les pommes, les femmes et les hommes qui descendaient des pierriers les troncs déracinés par la tempête. Cette armée qui écrasait tout sur son passage, c'était l'hiver de la vie qui s'installait pour des années.

Le premier convoi passé, un second, plus impressionnant encore, s'engagea à sa suite. Les hommes à moto qui l'encadraient ne se souciaient guère de la Maserati. Quelque chose de plus important avait dû se passer. Roberto et Diodata allaient redémarrer lorsqu'ils entendirent une voix qui venait du bosquet à côté duquel était arrêtée la voiture.

— Hé, ici.

Un homme jaillit de l'ombre, accoutré de vêtements civils trop grands pour lui, pantalons montant à mi-mollets, casquette retenue par les oreilles :

— Je peux monter ?

— Qui êtes-vous ? demanda Roberto.

— Un marin du *Dunkerque*. Je vous demande juste de m'emmener à Marseille. Là-bas je me débrouillerai.

— Et si nous avions été des Italiens ou des Allemands ?

— Je vous ai entendu parler français…

Sur le chemin du retour, alors que le même scénario se répétait à chaque carrefour, à chaque point stratégique, et que l'heure du couvre-feu était largement passée, le marin donna à ses convoyeurs la raison de sa fuite et celle de la cohue qui régnait dans la région : l'Allemagne avait envahi la zone libre parce qu'elle craignait qu'après le débarquement allié en Afrique du Nord les Français des deux côtés de la Méditerranée ne fraternisent, et surtout voulait s'emparer de la flotte française avant qu'elle ne s'échappe ou ne se saborde.

— C'est ce qui vient de se passer. Toulon est en flammes. J'aurais bien voulu rester pour voir la gueule des vert-de-gris. Tous ces cuirassés, ces croiseurs, ces torpilleurs, ces contre-torpilleurs, ces vedettes, ces remorqueurs, ces avisos, ces porte-avions, ces sous-marins… La plus belle flotte du monde qui s'enfonce sous les yeux des conquérants ! Mon Dieu ! Ce monceau de ferraille englouti par la mer ! La fumée du mazout qui jaillissait en torrents ! Les trombes d'eau arrachées aux profondeurs par l'explosion des soutes à munitions !

Le jeune matelot grelottant exprimait un mélange de joie et de hargne, de la tristesse aussi.

— Vous savez ce qui m'a fait le plus de mal ? dit-il.

— Non, répondit Diodata.

— J'ai entendu deux Français discuter, alors que je ne savais pas encore si j'allais monter dans un des quatre sous-marins qui ont réussi à gagner le large ou rester en France, pour me battre. Le premier disait : « "Nous" avons raté la flotte. Le pays nous reste ! » Et l'autre répondait : « Oui, c'est un beau pays. Dans cinquante ans, il parlera allemand. C'est épatant ! »

Arrivé dans les rues de Marseille, Roberto ralentit son allure. Il remonta la rue Breteuil jusqu'à l'Opéra, et plutôt que de passer par le quai des Belges, il préféra l'intérieur, par la rue Saint-Saëns et la rue Saint-Ferréol.

— On vous dépose où ? demanda Roberto au marin qui s'était assoupi.

— Lâchez-moi sur la Canebière, je me débrouillerai.

— Ce n'est pas trop risqué ?

— Ne vous en faites pas. Je connais Marseille comme ma poche. J'y suis né. Mon père tient le café-glacier du Jardin zoologique…

— Alors, bonne chance, dit Diodata.

— Oui, bonne chance, reprit Roberto.

— Merci pour tout. C'était courageux.

— Les risques n'étaient pas bien grands. Nous ne sommes pas des héros, dit Roberto, en lui tapant sur l'épaule.

— Détrompez-vous. Quiconque accueille un matelot français déserteur est passible de la peine de mort.

En s'engageant dans la rue Saint-Antoine, Roberto éprouva une étrange sensation d'angoisse. Et s'il était arrivé quelque chose aux enfants ?

— Comment vas-tu faire avec la voiture ? demanda Diodata.

— Je ne sais pas. C'est un peu risqué de la ramener au garage maintenant… Voyons d'abord les enfants, je réfléchirai ensuite.

La loge de la concierge était allumée. Aurelia Romeo, entendant du bruit, ouvrit sa porte.

— Je vous attendais.

— Les petits ? demanda Diodata.

— Ne vous inquiétez pas. Ils dorment ici, répondit-elle en soulevant un rideau qui dissimulait un petit canapé. Les deux enfants y étaient serrés l'un contre l'autre, sous une couverture.

Diodata et Roberto allaient expliquer les causes de leur retard lorsqu'un homme, très maigre, vêtu d'un costume gris, et qu'ils n'avaient jamais vu, sortit de la minuscule cuisine :

— Vous voulez du café ? J'étais en train de le faire.

— Je me disais aussi : ça sent le café, dit Diodata.

— Quel luxe, madame Romeo, dit Roberto.

— C'est mon ami qui me l'a rapporté. Ça changera du « café national » !

— On l'a trouvé cette après-midi dans l'appartement d'un youpin. Ils s'emmerdent pas ces gens-là, vous ne trouvez pas ?

Roberto et Diodata ne répondirent pas.

— Je crois que nous allons prendre les enfants et monter nous coucher.

— Et la Maserati, monsieur Cortone, elle est un peu voyante, non ?

Roberto regarda Diodata qui se tenait près du canapé où dormaient les enfants :

— Elle couchera dehors, voilà tout…

— Il s'agirait pas de vous la faire voler dans la nuit, monsieur Cortone… Votre patron vous mettrait à la porte. Et alors, plus de travail. À moins d'aller en Allemagne, évidemment. Remarquez, pendant que certains donnent leur sang, d'autres donnent leur travail, pour sauver l'Europe du bolchevisme…

Roberto préféra ne rien répondre. Il était tard. Diodata prit Chiara dans ses bras, et Roberto souleva Renato qui commençait à peser lourd.

— Bonsoir, dit Aurelia Romeo, à voix basse.

— Ne vous en faites pas, ajouta l'homme très maigre, sur un ton ironique : Marseille est bien gardée. Elle ne risque rien votre bagnole.

Une heure plus tard, alors que Diodata, Roberto et leurs enfants avaient regagné leur quatrième étage, Roberto ouvrit la fenêtre de la chambre et se pencha. Dans la rue, garée le long du trottoir, il aperçut la Maserati rouge dont le capot brillait sous les rayons de lune.

Parmi toutes les raisons qui avaient poussé Roberto et Diodata à éloigner leurs enfants, durant quelque temps de Marseille, il s'en trouvait deux qui leur paraissaient essentielles. La première concernait Maddalena. L'arrivée de la Gestapo à Marseille avait fragilisé encore plus une communauté juive que les autorités françaises livraient sans vergogne à l'occupant. Maddalena venait d'être dénoncée et il ne restait plus d'issue pour elle que de se cacher. Paradoxalement, l'assignation d'une partie du territoire français, comprise entre les Alpes et la Côte d'Azur, aux troupes italiennes, était susceptible de lui sauver la vie. Comme des milliers de Juifs menacés par la déportation, on lui conseilla d'aller se réfugier dans l'étroite bande de terre attribuée aux Italiens qui rechignaient à livrer des Juifs au pouvoir allemand. « C'est bien simple, avait dit un soir l'ami d'Aurelia Romeo, la zone d'influence italienne est devenue la Terre promise pour les Juifs qui résident en France ! » Le patron du garage, François Viltrain, y possédait une propriété et en offrit les clefs à Roberto. Maddalena pourrait s'y cacher en toute sécurité et y servir de nurse aux deux enfants auxquels Diodata et Roberto rendraient visite le plus souvent qu'ils pourraient. La villa se trouvait à Sanary, un petit village situé juste après Bandol près de Toulon.

Médiocrement armée, mal équipée, mal préparée, l'armée d'occupation italienne, qui n'avait d'abord envahi que Menton et quelques cols alpins, vivait sur le sol français une situation des plus paradoxales. Si une partie de la population l'accueillit dans une ambiance glaciale et un profond sentiment d'hostilité, excepté quelques fascistes isolés qui laissaient exploser leur joie, bon nombre d'Italiens installés en France depuis des générations trouvaient parfois dans les hommes composant cette étrange armée des membres de leur propre famille. Mais, de part et d'autre, la guerre était là, pour briser et meurtrir. Il y eut quelques sabotages, des attentats, et nombre d'inscriptions hostiles, comme celle-ci que Renato, sur le siège arrière de la voiture, décrypta avec délice : « Les bersagliers sont arrivés avec une plume de coq sur le chapeau et repartiront avec la même plume dans le cul ! » Ou comme telle autre, gravée dans le bois d'un wagon laissé sans surveillance : « Mussolini valet d'Hitler les Français te disent merde. Cinquante Italiens pour un Français. Vive Lénine ! Vive de Gaulle ! Vive Staline ! Vive Churchill ! »

Tout autour de Sanary, les soldats avaient envahi les montagnes, tendu des fils de fer barbelés aux abords des bois et installé des mitrailleuses et des cuisines roulantes sur les terrasses plantées d'oliviers. On eût cru que toute l'Italie était là sur ce coin de sol français : Calabrais presque noirs, Siciliens d'une minceur extrême, Toscans racés, Piémontais à solide carrure, sombres Sardes. Une Italie sans pouvoir, planquée ici loin des attentats de la Résistance italienne qui commençait à donner de la voix et de l'enrôlement dans les troupes nazies, et que les conquérants germaniques, aux uniformes impeccables, aux bottes cirées, aux joues lisses, du haut de leurs camions et de leurs tanks, méprisaient et insultaient. « *Wie alte Frauen !* » disaient-ils, index tendus, rires gras énormes, en regardant cette armée de fantômes hallucinés, pliant sous le poids de sacs informes, étouffant sous le harnachement de multiples courroies, affamés, éclopés, tendant sous l'effort leurs joues noires de poils épaissis par la sueur et la poussière. Colonnes interminables de voitures toilées, de cacolets, de vieilles guimbardes, de charrettes tirées par des mulets fourbus, suivis de régiments aux capotes frangées. Troupeau clopinant, pitoyable. Occupants grandiloquents et pittoresques, au milieu desquels, pensaient Diodata et Roberto, Maddalena, Renato et Chiara, perdus dans la masse, ne pourraient être qu'en sécurité – oubliés.

C'était un des premiers jours de décembre, un jour triste, découpé en tranches à grands coups de vent et de nues brassées dans un ciel hargneux. Autour du village, on avait dressé des lignes de barbelés, des fortins ; des hommes s'activaient, vidaient des sacs de ciment, entassaient le gravier, nourrissaient les bétonneuses ; des pelleteuses creusaient à travers les vignes, les jardins et les prairies. La petite station balnéaire, qui depuis l'Antiquité épousait le contour arrondi de sa baie, abritée du mistral par les collines du Gros Cerveau, semblait à présent murée de toutes parts. Murées, les rues débouchant sur le port ; murés, les carrefours parsemés d'étroites chicanes. Des sentinelles partout, baïonnette ou poignard au bout du fusil ; des gendarmes à préhistorique bicorne de toile grise gardant les ponts ; et tout autour de la ville un immense fossé de trois mètres de profondeur, destiné à servir de tombeau aux hypothétiques tanks alliés qui débarqueraient bien un jour. C'est là, au cœur du dispositif ennemi, surveillé par l'armée italienne, que les enfants et que celle qu'on présenta comme leur tante seraient les mieux protégés, passeraient le plus inaperçus. Renato et Chiara, qui connaissaient Maddalena depuis longtemps, prirent cette escapade comme un jeu et, malgré le temps orageux qui jetait sur Sanary d'énormes meringues noires, s'en amusaient :

— On va pouvoir faire plein de bêtises !

Seuls les adultes assumaient tout le poids de douleur et de crainte provoqué par cette situation. Il ne fallait pas que les enfants se doutent de quoi que ce soit. Il ne fallait pas qu'ils comprennent que ces fausses vacances étaient une fuite dramatique, et qu'en Italie les camps de Salerne et de Cosenza commençaient à accueillir des milliers de Juifs étrangers ; que le camp de Chieti regorgeait de femmes ; qu'on obligeait les Juifs de Rome à laver le mur de soutènement du Tibre ; qu'en plein Milan un camp de travail pour Juifs venait de s'ouvrir ; et que près de Giado, en Tripolitaine, trois mille Juifs étaient internés au beau milieu du désert. Pie XI, qui croyait en l'existence « d'une seule race humaine », se posa, avant de mourir, une question restée sans réponse : « Comment se fait-il que, malheureusement, l'Italie ait eu besoin d'aller imiter l'Allemagne ? » Il aurait pu aussi se poser la question pour la France, seul pays à courir, avec un zèle de prosélyte, au-devant des désirs nazis en matière de lois antisémites. Mais aujourd'hui, alors que du ciel de Sanary tombe un orage qui éclaire toute la chambre dans laquelle dorment les enfants, ceux-ci n'ont aucune crainte. Ils sont en vacances dans un petit port aux maisons roses et blanches, si petites qu'on dirait un décor de théâtre ; et se préparent à passer leur première nuit en compagnie de Maddalena, ou plutôt de leur « tante » qui s'appelle maintenant Franca Ramederba.

34

À Marseille, les attentats succédaient aux attentats, alourdissant chaque jour davantage l'atmosphère. Le 2 décembre, à dix-neuf heures, un engin explosif fut jeté contre l'hôtel *Astoria*, qui abritait une section de commandement. Moins de deux heures plus tard, c'est l'hôtel *Rome et Saint-Pierre* qui était visé ; il abritait une compagnie de propagande. Le général Kasper, commandant de la place, annonça qu'il venait de faire arrêter des chefs communistes susceptibles de servir d'otages. Le préfet Rivalland, refusant de procéder aux « larges arrestations » exigées par l'occupant allemand, fut remplacé par un homme à poigne, le préfet de région Marcel Lemoine. Le couvre-feu, qui avait été fixé à minuit, fut ramené à vingt et une heures trente. Quelques jours passèrent. Dans l'angoisse et l'incertitude.

— Ça ne peut plus durer. Je vais devenir folle, dit Diodata. Les enfants d'un côté, nous de l'autre. Et aucun avenir en vue.

Pour Noël, tout le monde s'était retrouvé à Sanary, autour du sapin et des bougies. Mais la gaieté était forcée, sauf celle des enfants pour lesquels le moindre événement était source de plaisir. Dans l'après-midi, Renato avait même échangé quelques mots avec le soldat italien qui, pourvu d'un pot de peinture et d'un pinceau, marquait d'un large trait blanc les troncs, les barrières et les rochers.

— De quoi avez-vous parlé ? demanda Diodata.

Renato rougit.

— Je lui ai demandé une cigarette, *sigaretta*.

— Il te l'a donnée ? dit Diodata, furieuse.

— Non. Alors je lui ai demandé pourquoi il peignait tout, comme ça ? « Pour la guerre, il m'a dit. Tout ce qui est derrière la ligne blanche est interdit ! » « Pourquoi ? » j'ai demandé. « C'est un secret. *Parliamo d'altra cosa...* » Il était fâché. Alors, j'ai compté tous les arbres, les barrières, les rochers qu'il avait peints : *Uno... due... cinque ! presto, più presto ! Uno... due...*

— Et les cadeaux ? demanda soudain Chiara.

— Normalement, on doit attendre demain matin dit Roberto, pour la taquiner.

Chiara prit une petite mine déçue :

— Non ! Demain ! Non !

Les adultes se regardèrent. Et leurs regards disaient tous la même chose. La guerre exige de nouvelles manières de penser, de nouvelles façons de voir les choses, comme : prendre aujourd'hui ce que demain risque de ne pas vous donner.

— En France, pour les enfants, qui n'ont pas la patience d'attendre que le père Noël passe dans la nuit déposer des cadeaux dans leurs chaussures, dit Diodata, il fait parfois une exception et vient à la fin du repas. Fermez les yeux. Vous les ouvrirez quand je vous le dirai.

— Vive la France ! dirent en chœur Renato et Chiara.

Au pied du sapin brillaient des cadeaux dans leurs papiers rouges, verts et jaunes. Chiara et Renato se précipitèrent pour les ouvrir, en déchirant fébrilement les fragiles emballages. On passa le restant de la soirée à découvrir les nouveaux jouets, à les soupeser, à les évaluer, à les faire voluptueusement entrer dans l'univers quotidien qui serait désormais le leur. Et quand il fallut se coucher, des cris de désapprobation retentirent. Mais il était tard et, le lendemain matin, Roberto et Diodata avaient prévenu les enfants : lorsqu'ils se réveilleraient, ils seraient déjà repartis pour Marseille. On ne pouvait se quitter sur des larmes et des pleurs, un jour de Noël.

Renato et Chiara acquiescèrent. Comme toutes les fois où leurs parents les quittaient, ils s'endormirent l'un contre l'autre. Avant de refermer la porte de la chambre, Diodata et Roberto les regardèrent une dernière fois, ébranlés, brisés par l'émotion. Les deux petits se tenaient de telle sorte, blottis l'un contre l'autre, qu'on avait l'impression que l'un voulait tranquilliser l'autre à propos d'une même question terrifiante, pour laquelle toute consolation ou tout refuge était impossible.

Les enfants couchés, les discussions plus pesantes reprirent, sans Renzo qui n'était pas là.

— Il a dû être retardé par le couvre-feu, dit Diodata à Maddalena. Ne t'inquiète pas.

— Comment ne pas s'inquiéter ? Il est de plus en plus secret. Je ne sais jamais où il est. Si seulement il avait une maîtresse, je me sentirais rassurée.

— Qu'est-ce que tu racontes ? dit Diodata.

— Au moins je saurais où il est.

— Tu penses à un réseau de résistance ?

— Évidemment !

— Il te l'aurait dit, avança Diodata.

— Un bon résistant ne confie rien, à personne. C'est le b.a.-ba, non ?

— Renzo est italien. S'il avait à lutter, il le ferait en Italie…

À ce moment, François Viltrain, le garagiste, prit la parole :

— Les liens entre les Résistances française et italienne commencent à se nouer. L'heure est venue : l'Italie recule partout, dans les Balkans, en Afrique orientale, en Libye. Il y a beaucoup de déception, de mécontentement dans la population.

— Cette guerre n'est pour les Italiens vivant en Italie qu'une suite de désillusions. Le pays court à la catastrophe. Quant au régime, il ne va pas tarder à s'effondrer, dit Roberto.

— Mussolini voulait absolument être présent au moment du partage des dépouilles, mais la seule qu'il va réussir à piller c'est la sienne, comme un chien qui a la rage et dévore ses propres entrailles !

— Regardez ici, sur toute cette côte, fit remarquer Diodata, les Italiens et les Allemands sont là comme des rats qui se sentent condamnés. Ils élèvent des murs de barrage, construisent des forts et des blockhaus, creusent des souterrains et des tunnels où ils installent des soutes à munitions et des magasins à vivres.

— En tout cas, dit Maddalena, j'ai l'impression qu'on n'est plus en sécurité ici. Depuis quelques semaines, des choses ont changé.

— Que veux-tu dire ? demanda François.

— Les marques blanches dont parlait Renato, en fait il y en a partout. Sanary est totalement barricadé, embouteillée. On ne voit plus que des fossés, des barbelés doubles et triples, des plots de ciment, des tanks enfoncés dans le sable. La côte devient une énorme usine bourrée d'ingénieurs et de contremaîtres, mais aussi de policiers et de membres de la Gestapo. Quant aux régiments d'ouvriers arméniens, marocains, asiatiques, polonais, apatrides qui travaillent sur la côte sous bonne surveillance, ils disparaissent tous à un moment ou à un autre une fois le travail accompli.

— Alors ? demanda François.

— Alors, je le répète, nous ne sommes plus en sécurité. Les enfants ne sont plus en sécurité. Il faudrait peut-être songer à partir d'ici.

Dans leur appartement de la rue Saint-Antoine, Diodata et Roberto ne cessaient de penser à Renato et à Chiara, à leurs petits corps trempés de sueur, à leurs cheveux collés les uns aux autres, à leurs respirations emplissant toute la nuit de la chambre. Ils venaient de les quitter depuis quelques heures à peine, les laissant à Sanary sous la protection de Maddalena. Une semaine après la soirée de Noël, pour le Nouvel An, la même scène s'était répétée. Journée passée à Sanary en compagnie des enfants, dîner de fête, même absence de Renzo, coucher et retour à l'aube à Marseille. Ils avaient bien essayé de faire l'amour mais cela n'avait pas marché. Trop de soucis, trop de peine à vivre cette vie sans perspective. Ils s'étaient contentés de leurs chaleurs réciproques, des bonnes odeurs des corps nus frottés l'un contre l'autre. Ils resteraient ainsi et attendraient que l'horloge marque midi pour se lever et préparer une boisson chaude qui n'avait plus ni le goût du café ni celui du thé. Vers treize heures, Roberto entendit très distinctement quelqu'un qui montait les marches en courant, puis, qui, haletant, s'arrêtait devant leur porte. On frappa. Roberto passa un pantalon, une chemise et avança avec précaution dans l'entrée. Il faillit dire, comme à son habitude : « Voilà, voilà, j'arrive. » Mais se ravisa. Derrière la porte, il écoutait en retenant son souffle. On frappa de nouveau :

— C'est moi. C'est Renzo.

Roberto ouvrit la porte : Renzo était là, comme caché dans un manteau trop large pour lui, blême, sans voix.

— Qu'est-ce qui se passe ? Entre.

— Tous mes vœux, dit Renzo.

— Tous mes vœux, répondit Roberto en le serrant dans ses bras, et en se demandant pourquoi il était accouru ainsi, aussi grotesquement vêtu, pour lui souhaiter une bonne année.

Alors que Diodata entrait dans la pièce, encore tout endormie, et que Roberto tapait chaleureusement dans le dos de Renzo, celui-ci se mit à pousser un cri :

— Mon dos, non, attends, doucement, mon dos !

Diodata se précipita sur Renzo et lui enleva son manteau. Sa chemise blanche était maculée d'une énorme tache de sang sombre.

— C'est une façon originale de célébrer la nouvelle année, non ? dit-il.

Diodata et Roberto se regardèrent. Ils ne semblaient pas convaincus :

— Tu es fou ! Qu'est-ce qui t'est arrivé ?

Après une longue hésitation, Renzo raconta, comme on se jette à l'eau :

— On a posé une première bombe dans la salle à manger du mess des officiers et des fonctionnaires allemands installée dans l'hôtel *Splendid*, boulevard d'Athènes, près de la gare; et une seconde, rue Lemaître, dans une maison de tolérance réservée à la troupe. Dans ce deuxième attentat, il y a eu une cinquantaine de blessés, plus ou moins graves, dont moi. Je me demande encore comment j'ai fait pour m'en sortir.

— Ne t'inquiète pas, dit Roberto. J'ai l'impression que la blessure est superficielle.

— Je ne comprends pas, dit Diodata. C'est une action individuelle ? Tu poses des bombes tout seul !

— Non, j'appartiens à un groupe, FTP-MOI, dirigé par un Juif d'origine polonaise, Maurice Korsek.

Diodata et Roberto se turent. Moins surpris que mis soudain en face d'un fait irréversible : Renzo faisait partie d'un réseau de résistance. Il avait sauté le pas. Un mélange de fierté et d'inquiétude violente s'empara d'eux. Que pouvaient-ils faire pour protéger leur ami ? Qu'est-ce qu'il attendait d'eux ?

— Oubliez ce que je viens de vous dire. C'est déjà trop. Je n'aurais jamais dû. C'est une faute « professionnelle », ajouta Renzo en souriant.

— Et l'Italie ?

— On y arrivera un jour ou l'autre. Dès que le contact entre la Résistance italienne et la Résistance française est effectué, je passe la frontière. De toute façon, on n'a plus le choix. Français et Italiens entre seize et soixante ans, on est tous des « requis ». Si tu refuses, on lâche sur toi la Gestapo et toutes les polices, maréchaussées, milices et autres gardes-francs. Tu deviens un proscrit, un traqué, un communiste, un mauvais citoyen, un hors-la-loi, un terroriste. Autant en être un pour de bon...

Renzo évidemment avait raison. Marseille et toute la région regorgeaient d'espions, d'indicateurs, de membres de la Gestapo qui rôdaient, observaient, renseignaient, et qui tenaient à la gorge une population étrangère fragilisée par sa situation sur le sol français.

— Il n'y a pas que des purs, dans la Résistance… objecta Roberto.

— Oui, sans doute trouve-t-on des individus qui n'ont moralement plus rien à perdre… et après ? C'est une question entre soi et soi. On ne peut pas continuer à se laisser assassiner sans rien faire. Tous les jours, on apprend des horreurs. Évidemment, les journaux n'en parlent jamais : villages incendiés, faucheurs massacrés en plein milieu de leurs prés, cadavres de prêtres et de médecins retrouvés mutilés, paysans fusillés pendus la tête en bas, blessés achevés sur leurs brancards, civils éventrés à la baïonnette, vieillards tués à la grenade, enfants brûlés dans leurs maisons à coups de lance-flammes. Ce qu'on supposait et que j'entends maintenant rapporté quotidiennement dépasse en horreur tout ce qu'il est possible d'imaginer. Et je ne vous parle pas du sort tout particulier qu'ils réservent aux Juifs…

Roberto et Diodata n'avaient pu retourner à Sanary. La vie à Marseille était de plus en plus difficile. Le général Mylo, nouveau commandant de la place, avait purement et simplement déclaré l'état de siège. L'heure du couvre-feu était désormais fixée à vingt heures, mais les volets devaient être clos à partir de dix-huit heures. Les contrôles et les dispositifs de sécurité avaient été renforcés. La police et la gendarmerie étaient passées sous l'autorité du *SS-Brigadeführer* Griese ; quant à la troupe, elle pouvait sans sommation tirer sur tout suspect qui circulait sans *Ausweiss*. Marseille était devenue une sorte de souricière dans laquelle tout mouvement était désormais impossible ; en sortir, c'était courir le risque de ne plus pouvoir y rentrer. Les nouvelles qui leur parvenaient de Sanary n'étaient guère encourageantes. Les Allemands, obsédés par l'éventualité d'un débarquement, avaient commencé de réaliser une évacuation partielle de la population. Ce qui, dans un premier temps, n'était qu'un sujet de plaisanterie, appartenait désormais à la tragédie du quotidien : un quotidien de misère et de peur. Des brouettes, des charretons, des charrettes, des voitures, des camions, tout ce qui possédait une ou plusieurs roues, qui grinçait, cahotait, ronronnait, pétaradait, sortait maintenant de la ville pour rejoindre l'arrière-pays. Des cortèges de familles, grands-parents en tête, emportant pêle-mêle des chaises, des tables de nuit, des matelas, des souvenirs de première communion, quittaient les petites maisons qui avaient été les leurs depuis plusieurs générations. On disait même que tout ce qui ouvrait sur les quais et sur le port devait avoir fermé sous huitaine. Maddalena était inquiète : « *Weg! Weg! Verboten!*, on n'entend plus que cela. Trop de baïonnettes qui brillent, trop de casques ! Nous ne sommes plus en sécurité. » Tels étaient les derniers mots de sa lettre, accompagnée de dessins des deux enfants.

Occupé à refermer l'énorme capot d'une Dyna Dynamic, Roberto pensait aux derniers mots de la lettre de Maddalena, mais aussi à la colonne des troupes d'opération qui passait sous ses yeux, derrière les larges vitres de l'atelier du garage. Ils sont là, à peu près deux cents, enveloppés dans des couvertures de caoutchouc, striées de bandes vertes et jaunes, tombant jusqu'aux talons, et percées d'un trou où l'on passe la tête, à défiler devant lui. On dirait des hommes sans tête. Leurs casques, qui leur descendent jusqu'aux oreilles, ne laissent dépasser que la mâchoire et la pomme d'Adam. C'est ridicule et effrayant. Le sous-officier qui dirige la colonne exige un chant, haut et fort, « *Singen! Singen!* », qui résonne jusque dans le garage : le *Horst Wessel Lied*.

— Ça donne froid dans le dos, dit le patron du garage.

— Oui, dit Roberto. En ajoutant : Je ne me ferai jamais à un moteur sans soupapes comme celui-ci… ni au siège central du conducteur.

— Tu ne veux pas parler de l'armée allemande, alors tu parles d'autre chose ?

— On est dans un garage. Je parle automobile.

— Il y a la guerre. On ne peut pas être imperméable à ce qui…

— Bien sûr que non, François, mais certains jours…

Roberto était surpris. D'ordinaire, François Viltrain, le patron du garage, était plutôt discret sur l'Occupation, l'Allemagne, la Collaboration. Il lui avait permis de travailler, avait offert sa maison de Sanary pour cacher Maddalena et les enfants, mais, au fond, n'avait jamais voulu parler de ses engagements. Et aujourd'hui, à plusieurs reprises, Roberto avait constaté qu'il avait essayé de l'entraîner dans des discussions d'ordre politique. Ce n'est pas que Roberto se méfiait, mais la situation devenait si complexe, si pesante. À mesure que le temps passait, l'issue de ces années de guerre était des plus incertaines. Combien de temps encore allait-il falloir tenir ?

— Je voudrais te parler de la seize cylindres.

— Celle qui a couché dehors ? dit Roberto en riant.

— Ça ne lui réussit pas, elle est de nouveau au garage.

— À mon avis, son propriétaire ne sait pas la conduire ! dit Roberto. Elle passe plus de temps ici que sur les routes !

— Il prétend qu'elle a été mal réglée, la dernière fois.

— C'est absurde, c'est moi qui m'en suis occupé.

— Je sais bien. Tu pourrais la revoir ?

— Tout de suite ?

— Ça serait bien…

Roberto suivit Viltrain. La Maserati était sur un pont levé.

— Tu peux la redescendre ? demanda Roberto à un aide-mécanicien.

— Non, non, dit Viltrain, laisse, elle est bien comme ça.

Roberto parut surpris :

— Que veux-tu que je règle si on la laisse dans les airs ?

Viltrain, prenant un air de conspirateur, demanda à l'aide-mécanicien de les laisser. Les deux hommes étaient là, sous les quatre roues de la voiture à observer le monstre au repos…

— J'ai un énorme service à te demander, Roberto…

— Et il faut que tu me le demandes sous la Maserati ?

— Oui, dit Viltrain en souriant.

— Alors, c'est quoi ?

— C'est plus qu'un service : un engagement de ta part…

— J'écoute.

— Crois-tu qu'on peut accrocher quelque chose, un paquet, pas trop lourd, sous la Maserati, de façon qu'il ne vibre pas ?

— Du genre boîte d'œufs frais ?

— En quelque sorte…

— Oui. À l'arrière, vers la gauche.

Roberto désigna la base du châssis poutre. Viltrain marqua un temps d'arrêt.

— Tu peux venir quelques minutes dans mon bureau ?

Les deux frères Schiavetti étaient là, de dos, assis dans les profonds fauteuils club qui faisaient face au grand bureau de François Viltrain. Tout le monde se congratula. Roberto les avait revus, de loin en loin, depuis son retour de Vernet, mais les connaissait en fait très peu. Viltrain ferma la porte de son bureau.

— Nous avons besoin de vous « monsieur Cortone », dit Vittorio.

— Un travail un peu délicat, ajouta Primo.

— Si tu refuses, Roberto, dit Viltrain, je ne t'en voudrai absolument pas. Ce sera ta décision, et on oubliera tous cette discussion.

— Allez-y, merde ! dit Roberto. À tourner autour du pot, comme ça, c'est agaçant.

— Nous sommes prudents, dit Vittorio.

— Et responsables, ajouta Primo.

— Voilà. En deux mots, dit Viltrain, il faudrait placer une charge explosive sous la voiture d'Alberto Lambroni.

— La voiture de qui ? demanda Roberto, complètement effaré.

— La Maserati, dit Viltrain.

— La *sedici cilindri* appartient à Alberto Lambroni ?

— Oui, Alberto Lambroni, de la Banca romana…

Roberto faillit éclater de rire. La vie réserve parfois de ces surprises !

— Il y a un problème majeur, dit Viltrain.

— Lequel ? demanda Roberto en souriant.

— Il ne faudra déclencher la minuterie qu'au dernier moment. Quand le banquier arrive pour prendre sa voiture, on abaisse le pont. Tu es dans la fosse. Tu déclenches l'horloge juste avant qu'il ne mette le contact.

Roberto était abasourdi. Depuis le temps qu'il songeait à un engagement réel contre l'occupant, pour la liberté à regagner, en France mais aussi en Italie, il comprenait soudain combien cela était concret, immédiat, quotidien, totalement différent de la forme de lyrisme qui avait accompagné son voyage espagnol. De la cabine vitrée du bureau de François Viltrain, on entendait les bruits assourdis venant de l'atelier et la pluie qui redoublait sur le toit de tôle du garage.

— Mais pourquoi moi ? demanda Roberto.

— Le gars qui devait faire ce travail vient d'être arrêté.

— Je ne suis pas artificier.

— On a tout le matériel. Il suffit juste de le poser convenablement.

— J'ai combien de temps ?

— Le banquier sera là dans moins d'une heure, dit Viltrain.

— Lambroni ?

— Oui et alors, tu en fais une tête ?

— Alors, il me connaît !

Tous se regardèrent, sans comprendre.

— Il me connaît et me croit reparti à Cuba. En arrivant ici, je suis allé chercher de l'argent que j'avais déposé dans sa banque, il y a longtemps, en mars 1923…

— Qu'est-ce que ça change ? dit Primo.

— Je ne voudrais pas qu'il me reconnaisse.

— Tu restes dans la fosse. Il ne te verra même pas, tu en sors au dernier moment.

Roberto n'hésita pas longtemps. Pouvait-il seulement refuser ?

— D'accord.

— J'étais sûr qu'on pouvait compter sur toi ! dit Viltrain.

— Mais pourquoi Lambroni ?

— Comme tu sais, c'est un des plus actifs dans les relations qui unissent la droite française aux fascistes italiens, mais surtout il doit venir rechercher sa voiture avec le bras droit du *SS-Brigadeführer* Griese, dit Vittorio.

— Pour l'emmener à une réception qui doit réunir des dignitaires allemands et français à la Pointe-Rouge, au bout de la plage du Prado, ajouta Primo.

— Avant la réception, ils doivent faire un détour par l'hôtel *Régence*, QG de la *Feldgendarmerie*, près de la gare. C'est là que la bombe doit exploser. Ils passeront par la rue Puvis-de-Chavannes, la rue des Petites-Maries, etc.

Les pieds dans l'huile noire et grasse, Roberto vit Lambroni se diriger vers la Maserati. Il était accompagné de Viltrain et d'un officier allemand. L'explosif solidement arrimé au châssis, ainsi que l'appareil électrique, il ne restait plus qu'à connecter un dernier fil et à déclencher le réveil au bon moment. Roberto avait encore dans la tête les derniers mots de Viltrain : « Et pas de fausse manœuvre, Roberto, sinon, c'est tout le garage qui saute ! »

— Merci, monsieur Viltrain. Elle est prête. Vous voyez bien que c'était possible. Et j'espère que cette fois le réglage sera parfait.

— J'en suis persuadé, monsieur Lambroni, c'est notre chef mécanicien en personne qui l'a effectué.

Dans la fosse, Roberto ne voyait que des chaussures : les sabots en caoutchouc de Viltrain, les mocassins de Lambroni, les bottes noires cirées de l'officier allemand : un *SS-Sturmbannführer*. Il était convenu avec Viltrain que celui-ci lui ferait un signe quand Lambroni et son invité monteraient dans la voiture. Mais le signe tardait. Roberto ne comprenait pas... Il sut très vite pourquoi. Lambroni, qui avait repéré la présence d'un mécanicien dans la fosse, voulait montrer au soldat allemand un membre de la fine fleur des mécaniciens de France :

— Ces mécaniciens sont les meilleurs de Marseille, je vous assure. Présentez votre chef mécanicien au *Sturmbannführer Feldkorps*, dit-il à Viltrain.

Roberto sortit, recouvert de cambouis, plus que de coutume, surtout au visage. Viltrain n'eut pas à présenter « Ercole Cortone », Lambroni le reconnut immédiatement, ce qui d'une certaine façon le sauva provisoirement :

— Monsieur le marquis Roero Di Cortanze, sous une voiture ? Je vous croyais à Cuba, dit Lambroni.

Roberto, pétrifié, ne répondit pas. Habillés en mécaniciens, les frères Schiavetti, non loin de là, s'étaient arrêtés de faire briller les ailes noires d'une Lincoln Zephyr. Puis un conciliabule eut lieu en allemand, entre Lambroni et l'officier allemand. Roberto en éprouvait une forte nausée.

— Un marquis ? dit l'officier allemand dans un français irréprochable. Un marquis italien ? Quel honneur pour moi. Quelle chance pour vous, dit-il, en se retournant vers Viltrain.

— Je ne m'explique pas votre présence ici, dit Lambroni. Je croyais vraiment que vous étiez parti à Cuba.

— J'ai loupé le départ du bateau, dit Roberto, et Marseille m'a envoûté.

L'explication de Roberto fut prise pour de l'ironie et ne sembla guère être appréciée par l'officier allemand :

— Ce n'est pas sérieux, monsieur le chef mécanicien. Mon ami Lambroni a raison, vous devez venir demain à mon bureau, au 425, rue Paradis. Nous éclaircirons ce mystère. Il faut peut-être vous désenvoûter… Je n'ai pas le temps aujourd'hui, ajouta-t-il, en regardant Lambroni. Aujourd'hui : apologie de la vitesse le long de la plage du Prado…

Au moment où les deux hommes montaient dans la voiture, Viltrain demanda à Roberto d'effectuer tout de même une dernière vérification.

— Oui, dit Roberto. Il n'y en aura que pour quelques secondes.

Les deux hommes allaient ressortir de la voiture. Viltrain leur indiqua que cela n'était nullement nécessaire. Roberto redescendit dans la fosse. Il entendait, juste au-dessus de lui, les deux hommes parler. En sueur, tremblant des pieds à la tête, il tourna les aiguilles du réveil, établit l'ultime connexion et sortit de la fosse. La voiture devrait exploser dans moins de vingt minutes.

— N'oubliez pas, monsieur le marquis, demain huit heures, rue Paradis… lui lança l'officier allemand tandis que la Maserati sortait du garage.

Alors que les frères Schiavetti et Viltrain regardaient leur montre en silence, Roberto leur dit qu'il préférait aller faire quelques pas dans Marseille, marcher, respirer, que c'était trop dur, trop éprouvant. Il se lava comme il put le visage, pour tenter d'enlever les traces de cambouis, puis prit la direction de la sortie de l'atelier.

— C'est toujours comme ça, la première fois, assura Primo Schiavetti, en tapotant Roberto dans le dos, ne t'inquiète pas. Et puis tu n'es pas seul. On est tous là. Tous ensemble dans le même combat.

— Reviens tout de même, lui dit Viltrain. Il va falloir qu'on règle la suite de cette affaire. Il est évident que tu ne vas pas te pointer demain à la Gestapo !

Roberto se dirigea d'abord vers la place. Suivant en pensée le trajet de la voiture rouge. Elle avait tourné autour de la place Carnot, s'était engagée dans la rue Puvis-de-Chavannes ; au carrefour avec la rue d'Aix, elle avait pris un petit bout de la rue des Dominicaines, puis avait tourné sur la gauche rue des Petites-Maries. Il regarda sa montre. La Maserati était partie depuis presque un quart d'heure. Machinalement, il avait suivi le même chemin. Au croisement avec la rue Sainte-Barbe qui mène à la porte d'Aix, il la vit, tout à coup, bloquée par des camions qui déchargeaient devant le cinéma *L'Alhambra*, transformé en *Soldatenkino*, un contingent de soldats allemands, au bras desquels s'affichaient quelques rares Françaises. « La vache va toujours au taureau », lança une commère patriote. Roberto regarda sa montre. Il était à moins de trois cents mètres de la voiture. Ce n'était pas prévu ! se répétait-il. Ce n'était pas cela ! Ce n'était pas cela ! Plus que trois minutes. Il était prêt à hurler, à crier. Arrêtez tout, vite, sortez tous, éloignez-vous ! Trois jeunes garçons, d'une dizaine d'années à peine, décidèrent de courir jusqu'à la voiture rouge :

— Le premier arrivé, dit le petit blond.

— C'est moi qui donne le départ, dit le plus maigre, frisé.

— Chiche que je la touche, ta putain de bagnole, dit le dernier, grassouillet et rieur.

Roberto regarda de nouveau sa montre. Dans une minute, la voiture allait exploser.

— Trois, deux, un, partez ! dit l'enfant, maigre et frisé.

— Non ! hurla Roberto, sous les yeux des passants qui le regardaient en rigolant :

— Encore un fada ! Il n'en manque pas à Marseille ! dit une vieille femme sur le pas de sa porte.

Roberto rejoignit le grassouillet rieur, puis le maigre frisé, et réussit à les retenir en les agrippant par l'épaule. Mais le petit ange blond, rapide, agile, se faufilait au milieu de la foule comme un petit animal dans son élément naturel, en criant « Premier ! premier ! champion du monde ! ». Soudain, une énorme explosion plaqua Roberto au sol. Des vitres soufflées jetèrent sur la rue une pluie de morceaux de verre brisé ; des portes en bois jaillirent de leurs gonds ; la chaussée se couvrit d'un épais nuage de poussière et d'une âcre fumée noire. Roberto, le nez sur le bitume, au milieu des cris de douleur, des pleurs, puis très vite des ordres hurlés en allemand, était comme aveugle et sourd. N'entendant plus que la voix de l'ange blond, dont le corps, projeté en l'air, s'envolait au-dessus des arbres ; ne voyant plus que la couleur rouge de la Maserati, immense tache de sang qui lui faisait, sur tout le corps, comme une large couverture pourpre.

35

Depuis l'entrée des troupes allemandes en zone libre, Moïse Gulsnick ne travaillait plus, tout comme les deux cents autres personnes employées jusqu'alors par elle, à la coopérative des Croque-Fruits. Si beaucoup, tel Renzo, avaient pu s'échapper lorsque celle-ci avait dû fermer ses portes, Sylvain Itkine, le patron de la « coopérative provisoire », avait été arrêté par la Gestapo et emmené pour une destination inconnue en Allemagne.

C'était une nuit froide de janvier. Dans le garage de la rue de la République, ils étaient tous là, réunis autour de François Viltrain : les frères Schiavetti, Robert Montredon, Diodata, Roberto et Moïse Gulsnick. C'est ce dernier qui prit la parole :

— Nous n'avons guère le choix, camarades. Vous savez très bien que lorsque notre monde de l'émigration antifasciste se double d'un engagement actif dans la Résistance, les autorités allemandes agissent directement. Ça veut dire une chose très simple : si vous êtes faits prisonniers vous ne serez pas remis aux Italiens, mais déportés ou exécutés sur-le-champ ! Je dis ça pour vous, Diodata et Roberto. Vous pouvez encore refuser de vous engager plus avant. Vous avez des enfants, nous comprendrions très bien que…

Roberto ne laissa pas Moïse Gulsnick terminer sa phrase :

— Non, nous sommes prêts, dit-il. Tenant les mains de Diodata.

Mais Moïse Gulsnick insista. La décision était d'importance. Accepter de nouveaux membres dans un réseau de résistance, c'est renforcer le réseau mais aussi, si l'on se trompe, courir le risque de l'affaiblir :

— Stefano Dell'Amore, citoyen français, naturalisé depuis la fin des années trente et membre de Giustizia e Libertà a été arrêté et envoyé en Allemagne. Tortora, qui avait combattu en Espagne, a été conduit au camp de Wittlich. Nazareno Pastuglia, républicain originaire des Marches, lui aussi vétéran de la guerre d'Espagne, est en prison à Compiègne. Simon Strupzyeber, grand mutilé de guerre, et dispensé du port de l'étoile jaune, est, avec toute sa famille, à Norhausen. Ils ne font pas de quartier !

— L'effort moral pour résister est presque inhumain… Pour ne pas céder aux pressions, au désespoir, pour accepter de vivre sans cesse sur le qui-vive. C'est un combat sourd, incessant, dit Primo.

— S'il n'y avait pas la force de l'idéal pour lequel on lutte, une force qui irradie et qui soutient, on laisserait tout tomber, ajouta Vittorio.

— Nous avons cette force, dit Diodata.

— Une question, ajouta Moïse : quand tu étais au camp de Vernet, Roberto, tu n'avais pas signé le fameux acte dans lequel tu déclarais te « réclamer du bénéfice du droit d'asile » ?

— Non, pourquoi ?

— Les Allemands sont en train d'éplucher les fichiers aimablement fournis par l'administration française.

— En revanche, on sait de source sûre que vos deux noms, dit Vittorio en s'adressant à Diodata et à Roberto, figurent sur la fameuse liste des 123 fournie par la police italienne aux Allemands. La plupart sont des membres de Gustizia e Libertà et du PRI, et ce qu'ils appellent des « subversifs dangereux »…

— Notre décision est prise, camarades, redit Diodata, plus sûre d'elle que jamais. On est prêts à, comment dites-vous déjà ?

— « Entrer dans le brouillard », dit Robert Montredon.

À ce moment, on frappa à la porte dérobée du garage. Trois coups longs et un court, selon un code précis. François alla ouvrir. Un jeune homme caché derrière un feutre sombre délivra un court message puis repartit immédiatement :

— Les trente otages pris suite à l'attentat de la rue des Petites-Maries, dans lequel Alberto Lambroni et le *Sturmbannführer Feldkorps* avaient trouvé la mort, viennent d'être exécutés.

Tous restèrent imperturbables, excepté Roberto et Diodata, qui baissèrent la tête, mal à l'aise. En une seconde, Roberto revécut tout, la fumée, l'explosion, les cris, et surtout la vision du corps du petit ange blond projeté dans les airs. Un silence épais s'installa.

Moïse fit comme si de rien n'était :

— Vos enfants sont à Sanary avec Maddalena ?

— Oui, c'est cela, dit Diodata.

— Il faut les cacher, dans la montagne, dans l'arrière-pays. Nous avons une maison près de Sospel, en pleine forêt de Turini, au col de Brouis. Personne ne viendra les chercher là. Dès que la chose est possible, on vous aide à opérer le « déménagement ».

— Bien. Quand commence-t-on ? demanda Roberto.

— Tout d'abord, les choses à ne pas faire, dit François, en souriant.

— Vous promener sur la Canebière, avec un troisième compère, habillés chacun d'un pull-over bleu, blanc et rouge de façon à reconstituer le drapeau français, dit Primo. En un mot : discrétion absolue.

— Ou accrocher à un immeuble, comme on l'a vu récemment, un drapeau frappé de la faucille et du marteau sur lequel on peut lire : « Courage et confiance. Nous vaincrons », dit Vittorio.

— En somme pas d'action individuelle, conclut Diodata.

— Avant de faire dérailler des trains, commencer par des petites choses. Vols de voitures : une 202 Peugeot se vole comme une brouette, pas de clef de contact, pas de dispositif antivol. Vols de pistolets à bouchon, aider à la confection de pistolets en bois teints au cirage, etc., dit Vittorio.

— Ça peut paraître absurde, mais ce qui l'est plus c'est qu'on doit se contenter de pétoires rafistolées. La méfiance des services gaullistes envers les communistes est telle qu'ils ne veulent toujours pas nous parachuter d'armes ! dit Primo.

— D'ailleurs, voici les vôtres, annonça Moïse, en donnant à Diodata et à Roberto deux petits brownings 6,35 mm. On n'a pas pu faire mieux... Vos premières missions peuvent consister à observer les défenses qui sont en train de se monter sur la côte, les mouvements de troupes opérés par les Allemands, aider le réseau d'évasion mis au service des aviateurs alliés abattus et des jeunes gens qui veulent se soustraire au STO. Actuellement, les Italiens dans la Résistance française n'accomplissent pas tous les types de missions. Essentiellement des sabotages et des attentats contre l'occupant ou des collaborateurs.

— Et la Résistance italienne, dans tout ça ? demanda Roberto.

— On y vient, dit François. On connaît les cafés fréquentés par les Italiens, les hôtels, les restaurants. Il faut être prudent. Une des plaques tournantes c'est *La Samaritaine*, le café du boulevard de la République. La Résistance italienne est un monde mouvant, complexe : militants antifascistes, déserteurs de l'armée italienne d'occupation, jeunes immigrés, partisans de la Résistance italienne refoulés du Piémont et du Val-d'Aoste, réfractaires au STO, anciens combattants d'Espagne, anciens membres de la Légion étrangère... Les liens existent, et des actions communes ne vont pas tarder à suivre.

— Je veux retourner en Italie, avoua Roberto.

— C'est pour cela que tu veux t'engager dans la Résistance française ? demanda François.

— Oui, en partie, c'est vrai. Je veux m'engager dans la Résistance pour revoir l'Italie, reconnut Roberto.

— Ce que tu dis a au moins le mérite de la franchise...

— Je sais, dit Roberto.

— Vous êtes prêts à dormir désormais avec une petite valise à côté de votre lit, prêts à tout instant à partir en prison ? À ne plus jamais dormir dans le même lit, à entendre la sonnette de votre porte en craignant le pire ? À devoir vous cacher éternellement dans des caves, des champs, des granges ?

— Oui, dirent-ils d'une seule et même voix.

— Et les enfants ? demanda Moïse.

Roberto et Diodata ne répondirent pas immédiatement. Ils étaient profondément émus. C'est Diodata qui parla la première :

— C'est pour eux que nous luttons.

— Pour leur futur, ajouta Roberto.

— Bien, dit Moïse, en sortant deux petites cartes d'une mallette. Une carte de résistant. Une pour chacun. Je la coupe en deux, le réseau local en garde une moitié et l'autre est envoyée à Londres. En cas de problème, vous êtes couverts.

— Et j'ajoute pour chacun, dit François Viltrain, de la strychnine : c'est votre protection contre la Gestapo. Tant que vous l'aurez dans votre poche, vous vous sentirez calme, presque en « sécurité ». Elle est la dernière sauvegarde de votre liberté et de votre dignité.

Alors qu'ils rentrent chez eux, Roberto et Diodata pensent qu'ils ont désormais atteint un point de non-retour. Ils traversent une ville étrange, sans vraiment la voir, où il est devenu impossible de circuler librement, d'acheter un litre d'huile à moins de 1 200 francs, un kilo de café à torréfier soi-même à moins de 2 500 francs, où l'œuf peut atteindre 25 francs et une paire de chaussures en cuir 4 000 francs, où les cartes de ravitaillement multicolores, numérotées et nominatives, peuvent donner, certains mois, en fonction des lettres inscrites sur les tickets, à un kilo supplémentaire de pommes de terre ou à cent grammes de confiture. Où des fortunes s'édifient sur le trafic de bananes, de thé et d'épices. Où les vieillards sont envoyés au service des gardes-voies afin de prévenir des sabotages et les enfants, en autocars à gazogène, dans d'hypothétiques familles habitant en Hautes et Basses-Alpes.

Quand ils passent devant la loge de la concierge, elle sort, furieuse. Mgr Jean Delay, évêque de Marseille, a fait lire en chaire une lettre dans laquelle, chrétien exemplaire, il a notamment dit : « Arrêter en masse, uniquement parce qu'ils sont juifs et étrangers, des hommes et des femmes, des enfants qui n'ont commis aucune faute personnelle, dissocier les membres d'une même famille et les envoyer peut-être à la mort, n'est-ce pas violer les lois sacrées de la morale et les droits essentiels de la personne humaine et de la famille, droits qui viennent de Dieu ? »

— De quoi il se mêle ? dit la concierge, plus pétainiste que le plus pétainiste des Français. Si les prêtres ne nous mettent même plus à l'abri des macaques ! Et elle ajoute : Ah, je me suis permis de donner votre clef à l'employé du gaz qui est passé cette après-midi. Un problème de compteur, je crois.

— Vous avez bien fait, dit Roberto en la remerciant.

À mesure qu'elle monte les marches de l'escalier, Diodata est en proie à une angoisse grandissante : « Et si l'employé du gaz était un policier ? » Elle n'a pas tort. La porte, entrouverte, laisse apparaître un désordre affreux : l'appartement a été fouillé de fond en comble. Bien sûr la concierge n'a rien vu, ne s'est aperçue de rien, n'a rien entendu. Elle était pourtant sûre qu'il s'agissait du « monsieur du gaz »... Roberto et Diodata passent la nuit à remettre de l'ordre. Jusqu'aux vêtements qui ont été déchirés et aux jouets des enfants brisés par des mains expertes. Lorsque tout est fini, épuisés, Diodata et Roberto tombent tout habillés sur le lit. Ils n'ont plus la force de faire l'amour, de se parler, de penser. Soudain, ils ont peur. La peur qu'ils éprouvent, nauséeuse, ignoble, n'a rien à voir avec celle éprouvée lors du cyclone à Key West, ou celle de Cuba, d'Espagne, ou plus ancienne sur les circuits d'Europe, ou dans les tranchées de 1914. Ils ont l'impression d'être dans une sorte de train, dans un wagon accroché à un train. Ils ne sont ni affamés, ni disparus, ni exposés au feu, ils n'ont pas froid. Ce sont des sortes d'irréguliers réguliers. Ils sont bien vivants, mais se sentent comme déjà morts, en trop, déjà liquidés. Ils ne savent pas où ce train les mène, ils ne savent pas si le pays dans lequel ils se trouvent est un passage pour gagner un pays plus hospitalier. Allongés sur le lit, regardant le plafond, ils pensent à l'Italie.

— C'est là qu'il faudra retourner, n'est-ce pas ?

— Primo l'appelle « le pays des interdits ambigus et de la tolérance anarchique ».

— Il a raison, dit Roberto, en touchant la cuisse de Diodata, en remontant jusqu'à la culotte noire, la main posée sur la toison, mais dans un geste qui n'a rien de sexuel, un geste qu'elle connaît, qui est un geste protecteur ; de tendresse. Une chose est sûre : en Italie les étrangers ne sont pas des ennemis.

— Les Italiens sont plus ennemis d'eux-mêmes que des étrangers, dit Diodata en souriant.

— Sommes-nous encore italiens ? demande Roberto.

— Oui, évidemment, répond Diodata, sans hésiter.

— Alors, il faut retourner en Italie, dit Roberto.

— Oui. Il faut retourner en Italie avec Renato et Chiara, dit Diodata. C'est notre richesse.

— Et la Résistance ?

— Notre devoir. Et le devoir n'est pas une richesse. La richesse, c'est l'Italie. C'est ce qui a été déposé en nous pour toujours. Il faut y retourner. Ici, nous ne sommes pas chez nous.

— Qu'allons-nous retrouver, Diodata ? L'Italie d'avant, la nôtre, n'existe plus.

— Un pays à recréer, à repeupler. Avec nos enfants.

— Comme après le déluge, alors ?

— Oui, comme après le déluge.

Une semaine après la mise à sac de l'appartement, Diodata avait participé à son premier acte de résistance. Solidement ficelé sur le porte-bagages de sa bicyclette, elle avait apporté, dans l'arrière-boutique du *Petit Poucet*, café à pastis du boulevard Dugommier, un précieux matériel d'imprimerie. Fernand et Max avaient réceptionné une machine à écrire, des tampons, une petite ronéo, très lourde, et du papier. Des « filles », agents de liaison comme elle, avaient porté le tout ailleurs. Pour plus de sûreté, il avait été convenu que Diodata ne rentrerait que samedi soir à l'appartement et que Roberto, qui avait participé de son côté à une opération de transport de « marchandises » près du cap Croisette, ne reviendrait rue Saint-Antoine que dans le courant de la matinée du dimanche. L'après-midi, ils pourraient aller au cinéma.

À mesure qu'il s'approchait de la colline des Accoules, en ce 24 janvier 1943, et qu'il tentait de se rappeler combien de fois il avait arpenté ces rues entre l'hôtel de ville et la Major, en compagnie de Luisa, sa mère, et d'Ercole Tommaso, son père, le vieux vice-roi de Sardaigne, il sentit sa gorge se serrer, non d'une tristesse venue de ses souvenirs, mais d'une peur plus présente, immédiate. Soudain, il s'immobilisa. Parmi des moteurs de camions et un brouhaha indescriptible, il entendait d'étranges mots d'ordre jaillissant de haut-parleurs fixés sur les toits des voitures : « Pour des raisons d'ordre militaire, et afin de garantir en toutes circonstances la sécurité de la population, les hautes autorités allemandes ont décidé de procéder à votre évacuation. Préparez-vous immédiatement à quitter votre domicile. N'emportez que des bagages à main, couvertures, linge de corps, vêtements chauds, vivres pour quarante-huit heures. Votre hébergement sera assuré, des indemnités vous seront payées. Soyez calmes et disciplinés. À partir de maintenant, il est rigoureusement interdit de circuler dans les rues, sauf en groupe sous la conduite des autorités chargées des opérations d'évacuation. Fermez vos portes à clef en partant… »

Roberto ne comprend pas ce qui se passe. La voix, métallique, est en français. Il a bien vu, mais très loin, bien avant les limites du quartier, quelques soldats allemands et des chars. Mais, ici, il n'y a que des Français, des milliers de gendarmes, de policiers, de gardes mobiles de réserve. Tout autour de la zone, les bars et les cafés sont fermés, « définitivement » disent les pancartes. On le rassure. Il est du « bon côté » de la barrière. Voilà deux jours que, dans la plus grande discrétion, le quartier est bouclé. Comment pouvait-il savoir ?

— Ça a commencé samedi, vers deux heures du matin, dans un bruit de bottes et de chiens.

— Il était temps qu'on chasse comme des renards de leurs tanières tous les métèques qui hantent ce quartier !

— Y paraît que trente trains ont été prévus à Saint-Charles pour les embarquer vers Compiègne !

— J'ai tout vu de ma fenêtre. Quel spectacle ! À huit heures, un coup de clairon, et le cordon de policiers et de gendarmes français qui foncent sur le quartier ! Putain, quelle chasse à l'homme ! Trois mille extrémistes expédiés aux Baumettes !

— Il paraît que le préfet Bousquet assistait le général SS Oberg… du beau boulot !

Roberto a du mal à s'approcher de la rue Saint-Antoine. Les haut-parleurs continuent leur ronde : « Ne quittez votre logement que lorsque vous y serez invités. » « Toute personne trouvée en possession d'armes à feu ou d'une arme blanche sera immédiatement arrêtée et jugée. Elle sera punie de peine de mort. » Roberto tente de se frayer un chemin. Il est en sueur malgré le froid glacial. Au fond de sa poche son petit browning. Sa main serre la crosse. Dans la poche de sa veste, les capsules de strychnine. Qui est-il au milieu de cette foule ? Combien sont-ils, comme lui, à porter une arme, celle de la Résistance ? Un autre haut-parleur surgit, puissant, juste devant lui, lui cachant l'entrée de la rue Saint-Antoine : « Dans votre intérêt, facilitez la tâche des autorités françaises, qui ont besoin de votre discipline et de votre concours pour mener à bien cette difficile opération. »

Soudain, il aperçoit, là-bas, en contrebas, la porte de son immeuble. Une onde glacée coule dans son dos. Il se met à trembler. Des policiers français font sortir un à un, sans ménagement, les occupants de l'immeuble, sous l'œil de la concierge qui parle avec les gardes mobiles, échange on ne sait quel propos, apparemment à l'aise. Elle, visiblement, n'est pas raflée, comme les autres. Celui qui mène les opérations est le grand maigre qu'il a croisé un jour chez elle et qui servait du café : il porte les insignes de la Milice. Et Diodata ?

Au milieu des policiers et des camions qui emportent les gens arrêtés – « Que de la racaille : agitateurs politiques, communistes, souteneurs, repris de justice, clochards, étrangers en situation irrégulière, chômeurs, Juifs ! » –, filmée méthodiquement par un cinéaste allemand, une longue cohorte de malades, de paralysés, de jeunes accouchées hébétés : les rares qu'on a laissés passer. Qui tirent des charrettes où s'entassent des affaires hâtivement rassemblées et portant dans leurs bras une marmaille affolée. Et Diodata ? Où est-elle ? Entre deux haies de gendarmes et sous l'œil des curieux venus des autres quartiers de la ville contempler le spectacle, à mesure que la nouvelle se répand, la longue file des exilés progresse. Certains, à pied, ont la vie sauve. D'autres sont entassés sur des « gazobras », poussent des carrioles à âne, tirent des voitures d'enfant. Ceux qui montent dans les tramways et les autocars réquisitionnés vont à la mort. Roberto en est sûr. Combien sont-ils ? Dix mille, vingt mille, quarante mille ? Presque aucun Allemand n'est en vue. La rafle est française. « Laissons-les s'arranger entre eux », a pensé l'occupant.

— Vous voulez savoir où ils vont ? dit un homme. Le camp de Fréjus, Compiègne. Et puis l'Allemagne : Oranienburg, Mauthausen, Buchenwald.

Et Diodata ? Soudain Roberto la voit, l'appelle, trouve la force de traverser la foule. Elle est là comme lui, de l'autre côté de la rafle, à attendre, à se demander quand la porte du 17 de la rue Saint-Antoine va laisser apparaître sa silhouette. Ils se jettent l'un contre l'autre que c'en est presque indécent, tout cet amour jeté aux yeux de tous, dans un jour si noir, si sombre. Un jour de rafle. Elle croyait qu'elle ne le reverrait jamais, qu'on l'avait déjà fait monter dans un camion ; il pensait qu'elle allait sortir d'un moment à l'autre, et qu'il ne pourrait rien faire tandis qu'on la précipiterait à l'arrière d'un autocar, sous les yeux inexpressifs et vides de la concierge. Louis Gillet, Lucien Rebatet, Paul Morand doivent être contents, la Suburre obscène, le cloaque impur, l'enfer vermoulu, l'enfer du péché, le périmètre du vice, le Grand Lupanar n'est plus. Le *SS-Reichsführer* Heinrich Himmler, le *SS-Brigadeführer* Griese et le préfet Lemoine peuvent se féliciter de « cette action salutaire approuvée par la majorité des Marseillais ». Le vieux Marseille, avec son lacis de ruelles éternelles, est vidé de sa substance vivante, de ses habitants.

Bien longtemps après que la rafle est terminée, que tout est en quelque sorte « rentré dans l'ordre », Diodata et Roberto qui n'ont pu se détacher l'un de l'autre, qui ont du mal à croire qu'ils sont encore vivants, pour eux-mêmes, pour leurs enfants, pour la Résistance, regardent ce vieux Marseille qui n'existe plus. Disparu, le pharmacien arménien en blouse blanche, avec ses petits tiroirs aux cent étiquettes savantes. Disparu le photographe espagnol, et sa vitrine pleine d'agrandissements de jeunes mariés en extase. Disparue, la bonne hongroise du curé, qui sentait l'encens et l'eucalyptus ; disparue, la revendeuse de poivrons rouges et verts ; disparu, le Tchèque borgne qui vendait de l'orge grillée pour du café ; disparu le couple de petits vieux italiens qui peinait dans la montée des Accoules accompagnés de deux religieuses en cornettes ; disparue la petite marchande de quatre saisons, à la voix chantante, parmi ses tomates rouges alignées à pleines corbeilles, ses aubergines violettes, ses citrons, ses cucurbitacées ; disparu, le pêcheur yougoslave toujours à remailler ses filets déchirés, à amorcer ses pièges à crabes et à langoustes.

Quand le silence de la rafle est retombé, la journée s'est écoulée. Roberto et Diodata ne peuvent plus rentrer chez eux. La porte de leur immeuble est fermée. Tout le quartier est bouclé, ceinturé de barbelés. Les seuls à pouvoir y retourner, ce sont les petites frappes de la « bande à Carbone » qui s'en donnent à cœur joie. Fracturant verrous et serrures, ils pénètrent dans les appartements abandonnés, volent le linge et l'argenterie, les meubles, les tuyaux de plomb, les boutons de porte ; tout sera revendu au marché noir. Certains affirment que les Allemands veulent raser ce quartier qui ne serait, à leurs yeux, qu'un « repaire de criminels internationaux et de résistants ». Après un repas léger au *Café des Mille-Colonnes*, rue Beauvau, Roberto et Diodata décident de passer la nuit à l'hôtel *Bellevue*, dans la même rue. Sur la porte d'entrée un avis en allemand, fraîchement placardé : « *Infolge eines neuen Attentas*... à la suite d'un nouvel attentat, le couvre-feu sera ramené à vingt heures. Toute circulation après cette heure sans laissez-passer est interdite. Les contrevenants s'exposent aux pires sanctions. » Ils se regardent sans parler. Mais dans leurs yeux tout est dit. « Non, ce n'est pas moi », lit Roberto. « Non, ce n'est pas moi », lit Diodata. C'est un autre. Ce sont les autres. Ceux qui sont nos frères. Ceux qui luttent avec nous, la nuit, malgré la peur, le sang, la mort, ou à cause de cela. Puis Diodata comprend. Roberto n'a pas tout dit. Un consommateur tout près d'eux parle de l'attentat du cap Croisette, de deux hommes qui « baragouinaient italien entre eux », à ce qu'on raconte... Roberto n'a rien confié de l'attentat, de la bombe qu'il a placée à l'endroit exact, indiqué... Roberto n'a donc pas confiance ? Puis c'est le calme de la chambre, enfin... Ils font l'amour. Comme jamais. Comme si d'une minute à l'autre la porte de leur chambre allait être enfoncée par la Milice ou la Gestapo, ou qu'ils pouvaient, comme Robert Montredon, il y a deux jours, être abattus d'une rafale de mitraillette Sten tirée à travers la porte, pour faire croire à un règlement de comptes entre « terroristes ».

Avant de s'endormir, Diodata confie à Roberto qu'elle a appris un nouveau mot en marseillais :

— Pendant ma « promenade » à vélo. J'avais la jupe relevée. Des gamins m'ont dit : « Peuchère, la belle mounine », murmure-t-elle, en mettant sa main sur son sexe.

Roberto se penche, se glisse au fond du lit et prenant les cuisses de Diodata dans ses mains lèche doucement sa « mounine ».

36

Quel est ce mois de février, plein de déceptions, d'espoirs, de sensations nouvelles, de grandes décisions ? Un mois de déchirements, de peur ; un mois sans enfants. Que font-ils ? À quoi jouent-ils ? Quelles sont leurs angoisses et leurs joies ? Dans la petite salle enfumée du *Petit Poucet*, rue Dugommier, Diodata et Roberto attendent le contact qui doit venir leur indiquer la marche à suivre dans les prochains jours. Ils n'ont plus ni lieu fixe où dormir, ni vêtements de rechange. Tout est resté dans l'appartement de la rue Saint-Antoine, et le quartier est bouclé. Dans quelques semaines, il aura totalement disparu. La dynamite l'aura réduit en poussière. Assis l'un à côté de l'autre, buvant, pour se réchauffer, un bol de bouillon, Diodata et Roberto observent une femme et un homme qui entrent dans le café et s'installent à une table qui se trouve juste à côté de la leur. Une jeune femme, accompagnée d'un monsieur plus âgé qui ressemble à un Anglais. La femme tient à la main un exemplaire du *Petit Marseillais*, commande un café et lorsque le garçon le lui apporte pose la soucoupe sur le journal. C'est le code. Ils peuvent engager la conversation :

— N'allez pas au garage, les Allemands vous cherchent. Ils ont tout fouillé, dit la femme.

— Rendez-vous au 124 de la rue Fontange, près de Notre-Dame-du-Mont. À midi. Vous y passerez la nuit. François viendra vous y rejoindre et vous donnera les instructions pour la suite.

C'était une drôle d'impression que celle de se promener, tous les deux dans Marseille. Si ce n'avait été la peur qui les tenait au ventre, cette fin de matinée eût pu leur paraître belle, généreuse. Il y avait un beau soleil, un petit vent qui soufflait à peine de la mer. Des passants allaient et venaient, des enfants, la vie quotidienne à Marseille. Mais, à tous les carrefours, devant chaque édifice important, au coin des grandes artères, des protections de plusieurs rangées de fils de fer barbelés, des véhicules de l'armée allemande, des nids de mitrailleuses, des sacs de sable, des soldats casqués en armes. Diodata et Roberto respectèrent scrupuleusement les consignes qu'on leur avait données. Après avoir franchi le porche d'entrée de l'immeuble, ils allèrent chez la concierge, au fond de la cour à droite, demandèrent Maurice et Martine Malherbe, montèrent les quatre étages et sonnèrent quatre coups : deux courts, deux longs.

Ils se disaient souvent que ce qu'il leur resterait de la guerre et de leurs combats, ce serait ces moments uniques de fraternité humaine. Elle avait été souvent si frelatée, cette denrée, la fraternité ; si souvent, elle n'avait été qu'un misérable cache-misère, un mensonge. Mais aujourd'hui, cette camaraderie inouïe, cette générosité, cette bonne humeur de tous les instants, même aux heures les plus graves, redonnaient soudain confiance en l'homme. Le couple Malherbe était attentif, chaleureux, Diodata et Roberto ne savaient rien d'eux si ce n'est qu'ils étaient membres du parti communiste et que leur fils était en prison à Caen. Ils avaient été désignés par l'organisation pour les nourrir, les loger et leur fournir des vêtements avant qu'on ne vienne les chercher. Un troisième homme était là, en soutane, maigre, l'air malade, se cachant, lui aussi, et qui devait repartir par bateau, pour l'Angleterre. Au début, il resta silencieux, puis, lentement, il commença à parler. Diodata et Roberto ne seraient pas près d'oublier les paroles de ce « prêtre », prononcées tout le jour et jusqu'à la nuit tombée alors que la lumière de la lune venait frapper la feuille de papier bleu collée sur les vitres.

Il ne cessait de répéter que son histoire incroyable, personne ne la croirait, et qu'une fois la guerre terminée personne ne voudrait plus l'entendre, car elle rappellerait de façon trop crue, trop violente, ce qui venait de se passer. Il lui faudrait alors se taire car il ferait honte. Mais pour ses amis de ce soir, et pour se libérer aussi de l'horreur, Yakub Shumushkin, Franco-Lituanien de trente ans, lui qui avait réussi, par on ne sait quel miracle à s'enfuir, raconta son histoire :

— Je suis parti de Compiègne, un matin, par le train. Il n'y avait pas de paille, sur le plancher, mais des espèces de gravillons. Nous étions une centaine de prisonniers, entassés dans des wagons à bestiaux, prévus normalement pour huit chevaux ou quarante hommes. Le voyage a duré trois jours, sans boire, sans manger, sans latrines. C'était insupportable. On avait tous la bouche en feu. On a fini par lécher les ferrures métalliques des wagons sur lesquelles de la condensation était apparue. Mais c'était une illusion, dit soudain l'homme, en se levant et en criant, une illusion…

Martine le prit tendrement par la main, le fit se rasseoir sur sa chaise et lui versa un autre bol de café au lait.

— C'est terrible de souffrir de la soif comme cela pendant plusieurs jours. Peu avant la frontière allemande, quelqu'un a essayé de s'enfuir. Pour éviter que cela ne se reproduise, les Allemands ont fait mettre tout le monde nu dans les wagons ! À l'arrivée, on nous a redistribué nos vêtements, évidemment sans chercher à savoir quoi appartenait à qui. On s'est retrouvés avec des habits qui n'étaient pas à notre taille, avec des chaussures qui n'avaient pas la bonne pointure. Il y avait une dizaine de prêtres parmi nous : j'ai hérité d'une soutane. À la gare, il y avait un comité d'accueil : des SS armés de nerfs de bœuf, avec des chiens qu'ils lâchaient sur nous à tout propos. Après, il a fallu marcher jusqu'à un camp qui se trouvait à cinq kilomètres de là. De chaque côté de la route, il y avait des fossés, et ces fossés étaient remplis de cadavres. J'ai passé deux nuits dans le camp. On nous a donné à manger de la soupe de choux et de betteraves pour animaux, du pain gris mêlé de sciure, une portion de margarine et un bol d'ersatz. J'ai pensé que je ne voulais pas mourir ici, comme ça, comme mon copain Caumont que j'ai vu noyer sous mes yeux dans un fût de deux cents litres d'eau, ou comme Charles, pendu séance tenante parce qu'il avait volé une bouteille de cognac en déchargeant un wagon. J'ai prié, et un soir, alors qu'il y avait un bombardement, je suis devenu invisible et j'ai pu franchir les barbelés du camp, en soutane, puis traverser l'Allemagne, puis la France. J'ai gardé la soutane. Je ne suis pas prêtre, mais elle continue de me rendre invisible. Invisible, vous comprenez ?

Diodata et Roberto se taisaient, effondrés.

— Les Allemands sont en train d'exterminer des gens, systématiquement, méthodiquement... ajouta l'homme. Ex-ter-mi-ner ! C'était écrit dans *Mein Kampf*. Personne n'a voulu lire ce qui était écrit. Et pourtant : « Eh bien oui, nous sommes des barbares et nous voulons être des barbares. C'est pour nous un titre d'honneur ! »

Le lendemain matin, quand Diodata et Roberto se levèrent, le « prêtre » était parti. Martine préparait le petit déjeuner. Maurice ne reviendrait pas avant quelques jours, il était parti s'occuper du départ de Yakub vers Londres. On frappa à la porte, c'étaient François Viltrain et Primo Schiavetti.

— Vous devez avoir quitté la France dans deux jours.

— On a besoin de liaisons entre les Résistances française et italienne, dit Primo. Les choses sont en train de bouger. L'armée italienne en Russie est en déroute. On parle de soixante mille morts ! La situation en Méditerranée se détériore. Les pertes navales sont lourdes et les bombardements alliés sur la péninsule commencent à démoraliser la population.

— Le fruit n'est même plus blet, mais gâté, pourri ! dit Roberto.

— C'est exactement ça, acquiesça François. Mécontentement, restrictions mal acceptées, germanophobie, antifascisme s'ajoutent à la Résistance clandestine qui commence à se manifester, dit François.

— Un Comité antifasciste s'est constitué à Turin, avec des socialistes, des libéraux, des communistes ; et deux nouveaux partis, ajouta Primo : le parti d'action et la démocratie chrétienne. On parle même de grèves qui pourraient éclater bientôt au Piémont.

— Il y a peu de temps encore, les Italiens de France pouvaient s'activer dans le cadre de la Résistance française, mais, maintenant, ils peuvent tout à la fois s'appuyer sur les réseaux politiques de l'émigration italienne et se manifester en Italie.

La solution proposée, plus rapide que prévue, était à saisir au vol : la voiture d'un fasciste italien, le colonel Fratino-Mola, accidentée à Marseille, une fois réparée, devait être livrée à son domicile – à Cuneo.

— Vous pourriez faire ainsi d'une pierre deux coups, dit François.

Diodata et Roberto ne semblaient pas comprendre.

— Mais si, insista François. Vous passez par Sanary. Vous embarquez Maddalena et les enfants et vous conduisez tout ce beau monde à Sospel, qui est sur la route de la frontière italienne. On vous fournira les papiers nécessaires. Vous prendrez livraison de la voiture demain dès l'aube.

— Et jusque-là que faisons-nous ? demanda Diodata.

François fut très ferme, et ne laissa aucune place à la moindre hésitation :

— Roberto reste ici, nous avons encore besoin de lui demain matin, très tôt. Toi, Diodata, tu vas rejoindre les enfants, à Sanary. Un autocar assure la liaison. On t'y conduit tout de suite. Voilà de nouveaux papiers : tu t'appelles désormais Maria Frantina.

Le lendemain, pendant que Diodata retrouvait les enfants, Roberto participa à un nouvel attentat. Dans un tramway desservant l'Estaque, où avaient pris place de nombreux soldats allemands qui se rendaient à une séance très matinale de cinéma, il plaça une bombe dans le cabas d'une ménagère, qui devait s'empresser de l'oublier alors qu'elle descendait à la station suivante. Il était six heures du matin. Pour la Résistance, c'était un ultime défi face à la destruction méthodique des quatorze hectares du vieux Marseille. Pour Roberto, c'était aussi une opération sanglante, aveugle mais nécessaire. L'explosion qui secoua le tramway répondit à celle, multiple, énorme du dynamitage par les sapeurs du génie allemand qui réduisirent à l'état de ruines l'espace compris entre Saint-Jean, Saint-Laurent, la Tourette et les quais. Cela faisait maintenant plus de deux semaines que Marseille vivait dans le grondement sourd suivi de l'effondrement des immeubles noyés dans un épais nuage noir de poudre et de fumée. Quand après l'explosion du tramway Roberto releva la tête, il s'aperçut que le soleil au-dessus de la ville avait totalement disparu, tout comme le ciel, et qu'on n'entendait plus aucun oiseau. Non loin de là, il croisa des carrioles tirées à bras d'homme, sur lesquelles étaient entassés de la vaisselle, des valises, des meubles. La municipalité, qui avait pourtant annoncé le contraire, n'avait rien prévu pour reloger tous ces expropriés, dont certains étaient devenus des clochards. Sur la place Carnot, un vieil homme était assis, en haillons, attendant on ne sait quoi, parlant tout seul :

— Je suis corse, je suis né là. Comme mon père. Lui, il était impotent, on l'a brancardé à l'hospice ! Mais moi, je me retrouve à la rue, maintenant ! Et l'abbé Cayrol, le curé de Saint-Laurent, il n'a même plus de paroisse.

Rasée. Disparue. Il a beau sonner les cloches toute la journée, il les retrouvera jamais, ses ouailles !

Après avoir contourné la place Carnot, Roberto remonta la rue de la République jusqu'à l'angle avec Sainte-Claire, passa devant le garage et se dirigea vers la Vieille-Charité. C'est là, rue Moisson, que François Viltrain lui avait donné rendez-vous. Il était assis à la place passager d'une Lagonda V-12 de couleur grise. Roberto ouvrit la porte, côté conducteur, et s'assit.

— Ça a été, ce matin ? demanda François.

— Oui, dit Roberto, en passant ses mains sur le tableau de bord. Et Diodata ?

— Elle est bien arrivée. Tout va bien.

— Je pars quand ?

— Tu n'as pas de temps à perdre. Tu dois être ce soir à Cuneo.

— Je pensais que je pourrais rester un jour avec les enfants, à...

— Roberto, c'est impossible. Cette voiture est une chance plutôt... voyante. Tu dois profiter du taxi, et t'en débarrasser le plus vite possible.

— Bien, dit Roberto, soudain abattu.

François fit semblant de ne rien voir :

— Tous les papiers sont en règle : carte jaune d'identité d'étranger mentionnant que tu es un travailleur ex-légionnaire français, permission, sauf-conduit rouge, émanant de la gendarmerie, etc. Tu t'appelles René Denys. À Cuneo, tu rentreras dans l'église Santa Chiara, et tu feras semblant d'admirer les fresques. Là, un camarade italien te dira où passer la nuit. C'est lui qui remettra la voiture au colonel Fratino-Mola.

Avant de sortir de la voiture, François étreignit Roberto. Un observateur aurait pu trouver étranges ces deux hommes qui s'étreignaient ainsi, dans une énorme voiture grise, en pleine guerre, à Marseille, près d'un quartier que l'armée allemande venait de détruire entièrement, et qui n'avait rapporté pour tout butin, à ceux qui avaient escompté mettre la main sur un formidable réseau de résistance, qu'une dizaine de vieux fusils, quelques bombes artisanales, quatre vaches, moins de dix cochons destinés au marché noir, et sept cents femmes publiques « en carte », pensionnaires des célèbres maisons aux volets clos. Mais à Marseille, en ce mois de février 1943, la vie s'est arrêtée, remplacée par la mort et le sang, la destruction, le désespoir. Le journal allemand *Signal* s'enorgueillit d'un titre sans appel – « L'Aspirateur était plus grand que le tas d'ordures » –, et le pont transbordeur, singulier rescapé parmi toutes ces ruines, est désormais le seul à se dresser devant le restaurant Basso, devenu, pour la circonstance, *Kameradwirtschafthaus*.

Rue Moisson, deux hommes s'étreignent, François et Roberto, qui savent qu'ils ne se reverront jamais et qu'ils mourront sans doute parce qu'ils ne pouvaient pas ne pas dire non, préférant une bataille perdue mais héroïque à une victoire obtenue dans la honte.

Au volant de la Lagonda, Roberto, qui s'appelle désormais René Denys, laisse Marseille derrière lui et, sur la route de Sanary, pense à l'attentat de ce matin. Deux questions, lancinantes, tourmentent sa conscience. Les Allemands qu'il a tués ce matin, il ne les connaissait pas, ils ne semblaient pas particulièrement agressifs, ils étaient jeunes, ils riaient. Peut-être étaient-ils des ouvriers, des universitaires, des pères de famille, voire des antinazis… Lui qui roule vers Sanary, qui est loin de l'Estaque, pense aussi aux conséquences de son acte : d'inévitables représailles. Il serait étonnant que le général Mylo ne mette pas cette fois ses menaces à exécution : une intensification drastique de la répression… Il entend encore dans ses oreilles les mots des frères Schiavetti : « La guerre est hideuse. Que veux-tu, l'OS attaque de nuit et de dos pour montrer aux autres que les Allemands ne sont ni sacrés ni invincibles. La guerre n'est pas un tournoi de chevaliers. Elle ne connaît qu'une seule nécessité : vaincre ! Les Allemands traitent les auteurs d'attentats de « bandits et de gangsters coupables d'actes contraires à la civilisation » ! J'attendrai que la paix soit revenue, pour parler de civilisation, Roberto ! »

À mesure que la Lagonda mange les kilomètres qui séparent Roberto de Sanary, c'est-à-dire de Diodata et de ses enfants – Cassis, La Ciotat, Les Lecques, Bandol –, Roberto observe le littoral et ne le reconnaît plus. L'organisation Todt, chargée de construire le mur de la Méditerranée – « le mur du fada », comme l'appellent les Marseillais –, a transformé la côte en une suite de fortifications, de casemates, de blockhaus, de points d'appui truffés de canons et de mitrailleuses, de bases sous-marines, de hangars, d'usines, d'enceintes fortifiés, jusqu'à des boulangeries et des épiceries peintes en trompe-l'œil.

Arrivé à Sanary, Roberto n'eut guère le temps d'y séjourner. La voiture dissimulée sous les branches de larges pins parasols, il fallut très vite y charger les bagages et reprendre la route vers Toulon. Quelle singulière roulotte ! Diodata était montée devant et les enfants étaient derrière, avec Maddalena. Tout le monde parlait en même temps. On échangeait des nouvelles, on se communiquait des secrets, on faisait des plans d'avenir, on racontait ses dernières découvertes. C'était comme si la vie avait retrouvé un semblant de normalité. On aurait presque dit une famille bourgeoise qui partait en vacances dans une grosse voiture, accompagnée de la nurse. Mais chacun à sa façon, de son point de vue, d'adulte ou d'enfant, savait qu'il ne s'agissait que d'un mauvais jeu aux règles tronquées, caduques, celles d'une autre époque, d'un jeu qu'on jouait, jadis, en temps de paix, en temps de bonheur. Diodata et Roberto s'en voulaient presque d'avoir eu recours à cette voiture, à cette fausse solution, à cette fausse bonne idée :

— Nous n'avions pas le choix, mon amour, dit Roberto. Nous sommes tous, ici, en danger de mort.

Après une euphorie éclatante due aux retrouvailles et au semblant d'espoir qu'elles avaient suscité – « on pourrait voler la voiture et se cacher tous dans la montagne », avait suggéré Chiara, en ajoutant qu'« on pourrait se nourrir de champignons, faire des soupes de feuilles d'arbres et des beignets de racines » –, et dans la torpeur qui avait gagné progressivement les passagers de la voiture grise, on n'entendit bientôt plus que le bruit régulier du moteur. François avait conseillé de passer par la côte, car les pistes étaient plus larges et la visibilité de meilleure qualité. Toulon, Saint-Tropez, Saint-Raphaël, Cannes : ce n'était qu'une succession de collines arasées ; de forêts de chênes et de pins abattues ; de mimosas, d'orangers, de figuiers, d'amandiers, d'oliviers six fois centenaires arrachés ; de pêchers, épars dans les vignes, et de vignes elles-mêmes, cep après cep, dessouchées. Haies d'eucalyptus rasées, cyprès débités en rondins, grenadiers sauvages déterrés ; et tous ces magnifiques jardins luxuriants et joyeux transformés en de hideux amas de buissons sectionnés. Les troupes d'occupation, italiennes et allemandes, avaient fait de ce littoral unique, où le lent et divin travail des siècles apparaissait tellement perceptible, une terre chauve, un désert où les rares villas soudain visibles, trop visibles parmi la tourmente, jaillissaient, inutiles, nues, presque honteuses. Roberto se souvint de la phrase de *Mein Kampf* citée par l'homme « devenu invisible » : « Eh bien oui, nous sommes des barbares et nous voulons être des barbares. C'est pour nous un titre d'honneur ! »

Chacun avait de cette côte, Juan-les-Pins, Antibes, Nice, une image un peu « touristique », attendue, mais qui correspondait à une réalité séduisante, celle de la vie facile, du bonheur peut-être, de la légèreté. Une image fausse, sans doute, mais qui, à présent que la côte vomissait du ciment, du gravier, des boulons, des poutrelles, des rails, leur semblait plus réelle que jamais. Les arbres penchés sur les flots avaient été coupés, les cabines de bains, alignées sur la grève, avaient été brûlées; les caboulots aux noms désuets – *Les Flots Bleus*, *À la Vague*, *Le Rayon de Soleil* – avaient été rasés. Par endroits, on avait refoulé la mer; en d'autres, au contraire, on l'avait attirée à l'intérieur des terres. Des coupoles de béton avaient surgi. Les rives festonnées et dentelées avaient cédé la place à un fossé rectiligne de casemates noires. Des falaises avaient changé de forme. On avait fouillé la terre à grands coups de tressaillements d'explosif. Et tout cela sentait la sueur, la poudre, la merde, la pourriture, et des centaines d'écriteaux dirigeaient la vie vers sa fin: *Verboten*.

Après Nice, et dans les ultimes kilomètres qui menaient à Sospel, la Lagonda passa au milieu d'une procession de tanks, de blindés et de camions transportant des troupes d'artillerie de campagne et de cavalerie motorisée. Lors d'un ralentissement, juste avant la descente qui conduit au vallon désolé de l'Escarène, les enfants furent surpris d'entendre, si distinctement, le gémissement plaintif des chevaux réquisitionnés par l'armée et rassemblés sur un vaste champ de débris large de plusieurs centaines de mètres. Toute cette troupe bourdonnante, ces convois, ces tanks rangés en bon ordre, cette horde de canons et de mitrailleuses ressemblaient à des loups rassemblés dans un parc à moutons, et qui attendaient paisiblement leur heure, pour commencer leur carnage.

Parfois une forte côte faisait que la voiture ralentissait, parfois elle descendait dans un court vallon, parfois elle s'engouffrait dans une suite interminable de lacets qui étaient comme une procession du désespoir. Diodata et Roberto conduisaient ensemble, c'est-à-dire qu'ils avaient une même pensée, sans qu'ils se la disent ou même se regardent. Ce voyage avait quelque chose d'un dernier port, une fausse fuite qui les menait à se jeter dans une bouche béante vomissant tout le contenu de son estomac empoisonné. Combien étaient-ils à tenter le passage de toutes les frontières d'Europe ? À essayer de forcer ce qu'il fallait encore appeler, faute de mieux, la destinée ? Tous ces hommes et toutes ces femmes, accompagnés ou non de leurs parents, de leurs enfants, à faire la queue devant l'Arche, à tenter de sauver leur vie pour en sauver d'autres ? Derrière eux, il y avait l'abîme, l'irruption finale, les écluses des cieux qui s'ouvriraient et qui engloutiraient tout. Et ce déluge qui durait déjà depuis beaucoup plus que quarante jours continuait de recouvrir la terre. Roberto avait imaginé qu'il rencontrerait de la neige et de la glace, mais c'était de l'eau qui tombait sur la voiture, la rendant plus grise et plus brillante encore. Des trombes d'eau :

— Nous entrons dans le déluge, dit-il à Diodata.

— Oui, et nous ne sommes pas près d'apercevoir un arc-en-ciel dans les nuages.

Après avoir traversé le petit pont sur la Bévéra, ils entrèrent dans Sospel en roulant au pas. Une liste noire, reproduite à plusieurs exemplaires sur les murs des principaux édifices de la ville, indiquait que vingt otages, arrêtés la veille, tous pères de famille excepté un garçon de quatorze ans, avaient été fusillés à la citadelle, et que les autorités allemandes ne toléreraient plus que « de lâches mains meurtrières tuent lâchement ses soldats ». Il était ajouté, en lettres noires : « On attend de la population qu'elle apporte, dans tous les cas, une aide efficace aux services de police, allemands et français. À cet effet, une prime importante sera accordée pour l'arrestation des coupables. »

La route qui conduisait au col de Brouis était une suite de lacets accrochés au versant de plusieurs montagnes plus ou moins dénudées, parfois recouvertes de châtaigniers, parfois d'oliviers en espaliers, et toujours séparées les unes des autres par de profondes ravines. Roberto trouva sans difficulté la maison, située à gauche de l'auberge, où il devait laisser Maddalena et les enfants. On avait mis du bois dans la cheminée et la clef était sur la porte. Le plan prévu par François s'était jusqu'à présent déroulé sans problème aucun. Il était à peine seize heures et, bien que Cuneo ne fût plus qu'à une petite centaine de kilomètres, il n'y avait pas de temps à perdre.

Diodata et Roberto expliquèrent de nouveau à Chiara et à Renato qu'ils seraient absents un certain temps mais que, quoi qu'il arrive, leur mère reviendrait très vite les voir. Ils étaient de l'autre côté de la frontière, en Italie, à quelques kilomètres et leur rapporteraient dès qu'ils le pourraient des cadeaux. Maddalena observait la scène, sans rien dire, sachant très exactement quelle serait sa tâche dans les jours à venir, ses responsabilités, et l'engagement qui serait le sien s'il arrivait la moindre chose à Diodata et à Roberto. Les enfants avaient chacun leur chambre, ce qui les réjouit beaucoup et Chiara nota que l'escalier avait une rampe très grande sur laquelle elle pourrait longuement glisser. Elle parla aussi de la baguette magique de la Befana qui aiderait ses parents où qu'ils se trouvent. Quant à Renato, il assura qu'il prendrait bien soin de sa petite sœur, et qu'en digne ami de Pinocchio il irait jusqu'à mentir si cela s'avérait nécessaire. De la fenêtre de sa chambre, on apercevait la Méditerranée par deux grandes échappées entre les cimes arides et pierreuses.

Lorsque Diodata et Roberto remontèrent dans la voiture grise sous des trombes d'eau, ils ne se retournèrent pas. Les mâchoires serrées, le cœur brisé, ils se dirigeaient, browning en poche, vers la frontière italienne. Ils s'apprêtaient à ne plus jamais dormir deux nuits de suite dans la même chambre, à éviter les carrefours, les gares, les centres des agglomérations, à s'engager systématiquement sur les chemins des contrebandiers, et à circuler toujours avec la hantise qu'on ne les suive.

Une quarantaine de kilomètres les séparait maintenant de la frontière. La route, de plus en plus difficile, serpentait, comme attachée au flanc du précipice. Ici, un torrent mugissait, en contrebas, parmi des blocs sombres entassés. Là, une gorge se refermait lentement et l'on se retrouvait comme au fond d'un puits couronné de tous côtés par des murailles dressées. Plus loin encore c'était un petit défilé enclavé dans un véritable mur d'éboulis amoncelés. Après Saint-Dalmas, il fallut franchir plusieurs fois la Roya, torrent encaissé au fond d'une gorge sombre entourée de pentes chargées de noyers, de trembles et de châtaigniers. Après Tende, enfin, et son château popularisé par l'opéra de Donizetti, Roberto et Diodata s'arrêtèrent quelques instants. Devant eux s'étendait la chaîne des Alpes, depuis le Grand Paradis jusqu'au mont Rose. Les guides, se dirent-ils, ne manqueraient pas de louer l'« admirable panorama » qui s'offrait à eux. Mais leur gorge était nouée. Ils pensaient trop aux enfants, à la guerre, à leur vie qui allait basculer dans l'inconnu et la solitude, dans le danger à l'état pur. Là, devant eux, bien que masquées par les montagnes plus rapprochées, s'étendaient les plaines du Piémont. Ils ne les avaient pas revues depuis vingt ans. Ils étaient à presque deux mille mètres d'altitude. Il faisait froid. Il pleuvait. L'un et l'autre tremblaient, submergés par l'émotion.

— On y va ? dit Diodata.

— Il le faut, n'est-ce pas ? dit Roberto.

— Tu crois que c'est encore chez nous ? Tu crois qu'on va reconnaître les choses ?

— Je n'en suis pas sûr…

— *Non ci si abitua mai*, dit Diodata, on ne s'y habitue jamais !

— À prendre des décisions, tout le temps ? Non, jamais… Tu sais ce que disait Ercole Tommaso, mon père ? « *Come va il sole andiamo noi…* »

— Il te parlait des hommes et des femmes dispersés sur la terre, comme nous : il avait raison.

À la frontière, Roberto montra les deux fausses vraies cartes d'identité. Fausses, parce que établies par les résistants ; vraies parce que empruntant l'identité d'un disparu – René Denys, ex-légionnaire ; Maria Frantina, journaliste. Le douanier compulsa tous les documents, minutieusement, admirant au passage la Lagonda V-12 du colonel Fratino-Mola. Et la barrière rouge et blanche s'ouvrit lentement tandis qu'un soldat sur un mirador suivait la voiture de la pointe de sa mitraillette. Diodata et Roberto éprouvaient une singulière sensation de flottement, ne sachant plus exactement qui ils étaient, ni où ils allaient, ni ce qu'ils venaient faire dans ce pays. La route était toujours aussi mauvaise, coupée en maints endroits par des torrents gonflés par les pluies. Ils croisèrent plusieurs camions chargés de troupes et de munitions en se demandant comment ceux-ci faisaient pour passer sur des chemins aussi étroits et défoncés. La route de Nice à Cuneo, ouverte à grands frais au siècle dernier, était en piteux état et dangereuse. Il suffirait qu'un des camions de l'armée italienne les croise un peu trop vite pour qu'il précipite la Lagonda dans une des gorges profondes qui rythmaient la route jusqu'à Cuneo.

La pluie redoubla. Alors qu'ils découvraient enfin, quelque peu soulagés, le panneau indiquant Cuneo 1 km, ils entendirent soudain un immense fracas, juste au-dessus d'eux. Un bruit terrible qui fit trembler le sol de la route. Au-dessus de leur tête, une grande flotte d'avions blanc et noir, allant d'est en nord-ouest, par vagues successives de plusieurs dizaines, toutes ailes écartées, obscurcissait le ciel. Ainsi donc était saluée leur arrivée en Italie, leur retour, par des vagues d'avions noir et blanc. Dans la rue principale de Cuneo, couverte de portiques et garnies de boutiques, ils furent soudain pris d'un étrange sentiment de tristesse. Une grande solitude.

Ils trouvèrent rapidement l'église Santa Chiara et les fresques qui la décoraient. Tandis que Diodata surveillait d'un œil la Lagonda, Roberto faisait les cent pas dans la nef. Un soldat surgit, puis un autre, puis un autre. Et bientôt ce fut une petite armée qui fut là, agenouillée sur les prie-Dieu. Un homme trempa sa main dans le bénitier, fit une génuflexion en passant devant l'autel, puis se dirigea vers une des chapelles latérales et s'avança vers Roberto.

— C'est un lieu idéal pour prier, n'est-ce pas ?

Roberto ne répondit pas immédiatement, puis se ravisa.

— Oui, surtout à cette époque de l'année.

— L'église San Francesco n'est pas mal non plus…

— Certainement, mais, hélas, elle est désaffectée.

C'étaient les mots du code. Roberto donna à l'homme les clefs de la voiture. En échange, celui-ci lui indiqua qu'il y avait une chambre réservée à son nom à l'*Hôtel de Londres*, « presque au bout de la terrasse en forme de pointe qui domine le confluent de la Stura et du Gesso »… «Non, ce n'est pas très loin à pied. » L'homme leur dit qu'il ne pouvait les déposer devant l'hôtel. « Ce serait trop dangereux. »

Voilà. Ils sont dans la chambre de l'hôtel, à Cuneo. Le vieux garçon d'étage, qui paraît avoir cent ans, en a refermé respectueusement la porte. Ils ont deux valises, des brownings dans leur poche. C'est à cet instant précis qu'ils comprennent la réalité de leur acte. Ils sont en Italie. Ils ne pourront sans doute pas rentrer en France de sitôt. Leurs enfants leur manquent déjà, mais agir au sein de la Résistance italienne est pour eux un besoin, une nécessité. Ils doivent opérer en son sein, agir. Maintenant, la fatigue est là qui les recouvre. Ils ont pu se laver. Ils ont dîné sur place. C'est étrange tout cet italien soudain qui les submerge, cette langue italienne qui chante de nouveau pour eux, avec en filigrane les murmures de l'exil. Dans quelle langue vivre ? Cette question, de nouveau, leur est posée. Car, de la fenêtre de la chambre, ils devinent les Alpes-Maritimes, les Alpes cottiennes et la vaste plaine du Piémont. Soulevant le voilage dont les anneaux glissent bruyamment sur la tringle métallique, Roberto a une étrange formule : il parle de la position exacte de sa conscience dans l'univers.

— Qu'est-ce que tu veux dire ? demande Diodata.

— La conscience, c'est la langue maternelle, il ne faut jamais l'abandonner.

— Mais personne ne t'a demandé d'abandonner ta langue !

— Je n'en suis pas sûr...

— Mais qui, mon amour ? Qui t'a demandé une telle chose ?

— Moi, tout simplement. Moi... Pendant tout un temps, à Key West, j'ai cru que le moment était arrivé où j'avais cessé d'avoir besoin d'une patrie, de ma langue, de ma conscience même. Quelle naïveté, ajoute-t-il en refermant le rideau, et en retombant dans un silence interminable.

— Qu'est-ce qui t'inquiète ? finit par lui demander Diodata.

— Je pense que la vie fabrique parfois des coïncidences qui ne peuvent pas ne pas avoir un sens.

— Pourquoi dis-tu cela ?

— Après avoir vendu « La Renardière », la villa que la famille possédait à Nice, la veille du jour de ma naissance, mon père est retourné en Italie. Il a pris le train de Marseille à Nice, puis une diligence de Nice à Cuneo.

— Cuneo ?

— Oui. Tu imagines le voyage ! Et sous la neige ! Le lendemain, il a pris le train pour Turin. Plus de trois heures pour faire quatre-vingt-dix kilomètres ! Tu sais où il a passé la nuit ?

— Non.

— Ici, à l'*Hôtel de Londres* ! Dans cette chambre !

— Comment tu le sais ?

— Un jour, il m'a tout raconté de Cuneo. La piazza Duccio Galimberti, le Duomo, les arcades de la via Roma, la promenade des remparts créée sur les anciennes fortifications, sa peur que ma mère ne meure en me mettant au monde, les coups de pied et les coups de poing que les Français lui avaient donnés au *Caffè di Torino*.

— Mais le numéro de la chambre ?

— Je n'ai rien dit, mais en entrant je l'ai tout de suite vu : le numéro 3. Lorsqu'il voyageait, où qu'il aille, il prenait toujours la chambre n° 3. Trois, c'est le nombre de roues qui figurent sur le blason de la famille.

— Le vieux garçon d'étage l'a peut-être même croisé ? dit Diodata, excitée comme s'il s'agissait d'un jeu.

— Je ne préfère pas savoir, Diodata… Il vaut mieux ne pas poser trop de questions…

Roberto passa une mauvaise nuit. La chambre n° 3 était pleine de fantômes. Et c'était comme si son père était là, à côté de lui, ne cessant de répéter : « Ce que tu vois, je l'ai vu. Cette source que tu entends, je l'ai entendue, comme le bruissement du vent dans les arbres, comme les oiseaux au lever du jour, comme ce chien qui hurle en tirant sur sa chaîne. Comme toi aujourd'hui, j'ai éprouvé dans cette chambre une très grande solitude qui ne me pesait pas mais qui me semblait trop en accord avec ma sauvagerie, ma peine, traversée parfois d'élans de joie qu'il m'est très difficile de contenir, pour ne pas être tenté d'y répondre. » Légèrement serrée contre lui, Diodata dormait, avec, sur son visage aux paupières baissées, une expression ironique qu'il avait maintes fois remarquée et qui signifiait qu'elle était apaisée, satisfaite, évanouie dans son mystère. Sur la table de nuit, à côté de lui, la crosse du browning brillait, et, dans une petite boîte sous l'oreiller, la strychnine qui ne le quittait jamais. Roberto fit un rapide calcul dans sa tête : il était à moins de cent kilomètres de Cortanze. Était-ce pour cela qu'il était revenu en Italie ?

CINQUIÈME PARTIE

37

Les mains s'agrippaient aux ficelles des paquets, aux poignées des valises ; les visages se tendaient vers les compartiments du train arrêté en gare de Cuneo, au pied de la terrasse édifiée au confluent de la Stura et du Gesso. Dans moins de trois heures, Roberto et Diodata retrouveraient Turin. Mais pourquoi toutes ces têtes en grappes à chaque portière, ces jambes ballantes sur les marchepieds ? Ces mains tendues, suppliantes, ces ballots, ces valises tenues devant soi pour ouvrir une brèche ? Et tous ces visages, bouche ouverte pour happer un peu d'air respirable, ces hommes et ces femmes comprimés dans les couloirs, ces doigts crispés sur tout ce qui pouvait assurer un semblant d'équilibre ? Ces chapeaux chavirés, ces corps exténués absorbés dans les profondeurs des couloirs, ces chiens piétinés qui aboyaient, ces vieillards culbutés, ces gens plus ou moins distingués brandissant un papier rose qui leur attribuait une place déjà occupée par cinq personnes ? Cuneo, ville paisible de trente mille habitants, était méconnaissable : soudain houleuse et pareille à une ruche en effervescence. Quand le chef de gare leva le bras, la locomotive siffla, comme si elle était en détresse. Les wagons craquèrent, les roues grincèrent, le convoi s'ébranla, déracinant tout le monde d'une brusque secousse. Diodata et Roberto avaient trouvé une place debout, dans le couloir, dans un wagon aux compartiments de première classe à moitié vides, tapissés de velours rouge et de dentelle, sur les vitres desquels était apposé un écriteau : « Strictement réservé aux militaires. » Plusieurs soldats y somnolaient à l'aise, placidement, pieds croisés sur les banquettes.

Il faisait un temps clair, et dans l'est s'étirait un brouillard jaune qui est tout le Piémont, bruissant de grands peupliers et parcouru de torrents traversant des champs gorgés d'eau. Une fois franchie la Stura et son pont de onze arches en briques, un long plateau d'alluvions conduisait jusqu'à Centallo. Roberto et Diodata étaient muets, indifférents à la foule du couloir qui les écrasait. Maddalena et son église, Fossano et son château, Savigliano, contrée riche où poussaient les mûriers ; région de filatures de soie, de fabriques de toile, de tanneries, région de combes boisées, d'escarpements taillés en gradins ; région du souvenir et de l'enfance. Cavallermaggiore, Racconigi, Carmagnola, Carignano, La Loggia, autant de noms qui, à mesure que le train se rapprochait de Turin, les éloignaient de leur futur pour les plonger, une nouvelle fois, dans leur passé.

À la sortie de Moncalieri, alors que la locomotive enjambait le Sangone, le train commença à ralentir puis s'arrêta dans un grincement épouvantable. Après une courte période d'étonnement, les voyageurs se mirent à jurer et à manifester bruyamment leur mécontentement. Finalement, au terme d'une demi-heure d'attente et de conjectures, l'un des bersagliers sortit de son compartiment et alla demander au mécanicien ce qui se passait. Tout autour du train, les regards embrassaient la plaine du Piémont et à l'horizon le vaste cirque des Alpes, depuis le mont Viso jusqu'au-delà du massif du Mont-Rose. On commençait de s'impatienter. Quand le soldat revint, il était porteur d'une mauvaise nouvelle. La ligne avait été coupée, accident ou attentat, on ne savait pas encore. Les voyageurs n'avaient guère le choix : attendre dans le train jusqu'au lendemain ou continuer à pied !

— Nous, dirent les militaires, nous restons ici. Nous devons garder le train.

Roberto, Diodata et quelques autres penchèrent pour la seconde solution. La porta Nuova, située au sud-ouest de Turin, était à moins de quatre kilomètres. En descendant du train, Roberto éprouva une sensation vertigineuse de liberté à l'idée de pouvoir marcher sur le sol de sa terre natale. Jadis, avec son père, à l'époque où celui-ci montait encore à cheval, il se souvenait d'avoir parcouru la belle allée d'ormes bordée de prairies qui menait jusqu'au château de Charles-Emmanuel, dont le toit était surmonté du fameux grand cerf de bronze. Mais, à présent, la chasse royale de Stupinigi n'existait plus. Les jardins l'entourant étaient laissés à l'abandon et les bois alentour avaient été en partie coupés. En revanche, à chaque carrefour, sur chaque pan de mur, dans les vitrines des magasins des faubourgs de Turin, d'immenses portraits, cartes postales, affiches, fresques à l'effigie du Duce, à cheval, à bicyclette, au volant d'une voiture, en aviateur, à la barre d'un navire, célébrant les semailles, la victoire, la mission civilisatrice de l'Italie, la fraternité d'armes italo-allemande, ou faisant le « salut fasciste » hérité de la Rome antique, qui – mais les conseillers du Duce l'ignoraient sans doute – était réservé aux esclaves...

— Un omnibus partait du pont de Barra et retournait à Turin, dit un vieil homme, alors que le petit groupe de marcheurs traversait des bois puis un champ de vignes.

— C'est bien fini, tout ça, Vittorio, dit un autre, ajoutant : il y avait même des voitures légères, attelées à deux chevaux, qui passaient par Superga et le chemin de San Mauro.

— Vous êtes bien nostalgiques, fit remarquer un troisième, plus jeune, plus enthousiaste, en mordant dans une miche de pain. N'oubliez tout de même pas pourquoi on est là !

— Tu as raison, Pietro, on est là pour le futur. Si on va tous à Turin, c'est bien pour montrer au Duce qu'on en a assez d'être pris pour des andouilles !

— Vous vous souvenez de ses promesses concernant les grands travaux publics ? Rien pour le Piémont ! Rien du tout !

— On n'a plus qu'à bouffer des châtaignes ! dit le vieux Vittorio.

— On ne peut même plus se tirer en France, comme nos grands-mères, faire la pute à Marseille, dit une jeune fille, menue comme une enfant, le regard pensif, et portant au cou une chaînette d'or avec un crucifix.

— Pourtant, c'était pas mal parti, dit Pietro : Itala, SPA, Lancia, Fiat, Olivetti, Borsalino, les lainiers de Biella, les cotonniers du val de Suse, le tourisme, la Société hydroélectrique... Le Piémont fournit un tiers de l'énergie électrique italienne, nom de Dieu ! Et les journaux : *La Stampa*, *La Gazzetta del popolo*. Après la guerre, il faudra sortir le Piémont de sa merde !

Roberto écoutait, tout en marchant. On lui parlait d'un pays qui était le sien, mais qui lui était comme étranger, et qu'il semblait ne plus connaître. C'était la première grande grève pour dire non au fascisme mais aussi aux conditions de vie imposées au peuple italien. Le manque de matières premières avait conduit à la réquisition de toutes les ressources disponibles et à de multiples interdictions d'utilisation. Interdiction de la fabrication d'objets de cuivre et réquisition de ceux qui existaient dans les familles ; interdiction de l'utilisation du fer pour la fabrication de meubles ; interdiction de la vente des métaux précieux ; recherche de l'étain et du nickel.

— Et les journaux de moins de quatre pages ! Et la circulation des tramways qui s'arrête juste après vingt-deux heures ! Et la fermeture des cinémas à vingt-trois heures trente !

— On ne peut même plus bouffer ! Cent cinquante grammes de pain par jour, quinze kilos de pommes de terre par personne pour six mois ! Et le menu unique du samedi soir et du dimanche dans les restaurants : *minestra*, salade et fruits ! *Minestra*, salade et fruits ! Ça fait des mois que ça dure !

Après deux bonnes heures de marche, le petit groupe entra dans Turin par la porta Nuova. Les rues, remplies de manifestants, rappelèrent à Diodata et à Roberto tellement de souvenirs. C'était étrange, le décalage entre cette rue pleine de bruits, de banderoles, de gens qui criaient et se bousculaient et par moments, par endroits, comme jailli du passé : le Turin de l'enfance. Corso del Re, Roberto entendit trotter un cheval sur les pavés et rouler les roues cerclées de fer d'une charrette. Près de la piazza Bodoni, il aperçut un vannier et un chiffonnier. Via dell'Ospedale, il reconnut la petite trompette stridente et le cri, réglé dans la cadence du trot du cheval, d'un marchand de peaux de lapins, qui, enfant, lui causait de belles frayeurs. Via Academia Albertina, au numéro 40, il passa sous le porche armé de colonnes de marbre noir, et reconnut, au fond de la cour, pavée de galets, à gauche, le petit escalier circulaire qui menait à l'atelier de couture où Luisa, sa mère, venait faire broder le linge de table aux armes de la famille. Près de la Mole enfin, il ne résista pas au désir de s'arrêter longuement dans une petite rue, qui, enfant, le rendait si fier : celle du « Marchese Roero Di Cortanze 1661-1747 », avec ses immeubles aux façades jaunes et roses, au pied desquelles siégeait le vieil atelier *ARROTERIA CISERO, riparazioni d'oggetti d'Arte antica e moderna*, à la vitrine protégée par des volets à brisure gris.

Turin, où l'on entendait parfois encore le bus à trolley grincer comme un vieux tas de ferraille, n'était donc pas tout à fait mort. Oui, ces rues sans trottoirs pavées de grandes dalles et cernées de hautes colonnes de marbre, semblables à un immense opéra à ciel ouvert, étaient bien là, dans leur décor de commerce et d'industrie, devant ces seuils, ces portes, ces cours closes, ces arcades. Turin était bien la ville des souvenirs qui s'entrechoquent, avec ses coins de verdure sombres, ses couvents rococos, ses villas émergeant de bosquets de sapins, ses cariatides, ses vieux écussons, ses bons crépis, ses ocres et ses bruns, ses pourpres, ses bleus frottés, ses verts dégradés, ses roses très fins, ses mélanges de chaux et de sable, ses galeries, ses places, ses églises, ses ponts, ses palais, ses théâtres, ses promenades publiques, ses établissements militaires ; Turin et ses boulevards plantés d'arbres, qui le ceignent et qui offrent une vue inoubliable sur la campagne et la montagne. C'est là que se tenaient maintenant Diodata et Roberto, qui venaient sans le vouloir de participer à la grande grève du 23 mars 1943.

— La promenade favorite de mon père, en hiver, dit Roberto, en serrant Diodata dans ses bras, était celle-ci. On partait de la piazza Castello, et on suivait les portiques de la via del Po jusqu'au pont, en grignotant les *gressini* qu'on avait achetés au *Panificio Ordine Domenica*, via San Massimo.

Diodata regarda sa montre. Un homme les attendait à midi au *Caffè di Parigi*, face à la gare de porta Nuova, côté via Sacchi. Ils décidèrent de s'y rendre en tramway. Un instant, Roberto, resté sur le trottoir, vit le visage de Diodata passer derrière la vitre, au milieu des passagers ; et il regardait sa main ouverte contre la vitre, pour lui ; lui faisant un petit signe et l'invitant à la suivre. Il vit ses grands yeux clairs s'agrandir en un regard plus limpide, et autour d'eux la limpidité de l'hiver et la foule dans les rues qui commençait de s'éparpiller car la manifestation touchait à sa fin. Il monta à son tour. Il avait oublié l'impression que cela faisait de monter dans un tramway à Turin. Diodata était devant lui, séparée par une petite troupe braillarde : des garçons, en costume de *balilla*, avec une culotte gris-vert à mi-cuisses et une chemise de soie noire, avec une large ceinture élastique et un fez sur la tête ; des filles portant un uniforme de « petite Italienne », c'est-à-dire une cape noire qui leur fait comme une roue et un bonnet, sorte de bas qui ressemble à de la soie. La nouvelle Italie ! Dehors, on relevait les rideaux de fer des magasins. L'arrêt du tramway était presque en face du café. Diodata et Roberto descendirent, firent quelques pas dans la rue, passèrent devant le rideau baissé d'un *artigiano orafo*, et pénétrèrent dans le café. Roberto, machinalement, se souvint d'un geste qu'il accomplissait enfant pour conjurer le mauvais sort : faire mine de fouiller vigoureusement dans la poche de son pantalon, en y plongeant la main droite.

La salle s'ouvrait sur une sorte de petit jardin entouré de murs, avec une tonnelle qui, au printemps, devait se couvrir de glycines. Roberto et Diodata traversèrent la salle et se retrouvèrent à l'extérieur. Deux hommes étaient là. Le premier, debout derrière le comptoir, la quarantaine athlétique, absorbé dans son travail de plonge. Le second, le front dégarni et les tempes grisonnantes, la mine sévère, assis sur une chaise en fer devant une table à la peinture écaillée.

— Bonjour. Que voulez-vous ? demanda ce dernier.

— Un *caffè ristretto* et un *cappuccino*, demanda Roberto.

— Je suis désolé, le percolateur est cassé. Mais si vous voulez, j'ai un excellent vermouth.

— Je préférerais un *bicchiere di anisetta*, dit Roberto.

— Ah, dans ce cas... le client est roi !

Roberto et Diodata furent rassurés. C'était le code, décidé à Cuneo, pour le contact à Turin. Mais l'homme, d'un geste rapide, leur fit signe de se taire. Un groupe de soldats italiens venait d'entrer dans le jardin. Il leur glissa discrètement :

— Michele Pellico, je suis des vôtres. Il vaut mieux que nous nous retrouvions directement là où je devais vous conduire. Donc, dans trente minutes au *Paradiso*. Près du théâtre Gerbino, via dei Ripari... dit-il en se levant pour sortir. Giuseppe, garde la boutique, je reviendrai plus tard, ajouta-t-il à l'adresse du plongeur athlétique.

Roberto se souvint. Le *Paradiso*, un lieu de débauche que son père évoquait toujours à mots couverts avec ses amis piémontais. Il lui avait donc fallu atteindre, au sens propre, un âge canonique pour pouvoir enfin y mettre les pieds ! Mais alors qu'il y pénétrait, il ne put cacher sa déception. La légende disait qu'on y voyait de grands murs couleur vert de mer sur lesquels étaient peints des palmiers, des léopards, des antilopes, des négresses nues et des guerriers avec des lances à la main. Roberto s'attendait à voir le fameux orchestre bruyant, agité de soubresauts, gesticulant dans sa niche sombre au fond de la salle, tandis que des couples enlacés et pensifs passeraient et repasseraient, lustrant la piste de leurs chaussures élégantes. Mais las, le temps avait passé. Il y avait maintenant une caissière, des videurs à figure patibulaire, un orchestre symphonique avec des cuivres, les gens buvaient du champagne et mangeaient des sandwichs. Plus d'antilopes, de palmiers ni de belles négresses. Michele Pellico était déjà là, installé à une table.

— C'est un repaire de fascistes et de Chemises noires, dit Roberto, à voix basse, en voyant sur les murs des portraits du Duce accompagnés de légendes, dans lesquelles il était dit que son crâne « résistait aux coups de maillet », et ses tympans « à toutes les fanfares », qu'il était « aussi rapide qu'une dynamo », enfin, qu'il possédait des muscles de fer, des poings d'acier, une cuirasse sur la croupe, du feu dans la gorge et du phosphore dans le cerveau !

Une légende, sous une immense affiche bleue et blanche, attira tout particulièrement son attention : *Visione ottica sorprendente ! Novità ! Grandissimo effetto !! Novità ! Il DUCE SE STESSO Benito Mussolini.* « Fixez pendant une minute le point rouge, puis regardez un mur blanc, ou vers le ciel : vous verrez apparaître le merveilleux visage du Duce ! »

— Ça marche très bien avec la Madone, sainte Thérèse, Lindbergh, Greta Garbo... Pourquoi pas avec lui, dit Michele Pellico.

Roberto n'arriva pas à sourire. Il était tendu, méfiant. Michele Pellico s'en aperçut :

— Ne vous inquiétez pas, ce boxon est une couverture idéale. Que des poules de luxe, des militaires, des industriels qui travaillent pour le régime, des miliciens, des hiérarques du parti fasciste ! On ne viendra pas nous chercher ici.

Le patron, Pico Tartaro, qui vint bientôt se joindre au groupe, avait le visage rond, rond et bon, presque jovial. Il avait aussi l'air ferme, aigu, simple, droit. C'était un communiste de la première heure. Michele Pellico fit les présentations, puis il s'éclipsa. Roberto prit un *caffè ristretto* et Diodata un vrai *cappuccino*, car ici les restrictions n'existaient pas...

— Vous venez de France, n'est-ce pas ? dit Pico Tartaro.

— Oui.

— C'est comment ?

— Dur, violent. On meurt beaucoup, dit Roberto.

— Et Cuneo, comment s'est passé Cuneo ?

— La voiture a été livrée.

— Notre contact est mort.

— L'homme qui... ?

— Oui. La voiture était piégée, il a sauté avec alors qu'il la remettait au colonel Fratino-Mola.

— On ne savait rien !

— On ne sait jamais tout. C'est notre force. Rien avant, rien après. Chaque élément isolé du reste... Ce détail est susceptible de vous faire changer d'avis ?

— Non, dirent ensemble Diodata et Roberto.

— Même pour les enfants ?

— Même pour les enfants, confirmèrent-ils après un douloureux temps d'hésitation.

Pico Tartaro semblait curieux de connaître Diodata et Roberto. Il voulait savoir le pourquoi de leur choix, leurs motivations. Il était juste et intraitable. Il retira de sa veste un revolver qu'il fit disparaître dans la poche de son pardessus.

— D'attaque, alors... dit-il.

— D'attaque, répondirent Diodata et Roberto.

— Ce n'était pas une question, dit l'homme en souriant.

Roberto et Diodata lui rendirent son sourire.

La main dans la poche de son pardessus, sans doute sur la crosse de son revolver, il ajouta, s'adressant à Roberto :

— Vous voulez voir votre château avant de commencer ?

Roberto parut surpris, déstabilisé :

— Mon château ?

— Vous vous appelez bien Roberto Roero Di Cortanze, monsieur René Denys ? Vous êtes bien né au château de Cortanze que vous n'avez pas vu depuis plus de vingt ans ?

Roberto ne répondit pas. Il sentit que ses mains devenaient moites. Et si tout ceci était un piège ?

— Le Piémont entier vous connaît, connaît votre famille. Disons que cette visite est un test, une épreuve... La dernière. *Sôr marchess a tôrna,* M. *le marquis est de retour...* ajouta Pico Tartaro.

— Le poème d'Onorio Corio en dialecte piémontais ! acquiesça Roberto, surpris.

— *L'aqua a fa vnì le rane 'n-t-la pansa,* dit Pico en riant.

— *Anno da vespe anada d'vin bùn,* lui répondit Roberto.

Ils sortirent de Turin par le ponte di Ferro, traversèrent le borgo del Rubatto et se retrouvèrent très vite sur la route de Chieri. Tandis que l'Aprilia jaune sable quittait la petite zone de collines qui entourait la vaste église gothique Santa Maria della Scala, Roberto étudiait avec une attention particulière les méandres de la route. Combien de fois n'avait-il pas imaginé ce voyage, pensé et repensé dans tous ses détails au paysage familier qu'il voulait retrouver un jour. Et ce jour était venu, si différent de tout ce qu'il avait pu rêver. Un sentiment cependant était là, tenace. Il savait, sur cette route de collines, surmontée chacune d'un château, qu'il n'avait jamais renoncé à sa terre, et que ce retour était plus essentiel, plus inévitable aussi que tous les précédents. Que cette fois, peut-être, il fallait qu'il devienne définitif. Après Chieri, ils tournèrent sur la gauche vers Arignano, puis Castelnuovo, puis Piova. La route qui montait vers la gauche était jaune, droite, c'était celle de Chivasso où les princes de Montferrat avaient jadis battu le florin d'or. Après Piea, le pouls de Roberto s'accéléra. De chaque côté de la route bordée de bouleaux et de trembles, si serrés les uns contre les autres qu'on avait l'impression de traverser une forêt, des milliers d'hectares de terre se déployaient, vallonnés, sereins, couverts pour certains de vignes, qu'il avait envie de prendre dans sa main et de sentir filer entre ses doigts. Les arbres de la route qui menaient à Cortanze étaient comme lui. Derrière le pare-brise de l'Aprilia, il les voyait, élancés et hauts, donnant une étrange impression de jeunesse, mais fragiles, attentifs au moindre souffle de vent susceptible de retrousser leur feuillage et ainsi de les faire passer instantanément de la gaieté à la mélancolie. À sa droite, le Triverso, torrent où il avait si souvent trempé ses pieds d'enfant, puis fait boire, en compagnie d'Ercole Tommaso, les chevaux du domaine, dont il caressait la longue crinière dorée. De tous les paysages du Piémont, faits de plans d'eau et de chemins paisibles, de haies brunes et de maisons de briques, de chapelles octogonales et de grands passages blonds à travers les bocages, celui de la Roera et de la Bariello, petites vallées de truffes et de vignes, de trembles et de bouleaux, survolées de bandes de canards et de pluviers, était celui qu'il aimait par-dessus tout. Il eût souhaité redécouvrir Cortanze alors que le jour se levait, devant un défilé de collines rougeoyantes et de fermes munies de dômes et de norias. Le destin en avait décidé autrement. La nuit commençait lentement de tomber. Il pensa : « Cette terre est plus grande de nuit que de jour. Comme Turin. »

Au sortir du dernier virage qui menait à Cortanze, un barrage de militaires interdit à l'Aprilia de poursuivre son chemin. Un soldat, qui poussait un prisonnier en lui braquant son fusil dans le dos, traversa la route. Le prisonnier chantait un chant funèbre, d'église, sans que cela impressionne qui que ce soit. Personne ne semblait accorder la moindre attention à l'événement. On fit signe au conducteur de garer l'Aprilia dans un petit champ où s'entassaient déjà d'autres véhicules. Pico Tartaro sortit de la voiture et alla se renseigner. Roberto sentit la main de Diodata se blottir dans la sienne. Ils attendirent tous deux dans la voiture. Puis l'homme revint au bout de quelques minutes :

— C'est à cause de la fête. Il y a un discours… Ils ne veulent pas de voitures dans les rues, par mesure de sécurité.

— Ce n'est peut-être pas la peine de monter… dit Roberto.

— Si, répliqua Pico Tartaro. Et ce « si » sonnait comme un ordre.

La voiture laissée dans le champ, les trois compagnons montèrent à pied. Plus Roberto se rapprochait du château, plus il sentait croître en lui, à côté de l'excitation, une peur nouvelle, mystérieuse et incompréhensible, comme si tout ce qui lui était arrivé depuis son départ de sa ville natale avait été un cauchemar, ou que tout ce qu'il avait rencontré sur sa route sinueuse, les personnes, les situations, les objets, les inscriptions, avait tenté de lui indiquer une issue dans un code secret, dont il n'était toujours pas parvenu à percer le mystère. À mesure que la place du village se rapprochait, il sentait sa respiration se raccourcir, ses genoux trembler. Il marchait, regardait tout avec méfiance. À l'entrée de la ville, on contrôla leurs papiers, sans que cela lui procure la moindre angoisse, car sa peur était ailleurs. Au début de la petite montée qui part de la chapelle de San Rocco, la route était coupée en plusieurs endroits par des trous, de grands troncs d'arbres et des tas de gravats. Fallait-il y voir l'œuvre de partisans dont l'existence commençait à se manifester dans la région ? Soudain, Roberto vit se dresser, à gauche de la place du village, la haute silhouette du château. Cette fois-ci, ce n'est pas Diodata qui serrait les doigts de Roberto mais ce dernier qui lui broyait la main. L'émotion était trop forte. La mélancolie avait disparu pour laisser la place à une espèce de rage. Tout ce chemin, tous ces ports, toutes ces gares, tous ces pays et ces guerres pour en revenir là, au point de départ, au lieu originel. Il ne restait rien de son passé, mais les arbres de la place, les maisons, les murs du château, la rue principale étaient encore là submergés par une étrange cérémonie. Il songea à son père, pleurant devant les grilles fermées du château familial, brisé d'émotion, murmurant, lors de son ultime retour : « *In stato di grave degrado e abbandono.* »

— Qu'est-ce que c'est que cette mascarade ? demanda Roberto, à voix basse.

— Vous feriez bien de vous mettre rapidement au courant des us et coutumes de l'Italie fasciste, sinon vous allez devenir immédiatement suspect, dit Pico Tartaro.

— Je sais, répondit Roberto. J'ai du « pain sur la planche », comme on dit…

— Le calendrier italien s'est vu adjoindre au calendrier religieux et populaire déjà imposant une série de fêtes destinées à commémorer les grands moments du fascisme. Après l'anniversaire de la marche sur Rome, la fête nationale, la fête de la fondation de l'Empire, la journée de l'armée, la *gironata della Fede*, la fête du Travail et l'anniversaire supposé de la naissance de Rome, le 23 mars célèbre le souvenir de la fondation des Faisceaux de combat. Cortanze, à sa manière, se devait de répondre présent au « rouleau compresseur en fusion de l'Histoire qui avance telle une lave épaisse »…

— La dernière fois que je suis revenu au château, dit Roberto à Pico Tartaro, en octobre vingt-deux, il était occupé par les sbires d'Eusebio Rocco, un ancien saute-ruisseau monté en grade…

— Cette vieille ordure est morte peu de temps après. De façon peu glorieuse, d'ailleurs : par immersion !

— Par immersion ?

— Il s'est noyé dans sa baignoire… Un nouveau « ras » l'a remplacé. Encore plus sanguinaire. C'est lui qui prononcera le discours…

Le cortège qui venait du cimetière en direction de la place du château – sur laquelle il avait si souvent joué à l'antique et spectaculaire *tamburello a muro* – s'était dédoublé en un cortège officiel qui s'arrêta au pied de l'église et un cortège d'anciens combattants et d'associations patriotiques qui déposa une gerbe au soldat inconnu devant les portes de la mairie. Il y eut ensuite des maniements d'armes exécutés par les fascistes de la province et des avant-gardistes, un défilé de jeunes filles et des démonstrations gymniques que l'orateur présidant au spectacle n'hésita pas à qualifier de « wagnériens ». Enfin, le moment tant attendu arriva. À droite de la grille d'entrée du château, à gauche du grand porche soutenu par deux colonnes doriques dont la peinture de couleur crème commençait de s'effriter, on avait édifié un balcon, tout de fer et de ciment, destiné à montrer que l'Italie nouvelle ne craignait pas de « construire du neuf sur de l'ancien ». Au sommet de l'étonnant perchoir, qui rompait la beauté austère et classique de l'appareillage de briques de la façade, le successeur d'Eusebio Rocco, un hiérarque en chemise noire, la poitrine dégoulinante de médailles, s'abandonna à l'ivresse de communiquer avec ce qu'il nomma « sa foule océanique ». Sur la petite place, singeant les fastes impériaux de la piazza Venezia, trois orchestres régionaux se renvoyaient le fracas de leurs grosses caisses, tandis que s'entrecroisaient les cris, les chants et les appels. Soudain, sur un signe de l'orateur, les bruits et les murmures s'arrêtèrent. Retenant son souffle, comme un acteur dramatique au théâtre, l'homme en noir, d'un élan vigoureux, lança à la foule, en détachant les syllabes, une trentaine de phrases qui se terminèrent par une envolée des plus fougueuses : « Je sens vibrer dans vos voix l'ancienne et incorruptible foi, la certitude que les sanglants sacrifices de ces temps difficiles seront compensés par la victoire, s'il est vrai, et il est vrai, que Dieu est juste et l'Italie immortelle ! » Puis, alors qu'il s'apprêtait à quitter son perchoir et à rentrer dans le vaste salon du château que Roberto connaissait si bien, l'homme se ravisa et, faisant une nouvelle fois taire la foule et les orchestres, lança en hurlant : « Je sais que vous êtes des millions à souffrir d'un mal indéfinissable qui s'appelle le mal d'Afrique. Pour le guérir, il n'y a qu'un moyen, retourner là-bas. Et nous y retournerons ! »

« *Torneremo ! Torneremo !* » reprit la foule, enthousiaste. La foule de Cortanze.

Au milieu de toute cette pompe hideuse, de ces flambeaux, de ces hurlements, Roberto se sentait comme un paria, au pied de « son » château. Prêt à pleurer des larmes de rage plus que de tristesse, jusqu'à ce que son regard croise celui d'une vieille femme qui semblait le dévisager, comme voulant s'approcher de lui, lui parler. Un regard magnifique, qui le transperçait. Combien de temps restèrent-ils ainsi à se dévisager ? Durant quelques secondes, la manifestation fasciste avait disparu de la place, sur laquelle ne restaient plus que cet homme mûr et cette femme âgée, prisonniers d'un regard qui semblait vouloir dire que les années, loin de faciliter l'oubli, comme on le croit d'ordinaire, renforcent la tristesse d'oublier.

Soudain, la voix de Diodata rompit le charme :

— Roberto, nous devons partir, dit-elle précipitamment.

— Oui, oui, bien sûr.

— Il nous faut encore passer aux abattoirs, ajouta Pico Tartaro.

— Les abattoirs ? demanda Diodata.

— Oui, avant de gagner le QG, à Condove… On a un camarade à aller chercher.

Si le regard de la vieille femme avait hanté Roberto jusqu'à l'orée du village voisin de Montechiaro, la porte de l'abattoir franchie, il s'effaça totalement. Le bâtiment était divisé en deux salles. Dans la première, celle de l'abattage, les bœufs entraient, les yeux exorbités d'épouvante. Les tueurs, retranchés derrière une palissade et armés d'un poignard, attendaient les bêtes puis leur assenaient un coup de lame en pleine nuque. On brisait les pattes des animaux récalcitrants avec de longs gourdins, et on les achevait alors plus facilement, effondrés qu'ils étaient sur le sol de ciment. Dans la seconde salle, les animaux hissés sur des crochets, dégoulinant d'excréments et de sang, sanguinolents, suspendus à de grosses chaînes, glissaient le long d'un rail où des mains gantées les vidaient et les dépeçaient. Les carcasses étant ensuite découpées en morceaux au milieu des grincements de chaînes, des claquements de sabots des bouchers barbouillés de sang, et du bruit des couteaux et des lames qui s'abattaient sur les billots de bois. Parfois, un bœuf, affolé par ses propres mugissements, réussissait à échapper à ses bourreaux et semait la pagaille dans l'abattoir. Un homme était chargé de veiller à ce que de tels incidents se produisent le moins souvent possible. Tel était le rôle de Fausto Barra, le camarade que Pico Tartaro venait prendre.

— C'est éprouvant, non ? dit Fausto, un petit homme plutôt pâle, pour l'heure occupé à répartir dans des timbales de laiton des flots de caillots noirs coulant de bassines toutes cabossées. Éprouvant comme la guerre…

Roberto fit oui de la tête, tandis que Diodata détournait les yeux.

— On y va ? demanda Pico.

— Allez-y, je vous rejoins dans cinq minutes, dit Fausto.

— C'est une tuerie quotidienne et brutale, comme la guerre, ajouta Pico.

À environ une trentaine de kilomètres de Suse, Pico tourna sur la droite en direction de Condove puis monta sur l'extrême pointe du mont Picchiriano, et gara enfin l'Aprilia derrière les ruines du couvent Sagra di San Michele. Il faisait nuit et le froid était intense.

— Voilà, c'est ici, dit-il. Presque mille mètres d'altitude. Le jour, il y a une belle vue.

Roberto et Diodata suivirent les deux hommes qui les menèrent à une sorte de baraque perdue au milieu de la forêt. À l'entresol, il y avait des lits de camp où dormaient les partisans recherchés. Au premier étage se trouvaient les autres : ceux qui pouvaient circuler librement, et qui venaient ici la nuit pour préparer les actions, en bravant le couvre-feu. La plupart de ces hommes étaient sales et mal rasés. L'heure était à la discussion. Les morceaux de saucisson et les tranches de pain et de fromage circulaient de main en main. On parlait beaucoup autour de bouteilles de vin qu'on buvait à même le goulot. Le sujet essentiel était la grève d'aujourd'hui.

— Elles n'ont rien à voir avec celles de l'été quarante-deux. Elles sont mieux organisées et ont pris un caractère nettement antifasciste.

— Grâce au parti communiste ! D'abord les ouvriers de la Fiat, puis *L'Unità* clandestine…

— C'est vrai !

— Je ne sais pas si les revendications seront satisfaites, mais ce qui compte c'est que même des ouvriers fascistes étaient avec nous. Trois cent mille ouvriers qui descendent dans les rues de Milan et de Turin, c'est une belle victoire, non ?

— On parle de six cents arrestations…

— La classe dirigeante est en train de faire dans son froc. La révolution sociale n'est plus très loin.

— Si seulement le roi voulait ajouter sa voix, il pourrait rétablir et la paix et le régime constitutionnel…

— Il ne fera rien. Il n'a jamais rien fait. Il s'est complètement disqualifié !

Pico fit passer Roberto et Diodata dans une petite pièce située au fond de cette première grande salle, et en peu de mots leur expliqua la situation.

— La visite au château et l'arrêt aux abattoirs étaient une sorte d'examen de passage ? demanda Roberto.

— En quelque sorte, répondit Pico. Et autre chose encore. Nous en parlerons plus tard, peut-être…

Puis Pico leur confirma que le régime mussolinien, en bout de course, agissait maintenant comme une bête féroce blessée qui se défend avec sauvagerie. Il avait créé des Chemises noires d'assaut, une garde nationale républicaine, une police républicaine, et des SS italiens formés en Allemagne, dont le rôle était d'aller ramasser les jeunes susceptibles d'être envoyés au STO, mais surtout de traquer les partisans qui commençaient de s'organiser :

— Un nom générique : Corps des volontaires de la liberté, fractionné en unités régionales, formées de divisions et de brigades, comme la nôtre qui compte une centaine d'hommes, et est affiliée à la Stella Rossa…

— Communiste, donc ?

— Oui. Ça vous gêne ?

— Je ne sais pas… laissa entendre Roberto. De toute façon, nous avons un ennemi commun, c'est contre lui que nous luttons !

— La Résistance n'est pas un bloc. Elle comprend une infinité d'éléments, de tendances, de sensibilités. On trouve des Groupes d'action patriotique : les « gapistes » ; des Escouades d'action patriotique : les « sapistes » ; des groupes « autonomes » ou « apolitiques », etc.

— La paix revenue, est-ce que tous ces gens pourront s'entendre ?

— Nous n'en sommes pas encore là. La paix n'est pas pour demain.

— Richesse ou faiblesse, cette diversité ? demanda Roberto.

L'homme fit un geste évasif de la main, comme pour signifier que la question n'était pas à l'ordre du jour.

— Comment s'appelle notre brigade ?

— Roero, dit Pico.

Roberto manifesta une certaine surprise :

— Pourquoi Roero ?

— Toutes les brigades se réclament d'une victime historique des luttes pour l'indépendance, d'un chef vivant, d'une limite géographique. La Roera, c'est notre vallée, non ? *Vallette Roera e Bariello famose per la raccolta dei tartufi...*

Roberto sourit et acquiesça :

— Bien... Les armes ?

— Les chefs militaires hésitent à en envoyer aux militants communistes... Ce n'est pas nouveau. Pour l'instant, on les pique aux fascistes, en attendant que les Anglo-Américains nous en parachutent...

— Les actions ?

— Essentiellement des attentats contre des commissaires fédéraux, de hauts fonctionnaires, des journalistes, des officiers néofascistes. À Ferrare, Florence, Turin, Milan, Gênes, dans toute la zone du Montferrat et des Langhe.

Une partie de la nuit se passa à mettre Diodata et Roberto au courant de la place qu'ils pourraient occuper dans la brigade, de son fonctionnement, des actions envisagées, des risques encourus ; avec la rigueur et la discrétion qui caractérisent toute entreprise clandestine. On leur remit un sac de couchage pour la nuit, sans doute la dernière d'une vie qu'il leur faudrait abandonner au réveil, comme la peau morte d'un serpent qui a terminé sa mue.

Recroquevillé dans son sac de couchage kaki, Roberto songea aux projets prudents qu'il avait parfois échafaudés dans son enfance en espérant qu'ils se réaliseraient sans doute à la maturité. Aucun n'avait véritablement abouti, si ce n'est la course automobile, qui lui paraissait aujourd'hui comme un vague souvenir, presque un leurre. Au fond, se disait-il, tout notre destin est peut-être déjà imprimé dans la moelle de nos os avant même que nous ayons l'âge de raison. Tout est dit avant. Tout est joué. C'est pourquoi il y a tant de gens qui se trompent dans les petits et les grands gestes de la vie. Dans les projets de l'enfant, il n'y a jamais rien à ce sujet, aucun indice, aucune piste. Le départ du château, l'exil, les morts, les renaissances, tout cela avait été décidé hors de lui. Quelle était sa part réelle de choix dans cette entrée dans la Résistance italienne ? Qu'avait-il appris de la vie, Roberto Roero Di Cortanze ? Il savait si peu. Que savait-il ? Qu'il était là, à quelques kilomètres du château de son enfance, qu'il était certain de venir de là, de ces collines, entre Piea et Soglio, Viale et Montechiaro, de ces forêts, de ces vignobles, de ces champs de terre grise, et que tout ce qui comptait, dans ce pays dei Roero, était désormais enfermé dans son corps et dans sa conscience. Toutes ces années passées hors d'Italie soudain ne comptaient plus. Il était là, et seul cela comptait. Plus que Diodata, plus que ses enfants, plus que tout le reste. Une question entre lui et lui. C'était là, au sein de la brigade Roero, qu'il renouerait avec sa généalogie, donc avec lui-même.

Il sentit la main de Diodata qui lui caressait le visage :

— Tu ne dors pas, lui demanda-t-elle.

— Non.

— À quoi tu penses ?

— À mon pays. Sans doute fallait-il que nous le retrouvions dans des circonstances aussi dramatiques.

— Et toi, à quoi tu penses ?

— Au regard de la femme, à Cortanze. Elle donnait l'impression de te connaître.

— Je sais. C'est pour ça que tu as voulu partir ? Tu as eu peur ?

— Peur de quoi ?

— De t'apercevoir que je la connaissais aussi. Je ne sais pas... trop bien, trop intimement. C'est tellement étrange, tout ça, non ?

— Oui, dit doucement Diodata.

— Allez, on ferait mieux de dormir.

38

Dans le train qui l'avait conduit de Cuneo à Turin, alors qu'il regardait par la fenêtre du couloir la voie qui traversait des prairies parsemées de saules, Roberto était loin de se douter qu'il reviendrait ici, dans cette même campagne, quelques semaines plus tard, mais cette fois à pied, après avoir participé avec les hommes de la Stella Rossa à sa première action dans la guerre partisane. Autour de lui, les camarades sortaient de leur musette de la nourriture, des boissons, certains des Popolari, ces cigarettes brunes très fortes qui arrachent la gorge lorsqu'on les fume. Chacun réagit avec ce qu'il était, ce qui le constituait, avec son enfance, son histoire. Chacun faisait face à sa peur. Combien de temps faudrait-il attendre, sur cette plaine horizontale, les « diesels » qui les ramèneraient à Condove ?

Roberto se remémore la journée. Il passe et repasse, lentement, devant la *Luna de miele*, la boîte à la mode de Carmagnola. Plutôt que d'aller à Turin, c'est là que les fascistes et leurs sympathisants vont chercher des filles et du vin, peut-être aussi l'oubli de ces temps de guerre qui n'en finissent pas. Pour l'occasion, on a prêté à Roberto un costume élégant, bien coupé. Il passe, repasse devant l'établissement, se retourne, revient sur ses pas, hésite à pénétrer dans le lieu de plaisir. En fait, Pico Tartaro, Fausto Barra, l'homme de l'abattoir, et Mario Barbati, qui dirige l'opération, cachés sous un porche et observant minutieusement la scène, savent que le passant élégant n'hésite pas vraiment à pénétrer dans l'établissement. Il frôle la porte vitrée et occultée, et ne fait en réalité qu'une dernière reconnaissance. Un interstice, entre l'épais rideau rouge et le chambranle de la porte, suffit à Roberto pour constater ce qu'il espérait voir : devant le bar, de hauts gradés fascistes et des femmes aux épaules nues, les jambes moulées dans des bas noirs. Roberto pense : « Ils boivent leurs derniers verres. » Il sait que le dancing est au sous-sol. Mario Barbati est venu la veille, seul, l'après-midi. Il a rencontré Irene, dite l'Argentina, qui lui a donné les noms, les horaires, les habitudes, et qui a frémi lorsque Mario lui a dit, en faisant discrètement un geste définitif, l'index posé sur une gâchette imaginaire, que c'était pour ce soir. Mais l'Argentina a acquiescé, car elle fait aussi partie de la Stella Rossa : « Oui, il faut aller jusqu'au bout de l'action directe. Oui, il n'y a pas d'autre solution. »

Roberto se souvient. Il est à nouveau sur le trottoir côté pair de la via San Domenico, et observe les deux ombres qui traversent la chaussée. C'est Pico et Fausto. Mario est resté sous le porche. Il n'a pas vraiment peur. Tout a été minuté. « Il faut aller et venir, sans t'énerver jusqu'à ce qu'on sorte de la planque », avait dit Fausto. C'est ce qui se passe. Les trois hommes se croisent. Ils font semblant de ne pas se connaître. Ils passent et repassent devant le 69 : une porte pleine, entre deux boutiques, une épicerie et une boucherie, endormies. Derrière la porte, il y a un couloir, emprunté parfois par certains clients de la *Luna de miele*. On y entre de l'autre côté, par la via Torre di Luserna. « On y dépense beaucoup d'argent, dit Mario Barbati. Délestés de leurs billets, les hommes repartent par la via San Domenico. Tout est là : vous voyez un type entrer à la *Luna de miele*, et vous vous attendez qu'il ressorte, via Torre di Luserna. Vous risquez d'y passer la nuit ! L'illusion est parfaite. Un vrai tour de passe-passe : on entre dans un bordel côté Torre di Luserna, on en ressort par la porte d'une maison bourgeoise, côté San Domenico... »

Roberto visualise dans sa tête la disposition des lieux, le coude à angle droit du couloir, qui favorise la discrétion des rencontres. Il répète les horaires, les habitudes: « Ils commencent à sortir par la porte du 69 vers vingt-trois heures. » Roberto regarde sa montre, il est vingt-deux heures quarante-huit. Pico et Fausto arpentent la via San Domenico, l'un à gauche, l'autre à droite. Mario reste immobile dans le renfoncement du porche d'une fabrique textile. C'est Roberto qui doit donner le signal. En principe, il doit entendre « leurs » pas progresser le long du couloir, entendre « leurs » bottes, et parfois « leurs » voix s'ils sortent en groupe, ce qui est souvent le cas. « De toute façon, ils sont toujours complètement bourrés. À moins d'être sourd, on ne peut pas les manquer ! »

Roberto écoute. La main sur son fusil-mitrailleur Skoda, dissimulé sous son manteau, il n'entend que son propre cœur qui bat de plus en plus fort. Il ne peut pas continuer de stationner devant le 69, et finit par rejoindre Pico et Fausto. Il est vingt-trois heures trente, et toujours rien. « Reprends ta place, nom de Dieu, finit par lui dire Mario, sorti de sa planque. Ils vont bien finir par montrer leurs groins ! » Et la même manœuvre continue, l'attente, inlassablement. Vers minuit, Roberto émet le petit sifflement convenu. Il presse alors le pas vers ses amis: « Au moins trois », murmure-t-il.

Roberto se souvient. De ses questions. De ses hantises. De ses hésitations. Qui va sortir? Quelle direction vont-ils prendre? Côté San Domenico, ce sera une attaque de face. Côté Torre di Luserna, ce sera plus difficile, les quatre hommes seront tous à découvert, et l'armement est hétéroclite: un browning, une Sten, un parabellum, la Skoda de Roberto. Une lumière jaunâtre se couche sur le trottoir quand la porte du 69 via San Domenico s'ouvre. Cinq fascistes! Cinq! Rien que des officiers. Trois rient bruyamment, un quatrième chante en hurlant une *ballata* piémontaise, le dernier éructe, s'évente avec sa casquette et essaie d'ouvrir sa braguette pour pisser. Les cabochons de leur grade, placés sur les pattes d'épaule, brillent dans l'obscurité.

Puis tout va très vite. Les soldats n'ont pas fait trois pas qu'ils s'écroulent. Roberto, Pico et Fausto ont tiré en même temps. Mario, resté en couverture, finit par tirer à son tour. Dans la tête et le souvenir de Roberto, cela n'a fait qu'un seul et même bruit, énorme, prolongé, et qui est encore dans ses tempes ; une seule et même fulgurance, et qui est encore dans ses yeux. Ce bruit et cette lumière ne l'ont d'ailleurs pas abandonné depuis la via San Domenico, l'ont suivi jusqu'ici sous les saules près de Carmagnola alors qu'il disparaissait, sans courir, sans se retourner, sans faire de bruit, par les rues de la ville. Mais Roberto se souvient aussi qu'en sortant de la via San Domenico, là où elle croise la via Dego, il lui a semblé, dans le reflet d'une vitrine, voir un des soldats se relever, en tout cas au moins quelqu'un venir ouvrir la porte du 69, et l'éclairage du couloir se projeter sur le trottoir où scintillait la casquette de l'homme qui a voulu pisser juste avant de mourir.

— Ne t'en fais pas, Roberto, dit Mario Barbati, en démontant sa mitraillette en quatre parties afin qu'elle tienne dans les poches de son pardessus, il est bien mort. Je suis passé derrière toi !

— C'est une belle mort, dit Fausto Barra. Il a passé sa dernière nuit avec une pute, s'est soûlé la gueule, et a cassé sa pipe en se tenant la queue !

Dans la baraque du mont Picchiriano, Roberto eut tout de même beaucoup de mal à s'endormir. Certes le « diesel » était bien venu à l'heure dite rechercher les membres du commando, l'opération Carmagnola avait parfaitement réussi, mais Roberto, depuis son arrivée dans le maquis, avait perdu le sommeil. Certains disaient qu'on ne se faisait jamais vraiment à cette absence de toit pour dormir, et qu'une fois la guerre finie on ne retrouverait jamais le sommeil. D'autres soutenaient que c'était la nourriture : « De la polenta, du ragoût de porc, des noisettes ; de la polenta, du ragoût de porc, des noisettes ! Tous les jours, comment veux-tu dormir ? » D'autres encore disaient que c'était la peur.

— La peur que les fascistes ne te surprennent dans ton sommeil et ne te trouent la peau.

— La peur que les copains ne te piquent en train de roupiller alors que tu montes la garde.

— Certains, pour moins que ça, ont été battus à mort ! La vie de la brigade en dépend, non ?

— Mais on oublie qu'on ne monte pas toujours la garde, et que d'autres, justement, la montent à ta place, pour que tu dormes. Alors, t'en fais pas, vieux, roupille !

Roberto invoquait d'autres raisons. Plus personnelles. Plus subtiles. Et qui n'avaient guère à voir avec le grand projet antifasciste de tous ses camarades. Pourquoi était-il revenu en Italie ? Il vivait mal ce retour. Il vivait mal l'absence de ses enfants et se sentait coupable de les avoir abandonnés. Mais à qui parler de tout cela ? Diodata et Roberto n'étaient que très rarement ensemble, et ils n'avaient encore jamais participé à une action commune. Alors oui, Roberto se sentait seul. Il y avait, certes, la grande fraternité des combats. Il la sentait, présente, merveilleusement présente. Mais aussi, à côté de cette grande fraternité, il se sentait seul. Il trouvait les « rouges » trop mystérieux. Les admirait et en même temps craignait cette organisation, cette puissance, leur volonté. Il n'arrivait pas, sans trop savoir exactement pourquoi, à chanter avec eux, en se flanquant des coups de coude dans les côtes, « C'est la garde rouge/Qui vient à la rescousse/Pour mener au tombeau/La vile humanité » ; même s'il voulait, tout comme eux, exterminer la « vile humanité » fasciste.

Un soir, pourtant, il avait bien failli parler de ses doutes à une camarade des plus singulières : une petite sœur de l'asile de Turin qui était montée jusqu'à Condove. La plupart des brigades possédaient leur aumônier, la Roero avait, elle, sa « petite sœur », portant à la ceinture un vieux Glisenti 9 mm. Mais, très vite, la conversation avait dérivé sur un autre sujet. Sœur Sandra Annunziata manifestait un tel enthousiasme qu'il eût été incongru de lui faire part de ses hésitations. D'ailleurs, sœur Sandra Annunziata ne parlait que d'une chose : le cœur de Jésus. Avoir ou ne pas avoir le cœur de Jésus avec soi, telle était la question. « Tous les partisans l'ont, affirmait-elle. Tous possèdent ce petit sachet en toile, dont le devant brodé représente un cœur rouge, surmonté d'une couronne d'épines et percé de trois gouttes de sang. » Ce n'est pas qu'il porte bonheur, mais il a le pouvoir d'arrêter les balles. Sur l'envers du sachet, en effet, imprimée en lettres violettes, Roberto put lire la phrase suivante : « Arrête ! Le cœur de Jésus est avec moi ! » Sœur Sandra Annunziata enfila la relique sur une cordelette, la lui passa autour du cou en récitant une « Prière et convention avec le très Sacré-Cœur de Jésus », et la discussion s'arrêta là. C'est ainsi que le cœur de Jésus rejoignit le collier de perles vaudou bleues que lui avait offert Eliades Bembé, à Key West.

Contrairement à ce qu'il avait imaginé durant les premières nuits passées dans le maquis, Roberto finit par trouver, au fil des jours, un sommeil profond et réparateur. Et ainsi le temps commença de passer, rythmé par les actions menées par la brigade Roero. Attaque d'une patrouille dans les rues de Moncalieri ; obstruction de la voie ferrée Saluzzo-Pinerolo afin d'y interdire tout trafic plusieurs jours durant ; incendie du dancing *Maka* à Alba ; vols de bidons d'essence destinée à alimenter les voitures des partisans, et surtout plusieurs sabotages à l'explosif, secteur d'activité dans lequel Roberto était passé maître. Aussi, lorsqu'il fallut couper la voie ferrée qui relie Turin à Chivasso, c'est à lui qu'on fit appel. La tâche était complexe. Il s'agissait, à l'endroit où les rails franchissent le Malone, sur un pont métallique, de toucher également la conduite de gaz reliant des fours à coke à une centrale électrique, et ainsi espérer faire d'une pierre deux coups: interrompre le trafic charbonnier et gêner le fonctionnement de la centrale qui brûle le gaz dans ses chaudières. C'est Roberto qui prépara le fourneau de mine avec de l'argile et y introduisit vingt cartouches de dynamite. C'est encore lui qui, avec l'aide de Fausto Barra, installa la charge entre le tablier et le tuyau de conduite de gaz. Le succès de l'opération fut endeuillé par la mort de Fausto. Resté pour couvrir le départ de ses camarades, il fut abattu par une patrouille qui avait brusquement changé ses horaires de passage. Impuissant, Roberto avait vu son corps tressauter à chaque impact de balle, comme si des décharges électriques le traversaient. On ne put même pas retourner le chercher. Le corps de Fausto resta là, foudroyé, entre sa casquette tombée sur le ballast et son pistolet projeté le long de la clôture grillagée qui borde la voie ferrée. Roberto a encore dans la tête la voix de Fausto: « Tu as bien essuyé le cuivre ?... Vérifie que le détonateur est bien engagé... voilà, on peut brancher la pile... »

Le sabotage avait eu lieu à moins de cinq cents mètres de Brandizzo. Les officiers fascistes prévinrent les autorités religieuses du village:

— Malheur à vos ouailles, si on touche au cadavre. Vous pourrez l'enterrer dans une semaine quand il aura été bouffé par les chiens errants.

Personne n'y toucha. On ne le recouvrit même pas de quelques pelletées de terre. Brandizzo comptait quatre cents âmes. Les représailles auraient été terribles.

Ainsi passèrent le printemps et l'été. Roberto et Diodata ne se voyaient presque plus, chacun ignorant tout des engagements de l'autre. Il ne fallait pas, pour la sécurité de la brigade, donner à l'autre trop de renseignements sur ce qu'on était amené à faire. Tout devait rester cloisonné. Parfois, des nouvelles des enfants leur parvenaient. Alors, ils devenaient tristes, se sentaient inutiles, perdaient leurs forces et en parlaient comme ils pouvaient lorsqu'ils se croisaient dans la montagne. Il faisait si beau. Ils ne revenaient que rarement au camp de Condove et dormaient là où les menaient leurs opérations. Lorsqu'il y avait une ferme, les « filles » avaient droit au grenier à foin et les « garçons » couchaient dans la campagne et montaient la garde. Parfois, c'était magnifique de pouvoir disposer d'un chemin creux, profondément encaissé, aux abords boisés. Là, Roberto, Diodata et les autres ronflaient comme des loirs, sur des branches de genêts étalées. Un soir, tandis que les autres dormaient avec résignation dans un fenil à mi-côte de la colline de Montechiaro, tout près de Cortanze, Roberto et Diodata pénétrèrent dans l'étable d'une énorme ferme qui paraissait abandonnée. Elle ne l'était pas : plusieurs bovidés se retournèrent pour les regarder entrer et les accueillir en poussant des mugissements. Cinq minutes plus tard, encastrés dans le râtelier, sous des couvertures puantes, ils firent l'amour au souffle de deux bœufs, sans peur ni rêves. Durant ces mois d'été, ils comprirent qu'on peut finalement dormir n'importe où quand la fatigue est telle qu'elle finit par effacer toute inquiétude, excepté la vigilance. Il y avait un ordre formel, vital. Mario Barbati ne cessait de le répéter :

— Nous ne sommes pas en France, en 1795, et vous n'êtes pas des chouans, ne dormez jamais dans les bois, et n'y installez jamais de maquis. C'est la plus sûre façon de se faire massacrer !

Au fur et à mesure que la Résistance s'organisait, les besoins en hommes et en matériel devenaient de plus en plus importants et les actions se multiplièrent. Il fallait récupérer, la nuit, des conteneurs, parachutés par les Dakota, qui étalaient sur plusieurs centaines de mètres leurs chargements d'armes démontées, abondamment graissées : mitraillettes, fusils-mitrailleurs, fusils, carabines, cartouches, chargeurs, mines à retardement, plastic... Il fallait sans cesse occuper le terrain, ne jamais laisser l'ennemi en repos, multiplier les liaisons avec la

Résistance française, et surtout apprendre le fonctionnement des armes nouvelles. La brigade Roero, comme toutes les autres, savait se débrouiller avec les fusils et les mitraillettes de toutes marques et de toutes provenances, les grenades, le plastic, les crayons allumeurs à retard, et même les tout récents fusils-mitrailleurs et les mines de marque anglaise. Mais il fallait désormais compter avec des grenades antichars qu'on devait compléter avec du plastic et surtout des bazookas. Le groupe en réceptionna trois exemplaires, une nuit – étranges tuyaux de poêle enfermés dans des conteneurs. Chacun les retournait en tous sens. Chacun avait son avis. Chacun se demandait à quoi ils pouvaient bien servir. Chacun avait sa solution et renonçait quelques secondes plus tard, devant une nouvelle proposition, à la faire prévaloir... Pico, qui avait été parachutiste, responsable des palimpsestes à la bibliothèque Ambrosienne de Milan, et qui passait pour un homme de science, déclara avec une assurance supérieure :

— C'est une arme antichar...

— Et moi je suis député au palais Carignan ! dit Mario Barbati, en essayant de déchiffrer le mode d'emploi du trombone rédigé en anglais.

— Ça viendra peut-être, dit Pico en souriant.

— Quoi, qu'est-ce qui viendra ?

— La députation... Attends la fin de la guerre. Tu peux être « terroriste » dans une vie et député ou ministre dans une autre.

Diodata, agenouillée près du bazooka, fit une proposition :

— Rien ne vaut l'expérimentation. Utilisez-les lors de la prochaine opération.

C'était la première action à laquelle Roberto et Diodata participaient ensemble. Il s'agissait de tendre une embuscade à un convoi de camions blindés chargés d'armes et de munitions, à la sortie du long virage qui contourne

Molaretto, à quelques kilomètres de Suse. L'opération avait été minutieusement préparée. Le matin, avant de partir, chacun s'était consciencieusement efforcé d'avaler sa portion de fromage maigre étalé sur du pain, ses larges tranches de lard translucide et son litre de lait. Il n'y avait rien d'autre à manger. C'est tout ce qu'on avait trouvé chez les paysans du coin, et personne ne savait quand aurait lieu le prochain repas. On avait cependant bon espoir : un berger s'était laissé convaincre de céder à la brigade une dizaine de moutons vivants qu'il devait monter, dans la journée, à la queue leu leu, jusqu'au QG du mont Picchiriano. Mais personne, à présent, ne pensait plus ni au repas ni aux moutons. Camouflés, de chaque côté du virage, avec, dans la ligne de mire des FM, le large tronçon de la route, les membres de la brigade Roero ne semblaient plus reliés à la réalité que par la carte d'état-major, lue et relue, qui devait les aider à fuir en bon ordre une fois l'attaque effectuée, et par le petit poste récepteur « biscuit », seul et unique moyen de tenir informés les hommes laissés près de Suse. Le soleil de midi tombait comme une guillotine, et chacun était à son poste, dans l'attente interminable. Un bazooka par section de dix hommes. « Et souvenez-vous, pensez à la flamme arrière… Personne ne les connaît vraiment, ces engins… Couchez-vous, la flamme, nom de Dieu, la flamme… » répétait le porteur du bazooka. Roberto, pour la première section ; Pico, pour la seconde ; Mario, pour la troisième, derrière les deux autres. Leurs casques camouflés de feuilles sur la tête, Diodata et Roberto attendaient, concentrés, oubliant presque les consignes de base – « n'acceptez jamais le combat en rase campagne, manœuvrez, tombez sur l'ennemi rapidement, très rapidement, violemment, par surprise, deux minutes de feu, c'est un maximum. Impératif. Repliez-vous aussitôt. Puis recommencez plus loin » –, ne voyant plus que la route, les arbres, les mains crispées sur les armes, et les membres qui commençaient à s'engourdir. La guerre était donc devenue une chose presque uniquement physique, corporelle. Comment faire ses besoins ? Quand dormir ? La faim. La soif. La chaleur, le froid. Les vêtements collés au corps par la transpiration. Soudain, un bruit de moteur rompit le silence. Roberto et Diodata se regardèrent. Se touchèrent le bout des doigts. Faire la guerre côte à côte était une erreur : on avait trop peur pour la vie de l'autre.

Soudain, plusieurs camions apparaissent, s'approchent lentement, très près les uns des autres, « à la chienne, à se toucher, nez à cul », a l'habitude de dire Daniele, l'ancien boulanger passé dans le maquis. Un gazogène les croise, arborant une réclame en bleu et noir pour les chocolats Perugina, accompagnée d'une phrase de Mussolini : *Vi dico e vi autorizzo a ripeterlo che il vostro cioccolato è veramente squisito !* « Je vous le dis et je vous autorise à le répéter : votre chocolat est vraiment exquis ! » Ce pourrait être comique, mais les cœurs des partisans battent à tout rompre. Ce n'était pas prévu. « Il ne manquerait plus qu'il s'arrête ! » pense Roberto, qui se répète les consignes, « ne montez jamais à une attaque en terrain inconnu, contre un adversaire non dénombré. C'est la négation de la guérilla. » C'est pourtant ce qui est en train de se passer. Le convoi qui devait compter deux, voire quatre camions maximum, dont un camion d'essence, ne cesse de s'allonger. Lorsque le véhicule de tête s'arrête, pour on ne sait quelle raison, tandis que le gazogène disparaît heureusement du virage, ce sont une dizaine de véhicules blindés, gardés par des soldats armés de mitrailleuses, qui bloquent la route. Chacun attend le signal de Mario, en fin de virage. C'est lui qui doit décider de l'attaque. Le camion de tête redémarre, il est maintenant à la hauteur du groupe de Roberto. Les soldats chantent à pleins poumons. Une partie du convoi est à découvert. Les soldats sont assis, l'arme à la main.

Chacun vise son homme et attend le signal. Le camion blindé de tête est maintenant à la hauteur de Mario. Diodata vise le moteur de telle façon que la trajectoire passe par la fenêtre d'aération du conducteur, imprudemment laissée ouverte… Puis tout va très vite. Mario siffle puis tire. Le coup est parti. Tous les camions ont stoppé. Une flamme jaillit de l'avant du véhicule de tête qui prend feu. Aussitôt c'est un vacarme assourdissant. Les bazookas font des merveilles. Attrapés de plein fouet, les camions explosent aussitôt. Les armes crachent presque à bout portant. Les FM, à moins de vingt mètres de l'ennemi, tirent leurs rafales. Les soldats qui tentent de sauter des camions sont immédiatement abattus. Des grenades éclatent dans les fossés qui bordent la route. Les soldats n'ont pas eu le temps de réagir. Leur chant a fait place à un aboiement affolé d'ordres. Ils n'ont pas pu tirer un seul coup de feu, tant la surprise a été grande et les coups ajustés avec précision. C'est un carnage. Dans les véhicules en flammes, les soldats sont face à un choix impossible : brûler vifs ou affronter les rafales ! Devant le camion touché par les tirs croisés de la deuxième section une vingtaine d'hommes gesticulent en hurlant. L'enfer n'a duré que quelques secondes. Et de nouveau, c'est le calme, un silence terrible. Le convoi est totalement anéanti.

— Il y en a un qui se barre, hurle Mario. Là sur la gauche.

L'homme arrive à se cacher derrière un pan de mur à moitié effondré. Pico, qui se souvient de la mort de Fausto, son ami d'enfance, veut rattraper « cet enculé de Frisé », le déloger et lui « balancer une grenade dans la gueule » !

— Non, Pico, dit Mario. On n'a pas le temps ! Il faut se tirer, et vite. La garnison de Suse ne va pas tarder !

Tandis qu'il donne son ordre, que Pico, malheureux, s'exécute, la mort dans l'âme, une énorme détonation déchire l'air et une fumée noire s'élève dans le ciel : le réservoir du camion-citerne vient d'exploser !

Le virage n'est plus qu'un amas de tôles calcinées, de corps recroquevillés baignant dans des flaques de sang, de membres déchiquetés que les poules des fermes avoisinantes viendront picorer. Il n'y a aucun blessé parmi les résistants et tout semble avoir parfaitement réussi. Il fait de plus en plus chaud. Les « tramways » prévus pour ramasser les combattants arrivent à l'heure, ce sont quatre véhicules censés passer inaperçus : une vieille 202, un camion transportant des peintres en bâtiment, un autocar rempli d'ouvriers tanneurs, une camionnette bâchée chargée de produits pharmaceutiques, comme il est indiqué sur la carrosserie : *etere, purgante, cerotto, tintura di iodio, fasciatura, cotone idrofilo,* etc. Tandis que des jeunes filles très brunes, inconnues de tous, placent dans leurs cabas, sur les porte-bagages de leurs vélos, au fond de leurs charrettes, et sous des sacs de pommes de terre, les boîtes de balles, les revolvers, les mitraillettes qui seront restitués plus tard aux membres de la brigade, le groupe disparaît dans les véhicules qui doivent chacun emprunter des chemins différents. Roberto, Diodata et Pico montent dans la camionnette, seul « tramway » à rebrousser chemin vers Suse. À l'approche de la petite ligne droite de laquelle on découvre le village de Venaus, une vieille femme, en fichu noir et coiffe blanche, insensible au coup de klaxon se plante en plein milieu de la route et fait signe au conducteur de s'arrêter. Celui-ci est furieux :

— Un peu plus, on l'écrasait, la sorcière, merde !

Arrivé à sa hauteur, il explose :

— Vous vouliez monter tout droit au paradis, mémé, ou quoi ?

La vieille femme, très digne, est toute rouge d'avoir couru. Après avoir repris son souffle, elle délivre son message :

— Les soldats viennent de passer. Ils arrêtent toutes les voitures. Ils sont très nombreux. N'allez pas par là ! Tout le coin est bouclé ! Il y a des soldats partout ! On dirait des porcs qui cherchent des truffes !

Diodata, Roberto, Pico et Guido, le chauffeur de la camionnette, cordonnier à Suse et père de quatre enfants, ne savent que faire. Il faut pourtant réagir vite ! C'est la vieille femme qui, leur donnant son avis sur la question, leur sauve sans doute la vie :

— Le chemin, derrière le petit bois, devant vous…

— Et la voiture ? dit Roberto.

— Impossible, répond la vieille femme. Il faut aller à pied.

— Mais où ? demande Diodata.

— Le plus haut possible, à la Roccia Melone. Trois mille six cents mètres. Par le village de Monpantero et les chalets de Trucco. Ils n'iront pas vous chercher là-haut !

La petite troupe descend de la camionnette qui est poussée dans un précipice voisin et prend immédiatement feu. Avant qu'ils ne disparaissent le long du sentier, la vieille femme leur donne ce qu'elle transporte : du vin, du fromage, un peu de saucisson.

— C'est tout ce que j'ai. Prenez. Mon fils est comme vous. Mais lui, il fait ça dans le Sud, en Sicile. Il paraît que ça bouge pas mal, là-bas, dit-elle, leur donnant de belles gousses d'ail, ajoutant, en dialecte piémontais : *L'aj a l'è le spesiàri d'i paisan.* « L'aïl est la pharmacie du paysan… »

Diodata, Roberto, Pico et Guido arrivèrent au premier chalet de Trucco à la nuit tombée. Ils étaient épuisés et n'auraient pas pu monter plus haut. Grâce au poste « biscuit », Pico put entrer en contact avec le QG. Les nouvelles n'étaient pas encourageantes :

— Ne pas bouger. Représailles féroces en cours. Attendre instructions.

Les quatre amis passèrent ainsi les deux dernières semaines du mois de juillet, se nourrissant comme ils pouvaient, dormant mal et se relayant afin qu'il y ait toujours au moins un d'entre eux qui reste éveillé. La radio, qui n'avait pu être rechargée, ne fonctionnait plus. « Quelle étrange histoire, se disait Roberto, à haute voix, nous allons peut-être mourir à quelques mètres de la chapelle de Notre-Dame-des-Neiges. »

— Qu'est-ce que tu racontes ? demanda Diodata.

— Que la vie est bizarre, tout de même… dit Roberto, en regardant, au-delà des pentes excessivement roides qui descendaient vers la vallée et du grand talus d'éboulements, une large partie de la plaine du Piémont.

— Roberto, répéta Pico, ta camisole, tu la veux en toile ou en flanelle ?

Roberto éclata de rire :

— Ne vous inquiétez pas, je ne sombre pas dans la folie des sommets ! En septembre 1358, le *cavaliere crociato* Bonifacio Roero, *patrizio di Asti*, mon ancêtre, pour remercier Dieu de lui avoir permis de rentrer vivant de la croisade, a fait construire une chapelle, dans laquelle il a enfermé une Vierge de bronze conservée à la cathédrale de Suse. On la ressort tous les ans, le 5 août, et elle est portée en procession jusqu'au sommet. La Madonna della Roccia Melone est ainsi honorée, dans le plus haut tabernacle du monde.

— Merci *sôr marchess*, dit Pico, ironique.

— Tu trouves ça incongru de parler de cette histoire en ce moment ? demanda Roberto.

— Je ne sais pas. Je me sens éloigné de tout cela, dit Pico. Nous au parti communiste, on veut un changement radical de la société ! On veut faire la révolution ! Alors, les madones et les nobles qui reviennent de croisade…

C'était la première fois, peut-être, depuis qu'il luttait contre le fascisme aux côtés de Pico et des autres membres de la Stella Rossa, que Roberto mesurait combien le fossé entre eux et lui-même était important : antifasciste, oui, mais révolutionnaire, certainement pas… C'est un fait : il n'était pas parti en Espagne se battre pour la révolution, et n'était pas venu en Italie pour faire table rase d'une société qui était loin d'être parfaite mais qui les avait vus naître, lui et ses ancêtres. Il ne put s'empêcher de penser à l'après-guerre. Quelle Italie allait sortir du fracas des armes ? Pico crut deviner, dans ses yeux, ses interrogations :

— Pour l'instant, Roberto, on lutte côte à côte, et c'est ça qui compte. Quant à la Madonna della Roccia Melone, elle va nous protéger, c'est la moindre des choses, non ?

Un matin, alors que Roberto qui devait monter la garde s'était endormi, ils entendirent des pas et des voix autour du chalet. Seul Roberto était armé. Il avait gardé sur lui, malgré le règlement, son Beretta d'ordonnance...

— On ne va pas aller loin ! dit Pico.

— Tu entends ce qu'ils disent ? demanda Diodata.

— Non. Ils sont une bonne dizaine...

Réfugiés au grenier, les quatre maquisards ne pouvaient pas voir qui étaient les hommes qui venaient maintenant de pénétrer dans le chalet en donnant un grand coup de pied dans la porte.

— Il y a quelqu'un ? dit une voix au rez-de-chaussée.

— Répondez, vous êtes cernés !

— Vous avez dix minutes, après on fout le feu !

Immobile, Pico murmurait entre ses dents, pour lui-même et ses amis de combat : « Ce n'est pas possible, on ne va pas crever comme ça ! Sans se battre ! Comme des rats ! »

Puis, se rapprochant de Diodata, de Roberto et de Guido, il leur proposa le marché suivant :

— Vous avez des enfants. Je suis seul, sans famille. Il y a une chance, minuscule. Je me rends. Je dis que je suis seul. Ils partent, m'emmènent avec eux, et vous essayez de vous enfuir...

— Tu ne penses pas une seconde à un plan pareil ! On reste ensemble, Pico, chuchota Diodata.

— Tu imagines la vie de nos enfants quand ils apprendront que leurs parents étaient des lâches ?

— Tu es fou, Pico, je ne suis pas monté jusqu'ici pour te laisser tomber de cette façon !

Pico n'eut pas le temps de répondre, un homme venait de pousser violemment la trappe du grenier, suivi d'une dizaine d'autres, en armes, qui s'engouffraient dans la brèche.

— Haut les mains ! dirent-ils, mitraillettes braquées sur les quatre.

— Renzo ! dit Diodata.

— Roberto, Diodata ! dit Renzo.

— Mario, Mario Barbati ! dit Pico.

— Camarades !

— Frères !

Et tous se jetèrent dans les bras les uns des autres, et manquèrent tomber dans le petit escalier qui redescendait vers la grande salle au rez-de-chaussée. Mario Barbati sortit de sa musette, imité par les hommes qui l'accompagnaient, des bouteilles de *riveli*...

— Vous avez failli nous faire mourir de peur, dit Diodata en embrassant fraternellement tous ces hommes.

— Renzo, comment es-tu ici ? Pourquoi ? demanda Roberto.

— Parce que j'avais hâte de reprendre le combat, mes amis, dit-il, en levant le poing.

Tout en débouchant les bouteilles de *riveli*, les maquisards venus de la vallée riaient de bon cœur. Mario Barbati prit la parole :

— Tu vas bientôt devoir reprendre le combat, Pico, mais pour une autre cause !

— Pour la défense de la Madonna della Roccia Melone ? dit-il en souriant, et en tapant fraternellement l'épaule de Roberto qui lui rendit son sourire.

— Non. Pour créer une Italie nouvelle... La guerre est presque finie !

Pico, Diodata et Roberto se regardèrent, soudain muets, n'osant ni crier de joie, ni boire l'asti chaud au goulot, ni s'embrasser.

— Pendant que vous contempliez le ciel à l'ombre de la Madonna della Roccia Melone, une étape décisive a été franchie, dit Mario Barbati.

— Deux étapes décisives, dit Renzo. Deux !

— Vous n'allez pas nous croire, dit Mario Barbati. Je raconte la seconde et toi la première, ajouta-t-il, en dirigeant le goulot de sa bouteille de *riveli* vers Renzo.

— Début juin, vous vous souvenez, l'île de Pantelleria a été pilonnée par les Alliés. Eh bien, trois jours après votre attaque du convoi à Molaretto, les Américains de Patton ont débarqué en Sicile. Et ils ont été accueillis en libérateurs ! Les troupes italiennes se sont débandées ou ont déposé les armes sans combattre !

— Comment est-ce possible ? demanda Pico.

— Très simple. Roberto et Diodata vont comprendre tout de suite... dit Renzo. Les Siciliens ont été préparés, travaillés, par des Italo-Américains fraîchement débarqués, voire libérés des prisons américaines. Tout le monde connaît Lucky Luciano. Il n'est pas le seul, ajouta Renzo, en regardant ses deux vieux amis : un certain Bugs Drucci, retourné en Sicile à bord d'un Landing Craft Transport, est aujourd'hui un héros...

— Tu étais en Italie avec lui ? Tu étais avec Bugs ? demanda Diodata, montrant un tel intérêt pour cette information que tout le monde la regarda, étonné.

Elle parut presque gênée :

— Enfin, c'est Bugs... notre cher ami... à tous...

— Mais oui, ma chérie, c'est notre ami à tous, reprit Roberto, à la fois plein de tendresse et empreint d'une certaine ironie. Sans trop savoir si cette dernière était due à l'euphorie créée par l'absorption de *riveli* ou à un autre sentiment dont il ignorait l'exacte teneur.

— Alors, et toi, dit Diodata, qui semblait avoir soudain tout oublié du trouble qu'elle avait manifesté, toi, Renzo, tu viens d'où ?

— Mon arrivée est liée à la deuxième étape décisive. J'ai pu passer sans problème la frontière de France en Italie. Les deux PC ont maintenant des liens serrés, travaillent main dans la main. Des réfugiés de Ligurie, du Piémont, du Val-d'Aoste combattent aux côtés des FFI ; et des passages nombreux existent surtout dans les Alpes-Maritimes, en Savoie, en Haute-Savoie. Et puis...

— Le Grand Conseil, avec l'appui du roi, a imposé à Mussolini sa démission, dit Mario.

— *Abbasso Mussolini! Abbasso! Finita la guerra!* hurlèrent-ils tous, en s'embrassant, en gesticulant, radieux.

— Avant de venir ici, j'ai vu des centaines de soldats italiens piétiner autour des gares françaises, couchés sur le ballast, attendant des trains pour la frontière. Beaucoup ont déjà déserté.

— Le bruit court que le seul convoi qui a pu démarrer a été stoppé, et que ses occupants désarmés ont été envoyés en Allemagne, objecta un colosse brun, originaire des Langhe et dont le frère était en garnison à Menton.

— Je n'arrive pas à y croire, dit Roberto.

— Mussolini a été arrêté, mis au secret par les carabiniers de la police militaire. Badoglio a été choisi pour constituer un gouvernement. Il est en train de démanteler l'appareil fasciste, dit Mario.

— En fait, dit Pico, la question fondamentale reste toujours posée. La chute du fascisme rétablit d'office le régime de monarchie constitutionnelle tel qu'il existait avant octobre vingt-deux, et pour nous, communistes, il convient de reconsidérer la nature du régime et de procéder pour ce faire à l'élection d'une constituante... Ton maréchal Badoglio a tout de même été gouverneur général de Libye et vice-roi d'Éthiopie!

— Ça n'a jamais été un proche de Mussolini.

— Son gouvernement provisoire n'est qu'un ramassis de vieux généraux, de fonctionnaires et de magistrats, poursuivit Pico.

— En tout cas, dit Mario Barbati, ce ne sont ni le roi, ni Badoglio qui ont libéré l'Italie! La libération est l'œuvre du peuple! Les grévistes dans le Nord et l'aide aux Alliés dans le Sud!

— Les Américains n'y sont pas allés de mainmorte, tout de même! fit observer Guido.

— Des centaines de Romains sont morts sous les bombes. Ça a permis au pape de se refaire une santé! dit Pico.

— Il a récité le *De profundis* agenouillé dans les gravats. Sa soutane était couverte de sang. On en pleurerait presque, ricana Mario.

— Pie XII est redevenu aux yeux de tous le patriarche de Rome. Il peut remercier les bombardiers américains ! dit Pico.

— Et si on oubliait tout ça ! C'est la fin de la guerre, non ? Vivons le présent, dit Diodata, en embrassant Roberto.

— Diodata a raison, dit Pico Tartaro. Profitons au moins quelques heures de tout cet espoir. C'est tout de même la fin du fascisme, merde !

Ils décidèrent de passer tous une dernière nuit dans le chalet. Les musettes étaient pleines de victuailles et il valait mieux attendre le soleil du lendemain pour retrouver la vallée, Turin et l'Italie vraiment nouvelle. Le vent du soir éteignait les allumettes que des doigts fébriles tendaient vers les Popolari. Tout autour, des lumières scintillaient, sur les collines et les crêtes, dans les petits villages juchés à flanc de montagne. Chacun éprouvait une sensation vertigineuse de liberté à l'idée de pouvoir tout à coup aller où bon lui semblait sans risquer de se faire tirer dessus ni arrêter, ni torturer. Ici et là, on entendait des chiens aboyer : des chiens sauvages des collines, errants, incorruptibles. Pris d'une sorte de joie féroce, les hommes entonnèrent un chant de liberté :

Là-haut dans le Piémont
Y a une baraque
Y a du vin et de la grappa
Y a du vin et de la grappa.
Là-haut dans le Piémont
Y a un bois tout noir
C'est le cimetière
Des partisans !

Dans la nuit, de grandes ombres s'agitèrent, et montait une forte odeur d'herbes sèches, de fumier et de sueur.

« On ne s'est pas lavés depuis combien de jours ? pensa Diodata. On pue comme des cochons ! » Roberto, qui s'était remis à fumer, essaya de faire marcher un gros briquet, et n'y parvint qu'à la cinquième fois.

— À la sixième, je t'aurais embrassé, dit Diodata, en pressant longuement sa bouche contre la sienne, et elle ajouta : Je peux bien te le dire, maintenant. Chaque fois que tu partais en mission et que je voyais passer leurs camions, leurs mitrailleuses, leurs chiens dans les collines où tu étais, je me sentais mourir, Roberto. Mourir.

— C'était pareil pour moi... Mais tout ça est fini, Diodata. C'est fini. Je ne sais pas ce que nous allons faire de notre vie, maintenant, mais, avant tout, il faut aller voir les enfants. Vite, très vite. Retrouver Chiara et Renato, et serrer contre nous leurs petits museaux mouillés, et les couvrir de baisers, et les aimer, et les sentir comme des bêtes sentent leurs petits. Après tout, c'est pour eux que nous avons fait ça...

— Oui, oui, mon amour, dit Diodata, enfouie dans les bras de Roberto.

Il faisait nuit. Roberto entendait le bruit d'un ruisseau qui coulait non loin du chalet et dont il découvrait la musique pour la première fois, comme si pour l'entendre il lui avait fallu être en temps de paix. Il y avait un grand clair de lune, et sous lui, pris dans sa clarté, des hommes qui dormaient et qui semblaient rire en dormant. Roberto se disait que ce clair de lune, avec contre lui le corps de Diodata, resterait un souvenir inoubliable : celui du jour où il était né une seconde fois. À quelques mètres de la chapelle de Notre-Dame-des-Neiges, à quelques mètres de son passé encore si vivant en lui, face à cette guerre qui finissait, il pouvait presque déjà tirer certaines conclusions. Ces mois dans la Résistance n'avaient pas été une parenthèse mais une véritable expérience. Notamment les quelques jours qu'il avait passés dans les Abruzzes, cette région sauvage et montagneuse dans laquelle il avait traversé des forêts peuplées de chamois, d'ours bruns et d'oiseaux de proie. C'est sur ces plateaux, à près de mille mètres d'altitude, qu'il avait rencontré une archaïque population de bergers dont les silhouettes apparaissaient soudain à l'horizon au côté des vaches grises et des moutons noirs que gardaient ces pâtres d'un autre âge. S'il avait tenu un journal, il y aurait écrit que durant ces journées de combat nombre de ses décisions avaient été prises dans la sérénité, et qu'il était heureux d'avoir enfin réussi à vaincre son enthousiasme, ses impulsions romantiques, sa sentimentalité et son impatience.

Au réveil, cependant, alors que l'aube discrète se levait, et que le froid se glissait en lui par son pantalon et sa chemise, glaçant tout son corps, il entendit Pico parler à Mario, et ce qu'il lui disait glaça le corps de Roberto bien davantage encore que le froid montant de l'aube :

— Ce qui m'inquiète, ce n'est pas le conflit entre d'un côté le roi et Badoglio, et de l'autre les partis de la gauche antifasciste... Le problème clef ça va être de faire sortir l'Italie de la guerre sans provoquer une réaction brutale des Allemands.

Roberto ne dit rien. Alors que Mario répétait à voix basse : « Oui, les Allemands... », dans le froid de l'aube, il pensa : « Au commencement n'était pas le Verbe. Non. Au commencement était l'Action. »

39

C'était un bel été turinois. Les derniers jours de juillet, comme annonçant presque déjà l'automne, se diluaient dans une lumière de feuilles rougeâtres et de brusques averses. Dans la nuit, la foule avait envahi les rues de Turin, bientôt imitée par celle des autres cités. Après un premier temps de stupéfaction, puis d'incrédulité, un immense déferlement de joie parcourait maintenant la ville, de la Citadelle au château du Valentino, du sanctuaire de la Consolata à la Mole. Une même blague circulait dans toute l'Italie. Mussolini, qui avait voulu tester son anticléricalisme, au début de son engagement politique, avait demandé à Dieu de le foudroyer sur place afin de lui prouver son existence ! Dieu, qu'on avait longtemps cru sinon inconséquent du moins distrait, venait donc enfin de se réveiller ! Les journaux, qui n'avaient tout ce temps parlé que d'une seule voix, publiaient, en première page, un message d'avenir signé par cinq partis politiques : la démocratie chrétienne, le parti communiste, le parti socialiste, le parti d'action et le parti libéral. La démocratie était de retour !

Ici et là, on commençait à détruire les emblèmes fascistes, à jeter à bas les aigles impériaux, à briser les bustes du dictateur, à déboulonner les effigies de bronze ou de marbre de celui qui, il y a quelques jours encore, affirmait : « Les hommes de l'Antiquité demandaient la fortune aux dieux lares. Aujourd'hui, je suis le dieu qui rassemble la fortune. » Des groupes ivres et hilares, entassés sur des camions et dans des voitures, sillonnaient les rues en chantant *Bandiera rossa*. Près du palais Madama, des jeunes filles et des jeunes garçons avaient envahi le siège des bureaux de correspondance des journaux fascistes, et les avaient mis à sac. Quant aux portraits monumentaux du Duce, qui ornaient la piazza dello Statuto, quelqu'un avait écrit dessus, à la peinture rouge : *Simile a Caligola, con la mentalità di un Tiburzio e la livrea di un lacchè.* « Semblable à Caligula, avec la mentalité du brigand Tiburce et la livrée d'un laquais. » Roberto et Diodata n'en croyaient pas leurs yeux. Le fascisme était bel et bien en train de sombrer, et une formidable liesse populaire emplissait toute la ville ! Les membres des différentes brigades de la Résistance, descendus de leurs montagnes, sortis de leurs cachettes, restaient sans voix :

— Badoglio a tout de même annoncé qu'il continuait la guerre ! Les gens sont sourds, ma parole !

— Vingt ans ! Vingt ans de dictature et le régime s'effondre comme un château de cartes !

— C'était couru d'avance : Mussolini n'avait aucune philosophie ! Que de la rhétorique, tout ça !

— Vous avez vu, il n'y a aucune Chemise noire dans les rues de Turin, à croire qu'elles ont toutes disparu comme par enchantement !

— Ils n'ont même pas songé à mobiliser la Milice…

Tandis que les hiérarques restés fidèles à Mussolini et les inconditionnels de l'alliance avec l'Allemagne avaient pris la fuite, le nouveau gouvernement avait promulgué une série de lois visant à détruire les institutions fascistes, sans pour autant supprimer la censure, et en conservant la quasi-totalité du personnel administratif. Ne fallait-il pas, en effet, maintenir en place, coûte que coûte, un pouvoir fort ? Pico avait raison :

— Même les antifascistes les plus modérés sont déçus. Les vieux leaders libéraux ont été écartés, les conjurés du 24 juillet aussi ! Il n'y a personne de nouveau.

— C'est un cabinet de « techniciens » entièrement dévoués à la monarchie, renchérit Mario.

— On s'est contenté de substituer au fascisme plébéien un régime autoritaire et conservateur. Et tu sais pourquoi, Roberto ? Pour ne pas froisser les éléments les plus réactionnaires de l'ancienne classe dirigeante ! conclut Pico.

— Enfin, Mussolini est quand même en résidence surveillée, à plus de deux mille mètres d'altitude au pied du Gran Sasso d'Italia ! C'est ça qui compte, non ? dit Roberto. Et on peut se promener dans les rues de Turin pour aller tranquillement au cinéma...

— C'est vrai... reconnut Pico. Allons au cinéma, *sôr marchess*, et réapprenons à vivre...

Toutes les salles de Turin étaient pleines à craquer. C'était comme si la ville renaissait. Aux terrasses des cafés, les gens se prélassaient au soleil. Des files d'attente interminables s'allongeaient devant les reconstitutions historiques en costume, les « téléphones blancs », et les films de propagande dont l'unique sujet semblait être la guerre : *La Nave bianca*, de Rossellini ; *I Tre Aquilotti*, de Mattoli ; *Gente dell'aria*, de Pratellini. Ils étaient prêts à voir n'importe quoi. Cela faisait des mois et, pour certains, des années, qu'ils n'étaient pas entrés dans une salle de cinéma. *Imputato, alzatevi !* (« Accusé, levez-vous ! ») : complet ; *Il pirata sono io* (« Le pirate, c'est moi ») : prochaine séance, demain soir ; *Avanti c'è posto* (« Entrez, il y a de la place ») : eh bien, non, justement, il ne restait que deux strapontins au premier rang ; quant à *Ossessione*, dont on avait tant parlé au printemps, parce qu'il se présentait comme un film « purement italien » éloigné de toute influence américaine, il n'était plus à l'affiche. La salle où Roberto et Diodata pensaient pouvoir le voir venait d'être fermée. Après l'ultime projection, l'évêque de Turin était même venu bénir le cinéma afin de le purifier ! Il ne restait plus que le *Notti bianche* près de la via della Zecca. On y jouait *Pastor angelicus*, le film réalisé, à sa demande, sur Pie XII. Que faire ? Les uns, comme Pico, refusaient d'aller voir un film sur un pape qui avait toujours cautionné le régime et qui, tel un nouveau Machiavel, pactisait sans vergogne avec le diable fasciste ; les autres, au contraire, comme Diodata, se souvenant de ses années futuristes, durant lesquelles, en compagnie de ses amis, elle assistait aux films les plus imbéciles en débouchant des bouteilles, en pique-niquant, en entrant et en sortant des salles sans souci de l'horaire, et en insultant les spectateurs, proposa de renouer, l'espace d'une séance de cinéma, avec ces pratiques, afin de manifester bruyamment sa mauvaise humeur. « Et quand il fut de l'autre côté du pont, les fantômes vinrent à sa rencontre ! Nosferatu le vampire », cria-t-elle, alors que toute la rangée de fauteuils rouges, occupée par une partie des membres de la brigade Roero, vibrait des coups de pied qu'ils donnaient sur le sol, et que les premières images du film montraient une statue du bon pasteur Pacelli portant un agneau sur ses épaules. « Bêêêêêê, bêêêêê », reprirent-ils tous en chœur, sous les huées de la salle qui les conjurait de se taire, de respecter le saint ecclésiastique, d'admirer en silence un homme « fondamentalement solitaire dans sa grandeur »...

À mesure que défilaient sur l'écran des images dévoilant la magnificence de la basilique Saint-Pierre – troupes de monsignori et de cardinaux courbés s'inclinant devant le souverain pontife, petites communiantes aux mains chargées de lis venant baiser la soutane immaculée, rois et princesses se prosternant devant celui qui est supérieur à tous les rois de la terre tandis que des canons en action évoquent la guerre en cours, sans parler du gros plan de la limousine papale transformée en trône afin qu'il puisse prier –, le groupe de potaches perdit de son enthousiasme. Le film était réellement accablant, et l'attitude de la salle constituait une excellente leçon de politique : le peuple, descendu dans la rue pour manifester sa joie devant la « défenestration du *cavaliere* Benito Mussolini », n'était pas pour autant prêt à renier son pape… Comment pouvait-on se laisser abuser par de telles images ! À la fin du film, le pape ouvrait grands ses bras, bénissant la multitude en adoration. Aux « Pacelli, Pacelli, grand ami des boches, s'fait sonner les cloches. Ding ! Ding ! Dong ! Ding ! Ding ! Dong ! » du groupe, répondit un murmure de plus en plus puissant s'élevant de la salle qui priait, tandis qu'on voyait la lampe du bureau du saint homme brûler encore aux premières heures du matin… Une femme, au premier rang, répéta, tel un disque rayé, alors même que les lumières se rallumaient et que les gens commençaient de quitter la salle de projection : « Le pape veille, il consacre chaque moment, pendant que le monde dort, au service de tous les hommes… Le pape veille, il… »

La liesse populaire des premiers jours fut intense, et bien réelle la grande satisfaction des anciennes élites de voir enfin tomber celui qui les avait frustrées du pouvoir. Mais les semaines qui suivirent furent placées sous le signe d'une inquiétante mollesse, d'un flottement dangereux. Cependant, la vie reprenait et avec elle une forme d'espoir, qui n'était plus ce sentiment né de la crainte du lendemain, ou cette demi-résignation entretenue à grands frais, mais au contraire cette merveilleuse aube tremblante et incertaine, cette lutte pour revivre comme avant. Diodata choisit ce moment pour retourner en France. Voilà presque six mois qu'elle n'avait pas revu ses enfants, et les lettres de Maddalena, circonstanciées et rassurantes, mais dont la régularité était plus que relative, ne pouvaient remplacer le contact physique avec Chiara et Renato. La frontière avec la France n'était pas totalement imperméable, notamment à ceux qui pouvaient frapper aux bonnes portes, ce qui était le cas pour un membre de la Stella Rossa. Diodata partit dans les premiers jours d'août par la gare monumentale de la porta Nuova. Roberto la serra longuement dans ses bras, avant de la laisser monter dans le train, sa petite valise dans une main et, pliés, dans l'autre, les numéros du jour de *La Stampa* et de *La Gazzetta del popolo*. Quand le train s'ébranla, nimbé d'un rideau de vapeur blanche, Diodata se pencha à la fenêtre et envoya à Roberto une pluie de baisers en forme de cœur qu'elle dessinait avec ses deux mains. Roberto resta longtemps sur le quai, jusqu'à ce que disparaisse la petite lumière rouge du wagon de queue. Il éprouva alors comme la sensation physique de l'écroulement d'un univers ; celui dans lequel il vivait depuis une vingtaine d'années, et au-delà duquel il n'y avait plus rien : ni frontières, ni points de référence, ni imaginaire de rechange – une mort.

Dans les semaines qui suivirent le départ de Diodata, la situation se dégrada lentement. Hitler, comme l'avait subodoré Pico, réagit violemment à la chute de son allié. En n'acceptant ni de défendre leur territoire, ni de lutter pour le maintien du régime, les Italiens s'étaient rendus coupables, à ses yeux, d'une véritable trahison. Brutalement, dix-huit divisions de la Wehrmacht et de la SS se jetèrent sur le Nord et le Centre de la péninsule, avant de foncer sur Rome et le Sud. La déferlante ne s'arrêta que fin septembre sur la ligne Gustave, c'est-à-dire du Garigliano au Sangro : les deux tiers du pays venaient de passer aux mains des armées du Reich. Entre-temps, l'armistice avait été signé le 8 septembre ; Mussolini, libéré de sa prison par le commando aéroporté du SS Otto Skorzeny, s'était adressé à son peuple depuis les studios radiophoniques de Munich ; quant au roi – discréditant encore plus une monarchie qui l'était déjà amplement –, accompagné du prince héritier et de Badoglio, il avait préféré prendre la fuite à bord d'un bateau à vapeur qui l'attendait pour le transporter à Brindisi, en territoire « libéré ».

Sur les hauteurs de Condove, la brigade Roero qui s'apprêtait à prendre ses quartiers d'hiver pour continuer la lutte, essayait d'analyser la situation nouvelle générée tout autant par l'invasion allemande que par les derniers mots du maréchal Badoglio contenus dans le message adressé au peuple italien lors de la signature de l'armistice. Il donnait l'ordre aux troupes de la péninsule de cesser tout acte d'hostilité envers les forces anglo-américaines et les invitait à « réagir contre les attaques éventuelles de toute autre origine ».

— Quel foutoir ! reconnut Mario. Bon, nos premières consignes sont simples. Correctement appliquées, elles sauveront des milliers de vies humaines. Aucun militaire fugitif ne doit se voir refuser un habit civil ; aucun prisonnier allié remis en liberté, un asile ou une aide ; aucun Juif, une cachette.

— Nous avons désormais deux ennemis, dit Giuliano Parringo, dirigeant de la Stella Rossa venu spécialement de Turin. La République fasciste et l'armée allemande qui campe sur notre territoire ! D'une certaine façon, poursuivit-il, les choses se clarifient, comme les choix. On est d'un côté ou de l'autre.

— Premier point donc, précisa Mario, le fascisme se réorganise. Cent quarante mille hommes disséminés sur tout le territoire. Il faut s'attendre au pire. Ces Brigades noires vont rivaliser en atrocité avec les SS...

— Deuxièmement, poursuivit Giuliano Parringo : les Allemands... Le maréchal Albert Kesselring a fait proclamer la loi martiale, et annoncer que les grévistes, les saboteurs et les francs-tireurs seraient fusillés immédiatement. De plus, toute correspondance privée sera désormais interdite, et les téléphones seront mis sur écoute.

Le silence était de plus en plus épais. C'est sœur Sandra Annunziata qui le brisa :

— Et le pape ?

— Repose maintenant sur ses épaules, non seulement la responsabilité de l'Église universelle, plus directement celle des Romains, mais aussi de sa communauté juive, répondit Pico.

— Alors, il parlera, il prendra position, dit sœur Sandra Annunziata, les yeux brillants.

Pico la serra tendrement dans ses bras et poursuivit sa démonstration. D'un côté, la peste fasciste, de l'autre la Résistance, en pleine réorganisation, ébranlée, comme toute l'Italie par ce qui était en train de se passer et par tout cet espoir soudain déçu : une Résistance blessée mais plus combative que jamais.

— Les effectifs de la Résistance grossissent de jour en jour. Beaucoup de soldats, laissés sans ordres, par la disparition du gouvernement Badoglio, et qui veulent échapper à la captivité ou à la déportation en Allemagne, gagnent en masse la clandestinité, dit Pico.

— Commandés et encadrés par d'anciens officiers de l'armée régulière, ils vont travailler avec nous, les communistes, et les membres du parti d'action, poursuivit Mario. On trouve même des monarchistes : ceux de la « bande à Franchi ».

— Au fond, communistes ou monarchistes, tous ceux pour qui le serment de fidélité au roi a conservé une valeur savent qu'ils peuvent désormais désobéir à la République sociale et aux Allemands, fit remarquer Roberto.

— C'est un vaste sujet, Roberto, dit Pico, montrant des gestes d'agacement, mais…

Giuliano Parringo, sentant que la discussion pouvait tourner mal et qu'il n'était pas venu à Condove pour affronter ce genre de débats, prit la parole :

— Nous devrons faire face à plusieurs problèmes : arrogance des phalanges fascistes, ratissages allemands, accroissement de la faim, du marché noir, de l'incertitude. Aide des Alliés, certes, mais rôle accru de ces derniers. Ils ne nous feront aucun cadeau. Nous compterons chichement armes, équipements et approvisionnements. Ils nous feront payer le « coup de poignard de 1940 », et ne sont pas pressés de voir l'Italie se réhabiliter.

Après avoir, avec une singulière sollicitude, consciencieusement bourré sa pipe en écume, le responsable communiste ajouta, une certaine solennité dans la voix :

— Il n'y a aucune raison d'espérer une solution rapide. Le front italien est pour les Alliés un front secondaire. L'hiver qui nous attend va être un des plus terribles de notre histoire. La question de l'avenir institutionnel de l'Italie libérée, donc de la place du parti communiste, n'est vraiment plus à l'ordre du jour, camarades...

Tandis que la discussion se prolongeait, Roberto ne cessait de se répéter silencieusement ces mots – « la place du parti communiste » – et comprenait de plus en plus clairement que malgré toute l'estime qu'il portait à ses camarades de combat, à leur courage, à leur générosité, à leur efficacité, il ne souhaitait pas pour l'Italie de demain une société façonnée par des hommes recevant leurs ordres de Staline. Mal dans sa peau, vivant difficilement cette contradiction entre l'engagement total de ses amis et la théorie la sous-tendant, il ne savait comment évoquer son désarroi, sa gêne. Giuliano Parringo lui fournit une opportunité. Dans les villes, était-il en train d'expliquer, à l'initiative du parti communiste, s'étaient constitués des Gruppi d'azione partigiani, des GAP, organismes clandestins étroitement cloisonnés, et qui pratiquaient une action de guérilla urbaine dirigée contre les Allemands et les fascistes : attentats à la bombe contre les bâtiments officiels, exécutions de militants fascistes, attaques de miliciens et de soldats allemands, sabotages des installations techniques, dans le but d'instaurer une atmosphère insurrectionnelle.

— Ces actions sont menées en collaboration avec les Foulards bleus, les badogliens qui opèrent surtout dans le bas Piémont. Nous avons besoin d'un homme qui serve de lien entre les deux mouvements de partisans. Qui devienne lui-même badoglien, c'est la condition posée par nos amis. Il sera basé à Turin, et portera au cou ceci, ajouta-t-il, en exhibant un foulard bleu.

Beaucoup de regards se baissèrent. Aucun de ces hommes de courage n'était prêt à abandonner la Stella Rossa, sa famille, l'espoir qu'elle représentait pour eux.

Roberto, regardant Giuliano Parringo droit dans les yeux, répondit :

— Moi.

Il vit à certains regards peu amènes que sa décision provoquait, pour la majorité des camarades présents, une sorte de rejet immédiat. Tous ces yeux, tournés vers lui, semblaient dire : « Cela n'étonne personne », « On pouvait s'y attendre », ou pire : « Entre un fasciste déserteur et un communiste déserteur, mon choix serait vite fait, c'est sur le second que je tirerais ! »

Giuliano Parringo serra la main de Roberto, lui passa le foulard bleu qu'il devait porter autour du cou, et sur lequel était imprimé un nom – Beppe Saluzzo –, nom de guerre qu'il n'avait pas choisi, mais qui, ironie du sort, était le nom de jeune fille de Diodata... Puis il lui donna, dans un portefeuille marron en pégamoïd, une carte d'identité – avec le nouveau timbre où figuraient le faisceau et l'aigle – à ce nom nouveau qui serait désormais le sien. Enfin, il lui confia, sous le sceau du secret, quelle serait exactement sa mission :

— Tu vas t'occuper d'une librairie, la *Cugini Pomba*, à Turin, spécialisée dans la littérature du XIXe siècle, les gravures anciennes, les cartes et les plans de villes. Nous l'avions provisoirement fermée, il y a trois mois. Si on te pose des questions, ne te trouble pas. Tu diras que l'ancien propriétaire est mort d'une crise cardiaque. C'est faux, évidemment. En réalité, c'est Giuseppe Remo, chef de la Résistance en Ligurie... Première mission : surveiller les allées et venues des Allemands qui la fréquentent. Deuxième mission : être très attentif aux Italiens, *repubblichini* ou non qui y passent. Plusieurs collaborateurs directs de la police allemande sont de bons clients de la librairie. Tu auras la liste de tout ce beau monde.

Le soir même, Roberto, foulard bleu autour du cou, dormait à Turin. Giuliano Parringo l'avait accompagné et lui avait, en quelque sorte, fait faire le tour du propriétaire. La librairie était située tout près de l'église San Francesco di Paola et de l'académie des beaux-arts. Un petit escalier métallique en colimaçon, fin comme de la dentelle, partait du fond de la boutique et conduisait à un minuscule appartement agencé de telle sorte qu'on se serait cru soudain transporté en plein XIXe siècle. Roberto n'était pas mécontent d'avoir quitté le maquis et de poursuivre la lutte dans sa chère ville qu'il allait ainsi pouvoir redécouvrir. Tirant le rideau de velours vert sombre qui fermait la fenêtre du salon donnant sur la rue, il fut envahi par un sentiment étrange, qui d'un côté le mettait plutôt à l'aise et de l'autre l'encombrait. Soudain, il comprit. La librairie était juste en face du Théâtre Rossini, jadis appelé Théâtre Sutera. Si sa mémoire ne lui faisait pas défaut, c'est là que son père et sa mère s'étaient rencontrés, en 1880, à la lueur des becs de gaz qui conférait à la rue et aux immeubles cernant la place une teinte rouge et or. Depuis sa fenêtre, Roberto se laissa envahir par sa mémoire familiale. L'opéra qu'on jouait ce soir-là s'appelait *L'Elisir d'amore*. C'est lorsque le décor de toile peinte, tombé des cintres, était venu s'écraser sur la scène que la foule paniquée s'était précipitée vers la sortie. Ercole Tommaso avait alors évité à la jeune femme d'être précipitée à terre, en la prenant vigoureusement et efficacement par la taille. Dans la nuit turinoise, Roberto entendait les voix des deux protagonistes qui lui avaient tant de fois raconté leur rencontre : « Sans vous, monsieur, j'étais piétinée comme par des chevaux ! À qui dois-je mon salut ? » « Ercole Tommaso Roero Di Cortanze, pour vous servir. » Le bruit de ferraille d'un tramway soudain immobilisé avec sa lourde cargaison humaine, entre deux plots, juste devant la fenêtre de la librairie, tira Roberto de ses souvenirs. En quelques secondes, les parvenus en frac à la française, les excentriques en redingote noisette, les femmes en crinoline et les médecins fidèles à leur costume antérieur à la mode du jour, piétinant devant le Théâtre Rossini, s'étaient comme volatilisés dans le brouillard. Désabusé, mais sans amertume, « Beppe Saluzzo » soufflait à Roberto une réflexion inachevée : « Le fascisme comme le communisme croient au progrès. L'un comme l'autre souhaitent l'avènement d'une société basée sur la technologie. Diviser le monde en fascisme et communisme n'a pas de sens. Mais que faire ? Mis au pied du mur, comment ne pas prendre position pour le communisme ? Il faudrait un communisme sans Staline. Les tenants de cette doctrine ont, tout de même, une conception plus honorable de l'être humain. »

Derrière les rayonnages poussiéreux de la librairie *Cugini Pomba*, fréquenté par les fonctionnaires allemands et les phalangistes italiens qui semblaient vouloir faire revivre l'esprit du *squadrismo* des origines, Beppe-Roberto accumulait les renseignements qu'il fournissait ensuite aux badogliens et aux membres de la Stella Rossa. Lentement, la librairie était devenue une des plaques tournantes de la Résistance piémontaise, et cela au nez et à la barbe de l'occupant nazi qui ne se doutait pas qu'une autre guerre était en cours, qui n'était pas près de finir, celle-là, et qui se poursuivrait bien après que ces années terribles seraient terminées.

Assis autour de la petite table installée providentiellement dans un coin de la librairie, Beppe-Roberto évoquait toutes ces questions avec Renzo. Il repoussa sa tasse de fausse chicorée sur le plateau de laque rouge :

— C'est terrible. Cette guerre non déclarée, souterraine, qui ne veut pas dire son nom, et qui en est tout de même une. On va tous finir par en crever...

— Et pendant ce temps, l'ennemi gagne du terrain... dit Renzo, ajoutant : Je suis inquiet, Roberto. Très inquiet. Je n'ai plus de nouvelles de Maddalena...

— Je n'en ai pas non plus de Diodata ni des enfants...

Après un moment d'hésitation, Renzo, craignant que le choc ne soit trop fort, demanda à Roberto :

— Tu es au courant de l'ordonnance du 16 octobre promulguée, à la demande des Allemands, par Pétain ?

Roberto, qui portait sa tasse à la bouche, la laissa en suspens :

— Non...

— Elle prévoit le recensement de tous les Italiens résidant en France, dans le but d'incorporer les travailleurs déclarés aptes au Service du travail obligatoire. Sont concernés les hommes de seize à cinquante ans, et les femmes de dix-huit à quarante ans...

— Avec l'armistice, Vichy a les mains libres et utilise ce droit à fond, je suppose...

— Évidemment ! Depuis le 31 mars 1943, les Juifs italiens qui n'ont pas été rapatriés en Italie ne sont plus protégés contre les Allemands. Ma décision est prise, Roberto, je vais retourner chercher Maddalena. Ça fait six mois que j'aurais dû aller à Sospel. Elle serait plus en sécurité ici en Italie.

— J'ai souvent pensé aller chercher les enfants aussi. Mais ils sont mieux là-bas avec leur mère. Si seulement j'avais des nouvelles plus régulièrement. C'est invivable. C'est l'enfer.

— On ne sait même pas ce qui se passe à trois kilomètres d'ici, comment saurait-on ce qui se passe en France... Quelle chienlit !

Roberto fit un petit sourire triste :

— C'est un automne plein de lumière, de soleil. Au lieu de pédaler sur les sentiers poussiéreux au milieu des champs de maïs, de patauger dans l'eau des canaux, et de se promener parmi des vignes tout juste vendangées, avec sa femme et ses enfants, on est là à s'imaginer qu'on peut narguer la mort et qu'on joue un rôle capital, alors qu'on est en train de s'entre-tuer...

— Entre Italiens fascistes et non fascistes, c'est normal !

— Non, entre nous, entre résistants. C'était déjà comme ça en Espagne, souviens-toi !

— Qu'est-ce que tu racontes ?

— Un jour la Stella Rossa me trouera la peau !

— Roberto, où vas-tu chercher des idées pareilles ?

— Pico est venu à la librairie. Pico, l'ami, le frère, avec qui j'ai risqué tant de fois ma vie. Tu sais ce qu'il m'a dit ? Certes il était soûl, mais justement...

— Il t'a dit quoi, avec ses litres de grappa dans les veines ?

— « Souviens-toi, celui qui vire du rouge au bleu vaut pas mieux que les fascistes ! On devrait te casser la gueule, marquis de mes fesses ! Finalement, je ferais mieux de retourner en France avec toi et d'y rester. »

— Je vais en France, Roberto, mais après je reviens ici me battre...

— Ta décision est prise ? Tu pars quand ?

— Le temps de choisir le lieu de passage, de préparer les papiers d'identité... Entre la deuxième et la troisième semaine d'octobre. En attendant, il faut que je règle cette histoire de « pacte de l'or ».

— La Résistance va intervenir ?

— Non, je fais ça pour la communauté. On commence à trouver des gens qui affirment que les nazis sont les seuls responsables, les seuls antisémites ! Tu te souviens du discours d'avril 1929 ? Mussolini affirmait qu'il n'y aurait jamais d'antisémitisme d'État en Italie.

— Vaguement...

— « Vaguement »... On voit bien que tu n'es pas juif, Roberto... « Les Juifs sont à Rome depuis l'époque des rois ; peut-être ont-ils fourni aux Sabines des vêtements après leur enlèvement. Ils étaient cinquante mille sous Auguste et ils demandèrent à pleurer sur la dépouille de Jules César. Nous les laisserons en paix. » Avril 1929 ! « Nous les laisserons en paix... » Tu sais à quel moment les Juifs, pourtant installés à Rome bien avant les chrétiens, y sont devenus des citoyens comme les autres ?

— Non.

— Avec la proclamation de l'Unité italienne ! Il y a soixante-dix ans !

— On a bien trouvé en Italie du Nord certains représentants juifs de la bourgeoisie industrielle pour financer les premiers Faisceaux de combat ; et à Rome, comme ailleurs, des Juifs ont pris la carte du parti fasciste...

— On trouve toujours des borgnes et des manchots pour faire n'importe quoi, Roberto ! On dira aussi que la persécution des Juifs est un gage d'amitié que l'Italie fasciste a offert à l'Allemagne nazie... Je ne vais pas t'énumérer la série infinie de décrets et de lois antisémites adoptés en Italie depuis 1938. Quant à l'Église, la seule condamnation explicite de l'antisémitisme a été prononcée en 1937, il y a six ans, par Pie XI devant un groupe de pèlerins belges : « Nous sommes spirituellement des sémites. » Mon cul, oui ! Depuis : silence !

— Que peut-on faire ?

— Je ne sais pas, Roberto. Ugo Foa, le président de la communauté juive, est persuadé qu'il ne faut rien changer. Israel Zolli, le grand rabbin, recommande à la communauté d'émigrer ou de disparaître dans la clandestinité...

— Et tu veux aller chercher Maddalena ?

— C'est encore pire en France. Au moins, ici, on sait où se cacher, et où et comment continuer le combat.

Le « pacte de l'or », évoqué par Renzo, fut le premier acte de cruauté des nazis à Rome. Le 26 septembre 1943, Herbert Kappler, chef de la Gestapo, convoqua les responsables de la communauté juive de Rome et leur donna l'ordre de lui remettre cinquante kilos d'or, faute de quoi deux cents otages seraient immédiatement arrêtés et déportés. Renzo fit partie de ceux qui, un jour et demi durant, sillonnèrent la ville en tous sens afin de rassembler l'ignoble tribut. Il alla frapper à toutes les portes, demanda, exigea, supplia. Des Romains de tous les milieux, juifs et non juifs, affluèrent, dès onze heures du matin, dans les locaux de la synagogue, lungotevere dei Cenci, en offrant qui une bague, qui une chaînette, qui des pièces d'or et des objets divers – médailles, anneaux, bijoux, que trois orfèvres pesaient et évaluaient. Au soir du 28 septembre, la quantité réclamée était enfin rassemblée. Nombreux furent ceux qui pensèrent que le danger était écarté. Au sein même de la communauté juive, il n'était pas rare d'entendre le discours suivant : « Les Allemands sont antisémites, cruels, mais ni lâches, ni déloyaux, ni sans honneur ; ils ne manqueront jamais à la parole donnée. » Aucun reçu ne fut remis : « On ne donne pas de reçu à l'ennemi qu'on libère », fit dire Kappler à ceux qui lui apportèrent la rançon. Moins de quinze jours plus tard, les bibliothèques de la communauté et de l'école rabbinique furent pillées sous l'œil attentif d'un paléographe et philologue allemand : manuscrits précieux, éditions rares et incunables furent ensuite acheminés vers l'Allemagne.

Mais ce qui ulcérait Renzo, c'était l'attitude de l'Église. Alors que la collecte avait commencé déjà depuis plusieurs heures, un prêtre du Sacré-Cœur était venu annoncer à la communauté juive de Rome que le pape autorisait un prêt.

— Tu te rends compte, Roberto, pas un don, un prêt. Ils voulaient récupérer leur argent ! Heureusement, nous n'avons pas eu besoin de l'aide du Vatican. Ils peuvent se gaver comme des oies avec leurs lingots et leurs pièces d'or !

Le lendemain de ce triste événement, Renzo avait fait un rêve étrange. Le pape Pie XII est mort. Il repose dans son cercueil en bois d'orme. Son corps est drapé dans un linceul pourpre. Son visage est recouvert de soie blanche. Sur le chemin de la crypte, le corbillard s'arrête devant Saint-Jean-de-Latran, sur un immense tapis recouvert de pièces d'or et de petits cadavres d'enfants juifs. Renzo, qui est là et observe, entend une série d'affreux bruits intestinaux et d'éructations provenant du cercueil, apparemment provoqués par la fermentation rapide du corps. C'est l'automne et il fait encore très chaud. Renzo qui peut observer très distinctement le visage du pape le voit devenir vert-de-gris, puis violet. La puanteur environnante est telle qu'un des gardes suisses s'évanouit. Alors, l'incroyable se produit, le nez du pape devient noir comme du charbon et se détache doucement du visage. « Fallait s'y attendre, dit Galeazzi-Lisi, l'ex-médecin personnel de Sa Sainteté, qui s'est en outre chargé de l'embaumement du corps. C'est une nouvelle méthode. On pouvait soi-disant laisser les intestins en place. Résultat, tout est en train de péter. » « Oui, tout pète, tout pue », pense Renzo, tandis que sous les roues du corbillard s'élèvent les voix des enfants juifs qui chantent un commandement d'amour universel : « Aime l'étranger comme toi-même, et n'oublie pas, c'est Dieu qui rend la justice. »

Justice ou pas, la vie reprit le dessus. Malgré les jours gris, les privations quotidiennes et la peur. Les Turinois allaient au cinéma, se rendaient au music-hall, se promenaient à bicyclette, essayant coûte que coûte de regagner leurs foyers avant les sirènes du couvre-feu, ou se pressaient l'après-midi au guichet des théâtres de *varietà* pour venir applaudir des comiques qui, ne disant rien mais suggérant tout, n'hésitaient pas à décocher des flèches terribles contre la république de Salò et contre l'occupant nazi. Bientôt les jours gris devinrent de plus en plus sombres. Les mâchoires du nazisme étaient en train de se refermer sur l'Italie. Beaucoup de citoyens vivaient cachés pour des motifs de sécurité personnelle. On sentait partout l'exaspération, la faim, la mort. Les gens étaient fatigués de rêver de l'arrivée prochaine de ceux qu'on appelait les « libérateurs », et souvent

Roberto reprenait à son compte une phrase que Renzo répétait en souriant pour se donner du courage : « Désormais le Juif errant est fatigué, il n'en peut plus. Il va monter tout en haut de la Mole et pisser sur Turin ! »

La librairie *Cugini Pomba*, pour sa part, continuait d'œuvrer dans la clandestinité, rassemblant les informations, établissant les contacts, servant de boîte aux lettres ou de lieu de rendez-vous. À mesure que l'automne se dégradait et que la répression devenait plus féroce, Roberto dut, à plusieurs reprises, sortir de son strict rôle de libraire pour reprendre du service dans le maquis. Ainsi fallut-il un soir réceptionner, dans la zone d'Alba, des conteneurs largués par un avion allié. Engoncé dans son imperméable léopard avec le rembourrage pour la musette, armé d'un colt et d'une Thompson, il retrouva des sensations qu'il n'avait pas éprouvées depuis longtemps. Mais les ordres étaient formels : « Personne ne touche à rien ! » Il dut, comme tous les autres, se rendre à l'évidence : les Anglais prenaient les Italiens pour des voleurs. Du moins, est-ce ce que laissait entendre sans trop de précautions oratoires l'officier anglais qui, sa *fakin list* à la main, était là avec eux en train de compter et de vérifier le matériel. Au fond, ce n'étaient pas les tanks en feu, brûlant avec une épaisse fumée noire et de hautes flammes jaunes, ni le crépitement des mitrailleuses à chaque attaque-surprise de convois allemands, ni les explosions des attentats faisant vibrer l'acier de son casque tandis qu'une pluie jaunâtre de cailloux lui recouvrait le corps qui avaient réussi à entamer son moral, mais bien cette attitude méprisante de certains Alliés, parachutés, selon eux, sur le sol italien, pour « encadrer une troupe de bons à rien ». C'est tout cela que Roberto ressassait, le lendemain de l'opération d'Alba, alors que rangeant dans une chaussette de laine lui servant d'étui ses vieilles jumelles Zeiss, il écoutait le commandant de division, Filippo Gaddi, leur conseiller d'adopter, à l'approche de l'hiver, une nouvelle stratégie :

— Planquez les armes et les munitions. Dispersez-vous dans les collines à trois ou quatre par ferme. Aidez les paysans à travailler, ils ne vous garderont que plus volontiers. Pour ceux qui ne veulent pas passer l'hiver dans la nature, redescendez en plaine, dans la ville, cachez-vous, ou pour ceux qui ne peuvent pas, inscrivez-vous au travail obligatoire. Dans trois mois, on reprend tout. Évidemment, ces consignes ne te concernent pas, conclut-il en se tournant vers Roberto.

Découragé, se sentant seul devant l'hiver qui arrivait, Roberto décida ce jour-là de faire la sieste. Après tout, la librairie était fermée de 14 à 16 heures et cela ne gênerait personne. Malgré le bruit des tramways qui brinquebalaient sous ses fenêtres, il s'endormit comme une masse. Mais à peine venait-il de sombrer dans le sommeil que la sonnerie du téléphone le réveilla en sursaut. Quatre coups la première fois : Roberto ne décrocha pas. Puis deux coups une seconde fois : il laissa sonner. C'était le signal, il devait s'habiller, descendre dans la boutique et se mettre à travailler ; c'est-à-dire vérifier une hypothétique comptabilité. On devait alors venir frapper au rideau baissé de la librairie dans les dix minutes suivant le coup de fil. Un homme de l'organisation, jamais le même, venait le chercher et ils devaient se rendre ensemble à un endroit connu du seul visiteur qui lui révélait le lieu exact de l'action au fur et à mesure de leur avancée.

Attablé devant une pile de factures, le Beretta d'ordonnance dans sa poche droite, Roberto attendait sous la grosse toupie à pétrole, coiffée de son abat-jour de carton vert. Machinalement, il détacha une feuille de l'éphéméride, laissant apparaître le nouveau jour : *sabato, 16 ottobre 1943, 41a settimana, S. Callisto I...* On frappa au rideau de fer du magasin. Instinctivement, il glissa la main dans sa poche et sentit immédiatement la crosse froide du Beretta. Puis il se leva et souffla dans le verre de la lampe. Une âcre odeur de pétrole se répandit aussitôt dans la pièce soudain jetée dans la pénombre. À peine avait-il ouvert la petite porte ménagée dans le rideau de fer, que Renzo s'engouffra dans la pièce :

— Les Allemands s'apprêtent à faire une rafle dans le ghetto de Rome. D'après nos sources, ce serait demain. Les salauds, ils ont choisi le samedi parce qu'ils savent qu'ils auront plus de chances de trouver les familles réunies ! On y va. Je t'expliquerai... Giuliano Parringo te remplacera à la librairie.

40

La petite Fiat Millecento, avec sa plaque *Città del Vaticano*, avait évité tous les barrages. « Beppe Saluzzo » et « Domenico Costanzo », grâce à leurs fausses cartes d'identité, avaient franchi tous les contrôles. Après avoir roulé plus de quinze heures, ils venaient d'arriver à Rome. Il était cinq heures du matin, et il pleuvait fort. Leur ordre de mission était on ne peut plus clair : une mission secrète auprès du camerlingue, le cardinal Carlo Francesco di Casalro.

— Quelle mission ? demanda Roberto, tandis qu'ils remontaient la via D. Giuliana.

— Auprès du pape !

— C'est une mauvaise blague…

— Non. Il faut que Pie XII intervienne avant la rafle !

— Mais je ne le connais pas ton foutu pape, Renzo !

— D'abord, ce n'est pas vraiment « mon » pape, espèce de goy, ensuite tu connais peut-être le camerlingue ?

— Mais bien sûr ! Il était encore là hier après-midi à la librairie. Il voulait m'acheter un exemplaire du *Re Orso* de Boito, tu sais, l'ouvrage destiné à faire peur aux petites filles, aux femmes de chambre, aux commères et aux bigotes ! dit Roberto, sur le ton de la plaisanterie.

— Monsieur Beppe Saluzzo, tu sais aussi bien que moi qu'il fait partie de ta famille.

— Ma famille ? Un cousin éloigné, très éloigné. Je ne l'ai jamais vu. On ne me parlait jamais de lui, même quand je vivais en Italie… Et puis c'était dans une autre vie…

— Tu ne peux pas refuser. On doit tout tenter. Le Comité de la Résistance…

— Je n'ai pas dit que je ne voulais pas, mais pourquoi me recevrait-il ?

— La Résistance n'a pas que des pouilleux qui se planquent dans les montagnes. On a des appuis, parfois haut placés. Et puis tu es un Foulard bleu tu n'es plus un communiste… ça devrait aider au dialogue, dit Renzo, en glissant dans la main de Roberto un carton sur lequel figuraient le lieu et l'heure de rendez-vous avec le camerlingue.

Alors que la voiture était bloquée derrière un camion, dans une des petites rues qui contournent la place Saint-Pierre, Roberto eut tout loisir de regarder les sentinelles allemandes qui, à la demande de Pie XII, assuraient la sécurité de son minuscule État. Glissant le « carton d'invitation » dans la poche intérieure de sa veste, il songea à ses ancêtres, à tous ces gens qui depuis des siècles avaient été ministres plénipotentiaires, consuls, ambassadeurs, diplomates. Il revit l'immense galerie de portraits du château familial, long corridor solennel. Si le moment n'avait été particulièrement douloureux, cela l'aurait presque amusé de renouer avec la « tradition » des hommes de sa famille « promus aux plus hautes charges du royaume », et depuis si longtemps tous « fins négociateurs et grands diplomates ». Mais Roberto se sentait si loin de l'art subtil de la diplomatie. Il était tout sauf un acteur, ne représentait que lui-même, et surtout se rappelait le bon mot de son père qui aimait à répéter : « Foutre Dieu, tu sais mon fils, ce que c'est qu'un diplomate ? Et bien c'est quelqu'un qui, par définition, doit tout faire pour empêcher que les choses arrivent ! » Mais lorsque, après avoir garé la voiture près du ponte Garibaldi, Roberto vit l'interminable file de camions militaires non bâchés stationnée le long du Lungotevere, il resta plusieurs minutes comme paralysé avant de pouvoir faire le moindre pas en direction du ghetto. Décidé, Renzo marchait à quelques mètres devant lui.

Bien que le jour ne fût pas encore levé, on pouvait très nettement distinguer les silhouettes des membres de la SS et de la Waffen-SS, armés de mitraillettes, qui investissaient le ghetto en tirant des coups de feu en l'air. Très rapidement les gens étaient tirés de chez eux, regroupés dans la rue où des soldats répétaient à haute voix qu'il fallait emporter des provisions pour huit jours, qu'on pouvait prendre de l'argent et des bijoux ainsi que des vêtements et des couvertures. Montés au premier étage d'un immeuble vide situé juste à la lisière du ghetto, Roberto et Renzo observaient ce qui se passait afin de rapporter le plus précisément possible les conditions de la rafle à la Résistance. Mais comment se contenter d'un simple rôle d'observateur ? Roberto, qui en savait assez, voulait partir immédiatement au Vatican pour voir le camerlingue, oubliant que le rendez-vous était fixé à midi, dans plus de quatre heures !

Les femmes et les enfants hurlaient, certains lançaient de grands appels au secours avant d'être réduits au silence. C'étaient surtout les yeux des enfants, qu'il croyait apercevoir dans la pénombre, qui transperçaient Roberto comme des balles, tous ces petits yeux dilatés, qui semblaient ne rien voir, qui semblaient seulement chercher une explication à cette terreur, à toute cette souffrance. Certains petits tenaient dans leurs mains, qui un jouet, qui un morceau de pain, qui un petit oreiller sur lequel, il y a quelques heures à peine, ils dormaient encore profondément, avec dans la tête leurs rêves et leurs grandes questions d'enfant. Juste devant Roberto, trois camions chargés d'un grand nombre d'enfants venaient de s'arrêter. Dans leurs figures pâles et décomposées, dans leurs petites mains tremblantes qui s'agrippaient aux bords du camion, Roberto, de façon presque palpable, vit l'épouvante qui les envahissait.

— File au Vatican, par le ponte Palatino, avec la voiture, la plaque d'immatriculation te couvre, dit Renzo à Roberto. Il était très pâle, comme un mort.

— Et toi ?

— Je reste ici. Je récite le *Shema*. Je note tout ce que je vois. On se retrouve à Turin. Reviens sans moi. C'est plus prudent. Chacun de son côté. C'est mieux.

Roberto embrassa Renzo :

— Sois prudent, frère.

— Ne t'inquiète pas, pense à eux tous, à nous tous.

Roberto fut reçu, comme prévu par le camerlingue, au palais pontifical. L'homme, qui n'était pas grand et avait quelque embonpoint, la face toute rose de foi et d'amour et les mains jointes devant la poitrine, lui vanta les mérites de la famille, de la généalogie, et lui exprima tout le plaisir réel qu'il avait à recevoir la visite d'un descendant d'une si illustre famille, en de tels moments, si difficiles pour l'Italie et l'Église.

— Alors cousin, vous permettez que je vous appelle cousin, que me vaut le plaisir de votre venue au Vatican ? Vous êtes de nouveau en Italie ?

Roberto comprit soudain tout le risque que comportait cette visite. Pour la première fois depuis qu'il avait passé la frontière, quelqu'un d'autre qu'un membre de la Résistance savait qu'il avait remis les pieds en Italie. Et ce cousin éloigné, proche du pape, ne lui inspirait qu'une confiance relative. Mais il se souvint du visage des enfants juifs entassés dans les camions ; de tous ces enfants qui devaient maintenant être regroupés au Collegio militare, situé entre le Tibre et la colline du Janicule, à moins de huit cents mètres de la place Saint-Pierre.

— Je viens du ghetto, et…

— Depuis ce matin la pression monte de tous côtés, pour appeler le pape à condamner ouvertement cette opération…

— Le Saint-Père ne peut-il émettre une protestation officielle ? Il commande « moralement » à un demi-milliard d'êtres humains. Cela pourrait donner à réfléchir, même à Hitler, non ?

— *La Santa Sede non vorrebbe essere messa nella necessità di dire la sua parola di disapprovazione.* Le Saint-Siège ne souhaite nullement devoir faire face à la nécessité de protester... dit le camerlingue, à voix basse.

— Il peut y être contraint. Si cela continue.

— Si par malheur une telle chose arrivait, il s'en remettrait à la divine Providence.

— Mais enfin, au nom de l'humanité, de la charité chrétienne...

— Je ne peux pas répondre à la place du Saint-Père, mais dans cette guerre, complexe, difficile, est-il bien utile de tout compromettre alors que le bateau arrive au port ?

— Mais quel bateau, quel port ? Des innocents sont massacrés sous les fenêtres du Vatican, et...

— Faut-il faire quoi que ce soit qui aille à l'encontre des intérêts de l'Allemagne ? Pensez aux représailles sur les vrais Italiens ?

— Les « vrais Italiens » ? Qu'entendez-vous par...

— Écoutez, *caro cugino*, je vous ai reçu, j'ai compris votre message. Je le transmettrai au Saint-Père. Mais j'ai d'autres rendez-vous... L'ambassadeur Weizsäcker, le consul d'Allemagne, Albrecht von Kessel, la princesse Enza Pignatelli-Aragona... Vous voyez, je vous mets dans tous mes petits secrets... Mais maintenant partez, voulez-vous... ajouta-t-il, en donnant à Roberto une bénédiction qu'il n'avait pas demandée.

Roberto passa le restant de la journée à errer dans Rome, brisé, anéanti, sans pouvoir retourner dans le ghetto à présent totalement bouclé par un détachement allemand de la section SS « Tête de Mort ». À la nuit tombée, il passa devant les portes de la caserne via della Lungara, à quelques centaines de mètres à vol d'oiseau de Saint-Pierre. C'est là que nombre d'habitants du ghetto avaient été rassemblés. Des gens apportaient de la nourriture, des vêtements, des lettres, ou simplement montaient la garde, dans l'attente de nouvelles. Un homme le supplia de porter une petite valise pleine de vêtements chauds à une jeune femme, « vêtue de rouge, enceinte ». Lui ne pouvait pas entrer : « *Ci siamo sposati quando avevamo vent'anni... Abbiamo avuto tre figli... Caterina, Carlo, quindi Luigi...* Ils ne peuvent pas rester seuls. » Mais la femme devait avoir tellement froid. Il la reconnaîtrait sûrement. Elle était brune, enceinte, vêtue d'une robe rouge et s'appelait Smeralda, « comme la côte sarde, oui, Smeralda ». Des membres des familles et des proches figuraient parmi les visiteurs, et se faisaient passer pour des amis, des sympathisants ou des domestiques chrétiens. C'est ce que fit Roberto. Après quelques heures de détention, les conditions de vie étaient déjà épouvantables. Tous ces gens n'avaient rien à manger, rien à boire, et aucune installation sanitaire n'était prévue. Roberto ne trouva pas Smeralda. Alors qu'il allait ressortir, chassé comme tous les autres « visiteurs » par les SS, il fut témoin d'une scène affreuse : une femme enceinte qui venait d'être traînée dans la cour pour y accoucher fut abattue sous les yeux d'un groupe de prisonniers à qui on demandait les clefs de leurs appartements sous prétexte, au nom de la solidarité, d'aller chercher de la nourriture et des vêtements pour ceux qui n'en avaient pas. La jeune femme portait une robe rouge. Roberto gagna la sortie. À la porte de la prison, l'homme avait disparu. Après quelques mètres le long du trottoir, Roberto se laissa tomber dans le caniveau et vomit. Son impuissance l'écœurait. Il avait entraîné dans sa chute la valise qui s'était ouverte, répandant son maigre contenu : un chandail, une paire de pantoufles, une écharpe et du linge de corps. Roberto remit tout soigneusement dans la valise qu'il abandonna sur la chaussée avant de rejoindre la voiture.

Tandis qu'il rentrait à Turin, des wagons à bestiaux partaient de la gare de Trastevere en direction de l'Allemagne. Le long de la via Salaria, il entendit longtemps le sifflement d'une locomotive, qui sembla le suivre jusqu'au rideau de fer de sa librairie qu'il ouvrit en tremblant. Le lundi 18 octobre, alors qu'il venait de replacer sur les rayonnages un exemplaire grand format des *Poesie e lettere* de Vincenzo da Filicaia, il s'approcha de son éphéméride et en arracha deux pages qu'il conserva longtemps dans sa main, tout en regardant, brisé, la nouvelle date inscrite en noir et rouge: *lunedì 18 ottobre 1943, 42a settimana, S. Luca*.

Roberto, comme nombre de ses camarades de la Stella Rossa et des Foulards bleus qui avaient retrouvé un semblant d'unité, attendit des nouvelles de Renzo. Il ne pouvait avoir disparu puisque tous les renseignements scrupuleusement notés par lui étaient parvenus au QG de Condove. Certes, ni Pacelli ni son cardinal secrétaire d'État n'avaient pris d'initiatives les jours qui avaient suivi le 16 octobre, que ce fût en leur nom propre ou sous les auspices du Saint-Siège, mais un certain nombre de Juifs avaient, à ce que disait la rumeur, trouvé refuge dans les quelque cent cinquante institutions religieuses « extraterritoriales » de Rome, et surtout chez nombre d'Italiens ordinaires et laïques. Puis les jours passèrent, plus lentement qu'à l'habitude, ponctués par les petits faits quotidiens de la Résistance, cette seconde peau devenue si naturelle que Roberto semblait ne plus rien se rappeler de la vie d'avant, et par les lettres de Diodata pleines de tendresse et d'amour. Elle y parlait beaucoup de Maddalena, devenue une amie véritable, qui évoquait désormais la possibilité d'une vie future, d'un autre enfant qui ne remplacerait pas Sandrino mais en serait comme le prolongement vivant. Certes, la vie en France était difficile, et leur semi-clandestinité parfois très lourde à porter… Mais les enfants éclairaient de leurs rires, de leurs jeux, de leur insouciance, ces journées passées dans la montagne. Diodata évoquait souvent les articles qu'elle continuait d'envoyer aux journaux américains, grâce notamment à tout un réseau de Français qui, sans faire de la résistance active, n'en apportaient pas moins leur pierre, modeste, « au grand édifice de la Libération » : « J'arrive même à mettre de l'argent de côté. Sans compter celui qui m'est versé directement sur un compte à New York. Une fois la guerre terminée, nous repartirons plus facilement vers notre nouvelle vie à quatre… » Roberto ne parvenait pas à avoir l'enthousiasme de Diodata. Il en avait toujours été plus ou moins ainsi, mais, avec la tourmente qui s'était abattue sur le monde depuis toutes ces années, l'écart entre la joie fondamentale de Diodata et le pessimisme ontologique de Roberto n'avait fait que s'accentuer. Alors qu'elle affirmait que le plus beau des courages est celui d'être heureux, il lui opposait son désespoir irréductible.

Une fin d'après-midi de décembre, alors que la lune faisait briller la neige comme de l'aluminium au soleil, la sonnette de la porte de la librairie retentit. Un homme, chaudement vêtu, entra en se secouant comme un gros chien, et sortit de sa lourde gabardine beige, avec mille précautions, une édition en quatre volumes in-12, ornée d'un portrait de l'auteur, des *Œuvres poétiques* de Giulio Cesare Croce. C'était un officier de liaison des badogliens qui apportait les ordres, comme chaque mois, dissimulés dans la couverture des livres et parfois une lettre de Diodata. Il engagea la conversation en vantant les mérites de cette œuvre unique, en évoquant la vie très étrange de ce giulio cesare croce, forgeron bolonais du XVIIe siècle, chanteur des rues et musicien ambulant.

— Un vrai livre de chevet, confia le gros homme. Que de fois l'ai-je ouvert pour y puiser force et réconfort !

— En parfait état de conservation, dit Roberto, en feuilletant les volumes.

— Une édition de 1830-1836, ajouta un officier allemand, admiratif, qui fouillait dans la librairie depuis une demi-heure. Si je ne m'abuse, il était père de quatorze enfants et auteur de près de cinq cents opuscules…

— Monsieur est un connaisseur, dit le gros homme. Puis se retournant vers Roberto : Hélas, je vais devoir me séparer de ce fidèle compagnon. Besoin d'argent. Vous seriez intéressé ?

— Pourquoi pas, dit Roberto. Il faudrait me le laisser, que j'aie le temps de l'expertiser.

— Non, dit l'officier allemand. Je l'achète immédiatement. Votre prix sera le mien.

Le gros homme devint blanc et bégaya :

— Non… Oui… C'est trop d'honneur… Je n'avais pas pensé… Puis soudain, sur un ton plus cassant, il ajouta : C'est impossible. Je ne vends plus.

L'officier de la Wehrmacht, reposant l'exemplaire qu'il était en train de consulter, s'avança vers lui :

— Cela vous gêne de vendre votre livre à un officier allemand ?

— Non, mais tout à coup… Savoir que mon cher livre peut à l'instant même passer en d'autres mains que les miennes… Soudain j'hésite.

— Vous autres, les Italiens, vous êtes trop sentimentaux ! dit l'officier, et regardant Roberto : C'est à monsieur le libraire de décider. Alors, qu'en pensez-vous, monsieur le libraire ?

Roberto ne savait que répondre. Une mauvaise appréciation du danger et il s'engouffrait dans un processus qu'il ne maîtriserait plus…

— Laissez-moi examiner l'objet et repassez dans deux jours, j'aurai eu le temps de l'expertiser. Ni l'acheteur ni le vendeur ne doivent se sentir lésés…

— Excellente idée, dit l'officier, qui, après avoir claqué des talons et fait le salut nazi, quitta la boutique.

Suivant des yeux l'officier allemand qui traversait la place faisant face au Théâtre Rossini, l'homme à la gabardine et Roberto se regardèrent en poussant un soupir de soulagement :

— Vaut mieux ne pas être cardiaque... dit Roberto.

— Les consignes sont dans la reliure du tome III, et la lettre de ta femme dans le tome II.

La première depuis deux mois... pensa Roberto.

Diodata, cette fois, ne donnait que de très succinctes nouvelles la concernant, elle et les enfants. « Tout va plus ou moins bien, comme toujours en temps de guerre », écrivait-elle sans s'appesantir. En revanche, la lettre était accompagnée d'une coupure de presse du *New Yorker*, soigneusement pliée, qui, sous un titre fracassant (« 1 200 Juifs raflés, le pape se tait ! »), était une analyse implacable de la rafle du ghetto de Rome. Une photo parlait d'elle-même, que Roberto reçut comme un formidable coup de poing dans l'estomac. Le document photographique publié avec l'article corroborait d'une bien étrange façon ce que la Résistance turinoise avait fini par admettre : Renzo ne réapparaîtrait jamais plus... La légende rappelait que le cliché, pris par un photographe amateur, était parvenu jusqu'aux forces alliées grâce à l'efficace réseau de résistance qui commençait d'agir en Italie. Roberto ne pouvait détacher son regard de ce camion garé près des voies de chemin de fer de la gare de Tiburtina. Des hommes, des femmes et quantité d'enfants en descendaient, se dirigeant vers un wagon sur le toit duquel étaient juchés des soldats allemands armés de mitraillettes. Au milieu de tous ces visages, un en particulier se détachait en gros plan : celui d'un homme qui ressemblait tant à Renzo que le doute n'était pas permis. Roberto en était sûr, tout comme Diodata qui lui avait fait parvenir l'article.

Renzo était là, au milieu des autres, hagard, perdu ! Après un effort énorme, Roberto parvint à détacher ses yeux de la photo, et réussit à lire l'article. Le journaliste indiquait qu'on avait pu reconstituer le parcours du convoi. Après être parti de Rome, le lundi 18 octobre 1943, à deux heures cinq, il avait franchi le Tibre en direction du nord. L'aviation alliée l'avait attaqué non loin de la ville, mais en vain. Il avait ainsi pu poursuivre sa route vers les Apennins, dépasser Padoue, puis atteindre Vienne. « À chaque étape, le Vatican fut informé de la progression du train et des conditions de vie à l'intérieur des wagons. Température au-dessous de zéro, faim, soif, absence de sanitaires. Mais le pape resta muet. Aucune intervention. Aucune prise de position. Aucune aide. Et pourquoi ? demandait le journaliste. Parce que Pie XII n'avait qu'une crainte : que l'impact de son intervention ne donne que plus de force à cette rafle, et qu'ainsi les « petites bandes de communistes déjà stationnées dans les environs de Rome », c'est ainsi que Sa Sainteté appelle les partisans italiens, ne descendent dans la rue et ne commettent dans la ville des actes de violence. Nous savons de source sûre qu'il est intervenu auprès de l'occupant nazi afin que ce dernier augmente ses forces de police dans la Ville sainte et mette ainsi en échec un éventuel coup d'État des rouges. C'est un fait, la peur que Pacelli ressent à l'endroit des « communistes » excéda, largement, ce jour fatal, sa compassion pour les Juifs. »

Roberto, les yeux rougis par les larmes, regardait la lune qui continuait de faire briller la neige. Il pensa à une phrase que lui avait dite un jour Renzo, alors qu'un de leurs camarades de la Stella Rossa venait d'être retrouvé décapité sur les bords de la Baltea : « Ce sont les morts qui sont les seuls vrais témoins. » « Renzo, mon cher Renzo. Malheureusement tu as tort. Et ta phrase, je ne peux pas l'aimer. Elle est fausse, elle est néfaste. Renzo, si tu avais survécu, tu aurais pu témoigner. Renzo, mon frère, tu aurais dû survivre, pour témoigner ; Renzo, tu aurais dû survivre. »

L'hiver de cette année 1943-1944, fut rude, et à Turin, tout particulièrement, cette ville neuve et ancienne, jaune et brune, grise et noire, austère, baroque, et si glaciale dans le froid de l'hiver, tandis qu'au bout de chaque rue apparaissaient les pics enneigés des montagnes. Pourtant, dans les cafés, tout le monde buvait des punchs au rhum, et le gui s'offrait à grandes brassées. À la devanture des boucheries pendaient des cerfs, des lapins, des faisans réapparus d'on ne sait quelle chasse interdite et dangereuse. Mais ce Noël n'avait pas de sens. Il y avait eu trop de sang sur la neige. Trop de wagons à bestiaux bourrés d'enfants qui n'avaient même plus la force de se demander vers quelle destination les conduisait cet étrange traîneau.

La fin de l'hiver puis les premiers jours du printemps ne changèrent rien à cette malédiction. L'Italie du Nord était devenue un immense charnier. La loi du talion régnait. Un attentat avait-il fait vingt morts parmi les troupes allemandes qu'on massacrait immédiatement deux cents otages pris dans la population civile, les enfants des écoles, les vieillards des asiles, les malades, les demeurés, les prisonniers de droit commun. Ici, on fusillait des gens près d'une palissade de bois. Là-bas, on arrosait les cadavres d'essence afin qu'ils brûlent mieux. Plus loin, on entassait des résistants dans un immense entrepôt et on les mitraillait par les trous des murs. Combien de cadavres retrouvés dans les fossés antichars, ou lestés de pierres et rejetés sur les rivages des lacs ?

Les nuits et les aubes de Roberto étaient hantées par tous ces visages rendus sérieux par la mort, et qui venaient le visiter dans sa petite chambre verte au-dessus de la librairie. En sueur, entre les draps de son lit, Roberto, entre deux cauchemars, se persuadait que tout homme porte en lui un hurlement de bête qui ne jaillit qu'au contact d'une autre bête. Dans une vie normale, se disait-il, on ne l'entend jamais. Peut naître alors une illusion : celle d'avoir été un homme parmi les hommes. Mais aujourd'hui il comprenait que ce cri, si distinctement entendu, et qui semblait le poursuivre et s'échapper tout seul de sa gorge, n'appartenait à personne d'autre qu'à lui. Cela d'autant plus qu'aux exactions des nazis et des fascistes répondaient parfois celles des résistants devenus bêtes à leur tour, pour survivre.

Une après-midi, sur la petite route qui part de Mondovi et monte au bourg de Vico, plusieurs Waffen-SS accompagnés de chasseurs des Apennins avaient investi les fermes où certains Juifs avaient trouvé refuge après la rafle d'octobre. Après avoir violé les femmes, les soldats avaient tué tout le monde, mis le feu aux granges et pillé les habitations. Prévenue, la Résistance avait décidé une riposte immédiate. On demanda une nouvelle fois à Roberto de laisser sa librairie et de se joindre au groupe. Arrivés au pont de Saint-Michel, les résistants de la Stella Rossa et les Foulards bleus tendirent une embuscade aux tortionnaires et les liquidèrent tous.

— Les Allemands ne se battent pas contre une armée ennemie mais contre des gens, des civils ! Les ordures ! cria Salvatore Porta, chef des bleus et coordinateur de l'embuscade, tandis qu'il inspectait les dernières autochenilles du convoi qui continuaient de brûler.

À ses côtés, Roberto et Giuliano Parringo, mitraillette au poing, surveillaient les alentours. Les autres membres des brigades commençaient de regagner leur base en ordre dispersé.

— Ça ne leur suffit pas de vaincre les armées, ils veulent aussi effacer les peuples ! rétorqua Giuliano, qui ne finit pas sa phrase.

Roberto montrait un des tanks du convoi, sur le bord du torrent, intact, du moins en apparence, bien qu'une épaisse fumée montât de son côté. Soudain, ils virent un homme jaillir de la tourelle, plonger et se recevoir sur les mains et les genoux, sur les galets. Après un temps d'arrêt, l'homme se mit à gravir à toute vitesse la route blanche qui conduisait vers la colline plantée de hauts sapins serrés qui surplombait le pont.

— Ne tirez pas, je le veux vivant, cria Salvatore Porta.

Le fuyard ne put aller très loin. Après quelques mètres, il s'écroula, face contre terre. Quand Salvatore Porta le retourna, du pied et du canon de sa mitraillette, il lui sembla voir un petit visage noirci par les explosions, saignant du nez et de la bouche. L'homme, en tenue de chasseur des Apennins, avait une tête d'ange, et ne devait guère avoir plus de vingt ans.

— Qu'est-ce qu'on en fait ? demanda Giuliano.

— Je sais bien que vous, les rouges, vous ne faites pas de détail, dit Salvatore Porta.

— Vous autres, les bleus, vous avez la réputation d'être plus raisonnables, rétorqua Giuliano.

Roberto regardait le prisonnier, la route, la colline, la scène. L'ensemble avait une mauvaise couleur, gris terne et jaune, que prennent presque toujours les choses de la guerre. Salvatore et Giuliano se toisaient, armes au poing. Roberto entendait distinctement en eux grogner la bête de ses rêves.

— Garde le prisonnier, dit Salvatore à Roberto. Giuliano et moi, nous avons à parler. Et ne le laisse pas s'échapper.

Le petit soldat, dans sa tenue de chasseur des Apennins, avait un drôle de regard. Derrière le brouillard des verres de ses lunettes se dessinaient à peine deux petits yeux fendus, secrets, presque absents. Roberto, son fusil-mitrailleur MAB en travers sur ses genoux, l'invita à s'asseoir sur la route. Il avait décidément une drôle de dégaine, ce soldat, qui prenait l'air dégoûté de celui qui s'est bien habillé et qui a reçu une giclée de sang sur son pantalon. Il s'appelait Genio Sceriffo et avait en réalité un peu plus de seize ans. Les armées italiennes, en manque de chair fraîche, commençaient d'enrôler des enfants. Spectacle pitoyable que celui de ces petits visages perdus sous des casques trop larges, le corps croulant sous le poids du paquetage, des fusils, des baïonnettes, des revolvers, des mitraillettes, de toute la panoplie du tueur convaincu.

Au début, s'établit entre le garçon et Roberto un dialogue muet, puis vinrent des mots. Des mots sans vérité, des mots qui mentaient, mais qui avaient une chaleur et un son, et c'est tout ce qui comptait. Ces mots étaient comme une drogue, puissants. Ils berçaient, ils endormaient. Tous deux savaient qu'ils se mentaient l'un à l'autre, et pourtant cela les apaisait, l'un et l'autre, ces mensonges, ces paroles vaines.

— J'ai faim, dit le garçon, en relevant avec impatience une longue mèche sombre qui lui ombrageait une partie du front.

— Tiens, répondit Roberto, en tirant de sa musette une boîte de corned-beef.

— Merci, dit le garçon, en tenant le morceau de viande entre ses mains pleines de cambouis et noires comme du charbon, à cause des crachotements de la mitrailleuse.

Roberto lui tendit sa gourde.

— Merci, dit-il encore, tandis que la main qui portait la gourde à sa bouche tremblait sans pouvoir s'arrêter.

Le garçon, sans cesse occupé à relever la mèche qui retombait sur sa tempe, avait du mal à manger, sa mâchoire inférieure était touchée et le faisait souffrir. Mais la nourriture et les vaines paroles semblaient l'avoir requinqué. Malgré la douleur, il parla de son enfance, des blagues qu'il faisait en barbouillant sur les murs du bordel près de sa maison « Villa Rosa Maltoni Mussolini », du nom de la mère du Duce... Il fredonna sa chanson préférée, *Poussière d'étoiles*, en faisant des variations à la manière de Natalino Otto. Il raconta comment, « dans le civil », le dimanche, il mettait son costume en vigogne, avec une chemise blanche et une cravate bleu marine, et partait danser au cercle social où il pouvait acheter des cigarettes anglaises, des Capstan ou des Remington. On sentait que c'était à lui-même qu'il se racontait. Il semblait avoir un inextinguible et fébrile besoin de parler.

Et pendant qu'il jacassait, Roberto se demandait quel serait son sort : allait-on le fusiller sur place ou le tabasser à mort ? La réponse ne tarda pas à venir. Graves, mais visiblement résolus, Giuliano Parringo et Salvatore Porta sortirent de la forêt et se dirigèrent vers Roberto.

— Ça n'a pas été long, dit le gamin, soudain calmé, en regardant sa montre. Moins de dix minutes. La vie d'un homme ne pèse pas lourd...

Roberto parut surpris. Il avait l'impression que l'attente avait duré des heures.

— À toi de jouer, Roberto, dit Salvatore Porta, en lui tendant sa Beretta. Il faut en finir avec la légende des badogliens trop raisonnables !

— Fusiller un gamin de seize ans, et qui par-dessus le marché est blessé... objecta Roberto.

— Et alors ? Après plus d'un an de ce genre de guerre tu nous fais encore la morale ? Mais où vis-tu, bon Dieu de merde !

— Dans un commandement de division partisane, mais je n'en pense pas moins !

— On ne te demande pas de penser, Roberto, mais d'agir. Demande à ton petit protégé, qui vient de participer au massacre de trente innocents, à quoi il pensait quand il les a abattus de sang-froid.

— Allez, qu'on en finisse, dit le gamin, en sortant de ses poches un stylographe qu'il offrit à Roberto. Capuchon en or, plume rentrante... C'est un cadeau de mon père. Au paradis je n'en aurai plus besoin.

Roberto le refusa. C'était absurde. Particulièrement amer. Abject. En peu de temps, celui qui s'était écoulé durant leur conversation, c'était comme si le jeune soldat avait d'un coup parcouru le chemin qui le séparait de l'âge adulte.

Le garçon, de ses yeux fendus, fixa Roberto qui se demandait où il pouvait bien en avoir vu de semblables. Dans quelque chose d'épouvantable, et qui le poursuivrait sa vie entière : sur le visage de tous les enfants assassinés pendant cette guerre. Puis le garçon se retourna d'un bond et, s'élançant de l'autre côté de la route, s'enfila dans la gorge qui coupait les deux collines et au fond de laquelle coulait un petit torrent.

— Tire, nom de Dieu ! hurla Salvatore Porta. Il est en train de déguerpir !

— Dans le dos, comme un traître ! Dans le dos ! cria Giuliano Parringo.

Roberto pointa sa Beretta en direction de la marionnette qui dégringolait la gorge en faisant des sauts, en déboulant, en trébuchant, tout en chantant, hors d'haleine, *Poussière d'étoiles*.

Une rafale de mitraillette l'arrêta en plein vol. Roberto le vit s'affaisser puis tomber sur les rochers, les bras ouverts, voulant étreindre toute sa vie qui s'échappait soudain. Au milieu du récit de ses souvenirs d'enfance, le jeune Genio Sceriffo avait lancé une drôle de phrase, à laquelle Roberto repensait en tenant sa Beretta contre ses cuisses : « Est-ce qu'il faut obéir avec la certitude de crever sous les balles ennemies ou bien désobéir et décider de sa propre mort, en jouant, comme un grand acteur au cinéma ? »

— Putain, Roberto ! hurlait Giuliano Parringo, si près de lui qu'il sentit son souffle dans sa nuque. Putain, si je n'avais pas tiré, il s'échappait !

Le soir, dans la librairie, une nouvelle lettre de Diodata l'attendait, cachée dans la reliure mosaïquée des *Lezioni di letteratura italiana dettate nell'università di Napoli*, de Luigi Settembrini. Il ne l'ouvrit pas immédiatement. Le souvenir encore frais du jeune chasseur, le corps plié dans son sang, le paralysait. Il se sentait vieux et las, inutile, sans ressort. Pourquoi était-il venu au monde puisque le monde c'était l'Allemagne nazie et l'Italie fasciste ? Un jour, sans doute, le moment venu, il se laisserait tomber, sans résister, de l'autre côté. Du côté des grandes histoires passées qu'il ne faut plus évoquer, des grands massacres qu'il faut à tout prix oublier, des faits vécus dont on a été le témoin mais qui doivent soudain ne plus avoir d'ancrage dans la mémoire. Un jour, se disait-il, je serai si vieux et si fatigué que j'en viendrai même à douter d'avoir tant marché et tant combattu. Un jour on me déniera le droit d'avoir parcouru tous ces sentiers muletiers qui étaient mes lignes de front, toutes ces pistes sur lesquelles je me suis battu pouce par pouce. Un jour, on me traitera de menteur lorsque je raconterai la mort du jeune chasseur des Apennins et que je dirai comment un grand chef communiste, généreux et courageux, tira dans le dos d'un enfant avant de lui voler ses bottes, qui semblaient neuves et bien graissées.

Après plusieurs tasses de fausse chicorée, Roberto se décida enfin à lire la lettre de Diodata. Elle était sombre et triste. La presse des Alpes-Maritimes, depuis longtemps italophobe, avait fait des émules. Plusieurs journaux demandaient une « sévère révision de tous les permis de séjour accordés aux Italiens » et *La France libre*, dans un article vengeur, rappelait une nouvelle fois qu'il ne faudrait jamais oublier que des aviateurs italiens avaient mitraillé des civils français pendant l'exode. À quelques exceptions près, les Italiens étaient tous devenus indésirables ; ils faisaient preuve d'arrogance, outrageaient les Français, et comptaient dans leurs rangs les principaux trafiquants du marché noir. Diodata racontait que Chiara avait dû être opérée des végétations, intervention bénigne qui avait été effectuée dans un dispensaire de Marseille et qui avait failli tourner au drame. Ce samedi 27 mai 1944 avait en effet été celui choisi par l'aviation anglo-américaine pour lancer à l'aveuglette un millier de bombes sur la ville. Diodata et les deux enfants, piégés à Marseille, durent attendre cinq jours avant de pouvoir regagner le col de Brouis. « Je ne sais pas si les enfants pourront se remettre de ce traumatisme. Le bombardement a surpris les gens alors qu'ils étaient encore dans la rue ou dans des abris de fortune. Nous, nous étions au cinéma *Rex*. Lorsque nous en sommes sortis, plusieurs maisons des rues de Rome et de Saint-Ferréol avaient été complètement soufflées, le *Cinéac* n'était plus qu'un entonnoir fumant, et la coutellerie Gaudin un gigantesque écroulement. Le quartier du Racati avait entièrement disparu. Marseille ressemble à une ville après un tremblement de terre. Des rues entières ne sont plus que ruines, jetées dans la pénombre, jonchées de morts et de débris de toutes sortes. Une épaisse poussière de craie mêlée à de la fumée recouvre tout. À l'entrée du tunnel, sous la voie ferrée des centaines de personnes ont péri sous les bombes. C'est une vraie boucherie. Tout ce sang : une vision de grand guignol. On parle de plus de deux mille morts, en train de pourrir sous les décombres, de quatre mille blessés, de près de vingt mille sinistrés. Avec la chaleur, il règne une épouvantable odeur de cadavre et de chair brûlée, et les volontaires de la Croix-Rouge portent des masques à gaz. La Milice de Darnand et le PPF de Doriot profitent de l'aubaine. Partout, on voit surgir la tenue bleue, qui rappelle les chasseurs alpins, avec un mystérieux gamma. Des Miliciens gardent les ruines, fusil au bras ; des miliciennes arborent le revolver. Armés par la Gestapo, ils prétendent pourchasser les « zazous », mais en fait traquent les passants, et se gardent bien de remuer les pierres et les cadavres. C'est affreux, les Marseillais en veulent terriblement aux Alliés et les journaux collaborationnistes s'en donnent à cœur joie. Ce ne sont malheureusement pas les seuls. Certains résistants sont furieux, et un journal clandestin n'a pas hésité à adresser aux aviateurs une supplique : « La vraie France vous crie, en voilà assez ! En arrosant la ville au hasard par temps clair, vous semez la mort parmi des innocents, parmi des alliés, dont vous vous faites des adversaires. » Marseille est désormais couverte d'affiches et de graffiti, « Vous les attendiez. Ils sont venus », « Signé RAF » ou encore : « Le massacre des innocents par l'armée américaine doit cesser. » Renato a dit que les avions ressemblaient à des oies sauvages. Mais ni lui ni sa sœur ne dorment plus, et lorsque j'essaie de les rassurer en leur jurant qu'on se retrouvera tous bientôt, ils ne me croient pas : ils pensent que tes lettres sont des faux que j'écris pendant qu'ils dorment ! Les adultes mentent toujours avec leurs paroles ! disent-ils. »

Diodata avait gardé pour la fin une nouvelle effrayante qui, disait-elle, avait « installé en elle une terreur tenace ». Par mesure de prudence, elle était allée à Marseille seule avec les enfants afin de ne pas exposer Maddalena à des contrôles de police de plus en plus fréquents. Au retour, alors qu'elle poussait la porte-fenêtre de la cuisine, elle avait découvert une maison vide. « Des voisins m'ont rapporté que la police française avait demandé à Maddalena de la suivre. « Pour une simple formalité », lui a-t-on dit. » Tout, apparemment, s'était déroulé dans le calme, sans heurt ni cri. « Cela ne me rassure guère. Depuis la disparition de Renzo, Maddalena n'est plus la même. « Qu'ils viennent me chercher, ils peuvent faire de moi ce qu'ils veulent. Je suis déjà morte deux fois : la première en mai 1932 à Key West, la seconde en mars 1943 à Rome », ne cessait-elle de me dire ces derniers mois. Au moment où je t'écris, voilà trois jours qu'elle est partie et elle n'est toujours pas revenue. Je suis folle d'inquiétude. Je crains que le pire ne soit arrivé. » Diodata terminait sa lettre par une phrase étrange, qui ne lui ressemblait pas, dans laquelle elle avouait vouloir exprimer une « effroyable vérité » qu'elle sentait « devenir réalité » dans son esprit : « J'ai compris que désormais nous sommes seuls. Il n'y a plus que toi et moi, Roberto. Et dans cette solitude les enfants n'existent plus. Ils ne peuvent pas en faire partie. Leur monde est ailleurs, ce n'est plus le nôtre. Et cette solitude, je le sens, c'est une forteresse qui va s'écrouler sur nous. »

41

— Neri, Neri ! Je te l'avais bien dit ! Je savais qu'ils ne te le pardonneraient jamais ! criait la femme, vêtue d'une robe déchirée et maculée de sang noir, en se traînant sur le mort, tout en l'embrassant, lui ôtant la poussière du visage, lui peignant ses cheveux avec ses mains.

— Traître, charogne !

— Salaud ! Fils de truie !

— Sale espion ! Bon Dieu, comment est-ce possible, sale espion ! disaient les gens, le cou gonflé, le poing levé.

— Tout de même, disait l'aumônier. C'est une véritable exécution !

— Et alors ? Ce n'est pas un fils de pute ? Il n'a pas infiltré la Résistance pour nous balancer après aux Allemands ? répliqua Giuliano Parringo.

— Non ! dit la femme. Neri était maître d'école. Il n'aurait pas fait de mal à une mouche. Et puis vous n'avez aucune preuve, ajouta-t-elle en essayant de nettoyer les traces de sang.

— Si tu crois qu'on a le temps d'accumuler des preuves ! hurla Giuliano Parringo. Et les camarades fusillés par les ordures de la brigade Ettore Mutti, ce n'est pas une preuve ça ?

— Oui, oui, disaient les gens, en lançant sur le mort des giclées de crachats, tandis qu'un homme lui flanquait des coups de crosse dans le ventre.

Des scènes comme celle-là, Roberto en avait vu des dizaines depuis que cette année quarante-quatre avait commencé. Des scènes où des gens hurlent au-dessus d'un cadavre déchiqueté, où les souffles des respirations se mêlent au bruit des chaussures qui frottent le sol, où les injures et les insultes se mélangent aux prières, où personne n'ôte son chapeau devant la mort ; où la guerre n'est plus cette épopée, cet art, voire cette science où certains voudraient l'élever, mais cette chose cruelle, ruineuse, pestilentielle : une plaisanterie abjecte. Cette année avait été une année de sanctions expéditives, de règlements de comptes, d'épaisses rafales de mitraillettes et de sang. Le sang des Fosses ardéatines ; le sang du camp de transit de Fòssoli di Carpi et de celui de Bolzano ; le sang des délations, où la vie ne vaut plus que quelques milliers de lires ; le sang du massacre de la piazza Loreto ; le sang des innocents du village de Sant'Anna di Stazzema ; le sang des sept cents civils exterminés à Marzabotto. Tout ce sang italien versé par les Brigades noires et par les unités SS. Massacres à la bombe, à la dynamite, à l'arme blanche, sans que jamais le Vatican n'intervienne pour les empêcher ou ne s'indigne publiquement avec force.

Au sang venaient se mêler des questions relatives à l'avenir institutionnel de l'Italie libérée. Car, un jour, l'Italie serait libérée et il faudrait bien que les combattants clandestins, venant de tous les horizons de l'antifascisme, finissent par s'entendre. Libéraux, radicaux, socialistes, communistes, membres du tout récent parti d'action allaient créer un pays neuf. Lors de leur réunion à Bari, en janvier 1944, les dirigeants de la Résistance avaient exigé, comme condition de leur entrée dans le gouvernement, l'abdication du roi. Mais une telle exigence n'était que velléité pure. Les Alliés, qui étaient les véritables maîtres du jeu, soutenaient la monarchie et voyaient d'un mauvais œil l'agitation antifasciste.

— Churchill est en train de nous baiser, disait Giuliano Parringo, il préfère traiter avec, à la tête de l'Italie, des ennemis vaincus plutôt qu'avec un gouvernement de résistants antifascistes.

— Victor-Emmanuel reste tout de même le symbole

du fascisme, des défaites militaires, et de l'incroyable désorganisation de septembre quarante-trois, ajouta Pico.

Roberto avait bien une idée, mais il n'osait la développer, sentant qu'entre Foulards bleus et Foulards rouges le fossé s'agrandissait. Salvatore Porta vint à son secours :

— Je suppose que tu n'es pas d'accord, Roberto ?

— Moi, je pense que nous sommes tout bonnement les otages des Alliés. Et j'imagine mal une aide totalement désintéressée, au nom des grandes idées, de la Liberté éclairant le monde. Je n'y crois plus !

— Alors quoi ? dit Giuliano. Évidemment tu n'es pas pour l'abolition de la monarchie.

— Il suffit que Victor-Emmanuel accepte de transmettre ses pouvoirs au prince héritier Humbert, qu'il le nomme alors lieutenant général du royaume, et le problème constitutionnel restera en suspens jusqu'à la paix.

— Non, dit Giuliano Parringo, le roi doit abdiquer et la monarchie prendre fin !

Pour la première fois de sa vie, Roberto se rendit compte que l'idée d'une Italie sans monarchie lui était intolérable. Pourquoi ? Il ne le savait pas vraiment. Il ne pouvait l'expliquer à ces hommes engagés dans la lutte. La maison de Savoie, c'était son père Ercole Tommaso, le château de Cortanze, un passé qui n'était pas « politique » – il eût été alors sans doute plus simple de l'abandonner –, mais viscéral, ancré dans son enfance perdue : « sentimental ».

— Tu devrais appartenir à la Résistance romaine, dit Giuliano, en riant. C'est encore un royaume, sans bourgeoisie, sans classe ouvrière, assez semblable, en fin de compte, à celui des Bourbons…

Cette boutade n'en était pas une. Dans le Nord, la Résistance offrait un visage très différent de son homologue du Sud : beaucoup plus politisée, et radicale dans ses objectifs. Deux conceptions de la nation et de l'État s'opposaient. La Résistance du Nord ne songeait pas seulement à libérer le territoire, elle voulait transformer de fond en comble la société italienne et porter au pouvoir le parti communiste.

Au milieu de ses vieux livres de la librairie *Cugini Pomba*, Roberto perdait pied, empêtré dans ses questions, et ne parvenait plus à s'enthousiasmer, comme ses autres camarades, à la vue des grandes grèves qui plusieurs jours durant, grâce à la solidarité de plus d'un million de travailleurs, avaient réussi à paralyser les usines d'armement de la haute Italie, tout en préservant contre les destructions de la Wehrmacht un outillage industriel qui, au lendemain de la libération, pourrait ainsi retrouver très rapidement son potentiel d'avant-guerre. Salvatore Porta, chef des Foulards bleus, pourtant modéré dans ses avis, en était venu à demander à Roberto s'il ne souhaitait pas quitter la Résistance. Il semblait visiblement peu motivé, et se posait trop de questions alors que seule l'action directe, entière, comptait. La vie de millions d'Italiens dépendait de la cohérence et de l'acharnement des mouvements de résistance.

— Comment croire encore en nous ? Les Allemands réoccupent des zones libres, le général anglais Alexander nous demande de cesser les opérations, et le gouvernement Bonomi n'arrive pas à faire taire les désaccords entre les antifascistes et les conservateurs de la vieille émigration ! La libération de Rome n'a servi à rien !

— Ce n'est pas vrai, dit Salvatore Porta. Ça a permis à Pie XII d'être acclamé comme « le prophète moral le plus inspiré de la victoire ».

— Oui, je sais, et c'est un comble ! Il a même accordé sa protection diplomatique au ministre de Slovaquie, aux ambassadeurs allemand et japonais et à d'autres adversaires des Alliés !

— Enfin, de quoi te plains-tu ? Le roi t'a écouté, il s'est retiré et a transféré ses pouvoirs au prince héritier, dit Salvatore Porta, avec ironie.

— Je n'y suis pour rien, répliqua Roberto, en plaisantant, mais affichant un petit sourire triste : c'est sous la pression de Roosevelt !

Ce que Roberto ne pouvait évoquer avec Salvatore Porta, c'était sa séparation d'avec Diodata et ses enfants. Cela faisait des mois qu'il n'avait, de nouveau, plus de nouvelles et qu'il ne pouvait plus leur en faire parvenir. Tout juste continuait-il de lire des articles de Diodata dans la presse américaine qu'il se procurait de plus en plus difficilement. En octobre 1944, alors que Chiara entrait dans sa septième année – Renato avait maintenant plus de dix ans –, le gouvernement français, ne se sentant plus lié par l'armistice du 8 septembre, et considérant que l'état de guerre entre la France et l'Italie était à nouveau en vigueur, avait appliqué aux biens italiens en France la législation relative aux pays ennemis, et durci ses exigences. Diodata et les enfants pouvaient être expulsés, à tout moment, sur simple dénonciation…

Il fallait qu'il se passe quelque chose pour que Roberto sorte de l'enfer, de l'indécision, de la cruauté de ce terrible hiver 1944-1945 durant lequel l'action partisane prenait un nouveau tournant, devenant moins une lutte nationale contre l'Allemagne nazie qu'une simple et impitoyable guerre civile. Dans l'attente d'un affrontement décisif qui ne viendrait peut-être jamais, avec la seule « étrange diversion » des ratissages et de quelques affrontements locaux, les partisans continuaient de régler leurs comptes. Quant aux dissensions entre Foulards rouges et Foulards bleus, elles étaient en train d'aboutir à d'innombrables violences internes. Ainsi, du val de Suse au Montferrat, de la haute vallée du Pô à Vercelli, du Tanaro au Bormida de Spigno, des provinces de Cuneo à celles d'Asti et d'Alessandria, il n'était pas rare que les rouges Stelle Rosse fassent courir de tous côtés, comme de vulgaires braconniers poursuivis par des gardes forestiers, les bleus badogliens. D'autres fois, ces derniers encerclaient les maisons où dormaient les membres de la Stella Rossa, les réveillaient en faisant un boucan d'enfer, et tiraient partout pour leur faire peur, jusqu'à ce que, une balle perdue ayant atteint un communiste à l'épaule, la mauvaise blague se transforme en bagarre rangée et qu'au matin les Allemands n'aient plus qu'à ramasser les cadavres parmi les ruines de la ferme incendiée !

L'événement tant attendu survint, alors que les négociateurs allemands et anglo-américains examinaient en Suisse les conditions d'un cessez-le-feu sur le front italien. Tandis que les Allemands commençaient de se replier et de franchir lentement la ligne du Pô sous la double poussée des armées alliées qui arrivaient par le sud de Bologne et de l'insurrection générale qui grondait à Venise, Gênes et Milan, le Comité de libération nationale et le Corps des volontaires de la liberté exigèrent des différents groupes de la Résistance qu'ils mettent fin à leurs querelles car l'heure était proche où l'ennemi quitterait le sol d'Italie.

Quand Roberto vit Giuliano Parringo et Salvatore Porta entrer dans sa librairie, il comprit qu'il n'avait pas le choix, plutôt qu'il ne l'avait plus. Il avait encore en mémoire la vision de la femme de Mario Verci, qu'on avait fait « mourir » trois fois avant de l'achever, et qui, hurlant en chemise de nuit « que vais-je faire maintenant sans Mario, que vais-je faire ? », s'entendit répondre : « Pute, c'est un bon boulot, et t'es déjà en tenue ! » Ou celle du petit collabo, vendeur de marrons de la piazza dello Statuto, visage sombre, joues creuses, yeux caves, qu'on avait contraint à s'agenouiller avant de l'abattre, afin qu'il prie tous les morts assassinés par sa faute. Ou de cette jeune fille accusée de collaboration, parce qu'elle donnait de l'argent à un milicien des Brigades noires qui la harcelait, courageuse résistante de la première heure, qu'on avait pourtant tuée d'une décharge dans le dos, attachée à une chaise, en pleine forêt, selon le rite réservé aux traîtres ou prétendus tels.

— Bonsoir Roberto, dit Salvatore Porta en lui tapant sur l'épaule.

— Bonsoir, camarade, dit Giuliano Parringo.

— Bonsoir, les amis, dit Roberto.
— La fin est proche, dit Salvatore. Les derniers sacrifices sont les plus durs.
— On a déjà perdu assez d'hommes et commis assez d'erreurs, dit Giuliano.
Roberto se taisait. Son regard allait de l'un à l'autre.
— Et tu sais pourquoi ? poursuivit Giuliano. Parce qu'on ne s'aime pas comme des frères.
— L'échec de la Résistance, il est peut-être là : nous n'avons pas réussi à être des frères les uns pour les autres ! ajouta Salvatore.
— Notre force, tu vois, c'est d'essayer de tenir sur des fleuves, des collines, des montagnes, de gagner de la terre, notre terre, mais c'est aussi de vouloir imposer un point de vue à propos du bonheur, poursuivit Giuliano.
— Où voulez-vous en venir ? dit Roberto.
C'est Giuliano Parringo qui répondit :
— L'armée allemande est en train de battre en retraite. Les Alliés veulent qu'on la laisse filer pour la rattraper plus tard. Ce n'est pas notre avis. La région est bourrée d'espions qui se disent communistes ou qui se baladent avec de faux foulards bleus au cou et se préparent à intégrer les convois nazis. Il faut en stopper un maximum.
— Mon rôle ? demanda Roberto.
— On a besoin de tes talents d'artificier. Un gros travail. Cent cinquante hommes avec des chars, des automitrailleuses, des canons, rassemblés dans un château fortifié. On place des charges dans des galeries situées sous l'édifice. Tout doit sauter. On sauve la vie des villages alentour. Tu sais qu'en se repliant les Allemands et les républicains massacrent tout sur leur passage.
— On a combien de temps ?
— On vient te chercher demain en début d'après-midi, dit Salvatore Porta.
— On te donnera les plans à l'entrée du labyrinthe. Tu effectueras le travail seul. C'est très risqué… ajouta Giuliano, en sortant de sa poche un paquet de Craven

décacheté. Il contenait plusieurs ampoules qu'il s'apprêtait à donner à Roberto.

— De la strychnine ?

— Oui.

— Il y a un moment, dans la torture, où il est très difficile de ne pas « parler »...

— Merci, dit Roberto, en montrant une petite boîte métallique, de « Crème de luxe Kibri ». J'ai ma dose. Elle vient de France...

Puis, après un temps d'arrêt, tout en caressant les bords à angles droits de sa boîte, et après avoir lu, « Garantie à la cire imperméable et lustre tous cuirs », il ajouta :

— Et l'objectif, où est-il ?

Les deux hommes, mains dans les poches, se regardèrent, manifestant une sorte de gêne.

— Secret, jusqu'à demain.

— Si je suis pris cette nuit, je ne dois rien savoir. Rien de la route suivie, des villages traversés, des contacts... C'est cela ?

— Tu comprends, Roberto ? dit Giuliano Parringo. Tu nous comprends, n'est-ce pas ? Ce n'est pas par manque de confiance.

— Oui, je comprends...

À peine les deux hommes étaient-ils sortis de la librairie qu'une vieille femme y entra, se dirigeant immédiatement vers le rayon « musique » et se plongeant dans les volumes sur les rayonnages. Bien que n'ayant plus beaucoup de cheveux, elle continuait de les porter en chignon qu'elle rajustait de temps à autre, avec des gestes d'une beauté et d'une sensualité étonnantes. Roberto, la regardant à la dérobée, était fasciné par la différence existant entre cette chevelure clairsemée et les gestes si amples, si élégants qui avaient été ceux de toute une vie. Jeune fille, la vieille femme devait coiffer et recoiffer son abondante chevelure, remettre ses peignes, les déplacer, nouer et dénouer ses cheveux. Comme s'il ne restait plus de cette beauté enfuie que ce geste du bras, du poignet et de la main ; un geste comme une caresse au temps défait ; l'ombre d'un geste qui lançait une nuée d'étoiles, des papillons, ébouriffant le présent. Roberto en avait presque oublié sa prochaine et imminente mission, perdu qu'il était dans la contemplation de la nuque de la vieille femme. Quand elle se retourna et s'avança vers lui, Roberto éprouva la sensation étrange d'avoir déjà croisé ce visage, cette chevelure, quelque part, il y a très longtemps. Quelque chose, dans la voix, le troublait :

— Je cherche des livres sur l'orgue, dit la vieille femme, rajustant une nouvelle fois son chignon, avec ce geste mystérieux, comme à l'adresse de Roberto.

— J'en ai, à dire vrai, assez peu, répondit Roberto. Que voulez-vous, des partitions, des traités ?

— Non, non. Quelque chose de plus technique, sur les buffets, les sommiers, les coffres, les consoles, les tirasses, les pompes, les soupapes, répondit-elle en riant de bon cœur.

— Alors, je n'ai rien, dit Roberto.

— Je possédais jadis un exemplaire de *L'Art du facteur d'orgues* de Dom Bédos, une belle édition de 1777, mais je l'ai perdue, ajouta-t-elle, la voix pleine de nostalgie. Bon, eh bien tant pis, à bientôt, monsieur.

— À bientôt, madame, répondit Roberto, se prenant au jeu de la vieille dame.

Alors qu'il la regardait s'éloigner, il ne cessait de revoir ce geste si délicat perdu dans les volutes du chignon. Cette voix, ces yeux, cette silhouette. Sans doute n'était-ce pas de ce côté qu'il fallait chercher… Soudain, il sut que ce mouvement de la main dans la chevelure, c'était celui de Cécile ! Comment n'y avait-il pas pensé plus tôt ! Cécile, sa gouvernante française, celle qui avait éclairé toute son enfance à Cortanze, et avec laquelle il avait passé la dernière nuit au château, dans son lit, blotti contre elle, avant que des huissiers ne viennent, le lendemain, expulser toute la famille. Cécile, c'était elle, cette vieille femme dont il avait croisé le regard le jour de la fête fasciste, sur la place, à Cortanze ! Roberto sortit dans la rue. Il faisait presque doux et la place était vide. Cécile avait disparu. « Quel imbécile, pensa-t-il, tout cela est ridicule ! »

Giuliano et Salvatore ne furent pas en retard au rendez-vous. Comme prévu, dès le ponte di Ferro franchi, ils firent monter deux hommes à l'arrière de la voiture, qui s'assirent de chaque côté de Roberto. Il ne les avait jamais vus auparavant. Tout le monde se taisait. Par la fenêtre entrouverte filtrait un petit air frais. Il ne pleuvait pas. Le brouillard et la neige de l'hiver étaient loin et un beau soleil de printemps s'était franchement installé. Roberto jouissait en silence de ces rayons dorés qui resplendissaient, dans les jardins, sur les arbres, sur les grilles, dans la solitude des vastes collines dépouillées. Le bruit de la ville et des trams faisant sonner les rails était loin, la petite Aprilia roulait maintenant en rase campagne. C'est drôle, se dit Roberto, ces odeurs, cette fraîcheur, cette lumière, tout semble si calme, si joyeux, comme si la guerre, à cet instant, avait choisi de ne pas affecter la vie… À Turin, régnaient le chaos et l'incertitude. Sur ces routes du Piémont, il paraissait impossible que des choses dangereuses puissent avoir lieu : cette campagne retrouvée était comme un jardin bien ordonné et calme.

Puis la route s'éleva et l'Aprilia roula dans une zone fortement vallonnée. Roberto eut à peine le temps d'apercevoir une buse qui volait dans un morceau de ciel bleu. Montée d'on ne sait quel horizon, elle effectuait un singulier vol de reconnaissance, posée en l'air, planant, portée par les courants à la recherche de la belette ou de la fouine sur laquelle elle piquerait, lui plantant son bec dans le crâne pour en sucer le petit cerveau.

Au moment où Roberto allait ouvrir la bouche et parler de la buse, il se tut. Une centaine de forteresses volantes se dirigeaient vers le nord-est, en formation serrée, resplendissant au soleil, et laissant derrière elles des traînées d'épaisse vapeur blanche.

— Elles doivent être très haut pour qu'on n'entende rien, dit Giuliano.

— C'est des Américains ? demanda l'homme assis à la gauche de Roberto.

— Certainement ! Des Boeing B-17 F, dit l'homme assis à droite de Roberto, sur un ton d'expert. Ils vont balancer leurs bombes sur l'Allemagne ! Ça c'est de la guerre !

— Allez-y, camarades, dit l'homme à gauche. Détruisez tout, massacrez tout, effacez tout ! Faites-leur bouffer leurs tripes à ces chiens ! Quelle armée, Sainte Vierge !

— Tu ne dis rien, Roberto ? demanda Giuliano.

— On est aussi importants qu'eux, voilà ce que j'ai à dire.

— Là, tu as raison, dit Giuliano. Être soldat dans la régulière, c'est trop facile.

— Mais être partisan, c'est tout de même autre chose, dit l'homme assis à droite, en posant fraternellement sa main sur la cuisse de Roberto.

Après une petite côte montée lentement, la voiture quitta la route, s'embarqua dans un sentier cahoteux puis stoppa.

— C'est ici, dit Giuliano.

La voiture était arrêtée dans une forêt si profonde qu'il y faisait presque nuit. On ne voyait absolument rien alentour. Il fallait attendre la nuit complète. Les hommes en profitèrent pour se restaurer. Vers vingt et une heures, une canonnade se fit entendre, dans le lointain, mais si fort cependant qu'on se disait que c'était un miracle que le ciel ne se fende pas ni ne se salisse. Dans les collines, sur la gauche, on distinguait très vaguement des camions allemands qui remorquaient de lourdes pièces d'artillerie et des Flak 41.

— Les enculés, dit Giuliano, ils sont encore là !

— On ne peut même pas écouter Radio-Londres pour savoir où en sont ces foutus Alliés de merde ! dit l'homme qui était assis à la gauche de Roberto durant le voyage, un jeune garçon très brun, frisé, portant de petites lunettes, et très maigre.

Soudain, une fusée blanche apparut derrière la forêt, vers l'ouest, puis une seconde.

— C'est le signal, dit Giuliano, en sortant du coffre de la voiture de lourdes musettes qu'il répartit entre eux quatre. On y va.

À mesure qu'ils s'enfonçaient dans les bois, les quatre hommes découvraient de profondes ornières qui avaient été celles des affûts allemands et, répandues çà et là, des centaines de cartouches.

— S'ils nous attrapent maintenant, ils nous massacreront comme des rats dans une trappe ; regardez, dit Giuliano qui montrait, derrière la courbe sombre des collines, une rangée de points lumineux semblables à la guirlande d'ampoules électriques d'une fête d'été, mais qui bougeaient insensiblement : des chars d'assaut allemands qui descendent des montagnes.

Après une demi-heure de marche, Giuliano s'arrêta devant un groupe de rochers, au milieu desquels, à peine dissimulée, se trouvait une porte, avec un large anneau de fer.

— Voici l'entrée du souterrain qui mène exactement sous l'endroit où sont encore stationnés les Allemands, dit Giuliano.

Après avoir sorti de sa musette le plan du souterrain en question, il le montra à Roberto. Au terme d'un long boyau de plusieurs kilomètres sous le petit bois et la plaine leur faisant face, le tunnel devait théoriquement déboucher sur un carrefour formé par quatre galeries, elles-mêmes prolongées par quatre autres tunnels, au bout desquels se trouvaient quatre escaliers qui menaient à la forteresse. Il suffisait de placer quatre charges d'explosif aux angles intérieurs des escaliers, un fil électrique les reliant les unes aux autres, le geste d'un doigt, à bonne distance, pour établir le contact, et la forteresse se soulèverait et s'affaisserait. Mais personne ne savait où se trouvait l'entrée principale des galeries, ni si le long tunnel n'était pas tout simplement bouché par endroits et rendu impraticable…

— Il n'y a que toi qui peux faire ce boulot, dit Giuliano en s'adressant à Roberto. C'est ton château, le château de Cortanze… Tu dois bien savoir comment te diriger dans ce foutu labyrinthe. C'est le moment de te souvenir de tes lectures de Dumas et de Salgari !

Certes, durant le trajet, Roberto avait bien reconnu cette partie du Piémont qui avait été celle de son enfance, et ces collines, chacune surmontée d'un château fort ; mais bien qu'un étrange pressentiment se soit emparé de lui à mesure qu'il se rapprochait de Cortanze, il n'avait à aucun moment songé que l'objectif choisi était le vieux château familial. Castellero, Monale, Settime, Cortazzone, Casasco, Cortadone, Camerano, Cossombrato, Viale, Frinco, Rinco, Colcavagno, Piea, Montechiaro, l'Aprilia avait tellement tourné et viré autour de tous ces châteaux du nord de la vallée du Tanaro qu'il lui avait semblé impensable qu'elle s'arrête justement au pied du souterrain qui menait au château de Cortanze, avec son chargement de plastic, d'allumeur à pression retard, de détonateur cavalier, de plaquette incendiaire et de « clam »…

Giuliano s'adressa une nouvelle fois à Roberto :

— Roberto, tu es sourd ou quoi ? Il n'y a que toi qui peux poser les charges. On ne comprend rien au plan du souterrain…

— Laisse-nous le temps de filer, ajouta le jeune garçon très brun. Tu commences dans un quart d'heure. Dans une heure, si tout va bien, le cordon Bickford du dispositif à combustion lente est placé à l'entrée du tunnel. Il nécessite, comme tu sais, un centimètre par seconde. Quand tu as fini tu disparais dans la nature. Tout devrait sauter vers minuit.

— Bonne chance, camarade, dit Giuliano.

Roberto n'osait pas comprendre ce qui était en train de lui arriver. Il y avait dans cette histoire quelque chose d'impossible, d'invraisemblable. Pourtant, alors qu'il se rapprochait de la porte encastrée dans les rochers, tous ses doutes et toute l'absurdité de cet instant lui furent confirmés. Peint sur un des panneaux de bois de la porte, il remarqua un blason et le choc qu'il reçut alors dans la poitrine ressemblait à celui que doit faire une balle lorsqu'elle pénètre dans la chair du condamné à mort. Au centre de l'écu, trois roues argentées. Au sommet, un casque à sept grilles, à gauche et à droite, deux hercules appuyés sur une massue et une devise : *A bon rendre*. Roberto se trouvait bien devant une des entrées du souterrain de « son » château, et les charges de dynamite qu'il devait distribuer aux quatre extrémités de l'édifice étaient destinées à le faire sauter ! C'était à devenir fou. C'était si tragique que ça en devenait drôle. Quelqu'un, au fond, peu importe qui, avait eu l'idée de cette plaisanterie proprement extraordinaire, et attendait que Roberto mène à bien cette mission, incontestablement la plus inouïe de son existence ; la plus insensée, la plus stupide aussi. À ce compte-là, il pouvait tout aussi bien se faire sauter lui-même la cervelle en s'enfonçant un bâton de dynamite dans le gosier !

Ercole Tommaso, son père, n'avait jamais laissé Roberto jouer dans les galeries souterraines de la vieille forteresse médiévale. « Trop dangereux ! Morbide ! Trop de massacres ! Plein de fantômes ! Tu es trop petit ! Attends d'être plus grand ! ne cessait-il de lui répéter. Tu y descendras bien un jour, dans ce foutu souterrain ! » Roberto Roero Di Cortanze savait maintenant pourquoi il était né : pour revenir, un jour d'avril 1945, sur les lieux de sa naissance, sur la terre de ses ancêtres, et faire sauter un château – *di antica e solida costruzione : il castello di Cortanze* – dont les fondations remontaient à 1160…

Il se souvint soudain de la réponse de Pico Tartaro

lorsqu'il lui avait demandé si la visite au château de Cortanze, le jour de la commémoration des Faisceaux de combat, en mars 1943, suivie de l'arrêt aux abattoirs de Montechiaro, avait été une sorte d'examen de passage. « En quelque sorte, avait répondu le résistant communiste. Et autre chose encore. Nous en reparlerons plus tard, peut-être... » Cette « autre chose » était là, aujourd'hui, devant lui.

42

C'était à une seconde mort que Roberto conviait aujourd'hui ses ancêtres. Une mort plus définitive, se disait-il, que la première. Et qui l'emportait un peu, lui Roberto, avec elle. Prostré, honteux, dans l'épouvante, objet de dégoût pour lui-même, il regardait son château disparaître dans un tonnerre de poussière et de flammes. On dit qu'un homme qui se noie revoit, en un instant, toute sa vie ; que, submergé par un flot d'hallucinations atroces, écœuré par un carrousel de visions fugaces, il se rappelle son passé, ce chapelet d'instants profonds ou dérisoires. Roberto n'avait même pas le temps de se raccrocher à ces impressions tumultueuses et excessives. Raidi, trempé, transi, engourdi, il suivait, paralysé, l'enfer de l'explosion qui retombait sur lui en éclats de feu, en pluie de plâtre et de cailloux dévalant de la *collina* sur laquelle avait été édifié le château des Roero Di Cortanze. De son observatoire de fortune, allongé sur une portion de sol plat et dégagé, se protégeant la tête avec ses mains, il voyait les soldats allemands fuir de tous côtés, les uns transportant de lourdes mitrailleuses et des lance-flammes, les autres, mitraillettes au poing, tirant à volonté en direction des bois alentour contre un ennemi invisible. Les fusils-mitrailleurs faisaient un vacarme de tonnerre, les balles sifflaient de toutes parts, ricochaient sur les murs et les façades des maisons du village. C'était un feu d'artifice de fusées éclairantes qui jaillissaient au-dessus de sa tête, illuminant par intermittence les fermes et les bois.

Bientôt, une pluie collante se mit à tomber, recouvrant le désastre d'une chape de brume, d'un temps mou, contrastant avec la violence du spectacle que Roberto avait sous les yeux. Des saletés et des glaires traînaient dans le ciel, rabattant vers le sol une énorme écharpe de fumées noires et sombres. Brume, fumée, odeur de brûlé, odeur de sang, odeur de poudre : après plusieurs heures de cet enfer, le silence retomba enfin. Les cris, les hurlements, les ordres, les bruits de moteur finirent par être noyés sous ce brouillard tenace, ouatant tout, et le jour n'en finissait pas de se lever. Roberto attendit longtemps, immobile, sans trop savoir quoi faire, sans trop savoir combien de temps il devrait rester ici. Puis il décida de se relever, de se rapprocher de son château détruit. Il arriva par-derrière le village, par le petit bois. Il ne restait rien du muret de briques claires, du labyrinthe de buis de son enfance, de la grande entrée décorée de fresques. Une partie du bâtiment était encore debout, mais ce n'était qu'un mur, une façade donnant sur du vide. Une scène horrible s'offrit à ses regards : les soldats allemands qui n'avaient pas réussi à échapper à l'explosion ni à s'enfuir gisaient en rang, comme un macabre tableau de chasse, le long du puits de la cour, à côté de leur commandant, qui les avait tués avant de se tuer lui-même. Peut-être avait-il cru à une attaque massive des partisans et avait-il préféré la mort à la reddition ? Peut-être avait-il perdu la tête ? Roberto avançait sur un tapis de vitres brisées, de blocs de plâtre, de branches jetées à terre, de briques réduites en miettes. En s'approchant de la chapelle où Cécile jouait de l'orgue, alors qu'il était enfant, il vit l'ancienne salle des gardes aux trois quarts détruite, qui avait visiblement été transformée en chambre de torture, d'où avaient dû s'élever dans la nuit, des mois durant, les cris des partisans qu'on essayait de faire parler. Les fantômes évoqués par Ercole Tommaso n'étaient rien à côté de ceux qui hanteraient désormais les ruines du vieux château familial.

Un pistolet dans une main, une grenade dans l'autre, Roberto avançait tel un somnambule. Des casquettes ornées de têtes de mort en métal blanc, le crâne et les tibias entrecroisés, gisaient sur le sol parmi des petits tas de guenilles sombres, des pantalons, des vestes, des manteaux, vêtements usés qui avaient appartenu à on ne sait qui et qui ne contenaient plus ni corps, ni os pulvérisés dans l'explosion. Tout près de l'orgue de Giuseppe Savina qui, après avoir longtemps accompagné les messes célébrées à l'église de la Santissima. Annunziata, avait fini par intégrer la petite chapelle du château de Cortanze, sur le dallage nu de la chapelle, il aperçut soudain le corps de Cécile, déjà recouvert de mouches. Les soldats l'avaient achevée d'une balle dans la nuque. Roberto n'avait même plus la force de pleurer. Machinalement, à cause des mouches, il posa sur le visage de Cécile son mouchoir qu'il maintint aux quatre coins par quatre petites pierres. Le sang de Cécile était noir comme la poix et maculait un visage qui avait soudain retrouvé toute sa jeunesse. Roberto y plongea les doigts puis les porta à ses lèvres, dans un ultime et singulier geste d'adieu. C'est donc moi qui ai fait tout cela, pensa-t-il ; cette fois, c'est moi qui ai été la bête ; cette fois, c'est moi qui ai fait peur à l'homme. Et tandis qu'il ne cessait de répéter, inlassablement, ces mêmes mots, il regardait cette étrange ampoule électrique qui brûlait, comme toutes les nuits, et qui le gênait, et qui finissait toujours par le réveiller, davantage encore que le mauvais sommier métallique sur lequel il était couché. Il avait froid. Il grelottait. Les mailles de fer entraient dans tous ses membres, et ses oreilles résonnaient encore des coups de feu isolés, des cris aigus de détresse, bien longtemps après qu'il les eut entendus, comme si leur image avait persisté à l'intérieur de son crâne.

Depuis des mois, ce même rêve revenait. Dans cette cellule voûtée semblable à un tronçon de galerie de métro, où les waters étaient bouchés, où les robinets ne fonctionnaient plus, où l'air était lourd de corps transpirants, Roberto n'était plus qu'une loque lamentable qui sortait, pour la centième fois, épuisée de son cauchemar. Et, comme chaque matin, Nino Vigone, son compagnon de détention, lui parlait, tentait de le réconforter, l'accueillait parmi les hommes, le soutenait. Et lui rappelait tous ces faits, toute cette histoire en marche que Roberto, en ces moments d'écroulement du monde et de détestation, semblait vouloir ignorer.

— La guerre est finie, Roberto. Mussolini et sa pute ont été pendus par les pieds comme des cochons ! Je les ai vus, et j'ai vu aussi les Américains de la 5e armée, avec leurs drôles de chaussures. On aurait dit des pantoufles, pas un bruit, mon vieux ! Et des kilomètres de camions, de jeeps, de canons remorqués, de tanks ! Et des Maures, mon vieux, noirs, immenses, même que je me suis dit : Regarde un peu ce qui nous arrive sur les bras ! Roberto, nom de Dieu ! Le soir, ils avaient branché un gramophone sur les haut-parleurs, et tout le monde dansait ! Les Noirs gesticulaient comme des sauvages et nous les Blancs on avait l'air de vrais sacs de patates ! Des infirmes, mon vieux ! T'as pas entendu les cloches qui sonnaient comme si c'était Pâques, même que les rues étaient pleines de monde ! Comme quand on fête un saint patron ! Et les résistants dans les voitures décapotables, avec leurs armes et les mouchoirs noués autour du cou. Et les putes tondues, les mains liées derrière le dos et le visage plein de cirage ! Je les ai vus, moi, tous ces mecs frappés à coups de bâton et de pelle par les rouges ! Finalement on a eu du pot, Roberto, on aurait pu y passer, nous aussi. Pendant que les communistes et les catholiques sont en train de se distribuer les parts du gâteau, les caniveaux sont pleins de types comme nous qu'on expédie en enfer avec une balle dans le dos ! On aurait pu te retrouver à plat ventre, sur la piazza Castello, la tête de côté et les yeux grands ouverts ! Ma femme, c'est un garibaldien qui l'a liquidée... Étendue dans la cuisine, les jambes écartées, la bouche ensanglantée, un trou de la grosseur d'une pièce de monnaie en plein front.

Grimaçant de colère, Nino Vigone jeta furtivement son mégot, comme s'il était interdit de fumer. Voyant que Roberto tentait de se lever, en pestant contre son sommier qui grinçait, il s'approcha et dit :

— T'inquiète pas, mon vieux, j'ai demandé pour ton pieu, t'auras bientôt un matelas…

Roberto ne répondit rien, ce qui eut pour effet de mettre son compagnon de cellule en colère :

— Je ferais mieux de me soûler la gueule plutôt que de parler avec toi ! Tu nous fais chier à la fin avec ton château à la con ! T'avais qu'à le faire sauter, comme tes « camarades » te l'avaient demandé !

Alors qu'une nouvelle fois Roberto allait tenter de se justifier, de dire pourquoi il n'avait pas pu enflammer le cordon Bickford, il entendit des bruits dans la cour de la prison. Des bruits caractéristiques, à cette heure très matinale. Les deux prisonniers se précipitèrent à la fenêtre pour assister, en témoins invisibles et muets, à la terrible vie du dehors. Deux hommes allaient être fusillés. Le premier mourut au garde-à-vous ; le second, à genoux, en pleurant.

— Tu les connaissais ? demanda Roberto.

— Vaguement. Ils étaient membres des Brigades noires. Quand ils sont arrivés ils avaient les bras et les jambes cassés, le crâne défoncé…

— Tu veux que je les plaigne ?

— Peut-être… répondit Nino Vigone en regagnant sa paillasse et en tournant le dos à Roberto.

Dans ces prisons collectives, pensa Roberto, on finit toujours par être prisonnier de ses camarades. Depuis deux mois qu'il était là, sans avoir encore compris pourquoi ses anciens amis l'y avaient jeté, et qu'on ne le nourrissait que de soupes de courges à bestiaux et de gratins de pommes de terre sans lard, il sentait que ses forces l'abandonnaient. À quoi bon essayer de vivre sur l'instant, uniquement, sans espoir ; sans plus penser ni au passé ni au futur ? Il ne pouvait se résoudre à accepter les minutes, patiemment, docilement, les unes après les unes, en se disant que cela finirait bien un jour.

Nino Vigone, comme à chaque fois que Roberto jaillissait de son rêve, le réveillant à quelques encablures de l'aube, ne parvenait jamais à se rendormir. Et tous deux, allongés sur leur paillasse, se faisant face, reprenaient leur dialogue :

— On dit qu'on est à deux doigts de la liberté.

— Qui prétend cela ? dit Roberto.

— Les copains à la cantine, dans la cour, dans les couloirs...

— Ce régime de douche écossaise est mortel. Aucun espoir ne peut y résister. Aucun homme, Nino. Chacun a son espoir, son histoire. On n'est pas ici pour les mêmes raisons...

— Ton histoire de château, c'est pas très clair tout de même !

— Plus simple que la tienne, non ?

— J'ai fait du marché noir, vendu des armes. Après tout, les Américains ont vendu des armes aux Allemands presque jusqu'à la fin de la guerre.

— Tu sais combien d'Italiens ont été tués par les armes que tu vendais ?

— Et le butin de guerre du Parti, tu crois que tes petits copains n'en ont pas foutu de côté pour eux ?

— Tu mélanges tout.

— C'est pour ça que je m'en tirerai, mon vieux. L'Italie d'aujourd'hui est une telle merde. J'ai les mains sales, mais je ne vais pas me les laver tout de suite. Tu devrais faire pareil !

Roberto ne répondit rien. Condamné à vivre avec Nino Vigone, il était bien obligé de le supporter. Mais, de plus en plus souvent, l'homme le dégoûtait. C'étaient des gens de son espèce qui avaient saigné l'Italie à blanc, qui avaient transformé le Nord en un vaste abattoir où les nazis avaient tiré les partisans comme des lapins. Roberto avait la nausée et se sentait horriblement seul. Il se sentait si malheureux que s'il avait été écrivain il n'aurait même pas eu la force d'écrire ce malheur-là. D'ailleurs, à qui et pour qui aurait-il écrit ? Il ne recevait plus de lettres de Diodata depuis des mois. Aucune possibilité de lui écrire : le courrier était interdit. C'était le plein été et pourtant, certains soirs, Roberto avait l'impression que le gel craquait sous ses pieds. Nino Vigone ronflait. L'homme qui voulait attendre avant de se laver les mains ronflait bruyamment, la bouche ouverte, les jambes ouvertes, dans sa sueur et sa merde. En le regardant, Roberto voyait défiler devant ses yeux les rangées de pendus, les wagons de déportés, toutes les victimes innocentes. Plus rien n'avait d'importance. Certains soirs, il se fichait de tout. Mais certains autres, il songeait que s'il avait pu tuer cet homme, là, dans la cellule, il aurait éprouvé une grande satisfaction, un intense sentiment de libération et de justice, comme si, dans cette guerre, il lui restait encore une tâche à accomplir, lui qui n'avait pas eu la force de faire sauter le château familial.

— Nous n'avons jamais agi par ressentiment, ordure ! se mit-il à hurler, réveillant Nino Vigone en sursaut. Nous avions un projet, un rêve de fraternité, de solidarité, de paix... que partageaient des millions de personnes dans le monde entier !

— C'est ça, vive Staline ! Nino Vigone en ricanant.

Hors de lui, Roberto se leva de son lit et, se jetant sur son compagnon de cellule, lui cria au visage :

— Tu ne comprends rien ! Tous ceux qui s'opposaient à notre rêve devenaient pour nous des ennemis ! C'était comme ça, c'est tout...

— Et maintenant, ce sont les mêmes qui massacrent les civils, qui fusillent, qui exécutent, qui lancent des représailles !

— Quand quelqu'un a vu ses parents brûlés vifs, sa sœur violée, ses frères torturés, et qu'il sait même qui est le coupable, tu crois qu'il suffit qu'un ordre venu d'en haut demande de déposer les armes pour que tout s'arrête immédiatement ?

— On a tous été trahis, dans cette affaire, Roberto. On avait tous des grandes attentes. Et puis rien. On a vécu tout ça de façon irrationnelle, sentimentale. Comme un amour de jeunesse ! On n'était ni toi ni moi faits pour l'action politique, la lutte armée, Roberto !

— Moi, je l'ai faite. Toi non, tu t'es contenté de vendre des mitraillettes aux républicains. Arrête de nous mettre dans le même sac, sale fasciste !

Nino Vigone regarda Roberto en souriant. Il n'avait pas peur de la mort. Roberto oui, sans aucun doute. Et ce dernier s'en voulait de confier à ce trafiquant d'armes tant de ses secrets. Pourquoi lui parlait-il ainsi ? Lui révélait-il tant de lui-même ? Sans doute n'avait-il plus la force d'essayer de combattre son sentiment de déception. Certains jours, il aurait voulu recevoir une lettre de Diodata lui demandant la séparation ; une lettre disant qu'elle ne supporterait pas l'infamie de l'accusation pesant sur lui. Une lettre claire, impitoyable, délayée dans peu d'encre, une lettre sèche, de laquelle toute trace d'amour aurait disparu. Cela aurait été plus simple. Un vide froid. Une vraie peine. Une véritable exclusion. Un monde de mort qu'aucun geste n'aurait pu réchauffer, qu'aucune parole n'aurait pu colorer. Une telle lettre, au moins, aurait prouvé à Roberto que Diodata existait encore quelque part dans le monde. Que, quelque part dans le monde, une femme pensait encore à lui, même pour le rejeter. Quelque chose, même cela, plutôt que ce silence, cette immobilité atroce, antinaturelle dans laquelle il s'évanouissait.

— Au fond, dit Nino Vigone, on est mieux ici que dehors. On nous a enfermés pour nous protéger.

— C'est ça, dit Roberto, comme Marcello.

— *Il dentista ?*

— Oui, le dentiste. Libéré, il y a une semaine, il a été abattu en retournant chez lui.

— On n'est pas mal. Je commence à comprendre l'appétit des hommes pour les couvents... Tu veux connaître mon secret ?

— Oui, dit Roberto, sans conviction.

— Se raser de frais chaque matin. Regarder sa gueule

dans le vieux miroir. Manger, même si c'est de la merde, pour tenir quand viendra le temps de la liberté. Tu sais mon but, Roberto ?

— Non.

— Sortir d'ici plus fort que j'y suis entré.

— Pas possible ! C'est une très bonne idée, ça ! Et tu ne penses jamais à la mort ?

— À quoi ça sert ? Tant qu'on vit, on n'est pas mort, et quand on a cessé de vivre, on n'est mort que pour les autres. Le plus dur, tu sais ce que c'est ?

— Non.

— C'est d'utiliser le temps. En prison, il faut le tuer, de toutes ses forces. Ça c'est le plus dur.

— Non, le plus dur, c'est le sentiment d'injustice. Surtout quand on voit avec quel cynisme cette injustice est proclamée justice. C'est ça l'Italie d'aujourd'hui.

Tout en parlant, Roberto ne pouvait détacher son regard des mains de Nino Vigone. Quand il était arrivé en prison, on avait dit qu'il faisait partie de la bande des tueurs de Milan. Évidemment, il avait toujours nié. Mais c'est pour cela qu'il avait été torturé et que plusieurs de ses doigts avaient été écrasés sous une presse de menuisier.

— T'as raison de regarder mes doigts, Roberto. Cette fois, de toute façon, il sera difficile de sortir intact d'ici. Mais j'ai pas l'intention de me laisser écrabouiller les doigts qui me restent sans me battre.

Sans doute est-ce là la grande différence avec moi, pensait en lui-même Roberto qui, lui, en avait assez de cette lutte, de ces combats. Dégoûté, accablé, il n'arriverait jamais à accepter le présent qu'il était en train de « vivre », cette vie sans vie de la prison. Il se sentait comme un poisson pris dans les mailles du filet. Encore un ou deux petits sauts, puis une belle immobilité, une belle rigidité, et des écailles de plomb avant l'arrêt complet de l'air dans les ouïes !

— Tu sais, Roberto. Si on s'était rencontrés en quatorze, on serait peut-être devenus copains ?

— Je me demande bien pourquoi ?

— À cause de la guerre ! J'étais pacifiste ! T'as bien été brancardier dans la Croix-Rouge ?

— Oui.

— On m'a foutu en tôle, déjà ! J'avais collé des affiches contre l'intervention de l'Italie ! J'ai eu les socialistes au cul ! Mais la paix n'est pas faite pour l'homme. Ce grand singe veut exalter la guerre, c'est ça qu'il réclame. Voilà ce que j'ai compris. Voilà pourquoi je suis devenu mussolinien. T'as des lettres, Roberto ?

— Des lettres ?

— Tu connais Vauvenargues ?

— Non.

— Il a dit quelque chose du genre « la paix rend les peuples plus heureux et les hommes plus faibles ». En quatorze, mes copains et moi on trouvait cette phrase complètement idiote.

— Et maintenant ?

— Maintenant ? Je ne sais plus… Dis, Roberto, à ton avis, il est quelle heure ?

— Dix heures du soir, d'après les bruits dans le couloir…

— Putain, on a encore passé une journée entière à discuter. On pourra dormir après le « deuxième service »…

Tous les jours, à la même heure, Roberto et Nino, comme tous les autres prisonniers, attendaient le « deuxième service » avec anxiété. Dans cette prison où ils entendaient tout, les râles des hommes sans femme, les beuglements de truie des torturés, les bottes des gardiens dans le couloir, les chariots montés des cuisines, les portes claquées et reclaquées, le « deuxième service » marquait l'heure des exécutions de nuit. Alors retentissait la sonnerie du téléphone dans le bureau des gardiens, mais on pouvait surtout très distinctement entendre, répétée à intervalles réguliers, une sinistre affirmation : « Oui… oui… oui… oui… »

— Avant chaque « oui », ce fumier de gardien écrit un nom, dit Nino. C'est peut-être le mien, ou le tien…

— Il y en a eu quatorze.

— Je les ai comptés, Roberto. Quatorze « oui ».

Puis le silence retomba, jusqu'à une nouvelle sonnerie du téléphone. Quelques minutes plus tard, un tintement de clochette marqua l'arrivée de l'aumônier. Enfin, les détenus entendirent le déplacement feutré du peloton d'exécution qui prenait place dans la cour.

— Roberto, les pas se rapprochent.

Toujours la même voix de l'homme d'Église, toujours la même clochette : « Seigneur Dieu, prends la peine de pardonner à cet homme. Seigneur Dieu, pardonne à cet homme ses péchés. *Amen.* »

— Ils sont à côté, Nino.

Tout à coup, la porte s'ouvrit. Les gardes entrèrent dans la cellule et s'emparèrent de Nino Vigone qui repoussa brutalement l'aumônier.

— Mon père, lança-t-il au prêtre, dites à votre Dieu de rendre aux hommes qui viendront après nous l'intelligence et le sentiment de la justice. Dites-lui, à votre Dieu, de ma part, de la part de Nino Vigone !

Et, quand Roberto voulut lui tendre la main, il laissa les siennes dans ses poches :

— Je ne veux pas de ta pitié. Je t'ai laissé sous mon lit ma portion de haricots blancs et mon morceau de pain, tu pourras te goinfrer en souvenir de moi, et te péter dessus. Salut, enculé de rouge.

Le nez collé aux barreaux de la cellule, Roberto regardait l'étang voisin, légèrement en contrebas, comme fasciné par cette eau lointaine, devenue lisse et verte sous l'éclairage cru des projecteurs jeté du haut des miradors. Le directeur de la prison pensait que ces exécutions nocturnes, largement éclairées, pourraient donner à réfléchir et forceraient peut-être à certains aveux, certains repentirs, certaines délations, en un mot faciliteraient si ce n'est le rachat des âmes du moins la marche plus rapide de la justice.

La décharge tonna. Nino Vigone s'écroula comme un tas de chiffons. C'est l'officier qui lui donna le coup de grâce. Roberto connaissait la suite. Les détenus se l'étaient si souvent racontée. Le corps était chargé dans une voiture funèbre qui s'engageait dans le chemin du cimetière, où, dans le quartier des exécutés, sans une croix, sans la moindre marque qui indique où se trouvent les condamnés, gisent pêle-mêle tous ceux qui n'ont pu obtenir la compassion des hommes.

Cette nuit-là, Roberto ne rêva pas de son château détruit car il ne parvint pas à trouver le sommeil. « Les Grecs, auxquels on attribue communément la fondation de la civilisation occidentale, n'avaient pas de mot pour désigner la » civilisation »», c'était une des phrases préférées de Nino Vigone qui la répétait à loisir. Si les mots n'apparaissent qu'une fois la chose disparue, quel mot désignerait tout ce temps de sang et de mort qui avait été celui de ces dix dernières années, se demandait Roberto, durant lequel tant d'hommes étaient morts pour des idées qui dépassaient soi-disant l'individu mais qui, en fin de compte, restaient toujours une affaire individuelle et intime ? Chaque grand changement s'accompagne d'une perte d'identité, sans qu'on sache de quelle nature sera la nouvelle. Ainsi ces choses vécues, vues, entendues, devinées, recueillies scrupuleusement par Roberto, avant leur disparition. Ainsi, ces « symboles », se dit-il, qui, demain matin, ne seront déjà plus rien, bien que beaucoup d'hommes de bonne volonté soient morts pour eux.

Soudain la porte s'ouvrit avec fracas. Roberto ne pouvait envisager que son tour soit venu. On lui avait promis un procès, avec des accusateurs et une défense. Le gardien entra, il était accompagné d'un aide qui traînait un matelas. C'était une vieille paillasse sale qui sentait mauvais mais qui éviterait enfin à Roberto le contact avec les fils de fer du sommier qui lui entraient dans la chair depuis des mois.

— Tu vois bien que la guerre est finie, dit-il, condescendant, à Roberto, en lui jetant un journal vieux d'une semaine, que Nino Vigone avait réussi à négocier contre un paquet de cigarettes.

— Y a plus de jaunes ! Partis en fumée. Pfut, pressés, les citrons ! ajouta l'aide, en refermant bruyamment la porte de la cellule.

Une fois seul, Roberto installa la paillasse sur son sommier et prit le journal. Il n'avait plus qu'une seule feuille et ne portait qu'un seul titre en très gros caractères. Daté du mardi 7 août 1945, il annonçait que la première bombe atomique venait d'être lâchée sur Hiroshima.

43

Beaucoup de temps passa, livré à l'engrenage de la prison et à la mécanique de la souffrance. Des mois faits de laideur et de vulgarité, d'inutilité et de saleté. L'hiver vint si vite, avec ses grands froids, son ciel de charbon, sa neige qui tombe, fine, et s'installe. Oui, beaucoup de temps passa durant lequel l'espoir n'était plus qu'un jour minuscule derrière une meurtrière, une épidémie prête à abattre sa victime consentante. Seul dans sa cellule, depuis la mort de Nino Vigone, Roberto avait appris à reconnaître des voix, presque familières, mais sans visages, car la promenade se faisant dans le silence et l'isolement complet il était impossible de relier les unes avec les autres, les sons avec les corps, les toussotements avec les gestes. Parfois, la mort lui paraissait proche, et certaine. Il se voyait emmené au peloton, la nuit plutôt, et cela finissait par ne plus rien lui faire. Parfois au contraire, irrité par l'arbitraire et l'injustice de sa détention, il éprouvait un sentiment puissant qui était comme une fièvre : voyant alors très clairement quel immense bonheur lui donnerait la liberté !

Comme tous les autres prisonniers, il s'était aménagé des pauses, des niches, des instants de pur soulagement, mais comme on le dit vulgairement du ventre : pour satisfaire un besoin naturel. Et à quel prix ! Combien de petitesse, de lâcheté, de mesquinerie, pour obtenir que son plat de navets soit enrichi de pain, de pâtes et de margarine rance ; pour recevoir en supplément quelques boîtes de viande, du chocolat ou des comprimés de vitamines au goût de noisette ; pour qu'un peu de tabac remplace les courges, les carottes et les soupes d'eau, et qu'il cachait sous la toile du lit au cas où il lui arriverait de se réveiller en pleine nuit… Mais, le plus souvent, les humiliations et la peur constituaient un quotidien auquel il était bien difficile d'échapper. « Roberto, disait le gardien avec une voix de caporal gourmandant une recrue, c'est tout de même pas compliqué ! Tu balaies, et après tu laves les dalles du couloir. Voilà un seau et un torchon. Tu voudrais peut-être qu'un valet le fasse à ta place ? » Alors, Roberto lavait en silence, se disant, sans trop y croire, que c'était la meilleure façon de ne pas perdre espoir.

Chaque matin, il se réveillait avec la nausée, comme si les cauchemars des cinq cents autres prisonniers, alourdis dans leur sommeil, avaient pesé toute la nuit sur son ventre et qu'il avait ainsi porté leurs peurs, leur sueur, leurs ricanements, leurs cris dans la nuit, quand on venait les chercher pour les aligner devant le peloton d'exécution. « Allez, gardien, tu déconnes, disait l'un, ne me fais pas une farce comme celle-là, j'ai sommeil », « Merde, j'étais en train de baiser une fille avec des nichons comme des pastèques, j'y étais presque ! » disait un autre. « Pourquoi faut-il que je crève, maintenant, disait un troisième, ma femme va accoucher dans deux semaines… » « Merde, je n'ai jamais eu de pot. J'ai toujours été celui qui attendait qu'on lui ouvre la porte, devant une maison sans porte… » Mais beaucoup geignaient doucement, pleuraient, priaient… Et les réponses des gardiens étaient toujours les mêmes, toujours avec le même ton calme, la même voix uniforme, le même détachement apparent : « Homme, ce n'est plus le moment de rire », disaient-ils doucement pendant que le prêtre agitait sa clochette comme une chèvre funèbre, en proférant toujours le même mensonge : « La mort est une libération, mon très cher fils. Dieu, dans son immense mansuétude, blablablablablabla. »

Roberto éprouvait des sentiments qu'il aurait cru ne jamais pouvoir éprouver, comme cette grande indifférence au sort d'autrui, dès lors qu'il se sentait soudain en sécurité – et cela le dégoûtait. Lentement l'idée même de l'espoir disparut de ses journées et de ses nuits. Il était en train de comprendre que ce n'était pas sa personne qui comptait mais l'enjeu qu'il représentait pour les luttes d'influences qui se déroulaient à l'extérieur de la prison. Il était au centre de trop de haine. On ne cherchait pas à rendre la justice mais à le détruire et, en le détruisant, à détruire d'autres gens, d'autres forces. Alors, il vivait de plus en plus au-dedans de lui-même, compagnon fidèle de sa pureté impure ; avec ses corvées quotidiennes, sa fatigue, ses maladies, son cafard, sa demi-folie, ses complications répugnantes, ses petits excréments durs qu'il laissait chaque semaine dans les latrines. Souvent, il avait des pensées sombres et d'autres moins, qu'il envoyait à Diodata, par on ne sait quel canal mystérieux, et il s'imaginait qu'elle les recevait. Des pensées qu'il trouvait absurdes sitôt proférées. D'ailleurs, penser à Diodata, c'était penser au dehors, et le dehors n'existait plus.

Dans cette prison pleine de fascistes, la vie à l'extérieur était présentée comme un véritable chaos. On ne parlait que d'assassinats, de règlements de comptes, de manœuvres obscures, d'épuration officielle et d'épuration « spontanée ». On disait que le vice-président du Conseil en personne, M. Nenni, avait essayé de faire adopter des mesures d'une sévérité implacable, en raison de cas « absolument scandaleux » qui avaient profondément troublé la conscience du pays, mais que les libéraux avaient fait obstacle... On disait aussi que les routes étaient infestées de jeunes gens qui n'avaient toujours pas déposé les armes et qui s'en servaient abondamment, un peu au hasard. Mais aussi que les nuits avaient retrouvé leur illumination, que les cinémas avaient rouvert, qu'on pouvait de nouveau dîner dans les auberges de campagne, jouer aux cartes à la terrasse des cafés, retourner au bordel. Certes, le pays s'était déchiré, des blessures persistaient, le temps des acclamations, des chansons patriotiques, des hurlements de joie avait cessé: c'est un fait, la vie était revenue avec ses espérances et ses joies paisibles, son insouciance, sa chance de bonheur. Mais Roberto ne la voyait pas, cette chance, ou ne voulait pas croire qu'elle était là, à portée de main. Comment l'aurait-il pu? Les Anglais et les Américains, qui avaient été bien contents d'utiliser les partisans tant qu'ils combattaient, ne voulaient plus, la paix revenue, en entendre parler. Roberto s'en souvenait parfaitement, la guerre n'était pas encore finie que les Alliés voulaient déjà tout bonnement les mettre à la retraite, les Stelle Rosse, badogliens et autres garibaldiens du maquis. Et maintenant qu'en faisaient-ils? Ils les couvraient de décorations et de médailles, si lourdes qu'elles les empêchaient de marcher, les désarmaient, ou les jetaient en prison dès lors qu'ils trouvaient chez eux ou sur eux des mitraillettes, des fusils, des grenades qui pouvaient encore servir!

Alors oui, beaucoup de temps avait passé depuis que Roberto était entré dans cette prison où il croupissait. Beaucoup de temps, jusqu'à cette fin de journée 1946 durant laquelle il rentra de la promenade, l'heure la plus triste de la prison, juste avant que ne tombe le soir. Trois heures dans le vent violent et glacé, trois heures à tourner en rond sur le petit chemin abrupt vernissé de gel, puis dans la cour si dure que le sol résonnait sous son pas comme du fer; trois heures sous la pluie et la neige fondue, jusqu'à ce qu'il réintègre sa cellule, qu'il boive ce miraculeux demi-litre de vin chaud et retrouve, sur la paillasse de Nino, allongé sur le ventre, un inconnu, respirant en tornade, et à moitié évanoui.

L'inconnu était un intrus. Roberto s'était habitué, tant bien que mal, à la solitude de sa cellule; à ces libérations qui tenaient davantage du marché noir que d'une décision de justice; au bruit mystérieux des geôles voisines dans lesquelles il imaginait des ombres se déplaçant comme des loups affamés ; à ces bruits sourds qui signifiaient qu'un détenu était tabassé par ses acolytes ; à tous ces hurlements nocturnes, ces menaces, ces cavalcades d'hommes armés de mitraillettes ; à ce détenu devenu fou, abattu par un gardien ; à ce mouchard, retrouvé mort, la tête prise dans un tonneau d'eau que le froid avait transformé en pain de glace. Roberto avait fini par accepter sa vie solitaire, sa misère physique et morale. Voilà, pensait-il, ma vie est désormais loin de moi. Là où je suis, maintenant, et il serait fou d'essayer, à toute force, d'en changer. Mais, justement, l'inconnu, revenu à lui sur sa paillasse, remettait tout en question :

— J'ai essayé de sauter le mur, du côté des cantines. Manque de chance, il était plus haut que je croyais...

— Pourquoi ils t'ont mis avec moi ?

— À cause de mon copain. On a fait le coup ensemble. Ils ont préféré nous séparer.

L'homme portait un énorme pansement à hauteur du tibia :

— Tu t'es fait ça en tombant ?

— Pas du tout ! C'était avant. Je voulais me tirer par l'infirmerie. Pour y aller, je me suis scié un bout de guibole avec une boîte de conserve !

— Et alors ?

— Le chirurgien m'a flanqué la moitié d'un flacon d'arnica dans la plaie, et il a recousu. Comme il était bourré, il a fait ça de travers...

Roberto observait chacun des gestes, décortiquait chacun des mots de cet inconnu, comme si l'homme était déjà de l'autre côté de la vie, du côté des morts. Pourquoi était-il ici, dans sa cellule, à transpirer et à sentir mauvais ?

— Je recommencerai, de toute façon. C'est pas maintenant que je vais me laisser faire ! dit-il, en montrant à Roberto un petit canif qu'il avait caché dans sa chaussure droite.

— Comment as-tu fait, on n'a pas le droit...

— D'en avoir ? Évidemment. On ne la fait pas à Luigi Ferruccio. Comme ça, je pourrai partir quand je veux.

— Partir ?

— T'as une date de sortie, toi ? Pas moi. Personne. On est là internés *ad libitum*. Quand j'en aurai assez, je prendrai mon petit canif. J'aime pas la prison, on dirait un vivier, et je ne suis pas une carpe.

— Une carpe ?

— Ben oui, les Juifs. Quand ils veulent passer un bon dimanche, ils viennent te chercher, ils t'étripent, ils te raclent les écailles et ils te bouffent.

— Les Juifs ?

— Les Juifs, les communistes, les francs-maçons, les nègres, c'est pareil. Et maintenant, c'est eux qui sont au pouvoir ! Tu sais, je vais te dire une chose. La gare de Tiburtina, j'y étais. On en a fait partir plus de mille pour Auschwitz et Birkenau. Quinze qui sont revenus, c'est tout ! Du beau boulot, non ? conclut l'homme en ajoutant : Allez, maintenant je dors, salut.

Cette nuit-là, Roberto ne trouva pas le sommeil. Il vomit sur sa paillasse et trembla sans pouvoir s'arrêter jusqu'à ce qu'il trouve une méthode : en enfonçant profondément ses mâchoires dans ses genoux. Vers quatre-cinq heures du matin, alors que le froid dans la cellule était plus vif que jamais, il réussit à trouver une forme de paix provisoire, comme suspendue. Quelque chose s'était passé, mais il ne savait pas quoi. L'inconnu dormait dans une position incongrue, inadéquate. Roberto s'en moquait. S'il pouvait crever, le salaud, pensa-t-il. Roberto n'avait plus peur ni de lui-même ni de l'obscurité. Il s'était réveillé peu à peu, sans secousse, comme une barque s'approche de la rive, étrangement reposé alors qu'il avait à peine dormi. Si l'homme n'avait pas été à ses côtés, il aurait presque été heureux. Il songea même que Diodata et les enfants l'attendaient quelque part, que ce silence était un stratagème, une farce du destin. Il éprouva, en regardant le bout de ciel couvert de nuages qui avançaient vite vers le nord, derrière les barreaux, un plaisir furtif qui le laissa indécis mais ni mélancolique, ni désœuvré. Il regarda l'homme, en boule contre le mur, une jambe hors du lit, alors que le gardien ouvrait la porte et apportait la portion de nourriture pour le matin.

— Je suis sûr qu'il doit y avoir une porte ouverte. Une issue, une possibilité de tout recommencer de zéro, dit Roberto au gardien, tout à coup, sans réfléchir, comme au sortir d'un rêve.

— Mais oui, Roberto. Mange ton pain et bois ton café au lait.

Alors qu'il se tournait vers l'homme pour lui donner sa ration, le gardien se mit à jurer :

— Nom de Dieu, le con ! Nom de Dieu ! cria-t-il tout en soufflant dans son sifflet de sécurité et en hurlant à la cantonade : Ferruccio s'est tranché la gorge avec son surin !

Depuis cette nuit, Roberto ne dormit plus. Il demanda même, supplia qu'on le change de cellule, en vain, non point tant à cause du fantôme du suicidé que de ceux de tous les innocents qu'il avait enfournés dans ses wagons à bestiaux. Roberto avait peur de la barbarie, de la cruauté imbécile et aveugle, de l'injustice des hommes. Un matin, on jeta sur son lit un carré de savon, des vêtements propres, une chemise blanche et une cravate. Les autorités venaient de décider de son sort, lui dit le gardien, qui ajouta :

— On t'attend au parloir dans deux heures.

La porte refermée, le doute s'installa, tel un microbe. « Que me veut-on ? Qu'a-t-on décidé ? Quel combat vais-je devoir désormais mener ? » se disait Roberto. Lui qui attendait ce jour depuis presque un an éprouvait maintenant beaucoup de crainte. Tous ces mois, il avait vécu avec son malheur, mais dans une certaine routine, un isolement, une occupation de son temps qui lui avait évité un trop grand désespoir. Le destin avait donc choisi pour lui les juges et non les fusils du peloton d'exécution ou le canif du suicidé. Une fois prêt, il appela le gardien qui lui passa les menottes aux poignets, et ils descendirent tous deux au parloir. Roberto découvrait enfin toutes ces galeries, ces couloirs, ces escaliers, ces grilles, ces portes qui lui avaient répercuté tant de bruits sinistres et désormais si familiers.

Un homme l'attendait, massif, tournant le dos à la porte, dans un costume bien taillé. Ce ne pouvait pas être son avocat puisque Roberto avait dès le début émis le souhait d'assumer seul sa défense si jamais un procès devait avoir lieu : « Je suis innocent, que ferais-je d'un avocat ? » Le gardien lui défit ses menottes et, avant de sortir de la pièce, invita Roberto à s'asseoir avec une politesse qu'il ne lui connaissait pas. Tout cela était inhabituel. L'homme se retourna. Il avait quelque peu vieilli, mais restait toujours aussi imposant, basané, et possédait des gestes qui étaient ceux de quelqu'un fumant cigarette sur cigarette ; scintillait à sa main gauche un énorme diamant :

— Bugs ! cria Roberto. Bugs ! Ce n'est pas possible ! Toi ! Bugs ! Tu m'apportes des nouvelles de Diodata, n'est-ce pas ? Tu as vu Diodata et les enfants ? N'est-ce pas, Bugs ?

— Roberto ! dit Bugs en serrant le prisonnier dans ses bras.

L'étreinte fut longue, folle, féroce, chaleureuse, pleine des milliers de souvenirs cubains d'avant les guerres et les catastrophes.

— Non, je n'ai pas de nouvelles de Diodata. Quand elle est partie de Cuba en trente-neuf, c'était pour te rejoindre... Vous n'êtes plus ensemble ?

— Si, évidemment. Enfin, non... Elle est repartie en France retrouver les enfants quand Mussolini a été arrêté en juillet quarante-trois. Puis nous nous sommes écrit... Je n'ai plus aucune nouvelle depuis un an... Quand je t'ai vu, j'ai tout de suite pensé que tu venais pour... que tu l'avais vue... que...

— Non, Roberto, dit Bugs en posant fraternellement ses mains sur ses épaules.

— Mais alors, que fais-tu ici ? Comment m'as-tu retrouvé ?

— Roberto ! Tu t'es foutu dans un sacré merdier !

— Tu ne me réponds pas : pourquoi es-tu ici ?

— Je te raconterai quand tu seras sorti, ce serait trop long…

— Je sortirai d'ici pour être jugé. Puis on me reconduira dans ma cellule et on me fusillera ! Je désire commander moi-même le peloton, ajouta Roberto, l'air halluciné.

— Défendu.

— Bon, alors qu'au moins on ne me bande pas les yeux.

— Ça, c'est possible…

— Je ne veux pas non plus qu'on m'attache les mains !

— Impossible ! Dis-moi, tu as fini de raconter n'importe quoi ? Je suis ici pour t'aider, Roberto. Tu ne cours aucun risque : dans moins d'une semaine, tu sortiras de prison.

— Pour quoi faire, si Diodata et les enfants sont morts !

— Ne dis pas de connerie, on les retrouvera.

— S'ils étaient vivants, ils seraient venus ici…

— Tu crois que dans l'Europe d'aujourd'hui on sait où se trouvent les gens ? Tout le monde se cherche et personne ne se trouve. L'Italie est un bordel monstrueux… Mais, aie confiance, je les retrouverai, je te dis ! ajouta Bugs, en prenant Roberto par les épaules.

— Tu as tous les pouvoirs, sans doute ? jeta Roberto amèrement

— Avoir aidé les Américains à débarquer en Sicile, ça m'en donne quelques-uns…

— Je suis innocent, Bugs. Je te jure que je suis innocent.

— Aujourd'hui, personne ne l'est. Il n'y a plus que des coupables qui ne risquent rien. Il y a aujourd'hui, en Italie, comment dire, une avidité de consensus.

— Qu'est-ce que tu me racontes ? Tu sais combien ont été fusillés dans cette seule prison ?

— Il suffit de regarder les derniers procès... Curzio Malaparte a été absous. Giotto Darnelli, l'ancien président de l'Académie des lettres, collabo notoire, est sorti la tête haute de son procès. Bontempelli, secrétaire national du Syndicat fasciste des auteurs, s'est refait une santé en se rapprochant de la gauche. Attilio Momicento a retrouvé son poste de préfet...

— Mais, Bugs, je n'ai rien à voir avec ces salopards, je n'ai rien à me reprocher ! Je n'ai rien à cacher ! Je n'ai trahi personne ! C'est bien pour ça que je ne veux pas d'avocat. J'assumerai seul ma défense. J'opposerai à tous ces pourris ma sincérité.

Bugs se mit à rire, la bouche fermée, en secouant les épaules, comme il le faisait si souvent lors de leurs soirées arrosées à Key West et à Cuba. Écrasant son mégot de la pointe de sa chaussure, il alluma immédiatement une autre Craven et tira longuement sur la cigarette avant de rejeter la fumée par le nez :

— « Sincérité » ? Tu utilises des termes d'une noblesse, Roberto. Je ne te conseille pas d'être sincère devant un tribunal. Pas devant celui-là. Pas devant cette Italie sortie de la guerre. La sincérité est une valeur qui n'a plus cours, Roberto. Ou alors reste sincère en changeant de sincérité pour chacun de tes interlocuteurs. On a beaucoup parlé d'épuration... Les fascistes se réorganisent, ont des appuis. Il semble qu'il y aura bientôt une amnistie pour les crimes de guerre, au nom de la réconciliation nationale.

— Mais je ne suis pas un criminel de guerre !

— Je le sais bien, imbécile ! Tu as simplement refusé un ordre qui t'avait été donné. Tu n'as pas fait sauter ton château. Tu diras quoi aux juges ? Ton affaire est une affaire politique, dans une période brûlante et avec en jeu des intérêts immenses. Tu crois que tes anciens amis qui ont lutté, à tes côtés, les armes à la main, vont baisser les bras ? Leur nouveau terrain de lutte, ça sera les élections et avec un seul but, enclencher un processus révolutionnaire.

— Mais je n'ai rien à voir avec tout ça...

— Tout le problème est là, Roberto. Et ils le savent. Et si par malheur ils voulaient faire un exemple, on ne trouverait personne pour pleurer la mort d'un combattant qu'ils accuseraient d'intelligence avec l'ennemi, de trahison, que sais-je encore !

— Qu'est-ce que ça veut dire, merde ! Je n'ai livré aucun secret ! Et ma carte de résistant, nom de Dieu, elle...

— Calme-toi. Ça veut dire simplement que pour éliminer les requins il faut savoir nager sous l'eau.

— On n'est plus à Key West, Bugs.

— C'est bien pire. Tu ne l'as pas très bien compris ! Je te le répète : il faut que tu apprennes à nager sous l'eau... Tu as une femme et des enfants quelque part qui t'attendent et qui ont besoin de toi. On les retrouvera. D'abord, tu sors libre du procès, et puis on se voit, on parle.

— De quoi ? Du prix à payer ?

— De l'avenir, Roberto. Victor-Emmanuel va finir par abdiquer en faveur de son fils. Il ne peut pas faire autrement. On parle beaucoup d'un référendum qui devrait décider du sort de la monarchie. On aura besoin de toi...

— De moi ? dit Roberto, en souriant comme il ne l'avait pas fait depuis longtemps.

— Et pourquoi pas ?

— Tu es monarchiste ? Toi ? C'est nouveau...

— Tu sais bien que le Sud de l'Italie a toujours été monarchiste, c'est le Nord qui est communiste. Et puis il faut être là où le vent tourne. Les Italiens sont sentimentaux. La nostalgie de l'épopée est un mal désiré qu'ils entretiennent. S'il n'y a plus de monarchie en Italie, c'est toute une manière de vivre qui disparaît.

— La véritable désespérance, elle est là, Bugs. Mais je ne suis pas sûr que cela suffise à inverser le cours de l'Histoire.

Lorsque Roberto, deux jours plus tard, repassa par le corridor voûté qui menait à la porte de sortie de la prison, qu'il vit la clef tourner bruyamment dans la serrure, le verrou s'ouvrir, la lourde grille pivoter sur ses gonds, il éprouva une curieuse sensation de nausée. Il était dans la rue, libre de marcher, mais menotté et entouré de deux gardiens. Il avait honte. Des gens sur le trottoir le regardaient. Cet homme qui avait relevé la tête de son journal, ce vieillard courbé sur sa canne, qui mangeait un morceau de pain, ces ouvriers qui flirtaient avec de jolies jeunes filles brunes aux jupes soulevées par le vent, cette marchande de fleurs aux bras nus, tous savaient que ceux qui sortaient de cette prison étaient des fascistes, des collaborateurs, des miliciens, des assassins, des traîtres.

— Allez, monte, lui dit un des gardiens.

Une jeep de l'armée américaine l'attendait sur le trottoir. Elle était bâchée. Il faisait très chaud. C'était la première fois depuis si longtemps que Roberto traversait sa ville. Turin s'était remis au travail, dans le bruit et la fumée ; des sirènes sifflaient, les trams grinçaient ; et partout une présence visible des éléments des armées alliées. Aux terrasses des cafés, les gens riaient en buvant de la bière américaine et des sodas. Lorsque la jeep s'engagea dans la longue avenue qui traversait le borgo San Donato, Roberto fut pris d'une frayeur soudaine.

— Où m'emmenez-vous ?

— Tu verras bien, lui dit un de ses gardiens, la main tenant fermement sa mitraillette.

La jeep traversa un petit bois, passa sur un pont, s'engagea de nouveau dans un bois puis finit par s'arrêter en rase campagne. Roberto pensa : « Ils vont sortir leur revolver et vont m'abattre. Et demain on retrouvera mon corps bouffé par les chiens errants et les corbeaux. » À cet instant, il entendit très distinctement le ronflement d'un moteur, et un vieux monoplan à carlingue ouverte apparut derrière le bois que la voiture venait de traverser.

Enfoncé dans l'une des banquettes, Roberto regarda la terre qui s'éloignait de biais tandis que le pilote tirait sur son levier en pestant que le Baby Douglas était un avion de merde qui finirait un jour ou l'autre par rendre l'âme. L'avion montait de plus en plus haut, perçait les nuages, mais au lieu que l'horizon s'élargisse le petit monoplan s'enfonça dans une crème épaisse et blanche. Il faisait un froid glacial. On distribua des couvertures.

— Où allons-nous ? hurla Roberto, afin d'essayer de se faire entendre.

— Ne t'énerve pas, répondit un des gardiens. On ne va pas te balancer par le hublot. On va à Rome. C'est bien là qu'a lieu ton procès bidon, non ?

Conformément aux termes des ordonnances qui avaient été promulguées après l'armistice, le jury était composé de douze anciens parlementaires et de douze membres de la Résistance, choisis la veille du procès, et à forte majorité communiste. Le premier président Giovanni Rovine présidait l'audience, avec pour assesseurs MM. Lavisto et Rogodove ; le siège du procureur général était occupé par un certain Sandro Alegiatto, très redouté car implacable, mais c'était Paolo Paltari, commissaire du gouvernement, qui soutenait l'accusation. Roberto, comme Bugs le lui avait laissé entendre, assista à son procès plus qu'il n'y participa vraiment. La salle du tribunal était bondée. Il était venu, des principales villes d'Italie, des trains chargés de journalistes, de partisans et d'adversaires non pas des accusés présents, qui n'étaient – Roberto compris – que des lampistes, mais des différentes thèses qui allaient s'affronter et derrière lesquelles l'enjeu véritable n'était autre que les élections municipales qui auraient lieu dans moins d'un mois. Dès que les juges entrèrent, les lèvres serrées, un peu ridicules, et qu'un silence plombé accompagna dans la salle leur installation, Roberto sut qu'il ne serait qu'un pion. Le réquisitoire fut lu d'une voix lente, précise et sans passion. Les mots qui tombaient sur la salle, comme autant d'ignominies et d'horreurs, ne pouvaient évidemment qualifier l'acte commis par Roberto. « Exécution, morts, tortures, assassinés, fusillés, battus, pendus, pendaisons, massacres, viols... » Les accusés secouaient la tête avec un air de martyre, certains étaient agités de tics, d'autres mâchaient on ne sait quoi. Les débats finirent petit à petit par ne plus être qu'une lutte, de plus en plus féroce, entre anciens Stelle Rosse, badogliens historiques, partisans d'un rôle accru des commissions de contrôle anglo-américaines et monarchistes. On mélangeait tout et n'importe quoi. L'assassinat en bloc de tous les réfugiés sans défense rassemblés à Dresde et le sort de la Pologne livrée à la Russie, le bombardement de Palerme et les massacres en Lettonie, l'abandon des troupes italiennes basées dans les Balkans lors de la fuite royale de septembre quarante-trois et l'idée aussi fugace qu'extravagante défendue par certains philofascistes d'un rattachement de la Sicile aux États-Unis...

— Quand une crapule essaie d'incendier votre maison, ça ne vous donne pas le droit d'incendier la sienne !

— Les communistes se comportaient comme des bandits de grand chemin !

— C'est bien votre police qui a mis en place des barrages pour intercepter les fuyards de la république de Salò, et qui en a profité pour leur voler argent et objets de valeur ?

— Et vos prisonniers, emmenés dans une ferme isolée, et liquidés sans procès !

— Et les fosses communes où vous jetiez les morts !

— Combien se sont enrichis en entrant l'arme au poing dans les maisons des badogliens qu'ils jugeaient un peu mous, leur confisquant tout et tuant les récalcitrants !

— Vous n'êtes que des opportunistes, des bandits, dotés d'un talent indéniable pour les affaires, mais maintenant la guerre est finie, il faut déposer les armes.

— Des criminels, voilà ce que vous étiez, avides et dénués de principes. Demain, les urnes trancheront, et on verra bien pour qui penchent les Italiens !

Le procès s'enlisait, tournait à la foire d'empoigne jusqu'à l'arrivée de Bugs, qui prêta serment, jura de dire toute la vérité rien que la vérité, et intervint, parodique et théâtral, au nom de l'intérêt national :

— Messieurs, en légalisant des méthodes de vengeance contre ceux qui ont été vaincus, vous risquez tout simplement d'instituer le recours à l'esprit de vengeance comme un moyen légal et accepté de tous. Or, ce qu'il faut à l'Italie de demain en particulier, et plus généralement à l'Europe, c'est l'établissement du règne de la loi, c'est-à-dire l'exclusion pure et simple du règne de la violence. C'est pourquoi je vous demande l'indulgence pour cet homme, Roberto Roero Di Cortanze, descendant d'une illustre famille qui a tant donné au Piémont, donc à l'Italie, et qui peut encore lui apporter beaucoup. L'accusation dit : « À moins que vous ne prouviez votre innocence, vous serez déclaré coupable. » Mesdames, messieurs : quelle injustice ! Quelle radicale injustice ! C'est fondamentalement totalitaire, stalinien. Imposer à un individu un châtiment symbolique pour la faute d'un peuple, c'est tout simplement supprimer l'individu. Or, qu'a fait Roberto Roero Di Cortanze ? En refusant de faire sauter à la dynamite le château de Cortanze, il ne défendait pas un intérêt familial ou personnel, il sauvait de la ruine un des plus importants lieux historiques du Piémont. Il sauvait notre histoire. Notre patrimoine. Le roi lombard Rotari, et Ghilion Rotari-Roero, et Pierre l'Ermite, et la Madonna della Roccia Melone, et le *cavaliere* Bonifacio Roero d'Asti. L'Italie a besoin de tous les siens pour renaître. Certes, mesdames et messieurs, le monde est malade, depuis des siècles, mais après cette guerre, grâce à notre sens de la justice, il peut enfin retrouver une vraie santé, une vraie paix, et qui durera jusqu'à la fin des siècles. Parce que je le sais, ces siècles emporteront avec eux tous les poisons et toutes les infections. Enfin, mesdames et messieurs, si je défends à ce point Roberto Roero Di Cortanze – moi qui ai joué, comme vous savez, un rôle non négligeable dans la libération de l'Italie –, c'est parce que je connais depuis plus de vingt ans sa probité, son honnêteté et ses hautes aspirations morales.

Roberto, qui n'avait été condamné ni à mort, ni à la dégradation nationale, ni à la confiscation de ces biens, était un homme brisé. C'était comme si on l'avait remis en liberté, faute de preuves suffisantes pour le condamner. Il ne sortait pas du tribunal la tête haute, blanchi de tout soupçon. Aucun fantôme n'avait été dissipé et cela donnait à Roberto une éternelle envie de pleurer. Ramené à la prison, il y passa sa dernière nuit, y fit sa dernière sieste et y mangea sa dernière soupe. Cette liberté octroyée, accordée du bout des lèvres, cette liberté au rabais, le frappait comme un coup de massue. Quand les portes de la prison s'ouvrirent, il faisait un beau soleil de début de printemps. Mais Roberto ne revenait pas vraiment à la vie. Abasourdi, titubant, il se dit que s'il avait été condamné à mort, si le hasard avait tourné différemment, il serait allé de la même façon à la mort ; avec ce même pas lent, ce même tremblement nerveux, ces mêmes frissons. Désormais, il lui faudrait traverser les épais nuages d'une vie qui venait de lui être confisquée.

Une longue voiture sombre attira son attention : une grosse américaine noire dernier modèle, une Buick Super Sedan, dont les enjoliveurs peints en gris clair venaient tout juste de retrouver leurs chromes d'avant

Pearl Harbour. Elle était garée le long du trottoir qui faisait face au portail de la maison d'arrêt. Bugs Drucci, artisan de la « libération » de Roberto, était au volant et l'attendait.

44

Roberto aurait préféré un restaurant au bord de la rivière, sous une tonnelle de vigne et de plantes grimpantes, où il aurait dégusté des cuisses de grenouilles frites, arrosées d'un vin blanc léger. Là, il aurait senti l'air de ce printemps de paix retrouvée, comme un temps de vacances ; il aurait pu renaître doucement, se refaire au rythme bizarre de la vie sans menottes, sans bruit de porte fermée par des gardiens armés, sans peloton d'exécution. Mais c'était peu connaître Bugs Drucci. On ne roule pas au volant d'une Buick Super Sedan, dans l'Italie de l'immédiat après-guerre, sans une certaine conception de la vie. Bugs avait choisi *Del Cambio*, piazza Carignano, un des restaurants les plus luxueux de Turin. Depuis 1757, *Del Cambio* était le maître incontesté de l'éclectisme culinaire piémontais, et sa carte garantissait de succulents paradis gustatifs : agnolotti, rissoles, taglierini, truites des Alpes, anguilles du Pô, poulets à la Marengo, truffes blanches au léger goût d'ail. Quant aux vins, il fallait être bien ignorant des choses de la vigne pour ne pas apprécier la qualité d'un *barbera*, d'un *barolo* ou d'un *caluso*. Bugs commanda d'office deux vermouths, « avant de passer à table ». Roberto n'eut ni la force ni l'envie de refuser. Il se retrouvait dans un autre monde et ne pouvait s'empêcher de se dire que les clients de ce prestigieux restaurant étaient parmi ceux qui n'avaient guère eu à souffrir de la guerre. Que faisait-il ici ?

— Ça fait combien de temps que tu n'as pas mis les pieds dans un bon restaurant, Roberto ? dit Bugs. La vie est belle, non ?

— Oui, dit Roberto, mais sans Diodata ni les enfants, parfaitement inutile.

— Bois. Mange. Ne t'en fais pas. On les retrouvera. Je les retrouverai…

— Ne me donne pas de faux espoirs, Bugs. Je n'y crois plus.

— J'ai une piste…

— Ça t'amuse de me faire souffrir ?

— Sept-huit mois après la fin de la guerre en France, Diodata était toujours à Sospel.

— Comment sais-tu que…

— Peu importe comment. Nous savons, c'est tout.

Roberto calcula. Sept-huit mois, ça faisait janvier-février quarante-six…

— Et depuis janvier quarante-six ?

— Nous avons perdu sa trace.

— Tu vois bien ! Et à quoi ça sert de faire tout ça ? Où est ton intérêt ?

— Mais enfin, tu es mon ami, merde ! dit Bugs, ajoutant presque à mi-voix : Une vieille dette, peut-être…

— Bon, parlons d'autre chose, tu veux ? À quoi bon me redonner espoir…

Bugs avait les yeux dans le vague, semblait regarder ailleurs, pensif. Après un court silence, c'est Roberto qui reprit la conversation. Il avait la gorge nouée :

— Bugs, je ne comprends plus rien. Je ne reconnais plus rien de l'Italie que j'ai connue.

— C'est normal. La guerre est une épreuve impitoyable. Elle a changé tellement de choses.

— Même toi, Bugs. Je ne te reconnais plus.

— Moi ?

— Ta venue en prison, ton rôle pendant mon procès, ton retour en Italie, tout ce que tu sembles savoir…

— Très simple. Quand la guerre a commencé, j'étais en prison, aux États-Unis. J'ai été libéré sur parole et

« exilé » en Italie à condition que je conseille l'état-major allié lors du débarquement en Sicile.

— Ce que tu as fait ?

— Les États-Unis, ce colossal « Pays des Jouets », ne voulaient plus de moi, il fallait bien que je passe un accord... Et ça me permettait de retrouver, moi aussi, ma seconde patrie...

— C'est tout ?

— Non, ajouta Bugs, en baissant la voix. J'ai fait un peu d'« import-export » à Tombolo, du côté de Livourne.

— Tombolo ?

— Une sorte d'immense bordel construit dans les pinèdes pour les soldats américains, beaucoup de Noirs. Ils voulaient des filles. On leur en fournissait. Ils payaient en vêtements, en essence, en médicaments, nous vendaient du matériel de l'armée.

— Volé ?

— Sans doute, et après ? C'était un vrai petit paradis...

— C'est avec ça que tu t'es payé ta Buick ?

— Oui, et le reste. Une maison, une femme, des dobermans nains, un piano blanc à queue, des appuis dans la politique...

— La politique ? Quelle politique ?

— Les patrons, aujourd'hui, ce sont les Américains. Pendant que l'Italie ne pense qu'à bouffer et à faire la sieste, certains magouillent, fricotent, cuisines syndicales, épiceries des ministères, coulisses, combines et compagnie... L'Italie est à prendre, mon vieux.

— Et tu veux m'entraîner là-dedans ?

— Non, Roberto...

— Un prêté pour un rendu... C'est cela ?

— Pas exactement. Une idée, plutôt, qui finalement te sera aussi utile à toi... Une façon de respecter *lo stemma* Roero Di Cortanze...

— « A bon rendre »... *À buon rendere, cioè faremo i conti...* Et c'est quoi, ton idée ?

— Les dernières élections municipales de mars ont porté au pouvoir les démocrates-chrétiens, mais moi je mise sur la monarchie. Le 2 juin a lieu le vote pour le référendum constitutionnel. La maison de Savoie peut gagner.

— Je ne représente plus rien.

— Détrompe-toi. Retourne à Cortanze et tu verras l'accueil que te réserveront ses habitants !

— Le château n'est plus la propriété de la famille depuis 1893 !

— Et alors ? N'est-ce pas toi qui as sauvé le château de la destruction ? N'est-ce pas toi qui as voulu le préserver envers et contre tout des folies de cette guerre, et cela au risque de ta vie ?

Roberto ne dit rien, écoutant Bugs qui poursuivit :

— D'autre part, ce n'est pas à toi que je vais apprendre que ta famille, comme on dit dans les livres, « est depuis mille ans feudataire de Cortanze » ? Tu as, vis-à-vis de ce passé, des obligations, une sorte de devoir moral. C'est extraordinaire, ajouta Bugs en souriant, et en baissant une nouvelle fois la voix, que ce soit un *capo mafioso* italo-américain qui te rappelle de telles choses, non ?

Roberto ne put s'empêcher de sourire :

— C'est le monde à l'envers !

— Non, c'est la nouvelle réalité italienne issue de la guerre, avec ses nouvelles divisions sociales, morales, géographiques. Et je ne te parle pas du fossé profond qui sépare les consciences. L'Italie est coupée en deux. À nous de participer à une nouvelle réunification. Ton père l'a faite en 1860, tu peux bien la consolider cent ans plus tard...

— Bugs, je ne suis plus rien. Personne ne sait qui je suis. Même mon passé de coureur automobile est trop lointain.

— Mais non, Roberto ! Et si tu imagines un projet qui réunisse ton implantation familiale, le château et ton passé automobile, tu deviens une véritable locomotive au service de...

— Tu as déjà vu une locomotive au départ d'un grand prix ?

— Bon, disons un symbole. Voilà, tu deviens un véritable symbole au service de la monarchie.

— Et quel tour de prestidigitation te permet de recoller les deux morceaux du puzzle ?

— Pas de tour de magie : l'argent et les sentiments. La restauration du château de Cortanze est pratiquement terminée. Il est appelé à devenir un musée de l'Automobile. Tu en es d'ores et déjà le conservateur nommé à vie.

Roberto, tel le roi de Mauritanie à la vue de Persée lui apportant la tête de Méduse, les yeux grands ouverts regardant fixement le vide, sans pouvoir articuler une parole, semblait pétrifié.

— Roberto, tu m'écoutes ? lui dit Bugs.

— C'est une plaisanterie… une très mauvaise plaisanterie…

— Pas du tout ! Alfa-Romeo, Ferrari, Fiat, Lancia, Maserati, ils ont tous mis de l'argent dans la fondation, même le petit Piero Dusio. Le Turing Club italiano, aussi. Tiens, regarde, dit Bugs, en montrant un papier à en-tête du futur musée de l'Automobile, sur lequel figurait une version moderne des armes de la famille.

— Quelle bande de cons !

— Tu trouves ça ridicule ?

— Tu as déjà vu une couronne de marquis avec trois boules ? fit remarquer Roberto, en montrant à Bugs l'écu timbré d'un casque de marquis orné, non pas de sept grilles, mais de trois.

— Tu vois bien, il faut que tu sois là pour que tout soit fait dans les règles.

— Et toi ?

— Quoi, moi ?

— Quel est ton rôle dans cette affaire ?

— *Terra quanto vedi e casa quanto stai*, dit le proverbe sicilien… C'est-à-dire : contente-toi d'une maison, même petite, mais si tu le peux achète toute la terre que tu vois. C'est ce que j'ai fait. Mes propriétés constituent une sorte de garantie.

— Tu n'as pas mis une lire dans le projet ?

— Inutile. Je l'ai initié. Je le soutiens… Mais je n'apparais nulle part, je reste dans l'ombre. Je n'ai jamais aimé les feux de la rampe, tu me connais. Ce qui m'intéresse, c'est que l'argent gagné avec la terre devienne encore de la terre. Je suis sicilien, Roberto, pas piémontais. Faire naître des industries, développer le commerce, ça ne m'intéresse pas.

Bugs commanda un dernier café puis paya l'addition :

— Alors, Roberto, veux-tu devenir l'âme de ce grand projet et servir la maison de Savoie, comme ta famille l'a toujours fait ? Ton village t'attend ! Ton château !

Roberto fit oui de la tête. Il ne pouvait pas parler et pensait à une phrase du prince de Lampedusa, qu'Ercole Tommaso lui avait rapportée un jour en pleurant : « Nous avons été les guépards, les lions ; ceux qui nous remplaceront, ce seront les petits chacals, les hyènes. »

La Buick noire remontait la route de la colline menant à Cortanze. Dans un premier temps, Roberto ne voyait dans les petites maisons et les bosquets touffus apparaissant dans les tournants qu'un décor ancien, presque artificiel. Il avait vécu loin de cette colline pendant si longtemps qu'il s'en souvenait à peine – car les mois passés dans la Résistance ne lui avaient donné de sa région qu'une vision fragmentaire : voies ferrées à couper, ponts à faire sauter, routes à barrer. Lentement, l'émotion reprit ses droits. Le passé ressurgit. Des lieux familiers réapparurent. Dans la brise du soir et l'odeur de la terre ocre de Cortanze, Roberto crut entendre la voix de son père : « Donne-moi la main, petit homme, la route est pleine de charrettes, et ce tournant, petit homme, ce tournant, souviens-toi, la diligence de Turin y passe trois fois par jour, elle finira par te renverser si tu n'y prends pas garde. »

La réception terminée, menée tambour battant, à grand renfort de bannières déployées, de fanfare, de trompettes et de discours, par le nouveau maire, Mario Magnone, et ses conseillers municipaux qui ne cachaient pas leurs penchants monarchistes, on remit à Roberto, très solennellement, les clefs du château. La visite lui parut interminable, presque fastidieuse, enchevêtrement inextricable de plaisir et de douleur. Trop de mains à serrer. Trop de présents, humbles et magnifiques : pot de miel transparent de Maccario Giuseppe, truffes blanches d'Antonietta Sidari, bouteilles de *barbera dolce* de la vigne de Luigi Vercelli, livres rares retrouvés et retraçant l'histoire des Rotari-Roero… Un peintre local offrit même à Roberto une peinture à l'huile sur cuivre du *Castello dei marchesi Roero Di Cortanze*. Mais ce qui émut le plus Roberto fut cet hommage en vers de mirliton que lui rendit le poète Onorio Corio, qui avait imaginé en rêve un retour des marquis en leur château. Par-dessus la foule compacte rassemblée sur la place du village, tandis que flottaient au vent les bannières des Bernezzo de Casasco, des Pelletta de Montechiaro, des Cocconito de Settime, s'éleva la voix chevrotante et hésitante du vieux poète, qui termina son ode en piémontais par ces vers :

Rera n'sogn… suina fassô n'augu
che, cambiand ant'i gir ra fortuna
peussô ancôra tôrnè a ra cuna
d'Cörtansse i so fieri marchess.

Tandis que le barde rougissait sous les applaudissements de la foule, Roberto refit une nouvelle fois la visite de ce château qui palpitait comme un corps humain. Certes, les architectes n'avaient conservé de l'ancienne demeure que les façades et beaucoup redécoupé les espaces intérieurs et les volumes, mais il flottait encore, malgré tout, quelque chose de l'inquiétude d'autrefois lorsque, enfant, Roberto se perdait dans le labyrinthe des couloirs. Après le dîner, pris dans l'ancienne salle des portraits transformée en immense salle à manger, une femme de chambre, jolie brune potelée à l'air mutin, l'introduisit dans ses appartements ; ceux-ci comprenaient une partie de l'ancienne bibliothèque paternelle dont les vitraux avaient été conservés.

— Si monsieur a besoin de moi, il lui suffira de sonner, lui dit la jeune fille, en lui montrant un bouton en bakélite sombre, placé près du poste de téléphone. Je m'appelle Rossella.

— Vous n'êtes pas piémontaise, dit Roberto.

— Non, devinez d'où je suis ? dit-elle, en regardant Roberto avec aplomb.

— De Sardaigne, évidemment.

— Ça s'entend autant que ça ?

— Non, ça n'a rien à voir avec l'accent. C'est quelque chose de plus subtil, de plus secret, dit Roberto, songeur.

Se balançant d'un pied sur l'autre, les mains derrière le dos comme une collégienne, la jeune brunette semblait déçue et intriguée. Il se dégageait d'elle une sensualité boudeuse et délicate.

— Allez, merci, et bonsoir Rossella, dit Roberto qui éprouvait une impression des plus bizarres, à laquelle la présence de la jeune femme n'était pas totalement étrangère. Il était à la fois de retour chez lui et en visite, accueilli, désiré, et à tout jamais banni.

Après avoir ouvert la fenêtre, il éprouva une sensation analogue à celle qui s'était emparée de lui quelques heures auparavant en arrivant à Cortanze : la brise et l'odeur de cette terre n'étaient vraiment pas des symboles. Il retrouvait concrètement l'atmosphère de sa jeunesse. Comme jadis, les briques du petit balcon étaient encore chaudes du soleil accumulé de la journée. Sur la ligne d'horizon, les lointaines campagnes tremblotaient. Il avait si souvent humé l'air à cette fenêtre afin d'y chercher le goût d'un autre temps ! Il fit quelques pas sur le balcon, passant la main sur une balustrade géométrique qui avait remplacé la vieille rambarde en fer forgé frappée aux armes de la famille, et se pencha pour chercher à retrouver l'inquiétude d'autrefois, en regardant en bas, dans la cour recouverte de graviers. Il fut pris du même vertige, et tout lui revint, de la vérité et des légendes liées au château, comme celle de cette Maria Galante Roero Di Cortanze, amoureuse du curé, et qui avait pour habitude de rejoindre son amant dans la sacristie. Leur relation se termina tragiquement, dans le sang, et l'on mura pour toujours la porte latérale de l'église de la Santissima Annunziata, qui servait de passage au diable, afin d'en effacer jusqu'au souvenir. Tandis qu'il songeait à la belle marquise iconoclaste, Roberto, curieusement, constata qu'on avait conservé, aux deux angles extérieurs du balcon, les vieilles jarres en terre vernissée contenant des rosiers venant du jardin. Roberto plongea alors ses deux mains dans la terre, celle de Cortanze, et en ramena une poignée qu'il porta à ses lèvres. Mélange d'humus couleur charbon, de sable jaune et d'argile rouge, elle avait l'odeur des forêts avoisinantes, des collines et des cépages disséminés tout le long de la Roera.

Dans toutes les maisons, il existe des mots imprononçables, voués au silence, presque par tabou. Souvent, ils sont la poutre maîtresse de la famille, du groupe, et seul, le chef, reconnu par tous, rompant les interdits, peut les prononcer. Pourtant, ces mots bruissent dans la maison, s'y cachent, s'y promènent, et finissent parfois par ne plus vouloir rien dire. Mais ils ne peuvent disparaître totalement sous peine de briser l'unité même de la maison. Ils se taisent, tapis dans l'ombre, attendant on ne sait quel événement pour jaillir et rompre l'ensorcellement. « Terre » était un de ces mots, se souvint Roberto, qu'il ne pouvait jamais bredouiller sans que cela déclenche les foudres paternelles. Ce qu'il avait alors beaucoup de mal à admettre, il le comprend aujourd'hui, de tous ses pores, de toute sa respiration, de tout son corps. Luisa, sa mère, lui avait si souvent parlé de la terre de Cortanze, noire, jaune et rouge, tandis que son père écoutait en silence avant d'exploser tout soudain, sans raison apparente : « Je suis le seul à pouvoir parler de cette » terre ». Vous n'y êtes pas née, Luisa, laissez-moi me débrouiller avec elle. » « Tout ça me semble si loin », dit Roberto, à haute voix. Car cela remontait à une époque où il jouissait des choses qu'il entendait raconter par les autres, non de celles qu'il entreprenait.

C'était la première nuit que Roberto passait au château depuis la terrible soirée d'avril quarante-cinq où, après s'être imaginé en train d'errer dans les souterrains, posant sous chaque pilier chaque voûte, chaque colonne, aux points faibles de chaque galerie des charges de dynamite destinées à faire sauter le vieil édifice, il avait fini par refuser l'ordre que lui avait donné la Résistance – ce qui l'avait mis au ban de cette dernière. « Comme tu veux, Roberto, lui avait dit Giuliano Parringo. Mais je te préviens, malgré tes états de service, tu trouveras toujours un type qui voudra se venger, qui se servira de toi et te fera foutre en taule. Réfléchis bien. Au mieux, on te retrouvera le nez baignant dans une flaque de sang... » « Je ne peux pas, je ne peux pas, avait dit Roberto. Ce labyrinthe, je ne le connais pas plus que toi... »

C'était la première nuit que Roberto ne passait pas en prison ; et il n'avait pas envie de dormir. Il revoyait sa traversée de Turin, derrière les lourdes vitres de la Buick noire, tous ces édifices détruits par les bombes ; ces hommes et ces femmes en haillons ; ces foisonnements d'herbes folles dans les parcs ; ces ruines noircies ; ces femmes qui se précipitaient avec des bidons autour des fontaines ; ces façades criblées de balles ; et en face, de l'autre côté, toute une ville intacte, prétentieuse, riche, ces vitrines regorgeant de marchandises, ces boutiques d'où sortaient des femmes bien habillées au bras d'hommes arrogants. « La vie doit bien reprendre, non ? »

avait dit Bugs. Roberto n'avait pas répondu. Qu'allait faire l'Italie de sa population meurtrie, essoufflée, transpirante, campant sous des abris de tôles ondulées ou de couvertures suspendues à des fils de fer, désordonnée mais infatigable ?

Tandis qu'il parcourait les étages et les pièces du château, des images de son passé se mêlaient à celles de cette Italie vagissante envahissant les voies, les quais, les escaliers, menant à une vaste esplanade qui était celle de son présent blessé. Il pensait à son père, avec le regret de ne pas avoir été plus proche de lui, plus complice, assez tôt. Il se sentait inexplicablement irrité, lésé par le destin qui l'avait empêché d'offrir à ce père certaines des satisfactions qu'il aurait méritées. Roberto s'aperçut qu'il aimait encore ce père, comme il l'avait aimé alors que petit enfant il jouait avec lui. Au rez-de-chaussée du château, plongé dans une douce pénombre, Roberto croisa son visage dans un large miroir Renaissance qui jurait avec l'austérité toute piémontaise de la vénérable demeure : il était contracté par une expression de souffrance et de désenchantement dont il n'était que trop conscient.

Même redessinée par des « hommes de l'art », comme les appelaient fièrement les promoteurs du musée de l'Automobile et Bugs Drucci, qui avaient en toute bonne conscience saccagé le château à grands renforts de poutrelles métalliques, de baies vitrées, de béton et de perspectives nouvelles, la vieille demeure était encore pleine de la rumeur et de l'âme du passé. Cet escalier, par exemple, par lequel revenait toujours le père, et où Roberto, en compagnie de Luisa, sa mère, le guettait d'en haut. Cette porte qui menait aux écuries et aux celliers, qu'on allait fermer avec des lanternes, et où on lui expliqua un jour que les jambes de certaines juments, appelées « haquenées », étaient liées afin qu'on leur apprenne de force l'amble, et que les dames, montant en amazone, se sentent ainsi plus confortablement assises. Cette autre encore, où, disait-on, un soir d'hiver un loup était venu gratter. C'est dans cette pièce qu'on tressait des paniers, et dans cette autre qu'on goûtait les premiers raisins rapportés des courses à travers les sentiers qui traversent les vignes, au bout desquels celui qui arrivait le premier criait et agitait les bras vers le ciel.

Dans les couloirs de son vieux château, Roberto éprouvait une étrange sensation : il avait l'impression d'être chez un tailleur, petit homme sirupeux qui prenait des mesures avec son mètre souple et sa craie, qui piquait ici et là des aiguilles, qui traçait son patron, qui lui faisait lever et baisser les bras, tourner de droite et de gauche. Entouré de nombreux miroirs, qui lui renvoyaient son image, il se reconnaissait sans se connaître. « Qui est cet homme en pleine « confection », se demandait-il, cet être inachevé qui pense que le retour à Cortanze va lui permettre de s'accomplir, de se finir ? » Soudain, alors que le petit homme se taisait, Roberto se surprenait lui-même : ces miroirs étaient en train de lui révéler des aspects inconnus de sa personnalité. Du lointain de leurs croisades, les Roero le pressaient de se laisser porter par la vague que certains souvenirs évoquaient en lui. Retrouver son château, donc sa famille, c'était accepter de se laisser submerger par l'émotion et le ressac mélancolique de la mémoire.

Enfant, Roberto avait lu avec son père, dans un poème de Victor Hugo, que la mélancolie c'était le bonheur d'être triste. Cette errance nocturne, dans les couloirs du château, donc dans la mémoire de sa famille, lui rendait cette mélancolie presque palpable, et lui donnait du désenchantement humain une version qui lui était propre. « La mélancolie, se dit-il, c'est la tristesse du bonheur ; c'est le temps, comprimé dans quelques notes, dans quelques pages. Une existence de fenêtres ouvertes par lesquelles on s'évade. » À mesure qu'il parcourait les pièces du vieux château piémontais, il donnait à ses fantasmes figure humaine, et se choisissait de singulières appellations contrôlées : angoisse, découragement, peur, curiosité, perplexité, impatience, lassitude. Ce retour à Cortanze faisait de sa vie un singulier livre sans fin, qui acceptait de parler aux morts sans prendre complètement congé des vivants. Qui le troublait, le dérangeait. Qui lui fabriquait une vie à l'endroit et une vie à l'envers : un chemin tortueux qui menait à lui-même, aux autres, à tout. Comme un album de famille, livre dont les photographies vieillissent, pâlissent et s'effacent. Et plus encore, sans doute, un retour derrière soi :

Que ca jè – jeu ciamajë na vsin.
Chi c'a speti con tanta alegria ?
I marchess – côn gran vöss chial am cria
I marchess ch'a ritôrno ar paiss.

Alors qu'il se dirigeait vers l'ancienne salle des gardes, qui devait abriter une grande partie de la collection d'automobiles qui serait la richesse du musée, Roberto traversa une pièce encombrée d'un désordre de meubles recouverts de draps blancs, de housses et de larges étoffes. Il tira sur quelques-uns. Des meubles dorés apparurent, des chaises, des canapés qui ne lui rappelaient aucun souvenir précis. Il replaça les tissus et s'apprêtait à reprendre sa visite lorsqu'il entendit des sortes de gémissements qui semblaient venir de dessous une housse, à quelques mètres sur la droite, près de la fenêtre qui donnait sur la vallée. Il s'approcha lentement. Les gémissements s'interrompirent, transformés en de légers chuchotements. Roberto fit doucement glisser le drap. Une jeune fille, entièrement nue, apparut, le corps hâlé de soleil et brillant de sueur, chevauchée par un homme, nu également, qui se cacha d'abord lâchement le visage puis le reste du corps en tirant sur le drap. C'était Rossella, la femme de chambre. Elle fit face avec une effronterie audacieuse qui fit presque rougir Roberto.

— Vous n'allez tout de même pas me chasser pour ça !

Un dialogue étrange s'instaura, tandis que la jeune femme, dans une pose des plus alanguies, ne songeait nullement à remonter le drap, comme pour mieux manifester son état d'abandon mais aussi sa confiance, certaine de sa beauté, qui devait, comme un parfum trop fort, faire tourner bien des têtes.

Roberto répondit sans manifester la moindre hésitation et sans calcul :

— Je n'en ai ni le désir ni le droit, mademoiselle.

— C'est vrai que vous allez rester à Cortanze, monsieur le marquis ?

Roberto ne savait que répondre, plus troublé par le ton respectueux de la question, tendant à prouver que la guerre n'avait pas effacé certaines habitudes, que par la situation à la fois cocasse et sulfureuse. Le jeune amant restait muet comme une carpe.

— Sans doute. Mais ne m'appelez plus marquis, cela n'a plus aucun sens.

— Vous serez notre nouveau maire, vous allez remplacer le *professore ingegnere* Mario Magnone, poursuivit la jeune femme, ne voilant toujours pas sa nudité.

— Je vous souhaite une bonne nuit, mademoiselle la Sarde, se contenta de répondre Roberto en tournant les talons.

De retour dans sa chambre, Roberto repensa à la scène qu'il venait de vivre et qui lui semblait plutôt significative de ce que serait sa future vie dans son château familial, dont il devenait, en quelque sorte, le gardien en chef, mais surtout de tant de choses qu'il avait oubliées et qui avaient continué à vivre tranquillement, tout ce temps. Occupé par les Chemises noires puis par les soldats de la Wehrmacht, le château avait résisté, et laissé ouvertes les portes du passé. L'enfance de Roberto était là. Il lui suffisait de se baisser pour la ramasser, d'être attentif, perspicace, de suivre l'enfant qu'il avait été dans tous ces lieux qui ne lui appartenaient plus mais où il pourrait continuer de s'arrêter pour se retrouver. Roberto regardait du côté de l'aube, là où le domaine de Cortanze prend fin et où commence la route qui mène à Turin. Un jour son père s'était promené avec lui, avant de partir acheter des chevaux, et ils étaient rentrés tous les deux au château, c'était le matin, et l'enfant Roberto avait trouvé que la démarche du père, campagnarde et recueillie, avait quelque chose de magnifique, comme héritée des siècles passés. C'est ce pas, s'était-il alors juré, qui serait désormais le sien pour parcourir le domaine, à la rencontre des roseaux, des figuiers tordus sous le soleil, d'un horizon de terre bêchée. Ce pas, rien que d'y penser, l'émouvait et le satisfaisait. Ce qu'il y avait au loin, de l'autre côté des crêtes, les villes, les plaines brumeuses, les collines, était, non pas enseveli mais provisoirement dissimulé, comme des arbres masquent une église qui surgit une fois la forêt de troncs dépassée. Roberto apprivoiserait à nouveau cette région et ce château où il était né. Savoir que la nuit une jeune femme se faisait renverser sous des housses blanches et des draps n'était pas pour lui déplaire. Au moins, le château revivait, et Roberto espérait secrètement que les cris d'amour de Rossella finissent par recouvrir la rumeur de tant d'années de désolation. De la fenêtre de sa chambre, il pouvait deviner, au bout de la rue, le muret appareillé de pierres et de briques du cimetière. Son père y reposait. Il s'y rendrait ce matin.

Roberto avait enterré son père, dans le caveau familial, ou plutôt ce qu'il en restait, en octobre 1922. Depuis, rien ne semblait avoir changé dans le petit cimetière du bas de la ville, excepté quelques constructions qui bouchaient désormais la vue sur les collines alentour. Après avoir poussé la grille de la porte d'entrée, au sommet de laquelle, forgé au marteau, trônait encore le blason des Roero Di Cortanze, Roberto commença de se diriger, au milieu des tombes, à la recherche de celle de son père. Parmi les pierres tombales envahies de ronces et les croix de fer qui chaviraient, il retrouva, sans difficulté, dans le fond de l'enclos, contre la muraille, la dalle, étrangement entretenue, avec un pot de porcelaine blanche posé à même la terre mouillée, contenant un bouquet de roses thé parfumées et épineuses en tout point identiques à celles qui ornaient la roseraie du château et les jarres des balcons.

— Ton père les aimait tant, dit soudain à Roberto une vieille femme occupée à arracher les mauvaises herbes qui se faufilaient entre les graviers des allées.

Roberto se retourna. La vieille femme était habillée à l'ancienne mode, la taille prise dans une robe à crinoline et les épaules recouvertes d'une mantille.

Roberto ne sut que répondre, partagé entre l'émotion et l'inquiétude, il bredouilla :

— C'est pour ça qu'elle est si propre...

— Depuis que je suis revenue au village, je m'en occupe chaque jour, dit la femme en se relevant, aidée par Roberto.

La vieille femme, dont il avait croisé le regard sur la piazza V. Veneto, et la visiteuse de la librairie de Turin étaient une seule et même personne qui se trouvait maintenant devant lui :

— Ce n'est pas possible, dit-il, en la serrant si fort dans ses bras que la vieille femme faillit perdre l'équilibre et laissa tomber sur le sol son matériel de jardinage.

— Je savais bien que tu reviendrais un jour, mon petit. Tu sais ce qu'on dit ici : *Anada da bulé anada da tribulé.*

— Année à champignons, année difficile.

— Exact. Cette année, il n'y a pas eu de champignons ! dit la vieille femme en riant.

— Il y a si longtemps, si longtemps. Comment est-ce possible ?

— À cette époque, j'étais si jeune. La nuit, j'avais l'impression que mon corps s'envolait plus loin que les murailles du château, plus loin que les collines silencieuses.

— Je crois que je t'ai reconnue tout de suite, tu sais. Sur la place, oui, en quarante-trois.

— Évidemment que nous nous sommes reconnus tout de suite ! Tu te souviens de notre dernière nuit au château ?

— Je voulais rester éveillé jusqu'à l'aube, pour te regarder, et j'ai sombré dans un sommeil profond.

— Pas de nostalgie, mon petit. Ça ne sert à rien. Tu es revenu pour défendre ton village ?

— Je ne sais pas...

— Comment, tu ne sais pas ? Tu n'as pas sauvé le château pour rien ! Et puis, bats-toi pour la monarchie. Fais-le pour moi, pour ton père, dit la vieille femme, en finissant le travail de nettoyage qu'elle avait commencé avant l'arrivée de Roberto. Bats-toi pour Cortanze ! *Ati pav da sfigurè ?* As-tu peur de faire triste figure ?

Quand tout fut terminé, ils remontèrent ensemble, à petits pas, la rue dans laquelle enfant il avait tant de fois couru. Le village était vide. La vieille femme parlait avec réticence de son passé. Tout cela était si lointain. Roberto, au contraire, se souvenait ébloui de cette beauté passée qui lui avait procuré ses premières émotions amoureuses. Ah, ses petits airs évaporés, ce parfum qui imprégnait tous ses vêtements, sa chevelure si légère qu'elle semblait flotter dans l'air, et tous ses tulles, ses franfreluches, ses jupes bruissantes, ses chaussures à talons. Ah, comme il avait aimé le danger doux, soyeux, énigmatique auquel l'avait quotidiennement confronté l'élégance sensuelle de sa jeune « nurse institutrice » comme l'appelait sa mère.

— Cécile, je n'arrive pas y croire...

Arrivés devant la *casa di riposo*, où semblait loger désormais la vieille femme, celle-ci, après lui avoir rappelé sa promesse de s'engager dans la lutte pour le maintien de la maison de Savoie, lui fit une requête :

— Cessez de m'appeler Cécile, voulez-vous.

— Mais je ne comprends pas... dit Roberto, soudain troublé. Vous...

— Mon nom est Acquasola. Je suis génoise et n'ai jamais été « nurse institutrice » de ma vie. Ma grand-mère, Chiarascura, était, comment dit-on, « dérangée ».

Les mauvaises langues disent que je le suis aussi. Mais je les emmerde, dit la vieille femme en rajustant son chignon, avec des gestes d'une élégance surannée, et sombrant dans un immense éclat de rire.

Dans son bureau du musée de l'Automobile, placé juste au-dessus de l'ancienne chapelle, Roberto préparait ses dernières interventions avant le référendum du 2 juin. Par la fenêtre ouverte pénétraient des odeurs de terre humide et de bois qui l'avaient toujours accompagné dans son enfance. Aussi, lorsque Roberto fermait les yeux, il pouvait soudain se croire projeté plus de cinquante ans en arrière, parmi les vignes et la forêt de cèdres aujourd'hui abattue.

L'Italie de cet été 1946, qui allait bientôt commencer, était littéralement coupée en deux. D'un côté, le parti communiste prosoviétique, qui vénérait Staline et en faisait l'authentique vainqueur du fascisme. De l'autre, une Italie démocratique, clairement attirée par la libre entreprise de style américain, et au sein de laquelle le parti nouvellement formé des démocrates-chrétiens, manipulé par Pie XII, entendait bien tirer son épingle du jeu. En réalité, et Roberto l'avait bien compris, le rôle joué par le pape serait fondamental. Ce dernier était contre le maintien de la monarchie, et farouchement opposé au front populaire socialo-communiste. Pacelli parlait haut et fort de ce combat crucial pour la « Civilisation chrétienne » et avait adopté un slogan venu tout droit des *Exercices spirituels* de saint Ignace : « Pour le Christ ou contre le Christ. »

La guerre ouverte entre ce que les Américains appelaient « la liberté et l'esclavage » ne laissait qu'une marge très étroite à la monarchie. L'Amérique faisait étalage de sa force en envoyant des chars et ses vedettes, Frank Sinatra, Bing Crosby, Gary Cooper. Pacelli, de son côté, laissait entendre qu'il n'était pas licite pour les catholiques de devenir membres du parti communiste, d'écrire ou de publier des articles lui étant favorables ; et recommandait aux prêtres de ne plus administrer les sacrements à quiconque se mettrait dans l'un ou l'autre de ces cas. À quelques jours du scrutin, Roberto avait l'impression très nette qu'il se dépensait pour un combat peut-être perdu d'avance. Qui avait raison, qui avait tort ? Des ouvriers avaient participé à des entreprises de sabotage, des groupes armés communistes avaient combattu l'occupant, mais il s'était aussi trouvé des paysans monarchistes pour les nourrir et des membres du clergé pour les cacher. Ces hommes-là, qui avaient survécu à la guerre, souhaitaient une patrie propre, honnête, sans privilèges, sans corruption, et le maintien de la monarchie signifiait à leurs yeux ni plus ni moins que la reconduction du vieux transformisme politique italien qui avait presque réussi à les engloutir dans les sables mouvants.

Certes, le vieux roi Victor-Emmanuel, avait, début mai, abdiqué formellement en faveur de son fils, dans une ultime tentative destinée à faire oublier que ses derniers actes, en particulier, avaient eu de si fâcheuses conséquences. Certes, l'héritier de la couronne, Humbert II, très combattu à gauche, s'était tout de même moins compromis avec le fascisme, avait rempli correctement depuis deux ans son rôle constitutionnel, possédait un réel charme personnel, et une descendance déjà assurée. Mais quel poids pouvaient avoir de tels arguments face à tout un peuple enthousiaste désireux de tirer un trait sur son passé ? Roberto remplissait inlassablement des colonnes d'arguments pour et d'arguments contre. Humbert II s'était fait voir de ses sujets, avait gagné beaucoup de sympathie, n'avait commis aucune faute de tact, et n'avait pas omis de mettre en avant son épouse intelligente, belle et issue d'une des maisons régnantes les plus respectées en Europe. Mais la guerre avait laissé un Piémont entièrement dévasté et déchiré. Le massacre des partisans à La Benedicta, près d'Ovada, ou celui des habitants de Boves, près de Cuneo, dans l'église du village, l'avaient marqué de traces indélébiles. Les derniers mois de la guerre et les premiers de la « paix » avaient vu la guerre civile faire ici plus de victimes qu'en toute autre région d'Italie. Cela pèserait lourd. Et la fracture entre le Piémont « rouge », socialiste et communiste, des villes et des provinces d'Alessandria, Turin et Asti, et le Piémont « blanc » des campagnes et des provinces de Cuneo, Verceil et Novare, était bien réelle. « Il est grand temps, pensait Roberto, que l'Italie produise un rêveur qui la sauverait d'elle-même. » S'il avait régné trois ans plus tôt, ou pris une part active à l'effort de libération, le roi aurait sans doute pu remonter le courant, être ce rêveur, et l'emporter au moins « de justesse ». Ce fut le contraire. Un vote de justesse, *di stretta misura*, fit triompher la république.

— Bravo, Roberto ! dit Bugs.

— « Bravo » ? Tu te fiches de moi, maintenant !

— Écoute, *Voti riportati dalla Repubblica : 106. Monarchia : 286.* Cortanze a voté majoritairement pour le roi, grâce à toi. En Piémont, c'est une exception. Lis les journaux, tout le monde en parle !

— Oui, mais la maison de Savoie est battue… 10 719 824 voix à la monarchie et 12 719 923 à la république… Remarque, il s'en est fallu de peu, dit Roberto.

— La république a obtenu les trois quarts des suffrages en Émilie, plus de la moitié en Piémont, le berceau de la monarchie ! Plus des deux tiers en Toscane, dit Bugs.

— Mais reste minoritaire dans le Sud, comme il fallait s'y attendre. De toute façon, une préférence aussi nette pour la monarchie dans les provinces les plus évoluées, les plus riches, les plus industrieuses du pays, aurait créé une situation intenable…

— Il y a eu tellement d'irrégularités, de confusions. Beaucoup d'hommes, soldats ou prisonniers, n'ont pas pu participer au scrutin. Tu sais, dans le Sud, les gens ont embrassé les bulletins de vote sur lesquels figuraient les armes de la maison de Savoie. À cause des taches, on n'a pas pu les comptabiliser !

— C'était perdu d'avance. Les monarchistes italiens sont plus sentimentaux que tacticiens. Ils étaient trop divisés et trop à droite.

— Tu deviens un véritable homme politique, Roberto. Vocabulaire adéquat, sens de l'analyse...

— Fin politique qui s'engage dans une cause perdue, dit Roberto, en regardant négligemment les papiers de ses derniers discours, pleins de phrases qui lui paraissaient maintenant vides de sens : « Construisons ensemble une Italie de paix et de justice, non de vengeance et de ressentiment », « Nous avons vaincu les fascistes et les nazis, cela ne suffit pas, désormais il faut vaincre en nous-mêmes nos vieilles rancœurs », « Assurons à notre patrie une place digne d'elle dans la future société des nations libres ». Foutaises ! Bugs. Foutaises. Et maintenant, que va-t-il se passer ?

— Le roi refuse de reconnaître le vote, ce qui empêche provisoirement la reconnaissance de la république ! Il est parti en exil en Égypte. Son fils va s'installer au Portugal. Un exil solitaire et doré. Ainsi prend fin la plus ancienne dynastie d'Europe, bien antérieure aux Bourbons, aux Romanov ; aussi vieille que les Habsbourg...

— On ne va tout de même pas les suivre !

Bugs Drucci éclata de rire, en sortant de son portefeuille une carte qu'il montra fièrement à Roberto :

— Regarde.

— Qu'est-ce que c'est ?

— On votait pour le référendum constitutionnel, mais aussi pour les élections à l'Assemblée constituante, on dirait que tu l'oublies...

— Non, évidemment.

— 35,2 % à la démocratie chrétienne ; 20,7 % aux socialistes ; 19 % aux communistes.

— Et alors ? dit Roberto.

— Alors ça veut dire que rien n'a changé. Comme après la Grande Guerre, les forces conservatrices et privilégiées ont réussi à trouver les bases d'un accord général qui leur permet de garder leurs billes. C'est le parti de la démocratie chrétienne qui a été l'instrument et l'intermédiaire de cette victoire. Alors, j'ai pris ma carte... Tu devrais faire pareil. Cortanze reste monarchiste mais a donné deux cent cinquante voix sur quatre cent vingt-deux à la *democrazia cristiana* !

Quelle dérision ! Roberto avait rêvé d'un grand rêveur qui sauverait l'Italie d'elle-même, il se réveillait dans une nation qui venait d'entamer un curieux processus d'involution et de renoncement. La monarchie n'existait plus, mais les structures dont la sclérose avait conduit l'Italie du premier après-guerre à la crise et au fascisme n'étaient nullement remises en cause. Est-ce le désir de paix et de tranquillité, plus fort que tout le reste, qui avait conduit son pays à un tel retour en arrière ? Roberto se souvenait des interminables débats dans les maquis de Condove. Après la guerre, disaient les uns, il faudra prendre le pouvoir par les élections ; non, répliquaient les autres, il faut faire la révolution tout de suite, sinon on ne la fera jamais. Bugs le dégoûtait, mais sans doute avait-il raison : les Italiens ne voulaient ni de l'insurrection générale, ni d'une autre guerre civile. Que faire ?

En entendant les pneus de la Buick noire qui s'éloignait sur les graviers du chemin conduisant à la grille du château, Roberto se dit qu'il ne reverrait plus Bugs. Même si ce dernier lui avait rappelé une nouvelle fois qu'il pourrait toujours compter sur lui, et l'avait assuré qu'il continuait de chercher Diodata et les enfants. Pourquoi Roberto s'était-il engagé dans ce combat d'arrière-garde du maintien de la monarchie ? Par fidélité à la mémoire de son père ? Parce qu'il avait été rattrapé par sa classe à laquelle il avait cru pouvoir échapper ? Parce que, tout simplement, il avait été manipulé par son « ami » Bugs Drucci ? Dans l'Italie nouvelle, le bonheur était une affaire de théoriciens politiques, de penseurs menteurs qui parlaient de faire l'Europe de demain plutôt que de continuer l'humanité, humblement. Il y avait trop de pragmatisme partout, d'intendance, de police. Roberto se trouvait maintenant tellement grave et triste, inutile, et prêt à tomber facilement dans la cruauté par désillusion.

Rossella le sortit de ses pensées trop sombres. Après avoir déposé à une extrémité de son large bureau un plateau contenant un assortiment de petits gâteaux secs et une cafetière fumante, elle se dirigea vers la porte en ondulant sournoisement des hanches, parfaitement consciente du trouble qu'elle pouvait provoquer. Une seconde, Roberto pensa se lever et rejoindre la petite allumeuse brune qu'il avait surprise nue dans le garde-meubles. Mais il se ravisa. Rossella, c'était un peu d'Italie nouvelle qui dansait au château de Cortanze. Cette Italie-là pouvait le fasciner mais ne lui plaisait pas assez. Et la bouche trop rouge que sembla lui offrir Rossella lorsqu'elle se retourna pour lui dire bonsoir lui parut porteuse d'une audace qu'il n'était plus prêt à assumer.

45

Il faisait une chaleur épouvantable qui, en d'autres temps, eût torturé Roberto de désirs et de besoins physiques. Mais à présent, lui qui avait éprouvé tant de bonheur à voir les choses, était devenu presque aveugle, non pas qu'il fût atteint de cécité, mais plutôt parce qu'il se refusait à voir la réalité telle qu'elle était. À cinquante-huit ans, conservateur en chef du musée de l'Automobile de Cortanze, il attendait le bel automne gras, indolent et mélancolique qui se préparait dans les collines entourant le château. Les arbres étaient désormais d'un vert noir pesant, et le ciel, malgré quelques traces dorées ici ou là, était sombre et bas. Ce matin, tandis qu'il se promenait dans la grande salle d'armes au milieu des rutilantes et immobiles Panhard et Levassor, Darracq, Gilles-Forest, Gobron-Brilié, Serpollet, De Dietrich, Hurtu et autres Mors, au volant desquelles on avait glissé, par souci de réalisme, des mannequins affublés de cafetans de drap beige et de lunettes à masque de cuir fourré, Roberto fut attiré par des voix qui parlaient fort, et semblaient venir de l'ancienne cour du château aujourd'hui pavée de larges carreaux ocre rosé. Roberto crut même apercevoir la Buick de Bugs passer devant la grande porte-fenêtre donnant sur la campagne. Ça m'étonnerait que ce soit lui, se dit-il, en reprenant son inspection, tout en caressant de la paume de la main une des lourdes chemises d'eau en cuivre rouge d'une Panhard et Levassor. Cela faisait maintenant plus de trois mois que le référendum abolissant la monarchie avait eu lieu et que Bugs était à jamais reparti, emportant dans ses malles son borsalino gris perle, sa bague surmontée d'un diamant, ses combines politiques et sa détestable conception de la vie... Pourtant, Roberto entendit de nouveau des voix, et cette fois des pas, très nettement, tout au bout de la salle des gardes. Près de la Napier-Railton, construite spécialement par John R. Cobb, qui avait avec elle battu le record absolu de l'autodrome de Brookland, se tenait un jeune garçon, bouche bée :

— Deux cent trente kilomètres à l'heure, maman, en 1935, tu te rends compte !

Tandis qu'il s'approchait, Roberto aperçut, cachés derrière L'Itala, qui avait gagné, en 1907, le raid Pékin-Paris, les pieds de la mère du garçon et les petits mollets tout minces d'une petite fille.

— Il fallait être vraiment fou pour piloter des engins pareils, dit une voix de femme.

— Non, maman, courageux, très courageux !

Puis la femme et la fillette, sortant de la pénombre, rejoignirent le garçon. Roberto, qui n'était plus qu'à quelques mètres, ne comprit pas exactement ce qui se passait. Lorsqu'il eut une perception plus claire de l'événement, il manqua s'évanouir : Diodata, Renato et Chiara se tenaient devant lui. Vivants, vivants ! Les enfants avaient tellement grandi ! Chiara, la petite, venait d'avoir neuf ans et Renato, qui était presque un jeune homme, allait sur sa treizième année. Roberto ne pouvait le croire. Cette fillette, longue et fine, aux cheveux châtains entourant un visage éclairé par deux yeux marron creusés d'un cerne brun sombre accentuant leur fixité ; ce garçon, costaud, solide, tout plein de cette grâce fugace qui est celle de l'adolescence naissante, étaient donc bien là : devant lui, fils et fille, enfin retrouvés.

Au silence et à l'hébétude des premières secondes succéda une confusion de baisers, de larmes, de rires, d'étreintes. Il fallait se mordre, se manger presque pour être bien sûr que tout cela ne relevait pas du sommeil, n'était pas une mauvaise blague agencée par un cœur défaillant ou le désespoir. La fête dura jusque tard dans la nuit, autour de la table de la salle à manger, dans le salon puis dans les chambres où les enfants ne se couchèrent qu'après avoir vaincu beaucoup de réticences et de frayeurs, dans ce grand château qu'ils ne connaissaient pas et dont on leur avait si peu parlé. Ils étaient trop excités, trop émus, tout cela leur semblait à ce point irréel qu'ils n'avaient plus sommeil mais finirent tout de même par tomber, tout habillés, sur les édredons de leur lit.

Diodata et Roberto se retrouvèrent enfin seuls. Par quoi commencer ? Tout semblait si difficile. Tout ce temps passé l'un sans l'autre ! C'était une nuit agitée par un vent tiède et tempétueux. Diodata et Roberto, une fois sortis de la chambre des enfants qui avaient préféré dormir ensemble, « comme ils le faisaient lorsqu'ils étaient petits », déambulèrent dans le long couloir en prenant beaucoup sur le temps qui défilait, pour le tendre, l'allonger, le ressentir d'une autre façon, transformer le temps passif d'avant ce jour en un temps absolu, considérable, dilaté ; et en échangeant beaucoup de mots, comme s'ils avaient redouté de se retrouver dans le même lit. Le vent, qui pénétrait par les fenêtres entrouvertes, leur faisait des caresses soudaines, pressant sur leurs joues et sur leurs lèvres un souffle embaumé, puis continuant ses légers tourbillons parmi les objets du couloir. Roberto ne savait si cette tiédeur sentait la femme ou les feuilles d'été mais son cœur bondit brusquement, comme celui de Diodata, à tel point qu'ils durent s'arrêter, avant de reprendre leur marche. Arrivés devant la porte de la chambre, elle lui demanda si elle devait allumer ou laisser la pièce dans la pénombre. Roberto écouta, au-delà des fenêtres ouvertes, le bruissement des feuilles sèches, et dit à Diodata de rentrer seule dans la pièce, qu'elle se prépare, qu'il allait la rejoindre tout de suite. Derrière la porte fermée, il l'entendit se déshabiller puis se laver, passer une chemise de nuit et se glisser dans les draps. Il entra. La lumière était éteinte.

— Je voulais t'entendre derrière la porte. Entendre cette chambre habitée par quelqu'un d'autre que moi, dit-il avant de se déshabiller, de passer dans la salle de bains et de venir la rejoindre.

L'un contre l'autre, dans le lit, ils goûtèrent longuement la tiédeur du vent qui se glissait par la fenêtre entrouverte. Ils voulaient passer ainsi de longues heures côte à côte avant de s'endormir, parce que cette nuit-là devait marquer la fin de leurs malheurs. Diodata lui raconta qu'en France elle faisait souvent ce rêve :

— Tu reviens, un soir. Nous allons dans un petit hôtel, près de la gare, à – ne me demande pas pourquoi – Modane, où personne ne nous connaît. L'entrée se trouve dans une ruelle étroite et sombre. On y accède par une porte vitrée qui donne sur un escalier raide. Une odeur de moisi et de savon flotte dans la chambre, les draps sont rugueux. Nous faisons l'amour. Au moment où je vais jouir, tout s'arrête, car je me mets à penser : « Ma vie est une tragédie épisodique… »

— Qui prend fin, aujourd'hui ?

— Je voudrais bien. Je voudrais tellement, dit-elle en venant se blottir contre lui, tandis que Roberto l'embrasse, et, la faisant glisser doucement sur lui, s'aidant de ses mains qui lui tiennent fermement les fesses, installe son sexe au fond d'elle qui le touche enfin et initie la nuit qui s'ouvre à eux. Une nuit immense, de mots et d'idées, mélange de tristesse et de tendresse, d'abolition et de création, mue par un énorme appétit de corps et d'esprit, malgré la culpabilité soudaine d'oublier les enfants, de ne s'occuper que de soi, de son plaisir et du plaisir de l'autre, de son corps et du corps de l'autre.

Puis ils se racontèrent. La vie de l'un sans l'autre, et la vie de l'autre sans l'un. Diodata parla de ses crises de désespoir, sans autre motif parfois que le ciel sombre et l'accumulation des déceptions et des injustices. Puis des étoiles très neuves, magnifiques qui s'allumaient tout à coup dans son ciel, qu'elle montrait aux enfants, et qui lui redonnaient beaucoup de vie dans cette vie entourée de neige. Roberto parla du bruit très particulier de la porte du cachot, qui n'a de poignée ni à l'intérieur, ni à l'extérieur. Qu'on ne peut fermer qu'en la claquant avec force.

— J'ai encore dans la tête cette détonation soudaine.

— Qui s'éteint immédiatement, sans écho ni résonance, ajouta Diodata, rappelant ainsi à Roberto qu'elle aussi avait connu la prison, à Turin, en 1922...

Ce souvenir ne les rapprochait que davantage. Tous deux avaient été entourés par la mort, qui leur avait bourdonné au visage telle une mouche obstinée. Où qu'ils aillent, le bourdonnement les poursuivait. Mais cette fois, c'était terminé, n'est-ce pas ? Ils avaient un lieu où vivre, par un étrange retour du destin. Son métier de correspondante de presse lui permettait de gagner relativement bien sa vie. Les enfants avaient traversé la guerre sans trop de séquelles...

— Une nouvelle vie s'offre à nous, mon amour. Tu as cinquante-huit ans, j'en ai quarante-sept. C'est merveilleux, non ?

Roberto ne partageait pas cet optimisme. Soudain, il frissonna :

— Le pire, c'est d'arriver à mon âge avec la conviction que tout n'est qu'une illusion, une sale et dégoûtante illusion. Cela ne sert à rien de tout abandonner, de faire le dernier sacrifice, de s'être relevé après avoir été mis à genoux. Ils te reprennent tout, ils t'arrachent tout et se repassent entre eux tout ce qu'ils t'ont volé !

— Mais de qui parles-tu, Roberto ? Je suis là, avec les enfants, nous sommes réunis !

— Grâce à qui ?

— Que veux-tu dire ?

— Je veux dire que c'est ce salaud de Bugs Drucci, le mafioso aujourd'hui démocrate chrétien qui est allé vous chercher.

— Et alors ? Il a été parfaitement honnête, généreux. Impossible de savoir où tu étais. Beaucoup de contacts étaient morts. Les réseaux étaient désorganisés. J'ai failli baisser les bras, tout abandonner... J'ai cru que tu étais mort. Voilà, si tu veux la vérité ! C'était invivable ! Et les enfants ne cessaient de poser des questions à ton sujet. Ils voulaient savoir. C'était affreux, Roberto, on a cru tous devenir fous...

— Moi aussi, mon amour, je t'ai crue m...

— Alors, oublie Bugs. Je te le répète, il a été honnête, généreux. Dans cette affaire, en tout cas...

— Qu'est-ce que tu entends par « dans cette affaire, en tout cas » ?

— Rien. Je dis ça comme ça.

— Tu ne dis jamais rien « comme ça », Diodata, ce n'est pas ton genre.

Diodata revint se blottir contre Roberto, lui caressant doucement les cheveux, et sourit.

— Pourquoi souris-tu ?

— Je pense à Renato. À Cuba, pendant que tu étais en Espagne, avant de s'endormir, il me demandait toujours de le réveiller le lendemain en disant : « Souviens-toi de moi à huit heures, maman. » J'ai toujours été fascinée par le lien que ce petit garçon pouvait établir, en toute inconscience, entre la mémoire et la continuation de l'existence... Cuba me paraît si loin...

Diodata se dégagea légèrement et, regardant Roberto droit dans les yeux, ce qu'elle faisait toujours lorsqu'elle avait quelque chose qu'elle jugeait important à lui confier, soudain grave, dit :

— Je dois t'avouer quelque chose, mon amour ; te confesser...

— Avouer, confesser ! C'est si grave ?

— Non. Anecdotique, comparé à tout ce à quoi nous avons survécu ensemble.

Roberto s'assombrit :

— Un homme ?

— Un homme ! Tu en es bien un ! C'est la chose la plus grave, évidemment, qu'une femme puisse...

— Tu as couché avec quelqu'un !

— Un soir. Une fois… Une seule fois…

— C'est répugnant. C'est…

— Roberto, n'exagère pas ! Mon amour, je n'avais aucune nouvelle de toi. J'étais seule avec Renato. Morte de peur à l'idée d'une vie sans toi. D'ailleurs j'étais à moitié soûle, et ça n'a même pas marché… Je pensais à toi tout le temps…

Roberto était abattu, muet, triste.

— Bugs, évidemment !

— Oui, Bugs… Il fallait que je te le dise. Dis-moi que ça n'a pas d'importance… Il y a presque dix ans ! Une seule fois. Ce qui compte, c'est maintenant, demain. Embrasse-moi.

Roberto s'éloigna au bout du lit, prêt à se lever.

— Mais enfin, j'aurais pu ne rien te dire ! Est-ce que je te demande ce que tu as fait toi, pendant tout ce temps ? En Espagne, en France, en Italie ? Est-ce que je te demande des comptes ? Est-ce que je te demande si tu as baisé la petite chatte en chaleur qui ondule du cul en nous servant à table ?

— Rossella ?

— Moi, elle me plaît bien… Elle aime ça, ça se sent à des kilomètres.

Roberto restait sur le bord du lit, tournant le dos à Diodata, regardant la nuit, par la fenêtre ouverte.

— Tu ne me réponds pas ? Tu crois que je t'aimerai moins parce que tu as couché avec je ne sais qui dans un hôtel de Guadalajara ou dans un campement de la Résistance piémontaise ? Tu es bien un homme !

Roberto pensa à Victoria, non pas à son corps nu contre le sien, et qui tremblait, à ses larmes, dans la petite chambre de l'hôtel *Falcón*, mais à ce qu'elle lui avait glissé à l'oreille avant que les agents de la police politique ne viennent l'arrêter : « Les gens veulent vivre vite de peur de mourir. » Et à ceci encore : « Ça fait des mois qu'ils tuent les nôtres. Maintenant, c'est à notre tour de tuer. » À quoi bon parler de la nuit avec Victoria ? À quoi bon faire revivre, par les mots, ne serait-ce que quelques secondes, pour dire ça, la morte ? Quel âge pouvait-elle bien avoir Victoria ? Vingt ans ? Vingt-cinq ans ? Roberto ne savait plus. Cette nuit devait rester secrète, et être recouverte doucement non par une quelconque tentative de compassion, mais par l'oubli – forme souveraine de la mémoire –, le meilleur que Victoria pouvait attendre de Roberto. Un cadeau définitif.

— Je n'ai couché avec personne.

— Viens, dit Diodata, en le tirant par le bras.

Ils se retrouvèrent ainsi l'un contre l'autre, face à face.

— Je t'aime, monsieur le marquis, et je me moque de ce que tu as fait ou pas fait.

— Il va falloir se recomposer une vie, Diodata. Et surtout la rendre acceptable, avec les débris d'un naufrage. C'est une tâche impossible ! Il nous manque tellement de pièces du puzzle.

Diodata se dégagea tendrement des bras de Roberto, traversa la pièce entièrement nue, et se dirigea vers le tas de malles et de valises qui encombrait la chambre. Elle se pencha vers l'une d'elles et en tira deux paquets qu'elle rapporta à Roberto :

— Deux pièces supplémentaires, pour ton puzzle…

Le premier paquet contenait un sceau à manche d'ivoire, où étaient gravées en creux les armes des Roero ; celui-là même qu'Ercole Tommaso avait sauvé de la banqueroute lors du départ en France. Quant au second paquet, plus exactement un long tuyau de carton, il laissa échapper une petite toile roulée, de quatre-vingt-quatre centimètres par soixante-six : *White Cloud, Head Chief of the Iowas* ; le tableau que Luisa Delavoute, la mère de Roberto, avait rapporté d'Amérique, qui avait suivi Roberto en France, à Key West, à Cuba et qui revenait aujourd'hui, plus de cinquante ans plus tard, au château de Cortanze.

— Je les croyais définitivement perdus ! dit Roberto, le cœur serré par une émotion presque religieuse.

— Viens voir, dit-elle, en prenant Roberto par la main, et en le conduisant près de la fenêtre.

La campagne environnante, alors que l'aube allait se lever, avait quelque chose de puissamment vivant, dans les arbres, les saveurs, les nuages, la fameuse brume piémontaise qui recouvrait encore tout. Dans la paix de la nuit finissante, il y avait des villages faits de fermes, et dans leurs cours, certainement, des joncs et des récoltes. Il y avait des petites églises et des crêtes, et l'on pouvait imaginer au loin, derrière ces églises et ces crêtes, d'autres endroits inconnus :

— On a beau passer au milieu d'eux, il en reste toujours où nous n'irons pas et où quelqu'un est allé. Voilà la vie, mon amour.

Roberto éprouva un sentiment de calme auquel il ne s'attendait pas, et qu'il avait si souvent espéré. C'est étrange, ce qu'il était en train de ressentir et qui lui rappelait la mort de son père, événement terrible où il avait fini, là aussi, par trouver un sentiment d'apaisement dans sa douleur. Derrière les mûriers couvrant la base des murs du château, du côté de la place du village, une zone déserte semblait agitée par l'odeur âpre et lourde de la brise vivifiante, et faisait entendre un chuintement étouffé de feuilles tombées.

— Je vais m'asseoir ici, dit Roberto. Et attendre l'aube.

Diodata se plaça contre lui, debout. Il sentit ses seins contre son bras et sa poitrine, et dans sa main, qui pendait à droite de son corps, la touffe mousseuse de son sexe. Et tous deux regardaient le paysage se découvrir. Tout à coup, mais ne laissant rien paraître, Diodata fut prise d'une sorte d'angoisse. L'homme qui était contre elle, proche de la soixantaine, aux cheveux poivre et sel, au visage fatigué, avait ce quelque chose de trop paisible dans le comportement, qui lui correspondait si peu, et qu'ont parfois les hommes qui n'ont plus l'âge des vaines agitations. Elle lui passa la main dans les cheveux. Elle était follement déçue, déçue à en crier mais ne pouvait lui en vouloir. Elle essaya de parler :

— Roberto, je ne suis pas venue... Tous ces kilomètres...

— Comment ? Que dis-tu ?
— Rien, Roberto. Rien...
— C'est tellement dur, tellement. Le procès ne m'a en rien blanchi. C'est comme si j'avais été remis en liberté faute de preuves. Sans ce salaud de Bugs, sans le besoin chez beaucoup d'oublier le plus vite possible toutes ces années, j'aurais été fusillé. Je ne m'en remettrai jamais, Diodata. Que vont penser mes enfants ? Qu'ai-je désormais le droit de leur enseigner de la vie ? Les communistes ont raison : ce qui se passe depuis la fin de la guerre, c'est la bourgeoisie européenne qui l'a produit...
— Mais tu es libre ! Libre de vivre. La paix est revenue.
— Quelle paix ? Tu le sais aussi bien que moi. On veut tout minimiser au nom d'une sacro-sainte vie paisible. On veut effacer d'un coup de paix l'horreur, l'indignation et la colère de ceux qui ne veulent pas se résigner à tout oublier. La réconciliation, la compassion : oui. Mais pardonner ne signifie pas oublier... Tu as entendu parler de Paolo Redente, un gynécologue de Chivasso ?
— Non ?
— Avant la guerre, il a écrit des articles dans *La Défense de la race*. Pendant la guerre, il a dénoncé un nombre incroyable de résistants et de Juifs aux Allemands. Et maintenant ? Maintenant, il fait partie d'un comité qui réunit des fonds destinés à payer les avocats des fascistes. En toute impunité, en toute liberté. Pourquoi ? Parce qu'à Chivasso on manque de gynécologues ! Cet oubli de l'histoire, cette mémoire qui est en train de s'effacer, cette conscience qui se délite, je trouve ça écœurant. Tout est fait aujourd'hui pour évacuer l'histoire de la pensée et de la culture. C'est la porte ouverte à toutes les tyrannies, à toutes les aventures. S'il n'y a plus d'histoire, n'importe qui pourra prendre le pouvoir à à Rome ou ailleurs. Et la guerre est encore chaude !
— Il est peut-être temps de passer à autre chose ?
— D'accord. Mais pas comme ça. Il faut remuer, remuer la merde, même si on a contre soi tous les menteurs et tous les gens qui veulent qu'on leur mente ! Tu ver-

ras que dans quelque temps, très vite, notre vérité, on ne pourra même plus la dire ! On nous clouera le bec ! Les guerres sont des catastrophes morales et les catastrophes morales ressemblent trop aux catastrophes naturelles : il faut des siècles pour que la terre s'en remette. Mais, mon amour, on ne peut pas oublier. Tu peux oublier, Langston assassiné par ses frères ? Renzo vendu aux Allemands par des Italiens ? Maddalena donnée aux Allemands par des Français ?

— Renzo et Maddalena ont disparu… La photo dans le *New Yorker* était peut-être… Pour l'instant, on n'a pas de preuve que…

— Diodata, les preuves finiront bien par arriver, hélas… Et tous les autres… Garbanzo, déchiqueté par une grenade, entre Concud et Paralejos ? Fausto Barra, tué près de la voie ferrée Saluzzo-Pinerolo ? Jorge, Antonio et Emilio, écrasés sous les bombes, à Barcelone ? Robert Mendron, abattu chez lui par la Milice ?

— Tu oublies Victoria, mon amour.

— Oui… Victoria… éliminée par les staliniens…

— Les guerres et les révolutions ne tuent jamais les gens qu'il faut.

Lentement, la famille Roero Di Cortanze, reconstituée à l'ombre du vieux château, apprenait à revivre ensemble. Diodata projetait de rassembler tous ses articles écrits pendant la guerre et qui constitueraient, aux yeux de la direction du *New Yorker*, un document de première main. Renato et Chiara apprivoisaient la grande bâtisse familiale, essayant de retrouver ici et là des traces des générations précédentes. Quant à Roberto, il se laissait un peu vivre, sans appétit réel mais avec la volonté affichée de se reconstituer, de se reconstruire, bien que sans véritable perspective, sans horizon. Une de ses distractions favorites, qui était aussi une façon de se rapprocher de son fils, de combler tant bien que mal les années passées sans lui, irrémédiablement et douloureusement perdues, était de faire avec Renato le tour de ce qu'avait été l'ancien domaine de Cortanze, en en suivant l'ancien tracé, et en terminant la promenade en s'arrêtant au petit café de la piazza V. Veneto, sous les arbres de laquelle les réverbères jetaient des taches de lumière et entassaient des ombres fraîches et incertaines. Là, le père et le fils parlaient « entre hommes », comme aimait à le dire Renato, de tout et de rien, c'est-à-dire de choses fondamentales, mais ni avec la rigueur froide de la démonstration ni avec le relâchement possible de la simple conversation. Là, dans les recoins de la fin du jour, et le parfum épais des arbres, où, traversant l'amas des feuilles, bondissaient des ombres bariolées, le père et le fils se livraient la part la plus intime d'eux-mêmes. Roberto en éprouvait toujours une singulière nostalgie, même si ces échanges le confirmaient dans sa conviction profonde que la pédagogie était le seul outil susceptible de sauver le monde.

Lors d'une de ces fins d'après-midi où Roberto parlait pour la première fois de sa longue amitié avec le pilote Fabrizio Leonetti, et de sa mort tragique aux Mille Miglia, Renato attira l'attention de son père sur un homme à l'allure, sinon grave, du moins posée, assis à une table du café, et qui ne cessait de les regarder :

— Celui qui vient d'allumer une cigarette et qui fume comme une girafe.

— Une girafe, qu'est-ce que tu racontes ?

— Je t'assure, papa. Tu es sûr que tu ne le connais pas ?

— Mais non. Personne ne nous regarde, Renato. Bois ton sirop d'orgeat, et après on rentre au château.

Au moment où Roberto prononçait ces mots, l'homme s'avança, leva son chapeau pour le saluer, et se pencha respectueusement :

— Vous permettez, je me présente, Jean Le Roux.

— Bonsoir, monsieur, dit Roberto, surpris.

— Vous êtes bien Roberto Roero Di Cortanze, plus connu dans le monde de la course automobile sous le nom du Vice-Roi ?

— « J'étais » connu, « j'étais »... dit Roberto.

— Je voulais venir vous voir au château, mais puisque le hasard... En deux mots, dit l'homme, sur un ton direct mais très respectueux, je suis mandaté par la Société des courses automobiles françaises pour vous faire une offre.

— Vous voulez me confier un volant, à mon âge ?

— Non, plutôt une responsabilité importante. Nous souhaiterions que vous occupiez le poste de directeur du circuit Bugatti au Mans. C'est une piste d'essais qui va prendre de plus en plus d'importance, et qui est, bien entendu, comme vous le savez, le lieu central de la célèbre course... Dans la France de l'immédiat après-guerre, la Résistance...

Roberto surprit le regard de Renato qui allait fébrilement de l'un à l'autre des deux hommes, passionné par ce qui était en train de se dire. Aussi, est-ce bien à regret qu'il demanda à son fils de le laisser seul avec M. Le Roux.

— Dis à ta mère que je rentrerai bientôt.

Renato obéit, mais en marmonnant et en donnant de violents coups de pied dans tous les cailloux qu'il trouvait sur son chemin.

— La Résistance ? poursuivit Roberto.

— Nous connaissons vos états de service dans la région de Marseille. Le président de la Société des courses automobiles françaises n'est autre que François Viltrain...

— Que de souvenirs... dit Roberto, qui ajouta : Vous savez que j'ai fait de la prison en Italie, on m'accusait...

L'homme ne lui laissa pas le temps de finir sa phrase :

— On sait surtout que les règlements de comptes ont été ici au moins aussi violents et injustes qu'en France.

— Vous me donnez combien de temps pour réfléchir ?

— Je dois aller voir un certain nombre d'industriels italiens liés de près ou de loin au monde de la course automobile. Puis-je me permettre de repasser vous voir d'ici une semaine ?

— D'accord, répondit Roberto, fermement décidé à refuser l'offre de ce M. Jean Le Roux.

Alors que Roberto s'apprêtait à rentrer au château en passant par la petite porte du grand portail, il aperçut une magnifique voiture bleue, garée via Roma le long des fortifications est. Renato tournait autour, médusé. Roberto lui sourit.

— Elle est belle, papa…

— Oui.

Jean le Roux les rejoignit.

— Une Darl'mat Peugeot. Elle dépasse les deux cents kilomètres à l'heure.

— Elle n'a pas de pare-brise ? demanda Renato.

— Si, répondit Jean Le Roux, escamotable. Regarde, sous le tableau de bord, la petite manivelle.

— Et la capote, quand il pleut ? poursuivit Renato.

— Dissimulée dans le coffre. Quand je reviendrai voir ton père, on fera un tour avec, d'accord ?

— Dis oui, papa, dis oui, supplia Renato.

— Oui, répondit Roberto.

Avant de partir, l'homme posa une question à Renato :

— Je suis sûr que tu ne sais pas comment on appelle une voiture comme celle-là ?

— Non.

— Un *roadster*.

— Eh bien, plus tard, j'aurai un « *rodaster* », et je gagnerai les Vingt-Quatre Heures du Mans !

Roberto n'aurait sans doute même pas évoqué cette rencontre avec Jean Le Roux si Renato n'avait abordé le sujet durant le dîner. Mais, maintenant que les enfants étaient couchés, Diodata souhaitait en savoir plus et voulait que Roberto examine en toute sérénité cette proposition :

— Et si toute ta vie tu regrettes d'avoir refusé ?

— Le monde de la compétition automobile m'est aujourd'hui tellement étranger…

— En tout cas, en France, au moins, on ne remet pas en question ton engagement dans la Résistance !

— Oui, sans doute. Mais il n'y a pas que ça. Est-ce que l'anti-italianisme a beaucoup changé ? Il n'y a guère que la presse communiste à reconnaître la participation des Italiens au maquis et aux journées insurrectionnelles de la région parisienne. Tu veux vraiment retourner dans un pays où on affirme que « les Italiens résidant en France sont tous responsables de ce qui a été fait contre notre pays » et où l'on prétend qu'« au nom de l'équilibre maintenu au long des siècles entre Méditerranéens et Nordiques, ce sont des Nordiques qu'il nous faut ». On croit rêver ! Et j'oublie les attentats commis contre des magasins exploités par des Italiens ou des naturalisés. On en est à deux cents, dont quatorze en une seule nuit ! J'ai l'impression de reprendre la discussion là où nous l'avions laissée, en 1922 !

— Et les enfants, Roberto ? Tu as pensé aux enfants ? Que vont-ils faire ici, à Cortanze ?

— C'est leur ville, leur château, leur passé.

— Roberto, Chiara et Renato sont nés à Cuba, ont vécu la plus grande partie de leur vie en France. Quant au château, il ne t'appartient plus. C'est un musée, Roberto. J'éprouve beaucoup de mal à te dire cela, mais tu n'es plus ici qu'un gardien-chef ! Et quand le musée sera ouvert, tu t'imagines parcourant ces ruines majestueuses devant des bandes de touristes, munis de leur appareil photo dans une main et de leur sandwich dans l'autre ? Roberto, les hommes qui t'emploient peuvent du jour au lendemain te révoquer.

— Ils n'oseront pas !

— Ils ne le feront peut-être pas parce que ça les arrange d'avoir un descendant sous la main, le fils du dernier vice-roi de Sardaigne ! Une curiosité ! Une bête de foire !

— Donc, tu veux partir ?

— Je ne veux pas qu'on te méprise. Ce château, ce n'est pas la vraie vie. Tu ne seras bientôt plus qu'un marquis poudré qu'on sortira de sa naphtaline les jours de fête nationale !

— Comment peux-tu dire une chose pareille ! cria Roberto. Comment peux-tu oser ! répéta-t-il, avant de quitter la pièce. Je vais prendre l'air !

Une demi-heure plus tard, il était assis au sommet d'une des collines qui dominent le château. Là où quelques années auparavant il avait observé les troupes allemandes se préparer à fuir la forteresse qu'il était censé faire sauter. Il sentit dans sa poche la crosse du Beretta qui ne l'avait jamais quitté depuis son premier attentat dans la Résistance italienne, excepté lors de son séjour en prison, mais que Bugs avait réussi à lui faire restituer. Le ciel, balayé par les vents, était d'une clarté totale, et l'horizon vers les Alpes, lisse et net comme un sabre. Il faisait frais. Puis une pluie fine et légère se mit à tomber. Roberto aimait cette atmosphère humide et grasse, le bruit de la pluie dans les arbres. Le château était devant lui, en contrebas. Les lumières de la salle à manger étaient encore allumées ainsi que celles de la chambre à coucher. Roberto éprouvait une sorte de paix inexplicable.

En fait, c'est bien de cela qu'il avait maintenant besoin, après toutes ces années de guerre et d'errance : de solitude, de terre sous ses pieds, de silence. Rien de ce qu'il avait vu toutes ces années ne pouvait lui faire apprécier l'homme et sa société. À quoi bon tout ce vain tumulte, toute cette force et cette énergie qui se dévorent mutuellement ? Le grand Giambattista Vico avait raison, l'histoire ne progresse jamais : *corsi e recorsi*. Mais Roberto ne pouvait se résoudre à quitter son château, même dans ces conditions. Et le village de Cortanze… Si beau, si paisible à présent, avec ses routes, ses forêts, ses chemins de campagne. Le lierre et la mousse couvraient les murs des maisons, les pimprenelles couraient le long des façades, les jardins débordaient d'yeuses, et certaines maisons bourgeoises exhibaient des vernis du Japon. Comment ferait-il pour abandonner l'exquise lumière du matin, les terrasses de pierres sèches, le soleil si particulier qui faisait se lever la brume sur la Roera, entrouverte de champs de terre ocre, de vergers touffus, de routes circulaires coupant d'épaisses tranches de terre velue sur lesquelles s'alignaient des chaumes ? Certes, il avait souvent ressenti un grand ennui et un peu d'anxiété, mais ce qu'il éprouvait aujourd'hui était d'un autre ordre : il souffrait, et même s'il était normal qu'il ne sorte pas sans douleur d'une tragédie comme celle-ci, il désirait ardemment une paix retrouvée, comme celle qu'il éprouve parfois lorsqu'à la terrasse du café il observe des petits enfants occupés à jouer à la bague ou à la marelle.

La nuit tombante plongea Roberto dans une méditation sans fin qui le conduisit à penser que rien ne peut arriver dans la vie si personne ne croit en soi. Chaque être humain est naturellement unique : ce que chacun peut découvrir en recevant l'amour d'un autre être, ou au contraire en n'en recevant jamais. Et ce soir, Roberto pensait qu'il manquait d'amour, qu'on ne le comprenait pas, qu'il était seul. Il avait passé une première partie de son existence à la lumière des bougies et dans des charrettes branlantes, et maintenant qu'il en avait vécu une seconde, celle de la radio, du cinéma, de l'électricité, des voitures automobiles rapides, et qu'il était temps qu'il se mette en réserve d'un monde qui ne le concernait plus, il allait probablement mourir en laissant un monde totalement différent de celui qu'il avait vu naître, avec une enfant dont il n'était pas sûr d'être le père. Chiara était née bien après son départ en Espagne. Peut-être était-elle la fille de Bugs ? Cette pensée le rongeait. Alors, mourir pour mourir, le plus tôt serait le mieux. L'idée même du suicide tout comme le mot le désignant le répugnaient. Ne se suicide-t-on pas pour voir enfin l'image qu'on s'est formée de soi-même ? Combien de gens, dont le suicide avait parfaitement réussi, ne s'étaient-ils contentés en fait de déchirer leur photographie ? Cette mort, sorte de suicide tardif, ou à retardement, ne serait-elle pas en fait le seul moyen trouvé par Roberto pour ne pas se laisser rattraper par son passé ? Si seulement il pouvait devenir « invisible », comme Yakus Shumushkin, le faux prêtre de Marseille…

Rentré dans le petit salon du château, mouillé par la pluie comme un vieux chien qui a oublié de se couvrir, il s'écroula dans un fauteuil club aux accoudoirs élimés. Diodata, qui avait entrepris la rédaction d'une série d'articles sur l'attitude de l'Église italienne durant la guerre, avait laissé traîner une partie de sa documentation. Roberto tomba sur un extrait de discours de Pie XII, dans lequel, s'adressant aux délégués du Conseil suprême du peuple arabe de Palestine, il affirmait : « Il est inutile que je vous dise que nous désapprouvons tout recours à la force et à la violence, d'où qu'elles viennent, tout comme, à plusieurs occasions dans le passé, nous avons condamné les persécutions infligées au peuple hébreu par un antisémitisme fanatique. » Roberto, se leva écœuré.

Avant de rejoindre son bureau, Roberto ouvrit la porte de la chambre à coucher. Diodata dormait profondément, la tête, comme à son habitude, enfouie sous les couvertures. Il la regarda longuement, l'embrassa et sortit de la pièce en pensant qu'il suffit parfois d'un mouvement de la tête, d'un geste, d'un mot pour que le cours du temps aille dans une direction plutôt que dans une autre. Puis il entra dans la chambre des enfants. Chiara, malgré son âge, suçait encore son pouce, avec, autour du cou, la médaille du Cœur de Jésus qu'elle avait fini par extorquer à son père ; une jambe à moitié sortie du lit et touchant presque le sol. Renato, sur le dos, respirait profondément, comme un petit homme, en ronflant ; à son poignet, le collier vaudou en perles bleues, transformé en bracelet, qu'Eliades avait donné à son père. Roberto passa longtemps d'une chambre à l'autre, ne se décidant ni à les quitter définitivement, ni à en réveiller aussi définitivement les occupants. Fatigué, il repartit enfin dans son bureau, et sortit de sa poche son vieux Beretta. Tout en débloquant le levier de sûreté situé sur le côté gauche, il vit sur la glissière, gravée, la date « 1941 » suivie du nombre « XIX », et des lettres « PS ». C'est étrange, pensa-t-il, depuis tout ce temps passé en compagnie de cette arme, qui lui avait parfois sauvé la vie, ou qui lui avait donné l'illusion qu'elle le protégerait, il n'avait jamais remarqué ces détails d'importance. Les camarades communistes qui la lui avaient remise, avaient oublié de lui indiquer qu'elle avait appartenu à un membre de la *pubblica sicurezza* auquel elle avait évidemment été volée. Quant à la date en chiffres romains, elle était la traduction de l'année 1941 selon le calendrier fasciste de 1922… La chambre ne contenait qu'une cartouche, de 9 mm courte. L'arme, dans sa main, était lourde et si familière. Pendant quelques instants, Roberto, dans une semi-conscience, imagina qu'il plongeait dans un lac et nageait lentement vers le centre. À mesure qu'il s'éloignait de la rive, il sentait l'eau le ceindre avec une force et une présence accrues, l'enserrant presque dans une sorte d'étau à la fois délicieux et menaçant. Mais il avançait, brasse après brasse, sûr de son chemin jusqu'à ce qu'un bruit incongru en cet endroit froid et encaissé, entre deux montagnes, le tirât de sa certitude et de sa torpeur, un bruit de plus en plus distinct, proche, amical, oui, une voix, qui lui demandait de rebrousser chemin. Roberto alors, se retournait et voyait une petite forme qui s'agitait, sur la rive, en lui faisant de grands gestes, auxquels il ne pouvait résister. À mesure qu'il revenait vers la grève, la voix devenait de plus en plus précise, et il pouvait désormais en comprendre chaque syllabe, chaque mot, une phrase entière qui avait un sens, et qui en fait était prononcée par deux voix :

— Papa, papa, je n'arrive pas à dormir, papa.

— Moi non plus, papa.

Roberto releva la tête, serrant son arme dans sa main. Devant lui, blottis l'un contre l'autre, comme deux petites taupes grelottantes, dans une seule couverture qu'ils portaient sur les épaules telle une cape trop large et qui traînait par terre : Renato et Chiara.

Roberto rangea précipitamment son Beretta dans le tiroir de son bureau.

— Qu'est-ce que vous faites là ? Vous devriez dormir…

— On a entendu des bruits, dit Renato, tout en s'asseyant dans un fauteuil tout près du bureau de Roberto.

— Oui, oui. Ça faisait peur, ajouta Chiara, en rejoignant son frère.

Roberto sourit et tenta de rassurer les deux enfants, en leur parlant du château, de son passé, de tous les bons ancêtres qui y avaient vécu, donnant de l'histoire de la famille et de la vieille demeure une version édulcorée, aseptisée, un conte de fées sans ogre, sans traître, sans félon, sans sorcière, sans exilé, sans chevalier ruiné, mais avec beaucoup de magiciens, d'enchanteurs, de princes charmants, de douces fées. À tel point que Chiara finit par s'endormir sur les genoux de son frère.

— Regarde, dit Roberto à Renato, lui montrant l'auriculaire de sa main droite, légèrement recroquevillé, et projeté vers l'extérieur ; rompant ainsi le parallélisme qui aurait dû l'unir aux autres doigts.

— On a le même, fit remarquer Renato, en ajoutant : et Chiara ?

— Laisse ta sœur dormir, chuchota Roberto.

— Non, non, je veux voir sa main, dit Renato, tout en dégageant la petite main potelée de sa sœur de dessous la couverture.

Les trois mains, les unes à côté des autres, présentaient la même caractéristique étrange : cet auriculaire, comme séparé des autres doigts, vivant sa vie.

— Les trois mêmes, les trois mêmes, murmura

Renato. La marque des châtelains du château, le petit doigt tordu pour accrocher les ennemis !

Roberto fut envahi par une bouffée de tendresse, soudain fier de ses deux enfants ; mais aussi éprouvant une étrange nostalgie. En observant attentivement ses mains, longues, larges, ridées par des espèces de crevasses solides, hâlées et piquées par endroits de taches de son, les doigts plutôt fins forcis de longues lignes bleues, les paumes couvertes des marques que le travail y avait laissées, il constata que celles-ci ressemblaient en tout point à celles de son père. Non pas le père de son enfance au château familial, mais celui de l'exil parisien et du petit appartement de la rue des Épinettes, tout près du cimetière des Batignolles et du marché aux puces de la porte de Saint-Ouen. Des mains qui avaient su s'adapter au travail le plus brutal comme au plus délicat. Des mains qui avaient su, avec une égale habileté, manier l'épée et diriger un cheval, conduire une automobile et rédiger d'essentielles missives. Qui avait su donner et prendre, caresser et sauver, mais aussi tuer et lancer des grenades dans les tranchées. Les mains du fils avaient désormais rejoint les mains du père ; celles de l'homme en qui d'aucuns, les opposant aux mains de l'Auteur des choses d'où ne sort que du bien, en font les armes de la dégénérescence, mais qui, bon an mal an, portent les traces irréfutables du passage de la vie – une preuve, en somme. Ainsi songeait Roberto, tenant entre ses mains celles de ses deux enfants, quand Renato le sortit de sa méditation :

— Je n'ai toujours pas sommeil.

— Quand j'étais enfant, dit Roberto, je croyais que celui qui dormait beaucoup ne vieillissait jamais…

— Pas moi.

— C'est pour ça que tu ne dors pas ? Tu as vraiment entendu un bruit qui t'a fait peur ?

— J'ai fait un cauchemar. C'était la nuit. Je voulais partir d'un endroit et à chaque fois que j'étais sur le point d'y arriver, des gardiens me disaient : si tu te sauves, la peur va t'attraper.

— La peur n'est pas une personne.

— Dans mon rêve, si.

— Alors il faut la combattre.

— Comment ?

— Si tu restes immobile, c'est elle qui sera effrayée…

— C'est bon pour la nuit, mais si je la croise le jour ?

— Le jour ? Tu la regardes dans les yeux, tu louches. Elle se sauve.

— L'idée de la regarder dans les yeux me fait encore plus peur ! Mais toi, papa, tu l'as déjà vue la peur ? Elle est comment ?

— Mais puisque tu l'as déjà vue, tu sais comment elle est…

— Chacun a la sienne, non ? dit Renato.

— Oui, mon grand, dit Roberto qui s'était levé et caressait doucement la tête de son fils.

— Papa, quand tu courais, tu avais peur ?

— Qui t'a dit que je courais ?

— Maman, en France. Elle m'a montré des photos, des journaux, plein de choses où on parlait de toi. Tu avais peur, alors ?

— Oui, répondit Roberto, la gorge serrée. Mais moins qu'aujourd'hui…

Un silence s'installa, durant lequel on entendait la respiration de Chiara qui dormait profondément. Renato demanda encore :

— Tu voulais tuer un fantôme avec ton pistolet ? dit-il, en montrant du doigt le tiroir où son père avait rangé l'arme à feu.

— Un fantôme ? On ne peut pas tuer un fantôme avec un pistolet, Renato.

— Alors, si tu ne voulais pas tuer un fantôme, tu voulais tuer un bandit ?

Roberto ne répondit pas.

— Tu ne crois pas qu'il serait temps que tu ailles te recoucher ?

— Si tu me lis un livre.

— Renato, je suis fatigué. Tu es grand maintenant.

— Non, je suis encore petit, comme Chiara…

— Tous tes livres sont dans ta chambre.

— Non, j'en ai un ici, dit-il, en sortant de dessous la couverture un exemplaire défraîchi de *Pinocchio*.

— Je l'avais oublié celui-là, dit Roberto, en caressant le livre, telle une vieille relique.

— Moi non, il m'a suivi partout. Je l'ai emmené partout.

— « Il était une fois un petit vieux agile et malin nommé Geppetto… » commença Roberto, tandis que Renato écoutait avec un sérieux que son père ne lui connaissait pas.

Arrivé à l'épisode où Pinocchio retrouve son père dans l'estomac de la baleine, Roberto voulut, comme il l'avait fait à Marseille, inverser les répliques :

— « Mon père chéri, je te croyais perdu… »

— Non, dit Renato, tu dois dire : « Mon fils chéri, je te croyais perdu… »

— « Mon fils chéri, je te croyais perdu », reprit Roberto.

— « C'est moi, c'est bien moi, mon cher père. Je ne te quitterai plus. Depuis combien de temps es-tu enfermé dans cette baleine ? » dit Renato.

— « Depuis plusieurs mois qui m'ont paru mille ans. »

— « Alors, mon père, il n'y a pas de temps à perdre, il faut tout de suite penser à fuir ? »

— « Mais comment ? » demanda Roberto, les yeux mouillés de larmes.

— « En faisant un feu. La baleine éternuera et nous recrachera », dit Renato qui ajouta, tout soudain : papa, tu vas devenir le chef du circuit Bugatti, n'est-ce pas ?

— Tu en as très envie ?

— On va tous mourir, ici. C'est une prison.

— Et que feras-tu, en France ?

— Je te l'ai déjà dit, papa, je serai pilote de course…

Il faisait dans le compartiment du wagon-lit une chaleur effroyable. Chiara et Renato lisaient en somnolant sur leurs couchettes, sous les yeux de Diodata qui jetait de temps en temps des regards en direction de Roberto, allongé en face d'elle. Roberto imaginait qu'il pourrait rouler ainsi toute sa vie, à travers ces blocs de lumières tournantes que le train traversait à intervalles réguliers. C'était une nuit noire, agitée par le roulis du convoi glissant sur des rails lisses et invisibles. Ce départ avait été décidé dans une certaine précipitation, une belle excitation aussi. Plus que de retrouver la France, Roberto avait choisi de quitter l'Italie, le château, de s'éloigner, « un temps », de ce poids généalogique qui lui pesait tellement sur les épaules. Dans le compartiment du rapide Turin-Paris, un mélange de sueur, d'odeur de poussière, de draps tièdes et de charbon, lui rappelait des souvenirs, des instants de vie, des moments de toute sa vie. Engourdi, sans dormir, les paupières mi-closes, il se livrait sans défense à toutes les images de l'existence qu'il avait décidé de laisser à Cortanze. Et lorsque Diodata vint le rejoindre, sous la couverture de la couchette, tout en faisant tourner autour de son petit doigt la chevalière qu'il avait héritée de son père, sur le large chaton de laquelle étaient gravées les armes de la famille, il songea qu'il avait devant lui une vie à poursuivre, un projet ; l'univers entier, en somme, avec, à ses ordres, l'immensité et l'éternité – celle de tous les fleuves qui retournent au lieu d'où ils sont partis, pour finir par revenir à la mer.

Au-delà du long tunnel des Alpes, la voie ferrée traversa la vallée de l'Arc. Après une grande courbe autour de Modane, le train s'arrêta dans la petite station dominée par les glaciers de Polesset. Les douanes italienne et française y étaient établies. Roberto profita des vingt minutes d'arrêt et du sommeil profond dans lequel étaient plongés Diodata et les enfants pour sortir faire quelques pas sur le quai. Les bâtiments étaient déserts. Un employé, en bleu de travail et casquette, le salua.

Lui rappelant au passage qu'ici c'était l'« heure de Rome » qui réglait les horloges :

— Elle avance de quarante-sept minutes sur celle de Paris, n'oubliez pas !

Roberto chercha les toilettes pour hommes. À l'abri des regards indiscrets, il sortit de sa poche le foulard rouge de la Stella Rossa, le foulard bleu des badogliens, les déplia et, après avoir longuement hésité, y déposa le Beretta, puis la bague à la chevalière. Au fond de la grande salle carrelée où s'alignaient lavabos et urinoirs, la fenêtre était ouverte. Un air frais venant de la nuit envahissait la pièce. Roberto voulut lancer le petit paquet, et se ravisa. Il reprit la chevalière, se la repassa au doigt, et lança le reste sur le tapis d'herbes sombres et hautes qui entourait la gare. Alors qu'il sortait de la pièce, il crut un instant que le train était reparti sans lui. Mais le convoi était toujours là, dans les flocons de la locomotive et le grincement des essieux. Assis sur un banc, l'employé en bleu de chauffe chantonnait un air connu : « Les enfants s'ennuient le dimanche/Le dimanche les enfants s'ennuient/En Knickerbockers ou en robes blanches/Le dimanche les enfants s'ennuient. »

— J'ai commencé la guerre en chantant cette chanson. Maintenant qu'elle est finie, je la chante encore ! La vie est bizarre, non ?

Roberto ne dit rien et sourit. Collés à la vitre du compartiment, Chiara et Renato – qui s'étaient réveillés – entouraient Diodata et faisaient signe à leur père de monter vite avant que le train s'en aille. Le sifflement strident de la locomotive venait de retentir.

REMERCIEMENTS

Je remercie Giuliano Soria et le parco culturale Grinzane Cavour, qui m'ont permis de revenir au château de Cortanze ; Felice Cortese, qui s'est dépensé sans compter pour restaurer l'antique demeure familiale ; Mario Magnone, maire de Cortanze, qui m'a ouvert les archives de la ville et m'a accueilli avec chaleur ; Luigi Vercelli, pour sa *vigna di Riveli* ; Enrico Tirone, pour son *dipinto al olio su rame* du *Castello dei marchesi Roero Di Cortanze* ; Maccario Giuseppe, pour son *miele italiano di robinia del Monferrato* ; Antonietta Sidari, pour son *tartufo della valle Roera* ; le poète Onorio Corio, pour son *Sôr marchess a tôrna*, écrit en *dialetto cortanzese* ; Anna Bologna qui me fit parvenir nombre de documents émouvants relatifs au château ; Michele Sequenzia enfin, de la revue *Itinerari*.

Table

6588

Composition Chesteroc International Graphics
Achevé d'imprimer en France (La Flèche)
par Brodard et Taupin
le 4 juin 2003. 19054
Dépôt légal juin 2003. ISBN 2-290-32310-1

Éditions J'ai lu
84, rue de Grenelle, 75007 Paris
Diffusion France et étranger : Flammarion